现代性
与中国文学
思潮

杨春时 著

生活·讀書·新知三联书店

目 录

绪 论

一、现代性与中国现代性

（一）现代性的构成

现代性（modernity），是指现代的本质，是一种理念；它与现代的表现（现代化）不同。按照福柯的说法，现代性应该被理解为"一种态度"："所谓态度，我指的是与当代现实相联系的模式；一种由特定人民所作的自愿的选择；最后，一种思想和感觉的方式，也就是一种行为和举止的方式，在一个和相同的时刻，这种方式标志着归属的关系并把它表述为一种任务。无疑，它有点像希腊人所称的社会的精神气质。"[1] 现代性作为一种推动现代化的精神力量，具有三个层面，即感性层面、理性层面和反思—超越层面，这与人类一般精神的三个层面是一致的。现代性不是其中某一个层面，而是三个层面的整体结构。无论是西方的现代性，还是中国的现代性，都是在这三个层面上展开的。人类精神的分化是现代性的历史过程。欧洲传统社会（中世纪）是由神学统治世俗的时代，人的感性和理性都受到神学的压制，处于隐匿不彰的状态。文艺复兴和启蒙运动以来，宗教统治瓦解，神圣与世俗分离，感性和理性也冲破宗教蒙昧而独立，同时也产生了对感性和理性的

---

[1] 福柯《什么是启蒙》，引自汪晖、陈燕谷《文化与公共性》，生活·读书·新知三联书店1998年版，第430页。

反思和超越（哲学、艺术等）。这就是韦伯所说的"祛魅"和"诸神不和"，现代性由此发生。

在现代性的感性层面上，存在着被释放出来的人类生存欲望，它是现代性的深层的动力。中世纪的宗教禁欲主义禁锢感性欲望，而在文艺复兴后感性、自然得到肯定，并成为社会发展的推动力量。对这一点的认同，形成了多种理论体系。马克思、恩格斯认为，不是善而是恶即物质欲望是历史发展的原动力，它在传统社会受到抑制；在资本主义关系下得到刺激而膨胀起来，从而以生产力冲破生产关系的形式得到解放。简言之，现代性源于人的贪欲，在这个基础上马克思建立了历史唯物主义理论。松巴特认为，资本主义起源于以奢侈生活原则为基础的高度世俗化的性文化，它直接促进了商品生产，导致资本主义经济形态的出现[1]。而舍勒认为现代性是一种"怨恨"心态："在资本主义精神的形成中进步向前的，并不是实干精神，不是资本主义中的英雄成分，不是'具有王者气度的商人'和组织者，而是心中充满怨恨的小市民——他们渴求最安稳的生活，渴求能够预测他们充满惊惧的生活，他们构成了松巴特恰到好处地描绘的新市民德行和价值体系。"[2]这与他认为现代性是"本能造反逻各斯"相一致。马克思和松巴特都把资本主义的起源定位于感性欲望，只不过前者是物质欲望，后者是性欲望，这正应了一句老话"食色性也"。而舍勒也强调现代性是一种感性心态，所谓怨恨仍然源于人的欲望不能满足，在社会竞争中劣势人群就会产生这种心态。精神分析学说认为，人类有两种原始冲动即性欲和攻击性，松巴特强调了前者，舍勒强调了后者。总之，现代性不过是被解放的感性欲望，即舍勒所说的"系统的冲动造反"。欧洲现代性发源于文艺复兴运动，而它最先是以感性、自然反抗宗教禁欲主义。而以后资本主义的发展，基本的动力仍然是物质消费和感官享乐欲望，这是社会发展的动力，也是一种感性异化。

---

〔1〕 参阅刘小枫《现代性社会理论绪论》，上海三联书店1998年版，第75页。
〔2〕 舍勒《资本主义的未来》，罗悌伦等译，香港牛津大学1995年版，第15页。

人的欲望的解放必然体现到理性层面上来，被理性所肯定和规范，现代性也就体现为一种理性精神。由于理性具有制约感性的作用，理性精神就成为现代性的主体。因此，当我们说现代性时，一般可以表述为理性精神。中世纪神学在禁锢人的感性欲望的同时，也以盲目的信仰否定人类理性，因而在文艺复兴的感性解放之后，启蒙运动又以理性取代了神性的权威，这就是完整的世俗化的"祛魅"过程。康德认为启蒙是"脱离自己所加之于自己的不成熟状态"，启蒙的条件是"在一切事情上都有公开运用自己理性的自由"[1]。实际上把现代性确定为理性和主体性的胜利。理性包括科学精神（工具理性）和人文精神（价值理性），科学精神促进了生产力的发展，也破除了神学迷信；人文精神（以个体价值为核心）促进了民主制度的建立，也以人的价值否定了神的价值，理性精神推动着西方走向现代社会。康德确立了以理性为根据的主体性，即人具有主体的思的能力，可以为自然立法（科学）；人具有自由的意志能力，可以为道德立法（伦理）；人具有主观的、现实的和目的性的能力，可以为趣味立法（艺术）。黑格尔以理念作为历史的本质，而理念不过是自由精神和自我意识的觉醒。在社会学领域，启蒙主义确立了人的权利，卢梭提出了平等的理念，柏克和约翰·密尔父子提出了自由的理念。理性精神推动了社会的现代化，科学精神与人文精神的双翼带动了人类的历史。但是，由于理性权威取代了上帝的权威，也造成了理性异化：科学主义导致技术对人的统治和生存环境的恶化；世俗化的自由导致精神的空虚和生存意义的虚无化。

韦伯认为现代性是"祛魅"即神圣的世俗化过程："那些终极的、最高的价值，已从公共生活中销声匿迹，它们或者遁入神秘生活的超验领域，或者走进了个人之间直接的私人交往的友爱之中。"[2]世俗化导致宗教统治的瓦解，也造成了人的沦落，"上帝死了"，人沦落为世俗

---

〔1〕 康德《答复这个问题："什么是启蒙运动？"》，《历史理性批判文集》，何兆武译，商务印书馆1997年版，第24页。

〔2〕 马克斯·韦伯《学术与政治》，冯克利译，生活·读书·新知三联书店1998年版，第48页。

的（感性—理性的）存在物，失去了神性，也失去了存在的终极根据。而人是一种超越性的存在，具有神性，它在追求现代性的同时，也在进行自我反省和自我批判，并追求终极的价值和意义，于是就有了反思—超越层面的现代性。这就是说，现代性还存在着自我批判、自我超越的层面，包括哲学现代性、审美和艺术现代性等，它们制约着感性—理性层面的现代性。马泰·卡林内斯库区分了两种现代性——社会现代性和审美现代性。他说："……两种剧烈冲突的现代性：一方面是社会领域的现代性，源于工业与科学革命，以及资本主义在欧洲的胜利；另一方面是本质属于论战式的美学现代性，它的起源可追溯到波德莱尔。"[1]之所以有超越感性和理性的现代性，是因为它并不是自由本身。无论科学、民主还是物质需求，都不能取代人的自由。而且，现代性往往要以牺牲人的自由作为代价。科学主义把人变成技术奴隶，民主制度把人平均化、组织化，消费主义把人变成消费动物，而自由却像浮士德的灵魂一样被出让了。现代哲学承担了反思现代性、为现代人恢复自我意识的任务，它对现代化带来的异化，包括感性层面的异化和理性层面的异化进行了批判。尼采以反理性的方式对理性异化（奴隶的道德）进行了抗争；而存在主义则否定现实存在而诉诸超越性的本真的存在；法兰克福学派对整个现代社会进行了全面的批判。审美和艺术现代性则负起了在现代性重压下恢复人的自由的责任。现代审美和艺术以其对现实的超越抗拒了世俗化，恢复了人的神性。

这三个层面构成了完整的现代性，而忽略其中任何一个层面，现代性的表述都是不完整的。在国内外学术界，有关现代性的论述相当歧异。其原因除了个体思想的差异外，主要在于对现代性的着眼点不同。这些关于现代性的界定是在不同层面作出的，虽然各有根据，但也缺乏对现代性的总体把握。因此，在总体上把握现代性，即揭示现代性的整体结构是十分必要的。这不仅对于西方现代性的研究，而且对于中国现

---

[1] 卡林内斯库《现代性、现代主义、现代化——现代主题的变奏曲》，汪民安等编《现代性基本读本》上册，河南大学出版社 2005 年版，第 254 页。

代性的研究都具有重要意义。

（二）中国现代性的特性

首先必须确定，现代性是一种历史的趋向，具有普世的价值，而不像国内外一些人所说的，西方有西方的现代性，东方有东方的现代性，互相没有本质的同一性，甚至完全相反。中国现代性是从西方引进的，在具有现代性的一般性质的同时又有自己的特殊性。如果说西方现代性是"脱神入俗"的话，那么中国的现代性则是"脱圣入俗"。中国传统精神和文化具有圣化倾向，不是宗教而是儒教即圣人之教统摄了感性和理性，它以道德理想主义构建了终极价值，这就是所谓的"内在的超越"，而这实际上是一种虚假的超越，它没有超越现实，而是把现实理想化。中国传统文化因而具有天人合一、体用不二的性质，它未发生超验的形而上层面与经验的形下层面的分化。儒家学说是"道不离伦常日用"的"实用理性"，它把天道、天理转化为人道、人伦，既作为一套意识形态，又包含着宗教、哲学、美学等形而上意义。因此，中国传统文化具有双重整合功能，既规范人们的现实行为，又在现实世界给人们找到了信仰。在鸦片战争之后，西方现代文化的侵入、冲击导致了传统文化的衰落；五四新文化运动自觉地以西方现代性反对中国传统文化，更加剧了传统文化的瓦解，从而诞生了中国的现代性。在科学、民主的冲击下，儒学权威瓦解，孔圣人偶像被推倒，工具理性和价值理性取代了圣人之教，中国文化失去了圣化的品格，沦落为凡俗文化。天人合一、体用不二的传统变成了天人二分和体用分离，有了感性和理性的对立，同时也产生了超越的冲动。中国现代性也就分化为感性、理性和反思—超越性的层面。但它具有不同于西方的特点。在以后的社会革命运动中，现代性运动发生了逆转，即迫于救亡的紧迫性不得不走上了以反（西方）现代性建立现代民族国家的道路。而这种逆转也有中国现代性本身的原因。因此，我们应当对中国现代性本身进行总体的分析。

中国感性现代性没有得到充分发展，非常薄弱。在中国现代化的进程中，感性层面的现代性并没有突出地体现为感性欲望的解放。一方面，中国传统文化具有理性化倾向，理性传统对感性的压抑也延续到对感性现代性的排斥。同时，中国文化对感性欲望的禁锢与西方宗教的禁欲主义不同，它虽然强调以理性节制感性，重义利之辨，但又讲求中庸之道，承认"食色性也"，给感性留下一定的空间。因此，这是一种软性的禁锢。正是由于中国传统文化的这种特性，感性现代性的反弹就不如西方那么强烈。虽然五四也有个性解放的呼声，但只是少数人的声音，而且主要体现在理性领域，没有出现欧洲文艺复兴时期的感性欲望泛滥的局面。另一方面，落后的、农业的中国社会和宗法文化没有提供商品经济发展的有利条件，因此个体感性发展的空间受限，它只停留于求生存的水平上，发财的欲望并没有那样强烈。在传统理性（如重义轻利）和现代理性的双重压制下，中国经济自由主义始终没有得到合法化，也说明了感性现代性的萎缩。此外，中国现代性的发生，主要是出于新民救国的需要，因此一开始就注重引进理性现代性（科学、民主），而不是感性现代性。这表明感性现代性在中国没有得到充分的发展。但是，感性现代性是一种个体的怨恨，而中国的"怨恨"心态却是集体性的，它特别强烈，具有很强的攻击性。这是由于中国的现代性是由西方列强强加给中国的，中华民族饱受屈辱，对帝国主义和腐败无能的政府有强烈的仇恨。同时，由于极度贫困，阶级关系紧张，而产生了强烈的阶级仇恨。因此，中国的怨恨与西方不同，它不是表现为个体生存竞争，而是表现为大规模的社会冲突，也就是说，它是集体性的怨恨，体现为民族的怨恨和阶级的怨恨，从而发生了持久的、大规模的反对帝国主义和国内阶级敌人的革命斗争。这就是为什么中国的资本主义经济没有得到顺利发展而中国的现代革命却持续那么久，表现得那么激烈残酷的原因。建国以后，应该给个体欲望的发展留下空间（发展生产力），并使生存性的怨恨转化为个体竞争的动力（市场经济和民主政治），但集体性的怨恨具有强大的惯性，成为"左"的思潮的渊源；更由于体制内积存的新的怨恨——由于政治身份的不平等和对"革命"政治身份的争夺，产生了新的集体性的怨恨，而后终于爆发了"文革"。"文革"的起因非只一端，但其深层心理动因在于这种新的集体性怨恨。没有这个心理动因，任何人也无法把群众动员起来。

中国理性现代性也没有得到充分发展，根基不深。中国现代性的理性层面就是五四引进的科学（工具理性）和民主（价值理性在政治领域的体现），但它与西方也有所不同。由于感性欲望没有充分解放，因此工具理性的动力不足，科学精神没有得到充分发展。虽然五四时期科学主义一度建立了权威，但这个科学主要不是指向自然科学，而是指向社会科学；不是一种科学精神，而是某种科学的结论。在接触西方现代科学的一开始，中国就把达尔文的进化论当作现代科学的代表，而且由于对进化论的偏颇理解，科学主义变成了社会达尔文主义，成为民族救亡图存的理论。在五四退潮后，由于意识形态被当作科学接受，科学主义很快就转换为意识形态主义。在五四以后的革命进程中，不是科学精神而是意识形态主义成为主导。此外，就价值理性而言，基于集体怨恨心态，不是自由而是平等成为基本的现代性诉求，从而导致价值理性的偏失。有两种民主，一种是基于平等的民主，一种是基于自由的民主。前一种民主是卢梭的理念，它导致法国革命模式和苏联式的"民主"制度。后一种是孟德斯鸠、柏克、约翰·密尔的理念，它导致英国革命模式和"自由民主"制度。中国革命接受了卢梭的理念，采用了法、俄革命的模式，建立了社会主义的"人民民主"制度，原因即在于此。建国后，本应重建和发展科学精神和人文精神，尤其应重视人的自由，但意识形态主义的惯性和平等理念的影响阻碍了这种现代性建设，而且形成了"左"的思潮，成为现代性建设的反动力量。"文革"是这种倾向的极端化表现，是现代性的全面反动，所谓"反对资本主义复辟"、"反对修正主义"，实际上就是以意识形态主义反对科学精神（如所谓"唯生产力论"），以阶级意识和平等理念反对个体自由、权利。

中国现代性也有反思—超越层面，但这个层面的现代性的建设，却非常薄弱，几乎是一个空白。中国传统文化是天人合一的文化，形而上领域与形下领域没有分离，儒教本身既是一种道德体系，又具有形而上的意义（宗教和哲学）。中国的启蒙运动引进了现代性，瓦解了这种圣俗一体的文化结构，产生了"脱圣入俗"的结果。五四打倒孔子的权威，消除了传统文化的圣化光环，在批判传统文化的意识形态内涵的同时，也取消了中国文化的超越功能。取而代之的是西方文化，但对西方文化的引进是不全面的，仅限于科学和民主，而科学和民主都是形下层面的文化，西方的宗教和哲学以及审美文化等形而上层面的文化则被忽略甚至被拒斥。因此中国现代性一开始就具有片面性，存在形而上领域缺失的问题。

五四对宗教持批判态度，把它与迷信等同，抹杀了它的形而上意义和信仰的合法性。20世纪20年代初，五四主将们发动了一场反宗教运动，使用的武器仍然是科学。这是以经验反对超验、以知识反对信仰的运动，它导致信仰的缺乏，从而为意识形态的信仰化创造了条件。五四不重视形而上哲学，因为它不能直接发挥启蒙作用；更由于科学主义的霸权，形而上哲学受到排斥。被引进提倡的是带有实用主义倾向的杜威的实验主义和实践性的马克思主义。1923年发生了"科玄论战"。这场论战表面上是进步与保守之争，实际上也是科学能否取代哲学的论争。这场论战以"科学神"战胜"玄学鬼"而告终，表明形而上哲学在中国的缺席。主流哲学是实践化的，哲学执著于意识形态，哲学的反思、批判功能丧失，导致了意识形态的绝对霸权，并在以后发生偏执化。五四对现代文学的引进和建设也着眼于理性启蒙作用，忽视文学的审美超越品格。

五四后的"革命文学"运动更接受了苏俄的文学思想，强调文学的政治功利性，忽视文学的超越性。中国现代文学的主流就止于争取现代性（启蒙主义文学）和现代民族国家（"革命现实主义"文学），而放弃了现代性批判的超越功能（浪漫主义、现实主义特别是现代主义文学的弱小）。

宗教、哲学和艺术被黑格尔确定为绝对精神自我复归的三种形式，实际上是人类精神的反思—超越层面。它们在中国的缺席，意味着中国引进的现代性是片面的现代性，仅止于理性层面的科学、民主，仅止于现代性的社会层面，而缺乏形而上的层面，丧失了对现代性的反思—超越的能力。现代性需要一种制约，包括哲学甚至宗教的反思和批判与审美、艺术的消解和超越，否则就会导致现代性的偏颇。中国现代性正是由于缺乏形而上层面而片面化，最后导致现代性的自我否定，因为它丧失了对意识形态的反思、批判能力，导致意识形态的绝对统治；它失去了对现实的超越功能，使人们丧失了自由的意识。更严重的是，片面的现代性并没有消除现代人的形而上冲动，反而把这种冲动引向意识形态狂热。由于人们的形而上冲动失去了正常的实现途径，就只能以反常的途径实现。五四以后，苏俄的革命意识形态被接受，这是由于它适应了建立现代民族国家的需要，同时也由于它包含着某种终极追求，即建立人间天堂的理想，从而成为一种信仰。这就构成了新的天人合一、体用不二的文化。李大钊在十月革命后著文道：布尔什维主义"在今日的俄国有一种宗教的权威，成为一种群众运动。岂但今日的俄国，20世纪的世界，恐怕也不免为这种宗教的权威所支配，为这种群众运动所风靡"[1]。正是革命意识形态的信仰化，才引导和发动广大群众包括知识分子投身到革命斗争中去，并获得了胜利。同时，意识形态化也由于失去了反思和超越的制约力量而导致偏执化，这在建国后凸显出来，形成"左"的思潮，引发了"文革"运动。

"文革"结束后，进入改革开放的新时期。这个时期的根本任务就是在感性、理性和反思—超越性三个层面克服现代性的片面性，全面建设现代性。只有从这个高度来看问题，才能深刻理解这个时代的性质。

在感性层面建设现代性，意味着解放人的感性。这就必须在经济上确认个体的权利，改革单一的国有制度和计划经济体制，建设多元所有制和市场经济，并且尽力满足人民群众的物质需求和一切生活需求，解放现代化的原动力。这就要求克服传统的"重义轻利"思想和不相适应的传统社会主义的意识形态，肯定人的个体需求的合理性，同时把现代化过程中形成的"怨恨"心态引向合理的方向，即由集体性的怨恨

---

[1] 李大钊《Bolshevism 的胜利》，《文学运动史料选》，上海教育出版社 1979 年版，第 91 页。

绪 论 9

变成个体性的"怨恨"，从而成为社会竞争的原动力，而不再是社会冲突的渊源。

在理性层面建设现代性，就必须重新举起科学、民主的旗帜。要清除意识形态主义的影响，恢复科学精神。在市场经济发展过程中，会出现贫富分化的现象，这个时候最容易产生新的片面的"平等的民主"要求，并导致现代性的反动。因此在注意社会公平的同时，更要注重培植自由意识，克服片面的平等理念，建设自由前提下的民主。

在反思—超越层面建设现代性，意味着哲学、文学、艺术等的现代转型。现代性的负面影响包括感性异化和理性异化将日益突出，要求哲学的反思和批判与文艺的消解和超越。由于传统意识形态的瓦解，人的信仰失落，造成新的信仰真空，更要求为人们提供终极价值。当代中国哲学和文艺应当进行现代变革，负起建设反思—超越层面现代性的任务。针对现行哲学的意识形态化和实践化、形而上哲学缺位的问题，应当变实践哲学为形而上哲学，把哲学与意识形态或历史科学分开，确立哲学的反思品格。同时，针对中国文艺尚未走出前现代阶段以及曾长期沦为意识形态附属品的状况，应当发展现代文学、艺术，包括纯文艺与通俗文艺，改变文艺的意识形态附属品的地位，发挥文艺的审美超越功能。而且，在现代性进程中，宗教并没有完全丧失自己的地位和作用，它仍然可以在一定程度上成为现代性的制约、平衡力量。西方现代性在战胜了宗教统治后，迫使宗教从世俗领域退回到信仰领域，从而与现代性相协调。尽管宗教的影响大大削弱，但还能在一定程度上制约感性和理性的偏颇，为现代人留下一块精神家园。中国宗教传统薄弱，但随着现代性的来临，也会有更多的人到宗教中寻求精神的避难所。如何协调宗教与现代性，是一个重要的课题。

二、中国现代性与现代民族国家的冲突

（一）现代性与现代民族国家

什么是现代性？尽管众说纷纭，但最基本的内涵是一种现代理性精神，包括科学主义和人文主义，这一点，应当没有大的疑问。现代性发源于欧洲文艺复兴，以科学精神反对宗教蒙昧，以人文精神反对神权压迫，现代理性精神展开两翼，带动西方脱离古典时代，进入现代社会。中国传统文化中没有产生现代性的土壤，无论是儒家文化、道家文化，还是佛家文化，都缺乏科学精神和人文精神（儒家的人文精神是集体理性，而不是个体理性），因此现代性无从发生。中国现代性是由西方引进的，不是土生土长的。因此，现代性只是西方文化的特产，所谓"反西方现代性的现代性"根本上就不可能存在。

现代性是现代的本质，而现代本身就包含着现代民族国家的内容。吉登斯认为，现代性包含着"一系列政治制度，包括民族国家和民主"[1]。什么是现代民族国家呢？它区别于传统社会的王朝国家。欧洲中世纪建立了许多王朝国家，它并不是建立在民族地域、民族经济、民族文化的基础上，不是民族共同体，而只代表君主、贵族、教会利益，它的合法性根据是神意。近代兴起了民族国家，它建立在民族地域、民族经济、民族文化基础上，成为民族共同体，代表了民族利益，它的合法性根据是民族公意。这只有在资本主义关系发展下的市民社会才有可能。中国传统社会也是王朝国家，虽然它是以汉族为主体形成的，但不能算作现代民族国家。它以天命的名义进行统治，是一人一姓之天下，而非民族的国家。而且，在华夏中心主义世界观支配下，中国就是世界，其他国家只是"四夷"。总之，民族国家观念没有形成，民族意识尚未觉醒；中国人尚未发现世界，因而也没有了解自身。

无论西方还是中国，建立现代民族国家都是一个漫长的历史过程。在欧洲，先是王权摆脱教会控制，消除贵族领主的割据，形成中央集权的独立民族国家，这是现代民族国家的雏形；然后才有资产阶级政治革命，推翻王朝，建立资产阶级共和国，完成现代民族国家。吉登斯认为，现代民族国家的雏形是被称为"绝对主义国家"的中央集权的封

---

[1]　安东尼·吉登斯等《现代性——吉登斯访谈录》，尹宏毅译，新华出版社 2001 年版，第 69 页。

建王朝（如法国路易十四王朝）："在绝对主义的（absolutist）国家中，我们发现了与传统国家这一形态的断裂，这预示着继之而来的民族—国家的发展。自绝对主义（absolutism）时代始，与非个人的行政权力观念相联系的主权观念以及一系列与之相关的政治理念，就已逐步成为现代国家的组成部分。"[1] 在中国，也经历了一系列政治革命和社会变革的长期过程，中国建立现代民族国家的运动，是在"天朝"被西方列强打败，发现了世界，并开始争取民族独立后开始的，而后更经历了长达一个世纪的革命斗争。1949 年建国是现代民族国家的初步建立，它遵循的是苏联的"国家社会主义"模式，并不是现代民族国家的完成；而以后的现代化建设特别是改革开放应看作是建立现代民族国家的延续和完成过程。

（二）中国现代性与现代民族国家的矛盾

在现代性与现代民族国家的关系方面，中国与西方有所不同。现代性的核心是科学精神与人文精神，现代民族国家的理念是民族主义，因此二者既相关联，又可能不同位。在欧洲，现代性与现代民族国家基本上一致，它们都反对共同的敌人——教会和封建贵族，科学精神、人文精神与民族主义不相冲突，甚至相辅相成。例如，法国大革命推翻封建王朝后，欧洲的封建国家合力进攻革命的法国。于是，在"祖国在危机中"的号召下，法国人民唱着《马赛曲》走上前线，保卫祖国和革命成果，打败了欧洲各国的入侵，并且把法国革命的成果推行到欧洲。而在中国，现代性与现代民族国家错位，科学精神、人文精神可能与民族主义相冲突，这种错位和冲突造成了中国现代性历程的艰难曲折、漫长迂回。

中国现代性是"外发型"的，也就是说，它不是出自中国社会自身发展的自然要求，而是在西方列强压迫下提出来的（外迫性）；它不

---

〔1〕 安东尼·吉登斯等《现代性——吉登斯访谈录》，尹宏毅译，新华出版社 2001 年版，第4—5 页。

是来自中国本土文化传统，而是来自西方（外源性）。外迫性，造成了中国的民族主义，它要调动一切传统文化资源反对西方列强，争取民族独立。外源性，使中国现代性事实上等同于西化。这就形成了现代性与现代民族国家的冲突、现代性与民族主义的冲突：要民族独立，就要反西方，甚至肯定中国传统文化；要现代性，就要学习西方，甚至反对中国传统文化。在现代性与现代民族国家双重历史任务面前，现代民族国家显得更为紧迫，更为重要。在矛盾的抉择面前，中国人民选择了现代民族国家，而牺牲了现代性。在帝国主义列强瓜分灭亡中国的威胁下，只能速起救亡，而且现代性也是作为救亡手段被提出来的。这就是说，中国的现代性是为现代民族国家服务的，启蒙是为救亡服务的。这与西方正好相反。欧洲现代性是由社会自身发展要求提出来的，它没有救亡的压力，它的思想资源是古希腊罗马文化，因此与现代民族国家没有冲突；而且，现代性是根本目的，现代民族国家是实现现代性的手段，二者的关系没有被颠倒过来，不需要牺牲现代性来实现现代民族国家。

在中国，既然现代性只是救亡手段，是为现代民族国家服务的，因此这个手段可以用，也可以不用。只要能救亡，不管是现代性还是反现代性，都可以用。中国人为了民族独立，先采用引进现代性方式，后又用反现代性方式，因此才有中国历史的大转折、大迂回。从鸦片战争开始，中国逐渐意识到要学习西方现代性，一开始是学习西方工业文明，兴起洋务运动，结果甲午一战，败在后起的东方小国日本手中。于是，中国又开始学习西方政治制度，搞变法、搞革命。结果帝制推翻、共和建立，只是虚有其表，骨子里还是封建专制。再接着就开始了五四新文化运动，全面学习西方精神文明，提倡科学、民主，这正是现代性的精髓。同时全面批判传统文化，以造就新国民性。本来《新青年》同人约定，20年不谈政治，致力"输入学理"，进行思想启蒙，以造就新的国民性。但是，以现代性启蒙救国，远水不救近火，历史也没有给中国留下充分的启蒙时间。启蒙运动才持续数年，民族危机加深。1919年巴黎和会决定把青岛转让给日本，国亡无日，激起了五四爱国运动。这是与五四新文化运动方向不同的政治运动，它开启了从启蒙向救亡的转向。于是，启蒙运动中止，革命运动开始。对这种历史现象，李泽厚称为"救亡压倒了启蒙"。

　　单单"救亡压倒了启蒙"尚不足以说明五四以后现代性与现代民族国家的错位，必须为这种历史现象寻找理论的根据。这个理论根据就是中国现代民族国家与现代性的冲突，二者的思想资源与价值取向不同。为了救亡，西方思想文化资源不仅救不了近火，而且与民族主义相冲突。现代性的核心是科学精神和人文精神，它与中国传统文化的"实用理性"根本抵触。科学精神与传统的道德主义相对立，个体价值与传统的集体理性相冲突。因此，现代性必然导致反传统。五四新文化运动是全面肯定西方现代性的运动，科学与民主成了光辉的旗帜，"今日庄严灿烂之欧洲"（陈独秀）成为中国的榜样，而中国传统文化则成为批判的对象。但随着反帝运动的兴起，西方文明成为"资本主义的毒龙"（郭沫若）。民族主义的高涨，必然导致对西方文化的排斥，对现代性的抵制。胡适曾经分析过民族主义与文化保守主义的密切关系："凡是狭义的民族主义运动，总含有一点保守性，往往倾向到颂扬固有文化，抵抗外来文化势力的一条路上去。这是古今中外的一个通例。……中国的民族主义运动所以含有夸大旧文化和反抗新文化的态度，其根本原因也是因为在外力的压迫之下，总有点不甘心承认这种外力背后的文化。这里面含有很强的感情作用，故偏向理智的新文化运动往往抵不住这感情的保守态度。"[1]五四以后，文化思潮之一变，反对欧化、提倡国粹的倾向压倒了五四时期崇尚西方文明、批判传统文化的倾向。新儒家、《甲寅》派、《学衡》派，以儒家文化抵御西方文化，"民族本位文化"派同样以本土文化抵御西方文化。在表面上的中西方文化之争后面，是对五四引进的现代性（西方现代性）的反弹。左翼文化界接受了苏俄传来的马列主义，也开始批判五四引进的西方资产阶级文化，科学主义被意识形态主义所取代，西方人文主义（个人主义、

──────────

〔1〕　胡适《新文化运动与国民党》，《胡适文集》第五册，北京大学出版社 1998 年版，第 581 页。

自由主义）被阶级意识和新的国家主义所取代。在左、右两方面的夹击下，五四引进的西方现代性夭折。

在社会革命领域，西方的民主主义被丢弃，接受了苏俄的东方革命道路。孙中山开始"以俄为师"，强化了"节制资本"，并提出"以党治国"、"建立党军"等与辛亥革命不同的治国方略，并且大力弘扬中国传统道德，批判西方自由主义。这些主张，最后由国民党建立官僚资本主义社会而付诸实践。中共接受了苏联意识形态，以彻底的"反西方现代性"的方式，取得了革命胜利，初步完成了建立现代民族国家的任务。

其实，不仅在五四以后，现代性与现代民族国家发生了错位，在五四以前，也存在着二者的冲突。在辛亥革命前后，中国革命者采用了学习西方现代性的方式来建立现代民族国家，现代性与现代民族国家有基本的一致性。即使如此，也存在着对西方现代性的批判和抵御，如章太炎对西方议会民主制的批判，朱执信对自由资本主义的批判，孙中山对中国传统道德的维护，对西方资本主义的保留等。但只是在五四以后，现代性与现代民族国家的错位才得以强化，使中国走上了"反西方现代性"的道路。

建国以后，在初步完成建立现代民族国家任务的历史条件下，本来可以着手完成被延迟的现代性任务，即巩固新民主主义体制，把工作重心转移到经济建设上来，发展市场经济，并推进民主制度建设，那么中国也可能早日实现现代性，不至于绕那么大的历史弯路。不幸的是，中国却仍然坚持"反西方现代性"的道路，而且发展到全面反现代性，如以意识形态狂热反对科学精神（大跃进），以大规模政治运动摧残人文精神（文化大革命等）。如果说革命战争时期为了建立现代民族国家而选择了"反西方现代性"尚有特定的历史合理性的话，那么被称作"左"的思潮的反现代性则完全是一种历史的逆流。所谓"反修"斗争，实质上是以全面的反现代性来肃清不完全的现代性（苏联的或"中国赫鲁晓夫"的）。反现代性的惯性把中国引向了灾难的深渊。历史证明，汪晖等人把这种"反现代性"称作"中国的现代性"是何等荒谬。如果肯定这种"中国的现代性",那么又如何评价五四的现代性?如何评价改革开放以来恢复的现代性?中国是否还要向世界开放?这不仅是一个理论问题,也是一个严峻的现实问题。

十一届三中全会以后,彻底否定"文革",批判极"左"断潮,发动思想解放运动,中国进入改革开放的新时期。这实质上是结束了"反现代性"的历史,重新开始了现代性的进程。思想解放运动即新的启蒙运动,就是一场现代性运动,它继续了五四新文化运动未竟事业,重新举起了科学、民主的旗帜。改革开放是现代性的社会实践,开放就是向西方的现代性开放;改革则是在制度层面上实现现代性,包括经济体制的改革和政治体制的改革,都应以现代性为指向。在新的历史时期,现代性与现代民族国家有了基本的一致性,二者的错位开始消除。这是由于,中国的现代性不再是外迫性的,而是来自自身发展的要求。改革开放与现代化建设的关系,就是现代性与现代民族国家的关系在新时期的体现。改革开放是现代化建设的强大动力,它们根本上是一致的。从此,中国再也不必以反现代性的方式来建立现代民族国家,而能够通过现代性的发展来建设现代民族国家了。

但是,在改革开放时期,仍然不能完全消除现代性与现代民族国家的错位,二者的完全同位是一个较长的历史过程。80年代,现代性与现代民族国家之间的冲突尚不严重,而在80年代末以及90年代,就变得明显了。现代性与现代民族国家的冲突表现为两方面。其一,由于现代性的外源性的存在,必须向西方开放,向西方学习;而中国在社会制度、意识形态、国家利益等方面与西方对立,反对西方的基本价值观念。这样,就会造成建设现代性与抵制现代性的两难处境。中国改革中"左"与"右"的斗争,体现了这一点。改革只能在这种矛盾中曲折前行,在"反对资产阶级自由化"(即反对西方自由主义思潮)之后,又出现了"左"的回潮,以分清"姓社姓资"为名,反对现代性和改革开放,迫使邓小平反"左"以继续推进现代性事业。在思想文化界,作为对80年代西化的反弹,民族主义兴起,也导致对现代性的拒斥。90年代的新儒学、新保守主义和新左派三股思潮,都带有民族主义色彩，都对现代性有所保留、批判、拒斥。其二，出自稳定社会、发展经济的需要，改革在经济领域先行，政治体制改革和意识形态变革滞后，这种策略也体现了现代性与现代民族国家的矛盾，前者不得不服从后者。这意味着一种片面化的现代性，即把现代性理解为现代化，而没有全面建设现代性。现代性是社会生活各个层面的全面改造，不仅仅是经济现代化。离开了科学精神和人文精神这个灵魂，单纯的物质现代化是难以实现的。当前，由于政治体制滞后和意识形态的僵化，使经济体制改革步履艰难、代价沉重。因此，全面的现代性建设将会提到历史的日程表上来，这是毫无疑问的。

全面实现现代性，是我们必须完成的历史任务。消除现代性与现代民族国家的错位，已经具备了基本的历史条件。从国际环境上看，正如邓小平指出的，和平与发展已经成为时代的主题，而战争与革命已经成为过去，这种历史环境下现代性就可能较少受到传统意识形态和民族主义的抵制。当然，也要警惕"左"的思潮和民族主义，批判各种反现代性思潮。从国内环境看，随着市场经济的确立，稳定局面的形成，就有可能也应该进行政治体制和思想文化领域的改革，克服现代性的片面倾向，推进全面的现代性。这样，经过我们的努力，就可以消除现代性与现代民族国家的错位，并通过现代性建设来发展我们的国家。

现代性本是西方的产物，但经由全球化正迅速成为普遍的人类社会发展趋向。近年来，在关于现代性的讨论中，中国现代性的特殊性问题成为焦点。汪晖等人提出了中国现代性是"反西方现代性的现代性"或"反现代性的现代性"命题[1]。"反西方现代性"或"反现代性"是事实陈述，没有什么问题，但称之为"中国现代性"则成了问题。汪晖等人的逻辑是，毛泽东以反西方现代性或反现代性的方式，完成了建立现代民族国家的任务，因此这也就是中国的现代性。这就提出了现代性与建立现代民族国家的关系问题。汪晖等人的失误不仅在于把现代性与中国现代性对立起来，造成了逻辑上的矛盾，更在于简单地把建立

---

〔1〕 参阅汪晖《当代中国的思想状况与现代性问题》，《天涯》1997 年第 5 期。

现代民族国家等同于完成现代性，忽略了二者的区别，尤其是忽略了中国的特殊国情：现代性与现代民族国家的错位。回顾中国现代史，所谓"反西方现代性的现代性"或"反现代性的现代性"，应该解读为"反西方现代性的现代民族国家"或"反现代性的现代民族国家"，而现代性自身则没有完成。这就是中国现代史的奥秘之所在。

三、现代性与文学思潮

文学思潮是大规模的文学运动，是一定时代产生的共同的审美理想在文学上的自觉体现。从根本上说，文学思潮是文学对现代性的反应。为了论证这个命题，我们必须进行系统的研究。首先，要清理文学思潮概念，批判传统文学理论中关于文学思潮是创作方法的应用的观念；然后再考察现代性与文学思潮的关系。

（一）创作方法还是文学思潮

关于现实主义、浪漫主义等概念，在苏联文学理论体系中有两个含义，一是创作方法，二是文学思潮。苏联文学理论认为，创作方法是本质性的，文学思潮是一种外在形态，是创作方法的应用。在这种观念下，文学的历史就成为某种创作方法交替使用的结果，诸如现实主义和浪漫主义的交替历史。而且，由于创作方法是"反映现实的方法"，因此有科学的（现实主义）和不科学的（反现实主义）、进步的与反动的（如积极浪漫主义与消极浪漫主义）之分，文学的历史就成为现实主义与反现实主义的斗争历史。对文学思潮的这种理解至今还有相当的影响，成为研究文学史的障碍。为此，必须首先破除"创作方法"概念，恢复文学思潮的原本内涵。

"创作方法"是苏联文艺学体系特有的概念，西方文艺学没有这个概念。尽管歌德曾经使用过"创作方法"这个词，他说自己和席勒使用不同的创作方法，一个从客观世界出发，一个从主观世界出发，但对于这个概念并没有严格界定，也没有把它列为文艺学的基本概念。在西方文艺学体系中，诸如现实主义、浪漫主义等并不属于创作方法概念，而属于文学思潮概念。苏联"拉普"派最早提出了"创作方法"概念。"拉普"派从哲学方法论演绎文学方法论，提出了"辩证唯物主义创作方法"。他们认为现实主义与浪漫主义的差别是唯物主义与唯心主义的对立，甚至荒谬地提出了文学"打倒席勒"的口号。"拉普"派对哲学方法论的生硬搬用，对文学规律的粗暴践踏，导致它的垮台，"辩证唯物主义创作方法"也随之遭到批判和抛弃。但是，由于苏联的国家社会主义需要一个统一的创作原则，于是，"创作方法"概念就保留下来，与"社会主义现实主义"相结合，从而得到新的解释。1934 年，苏联第一次作家代表大会通过的《苏联作家协会章程》确定了"社会主义现实主义作为苏联文学与苏联文学批评的基本方法"。从此，"创作方法"概念作为一种文学创作必须遵循的原则，进入了马克思主义文艺理论体系。中国的文学理论体系基本上移自苏联，"创作方法"概念也随之引进。

"创作方法"是一个不科学的概念。它不具有美学内涵，只是一种外在的写作规范，因此，它必然非常含混。尽管各种教科书和理论著作对它作了连篇累牍的阐释，但都无法说清楚。归纳起来，"创作方法"大致有两种定义，第一种是"作家从事创作的方法就是创作方法"，这个定义是同义反复，没有作出任何明确的解释。但是，它实际上把创作方法当作一种风格学的概念，成为艺术手法的总和。同时，它也包含了反映论的内涵，它说"文学的创作方法也就是艺术地认识并表现社会生活的方法，包括如何选择题材、提炼题材以至于孕育形象、描写形象等"[1]。第二种是"艺术地反映生活的一种原则"[2]，这个定义更明确地建筑在反映论和意识形态论的基础上，把创作方法看作某种认识论的和意识形态的规范。尽管"创作方法"概念如此含混，但我们仍然可以抓住其要害进行剖析。"创作方法"概念实际上包含着三个层次的

---

〔1〕 蔡仪主编《文学概论》，人民文学出版社 1979 年版，第 250 页。
〔2〕 波斯彼洛夫《文学原理》，生活·读书·新知三联书店 1985 年版，第 369 页。

含义，即认识论层次的含义，意识形态层次的含义以及风格学层次的含义。"创作方法"概念就是这三种含义的混合。

"创作方法"与反映论相联系，它成为一种"形象地反映现实的原则"。这种基于反映论的界定暗含着对现实主义一元独尊的肯定，因为按照对"反映"的经典性说明，"反映"是对现实的"摹写"，只有现实主义才"符合"这个标准。因此，现实主义就成为自古有之，万世不移的"创作方法"，而浪漫主义只能屈就附庸地位，至于其他的创作方法，或者是反动的、落后的（如现代主义），或者只是现实主义的不成熟形式（如新古典主义、启蒙主义）。"创作方法"的这种哲学规定把文学当作一种现实认识，当作现实的记录，文学就失去了审美品格（尽管还给它保留了形象性）。这种"创作方法"只会束缚文学的发展，因为它把摹写（反映）现实当作基本原则。

"创作方法"又是一种意识形态（主要是政治）的原则。在对各种文学思潮的界定中，主要运用了意识形态标准，尤其对"社会主义现实主义"的规定更是突出了政治倾向性。由于把"创作方法"理解为一种政治原则，于是就产生了许多荒谬的观点，如认为不同的阶级有不同的创作方法，世界观决定创作方法，区分积极浪漫主义与消极浪漫主义，资产阶级批判现实主义与社会主义现实主义，以及反动没落的资产阶级现代主义等。"创作方法"的政治内涵基于这样一种文学观点，即文学是阶级斗争的工具，是现实观念（主要是阶级意识）的产物。这种文学观抹杀了文学非意识形态、超越现实的自由品格。"创作方法"作为政治原则成为禁锢作家创造力的枷锁和摧残文学的棍棒。

创作方法还是一种风格学的概念，它意指某种风格类型，可以超越历史条件而反复出现，典型的说法如，现实主义注重写实，浪漫主义注重抒情和想象等等。于是，就有《诗经》是现实主义，《离骚》是浪漫主义；杜甫、白居易、元稹等是现实主义，李白、李贺、李商隐是浪漫主义等说法。

苏联的创作方法理论不符合文学的规律，应当加以批判。首先，文学是自由的创造，而"创造方法"是一种外在的规范。文学创造没有现成的方法可循，它属于非自觉意识活动（灵感、激情、直觉、想象），对它的把握只能凭借审美体验。企图制定某种规则，在现实观念与文学之间寻找某种因果联系，从而控制文学创造，那是徒劳的。一切现实观念、原则在文学创造中都必然被冲破，文学只服从美的规律。美的规律是充分个性化的自由创造。如果说文学创造有某种方法、途径的话，那也是个体的，一次性的，不可言说的，它不是外在的规则，正如石涛所说："无法而法，乃为至法。"文学思潮不是某种规则的产物，而是个体创作的聚合，它是建筑在文学创作的个性化基础上的。制造一个凝固的、超个体的"创作方法"，必然成为文学创造的桎梏。

其次，文学是一种历史活动，而"创作方法"则是一个非历史的概念。苏联文学理论认为，文学思潮是某种创作方法的应用，是创作方法的产物，而创作方法是脱离历史性的抽象原则或艺术手法。这种观念抹杀了文学思潮的历史性，把文学思潮看作可以脱离历史条件而反复出现的现象。文学是随历史发展而发展的，不可能依据一种抽象的模式。苏联文学理论认为现实主义（作为主流）与浪漫主义（作为补充）是两种自古以来就存在的基本的"创作方法"，而文学史就因此成为现实主义与浪漫主义的发展、交替的历史，或者是现实主义与反现实主义的斗争史。事实上根本就不存在这种超历史的"创作方法"，不可能把古希腊罗马时期、文艺复兴时期、启蒙主义时期和 19 世纪的文学思潮拼凑成一个统一的"现实主义创作方法"，也不能把《诗经》、《楚辞》以及李白、郭沫若等归结为统一的"浪漫主义创作方法"，它们是不同的文学思潮，体现不同的美学倾向和风格。历史上的文学思潮都是特定时代审美理想的创造，而不是按照某种抽象的原则制造出来的，作为"反映现实的原则"的所谓"创作方法"纯粹是人为的虚构。同样，文学思潮也不是风格学上的概念，风格特征并不能成为文学思潮的确证，例如李白与郭沫若，都突出了激情和想象，但并不属于浪漫主义，因为古典时代和启蒙时代都没有反现代性的文学思潮的发生。

考察并摈弃了创作方法概念之后，我们就可以扫除障碍，重新揭示文学思潮的内涵了。诸如新古典主义、启蒙主义、浪漫主义、现实主义、现代主义等文学运动，都是历史上发生过的特定的文学思潮。它们不是某种固定的创作方法的产物，因此也不是不断重复的文学现象，而是一次性的、不可重复的文学运动。文学思潮是在特定的历史条件下发生的，而这种特定的历史条件的根据就是现代性。文学思潮是现代性的产物，是文学对现代性的一种特定反应。这就是说，考察文学思潮，就要考察现代性。

（二）现代性与文学思潮的时间性

思潮，《辞海》释为某一时期影响较大的思想倾向。梁启超在《清代学术概论》中最早引入"思潮"一词，并作了形象生动的释义："凡文化发展之国，其国民于一时期中因环境之变迁与夫心理之感召，不期而思想之进路同趋于一方向，于是相与呼应汹涌如潮然。始焉其势甚微，几莫之觉，寝假而涨，而达于满度，过时焉则落，以渐至于衰熄。凡'思'非皆能成'潮'，能成'潮'者，则其'思'必有相当之价值而又适于时代之要求者也。"[1] 这里已经强调了思潮是一种思想运动，并且是一种历史过程，具有了进化论的价值取向。

那么，什么是文学思潮？历史性是文学思潮的基本内涵。韦勒克这样强调文学思潮的历史性："它不是一个理想类型或一个抽象模式或一个种类概念的系列"，而是"一个以埋藏于历史过程中并且不能从这过程中移出的规范体系所界定的一个时间上的横断面"[2]。文学思潮是一种时间性的存在，正所谓"一代有一代之文学"。作为时间性的存在，文学思潮与现代性发生了关系，甚至可以说是现代性的产物。时间不仅仅是一种自然过程，也是一种历史现象。时间性的发现，才有了历史的自觉，而这就是现代性的作用。在前现代社会，自然时间还没有充分转化为社会时间，自然过程还没有充分转化为历史过程。时光是悠长

---

[1] 转引自吴剑杰《中国近代思潮及其演进》，武汉大学出版社 1989 年版，第 5 页。
[2] 韦勒克、沃伦《文学理论》，刘象愚等译，生活·读书·新知三联书店 1984 年版，第 306—307 页。

的，人们日出而作，日落而息，生产力发展极为缓慢，社会几乎是停滞的。这个时期，真正的历史还没有展开，时间性也没有被发现。古代西方人认为世俗生活是堕落的，只是通过苦行进入天国的预备阶段，因此历史不是指向未来，而是没有意义的。古代中国人认为历史是后向的、停滞的，由于从上古盛世坠落而陷入一治一乱的循环。现代性发生之后，人的价值被肯定，生产力高速发展，社会剧烈变革，时间性才被发现，历史才真正展开。现代（modern）本义就是区别于以往的时间性概念，它预设了现代与古代的区别，而现代性概念则指向未来，从而包含了一种进步的内涵。启蒙理性就是一种进步的观念，认为历史是从古代的蒙昧、压迫走向文明、解放的过程。黑格尔认为理念外化为历史，现代是走向自由的一个阶段。马克思则认为历史是人类走向解放的历程，现代是对传统社会的否定，是资本主义对生产力的解放，从而极大地推动了历史的进程，并最终导致共产主义对其的再次否定。利奥塔说的启蒙理性的两个大叙事——解放叙事和启蒙叙事，就是在时间性的基础上构造的。

在前现代的历史条件下，文学没有真正进入时间之流，文学的历史运动也没有真正展开，因此也不可能形成自觉的文学思潮。古代社会，文学基本上是循规蹈矩的、保守的，虽然有文学的发展、变迁，甚至也形成了不同的文学风格、主张、流派，但没有发生根本性的变革，也没有产生大规模的文学运动，也就是没有形成文学思潮。例如中国有多次古文运动发生，但这充其量只是传统文学模式内的一种回归，并没有根本的革新，因而算不上是文学思潮。正是由于现代性的时间性内涵，文学的历史才得以启动，文学思潮才得以形成。文学思潮是文学对自己的历史性的体认，它意识到文学是变动的、发展的，是以新代旧的过程，而传统的、凝固的、保守的观念被抛弃了，产生了新的文学主张、风格和流派。欧洲的文学思潮从文艺复兴时期就开始酝酿，中间经过新古典主义而发展为启蒙主义。新古典主义还打着复古的旗号（实际上是为现代民族国家张目），而启蒙主义则鲜明地打出了进步、革新的旗号。以后，无论是浪漫主义还是现实主义、现代主义，都自觉地顺应时间性，革故鼎新，否定旧的文学思潮，推行新的文学思潮，从而推动文学的进步。因此，从根本上说，文学思潮是对时间性的发现，而时间性是现代性的产物。

但是，文学的时间性与社会的时间性虽然有关联，但毕竟不完全同一，文学的时间意识既有对历史的认同，又可能走向与历史的对抗。这起源于现代性本身的矛盾性。卡林内斯库指出，现代性开启了两种对立的时间观，一种是"资本主义文明的客观化的、社会性的、可测量的时间"，另一种是"个人的、主观的、想象的绵延（durée），亦即'自我'的展开所创造的私人时间。后者将时间与自我等同，这构成了现代主义文化的基础"[1]。客观化的现实时间只是文学思潮的现实基础，而反抗、超越它的私人化的时间最终体现为审美时间。由于文学对现实的审美超越性，文学思潮可以肯定现代性，也可以否定现代性，文学中表现的时间性就有两个层面：基础层面是现实时间（历史），超越层面是审美时间（私人）。这样，虽然文学思潮体现了共同的时间性（历史性），但不同的文学思潮内部，就可能有不同的时间性取向。新古典主义是以过去来规范现在，它以古代（古希腊、罗马）文化为最高标的。启蒙主义则否定过去、指向未来，它以从蒙昧走向文明为依归。浪漫主义否定现在、指向过去，它以返回中世纪为依归。现实主义是关注现在的，它既不留恋过去，也不憧憬未来，而是执著于现在，进化论的时间性被弱化了。现代主义则完全颠覆了启蒙理性的时间观，认为无论是过去、现在还是未来，都是没有意义的虚无。

（三）现代性是文学思潮发生的原因

现代性导致时间性的发现，从而引发了文学思潮。文学思潮并不是自古就有的，而是现代性的产物。首先，文学独立是形成文学思潮的第一个条件，而现代性使文学独立成为可能。在现代性产生之前的古代社

---

[1] 卡林内斯库《现代性的五副面孔——现代主义、先锋派、颓废、媚俗艺术和后现代主义》，顾爱彬译，商务印书馆 2002 年版，第 11 页。

会，文学还没有获得独立，它还处于宗教（西方）或礼教（中国）的桎梏之下，成为一种附庸，而文学的自觉还没有形成，它不可能自主地冲击社会现实，因此也没有可能形成文学思潮。现代性发生之后，宗教或礼教统治瓦解，文学获得独立，于是才可能产生文学思潮。文学独立是现代性分化的产物，现代性的发生也是分化的过程。启蒙理性取代了宗教信仰，建立了自己的统治，同时也发生了分化，形成了工具理性与价值理性的对立。另一方面，世俗化的理性精神也成为人的精神的桎梏，于是就有对理性的反思、反抗、批判和超越，产生了艺术和哲学（以及现代宗教）等形而上领域，即现代性的反思—超越层面。这就是韦伯所说的"诸神不和"。审美现代性的产生，意味着文学的独立，它不再是意识形态的附庸，而与其分道扬镳，独立地执行着反思、批判社会现实的功能。文学独立，才有可能自主地表达对社会发展的意见，并随着社会的剧烈变迁而发动大规模的文学运动，形成文学思潮。

其次，传统社会向现代社会的剧烈变革是文学思潮发生的第二个条件，而现代性使这种变革成为可能。现代性发生之前的传统社会，生产力低下，社会关系凝固，社会发展迟缓，人的生存方式也没有发生根本性的变革。在这种历史条件下，虽然也存在着文学的发展，产生了不同的文学主张和文学风格，甚至产生了某些文学流派，但是，却没有产生对社会根本变革的自觉意识，也没有形成反传统的审美理想，因而也没有产生自觉的文学思潮。而现代性产生以后，传统社会向现代社会剧烈转变，产生了资本主义这一全新的社会形态。吉登斯揭示了现代性造成的传统的断裂性："现代性以前所未有的方式，把我们抛离了所有类型的社会秩序的轨道，从而形成了其生活形态。在外延和内涵两方面，现代性卷入的变革比以往时代的绝大多数变迁特性都更加意义深远。在外延方面，它们确立了跨越全球的社会联系方式；在内涵方面，它们正在改变我们的日常生活中最熟悉和最带有个人色彩的领域。"[1]资本主义不仅极大地解放了生产力，加速了社会的变革，也造成了人的生存方式

---

〔1〕 安东尼·吉登斯等《现代性的后果》，田禾译，译林出版社 2004 年版，第 4 页。

的根本性改变。一方面，它使人从人身依附中获得解放，成为独立的个体；同时，它也把人商品化，成为异化的人。正是社会生活和生存方式的根本变革，推动了文学对生活和人本身的独立思考和强烈态度。这样，文学思潮就从两方面获得动力，一是个体的独立，二是对异化的反抗。传统社会，文学家不是自由职业者，他们依附于宫廷贵族或教廷僧侣，以侍臣身份获取一定的年薪、俸禄，然后才能从事文学创作。经济上、身份上的依附地位妨碍了他们的人格独立。卡尔·曼海姆在追溯知识分子历史角色时，谈到知识分子的艺人雏形：行吟诗人和游吟歌手。其中"行吟诗人属于诸侯随从之列，携带武器，与他人的唯一区别就在于他的口才"[1]。而游吟歌手和表演者虽然是自由的局外人，但却被归入流氓和妓女的行列。到了后来，知识阶层中分化出来人文主义者。"人文主义者与社会的联系有两种类型：他们受赞助人保护，或者在大学或法庭中找到职位。在这两种情况下，他们要生活得好就有赖于其赞助人的心血来潮。"[2]中国传统文人也不是自由职业者，而是依附王权的"士"，他们的写作自由是有限的。市场经济的发展以及封建关系的解体，使人也包括作家获得了经济上和人格上的独立，作家可以不依附权贵而作为自由职业者写作，从而才有可能自由地表达自己的思想，并聚合为一种文学思潮。同时，人格的独立又是与人的异化同步的。在现代社会中，人摆脱了固定的等级身份，同时也无所依傍，被抛入了无情的市场机制中，命运无常，引起了对社会的批判和对生存意义的思考，形成了剧烈的思想运动，这是文学思潮的存在论基础。

现代性的诞生，促进了文学的社会化，这是文学思潮形成的第三个动因。在现代性确立之前，文学创作很大程度上是私人化行为，没有形成文学消费的市场。随着市场经济的发展，文学生产纳入市场经济，广大识字的现代市民成为读者群，形成了文学消费市场。文学消费反过来

---

[1] 卡尔·曼海姆《卡尔·曼海姆精粹》，徐彬译，南京大学出版社 2002 年版，第 119 页。

[2] 卡尔·曼海姆《卡尔·曼海姆精粹》，徐彬译，南京大学出版社 2002 年版，第 197 页。

也影响了文学创作，促进了文学生产。同时，由于公共社会的形成，各种新兴的文学社团出现，使文学生产成为社会性的事业，才有产生文学流派和文学思潮的社会基础。此外，现代传播手段也助长了文学的社会化。在传统社会，没有社会化的传播手段，文学作品以手抄本或说唱艺术的形式传播，不可能形成大规模的文学运动。现代性确立之后，文学传播迅速社会化。印刷出版业飞速发展，出现了报纸、杂志、书籍等现代传媒，推进了文学的传播。"文学开始由农业文明社会中的自做自赏的私人化操作转向现代出版业、印刷业为基础的社会性操作，特别是近现代报纸杂志的产生与发展，为文学的社会性操作提供了现代的传播媒介，同时也促进了不同文学样式的分化与发展。"[1]而且，现代性也带来了文学的世界化和全球化，从而也使文学思潮打破地域和国界，成为一种国际性的运动。

（四）现代性是文学思潮变迁的动力

现代性不仅引发了文学思潮，而且成为文学思潮变迁的动力。文学思潮作为对现代性的反应，是随着现代性的发展而变化的。基于文学对现实的超越性，在现代性未实现时，就发生了争取现代性的文学思潮；在现代性实现以后，就发生了反现代性的文学思潮。这样，现代性就可以解释文学思潮的历史。

欧洲最早发生的文学思潮是新古典主义。新古典主义承担的历史任务是建立现代民族国家，而现代民族国家是现代性的政治载体。传统国家是朝代国家，其合法性在于神意，君主不是以民族代表的身份而是以神的名义进行统治。现代民族国家的合法性在于民意，国家以民族利益代表的身份进行统治，这是理性精神在政治领域的实现。现代民族国家的充分形式是资产阶级民主共和国，而其前身或初级形式是被吉登斯称为"绝对主义国家"的中央集权的王朝国家。为了建立现代民族国家，

---

〔1〕 周海波、杨庆东《传媒与现代文学之间》，中国社会科学出版社 1986 年版，第 28 页。

必须动员一切政治的、文化的力量。特别是在现代民族国家的形成阶段——"绝对主义国家"时期，更需要包括文学在内的文化的支持，以造就民族国家这个"想象的共同体"。因此，新古典主义高扬理性，强调国家意识形态；讲求规范，把文学形式理性化。中国的新古典主义是革命古典主义，这与中国在近代沦为半殖民地、半封建国家有关。中国要建立现代民族国家，首先要争取民族独立，进行民族民主革命。因此，中国的新古典主义就是鼓吹革命的革命古典主义。中国的革命古典主义突出地强调了政治理性，并建立了自己的文学规范（如理想主义、典型化等）。辛亥革命前就有革命古典主义的滥觞，五四启蒙主义消退以后，又从苏联引进了"社会主义现实主义"即革命古典主义，这个思潮一直延续到"文革"结束。

启蒙主义是争取现代性的启蒙时代的文学思潮，启蒙理性成为其主导思想。启蒙理性以个体价值为本位，宣扬天赋人权、自由平等的思想观念。启蒙主义确立的理性和主体性原则，成为现代性的核心。启蒙主义文学坚持理性，主要是人文理性，宣传自由、平等、博爱思想，相信人的崇高和伟大，体现着理性主义的乐观精神。欧洲 18 世纪以及俄国 19 世纪是启蒙主义的时代。中国启蒙主义文学思潮在辛亥革命前后滥觞，而在五四时期形成高潮。五四以后，社会革命兴起，由于中国现代性与现代民族国家的冲突，救亡压倒了启蒙，启蒙主义消退。革命古典主义兴起。20 世纪 80 年代，争取现代性任务再次提出，启蒙主义重新成为主潮，产生了如伤痕文学、朦胧诗、反思文学、改革文学、寻根文学、先锋文学等流派。新时期的新启蒙主义承继了五四启蒙主义传统，批判变相的封建主义，宣传人道主义。新启蒙主义延续到 80 年代末，在市场经济兴起的后新时期退潮。

浪漫主义是现代性开始确立时代的文学思潮，是文学对现代性的第一次反抗。浪漫主义反对工业文明、工具理性和世俗化的统治。欧洲 19 世纪上半叶，市民社会取代了贵族社会，近代工业文明取代了传统农业文明。资本主义现代化虽然是历史的进步，但却使人类付出了代价，城市化破坏了自然，科学排斥了人的灵性，世俗精神取代了高贵的气质。文学作为超越现实的"自由的精神生产"开始反抗早期现代性的压迫。它讴歌田园生活，回归自然，甚至缅怀中世纪，反抗城市文明；以想象、激情甚至神秘主义和病态的颓废情绪来对抗理性的现实；以理想和诗意来对抗世俗的生活。欧洲中世纪的希伯来文化传统和贵族精神成为浪漫主义文学的思想资源。正如浪漫主义思想家马丁·亨克尔对浪漫主义的说明："浪漫派那一代人实在无法忍受不断加剧的整个世界对神的亵渎，无法忍受越来越多的机械式的说明，无法忍受生活的诗的丧失……所以，我们可以把浪漫主义概括为'现代性'的第一次自我批判。"[1]中国浪漫主义发生于五四以后，由于工具理性和现代城市文明的发展，引起了反弹。以沈从文为代表的浪漫主义留恋和讴歌走向没落的乡村文明，抵制和批判堕落的城市文明。后新时期市场经济的发展，同样引起了反弹。张承志、张炜代表的浪漫主义批判现代城市文明导致人的心灵的堕落，主张到农村、宗教中寻找"清洁的精神"。

现实主义是现代性获得迅速发展时代的文学思潮，是对现代性的第二次反抗。欧洲19世纪下半叶，资本主义现代性已经迅速发展，在推进生产力发展的同时，其黑暗面也日益显露，启蒙时期的人道主义理想落空。于是，现实主义以人道主义为武器、以写实为手段来揭露资本主义带来的社会灾难和人性的堕落，从而成为继浪漫主义之后又一次对现代性的批判。中国的现实主义发生于五四以后，在农村保留封建经济制度的同时，城市资本主义有了一定的发展，因此也引发了对它的揭露和批判。以老舍为代表的现实主义站在人道主义立场上，揭露官僚资本主义社会的黑暗，同情小市民（如进城农民骆驼祥子）的悲惨命运，批判现代社会人性的堕落。在新时期启蒙主义衰落后，由于市场经济的兴起，后新时期现实主义重新发生，产生了带有自然主义倾向的新写实小说和"现实主义冲击波"。它展示平庸琐碎的日常生活，对现代人的命运给以无奈的抗议和严肃的批判。

现代主义是现代性走向成熟时代的文学思潮，是对现代性的彻底抗

---

〔1〕 转引自刘小枫《诗化哲学》，山东文艺出版社1986年版，第5—6页。

议、对理性的全面反叛。20世纪以来，资本主义发展到成熟阶段，现代性的黑暗面突出显现，社会生活已经全面异化。启蒙理性神话破产，非理性思潮蔓延。文学也开始全面反叛现代性和理性，抗议人的异化。存在主义哲学成为现代主义的理论基础。现代主义揭穿理性的虚伪，揭露世界的异己性、非人性，揭示生存的荒诞和无意义。现代主义关注个体精神世界，展示人的心理体验，表现现代人的孤独、苦恼和绝望。由于现代性已经出现，中国的现代主义在五四以后发生，包括唯美主义、新感觉主义等。在现代性获得发展的后新时期，也产生了现代主义思潮，如"后朦胧诗"以及各种前卫小说。

综观中国现代文学的历史，由于争取现代性与建立现代民族国家的任务之艰巨、漫长，所以启蒙主义和革命古典主义成为主潮，主导了20世纪中国文学；而诸如浪漫主义、现实主义、现代主义等反现代性文学思潮则相对薄弱，没有形成主潮。

第一章 现代性与中国文学思潮

一、中国文学现代性与中国现代文学的未完成性

（一）关于近、现代文学分期的考察

现行的中国历史教科书包括文学史教科书，划分了古代、近代与现代：1840 年鸦片战争前为古代；鸦片战争至 1919 年五四运动前为近代；五四以后，中国就开始了现代史，包括现代文学史。这种划分是否合理？根据何在？必须加以考察。

近代概念并不是世界公认的，它是前苏联的史学概念。英文中没有近代与现代之分，modern 一词指 16 世纪以来的欧洲历史。西方历史分期为古代、中世纪、现代，modern 就指这个"现代"。中文有时译作现代（指十月革命以后），有时译作"近代"（指文艺复兴至十月革命期间），这并不符合本意，而是按照苏联历史分期的曲解。俄国传统史学与欧洲一样，把欧洲历史分为古代、中世纪和现代，在俄文中这个"现代"是 HOBOE BPEMЯ，意为"新时代"。十月革命以后，苏联历史学家认为，十月革命开辟了人类历史的新纪元，因此应该把十月革命以后的历史称为 HOBEЙЩEE BPEMЯ，意为"最新"时代。于是，人类历史就被划分为古代（含中世纪）、新时代（文艺复兴至十月革命的资本主义时期）、最新时代（十月革命以后的社会主义革命时期）。在

中文的翻译中，HOBOE BPEMЯ即新时代被译为"近代"，意为新时代；HOBEЙЩEE BPEMЯ即最新时代被译为"现代"。于是，现代被一刀两断，以十月革命为界，划分成近代和现代。显然，近代与现代之分，是依据一种意识形态标准，而不是依据历史发展水平。中国解放以后，沿用了苏联的历史分期，以五四运动为界来划分近代与现代。为什么以五四为界呢？因为五四运动被看作是十月革命在中国的反响，它开辟了中国新民主主义革命的历史新阶段。这样，鸦片战争至五四运动前为中国近代史，五四运动以后为中国现代史。显然，这种历史分期也依据意识形态标准，而不是依据历史发展水平。历史分期应依据以生产力为基础的社会发展总体水平，而不能仅仅依据政治革命标准。而且，关于五四的历史定性也不尽合理。如果说的是五四新文化运动，而不是五四救亡运动，那么它的性质是一种争取现代性的启蒙运动；它引进了多种现代思想理论，包括后期从苏俄传播到中国的马克思主义，但马克思主义并不是五四新文化运动的主流思想，只是在五四新文化运动转化为政治革命运动后，马克思主义才成为主流思想。

对文学而言，这种历史分期更不合理。中国文学史分期也以五四运动为界，把鸦片战争至五四运动前划入近代文学史，把五四运动以后划为现代文学史。这种历史分期的荒谬性是显而易见的。首先，它不是依据文学发展的历史水平，而是以政治革命史代替文学史，因而不符合中国文学的实际。其次，按照这种文学历史的划分，中国的近代文学史只存在了79年，时间既短，没有形成明显的文学思潮，也没有产生诸多的经典和文学大师，根本不能与欧洲的"近代"相比肩，而且作为一个与古代文学（两千余年）、现代文学（至今已经近百年，还要延续下去）并列的大的历史阶段，并不相称。再者，这种文学史的划分，割裂了五四前与五四后文学历史的整体性，割断了中国现代文学史的连续性。五四以后的文学与五四以前的文学是紧密联系在一起的，不能截然分割开来。五四启蒙主义发源于辛亥革命前后的启蒙主义滥觞；五四以后的革命古典主义，发源于辛亥革命前后的新古典主义的滥觞；五四以后的浪漫主义、现代主义也有辛亥革命前后审美主义的滥觞。最后，现行文学史把欧洲17世纪的古典主义、18世纪的启蒙主义、19世纪的浪漫主义、现实主义都划入近代文学思潮，而把五四文学思潮定性为现实主义、浪漫主义，并划入现代文学思潮，这明显地发生了矛盾。因此，现在通行的历史分期是不合理的，它搞乱了中国文学发展的历史线索。考虑到近代概念本身的不合理性，我们可以不使用这个概念，而采用世界通行的现代概念，用以界定一百多年以来的中国文学的性质。这就是说，从鸦片战争以来，中国的现代史就开始了；同样，中国现代文学史也就开始了。在这个意义上，一些学者主张打通20世纪中国文学，突破近、现代界限是有合理性的。但是，20世纪固然是一个自然的时段，20世纪中国文学是一个人为的划分，不能科学地切分中国文学的历史，因此不仅仅是要形成20世纪中国文学的概念，而且要形成新的中国现代文学的概念，即把从鸦片战争到现在的文学历史作为完整的中国现代文学史进行研究。

那么如何划分古典文学与现代文学呢？认定现代文学的依据，只能是现代性和文学现代性。

（二）文学现代性与现代文学

首先要考察现代性与现代文学的关系，这涉及到两个方面，一是现代性对现代文学的决定作用，从而发生了现代文学的各种形态；二是文学对现代性的反叛，从而形成了文学现代性。

现代性具有感性层面，这就是感性现代性；也具有理性层面，这就是理性现代性；还具有超越性层面，这就是反思现代性。现代性的分化，引起了文学的分化，产生了通俗文学、严肃文学和纯文学等形态。这就是说，文学现代性首先表现为文学的分化，传统文学的一元化转化为不同的形态。传统文学虽然也有上层文学（如中国的士大夫文学和欧洲的贵族文学）与民间文学之分，但民间文学还不是真正意义上的文学；而上层文学则是一元化的形态，它还没有形成真正的雅俗分流。而现代性发生之后，这个分化开始了。感性现代性是对人的自然欲望的肯定和解放，在这个基础上，产生了通俗文学。通俗文学是大众化的文学，它的基本特性是消遣娱乐性，满足人的感性欲求。虽然通俗文学也有理性层面，因此体现了意识形态意义；也具有审美层面，具有超越性的审美意义，但消遣娱乐性是主导的，主要发挥舒缓理性压抑的作用。理性现代性是启蒙理性，是一种现代的意识形态。在这个基础上，形成了严肃文学。严肃文学体现了某种意识形态，是文学对现实的理性态度，具有社会历史意义。虽然严肃文学也有感性层面，因此具有消遣娱乐性；也有超越层面，具有审美意义，但意识形态性是主导的，主要发挥现实教化作用。反思现代性是对现代性的超越和批判，在这个基础上形成了纯文学。纯文学是对生存意义的思考，是对意识形态的超越，具有审美价值。虽然纯文学也有感性层面，因此具有消遣娱乐性；也有理性层面，具有意识形态性，但审美价值是主导的，主要发挥审美超越作用。

第二个方面就是文学对现代性的反叛。现代文学虽然要以现代性为基础，但文学的现代性不是对现代性的认同、肯定，而是对现代性的超越、否定。这是由文学的性质决定的。文学虽然离不开社会现实，并且与一般文化相联系，但文学不是现实的反映、复制，不是一般文化的等价物，它的性质不是由它们决定的。文学有三个基本层面：一个是原型层面，它与无意识相对应，具有非理性的性质；一个是现实层面，包括感性层面和理性层面，在这个领域文学受制于社会、文化；一个是超现实的审美层面，在这个领域文学以其审美意义超越社会、文化，文学成为社会、文化的异质因素，它以自由的名义批判现实。审美层面是文学的最高层次，因此审美意义是文学的本质。以上分析的现代性的三个层面，也与文学的三个层面相对应。特别是文学的超越层面，以其审美价值超越现代性、反思现代性、批判现代性。由于文学的基本特质在于审美，因此，可以说文学现代性就是一种反思现代性，就是对现代性的超越。这就是说，当社会、文化获得了现代性之后，文学并不肯定这种历史进程，它在现代化过程中洞察了人性的异化和自由的丧失，因而它反抗理性的统治，批判现代化和现代性。通过这种对理性的批判，文学捍卫了人的自由，并为人揭示了生存的真义。只有当文学达到这种历史水准时，它才真正获得了文学的现代性，才属于现代文学的范畴。历来许多论者没有区别开社会现代性与文学现代性，把理性精神当作现代文学的本质属性，从而造成对文学史判断的失误。

但是，由于文学现代性的实现是一种历史过程，并不是现代性发生之时，文学现代性就实现了，或者说现代文学就完成了。由于文学的现代性与社会的现代性之间的不一致性，现代文学史与现代社会史之间并不同步。社会的现代史意味着对理性精神的肯定，而文学的现代史则意味着对理性精神的否定。因此，文学的现代性要比社会的现代性来得晚一些。只有当现代社会走向成熟，理性的弊病充分暴露时，才发展了其否定力量，形成文学现代性，这就是现代文学。欧洲从16世纪就开始进入现代史，但文学现代性的获得还要经过相当长的时期。文艺复兴时期文学并没有批判理性和现代性，而是在呼唤理性和现代性，它以人文理性反抗宗教蒙昧。17世纪古典主义文学更是尊崇国家理性，把社会责任提到至高无上的地位，以文学想象现代民族国家，而忽视感性和个体价值。启蒙文学以自由作为人的理性本质，开始了争取现代性的文学运动。19世纪浪漫主义、现实主义文学开始批判现代化带来的弊病，以自然与人性来反抗社会对人的压抑，但并没有完全摆脱理性精神。这就是说19世纪文学并没有彻底否定启蒙理性，反而借助理性来救治社会弊病，对现代化的批判尚没有导致对理性的信念的丧失。只是从19世纪末和20世纪初，特别是"一战"以后，由于现代资本主义的弊端充分显露，理性对人的桎梏变得不能忍受，才出现了非理性的现代主义思潮。现代主义控诉资本主义现代化带来的异化，反抗理性对人的摧残，表达对生存意义遗失的迷惘、恐惧和荒诞感。现代主义文学从内容到形式都非理性化了，它标志着文学现代性的真正确立和现代文学的完成。这就是说，从世界范围看，从16世纪到19世纪，虽然已经展开了现代文学的历史，但是由于文学现代性并没有充分确立，因此并没有真正达到文学的现代阶段，而只是由古典到现代的过渡阶段，在这个意义上，使用传统的近代性概念也有某种合理性。

现代文学或文学的现代性除了批判启蒙理性这一根本特征外，还有其他一些派生的特征。

第一，文学独立。古典时代文学依附于意识形态（在欧洲是宗教，在中国是礼教），未获独立，文学充当一种教化工具，审美本质未充分实现。现代文学摆脱意识形态控制（当然不是说不受意识形态影响），甩掉了社会功利主义的重负，独立地承担起审美批判的职能，成为现代人领悟生存意义的手段。这意味着文学的审美本质获得充分实现。另一方面，由于市场经济的发展，俗文学的消遣娱乐功能充分发挥，它从另一个角度瓦解了意识形态对文学的控制。19世纪末和20世纪初产生的唯美主义、表现主义首先抛弃了理性主义，以后新小说、荒诞派、存在主义文学等进一步非理性化，文学与正统意识形态发生对抗，成为独立的批判武器，也成为现代人超越现实、实现精神自由的特殊生存方式。

第二，反传统。古典文学带有保守性，形成了经典规范。现代文学则以反传统、打破规范为宗旨，这是现代文学的非理性所致。古典文学的理性内容和形式规范都被打破，现代文学形成了全新的叙事方式，意识流、心理时空、内心独白、多元叙事等使文学的面目全非。而且，现代主义并没有把新的模式固定化，它不断形成新的流派，不断自我否定，传统不断被突破。

第三，世界文学。古典文学带有封闭性，未形成世界文学体系。现代文学打破民族文学界限，各民族文学充分交流、融合，形成了统一的文学思潮和世界文学体系。文艺复兴至19世纪末，文学的世界化已经开始，在欧洲形成了统一的文学思潮。但这种世界化并不充分，它还只限于欧洲。只是到了20世纪，才扩展到欧洲以外的国家，真正的世界文学才逐渐形成。20世纪世界文学形成了同步发展的趋势，欧美文学与发展中国家文学的历史差距正在缩小，逐步趋向于形成统一的文学思潮。在全球化的历史潮流中，这个趋势日益加强。

第四，文学主体的现代化及雅文学与俗文学的分流。古典文学的主体是传统知识阶层（欧洲的贵族，中国的士大夫）和民间群众，由此形成了古典雅文学和民间俗文学。现代社会产生了城市知识分子和市民大众，他们成为现代文学的主体，由此也形成了现代雅文学与俗文学各自分流、发展。雅文学充分发展文学的社会价值和审美价值，满足知识分子的社会的和超越性的追求，走向高雅、精致化。俗文学以其消遣娱乐性适应市场经济，满足市民大众的休闲需求，走向通俗化、趣味化。同时，俗文学摆脱卑微地位，成为文学的主体部分。

以上是对文学的现代性和现代文学的特征的考察。据此，我们可以对现代中国文学史进行考察。

（三）未完成的文学现代性与中国现代文学

首先遇到的问题是中国现代史发端问题。如果抛弃苏联的近代、现代分期，而采用世界公认的古代、现代（中国无中世纪，故用二分法）分期，那么就应该把鸦片战争作为中国现代史开端。中国的古代社会是被外来力量打破的，这与欧洲文艺复兴借助古希腊、罗马文化传统不同。鸦片战争打破了封闭的封建中国，强行引进西方文化，把中国纳入世界史进程。鸦片战争后，中国由不自觉到自觉地开始了现代化进程，洋务运动、戊戌变法、辛亥革命、五四新文化运动，从经济到政治到文化，取法西方，全面进行了现代化的实验。由于中国传统文化中缺乏现代性的萌芽，现代化只能借助西方文化。鸦片战争以来，中国的封闭性社会被打破，开始向世界开放，西方现代性精神（五四时期归纳为科学与民主）成为中国现代化的基本动力。因此，鸦片战争就成为中国现代史的开端。

这意味着中国现代文学史也大体上从鸦片战争开端，直到整个20世纪，中国文学也就进入现代文学史的范围。但是，事情并没有这样简单，因为文学的变化可能滞后于社会的变化。鸦片战争后，中国逐步沦为半殖民地、半封建（还应该补充一句：半资本主义）社会，在这个过程发展到一定阶段时，才发生了中国的现代文学运动。中国现代文学的开端实际上要到19世纪末，特别是梁启超等发动的"三界革命"（诗界革命、文界革命、小说界革命）。在这个时期，中国文学受到西方文学的实质性影响，开始了现代转型运动，在文学主体上、思想理论上、创作上、文体上、语言上、传播方式上都发生了现代性的转化。郭延礼[1]、伊滕虎丸[2]、陈平原[3]等都主张中国现代文学史从 1898 年开始，也是基于这个理由。但是，这并不意味着从鸦片战争或者从 1898 年开始，中国文学就真正地获得了现代性，已经完全走出了古典阶段。整个 20 世纪的中国文学在总体上是争取现代性和现代民族国家，而反思、批判现代性的文学思潮一直没有成为主流，这意味着它并没有充分获得和完成文学现代性。我们已经证明，文学的现代性以对理性的批判为前提，而整个 20 世纪中国文学的主流并没有批判现代理性，反而受理性支配。这表明，20 世纪中国文学只是由古典到现代的过渡阶段，还没有完成文学现代性。

19 世纪末，传统文学走向衰落，一些文学思想家企图借鉴和吸收西方文学思潮和文学思想，实现中国文学的现代化，于是就发动了"三界革命"。由于当时对西方文学所知不多，介绍既少，对传统理性也没有加以批判，所以这种汇通中西文学的现代化努力没有成功。中西文学初次对话努力的失败，导致五四运动对传统文学的全面反叛和全盘西化。

五四文学革命激烈反对古典文学传统；全面输入欧洲文学思潮，以期完成中国文学的现代化。但是，这场文学革命是在科学、民主的旗帜下进行的，也就是说在理性的旗帜下进行的，它呼唤、宣传理性精神，批判迷信和专制，而没有批判、反抗理性，因为当时理性还是救国救民的神圣之物。从文学自身看，它以人道主义为旗帜，引进欧洲的启蒙主义思潮（同时也引进了浪漫主义、现实主义等文学思潮），反对中国文学的古典传统。启蒙主义还不是现代文学思潮，它们未摆脱理性精神。五四文学对欧洲 20 世纪的现代主义未予重视，它的非理性倾向使五四

---

〔1〕 参阅郭延礼《中国文学由古典向现代的转型及其文学史意义》，《文艺研究》2002 年第 6 期。

〔2〕 引文是伊滕虎丸 1986 年 7 月 2 日在北京大学关于"二十世纪中国文学"的两次座谈会上的发言，参见钱理群、黄子平、陈平原《二十世纪中国文学三人谈·漫说文化》，北京大学出版社 2004 年版，第 103 页。

〔3〕 陈平原《二十世纪中国小说史》第一卷，北京大学出版社 1989 年版，第 1 页。

文学难于接受。这表明，五四文学是争取现代性的文学，而尚未获得文学现代性。

五四以后，中国文学发展方向发生根本性转变，文学的任务由争取现代性转为争取现代民族国家，主流文学思潮由西化转向苏化，即批判西方人文理性和启蒙主义思潮，引进苏联政治理性和"社会主义现实主义"（即革命古典主义）思潮。由"革命文学"发端，到左翼文学、抗战文学和建国以后的文学，直至"文革"文学，中国文学受到政治理性的强力支配，阶级性、意识形态性成为文学的本质，"文艺从属于政治"、"文艺为政治服务"乃至"文艺是无产阶级专政的工具"等成为不可怀疑的信条。"文革"中产生的"样板戏"以其突出的理性化模式，使古典主义走到极端。五四以后也有反现代性文学思潮的产生，如沈从文等代表的浪漫主义，老舍等代表的现实主义，李金发、刘呐鸥、穆旦等代表的现代主义，但是这些思潮都没有发展起来，没有成为主流。

新时期文学开始批判"左"的政治理性主义，恢复五四时期的人文理性，人性、人道主义、主体性成为文学的灵魂，而五四的启蒙主义传统得到恢复，革命古典主义被批判。尽管结束了政治理性主义的统治，但新时期文学仍未获得文学现代性，因为它仍然在争取和受制于启蒙理性。新时期文学为人道主义欢呼，它并没有批判、反抗理性精神。与五四文学相似，新时期启蒙理性作为中国现代化的动力，具有无可怀疑的进步性、合法性，历史还没有把对它的批判提到日程上来。

新时期文学批判极端化的革命古典主义（"两结合"），开始向现代文学转型，但主流仍是启蒙主义，后新时期发生了现实主义（新写实等）、浪漫主义（张承志、张炜等）、现代主义（后朦胧诗以及先锋小说），但仍为支流。先锋文学反传统的试验虽然取得了一些成果，但并未成为普遍潮流。

20世纪中国文学，虽然已经向西方文学撷取了新的思想和形式，使中国文学偏离古典传统，面貌发生了很大变化，但总体上说，对传统的延续、继承多于对传统的变革、反叛。20世纪中国文学主流在一些基本方面与传统文学一脉相承,如社会化主题(关注社会问题而不是个体命运或个体生存体验)、理性化思想(道德或政治宣传)、理性化人物、传统叙事方式、大团圆结局等。这表明反传统尚未成为 20 世纪中国文学的主导倾向。

世界文学也是五四文学革命的口号。五四文学打破保守封闭的古典传统,向世界文学开放,引进欧洲文学思潮,反对文学上的华夏中心主义。但是,五四文学并未实现"充分的世界化"(胡适语),因为它虽然主张全面西化,但引进的是欧洲 19 世纪文学思潮,而冷落了 20 世纪现代主义,这就造成了五四文学与世界文学的历史差距。五四以后,苏化代替西化,主流文学拒斥西方文学,仅向苏联文学开放,这种半封闭倾向持续到 20 世纪 60 年代,至"文革"中批判"封、资、修"文艺,对世界文学全面封闭,致使中国文学走向绝境。新时期文学恢复向世界开放,大量引进世界文学新思潮,但主要仍为启蒙主义,现代主义未成为主潮,这表明中国文学未与世界同步发展,未完全融合于世界文学之中。

五四文学开始更换文学主体,传统的士大夫文学(贵族文学传统薄弱)让位于新兴的城市知识分子的文学。五四新文学反对贵族文学、士大夫文学,提倡平民文学,主要是城市知识分子的雅文学。而对新兴的商品化的俗文学,五四文学采取了排斥态度,这意味着大众没有成为俗文学主体。这种倾向一直延续到以后(如对鸳鸯蝴蝶派、礼拜六派的排斥)。"革命文学"以后,普罗文学、大众文学、工农兵文学取代平民文学,工农大众取代城市知识分子成为文学主体,但是,工农大众只是作为文学教化对象而非真正文学主体。这种文学既非雅文学,因为它以大众化、通俗化为宗旨;也非俗文学,因为它排斥商品化的通俗文学。雅文学的审美品格和俗文学的消遣娱乐性都被排斥,而只有政治教化特征得到承认。这意味着知识分子和市民大众都失去了文学主体的地位,也意味着 20 世纪中国文学在数十年中没有完成雅俗分流的现代化任务,反而对现代雅文学和俗文学加以排斥。

新时期文学恢复了雅文学传统,城市知识分子成为文学主体。但俗文学仍然未获充分发展，没有得到应有承认。只是在 20 世纪 90 年代，由于市场经济的发展，才使商品化的俗文学迅速发展起来，冲击着雅文学，从而开始了现代雅文学与俗文学的分流。但是，这种分化刚刚开始，雅文学和俗文学都不够成熟，文学界对这种分化还不适应，如 90 年代初展开的关于"人文精神"的讨论，就表现出对俗文学兴起的抵触。

同样，20 世纪中国文学主流也没有充分具备现代文学的其他一些特征，如文学独立、反传统、世界文学以及现代文学主体等，这些新文学的特性都没有得到充分发展。

文学独立曾经是五四文学的口号。五四文学反对文以载道的传统文学观，主张文学独立，但它并没有彻底实践这一主张，因为它反对的是封建之道，而不反对并且主张文学载启蒙之道，不管创造社的"为艺术的艺术"还是文学研究会的"为人生的艺术"，实际上都是在人道主义指导下，以文学为启蒙武器，为救国新民而奋斗。五四文学并没有真正抛弃社会功利主义，它与欧洲唯美主义的"为艺术而艺术"本质上不同。因此，才有五四以后文学的政治理性化转变。

五四以后，苏联的政治功利主义文学观支配了文坛，文学载上了政治之道，成为革命宣传的工具，文学独立的思想受到批判，"文艺从属于政治"、"文艺为政治服务"的信条得到普遍承认。这种趋势一直延续到"文革"结束。

新时期文学批判了"从属论"，文学获得了一定的独立性。新时期文学从狭隘的政治功利主义下解放出来，但它并没有真正走向独立，因为它还没有摆脱直接的社会功利目的，是为启蒙服务的；它主要关注社会现实问题而还没有更多地关注精神冲突和生存意义问题。总之，20 世纪中国文学的主流还是功利主义支配下的文学，启蒙和建设现代民族国家的历史任务迫使文学充当了它的工具。

反传统是五四文学的特色，但它并不彻底。五四文学反对古典主义，但它借助的工具是欧洲启蒙主义。启蒙主义虽然超越古典主义，但并未摆脱理性倾向，因而不能彻底反叛古典主义。启蒙主义与古典主义同源于古希腊、罗马传统，文学模式一脉相传。作为源于希伯来传统的浪漫主义是欧洲新古典主义的真正敌手，它以非理性的反叛精神彻底地终结了新古典主义。而中国没有非理性的文化传统，浪漫主义也未成为五四文学的主流，以后的发展也受到阻碍。这就导致对古典主义传统反叛不彻底。更重要的是，现代主义没有在五四文学中得到发展。只有现代主义的非理性倾向才能彻底冲击古典主义的理性化传统，而现代主义的弱小造成了对古典主义批判不力，因此才有五四以后革命古典主义的兴起，古典传统的回归。这种向传统的回归，在"文革"中达到极点，"样板戏"创作经验，"三突出"原则，成为古典主义模式的翻版。

通过以上考察，可以得出以下几点结论：

第一，现在通行的近代文学与现代文学的分期是不合理的。近代与现代的区分，是苏联历史观的产物，近代文学与现代文学的区分，更不符合文学自身的历史实际。因此，应该打通近代文学与现代文学，建立统一的现代文学史。

第二，现代中国文学主要是争取现代性和现代民族国家的文学，反现代性文学思潮如浪漫主义、现实主义、现代主义等没有成为主流。这意味着中国现代文学的主流并没有完成文学的现代性，只是由古典向现代过渡的阶段。

第三，现代主义是现代文学成熟的标志。由于中国社会现代化的进展，现代性的完成，必然导致现代主义的发轫；21世纪将真正开始中国文学的现代史，并且最终完成文学现代性。

二、现代性视野中的中国文学思潮史

关于现代中国文学思潮的历史，传统的叙述是这样的：五四文学思潮是现实主义、浪漫主义；五四以后直至"文革"时期的主流文学思潮是"社会主义现实主义"；新时期文学是现实主义的复兴，等等。这种文学史的叙述存在着诸多问题，一是仍然遵循着苏联的现实主义文学史观，抹杀了其他文学思潮（如现代主义等）的合法地位；二是依照苏联文学理论，对各种文学思潮的界定有误，特别是抹杀了启蒙主义文学思潮的存在，误读和误判了浪漫主义和现实主义，并且把革命古典主义当作现实主义。现在，这种叙述已经失效，新的历史叙述正在形成中，但目前还没有达成共识。解决这个问题的关键是从现代性的角度重新界定文学思潮概念，并且重新叙述 20 世纪中国文学思潮的历史。

文学思潮是对文学现代性的审美反应，而在不同历史阶段，对现代性的审美反应有所不同，从而就形成了不同的文学思潮。

中国现代文学思潮不仅为现代性所推动，而且也为现代民族国家的历史要求所制约。这就是中国现代文学思潮史的两个基本动力，它们决定了中国现代文学思潮的基本走向。

（一）五四启蒙主义文学思潮的兴起

中国第一个现代文学思潮是五四期间发生的启蒙主义，这是争取现代性的文学思潮。作为中国启蒙运动的五四新文化运动，引进欧洲的启蒙理性，批判封建主义，呼唤现代性。启蒙理性包括工具理性和价值理性。五四运动高举科学、民主的旗帜，这是启蒙理性的旗帜。五四启蒙运动自觉地以文学为武器，通过对传统文化的反思和批判，达到改造国民性和建设现代文明的目的。因此，五四新文学运动成为五四启蒙运动的重要一翼。五四文学思潮是批判封建主义、争取现代性的启蒙主义，不同于反思、批判资本主义和现代性的浪漫主义、现实主义。鲁迅与文学研究会，郭沫若与创造社，批判的矛头始终对准封建主义。五四文学在科学、民主的旗帜下，批判吃人的礼教，揭示国民性的愚昧，旨在建立像"今日庄严灿烂之欧洲"（陈独秀语）那样的现代社会。对现代性的肯定态度决定了五四文学的启蒙主义性质。

与欧洲启蒙主义一样，五四启蒙主义也具有科学主义倾向。五四启蒙者讴歌新的生产力，对人类的未来充满了乐观的憧憬，郭沫若称颂工业化的产物（轮船）为"二十世纪的名花！近代文明的严母呀！"（《笔立山头展望》）他高喊着："力呦！力呦！力的绘画，力的舞蹈，力的音乐，力的诗歌，力的律吕呦！"（《立在地球边上放号》）这个力是以现代科技为基础的人类征服自然的力量。被称为写实主义文学的一派受科学主义的影响更大，如茅盾就以科学主义的立场提倡写实主义。五四科学主义的重要内容是进化论。达尔文的进化论传播到中国，演变成了社会达尔文主义，并成为进化的历史观的根据。这种科学观是启蒙主义的，与现实主义的实证科学观不同。它不仅对人性的进步充满信心，而且对科学的昌明寄予希望。对科学精神的歌颂是与启蒙主义文学的主题是一致的。

同样，五四文学与欧洲启蒙主义文学一样，具有人文主义倾向，如鲁迅批判国民性、控诉吃人的旧道德，郭沫若讴歌理性的自我，郁达夫抒发内心的苦闷，王统照强调爱与美，冰心塑造童心等等。这些主题属于启蒙主义，而不属于浪漫主义或现实主义。从文学主张上看，五四文学接受了西方人道主义和个性解放的思想，李大钊提倡"以博爱心为基础的文学"，周作人提倡"人的文学"，文学研究会提倡"为人生"的文学，创造社主张"表现自我"等等，都是启蒙主义的思想主张。启蒙主义宣扬的个性主义是与对国家、民族命运的关注结合在一起的，如鲁迅的"救救孩子"呼吁，对阿Q的灵魂与命运的解剖是为了反思国民性和总结辛亥革命失败的教训。即使郁达夫的颓废、感伤也与国家的命运联系着（《沉沦》）。

与欧洲启蒙主义一样，五四启蒙主义没有发生主观性与客观性的分裂。它不是纯粹的客观写实，也不是纯粹的主观表现，而是把客观的写实与主观的表达融合为一。首先，它不具备现实主义的充分的客观性。鲁迅的作品因写实手法而被看作是现实主义，但《狂人日记》等有很强的主观性；而且像《阿Q正传》这样的作品也在客观写实中糅合了明显的主观性（如喜剧化的描写和夸张等）。其次，五四文学也不具有浪漫主义的充分的主观性。不用说文学研究会的写实倾向，即使被看作浪漫主义者的郁达夫，他的作品在主观表达的同时也展开了客观的描写，远没有达到欧洲浪漫主义的极端主观化。

与欧洲启蒙主义一样，五四启蒙主义也具有平民主义性质。五四启蒙运动的主体是新产生的城市平民知识分子，他们提倡平等、民主，这是一种政治上的平民主义。五四文学主张平民文学，白话文运动的内涵就是平民主义，是文化上的平民主义。陈独秀在《文学革命论》中就提出了"推倒雕琢的阿谀的贵族文学，建设平易的抒情的国民文学"。周作人也提出了平民文学的主张。茅盾提出"扫除贵族文学的面目，放出平民文学的精神"[1]。五四文学不是写英雄豪杰、上流社会，而是写农民、小市民和平民知识分子等小人物，关注他们的命运、同情他们的遭遇，体现了鲜明的平民精神。

在苏联文学理论传入中国并取得支配地位以后，五四文学被界定为浪漫主义（郭沫若和创造社）和现实主义（鲁迅和文学研究会）。但实际上创造社当时并没有提倡浪漫主义，也没有认定自己属于浪漫主义。创造社的理论家郑伯奇说："19 世纪初期英法德俄各国平民那种放荡的精神，古代追怀的情致，在我们的作家是少有的，我们所有的只是民族危亡、社会崩溃的痛苦，自觉和反抗争斗的精神。我们只有喊叫，只有哀愁，只有冷嘲热讽。所以，我们新文学运动的初期，不产生西洋各国19 世纪（相类）的浪漫主义，而是 20 世纪中国特有的抒情主义。"[2]只是在 30 年代，由于苏联文学理论认为"社会主义现实主义"中包含着浪漫主义，于是创造社才被追认为浪漫主义。茅盾等虽然在五四时期就主张写实主义，但鲁迅在 30 年代宣称自己仍然遵循五四以来的启蒙主义。这些都说明五四文学思潮还没有获得自觉，它对自身的认定很大程度上是后来根据苏联文学理论作出的。中国争取现代性的历史要求决定了文学思潮的启蒙主义性质。五四文学尽管引进了浪漫主义和现实主义（同时也引进了启蒙主义，如歌德、席勒等），但由于中国特殊的历史要求的制约，在接受过程中难免发生"误读"，而转化为中国的启蒙主义的思想资源。五四文学也提倡现实主义，并认为自己是写实主义，但它对现实主义的理解仅仅在于技术层面的写实（茅盾提倡的"是自

---

〔1〕 茅盾《现在文学家的责任是什么》，《茅盾全集》第十八卷，人民文学出版社 1989年版，第 11 页。
〔2〕 郑伯奇《〈寒夜集〉批评》，1927 年 7 月《洪水》第 3 卷第 33 期。

然派技术上的长处"），而忽略了揭露和批判现代性这一根本性质。因此，五四文学是"误读"了现实主义的启蒙主义。

（二）革命古典主义文学思潮的兴起

五四启蒙任务没有完成，由于救亡的紧迫性，社会革命取代了启蒙，建立现代民族国家的历史任务压倒了争取现代性的历史任务。五四新文化运动开展只有数年，还没有达到胡适等启蒙先驱们设想的"二十年不谈政治，专注于输入学理"的期限，就发生了巴黎和会割让青岛给日本的事情，国家危机，民族危机，学生们和市民们走上街头，罢课、罢市，要"外争国权，内惩国贼"，这就是不同于五四新文化以内动的另一个五四运动——五四救亡运动。从此，五四启蒙运动告一段落，革命运动兴起。五四以后，中国进入了国民党领导的大革命、共产党领导的"新式农民革命"时期。对文学来说，就是五四启蒙文学思潮衰落，而革命古典主义文学思潮兴起。中国的社会革命是以苏联为蓝本的，其历史任务是建立现代民族国家。而建立现代民族国家就需要新古典主义文学思潮的支持。五四以后，从苏联引进的"社会主义现实主义"（在中国革命时期称"革命现实主义"）就是一种新（革命）古典主义，它取代了启蒙主义成为主流文学思潮。革命古典主义也是对五四启蒙主义的反拨，它在原则上与五四启蒙主义划清了界限，也与欧洲现实主义（被称为"批判现实主义"）划清了界限。五四启蒙主义被定性为"资产阶级现实主义"，它的人道主义、个性解放思想被当作资产阶级意识形态被批判。20年代中期的"革命文学"论争开始批判五四启蒙主义，接受苏联革命文学思想，30年代左翼文学正式引进和接受苏联"社会主义现实主义"。在抗战时期，革命现实主义的基本原则被广泛接受，形成了"抗战时期的现实主义"思潮。革命古典主义的基本思想在毛泽东的《在延安文艺座谈会上的讲话》中得到确定和发展。古典主义按照革命意识形态阐释社会生活，揭露和批判旧社会，描写革命斗争，歌颂英雄人物，讴歌革命理想，产生了如茅盾的《子夜》、丁玲的《太阳照在桑干河上》等经典作品。

进入了社会主义建设时期，中国的社会主义建设采用了苏联模式。苏联模式的国家社会主义还没有走出"绝对主义国家"模式，它需要政治理性的支持，作为国家意志的主流意识形态成为文学的主导思想。这样，革命时期形成的革命古典主义不仅被延续，而且得到强化，成为唯一合法的文学思潮。解放以后的"社会主义现实主义"在1958年发展为"革命现实主义与革命浪漫主义相结合"。"两结合"是革命古典主义的更为典型的形式，它把浪漫主义理解为理想主义，从而加强了革命现实主义中的主观性和意识形态性。在解放后的17年里（1949年到1966年"文革"前），革命古典主义配合政治形式，产生了众多的文学作品，主要是革命历史题材的作品取得了较大的成绩，产生了如《红岩》、《青春之歌》、《红旗谱》等经典作品；而现实题材的作品则由于追随"左"的政治路线，没有产生可观的作品。在日益严重的"左"的思潮牵引下，革命古典主义也日益走向极端，直到"文革"推出"样板戏"和"三突出"原则而走向终结。

（三）非主流的反现代性文学思潮的兴起

在五四启蒙主义退出历史舞台之后，革命古典主义成为主流，但同时也出现了其他的文学现象，如现实主义、浪漫主义、现代主义等。五四以后，中国进入官僚资本主义社会。一方面，开始出现和发展了片面、畸形的现代性，主要是在城市发展了工业文明和市场经济，同时也保留了封建性的极权政治，特别是在农村保留了传统的封建经济和家族制度。这样，对片面、畸形的现代性的反抗、揭露和批判就可能出现多种方式，从而产生多种文学思潮。与欧洲新古典主义类似，中国的浪漫主义表现为对畸形的现代城市文明的排斥，对消逝的农村文明的留恋，其代表有废名、沈从文、汪曾祺等。沈从文以对湘西农村淳朴生活和农民纯真性格的描写，表达了对堕落的城市文明的拒绝。但中国的浪漫主义缺少欧洲浪漫主义的神秘、怪诞和颓废色彩，比较明朗、健康，这与中国文化的理性传统有关。中国的现实主义展开了对官僚资本主义社会的揭露和批判，特别体现在对现代城市生活的描写。老舍可以看作是现实主义的代表，他的《骆驼祥子》描写了城市贫民祥子的苦难和堕落，控诉了吃人的社会。抗战后期产生了徐讦、无名氏代表的后浪漫主义和张爱玲、钱锺书代表的后现实主义。中国的现代性虽然只处于萌芽状态，但也产生了中国的现代主义，如李金发代表的现代诗派，施蛰存、穆时英、刘呐鸥的新感觉派小说，穆旦代表的现代主义诗歌等。中国的现代主义是一些敏感的知识分子对生存意义的追问和质疑，表达他们的非理性的思想情绪。由于现代性不发达的历史条件的限制，这些文学现象或流派都没有发展为大规模的文学思潮。这些文学思潮，由于历史条件的限制，都没有成为主流。在建国以后，由于革命古典主义的排他性统治，现代性文学思潮作为"资产阶级文学"而受到批判，归于寂灭。

（四）新时期启蒙主义文学思潮的复兴

五四以后，由于建立现代民族国家的历史任务压倒了建设现代性的历史任务，因此革命古典主义取代启蒙主义成为主流。五四以后，虽然启蒙主义传统仍然有所延续，但已经衰微。在建国以后，启蒙主义走向寂灭。经历过"文革"，明确了这样一个道理，那就是在建立现代民族国家的历史任务基本完成以后，应该把重心转移到建设现代性的历史任务方面来。于是，中国就进入到改革开放的新时期。在新时期发生的思想解放运动，是一场新启蒙运动。它重新提出了科学、民主这个五四启蒙的课题，反对政治上的专制和思想上的迷信，实际上是恢复了启蒙理性，实现现代性的任务又被历史地提出来了。于是，新时期文学参与了思想解放运动，启蒙主义再次成为文学主潮。从"伤痕文学"到"反思文学"到"改革文学"以及"寻根文学"、"先锋文学"，文学担当了批判变相的封建主义，呼吁科学、民主，倡导个性解放的启蒙任务，成为思想解放的先锋。这种文学思潮在当时被称作现实主义，现在也仍然有人这样认识；但与五四文学一样，这不过是对现实主义的误读。现实主义是揭露和批判资本主义现代性的，而新时期文学是揭露和批判变相的封建主义，争取现代性的；它的充满激情的理想主义和乐观精神不是现实主义的精神气质，而是启蒙主义的精神气质。但是，处于世界现代文学的大环境中，新时期的启蒙主义吸取了现实主义、现代主义等思想资源，具有了开放的性质和多元的特征。新时期的启蒙主义继承和发展了五四文学传统，同时借鉴了当代世界文学思潮，把中国启蒙主义推向新的高峰，产生了一大批优秀作家和优秀作品，使新时期文学成为中国文学最繁荣的时期。新时期代表性的启蒙主义小说家有刘心武、王蒙、张贤亮、韩少功、莫言等，诗人有舒婷、北岛、杨炼、顾城等，剧作家有李龙云等。

（五）后新时期的反现代性文学思潮的复兴

新时期的启蒙运动在 80 年代末中止，思想启蒙的任务虽然没有完成，90 年代初又被市场经济的大潮所淹没，中国进入后新时期。这意味着现代性以片面的形式来临。在这种历史条件下，启蒙主义消歇，浪漫主义、现实主义、现代主义等文学思潮产生，它们以不同的视角和方式反思、批判现代性，这是与新时期的争取现代性的启蒙主义截然不同的。80 年代末期、90 年代初期，张承志、张炜等代表的浪漫主义兴起，它反对现代城市文明带来的世俗化，讴歌民间保存的传统美德，抒发宗教情怀，带有强烈的理想主义、信仰主义倾向。90 年代初期盛行的新写实小说面对市场经济下的庸众生活，给以淋漓尽致地描写。这是带有自然主义特色的现实主义。由于理性精神的消退，中国的现实主义已经失去了批判的激情，而更多的是冷漠的观察和无奈的忍受，从而带有自然主义的倾向。在 90 年代末期，由于市场经济的发展，社会矛盾的尖锐化，产生了"批判现实主义"的潮流，这就是号称"现实主义冲击波"的运动，它揭露和批判市场经济下道德的沦落。同样，在新时期后期发生、90 年代发展起来的各种先锋派文学也开始反抗现代性，它们接受了国外现代主义的影响，也表达了一部分知识分子的生存体验。中国的现代主义诉诸非理性，对传统理性的破坏成为其最突出的特征。从刘索拉的《你别无选择》、徐星的《无主题变奏》到马原的《冈底斯的诱惑》，开始从启蒙主义内部突围，向现代主义反叛，但其对现代主义的接受，更多在形式方面。从王朔的"痞子文学"和贾平凹的《废都》开始，对理性的破坏就成为文学的趋势，从而为终结启蒙主义和走向现代主义开路。后新时期以来，先锋文学有了实质性的进展，产生了一些具有现代主义品质的作品。新历史小说摆脱了理性主义的视角，以新的历史观念和话语方式进行历史叙事。乔良、刘震云、叶兆言、李晓、刘恒等作家，解构"宏大叙事"，颠覆正统历史话语，使历史呈现出个体化、片断化、偶然化、静止化、荒诞化、反英雄化的面目。陈忠实的《白鹿原》，透视到历史变迁和人物命运的深层动因，即人的非理性的欲望，从而颠覆了理性主义的历史叙事。在 90 年，先锋戏剧对现代主义的探索有所深入；于坚等第三代诗人代表现了更鲜明的现代主义品格；而西川、陈超等则开始反叛这荒诞的世界，追求审美的乌托邦。这一切都标志着启蒙主义向现代主义转型的完成。由于现代性的弱小，中国的现代主义还不成熟，对异化人生的体验和现代性的反抗都没有达到历史的深度，因此有人称之为"伪现代主义"。但它对理性主义的毁弃，卸下了中国文学的最久远、最沉重的包袱，从而为现代主义的发展开辟了道路。

三、现代性与中国文学思潮的特性

20 世纪是中国现代性发生以及与现代民族国家冲突的历史，也是现代性失落与回归的历史。20 世纪的中国历史大致上可以划分为这样几个阶段：第一阶段，洋务运动至戊戌变法、辛亥革命和五四运动，是现代性被引进和发生的时期。第二阶段，五四以后至建国，是争取和实现现代民族国家的革命时期。建国前建立现代民族国家的任务压倒实现现代性任务，启蒙转化为革命。建国以后至"文革"，初步完成了建立现代民族国家的任务，但反现代性的思潮（表现为极"左"思潮）仍然是主导。第三阶段，新时期以来（包括 80 年代的新时期和 90 年代的"后新时期"）则是现代性回归和建设的时期。在这一段历史时期，现代性以及现代民族国家的发生、发展，决定了中国现代文学思潮的特性。

（一）中国现代文学思潮的外发性

在交织着现代性启蒙与建立现代民族国家的双重主题的 20 世纪，文学思潮也出现了复杂的情况。由于中国现代性的外发性，作为现代性的反应的文学思潮也具有了外发性。中国现代文学思潮的外发性体现为它不是本土文学的内在发展的产物，不是自发地生成的，而是受外来思潮的影响，从国外引进的。由于传统社会一直没有发生根本性变革，没有产生现代性，因此，中国文学只是与前现代性发生关联，没有发生现代文学思潮的历史条件。中国古代文学虽然有不同的风格、流派，但一直没有摆脱古典文学的传统，基本上没有超出古典理性的制约。因此，中国虽然有两千多年的文学史，但是并没有发生现代意义的文学思潮。只是在现代性进入中国之后，特别是在五四运动发生之后，中国的现代文学思潮才真正地产生了。在五四启蒙运动中，从西方引进了科学、民主，这是现代性的中国称谓，这意味着现代性的发生。现代性引发了中国社会文化的剧烈变革，面对着这种变革，文学必须有所回应，于是就有现代文学思潮的发生。中国现代文学思潮既有现代性发生的历史条件，又有国外文学思潮的思想资源。中国的文学思潮接受了欧洲文学思潮的影响，并且直接引进了欧洲现代文学思潮。五四以前，中国文学界就已经知道欧洲文学有理想与写实之分，以后又知道有写实与浪漫之分。五四以前中国文学界以西方文学为榜样，发生了"三界革命"（诗界革命、文界革命、小说界革命）以及王国维的美学思想的革新。这是中国现代文学思潮发生的前奏。五四时期，中国文学界自觉地学习和引进西方现代文学思潮，对西方文学思潮的了解就更详细和真确了，不仅知道了诸如古典主义、浪漫主义、写实主义、新浪漫主义（现代主义）等文学主张，而且也大量地翻译、介绍了这些文学思潮的代表性作品，使这些文学思潮获得了广泛的传播。同时，中国文学又对欧洲现代文学思潮进行了选择性的接受，从而产生了中国第一个现代文学思潮——启蒙主义文学思潮；五四以后又从苏俄接受了"社会主义现实主义"即新古典主义；同时也产生了现实主义、浪漫主义、现代主义等其他非主流文学思潮。在这种背景之下，中国现代文学思潮就发生了。

　　中国现代文学思潮的外发性，使中国文学思潮与世界文学思潮相沟通，并具有了基本内涵的一致性，从此中国文学进入世界文学的行列。在传统社会，中国文学是封闭自足的，它没有汇入世界文学潮流之中。只是在引进了现代文学思潮之后，中国文学才向世界文学开放，成为世界文学的一部分。五四文学革命的思想家们意识到中国文学走向世界的必要性，茅盾说："民族文艺的新生，常常是靠一种外来的文艺思潮的提倡，由纷乱如丝的局面暂时地趋向于一条路，然后再各自发展。"[1]他们意识到中国文学现代化之路是引进西方文学思潮。胡适主张"全盘西化"，他说："西洋的文学方法，比我们的文学，实在完备得多、高明得多，不可不取例。"[2]傅斯年主张："我们希望将来的文学，是'人化'的文学，须得先使它成欧化的文学。就现在的情形而论，'人化'即欧化，欧化即'人化'。"[3]这意味着中国文学思潮必然大体上遵循世界文学思潮的发展路线，包括它的内涵和命名都与世界文学思潮基本上保持一致。这就触及了一个问题：为什么中国现代文学思潮要遵循西方文学思潮的路线，并且要冠以西方文学思潮的名称（如新古典主义、启蒙主义、浪漫主义、现实主义、现代主义、后现代主义等）而不能有其他的路线和命名呢？根本原因是，文学思潮是对现代性的回应，而现代性是人类共同的选择。尽管中国与西方的社会历史条件不同，文学传统不同，但社会发展一定要走现代性之路，文学也一定要回应现代性，因此，就必然形成相应的文学思潮。从欧洲文学史上看，新古典主义是对建立现代民族国家的历史任务的肯定性回应；启蒙主义是对启蒙现代性的肯定性回应；浪漫主义是对现代城市文明和工具理性否定性回应；现实主义是对现代性带来的社会灾难的否定性回应；现代主

---

〔1〕　茅盾《自然主义与中国现代小说》，1922年7月《小说月报》第13卷第7号。

〔2〕　胡适《建设的文学革命论》，1918年4月15日《新青年》第4卷第4号。

〔3〕　傅斯年《怎样做白话文》，1919年2月1日《新潮》第1卷第2号。

义是对现代性带来的生存危机的否定性回应。这些文学思潮虽然是首先在西方发生的，但由于有相似的历史进程以及文学思潮的传播，世界文学的形成，必然导致文学思潮的普遍化。这就是说，西方发生的文学思潮，也将在中国发生，尽管中国的现代文学思潮会有某些不同的特性，但在基本内涵上应该有一致性。

（二）中国现代文学思潮的继发性

我们应该充分注意中国现代文学思潮的特性，这种特性来源于中国现代性的特殊性。中国现代性的外发性关联着后发性，即它是在西方已经实现了现代性之后才开始引进现代性的。这就造成中国文学思潮的继发性，即它不是原生的，而是次生的；它不是与世界文学思潮同步的，而是滞后的。20世纪初期，西方列强已经进入了现代社会，而中国还处于半殖民地、半封建社会。中国五四文学时期，西方文学思潮已经是现代主义（当时称新浪漫主义），而中国文学面对的是欧洲历史上已经发生过的全部文学思潮，诸如新古典主义、启蒙主义、浪漫主义、现实主义都作为思想资源而被引入。五四以后的情况也大体如此。中国文学对这种多元的文学思潮必须有所选择，而不能一股脑儿地接受。选择的根据就是中国现代性发展的历史需要。20世纪的西方已经进入了现代社会和后现代社会，而中国还是前现代社会，因此，文学对现代性的反应也必然不同，从而造成了中国文学思潮与世界文学思潮之间的时间差。这种时间差体现在各个阶段中，无论是五四时期，还是五四以后的革命文学时期，以及新时期、后新时期，都是如此。

20世纪中国现代性与西方世界现代性之间的时间差，使中国现代文学思潮受到了历史上形成的诸多外来思潮的影响。中国文学根据自己的需求对诸多外来文学思潮进行了选择性接受，形成了现代中国文学思潮。因此，世界文学对中国文学的影响不是直线的传播，而是多元选择的结果。五四以来的中国现代文学受到诸多的外部文学思潮的同时性影响，包括17世纪新古典主义、18世纪启蒙主义、19世纪前半叶的浪漫主义、19世纪后半叶的现实主义、20世纪前半叶的现代主义和后半叶的后现代主义等，这些思想资源都可能被中国接受，从而形成中国现代文学的主潮。但是，中国文学思潮形成和对外来文学思潮的选择也是以中国现代性的发展状况为根据的。在 20 世纪，中国从诸多已经发生和正在发生的外部文学思潮中，选择了特定的思想资源，从而形成了不同时期的文学思潮主潮。

五四时期的中国处于半殖民地、半封建社会，现代性没有确立，当时的历史任务就是引进和争取现代性。五四新文化运动高扬科学、民主的旗帜，呼吁和争取现代性。五四文学也呼吁和争取现代性，而这正是启蒙主义文学的历史任务。因此，五四文学思潮的主流就是启蒙主义。它的批判对象不是资本主义现代性而是封建主义的前现代性。

五四文学的基本主张是启蒙主义的，陈独秀提出的文学革命的"三大主义"表明了这一点："曰推倒雕琢的阿谀的贵族文学，建设平易的抒情的国民文学。曰推倒陈腐的铺张的古典文学，建设新鲜的立诚的写实文学。曰推倒迂晦的艰涩的山林文学，建设明了的通俗的社会文学。"[1]其中强调了新文学的写实性（描写现实）、社会性（启蒙功能）和平民性（平民主义）。这都是启蒙主义文学的特性。文学研究会倡导"为人生的艺术"，主张"表现人生，指导人生"，蕴涵着鲜明的启蒙理性。这并不是现实主义的主张，而是启蒙主义的主张。创造社虽然主张"为艺术而艺术"，但实际上并没有放弃启蒙的使命。创造社的理论家成仿吾提出文学的三种使命："（一）对于时代的使命；（二）对于国语的使命；（三）文学本身的使命。"[2]这种社会使命就是启蒙的使命。这种主张也不是浪漫主义的，而是启蒙主义的。

五四时期的西方已经进入现代社会，而且现代性已经确立并且显露出负面性。于是，西方现代主义文学发生，开展了对现代性的历史批判。这样，五四文学的启蒙主义与世界文学的现代主义之间就存在着一个时间差。由于五四时期的中国现代性还没有确立，而是刚刚发生，文

---

〔1〕 陈独秀《文学革命论》，1917 年 2 月 1 日《新青年》第 2 卷第 6 号。
〔2〕 成仿吾《新文学之使命》，1923 年 5 月 20 日《创造周报》第 2 号。

学的历史任务只能是争取现代性，而不是反思和批判现代性。因此，五四文学不可能接受现代主义，因而对世界文学的现代主义采取了置而不论的态度，并没有加以引进。五四启蒙思想家的想法是，按照进化的顺序，先引进和发展写实主义，以后再引进和发展现代主义（当时称新浪漫主义）。例如陈独秀说："我国文艺犹在古典主义、理想主义时代，今后当趋向写实主义。"[1]他们已经意识到了世界文学已经走出现实主义而进入现代主义，但从中国的实际出发，仍然认为要引进写实主义（实际为启蒙主义）。文学研究会指出：写实主义在世界文坛已经有衰竭之象，但国内还有介绍之必要，"而同时非写实的文学亦应充其量输入，已为进一层之预备"[2]。

五四以后开始了革命运动，这是为了完成建立现代民族国家的历史任务。建立现代民族国家这个"想象的共同体"，需要文学的支持，相应的文学思潮就是新古典主义。五四以后引自苏联的"社会主义现实主义（革命现实主义）"实质上是一种新古典主义。它的政治理性原则以及诸如"典型环境中的典型性格"等形式规范是新古典主义的理性原则和形式规范的变体。因此，五四以后的革命文学时期以及解放后的社会主义文学时期（包括"文革"文学）的主导思潮就是新古典主义——"革命现实主义"、"社会主义现实主义"以及它的极端形式"两结合"。而此时，西方世界现代性已经高度发展，其弊端充分显露，文学开始了对现代性的全面批判和反抗，世界文学已经处于现代主义的发展高潮期。革命文学和社会主义文学时期也没有选择现代主义，这是由于，为了建立现代民族国家必须引进和发展新古典主义，这就意味着强调文学的政治理性主义和形式规范，而不能接受非理性和破除形式规范的现代主义，更何况现代主义被视为资本主义的腐朽文化。如果说五四时期是搁置了现代主义的话，那么五四以后的主流文学思想几乎无一例外地抵制、批判现代主义，如茅盾在"革命文学"论争时期认为：

---

〔1〕 陈独秀《答张永言》，1915年1月15日《新青年》第1卷第4号。
〔2〕 陈独秀《答张永言》，1915年1月15日《新青年》第1卷第4号。

"譬如未来派、意象派、表现派等等……这些新派根本上只是传统社会将衰落时所发生的一种病象，不配视作健全的结晶，因而亦不能作为无产阶级艺术上的遗产。"[1]对现代主义的抵制和批判一直延续到"文革"。

改革开放的新时期的历史任务是重新引进和争取现代性，因此文学思潮的主流是恢复五四启蒙主义传统。新时期文学主潮反思和批判反现代性的极左思潮，争取人的价值，这是启蒙主义文学的历史任务。从"伤痕文学"到"反思文学"到"改革文学"、"寻根文学"，都发挥着文学的启蒙功能，启蒙理性特别是人道主义成为新时期文学的指导思想。新时期后期开始出现批判现代性的文学倾向，非理性主义抬头，各种先锋派出现，但没有形成现代主义思潮。这个时期对现代主义的接受受到了启蒙理性的制约，因此，仅仅停留于对现代主义的写作手法的借鉴，如王蒙等对意识流的手法的运用；而其思想倾向主要还是人道主义的。正因为止于此，这种倾向被称为"伪现代派"。同时，新时期文学对西方后现代主义基本上没有注意，更没有加意引进。90年代以来，进入后新时期，以市场经济发展为基础，现代性开始确立。虽然中国现代性刚刚发展，但在争取现代性的同时，也开始了反思和批判现代性，虽然解构现代性还没有成为现实的历史选择。此时西方世界已经进入后工业社会，世界文学思潮已经进入后现代主义时期。后新时期文学开始接受现代主义，但对后现代主义仍然难以消化。后新时期文学思潮多元化，理性主义消退，非理性主义高涨。与此相应，启蒙主义消退，而现实主义（新写实主义）、现代主义等文学思潮崛起，开始对现代性进行批判。这个时期的文学趋势是向现代主义过渡。

中国现代文学思潮与世界文学思潮之间的非同步性，也造成对外来文学思潮的选择、接受的"误读"。由于对外来文学思潮的接受受到国内现代性发展状况的制约，因此对外来文学思潮的理解往往被当前的需要所左右，这就造成了对外来文学思潮的误读。在中国现代文

---

[1] 沈雁冰《论无产阶级艺术》，1925年5月10日《文学周报》第172期。

学史上最显著也是最为影响深远的"误读"是五四文学以及革命文学对浪漫主义和现实主义的"误读"。五四文学本来属于启蒙主义，但由于受到西方现实主义、浪漫主义的影响，吸收了有关思想资源，于是就被误读为现实主义（鲁迅与文学研究会）和浪漫主义（郭沫若和创造社）。同时，由于受到苏联文学思潮的影响，于是就把苏联的革命古典主义——"社会主义现实主义"当作了现实主义的发展和最高形式，后来还提出了"革命现实主义与革命浪漫主义相结合"的"创作方法"。有关这方面的问题，在本书的第九章里将专门论述。

（三）中国现代文学思潮的非有序性

与欧洲文学思潮演进的有序性相比，20世纪中国文学思潮的演进具有某种非有序性。欧洲文学思潮与现代性的发展相适应，而欧洲现代性的发展是正常的，它与现代民族国家之间具有同一性。因此，欧洲文学思潮就按照新古典主义、启蒙主义、浪漫主义、现实主义和现代主义、后现代主义的顺序发展，各种文学思潮之间有比较明确的时间分野。而在中国，由于现代性与现代民族国家之间的冲突，现代性发展受挫，文学思潮的发展顺序被打乱。中国现代文学主潮的演进顺序是：五四文学的启蒙主义、五四以后的新古典主义、新时期的启蒙主义和后新时期的多元发展并向现代主义过渡。这个历史进程有颠倒，如欧洲新古典主义之后是启蒙主义，而中国则是启蒙主义之后是新古典主义。这是因为中国现代性与现代民族国家的冲突，建立现代民族国家的任务压倒了实现现代性任务，走上了以反现代性建立现代民族国家的道路。这就造成了启蒙主义的夭折和向新古典主义的后退。同样原因，中国现代文学思潮的演进也有反复，如五四启蒙主义夭折之后，时经半个多世纪，在新时期又继承了五四传统，开始了启蒙主义。而且，在五四以后发生的非主流文学思潮如浪漫主义、现实主义、现代主义，在抗战和建国以后中断了，而在后新时期得到恢复、发展，从而表现为一种历史的重复。

中国现代文学思潮的非有序性还表现为多种文学思潮同时出现，打乱了文学思潮的先后顺序。欧洲文学思潮虽然也有两种文学思潮同时存在的局面，但那是在思潮更替时期的短暂现象，如新古典主义与启蒙主义、浪漫主义与现实主义、现实主义与现代主义的交替时期。但中国多种文学思潮的同时存在并不是由于思潮的交替，而是由于中国现代性发展的滞后性以及外来文学思潮的同时性多元影响，产生了多种文学思潮的同时性存在。由于中国社会是半殖民地半封建社会，前现代性与现代性并存，建立现代民族国家与实现现代性并存，因此对现代民族国家的想象建构、对现代性的呼吁以及对现代性的超越批判都同时发生，加之历史上发生过的多种外来文学思潮的同时性影响，就形成了革命古典主义、启蒙主义、现实主义以及浪漫主义、现代主义同时并存的局面。30年代、40年代启蒙主义的余波仍然存在，而现实主义、浪漫主义已经产生，现代主义开始露头，而革命文学的新古典主义成为主潮。由于80年代后期到90年代，是现代性发生的初期，也出现了多种文学思潮杂陈的情况，如鼓吹人道主义、自由民主思想的启蒙主义虽然开始退潮，但仍然存在；以张承志等为代表的浪漫主义和以新写实为代表的现实主义崛起；同时，各种先锋派组成的现代主义开始高涨。这种状况造成文学思潮混杂不清的局面，如果不加以准确的区分，很容易出现认知上的混乱。

中国现代性发展的特殊性，也造成了文学思潮的复合性。由于中国现代文学思潮发生之时，西方已经发生了古典主义、浪漫主义、现实主义、现代主义等多种文学思潮，它们都同时引进，影响着中国现代文学思潮。茅盾如此描述这一现象："近代文学的各种－ism都在我们文坛上起过或大或小的泡沫，然而又不是此兴彼伏的递代，而是同时交流，成一个大漩涡。"[1]郑伯奇也说："我们只想指出这短短十年中间，西欧两世纪所经过了的文学上的种种动向，都在中国很匆促地而又很杂乱地出现过来。"[2]中国现代文学思潮由于受到多种外来文学思潮的影

〔1〕 茅盾《中国新文学运动史》，《茅盾文艺杂论集》上册，上海文艺出版社1981年版，第474页。

〔2〕 郑伯奇《中国新文学大系·小说三集》，良友图书印刷公司1935年版，《导言》第2页。

响，在自己的形成过程中必然吸收多元的文学思潮的因素，从而变得不那么纯粹、单纯了，往往呈现出多种思潮的复合性特征。五四启蒙主义吸收了现实主义、浪漫主义甚至现代主义的某些因素，从而使自己具有了某些非启蒙主义的特性，如鲁迅与文学研究会的创作带有某些现实主义的特点，其写实性、批判性超越了欧洲启蒙主义；郭沫若与创造社的创作带有浪漫主义的某些特点，其主观性和理想主义超越了欧洲启蒙主义；鲁迅的《野草》等作品还具有某些现代主义的特点，超越了欧洲启蒙主义。即使革命古典主义——革命现实主义，也受到了现实主义的影响，特别是建国前的革命现实主义（如《子夜》），具有某种现实主义的特点，其批判性也超越了欧洲新古典主义。新时期文学也有这种情况，如启蒙主义文学已经具有现实主义的特征，有的甚至渗透了一些现代主义的因素，典型如王蒙的小说对"意识流"手法的尝试。还有，新写实主义本身具有现实主义、自然主义的性质，但是也吸收了某些现代主义甚至后现代主义的因素，因此其批判性不像现实主义那么鲜明。

（四）中国反现代性文学思潮的非主流化

中国现代性发展的滞后与受阻，使反现代性文学思潮薄弱，始终没有成为主流文学思潮，而启蒙主义（时间较短）与新古典主义（时间较长）交替成为主导思潮。中国始终没有形成成规模的现实主义思潮。五四以后，在新古典主义的主潮之外，也有批判资本主义（即使是官僚资本主义）社会灾难的现实主义思潮，如老舍的《骆驼祥子》，通过对现代城市中底层生活的描写，对官僚资本主义社会给人带来的苦难和堕落进行了无情的揭露和控诉。但由于中国资本主义没有充分发展起来，对它的揭露和批判也相对无力，导致中国现实主义思潮很薄弱，远没有可能与新古典主义（革命现实主义）抗衡而成为主流。

五四以后，中国浪漫主义也发生了。由于现代城市文明的出现，传统农村文明的衰落，也产生了讴歌农村文明、批判城市文明的浪漫主义。典型的如沈从文对农村乡土人情的美化和留恋，对现代城市文明的拒绝和批判。这种浪漫主义像一朵绚烂的小花，虽然美丽出众，但寂寞寥落、转瞬即逝。但由于同样的原因，它更为薄弱，更不可能成为主潮。

现代主义是对现代性的全面拒绝和反抗，在中国，这种思潮也超前地出现了，如李金发等的现代诗歌、刘呐鸥等的新感觉派小说等，但它只是在30年代昙花一现，就在抗战催发的强大的新古典主义潮流中消失。

在20世纪80年代后期开始，除了呼吁现代性的启蒙主义主潮之外，也存在着诸如反叛市场经济下的社会生活的浪漫主义（张承志、张炜）；揭露、批判庸俗市民生活的现实主义（新写实）和拒绝现代性、抒写现代人生体验的现代主义流派，但它们仍然没有成为主流。更重要的是，这些反现代文学思潮都不大成熟，特别是现代主义不够成熟，以至于难以确切定位，甚至有人说它们是"伪现代派"。

中国反现代性文学思潮的薄弱与不成熟有中国现代性薄弱与不成熟的原因，也有中国传统文化、文学的理性主义的强大影响的原因。中国文化缺少科学理性的传统，也没有发生实证主义哲学思潮，因此现实主义的基础薄弱，现实主义没有得到充分发展。在实用理性和"乐感文化"（李泽厚语）传统的强大影响下，中国文学很难接受现实主义的客观主义与批判精神。即使五四时期提倡写实主义的茅盾，也对现实主义有所保留。他说现实主义"（一）是在太重客观的描写，（二）是在太重批评而不加主观的见解。……但是徒事批评而不出主观的见解，使读者感着沉闷烦扰的痛苦，终至失望"[1]。此外，中国传统文化的理性主义倾向与欧洲希伯来文化的非理性传统截然不同，因此中国现代文学难以接受浪漫主义以及现代主义的怪诞、神秘、颓废的风格，从而限制了浪漫主义、现代主义在中国的发展。中国的浪漫主义、现代主义也缺少欧洲浪漫主义、现代主义的非理性因素，如沈从文小说的写实、理智、宁静的风格就与主观、非理性、神秘主义和颓废精神的欧洲浪漫主

---

[1] 茅盾《文学上的古典主义、浪漫主义和写实主义》，1920年8月《学生杂志》第7卷第9期。

义有很大的不同。再如30年代以及80年代后期至90年代产生的现代主义倾向的文学，虽然具有某种非理性主义因素，但远没有达到西方现代主义的程度。在后新时期，中国文学产生了一种非理性倾向，代表如王朔的小说，还有贾平凹的《废都》，这种潮流为现代主义扫清了道路。但中国的现代主义和后现代主义的发展高潮的出现，仍然要假以时日。

第二章　现代性与中国文学思潮的发端

一、中国现代性与现代民族国家的兴起以及文学的回应

19世纪末至20世纪初，是中国现代文学思潮的发轫期。中国现代文学思潮是现代性的产物，更全面地说，是因应现代性以及现代民族国家双重历史要求的产物。因此，应该从现代性、现代民族国家以及对现代性的反思等角度揭示中国现代文学思潮的发生及其不同走向。

现代性是现代的本质，其核心是理性精神（科学精神和人文精神）。现代民族国家是现代性的产物，也是现代性的政治实体，它区别于传统的王朝国家，是民族利益的代表。自鸦片战争至五四运动，中国从被动到主动地接受了从西方传来的现代性；同时，也开始了争取现代民族国家的斗争。这就是说，中国存在着启蒙（现代性）与救亡（现代民族国家）双重历史任务。启蒙，就是从西方引进科学精神和人文精神，以革除几千年封建主义文化的积弊。于是，就有了西方科学知识和人文思想的传播。戊戌变法、辛亥革命前后，对西方现代文明的引进、学习就已经形成热潮，康有为、梁启超、谭嗣同、严复等思想先驱都秉承西方科学、民主思想而加以变造，发动了一场旨在改造人心、改造文化的"新民"运动。这种热潮一直延续到五四新文化运动，形成高潮。同时，争取建立现代民族国家的运动也在兴起。鸦片战争之后，特别是在甲午战争之后，传统的王朝国家陷入危机，民族意识觉醒，反

帝救亡，争取民族独立，建立新的民族国家的历史运动开展起来，变法维新和辛亥革命都体现了争取民族独立和建立现代国家的历史要求。在这种运动开展的同时，民族主义、国家主义以及文化保守主义兴起，成为与启蒙主义对峙的主要社会思潮。本来，现代性与现代民族国家是一致的，但是在中国，二者却存在着冲突。由于中国现代性没有本土的思想资源，只能从西方引进，而建立现代民族国家又必须反对西方帝国主义、殖民主义，于是，就出现了这样的历史的吊诡：一方面，争取现代性必须向西方学习；另一方面，建立现代民族国家又必须反对西方，这意味着反对现代性。这就是所谓"救亡压倒启蒙"的更深层的含义。现代性与现代民族国家的关系主导着中国现代历史：五四以前，争取现代性的启蒙运动与争取现代民族国家的革命运动同时发生；而五四时期则偏重于争取现代性的启蒙运动；由于建立现代民族国家的紧迫性，五四以后，现代性退潮，现代民族国家压倒了现代性，形成了延续大半个世纪的革命运动。值得注意的是，在五四以前，现代性与现代民族国家，救亡与启蒙之间还没有发生明显的冲突，二者似乎是可以并行不悖、相容互补。因此，当时的改良派和革命派都在争取现代民族国家的同时，也在争取现代性。

中国现代民族国家是在传统的王朝国家衰败、解体的过程中形成的。民族国家既是历史的建构，又是"想象的共同体"，也就是说，它需要一种民族的认同。吉登斯对民族国家的定义是："民族—国家存在于由他民族—国家所组成的联合体之中，它是统治的一系列制度模式，它对业已划定边界（国界）的领土实施行政垄断，它的统治靠法律以及对内外暴力工具的直接控制而得以维护。"[1]从鸦片战争到甲午战争，天朝大国被蛮夷小国屡次打败，权威、颜面尽失。在反抗帝国主义的斗争中，中国人开始意识到世界的存在，同时也意识到自己不是世界的中心，而是世界万国之中的一国、世界民族中的一族。同时，人们也

〔1〕 安东尼·吉登斯《民族—国家与暴力》，胡宗泽等译，生活·读书·新知三联书店1998年版，第147页。

开始认识到，大清的衰败源于它是一人一姓的"王朝国家"，而非国民之国家，要保国保种，必须改变政制。康有为上书光绪皇帝曰："窃以为今之为治，当以开创之势治天下，不当以守成之势治天下；当以列国并立之势治天下，不当以一统垂裳之势治天下。"（《上清帝第二书》）他已经明确地意识到了，当时的历史条件是，传统的王朝国家已经无法存在了，而正在变成"列国并立"之下的民族国家，所以要"开创"、变法。在国难当头，国家意识、民族意识开始觉醒。梁启超说："吾国四千年大梦之唤醒，实自甲午战败割台湾，偿二百兆始。"[1]蔡锷也说："甲午一役之后，中国人士不欲为亡国之兆民者，群起以呼啸叫号，发鼓击钲，声撼大地。或主张变法自强之议，或吹煽开智之说，或立危词以警国民之心，或故自尊大以鼓舞国民之志，未几而薄海内外，风靡响应。"[2]于是，争取建立现代民族国家的斗争展开。

建立现代民族国家的运动表现为戊戌变法和辛亥革命两次大的社会变革，其中康、梁等维新派效法英国、日本的模式，企图通过变法，改变封建王朝的性质，把封建国家转变成君主立宪的现代民族国家；而孙中山等革命派则以法国、美国为楷模，主张以革命的手段推翻封建王朝，建立现代民族国家。在建立现代民族国家的过程中，产生了民族主义。民族主义是认同现代民族国家的意识形态，它信仰的核心是本民族的优越性以及缘此而生的忠诚与热爱。盖尔纳认为："民族主义是一个民族（潜在是或实际存在的）成员的觉醒，这种觉醒是与实现、维持与延续民族的认同、整合、繁荣与权力的欲求结合在一起。它作为一种意识形态，是指一种心态，即一个以民族为最高效忠对象的心理状况，他包含着本民族优越于其他民族的信仰。"[3]鸦片战争到洋务运动期间，现代民族主义还没有形成，民族意识还没有突破"华夷之辨"的传统观念，包括义和团运动、各地的教案等都不是现代民族主义。直至

〔1〕 梁启超《戊戌政变记》，《饮冰室合集》，中华书局1941年版，第37页。
〔2〕 蔡锷《军国民篇》，毛注青等编《蔡锷集》，湖南人民出版社1981年版，第19页。
〔3〕 转引自郑师渠《近代中国的文化民族主义》，李世涛主编《知识分子立场：民族主义与转型期中国的命运》，时代文艺出版社2000年版，第261页。

甲午战败才有现代中国民族主义的发生。现代民族主义必须与建立现代民族国家相联系，而不是单纯的排外。康有为发动公车上书，反对割让台湾，从而引发变法维新，这就是民族主义觉醒的体现。辛亥革命前革命派首先提出了民族主义的概念，但这仅仅是汉族意识的觉醒，是反满的种族主义。革命派认为中国的衰败是由于落后的满族统治了汉族，因此主张反满革命。同盟会的纲领是"驱除鞑虏，恢复中华，建立民国，平均地权"，其中反满成为最突出的内容。这种民族主义实际上是种族主义。但是，它又是民族主义的前身，因为它是对列强欺侮中国的反应，从而折射了一种观念，即中国要自强，方能自立于世界民族之林。而且，在辛亥革命前，由于受到帝国主义的欺侮，反帝爱国思想也已经萌生，虽然那个时候反满压过了反帝，但毕竟有这种忧患意识的存在。这种忧患意识成为推翻清王朝的动力。梁启超反对革命派排满，而主张反帝、救国，从而超越了革命派的种族主义，而提出了民族主义。蔡元培等于1902年在杭州组织明强学社，发表广告称："今者欧美各国已由民族主义之熟达，而进于民族帝国主义。我国睡狮不觉，尚未进入民族主义之时代。为国民者，不急于此时研学术以完成国民之资格，勉义务以尽国民之责任，以图建设一纯粹之国家，徒日日责备政府，观望政府，空言无补，亡国灭种之惨，转瞬及矣。"[1]这里已经明确地提出了建立现代民族国家的任务（"纯粹之国家"）和民族主义的观念。在辛亥革命之后，民族主义由反满转化为反帝。孙中山倡导"五族共和"，中华民族意识开始确立。孙中山的新三民主义中对民族主义的解释也由反满转化为反对列强，体现了这种变化。

　　现代性的发生，也是西方列强打破中国大门，迫使中国接受和引进的；或者说，是建立现代民族国家的历史运动的产物。在亡国灭种的危险面前，中国有识之士开始打破华夏中心主义的文化观，把目光转向西方，引进现代性。从洋务运动引进西方的工业文明，到戊戌变法、辛亥

---

〔1〕　蔡元培、宓清翰、于树声《创办浙江明强学社第一次广告》，1902年12月23日《中外日报》。

革命引进西方的政治制度，都贯穿了对启蒙理性（工具理性和价值理性）的引进、吸收。科学精神是伴随着对西方工业文明的肯定和科学知识的介绍而逐步确立的，从此中国人才知道除了"实用理性"之外还有科学。对中国影响最大的是达尔文的进化论，它经过赫胥黎《天演论》的译介而被广泛接受。但是，值得深思的是，它在中国的接受中被理解为社会达尔文主义，引申为世界各民族之间的"优胜劣败"竞争，从而成为一种民族主义的意识形态。而人文精神的确立，首先是对民权的肯定。康有为鼓吹变法，托古改制，虚构了孔子的"公羊三世"说，提出了所谓的"大约据乱世尚君主，升平世尚君民共主，太平世尚民主矣"（《孟子微》）。而宣传人权等启蒙思想最力的当属梁启超。梁启超从政治制度的改革（变法），深入到文化思想的变革（新民），从而开展了思想启蒙的工作。他认为要张国权，必须兴民权，而兴民权必先开民、新民德。也就是要"新民"。戊戌变法时期的梁启超说："今之策中国者，必曰兴民权。兴民权斯固然矣，然民权非可以旦夕而成也。权者，生于智者也，有一分之智，即有一分之权。……昔之欲抑民权，必以塞民智为第一义，今日欲伸民权，必以广民智为第一义。"（《论湖南应办之事》）1901 年，他进一步提出了新民说："新民为今日中国第一急务"，"舍此一事，别无善图"。"苟有新民，何患无新制度，无新政府，无新国家"（《新民说·论新民为今日中国第一急务》）。而所谓新民，他认为主要是改造"其民愚陋、怯弱、涣散、混浊"的国民素质，包括"爱国心之薄弱"、"独立心之柔脆"、"公共心之缺乏"、"自制力之欠缺"，而树立国家思想、群体观念，以及自治、自尊、自信、冒险、进取、坚毅、尚武等观念和品德。值得注意的是，他并不认为个人主义、个人自由的缺失是根本问题，而"民德"的缺失才是根本问题。这实际上是舍本逐末，因果倒置。因此在中国现代性发生之初，就有背离个体价值的偏失，从而造成了以后现代性的失落。此外，严复、孙中山等也以西方现代民主思想进行了启蒙工作。

面对现代性与现代民族国家的兴起，文学必须作出回应，于是就有现代文学思潮的发生。文学思潮是现代性（包括现代民族国家）的产物，是文学对现代性的回应。在现代性发生以后，人的生存方式发生了根本的改变，个体生存体验也急剧分化，致使文学倾向发生革命性的变迁，形成大规模的文学思潮。在现代性的不同历史阶段，文学对现代性的态度也各有不同，或者肯定或者否定，于是就形成各种文学思潮的流变。19世纪末至五四前是中国现代文学思潮的滥觞阶段。其时传统文学已经衰落，而新的文学尚待发生。社会的变革，新思想的发生，都刺激了新的文学思潮。因此，在清末民初，文学潮流发生了巨大的变化，出现了不同于传统文学的新文学现象。同时，在文学思想方面，也产生了新的文学观念，特别是梁启超等发动的"三界革命"，催生了新文学。由于对现代性和现代民族国家的态度不同，就形成了三种倾向：争取现代性的启蒙主义，争取现代民族国家的新古典主义，反思、超越现代性的审美主义。这三种文学潮流构成了中国现代文学思潮的发端，也影响了五四以及五四以后的中国文学思潮的发展。

二、启蒙主义文学思潮的发生

启蒙主义是争取现代性的社会思潮，也是一种文学思潮。欧洲启蒙主义发生于18世纪，而中国的启蒙主义高潮是五四新文化运动，但它的滥觞期在19世纪末。中国启蒙主义与欧洲启蒙主义具有共同的性质，就是争取现代性。同时，中国启蒙主义也有自己的特点。中国早期启蒙主义有以下特性：

第一，以文学开发民智，改造国民。梁启超认为变法首在新民："苟有新民，何患无新制度，无新政府，无新国家。非尔者，则随今日变一法，明日易一人，东涂西抹，学步效颦，吾未见其能济也。夫吾国言新法数十年而效不睹者何也？则于新民之道未有留意者也。"[1]因此他主张以小说新民："欲新一国之民，不可不新一国之小说。"（《论小说与群治之关系》）

---

[1] 梁启超《饮冰室合集》第三十五卷（专集），中华书局1994年版，第47页。

第二，以文学争取现代性，呼唤科学民主，抨击封建社会的黑暗腐朽。当时兴起的政治小说、科学幻想小说和教育小说、社会小说，都承担了宣传现代性的启蒙使命。

第三，取法现代西方文学，冲破传统文学思想，改造传统文学形式，走向世界文学。"三界革命"就是以西方现代文学为楷模，对传统文学形式、思想内容进行改造的运动。梁启超说："今欲易之，不可不求之于欧洲。欧洲之意境、语句，甚繁富而玮异，得之可以陵轹千古，涵盖一切；今尚未有其人也。"（《夏威夷游记》）

第四，强调文学的通俗化，以达最大限度的宣传效果。启蒙主义的文学作品一般都比较通俗易懂，启蒙主义的倡导者也自觉地主张文学的通俗化，他们发动的"三界革命"，就是要使新文学具有更普及的形式和更现代的内容。梁启超说："俗语文体之流行，实文学进步之最大关键也。"

改良派是中国启蒙主义的始作俑者，他们宣传西方的人文精神，企图开启民智，推动改良。在这个过程中，改良派也进行了文学革新，推动了一个启蒙主义的文学思潮。这种启蒙主义文学思潮是以梁启超的"三界革命"为代表的。梁启超发动了"诗界革命"、"文界革命"、"小说界革命"，目的是创造出一个区别于旧文学的、为启蒙服务的现代新文学。

所谓"诗界革命"，就是对旧体诗进行革新，使之承担启蒙的新内容。它发端于黄遵宪的新诗探索，继之由梁启超发扬、倡导而成为一种运动。梁启超认为，"能以旧风格含新意境，斯可以举革命之实也。"（《饮冰室诗话》）而所谓"新意境"者，就是"欧洲之意境、语句"。实际是，是在保留旧体诗的格律、体裁的基础上，吸收新名词和口语，以适应宣传"欧洲之精神思想"的需要。"诗界革命"虽然对旧文学有冲击，但由于没有突破旧诗体裁的束缚，难以克服形式与内容的尖锐矛盾，因此，没有创造出新的诗体，但也为现代新诗歌的产生作了准备。

所谓"文界革命"是梁启超等发动的批评旧文体，建立新文体的运动。他们批判古文，认为八股、辞章、义理、考据等皆为"谬种"，而提倡"烟土披里纯"（灵感），创立"条理细备，词笔锐达"的新文体。它大量吸收新词汇，运用外国语法，裴廷梁甚至提出"崇白话而废文言"的主张。但是，由于没有根本上以白话文代替文言文，因此文界革命也没有达到创立新文体的效果，仅成为由文言文到白话文的过渡阶段。

成就最大者为"小说界革命"。梁启超意识到小说作为现代文学体裁将取代诗文成为主要文学形式，因此要发挥小说的启蒙宣传作用，成为新民救国的工具。他认为西方文明开化，小说之功甚伟。因此，他大呼："欲新一国之民，不可不先新一国之小说。故欲新道德，必新小说；欲新宗教，必新小说；欲新政治，必新小说；欲新风俗，必新小说；欲新学艺，必新小说；乃至欲新人心，欲新人格，必新小说。"[1] 他还探讨了小说巨大社会功能的心理根源，认为有"支配人道"的四种力："一曰熏"、"二曰浸"、"三曰刺"、"四曰提"。

除了改良派的启蒙主义文学主张以外，还有周作人等的启蒙主义文学主张。五四前的周作人在《河南》1908 年第 5 号、第 6 号上发表了《论文章之意义及其使命因及中国近时论文之失》的长文，阐述了他的文学思想。他首先对文学的本质作出了界定，认为"文章者，人生思想之形现也"，具有"神思"、"感兴"、"美致"的特性。他特别强调了文学具有"阐释时代精神"的使命，尤其在国运衰微时，不能"漠然坐视"，而应"排众独起，为国人指导，强之改进者"。这体现了他的启蒙主义文学思想倾向。

启蒙主义文学思潮不仅有理论主张，也有创作实践，包括对西方文学著作翻译，也包括自己的创作。大体上说，有以下四类小说：

第一，政治幻想小说。当时的政治小说，多为演绎和想象政治理想的小说，用以形象地启迪民众、鼓舞民众。如梁启超的《新中国未来记》，叙述的时间是 1962 年，正值中国举办纪念维新成功 50 周年大庆

<hr />

[1] 梁启超《论小说与群治之关系》，陈平原、夏晓虹编《二十世纪中国小说理论资料》第一卷，北京大学出版社 1997 年版，第 50 页。

典。那时中国已是一个跻身世界文明先进国家行列并领导世界和平的大国。《新中国未来记》开创了一种宏大的未来幻想的叙事模式。继梁启超之后，萧然郁生写了《乌托邦游记》，春帆写了《未来世界》，还有陆士鄂的《新中国》等，这类小说都以幻想的形式展望新中国的富强、民主、自由。这些作品虽然艺术性不高，但是发挥了思想启蒙作用。

第二，科幻小说。中国现代科学小说，是从20世纪初鲁迅翻译法国著名科幻作家儒勒·凡尔纳的小说开始的[1]。科学小说的兴起，反映出中国对西方工业文明、科学技术的推崇和对现代化的渴望，并意图使国人"获一斑之智识，破遗传之迷信，改良思想，补助文明"[2]。当时问世的科学小说，更多属于翻译，创作的数量不多，不过都带着浓厚的启蒙色彩，比如荒江钓叟的《月球殖民地小说》、徐念慈的《新法螺先生谭》、吴趼人《新石头记》等。

第三，教育小说。1905年废除科举，强烈地冲击了传统文化和晚清社会。吴蒙的《学究新谈》（载1905—1906年《绣像小说》）、悔学子的《未来教育史》（载1905年《绣像小说》）、雁叟的《学界镜》（载1908年《月月小说》）等就是在这样的背景下产生的。晚清的教育小说，一方面展示了清末教育体制改革的真实状貌，批判中国教育的现状和国民的劣根性，另一方面对未来教育的构想充满热情，肯定开通知识、引进西学对启蒙民众的重要性。

第四，社会小说。主要是揭露和谴责现实社会黑暗，这类小说中最著名的便是被鲁迅命名为"谴责小说"的《官场现形记》、《老残游记》、《孽海花》和《二十年目睹之怪现状》。它们虽然没有正面讴歌启蒙理想，但对现实的揭露和批判，也呼应了改革社会的要求。

总之，这些作品积极响应梁启超在"小说界革命"中倡导的启蒙主义文学观点，在作品内部有意识地演绎西方文明的启蒙理性精神，并

---

〔1〕 参见郭延礼《凡尔纳所引发的外国科学小说的翻译》，《中西文化碰撞与近代文学》，山东教育出版社1999年版。

〔2〕 周树人《〈月界旅行〉辨言》，陈平原、夏晓虹编《二十世纪中国小说理论资料》第一卷，北京大学出版社1997年版，第51页。

以此来批判中国封建制度的黑暗以及国民性的愚昧。

三、新古典主义文学思潮的发生

在 19 世纪末，面对西方列强的侵略，中国民族意识觉醒，在争取现代性同时，也在争取建立现代民族国家，而后者就成为新古典主义文学思潮的社会基础。以南社为代表的革命派文人自觉地以诗文鼓动革命；以章太炎为代表的文化保守主义也主张振兴中华民族、复兴中华文化，于是就有新古典主义的滥觞。中国新古典主义与西方 17 世纪新古典主义有基本的一致性，即对建立现代民族国家历史任务的肯定性回应，强调理性规范等。同时，中国的新古典主义又处于不同的历史条件，因此具有自己的特殊性。滥觞期的中国新古典主义体现出以下特点：

第一，强调文学的政治性，鼓吹民族主义，为现代民族国家张目。他们认为文学可以直接鼓动革命，为推翻满清王朝的封建统治、建立资产阶级民主共和国服务。他们说，文学可以"鼓动一世风潮"，"打破这污浊世界，救出我这庄严的祖国来"（柳亚子《复报发刊辞》）；文学还可以"张吾民族之气而助民国之成……获共和之幸福"（陈去病《大汉报发刊词》）。因此，在维新派梁启超举行"三界革命"之后，革命派人士也要求在文学领域进行一次革命，提出"诗坛请自今日始，大建革命军之旗"（宁调元《太一诗存》），而且要自觉地掌握文学革命的领导权，"作海内文学革命之导师"（高旭《南社启》）。这个阶段，不仅有大量的文学作品表现民族主义，而且还翻译了许多国外作品，借以抒发民族主义思想情绪。如周树人翻译了一些被压迫民族的文学作品，以图激发民气。林纾等翻译的《黑奴吁天录》，对激发民族主义起了很大的作用。灵石读后道：译者林纾、魏易"两人且泣且译，且译且泣，盖非仅悲黑人之苦况，实悲我四百兆黄人将为黑人续耳"。"嗟呼！我黄种国权衰落亦云至矣。四百余州之土，尽在列强之势力范围，四万万之同胞，已隶白人之奴隶册矣。我黄人不必远征法、美之革命与独立，与日本之维新，即下而等诸黑人，能师其渴想自由之操，则乘时接势，一转移间，而为全球之望国矣。"[1]

第二，具有鲜明的文化保守主义倾向。在西方现代文化的冲击之下，不仅有启蒙主义的正面回应，也有保守主义的否定性回应。保守主义主张复兴传统文化，抵制西方文化入侵。南社、章太炎等都采取了文化保守主义的立场，这也体现在他们的文学主张和文学创作上面。南社中有人说："国有魂，则国存；国无魂，则国将从此亡矣……然则国魂果何所寄？曰寄国学。欲存国魂必自从存国学始。"[2]章太炎说得更具体："近来有一种欧化主义的人，总说中国人比西洋人所差甚远，所以自甘暴弃，说中国必定灭亡，黄种必定剿绝。因为他不晓得中国的长处，见得别无可爱，就把爱国爱种的人，一日衰薄一日。若他晓得，我想就是全无心肝的人，那爱国爱种的心，必定风发泉涌，不可遏抑的。"[3]革命派的文学理论家大力宣传中国的文学冠于全球："夫以吾国文学之雄奇奥衍，假馨其累世之储蓄，良足执英、法、德、美垆之牛耳。"[4]认为中国文学"泰西远不逮也"，可以"称伯五洲"："彼白伦、莎士比、福禄特儿辈固不逮我少陵、太白、稼轩、白石诸先辈远甚也。""年来爱国好古之士……共谋保存国粹，商量旧学，于是诗词歌曲，顿复旧观，晦盲否塞之文学界，遂有光明灿烂之望矣"[5]。高旭、林獬等人认为，改良派人士所倡导的以引进欧洲启蒙思想为主导的诗界革命、文界革命、小说界革命是"季世一种妖孽"，甚至说："新意境、新理想、新感情的诗词，终不若守国粹的用陈旧语句为愈有味也。"[6]

第三，崇尚阳刚文风。新古典主义文学鼓吹革命、救国，因此要反

---

〔1〕 灵石《读〈黑奴吁天录〉》，1904 年 7 月《觉民》第 8 期。

〔2〕 高旭《南社启》，《民吁报》1909 年 10 月 27 日。

〔3〕 章太炎《论保存国粹宜自礼俗言文始》，1905 年 5 月 5 日《神州日报》。

〔4〕 黄人《清文汇序》，舒芜等编选《近代文论选》下册，人民文学出版社 1999 年版，第 495 页。

〔5〕 冯平《梦罗浮馆词集序》，《南社丛刻》二十一集《文录》，第 5392—5393 页。

〔6〕 高旭《愿无尽斋诗话》，《高旭集》，社科文献出版社 2003 年版，第 544—545 页。

对柔弱倾颓文风，倡导战斗风格。林纾出于爱国保种思想，译介西方小说，极力推崇具有悲剧精神、崇高风格的作品，以此扫除旧文学之颓废之风。他说："阳刚而阴柔，天下之通义也。自光武欲以柔道理世，于是中国姑息之弊起，累千数百年而不可救。吾哀其极柔而将见饫于人口，思以阳刚振之，又老矣不能任兵，为国民捍外侮，则唯闭户抵几詈。"[1]章太炎、柳亚子等都倡导雄健、阳刚文风，主张"震以雷霆之声"、"为文章踔厉奋发，荡人心魄"。

第四，主张平民主义的文学观，提倡文学样式的通俗化。与欧洲新古典主义的贵族化文学观以及崇尚高雅文风不同，中国新古典主义出于宣传革命的需要，提出文学有"化里巷"、"鼓动平民"的任务。柳亚子等说："拔山倒海之事业，掀天揭地之风潮，非一人独立所能经营"[2]。而要使文学能动员"贩夫走卒"、"屠夫牧子"以及"妇孺不识字之众"，就必须通俗。他们认为小说、戏曲最具有"人之易，出之神"的艺术感染的"同化力"，所以大力提倡通俗戏曲，从理论上提高戏曲等通俗文艺的地位。指出"博雅之士，言必称古，每每贵远贱近，谓今不逮昔。曲之于文，横被摈斥，至格于正规之外，不得与诗词同科"[3]。而事实上，"曲之作也，术本于诗赋，语根于当时，取材不拘，放言无忌，故能文物交辉，心手双畅，其言弥近，其象弥亲。试览遗篇，则从太冲，家家子美。"[4]通俗的戏曲最适宜表现现代生活，因此"持运动社会、鼓吹风潮之大方针者"应该提倡通俗文艺[5]。晚清民初以宣传革命为宗旨的通俗文体小说、戏曲的出现，与这些革命派文

〔1〕 林纾《〈埃司兰情侠传〉序》，《林琴南书话》，浙江人民出版社 1999 年版，第 130 页。

〔2〕 柳亚子《中国民族主义女军人梁红玉传》，1904 年 7 月《女子世界》七期。

〔3〕 姚华《曲海一勺》，舒芜等编选《近代文论选》下册，人民文学出版社 1999 年版，第 685 页。

〔4〕 姚华《弗堂类稿·论著丙》，舒芜等编选《近代文论选》下册，人民文学出版社 1959 年版，第 686 页。

〔5〕 柳亚子《二十世纪大舞台》发刊词，第 1 期，1904 年 10 月，舒芜等编选《近代文论选》下册，人民文学出版社 1959 年版，第 453 页。

学理论家的大力鼓吹确实不无关系。

革命派文人在进行革命斗争时，就运用文学的武器，宣传反清革命，如林天华的《警世钟》，邹容的《革命军》。新古典主义文学的代表是南社。南社文人在政治上反满革命，在文学上也贯穿着这个宗旨。南社文人王钟麒认为，"吾以为吾侪今日，不欲救国则已；今日诚欲救国，不可不自小说始。"[1]这与梁启超的小说新民论殊途同归，一是旨在救国，二是旨在启蒙，都是强调文学的政治功利性。南社要借助文学"揭橥民族，倡导国民"，以大量的诗作来抒发革命之志。它主张文学作品要表现豪迈的气概，"为文章踔厉奋发，荡人心魄"，要"合空灵雄健为一炉"。南社代表人为柳亚子，他从文学的政治立场上批判宋诗派"曲学阿世，迎合时宰，不惜为盗臣民贼之功狗"[2]；明确主张文学艺术为反清革命服务，"华夷之辨既明，报复之谋斯起，其影响捷矣"[3]。

除南社以外，新古典主义倾向的代表还有章太炎等。章太炎在政治上是革命派，在文化上是保守主义者。他主张明华夷之辨，批判西方文明，复兴中华传统文化。同时，他还主张文学为革命政治服务。他在为邹容《革命军》作的序言中批判旧文学的优柔、蕴藉习气，而主张"震以雷霆之声"，借文学鼓动革命，而为"义师之先声"。

与维新派主张以"新民"为宗旨，要求文学直接为启蒙现代性服务不同，革命派文学家直接宣扬民族主义和革命，要求文学直接为建立现代民族国家服务，这决定了革命派文学的新古典主义性质；又由于这种古典主义文学要通过暴力革命去达到建立现代民族国家的目的，所以是"革命"的古典主义，这是中国新古典主义的特点。当然，迫于晚

---

〔1〕 王元生《论小说与改良社会之关系》，舒芜等编选《近代文论选》上册，人民文学出版社 1959 年版，第 224 页。

〔2〕 柳亚子《胡寄尘诗序》，舒芜等编选《近代文论选》下册，人民文学出版社 1959 年版，第 455 页。

〔3〕 柳亚子《二十世纪大舞台》发刊词，第 1 期，1904 年 10 月，舒芜等编选《近代文论选》下册，人民文学出版社 1959 年版，第 453 页。

清内忧外患的时局，建立现代民族国家的任务压倒一切，所以即使是在维新派的改良思想里，也包含着激进主义的革命思想，相应地，启蒙主义文学思想里也包含着一些新古典主义的文学思想，二者之间的关系并没有以后那样泾渭分明，如梁启超等人也高度关注、提倡政治小说；周作人也在《哀弦篇》中赞美波兰等被压迫民族的反抗文学，从而强调了文学想象现代民族国家的功用。

四、审美主义与反现代性文学思潮的发生

审美主义是一种哲学思潮，它是对现代性的反思、批判。在现代性发生以后，由于现代性的负面价值凸显，理性对人的束缚加重，于是就有在哲学上对现代性的反思、批判，这就产生了审美主义。审美主义认为理性并不是最高的价值，只有审美领域才有自由，审美价值才是最高价值。在文学理论中，审美主义表现为强调文学的超现实性、超功利性的审美本质，认为文学体现了生存意义。审美主义主张非理性主义，反抗现代性，体现了精英意识和贵族精神。审美主义为以后的反现代性文学思潮如浪漫主义、现实主义以及现代主义开辟了道路。

中国的审美主义发生于 20 世纪初期，重要代表人物有王国维、蔡元培和周树人。王国维的美学思想有这样几个成因：一是对中国现代化进程的抵触，主要表现在他对辛亥革命后的共和政治的反感，对清室的忠诚眷恋；二是接受了康德、叔本华的哲学和美学思想；三是继承了中国美学思想，并企图融会中西，使中国美学现代化。王国维的美学思想根基于康德，如审美无利害的思想等。康德的理性主义哲学认为理性是最高的真理和价值，而审美是由感性到理性的过渡形式。同时，它又接受了席勒的审美主义以及叔本华的悲观意志论哲学。席勒认为审美是自由的游戏冲动，超越了感性和理性的对立。叔本华认为人生为意志所困，只有摆脱意志，才能获得解脱；而审美是摆脱意志的途径。这样，席勒、叔本华突破了康德的理性主义，使审美超越理性，而具有了审美主义的倾向。王国维的审美主义表现在他提倡的审美人生论，认为审美

观照可以使人进入"纯粹之知识"的境界，使世界成为纯粹之形式，自我成为"纯粹无欲之我"，从而忘掉人生痛苦。他说："美术之务，在描写人生之苦痛与其解脱之道，而使吾侪冯生之徒，于此桎梏之世界中，离此生活之欲之争斗，而得其暂时之平和，此一切美术之目的也。"[1]后期的王国维又受到尼采的审美主义的影响，认为生活之欲不能自我否定，而只能通过"蕴藉之道"得以张扬、升华，这就是审美的途径。所以，他宣布："美术文学非徒慰藉人生之具，而宣布人生最深之意义之艺术也。一切学问、一切思想，皆以此为极点。""天下有最神圣最尊贵而无与于当世之用者，哲学与美术是矣……"[2]这是审美主义的人生观。王国维反对启蒙主义和新古典主义的功利主义文学观，认为："观近数年之文学，亦不重文学自己之价值，而唯视为政治与教育之手段，与哲学无异，如此者其亵渎哲学与文学之神圣之罪，固不可逭，欲求其学术之价值，安可得也？"[3]

王国维主要美学著作有《〈红楼梦〉评论》、《屈子文学之精神》、《论古雅之在美学上之位置》、《人间词话》等。王国维接受了叔本华的悲观意志论哲学，认为审美是对人的欲望的解脱。他以这种观点来阐释《红楼梦》，认为该书的意义在于揭示人生之痛苦，对欲望之解脱。这是以西方现代美学观点阐释中国古典文学作品的第一个尝试，它超越了中国传统的主情说。他还对屈原进行了现代的阐释，认为屈原作品表现了他的人生困境，即其内心的入世与遁世两种心态的冲突，于是只好以"幽默"排遣之。王国维还从中国审美文化的实际出发，对从西方美学范畴进行了增补，认为除了有优美、宏壮范畴作为"第一形式"之美外，还有古雅范畴作为"第二形式"之美。这是一种会通中西美学的

---

[1] 王国维《〈红楼梦〉评论》，陈平原、夏晓虹编《二十世纪中国小说理论资料》第一卷，北京大学出版社1997年版，第103页。

[2] 王国维《论哲学家与美术之天职》，《王国维学术文化随笔》，中国青年出版社1996年版，第19页。

[3] 王国维《论近年之学术界》，《王国维遗书》第五册，上海古籍书店1983年版，第94页。

努力。王国维的最大贡献在于提出了意境（境界）理论。他认为诗歌艺术价值的最高标准是意境，而意境实际上是一种超越现实世界的审美世界。因此，意境标志着"真感情"、"真景物"，具有"神秀"、"不隔"等特征，意境说有自己独特的学术贡献。西方叙事文学发达，故形成"典型"范畴，作为叙事文学的典范；中国抒情文学发达，故提出了"意境"范畴，作为抒情文学的典范，从而补充了西方文论之不足，完备了人类的文学理论宝库。意境说可以看作王国维会通中西文论的最重要的成果。

除了王国维的审美主义文学思想外，蔡元培的美育思想也具有审美主义倾向。蔡元培接受了康德的美学理论，同时又超越康德，形成了"以美育代宗教"说。康德认为审美是现象界（知识的领域）到本体界（信仰的领域）的中介、桥梁。而蔡元培进而认为：审美有两种特性，一是普遍，以打破人我之见；二是超脱，以透出利害关系，所以可以认识人生之价值。由于审美的普遍、超脱品格，因此要提倡美育。他认为，美育起源于宗教，二者具有相同的功能，就是使人脱离现象界，进入本体界。但是，宗教与审美性质不同，"一、美育是自由的，而宗教是强制的；二、美育是进步的，而宗教是保守的；三、美育是普及的，而宗教是有界的"，"故不能以宗教充美育，而止能以美育代宗教"[1]。可以看出，蔡元培已经突破了康德的美学体系，康德认为宗教属于本体界，审美属于由现象界向本体界过渡的中介，因而宗教高于审美；而蔡元培把审美提升到了本体界，取代了宗教的地位，从而走向了审美主义。蔡元培的审美主义与他受到西方现代哲学的影响有关，如，他提出"人的一生，不外乎意志活动，而意志是盲目的"[2]。这种思想来源于叔本华，而不是康德。康德认为本体是意志的领域，属于宗教信仰的对象，而意志具有理性品格，因而称为"实践理性"。而叔本华则认为意

---

〔1〕 蔡元培《以美育代宗教》，《蔡元培美学文选》，北京大学出版社 1983 年版，第 180 页。
〔2〕 蔡元培《美育与人生》，《蔡元培美学文选》，北京大学出版社 1983 年版，第 220 页。

志是人的无休止的欲望，是盲目的、非理性的，它只会给人带来痛苦。蔡元培接受叔本华的非理性主义，否定宗教，以审美取代之。蔡元培的美育思想又受到席勒的影响。席勒虽然是启蒙主义者，但又是审美主义的鼻祖。他接受了康德美学，把审美当作由感性到理性的中介、手段；同时，又把审美当作超越感性和理性的自由的活动，美育成为人的全面发展的途径，从而走向审美主义。蔡元培也把审美当作自由的活动，把美育当作自由人格的培养途径。他对美育的倡导，既是为了培育现代新人，有启蒙主义的成分；也是为了超越理性，有审美主义的取向。

周树人留学日本期间，接受了尼采的影响。尼采是反现代性的先驱，以极端张扬主体性来反叛现实。在这种思想背景下，形成了周树人的带有浪漫主义倾向的文学思想。周树人批判民主主义、科学主义的西方现代文明。他认为"科学者，神圣之光，照世界者也"，但是"犹有不可忽者，为当陷社会于偏，日趋而之一致，精神渐失"[1]。他批判科学主义"奉科学为圭臬"，并为宗教、神话以及中国农民的迎神拜鬼等迷信活动乃至龙的形象辩护。他批判现代文明导致人的平庸化、物化，"林林众生，物欲来蔽"，因此张扬个性、精神，"掊物质而张灵明，任个人而排众数。"他站在保守主义的立场反对洋务派、维新派、革命派，崇尚西洋文明的"偏至"之举，如"竞言武事"，"复有制造商估立宪国会之说"，"终至彼所谓新文明者，举而纳之中国"，为国人"馨香顶礼"，这样，"贱古而尊新，而所得既非新，又至偏而至伪"。他认为当时的改良派、革命派如梁启超等人的"世界人"和"国民"主张是"恶声"，必须破除。他以民族主义对抗西方现代文明，对中国传统文化往昔的辉煌充满自豪："夫中国之立于亚洲也，文明先进，四夷莫之与邻，蔑视高步，因益为特别之发达；及今日虽凋零，而犹与西欧对立，此其幸也。"[2]这与五四时期认为中国文化是腐朽、落后的文

〔1〕 鲁迅《坟·科学史教篇》，《鲁迅全集》第一卷，人民文学出版社 1956 年版，第178 页。

〔2〕 鲁迅《坟·文化偏至论》，《鲁迅全集》第一卷，人民文学出版社 1956 年版，第99 页。

化截然不同。他虽然认为西方科学昌明，但对西方文明的总体评价不高，认为难与中华文明比肩："若其文化昭明，诚足以相上下者，盖未之有也。"他对现代以来西方文化的强势传播、中国文化的衰落痛心不已，认为是"本根剥丧"、"种性放失"。他认为文明进步源于传统，反对脱离传统："文明无不根旧迹而演来，亦以矫往事而生偏至。"[1]周树人主张审美超功利，认为："文章为美术之一，质当亦然，与个人暨邦国之存，无所系属，实利离尽，究理弗存。"[2]主张以审美建立理想人性，"美上之感情"、"明敏之思想"可以"致人性于全，不使之偏倚"[3]。他倡导具有战斗、反抗性的浪漫主义文学，崇尚"摩罗诗人"，特别是拜伦以及密茨凯维支、裴多菲等具有反抗精神的波兰、匈牙利等弱小民族的诗人，并且推崇浪漫主义文学的情感、想象、独创等特性以及"争天拒俗"的反叛精神和"雄杰伟美"的崇高风格。

中国审美主义的滥觞，主要体现在美学思想和文学理论上以及一些文学作品的译介上，还没有形成一种文学创作的潮流。这就是说，审美主义是理论先行，创作滞后。在五四以后，由于中国社会的发展，产生了对现代性的反思、批判，形成了浪漫主义（如沈从文）和现代主义（从唯美主义开始）等文学思潮，它们发源于审美主义，是审美主义的创作表现。

五、结语

19世纪末至20世纪初，提出了现代性与现代民族国家的双重历史任务，产生了三种文学思潮、两种文学取向以及一种结果。所谓三种文

---

[1] 鲁迅《坟·文化偏至论》，《鲁迅全集》第一卷，人民文学出版社1956年版，第99页。

[2] 鲁迅《坟·文化偏至论》，《鲁迅全集》第一卷，人民文学出版社1956年版，第99页。

[3] 鲁迅《坟·科学史教篇》，《鲁迅全集》第一卷，人民文学出版社1956年版，第178页。

学思潮，就是争取现代性的启蒙主义文学思潮的滥觞，争取现代民族国家的新古典主义文学思潮的滥觞，反思、批判现代性的审美主义思潮的滥觞。它们是中国现代文学思潮的源头，对五四以及五四以后的中国文学思潮的发展流变发生了重要影响。大体上说，五四文学以鼓吹现代性的启蒙主义思潮为主导；五四以后的文学以争取现代民族国家的新古典主义思潮为主导；而由于现代性的薄弱以及现代民族国家任务的迫切，反思、批判现代性的现实主义、浪漫主义、现代主义则没有成为主导的文学思潮。同时，中国文学思潮的发轫期也产生了两种文学取向，一是梁启超和革命派等开创的功利主义的取向（启蒙主义和革命古典主义的滥觞），二是王国维开创的审美主义取向（反现代性文学思潮的滥觞）。由于历史条件的紧迫，在以后的历史发展中，功利主义成为主导的文学思想，而审美主义则受到抑制，没有得到充分发展。所谓一种结果，就是清末民初会通中西文学思想的努力（梁启超的三界革命、王国维的美学）基本上没有成功，没有形成中国化的现代文学理论思想，这就造成一种结果，那就是走向五四反传统，全盘西化，抛弃中国文学思想理论，引进西方文学思想理论。

第三章　现代性与启蒙主义文学思潮

一、启蒙主义是独立的文学思潮

写入正史的文学思潮，一般只有新古典主义、浪漫主义、现实主义、现代主义，而没有启蒙主义。通常认为，"启蒙主义"只是专指18世纪的启蒙运动中形成的社会思潮，而非文学思潮。18世纪启蒙运动时期的文学思潮或者被定性为新古典主义（前期），或者被定性为浪漫主义（后期），或者被称呼为"启蒙时期的文学思潮"。实际上，欧洲18世纪文学既不能归结为新古典主义，也不能归结为浪漫主义，它是特殊的、独立的文学思潮——启蒙主义文学思潮。那么，"启蒙主义"能否成为文学思潮的概念？启蒙主义文学思潮具有什么性质？对这个问题，只有从现代性的角度，才能解决。从根本上说，文学思潮是文学对现代性的反应。那么，什么是现代性呢？简单地说，就是现代的本质，它以启蒙理性为核心，包括科学精神（工具理性）和人文精神（价值理性）。现代性摧毁了传统社会，造成了人的命运的剧烈变革，迫使文学对其作出反应，形成了大规模的文学运动，这就是文学思潮。

（一）欧洲18世纪文学思潮是启蒙主义

一般认为，古典主义和浪漫主义是相互衔接的两大思潮，古典主义一直延续到18世纪末，直到浪漫主义兴起为止，这样就排除了启蒙主义的存在。认为新古典主义与浪漫主义相衔接的传统论断有其理论上的根源。第一，由于 18 世纪末存在着古典与浪漫之争，从而产生了新古典主义与浪漫主义相衔接的错觉。事实上，新古典主义的创作原则在被判定非法之前早已失去了主导力，启蒙主义已经登上了历史的舞台。只是由于新古典主义仍然死而不僵，还在一定程度上影响着人们的艺术趣味，特别是新古典主义的形式规范仍然没有破除，最后才由浪漫主义给以致命的一击。第二，受到风格学的影响，把文学风格类型当作了文学思潮。最早在风格学上区分"古典"和"浪漫"的是席勒。他在《素朴的诗和感伤的诗》中区分了两种诗歌类型：素朴的，其实就是古典的，它追求自然、和谐和现实性；而感伤的，即是浪漫的，它追求激情、冲动和理想性。与席勒相反，歌德把"古典的称为健康，浪漫的称为病态"[1]。这里的古典和浪漫不是指文学思潮，而是指文学风格的类型。有关"古典"和"浪漫"的讨论，深刻地影响了后世的文学观念，以至于把作为文学思潮的新古典主义和浪漫主义等同于作为文学风格的"古典的"和"浪漫的"，造成了新古典主义与浪漫主义相衔接的印象。第三，新古典主义的统治主要在戏剧领域，戏剧上的古典主义延续到 19 世纪初期；而启蒙主义主要体现在新的文学体裁小说上，它在 18 世纪崛起。人们往往把 1830 年雨果戏剧《欧那尼》的上演看作是浪漫主义对古典主义的胜利，而其实在小说领域新古典主义早就被启蒙主义打败了。

18 世纪是启蒙的世纪，启蒙理性成为时代精神。宣扬国家理性的新古典主义不能适应时代要求，在 18 世纪中叶已经处于没落，新古典主义的理性法则遭到普遍质疑。同时，强调想象、创造的文学呼声越来越高昂。歌德说："我没有踌躇过一刹那，去放弃那遵循格律的戏剧。地点的一致对我犹同牢狱般地可怕，情节的统一和时间的一致是我们想象力的沉重桎梏。我跳进了自由的空气里，这才感到自己（生长了）手和脚。现在，当我认识到那些讲究规格的先生们从他们的巢穴里给我

---

〔1〕 爱克曼《歌德谈话录》，吴象婴译，上海社会科学院出版社 2001 年版，第 418 页。

硬加上了多少障碍时，以及看到有多少自由的心灵还被围困在里面时，如果我再不向他们宣战，再不每天寻找机会以击碎他们的堡垒的话，那么我的心就会愤怒得碎裂。"[1]

韦勒克虽然认定 18 世纪文学主潮为新古典主义，但也意识到 17 世纪文学与 18 世纪文学的显著区别："法国的 17 世纪被提升为古典主义时代，与在我们看来其风格和理论似乎和 17 世纪一脉相承的 18 世纪相对抗。到 19 世纪早期，这两个时期对抗的原因就容易理解了。17 世纪在政治上和宗教上倾向于保守；而 18 世纪的哲学承担了为法国大革命作舆论和思想准确的责任。"[2]

18 世纪后五十年的文学是一个多元并立的文学体系，既有新古典主义的余声，也有浪漫主义的前奏，但主旋律是启蒙主义。18 世纪作家往往身兼多重文化身份，在他们身上体现着多种文学思潮的影响。伏尔泰一面创作反封建的哲理小说，一面按照新古典主义程式继续创作悲剧（而他的悲剧其实也是为了宣扬启蒙理性）；歌德一面在创作上礼赞现代浮士德精神，开创现代情感书写方式，如他的《少年维特之烦恼》，一面在理论上继续宣扬素朴的古典风格；席勒一面创作《强盗》、《阴谋与爱情》以鞭挞封建主义和歌颂启蒙自由精神，一面批判理性的桎梏，提出艺术游戏说，赞扬反现代文明的"感伤诗"；卢梭一面立足于启蒙主义，一面又超越于启蒙主义，反对科学与艺术，主张回归自然，因而成为浪漫主义精神的始祖。总之，各种文学思潮都能在此找到言说的空间，对 18 世纪中后期文学的判定也变得歧义丛生。其实，一个时代的文学主潮必然受制于那个时代的"时代精神"，过去的或萌芽状态的时代精神固然也会在文学中留下历史回声或前兆，但它们并不构成文学主流。就 18 世纪中后期而言，建立现代民族国家的历史使命已经大致完成，而批判现代性的浪漫精神尚处于孕育阶段，只有启蒙精神

〔1〕 歌德《莎士比亚纪念日的讲话》，伍蠡甫编《西方文论选》，上海译文出版社 1979 年版，第 454 页。

〔2〕 韦勒克《文学思潮和文学运动的概念》，刘象愚选编，中国社会科学出版社 1989 年版，第 83 页。

才是时代精神的主宰。

18 世纪末的早期浪漫派和 19 世纪的浪漫派之间形成较大的断裂，前者实际上可以归入启蒙主义。早期浪漫派是否应该归属浪漫主义，学术界仍有争议。梅奥认为华兹华斯等早期浪漫派体现了"人文主义的悲悯和感伤的道德情怀"，是启蒙思潮的延续；戴伊认为"第一代英国浪漫派作家早年政治上的激进之作称之为晚期的启蒙，而将它们成熟时期趋向保守的作品称为浪漫主义"[1]；巴特勒也指出："华兹华斯是在主流启蒙文化中长大的，他比任何地方的任何诗人 —— 也许歌德除外——都更理解启蒙文化的潜能。"[2]"华兹华斯尝试用取自通俗诗歌的韵律来恰当处理取自社会下层的题材，这实验是三十年来公众对这方面的内容和形式的兴趣促成的，为启蒙主义的文化所特有"。[3]

一直以来，受苏联文学观念的影响，浪漫主义被划分为积极浪漫主义和消极浪漫主义。其实，所谓积极浪漫主义，不过是启蒙主义的延续。所谓积极浪漫主义作家，包括早期浪漫派的雪莱、拜伦等人，他们依然坚持启蒙主义的社会理想，鼓吹博爱，为自由民主而斗争。例如，雪莱的《诗辩》极力强调艺术的社会意义，拜伦的诗歌反抗暴政、抨击黑暗、呼唤自由；拜伦在《唐璜》中借唐璜之口说出："我宁可独自兀立在人间，但决不肯把我自由的思想换取一座王位。"[4]雨果的《巴黎圣母院》揭露宗教统治的虚伪、残暴。而许来格尔兄弟、夏多布里昂等代表的所谓消极浪漫主义，是"对现代性的第一次反叛"，才是真正意义上的浪漫主义。"消极浪漫派"反叛现代性，从现实世界退缩到心灵世界，到自然、神话、宗教当中寻找灵魂的栖息地，难免有阴郁悲观、消极颓废之嫌，但却开创了诗性和审美的王国。

---

〔1〕 张旭春《政治的审美化与审美的政治化》，人民出版社 2004 年版，第 114 页。

〔2〕 玛里琳·巴特勒《浪漫派、叛逆者及反对派》，黄梅译，辽宁教育出版社 1998 年版，第 91 页。

〔3〕 玛里琳·巴特勒《浪漫派、叛逆者及反动派》，黄梅译，辽宁教育出版社 1998 年版，第 93 页。

〔4〕 拜伦《唐璜》，朱维基译，上海译文出版社 1978 年版，第 744 页。

（二）启蒙主义是争取现代性的文学思潮

启蒙主义是争取现代性的文学思潮，现代性的核心是个体主体性。刘小枫说："个体的生成可以看做现代性的标志。"[1]因之，自我意识的凸显和对个体主体性的宣扬构成了启蒙主义文学的重要特征。"尽管启蒙时期的艺术家用以表现自己的形式不拘一格——各种形式中朴实的中产阶级现实主义和最宏伟的古典主义同样有典型性，他们还是倾向于有一些同样的原则。这些原则中最基本的就是拒绝接受先进社会错综复杂的情况，强调人的价值（在绘画、诗歌和小说中常表现于把焦点会聚于一个单一的中心人物），强调面向像全人类一样广泛的读者观众。"[2]

在内容上，启蒙主义文学颂扬个体奋斗、自我实现的精神，从而区别于新古典主义的国家理性，也区别于浪漫主义的消极、颓废。个体成为文学关注的焦点，个体命运也成为情节编排的主要线索，个人成长和历险奋斗的故事尤受叙事性文学的青睐。笛福的《鲁宾逊漂流记》、歌德的《浮士德》讲述的是个人历险奋斗的故事，歌德的《威廉·迈斯特的学习年代》和《威廉·迈斯特的漫游时代》讲述的是个人成长的故事，而菲尔丁的《汤姆·琼斯》则把成长和奋斗的故事融为一体。这些故事的情节演进都遵循"进步"或"完善"的趋势，挫折仅仅是主人公进步的阶梯，而故事的结局必定是光明的。当然，作品的核心目的在于塑造个人英雄形象。瑞凯提说："鲁宾逊是关于现代个人主义的寓言。"[3]

在形式上，启蒙主义文学也打破了新古典主义的规范，选择了自己独特的表达方式，形成了现代的体裁。小说是 18 世纪新兴的文学体裁，

〔1〕 刘小枫《现代性社会理论绪论》，上海三联书店 1998 年版，第 22 页。

〔2〕 玛里琳·巴特勒《浪漫派、叛逆者及反动派》，黄梅译，辽宁教育出版社 1998 年版，第 91 页。

〔3〕 黄梅《推敲"自我"：小说在 18 世纪的英国》，生活·读书·新知三联书店 2003 年版，第 61 页。

与主体性的确立密切相关。在小说兴起之前，西方已有悠久的史诗和悲剧传统。史诗和悲剧一般包含宏大的叙事题材和恢宏的叙事主旨，讲述英雄的命运、部族的传说乃至人类的寓言，故而只能从神话、历史中选取题材和情节，如《俄狄浦斯王》、《奥德赛》，此种创作与现实人生、个体经验相对疏离。黑格尔指出："史诗以叙事为职责，就须用一件动作（情节）的过程为对象，而这一动作在它的情境和广泛的联系上，须使人认识到它是一件与一个民族和一个时代的本身完整的世界密切相关的意义深远的事迹。"[1]文艺复兴开始发现个体的人，到了18世纪个体价值更是得到空前的重视。一个注重个体价值的时代必然召唤个人言说方式的诞生。于是，历史选择了小说。瓦特指出："自文艺复兴以来，一种用个人经验取代集体的传统作为现实的最权威的仲裁者的趋势也在日益增长，这种转变似乎构成了小说兴起的总体文化背景的一个重要部分。"[2]小说铺张开来可以架构宏伟的场面，细腻下去又可以描摹内心的私语，最宜描写个体的命运。可见，启蒙主义文学呼应了18世纪的主体性精神。个体主体性的凸显，是启蒙主义区别于新古典主义的重要表征。

现代性本质上是一种平民精神，因为现代社会的主体是市民（第三等级），启蒙理性本质也是现代平民的价值观。新古典主义文学体现了贵族精神，它要求宫廷贵族生活的题材，崇高的风格、高雅的语言；而启蒙主义文学体现了平民精神，它表现平民的生活、思想，确立严肃的主题、风格，使用生活化的、朴实的语言。启蒙主义文学的平民精神首先表现为文学内容的变化。启蒙主义文学关注与关怀普通市民的日常生活，着重描写"小人物"的命运。笛福和菲尔丁都受到西班牙流浪汉小说传统的影响，以小人物为中心，通过游历与成长的故事来为他们树碑立传。笛福的《鲁宾逊漂流记》把鲁宾逊塑造成一个自我奋

---

〔1〕 黑格尔《美学》，商务印书馆1981年版，第三卷下册第107页。

〔2〕 伊恩·P·瓦特《小说的兴起——笛福、理查森、菲尔丁研究》，高原、董红钧译，生活·读书·新知三联书店1992年版，第7页。

斗型的平民典范，歌颂这个小人物的奋斗精神。正因为这部小说开创了小说世俗题材，所以瓦特把第一部小说的殊荣归之于它，他说："作为第一部虚构叙述作品，其中一个普通人的日常活动成为了文学的持续不断的关注中心，从这个意义上说，《鲁宾逊漂流记》无疑是第一部小说。"〔1〕菲尔丁在《汤姆·琼斯》中把琼斯塑造成一个"高贵的野蛮人"，他身上遗留着某些高贵的天性，却极少好逸恶劳的贵族习气。理查逊也把道德训诫的真实意图引入世俗题材的虚构小说。《帕梅拉》精心塑造一位纯洁善良、意志坚强、不受威逼利诱、自尊自爱的女仆形象，表现平民阶级的道德情操。所以，泰勒指出："笛福、理查森和菲尔丁写的新型小说，既反映了又进一步牢固树立了对日常生活的平等的肯定。"〔2〕狄德罗也善于在小说中表现平民生活。《宿命论者雅克》通过雅克和主人公的一路旅行见闻，向读者展示18世纪的市民风俗画。同时，新的市民剧开始兴起。市民剧把王公贵族赶下舞台，而普通市民则粉墨登场。博马舍的《费加罗的婚礼》是市民剧的典范，这部戏剧成功地塑造了机智灵活的仆人形象——费加罗，展现出新生的市民力量。

争取现代性，意味着必须反封建主义。对封建主义的批判构成了启蒙主义文学的重要特征，从而区别于新古典主义对封建国家的讴歌和维护以及浪漫主义对封建时代的留恋和美化。福柯指出："批判是在启蒙运动中成长起来的理性的手册，反过来，启蒙运动是批判的时代。"〔3〕启蒙主义文学作品善于揭露封建社会的丑恶面，大肆鞭挞封建专制和宗教蒙昧，突出社会批判性。它常常以隐喻、讽刺的手法来影射封建统治秩序，并以幽默的笔调、辛辣的口吻来直接抨击封建君主的霸道残忍、

〔1〕 伊恩·P·瓦特《小说的兴起——笛福、理查森、菲尔丁研究》，高原、董红钧译，生活·读书·新知三联书店1992年版，第76页。
〔2〕 查尔斯·泰勒《自我的根源：现代认同的形成》，韩震译，译林出版社2001年版，第438页。
〔3〕 福柯《什么是启蒙》，汪晖编《文化与公共性》，生活·读书·新知三联书店1999年版，第428—429页。

封建贵族的自大无能以及教会僧侣的寡廉鲜耻。斯威夫特在他的代表作《格列佛游记》中通过主人公格列佛在虚幻世界中的漫游，来展示封建社会破败不堪的全景图，并通过幻想的环境、虚构的情节、夸张的手法对英国政治、法律、议会、党争和哲学进行讽刺和抨击。孟德斯鸠在他的书信体小说《波斯人信札》中，以一个东方旅行家的视角来观察自路易十四以来的法国君主制，并提出所谓的"专制统治最完美的化身"不过是剥夺人民的灵魂与意志的残酷机制。伏尔泰创作大量的中短篇哲理小说，如《如此世界》、《查第格》、《老实人》、《天真汉》。他的《憨第德》以游历体写成，把故事情节纳入流水账式的叙述中，虚构的故事场景并不十分真切，以达到隐喻现实的目的；同时通过移步换景的手法，达到全方位揭露丑恶现实的目的。小说最终驳斥了莱布尼茨"现实世界是所有可能世界之最好世界"的观点，揭去披在封建秩序之上的神圣面纱。狄德罗写过一部直接披露教会内幕的小说《修女》，修女苏珊本是一个律师妻子的私生女，由于遗产的纠葛而被迫修道，辗转于多所修道院之间，亲眼目睹了禁欲与纵欲、道貌岸然与虚伪狡诈的畸形结合，最终在一个神甫的帮助下逃离教会，小说以苏珊的自叙淋漓尽致地展现了教会生活的阴森恐怖与上层教士的荒淫无耻。狄德罗在《拉摩的侄儿》这部小说中塑造了一个具有醒世者与混世者双重角色的"拉摩的侄儿"，并通过他与别人的对白直接参与到社会时政的议论中，揭露封建社会的不道德，例如"无数的正直的人并不快乐，还有无数的人，他们是快活的，但并不正直"，"再也没有什么祖国，从北极到南极，我只看到暴君和奴隶"[1]。席勒甚至将对现实世界的愤懑情绪直接倾泻到剧本的创作中，"在《阴谋与爱情》一剧中席勒更加大胆了。他对君主毫不留情，把故事放在德国的当代，竟敢同那位'老希律王'算账。"[2]

---

〔1〕　狄德罗《拉摩的侄儿》，汪天骥译，商务印书馆1981年版，第47，43页。
〔2〕　莱奥·巴莱特、埃·格哈德《德国启蒙运动时期的文化》，王昭仁、曹其宁译，商务印书馆1990年版，第132页。

总之，18 世纪文学主潮不同于鼓吹国家理性的古典主义，也不同于反叛现代性的浪漫主义，而是争取现代性的启蒙主义。

（三）启蒙主义文学思潮的独立性

能够成为一种文学思潮，必须提出独立的文学主张、形成鲜明的文学特性以及形成一定的规模、产生巨大的影响等等。启蒙主义不仅是一种社会文化思潮，而且是与古典主义、浪漫主义前后衔接的独立的文学思潮，它符合了文学思潮的必要条件。

首先，启蒙主义有独立的文学主张，从而区别于古典主义和浪漫主义。柳鸣九称"18 世纪启蒙文学有一整套与 17 世纪截然不同的文艺理论作为其文学创作的原则"[1]。这表现为：第一，反对贵族文学、提倡平民文学。莱辛在《关于当代文学的通讯》一文中指出法国新古典主义文学的弊病，力倡英国文艺复兴时期的文学。"英国人的口味比法国人的口味更适合我们德国人的要求；……宏伟的、恐惧的和忧郁的东西比温雅的、娇柔的和谈情说爱的东西能更好地影响我们"，"要是人们过去曾把莎士比亚的杰作略加某些小小的改变，翻译给我们德国人的话，我确信，它所带来的后果会要比介绍高乃依和拉辛所带来的后果好得多。"[2]而他的《汉堡剧评》（写于 1767—1768 年）更是意在建立德国市民剧，认为悲剧立足于他民族的习俗，通过表现行动来唤起观众的怜悯，达到净化心灵的效果，而喜剧则立足于本民族的习俗，重在表现日常生活，通过"笑"来改善市民的道德情操。歌德也反对雕琢矫饰的贵族文风，主张诗歌须天真自然、抒发情感。他说："所有的法国悲剧本身就变成了一些摹仿的滑稽诗篇。"[3]第二，反对古典程式，强调创作个性。新古典主义为文学艺术立法，以理性规范限制作家的想象

---

〔1〕 柳鸣九《法国文学史》，人民文学出版社 1979 年版，第 294 页。
〔2〕 莱辛《关于当代文学的通讯》，伍蠡甫编《西方文论选》，上海译文出版社 1979 年版，第 418 页。
〔3〕 歌德《莎士比亚纪念日的讲话》，伍蠡甫编《西方文论选》，上海译文出版社 1979 年版，第 454 页。

力。而这个时期的文论开始打破强加于文学之上的框范，强调自然、想象的作用。伏尔泰在《论史诗》中大胆宣称："几乎一切的艺术都受到法则的束缚，这些法则多半是无益而错误的。"[1]狄德罗批驳一切对文学强加干涉的行为，"唉，你们这些设下清规戒律的人啊！你们太不懂艺术了，你们根据典范作品订出规律，却太没有创造这些典范作品的天才，天才者可以随意打破你们的清规戒律。"[2]博马舍也说："规则在哪个部门的艺术里曾经产生过杰作？难道范例的作品从最早不就是规则的基础吗？难道不就是这些规则颠倒了事物的自然秩序，对天才来说，称为断然的障碍吗？假使人类都奴隶似地服从了前人制定的迷惑人的、狭隘的清规戒律，他们还能在艺术和科学上取得进步吗？"[3]狄德罗主张想象力和逼真性的结合，指出"想象，这是一种特质，没有它，人既不能成为诗人，也不能成为哲学家、有思想的人、一个有理性的生物、一个真正的人。"[4]同时也认为，对于诗人，"重要的一点是做到惊奇而不失为逼真"[5]。莱辛则强调说："没有什么比简单的自然更纯真、更雅致的了。"[6]赫尔德、歌德也在他们的论述文章中强调虚构、想象、情感、自然对文学艺术的作用。虽然新古典主义也倡导自然，但它所强调的是被理性过滤了的自然，甚至认为理性就是自然，即符合古典法度、显示"普遍人性"的才是自然。而莱辛他们则青睐于现实中活泼的简单的自然、不受观念预设的自然、显示了个性的自然。

---

〔1〕 伏尔泰《论史诗》，伍蠡甫编《西方文论选》，上海译文出版社1979年版，第318页。

〔2〕 狄德罗《论戏剧艺术》，伍蠡甫编《西方文论选》，上海译文出版社1979年版，第360页。

〔3〕 博马舍《论严肃戏剧》，伍蠡甫编《西方文论选》，上海译文出版社1979年版，第398页。

〔4〕 狄德罗《论戏剧艺术》，伍蠡甫编《西方文论选》，上海译文出版社1979年版，第357页。

〔5〕 狄德罗《论戏剧艺术》，伍蠡甫编《西方文论选》，上海译文出版社1979年版，第356页。

〔6〕 莱辛《汉堡剧评》，伍蠡甫编《西方文论选》，上海译文出版社1979年版，第432页。

同时，启蒙主义文学也形成了自己的个性、风格，从而区别于新古典主义和浪漫主义。古典主义讲究规范，抑制作家的个性创造。而启蒙主义文学打碎了古典主义的理性法则，张扬个体自由精神，鼓励各式各样的文本尝试，开创了一个文学样式最为丰富多彩的时代。启蒙主义文学把抒情和议论、情节和非情节因素融为一体，创造出独特的风格。18世纪出现了两种小说类型：叙事性和非叙事性。叙事性小说，发源于英国，由笛福、理查逊、菲尔丁等人开创，为19世纪现实主义小说的诞生作好铺垫；而非叙事性小说，发源于法德，演化出哲理小说、书信体小说、对话体小说、抒情小说等，常常把议论、抒情、心理独白融为一体，弱化小说叙事功能。非叙事性小说构成了启蒙主义文学的主流，它不像后来的现实主义小说那样注重人物形象的刻画、人物性格的塑造、人物命运的关注，情境的特写、情节的完整描述，有时连时间、空间等基本要素也不明确；也没有营造出一个相对独立的小说世界，故事发生的历史背景、人物的命运走向似乎都不太重要，重要的是作家如何通过作品人物的面具粉墨登场，借机表达自己的观点、看法和情感体验。同时，它更加强调理智，因而也不同于浪漫主义的极端主观化的风格。

　　启蒙主义文学在表达形式上也出现了平民化趋势，与贵族化的古典主义迥然不同。首先，小说、游记、喜剧、严肃剧等文学新体裁迅速崛起，受到市民读者观众的青睐。它们表现性格鲜明的人物形象和世俗生活题材，与市民生活息息相关。尤其值得注意的是，狄德罗、博马舍、莱辛吸取喜剧的优点创立了严肃的喜剧，即市民剧。狄德罗认为严肃的喜剧"没有逗笑的笑柄，没有惹人发抖的危险，剧本应该还是可以引起兴趣，只要在全剧里主题是重要的，诗人所采取的是在严肃事务中才用的那种口吻。情节的发展是有一种疑团和一些难于应付的情境所促进的。而这类情节，在我看，正是实际生活中最常见的，所以用这类情节为对象的剧种叫做严肃剧种"[1]。同时，语言出现了通俗化趋势。启蒙主义文学反对雕琢华丽的贵族语言，而要求语言的口语化、通俗化、

―――――――――――

〔1〕　周忠厚《狄德罗的美学和文艺学思想》，文化艺术出版社1987年版，第85，86页。

散文化，改韵文文体为散文文体。启蒙时代备受尊崇的文体不是诗歌，而是散文，因为散文行文流畅、条理清晰而又简明易懂。伏尔泰曾十分大胆地批驳莎士比亚作品带有华丽的巴洛克风格，并称之为"烂醉的野蛮人"；狄德罗也极力主张戏剧创作应该摒除艳丽的词藻和谨严的诗律，而更多地采用散文化的语言甚至是日常的口语，从而使戏剧作品更加吻合"要真实、要自然"的审美理念。

启蒙主义形成了一定的作家群，并产生了大量的经典作品，发生了广泛的社会影响，形成了一种大规模的文学运动。笛福（1660 — 1773）、斯威福特（1667 — 1745）、理查逊（1689 — 1761）、菲尔丁（1707—1754）、孟德斯鸠、伏尔泰、狄德罗、卢梭，席勒，歌德……都属于这个作家群。从 1721 年《波斯人信札》问世起，一股新的文学潮流逐渐兴起。此后几十年间涌现了大量同类作品，如《老实人》（写于 1759 年）、《修女》（写于 1760 年）、《拉摩的侄儿》（写于 1761 年）、《新爱洛绮丝》（出版于 1761 年）、《爱弥儿》（出版于 1762 年）、《少年维特之烦恼》（出版于 1774 年）、《浮士德》（写于 1773 —1831 年）、《强盗》（写于 1780 年）、《阴谋与爱情》（1782 年写成）……启蒙主义小说和市民剧的兴起，既贴近了世俗的日常生活，又吻合了普通市民的审美趣味，更重要的是满足了新兴市民社会自我确证的需求，所以得到前所未有的广泛传播。"1761 年卢梭的书信体小说《新爱洛绮丝》出版后，在德国掀起了一股浪潮。"[1]可以与之媲美的只有歌德的《少年维特之烦恼》，它真正触动了时代的神经，表达了当时多数人心中的苦闷和憧憬，于是迅速风靡全欧，掀起一股"维特风"，青年人纷纷穿上蓝燕尾服和黄坎肩，沉浸在悲痛与眼泪当中，甚至模仿维特自杀。据称，到 1787 年为止，《维特》竟然被盗版了 20 次之多！[2]格哈德揭示了《维特》流行之谜，他称"这部小说是那个时代精神的最完美的结晶，

---

〔1〕 莱奥·巴莱特、埃·格哈德《德国启蒙运动时期的文化》，王昭仁、曹其宁译，商务印书馆 1990 年版，第 160 页。

〔2〕 西格弗里德·翁泽尔德《歌德与出版商》，张世广译，云南人民出版社 2001 年版，第 25 页。

因为它是当时市民阶级的'我'的最高物化"，"歌德的任何其他作品都不像《维特》那样深深扎根于他当时的现实之中，那样具有市民阶级性。"[1]故而，虽然18世纪的宫廷、法院、教会都把新式文艺视为洪水猛兽，实行严格的审查制度，并动用国家机器加以镇压（伏尔泰、狄德罗、卢梭等人都曾受到监禁，或者被迫逃亡），但是庞大的读者市场诱使出版商们大胆冒险，或是转渡到异国去发行，或是让作家以匿名发表。于是，启蒙主义文学现象不限于一地一国，而成为席卷欧洲的文学运动。

把启蒙主义确定为一种独立的文学思潮，不仅对于文学理论具有重要意义，也不仅对外国文学史的研究有重要意义，而且对中国文学史研究也具有重要意义。反观中国的启蒙时代文学思潮，就会得出新的结论：中国五四文学主潮以及新时期文学主潮不是所谓的现实主义、浪漫主义，而是启蒙主义，因为它不是反思、批判现代性的文学思潮，而是争取现代性的文学思潮。

二、现代性与五四启蒙主义文学思潮

关于五四文学的性质，似乎早已盖棺论定：现实主义和浪漫主义，而以现实主义为主流。但是近来出现了对五四浪漫主义的质疑，如俞兆平先生的新作《写实与浪漫》[2]一书，就从科学主义霸权的角度论证了五四浪漫主义之不可能发生。但是，到现在为止，学术界对五四文学的现实主义性质仍给以肯定。事实上，五四文学思潮的性质的问题才刚刚提出，远没有得到展开和解决，还有许多问题有待于探讨。这些问题包括：五四"浪漫主义"之不可能存在，除了科学主义的原因之外，是否还有更深层的历史的、美学的原因？五四文学是否具有现实主义的

---

〔1〕　莱奥·巴莱特、埃·格哈德《德国启蒙运动时期的文化》，王昭仁、曹其宁译，商务印书馆1990年版，第160，161页。
〔2〕　俞兆平《写实与浪漫》，上海三联书店2001年版。

性质？如果五四现实主义和浪漫主义都不可能存在的话，那么五四文学属于什么思潮？我认为，这些问题的解决，必须选择现代性的视角，重新界定现实主义、浪漫主义以及引进启蒙主义等基本概念，进而对五四文学思潮的性质进行考察。

（一）五四文学的启蒙主义性质

要确定五四文学的性质，应当首先考察诸如现实主义、浪漫主义等概念的内涵，因为这些概念的含混往往导致对文学现象判断的失误。在苏联文学理论体系中，诸如现实主义和浪漫主义等是作为"创作方法"而存在的。"创作方法"源于苏联早期"拉普派"的"辩证唯物主义创作方法"的理论。后来，"辩证唯物主义创作方法"理论随着拉普派的倒台而退出了历史舞台，但"创作方法"概念却保留下来，而诸如浪漫主义、现实主义等就与"创作方法"相联系，成为超历史、非美学的"创作原则"。中国接受了苏联文学理论，就出现了《诗经》、杜甫等属于现实主义，而《楚辞》、李白等属于浪漫主义的说法，以及现实主义与浪漫主义相结合等主张。事实上，诸如现实主义、浪漫主义等文学现象，不是所谓"创作方法"，而是在一定历史条件下产生的文学思潮。文学思潮一方面体现为特定的文学风格、艺术手法，另一方面，还具有某种历史的内涵，借用舍勒描述现代性的概念，是一种"精神气质"，这一点是文学思潮更本质的方面。作为某种风格、手法，可以具有某种超历史性；但作为某种精神气质，又是一定历史环境的产物。正因为如此，对五四文学思潮的认定，就必须首先考察其历史规定性。而所谓五四文学属于现实主义和浪漫主义的习见，其缺陷也在于仅仅考虑到世界文学思潮（主要是现实主义）对五四文学的影响，以及五四文学接受的具体艺术手法（主要是写实手法），而忽略了文学思潮的历史规定性，没有顾及五四启蒙运动的历史情境以及它的精神气质。如果从严谨的学术立场出发，不是把现实主义和浪漫主义等概念仅仅理解为某种艺术手法和风格，而是理解为一种历史性的文学思潮，就必须承认，五四文学还不具备现实主义和浪漫主义的历史规定性，不具有现实主和浪漫主义的精神气质；五四文学的历史规定性和精神气质是启蒙主义，而且这种启蒙主义文学思潮具有中国的特点，具有开放的、多元的性质。

启蒙主义是欧洲18世纪的社会文化思潮，也是一种文学思潮。后世文学史家多以启蒙主义为社会文化思潮，而非文学思潮，故往往把18世纪文学（前期）归入新古典主义或（后期）归入浪漫主义。这是不正确的。启蒙主义是独立的文学思潮，它有自己特殊的思想倾向和美学风格，确立文学思潮的最基本的标准就是对现代性的态度。18世纪文学主流是争取现代性的启蒙主义，不同于争取现代民族国家的新古典主义，也不同于反现代性的浪漫主义。法国的孟德斯鸠、伏尔泰、狄德罗、卢梭等启蒙思想家同时也是启蒙文学家，他们宣传的启蒙理性成为启蒙文学的指导思想。在德国有莱辛以及歌德、席勒等为代表的"狂飙运动"。在俄国有从罗蒙诺索夫到普希金（普希金曾经被认为是浪漫主义作家，其实应为启蒙主义作家）到车尔尼雪夫斯基的启蒙主义文学。还有意大利的启蒙文学等。启蒙主义接续文艺复兴时期的反封建、反教会的传统，继承了人文主义的理想。它高扬理性的旗帜，宣传人类进步的观念，从而发展和超越了文艺复兴精神。从现代性的角度说，启蒙主义确立的理性和主体性原则，成为现代性的核心。启蒙主义文学是鼓吹现代性的文学，而不是批判现代性的文学，这一点是它与现实主义、浪漫主义和现代主义根本上不同之处。启蒙主义文学具有以下特点：

第一，具有反封建的思想内容。18世纪欧洲封建主义统治尚没有被推翻，启蒙主义者正在开展对封建主义的批判，为将来推翻封建主义作思想准备。启蒙主义文学也加入了这场战斗，把封建主义作为自己的敌人。这与现实主义和浪漫主义把资本主义作为主要批判对象不同。

第二，启蒙主义文学坚持理性，主要是科学精神和人文精神，宣传自由、平等、博爱思想，相信人的崇高和伟大。伴随着理性的乐观精神，启蒙主义文学也渗透着一种感伤主义情调，这是启蒙主义者觉醒后的悲凉情绪。启蒙文学的理性精神与浪漫主义反叛理性的颓废倾向、现实主义对人文理性失望、自然主义肯定人的生物性不同。

第三，启蒙主义文学既是对古典主义文学的反拨，又是前浪漫主义的文学，它还没有发生主观性与客观性的分离和对立，因此客观的描写和主观的抒情、说理融为一体。这与以后浪漫主义偏向主观性而现实主义偏向客观性不同。

第四，启蒙主义文学具有平民性，是新产生的资产阶级平民知识分子的文学，体现着平民精神，与贵族化的古典主义和浪漫主义文学有本质的不同。

在以上启蒙主义文学的基本特点中，核心的精神是对于现代性的鼓吹。这不仅是对欧洲启蒙主义文学的界定，也适用于中国启蒙主义文学。

如果用启蒙主义文学的标准来衡量中国五四文学思潮，就会发现，不是现实主义，也不是浪漫主义，而是启蒙主义更符合实际。文学的性质首先是由历史特点决定的。五四新文化运动是中国的启蒙运动，它主要引进欧洲的启蒙理性，批判封建主义，呼唤现代性。它不同于浪漫主义和现实主义对资本主义和现代性的反思、批判。从鲁迅到创造社和文学研究会，批判的矛头始终对准封建主义。五四启蒙运动高举启蒙理性的大旗即科学和民主。科学精神即工具理性，而民主不过是人文理性的政治内容，它们都是启蒙理性的组成部分。因此，五四启蒙运动与欧洲启蒙运动的历史任务是相似的。由于中国五四时期与欧洲启蒙时期历史语境的相似，五四文学就不可避免地具有了启蒙主义的性质。五四启蒙运动自觉地以文学为武器，通过对传统文化的反思和批判，达到改造国民性和建设现代文明的目的。因此，五四新文学运动成为五四启蒙运动的重要一翼。

五四文学中无论是被称为现实主义的一派，还是被称为浪漫主义的一派，都有一个基本的倾向，就是受到了科学主义和人文主义的强烈影响，并且强烈地鼓吹这种理性精神。科学主义是五四的主导思潮之一，对科学的崇拜已经形成了科学主义的话语霸权。正如胡适所言："这三十年来，有一个名词在国内几乎做到了无上尊严的地位；无论懂与不懂的人，无论守旧和维新的人，都不敢公然对它表示轻视或戏侮的态度。那个名词就是科学。"[1]科学主义的霸权在1923年的"科玄论战"中达到了顶峰，并极大地影响了五四文学。科学主义与对现代工业文明的向往是一致的。五四启蒙者以"今日庄严灿烂之欧洲"（陈独秀语）为中国的明天讴歌新的生产力，对人类的未来充满了乐观的憧憬，郭沫若把工业化的产物称为"二十世纪的名花！近代文明的严母呀！"（《笔立山头展望》）他歌颂着："力呦！力呦！力的绘画，力的舞蹈，力的音乐，力的诗歌，力的律吕呦！"（《立在地球边上放号》）这个力是以现代科技为基础的人类征服自然的力量。被称为现实主义文学的一派受科学主义的影响更大，如茅盾就以科学主义的立场提倡写实。五四科学主义的重要内容是进化论。达尔文的进化论传播到中国，演变成了社会达尔文主义，并成为进化的历史观的根据。这种历史观不仅对人性的进步充满信心，而且对科学的昌明寄予希望。在文学领域，进化论表现为一种进步论的文学观，它认为文学也是由低级到高级进化的，现代一定战胜古典，因此才有推翻古典文学，建设现代文学的主张。同时也产生了文学思潮直线进化、更替的文学历史叙述，就是所谓古典主义——浪漫主义——写实主义（自然主义）——新浪漫主义（现代主义）。对科学精神的歌颂是与启蒙主义文学的主题一致的。歌德在《浮士德》中，让浮士德在科学的创造中找到了归宿，面对被改造过的世界赞叹到："你真美呀，请停留一下！"在五四时期与欧洲启蒙运动的历史条件具有相似性。当时，中国现代工业文明还十分幼小，它还远没有像欧洲19世纪那样成为人的自然天性的桎梏而引起批评和反叛；争取现代文明而不是批判现代文明成为时代的要求。因此，五四文学与欧洲启蒙文学一样，肯定工具理性，讴歌现代工业文明，也就是说，五四文学具有启蒙主义文学的基本特征。

同样，五四文学与欧洲启蒙主义文学一样，具有人文主义倾向。五

---

[1] 胡适《科学与人生观·序》，《胡适文集》，北京大学出版社1998年版，第三册第152页。

四文学的主题，是批判封建主义，反对宗法礼教，宣扬人道主义，提倡个性解放，如鲁迅批判国民性、控诉吃人的旧道德，郭沫若讴歌理性的自我，郁达夫抒发内心的苦闷，王统照强调爱与美，冰心塑造童心，等等。这些主题属于启蒙主义，而不属于浪漫主义或现实主义。从文学主张上看，五四文学接受了西方人道主义和个性解放的思想，李大钊提倡"以博爱心为基础的文学"，周作人提倡"人的文学"，文学研究会提倡"为人生"的文学，创造社主张"表现自我"等等，都是启蒙主义的思想主张。通常认为，创造社区别于文学研究会，在于它主张"为艺术的艺术"，而文学研究会主张为人生，实际上并非如此。创造社在为艺术的口号下，同样为争取现代性呼号，只不过它更强调艺术性本身，郭沫若曾经对这个问题做过说明："或许有人会说我是甚么艺术派，但我更是不承认艺术中可以划分出甚么艺术派与人生派的人。艺术与人生，只是一个晶球的两面。和人生无关系的艺术不是艺术，和艺术无关系的人生是徒然的人生。问题要看你的作品到底是不是艺术，到底是不是有益于人生。"[1]

启蒙主义宣扬的个性主义是与对国家、民族命运的关注结合在一起的，如鲁迅"救救孩子"的呼吁，对阿 Q 的灵魂与命运的解剖是为了反思国民性和辛亥革命失败的教训。即使郁达夫的颓废、感伤也与国家的命运联系着（《沉沦》）。这种理性精神区别于浪漫主义的自我反抗和现实主义的对个体命运的关注。五四启蒙主义文学体现了争取现代性的主题，主要有：国民性批判的主题，代表作有鲁迅的《阿 Q 正传》、《狂人日记》等；反封建礼教主题，代表作有鲁迅的《祝福》、《伤逝》；个性解放的主题，代表作有郭沫若的诗歌，郁达夫的《沉沦》等。启蒙主义的第三个特征是没有像后来的浪漫主义与现实主义那样发生主观性与客观性的分裂，它不是纯粹的客观写实，也不是纯粹的主观表现，而是把客观的写实与主观的表达融合为一。五四启蒙主义文学也具备这

---

〔1〕 郭沫若《论国内的评坛及我对于创作上的态度》，《文艺论集》，人民文学出版社1979 年版，第 111 页。

个特征。鲁迅的作品因写实手法而被看作是现实主义，但《狂人日记》等有很强的主观性；而且像《阿Q正传》这样的作品也在客观写实中糅合了明显的主观性，如阿Q的精神胜利法，虽然是国民性的通病，但主要体现在道家思想对知识分子的毒害，把它安在农民身份的阿Q身上，并不符合现实主义的严格写实标准，这是作家对文学形象的主观化创造。郁达夫被看作是浪漫主义者，但他的作品在主观表达的同时也展开了客观的描写。因此，用现实主义或浪漫主义来界定五四文学往往不能自圆其说，而用启蒙主义来解释五四文学则比较合乎实际。

五四文学的启蒙主义性质也表现在它的平民主义主张。启蒙主义是一种平民主义思潮。城市文明的兴起，使第三等级登上了历史的舞台，他们要推翻贵族的统治，建立资产阶级的国家。因此，启蒙思想家大都出身于平民，如卢梭、车尔尼雪夫斯基等。当然也有像伏尔泰等贵族出身的自由主义者，但最重要的是启蒙主义提倡平等思想，这是一种平民主义。启蒙文学也贯穿着平民主义，它的主体是城市平民知识分子，表达他们的思想主张。而浪漫主义文学就精神气质来说是贵族化的，虽然它也有平民出身的作家，但其思想资源来自中世纪文学，它对现代城市文明的反叛，都表明了这一点。五四启蒙运动的主体是新产生的城市平民知识分子，他们提倡民主，这是一种政治上的平民主义。五四文学主张平民文学，白话文运动的内涵就是平民主义。陈独秀在《文学革命论》中就提出了"推倒雕琢的阿谀的贵族文学，建设平易的抒情的国民文学"。周作人也提出了平民文学的主张。茅盾提出"扫除贵族文学的面目，放出平民文学的精神"[1]。五四文学不是写英雄豪杰，而是写农民、小市民和平民知识分子等小人物，关注他们的命运、同情他们的遭遇，体现了鲜明的平民精神。五四文学的平民主义性质证明它属于启蒙主义。

总之，五四文学思潮是启蒙主义，不管文学研究会还是创造社，都

---

〔1〕 茅盾《现在文学家的责任是什么》，《茅盾全集》第十八卷，人民文学出版社1989年版，第11页。

是启蒙主义的。因此，当郭沫若在《创造十年》中做总结时说："文学研究会和创造社并没有什么根本的不同，所谓人生派与艺术派都只是斗争上使用的幌子。"[1]

（二）五四文学现实主义和浪漫主义的缺席

值得注意的是五四文学的代表人物对五四文学的定性。创造社成员并没有自称是浪漫主义，以创造社为代表的浪漫主义是在30年代被郭沫若、郑伯奇等人追认的，原因是苏联对浪漫主义的肯定。而此前郭沫若称创造社的文学倾向为"主情主义"。文学研究会确实主张写实主义或自然主义，但这不等于他们的文学实践就真的是现实主义。五四文学的代表人物鲁迅（被定性为现实主义作家）在五四时期没有自称为现实主义，以后也没有给予追认，而是给自己定性为"启蒙主义"，这也许更能说明问题。他说："说到'为什么'做小说罢，我仍抱着十多年前的'启蒙主义'，以为必须是'为人生'，而且要改良这人生。"[2]

所谓五四浪漫主义文学并非真是浪漫主义，而是启蒙主义的中国形式。浪漫主义作为一种文学思潮是欧洲19世纪上半叶的产物。其时近代工业已经显著地发展起来，城市文明逐步取代传统社会的农业文明。资本主义现代化虽然是历史的进步，但却使人类付出了代价，城市束缚了人的自由，科学排斥了人的灵性，因此文学开始反抗工业文明和工具理性的统治，它讴歌田园生活，回归自然，甚至缅怀中世纪，以想象和抒情甚至神秘主义和病态的颓废情绪来对抗理性的现实，中世纪的希伯来文化传统成为浪漫主义文学的思想资源。正如浪漫主义思想家马丁·亨克尔对浪漫主义的说明："浪漫派那一代人实在无法忍受不断加剧的整个世界对神的亵渎，无法忍受越来越多的机械式的说明，无法忍受生活的诗的丧失……所以，我们可以把浪漫主义概括为'现代性（moder-

---

[1] 郭沫若《创造十年》，《郭沫若全集》第十二卷，人民文学出版社1992年版，第140页。

[2] 鲁迅《我怎么做起小说来》，《鲁迅全集》第四卷，人民文学出版社1981年版，第512页。

nity）的第一次自我批判'。"[1]

尽管各国的浪漫派有不同的特点，在政治立场上有进步与反动之分（因此从苏联传入的文学理论和文学史区别了积极浪漫主义和消极浪漫主义），但对现代工具理性和工业文明的反叛应当是它的本质属性，或者说是它的精神气质，而想象和抒情只是附属于这个本质属性的具体艺术手法。

如果认同对浪漫主义的这种概括——现代性的第一次自我批判，那么，对照五四文学，就必须承认，它不属于浪漫主义，因为它没有反叛现代性，而是讴歌现代性。最明显的是，被称为浪漫主义代表的郭沫若却在热情地讴歌进步、讴歌新时代、讴歌科学和工业文明。他赞美道：

> 黑沉沉的海湾，
>
> 停泊着的轮船，进行着的轮船，
>
> 数不尽的轮船，
>
> 一枝枝的烟囱都开着了黑色
>
> 的牡丹呀！
>
> 哦哦，二十世纪的名花！
>
> 近代文明的严母呀！
>
> （《笔立山头展望》）

其他创造社作家也没有批评科学和工业文明，这一点也不奇怪，因为五四时期中国工业文明还刚刚起步，十分幼小，而科学精神也刚刚传播进来，它们远没有压迫人的灵性、束缚人的自由，反而是中国从贫穷、愚昧、落后中解放出来的希望之所在。因此，五四文学不但不可能批判工具理性和工业文明，反而讴歌现代性，期盼现代化的来临。

五四文学缺乏浪漫主义的非理性精神和怪诞风格，而体现出启蒙主

---

[1] 转引自刘小枫《诗化哲学》，山东文艺出版社 1986 年版，第 5—6 页。

义的理性精神和比较古典的风格。浪漫主义源自欧洲中世纪的希伯来文学传统，带有神秘主义、传奇色彩和怪诞风格，甚至表现出颓废的情调。而五四文学植根于中国文化的理性主义土壤中，浸淫于启蒙主义的时代精神中，它没有吸收欧洲浪漫主义的非理性精神，也没有体现出神秘主义、传奇色彩和怪诞风格。即使被称为浪漫主义的创造社，也是如此。创造社主张表现文学的"全"与"美"，同时有注重文学表现"时代的使命"。郭沫若的诗歌充满了激情和想象，但又洋溢着理性精神，他讴歌科学、民主、自由，高扬自我，对未来满怀希望。这与浪漫主义的基本精神气质相去甚远。郁达夫虽然有某种颓废情调，但他的伤感仍然带有社会的、理性的内涵，他的性苦闷与作为弱国子民的压抑感联系在一起。在《沉沦》的结尾中，主人公感叹道：

> 祖国呀祖国，我的死是你害我的！
> 你快富起来，强起来吧！
> 你还有许多儿女在那里受苦呢！

(《沉沦》)

这种情调正是五四时代的基本精神气质，它是理性的、启蒙主义的，而不是非理性的、浪漫主义的。

五四文学直接受到启蒙主义文学的强烈影响，像卢梭、伏尔泰等启蒙主义思想家和歌德、席勒、莱辛等启蒙主义作家的作品大量译介，发生了巨大的社会影响。五四文学吸收了欧洲启蒙主义文学的理性精神和反封建主义的战斗精神，用以批判中国的封建主义和改造国民性。因此，五四启蒙主义文学中的倾向于主观的一派，主要是创造社代表的一派，就更接近欧洲启蒙主义，特别是德国的"狂飙突进运动"。"狂飙突击运动"时期歌德对郭沫若的影响可见一斑。郭沫若等人的通信集《三叶集》内容"大体以歌德为中心"，他把歌德奉为人类仅有的两个"球形的发展"的天才（另一个是孔子）。在《少年维特之烦恼·序引》中，郭沫若说："我译此书，与歌德思想有种种共鸣之点"，包括"他的主情主义"、"他的泛神思想"、"他对于自然的赞美"、"他对于原始生活的景仰"、"他对于小儿的尊崇"等。于此可见创造社为代表的文学流派是属于启蒙主义的。而同时，许多继承了启蒙主义传统的作家（即所谓"积极的浪漫主义"）的作品也被大量译介，如拜论、雪莱、海涅、雨果、密茨凯维支等；而如夏多布里昂、许来格尔兄弟等所谓"消极浪漫主义"的作品则很少被译介。浪漫主义更多的是作为启蒙主义文学资源被接受的。五四启蒙文学接受了欧洲浪漫主义文学的反叛性、抒情性，而没有接受它的反现代性。因此，欧洲浪漫主义文学的对中国文学的影响主要是推动了启蒙主义文学的发生，而没有形成独立的浪漫主义文学思潮。

所谓五四浪漫主义说，并不是郭沫若、创造社对自己的认识，而是在五四以后，特别是30年代以后，当苏联的"社会主义现实主义"给浪漫主义以某种合法地位以后，才被左翼文学追认的。而五四时期，创造社理论家郑伯奇说，中国没有欧洲浪漫主义的思想和社会背景，因此形成了"我们现代自己的抒情主义"。这就是说，他们否认自己属于浪漫主义，而属于"抒情主义"。40年代被称为"后期浪漫主义"代表的徐訏也认为，五四时期没有浪漫主义形成的历史条件，所谓创造社、新月社的"浪漫主义"只是浅薄的"情书主义"。

如果说对五四文学的浪漫主义尚有怀疑的话，那么，对五四文学的现实主义性质则几乎是没有异议的。五四时期的文学家、理论家确实主张现实主义，也把五四文学定位于现实主义。但是，正像对一个人的评价不能依据他对自己的看法一样，不能根据五四时期的文学主张和对五四文学的评价来确定五四文学的性质。五四以后的中国文学史的描述，都把五四文学的主流定性为现实主义，并认为五四现实主义的代表就是鲁迅和文学研究会。但这种认识是经不起推敲的。现实主义的本质不仅仅是写实，而在于其精神气质等历史规定性。欧洲19世纪后半叶兴起的现实主义文学思潮，是以写实的手段来揭露资本主义带来的社会灾难和人性的堕落，从而成为继浪漫主义之后又一次对现代性的批判。这种批判是以人道主义为武器而展开的。巴尔扎克、狄更斯、托尔斯泰等现实主义大师对资本主义造成的苦难和堕落进行了揭露、控诉、抨击，并提出了以爱为核心的社会理想。同时，19世纪的实证主义哲学成为现实主义的理论基础。只有抓住这个精神气质，才把握住了现实主义的本质。

五四文学虽然吸收了欧洲文学的写实手法、批判精神，但它不是批判资本主义现代化，而是批判封建主义，呼吁现代性。因此，五四文学的精神气质是与现代性一致的，它的审美理想是理性的、乐观进取的。这一点是五四文学不属于现实主义而属于启蒙主义的最重要的根据。五四时期，中国仍然处于封建主义统治之下，而资本主义生产关系还远远没有发展起来，封建关系成为中国社会发展的严重阻力。五四启蒙运动就是批判封建主义的运动，他的社会理想是建立现代资本主义社会——"今日庄严灿烂之欧洲"，而理性即科学和民主就成了这个时代的精神。五四文学不具有欧洲现实主义的精神气质，即它没有对资本主义展开批判，没有质疑现代性，没有对现代性的沉重的失望和深刻的反省。五四文学是指向现代性的，它坚信并憧憬理性精神（科学与民主），体现了少年中国的青春朝气。这种精神气质是与欧洲启蒙文学相似的。鲁迅批判的对象是农民的愚昧和知识分子的软弱、消极，从而控诉封建主义文化的吃人本质，在强烈的批判精神中仍然饱含着对现代理性的认同。文学研究会诸作家的作品也展开了对封建社会的揭露和批判，并体现出强烈的人道主义精神和创造新社会的信念。

五四现实主义说的主要依据是五四文学的科学精神，因为科学主义（其实主要是实证主义）是现实主义的基础。据米达安·格兰特的说法："'现实主义'源自哲学，描述一种'目的'，即现实的获得。'自然主义'源自自然哲学即科学，描述一种'方法'，有助于获得现实的方法。"[1] 但是，五四的科学精神主要是进化论。自达尔文的进化论传入中国后，就被当作生存竞争、社会进步的根据，演变为社会达尔文主义，科学精神变成了一种意识形态。社会达尔文主义体现出对人类前途

---

[1] 达米安·格兰特《现实主义》，周发祥译，昆仑出版社1989年版，第43页。

的乐观精神，这种社会历史观成为五四启蒙主义文学的重要指导思想。五四文学不是把真实性、客观性放在首位，而是把进步性、战斗性放在首位。它没有达到现实主义的严格的客观性，更没有达到自然主义的精密性。五四文学中标榜写实主义、自然主义的一派，主要是以鲁迅和文学研究会为代表的一派，在客观描写中渗透着鲜明的主观性。如鲁迅很明显地受到进化论的影响，批判传统文化、改造国民性，成为他的作品的主导思想。因此他继承早期"掊物质而张灵明，排众数而任个人"（《摩罗诗力说》）的思想，并没有尊奉科学主义，倒是偏重于主观性。有关这一点，前面已经谈过了，此处不再重复。欧洲现实主义依据的是实证主义哲学；自然主义依据的是生物学，而五四文学既没有受到实证哲学的重大影响，更没有受到生物学的重大影响，而主要是受到社会达尔文主义的进化论的影响。甚至现实主义之被引进，也因为按照进化的文学观念，中国在摆脱古典主义以后，应该进入现实主义阶段。陈独秀认为："我国文艺犹在古典主义、理想主义时代，今后当趋向写实主义。"[1]因此，不能以科学精神为根据把五四文学确定为现实主义，它的进化论只能导致启蒙主义。

五四文学倡导现实主义，也大力译介欧洲现实主义文学，但是，为什么没有形成现实主义思潮而形成了启蒙主义思潮呢？为什么理论主张与文学实践不一致呢？一个原因是，欧洲现实主义距离五四时期较近，五四文学受到现实主义余波的强大影响，五四文学自觉地学习和引进现实主义，并自称为写实主义或自然主义；而欧洲启蒙主义距离五四时期较远，因此虽然继承了启蒙主义精神，但启蒙主义并没有获得承认。这样，五四文学就发生了文学主张与文学实践的不一致。此外，外来文学思潮的传播要受到本国文学实践选择、改造、同化，从而使外来文学思潮发生了变形。中国启蒙时代的历史情境规定了欧洲现实主义思潮注定要融入中国启蒙主义的文学实践。五四启蒙运动需要启蒙主义文学思潮，对欧洲启蒙主义文学大量引进，同时，对欧洲现实主义文学思潮也

---

[1] 陈独秀《答张永言》，1915 年 1 月《新青年》第 1 卷第 4 号。

进行了同化、改造，使之成为启蒙主义的思想资源。

五四文学受到欧洲现实主义的影响较少，而受到俄国"人生派"的影响较大。郑伯奇在五四后总结道："文学研究会的写实主义始终接近着俄国的人生派而没有发展到自然主义。"[1] 19世纪的俄国正处于由封建主义向资本主义转化的历史关头，反封建的启蒙主义与批判资本主义的现实主义相继出现并融合为一体，因此，被称作现实主义的俄国文学就包含着启蒙主义的因素或者就是启蒙主义。除了普希金等启蒙作家之外，像莱蒙托夫、果戈里、屠格涅夫、冈察洛夫、奥斯特洛夫斯基，以及别林斯基、车尔尼雪夫斯基、杜勃罗留波夫等虽然服膺现实主义，但他们作品的精神气质是启蒙主义的，因为这些作品是反对封建专制、鼓吹自由主义的，是争取现代性的，而不是反对资本主义的，不是批判现代性的。即使如托尔斯泰这样的现实主义作家，在批判新兴的资本主义的同时，也严厉地批判了腐朽的封建贵族统治，从而与启蒙主义相联系。这样，对俄国文学的接受就侧重于启蒙主义，而不是现实主义。五四文学对欧洲现实主义的接受也有被启蒙主义同化的倾向。如易卜生的《玩偶之家》本来是揭露资产阶级的虚伪、自私，而在中国则演变为妇女解放和个性解放的主题，具有了反封建的意义，成为启蒙主义文学的样板。鲁迅对北欧现实主义文学的译介也是为了吸收被压迫民族的反抗精神，从而成为五四启蒙主义的思想资源。

还有一个原因，就是对现实主义的理解仅仅停留在写实手法上，而没有深入到其精神气质即历史的规定性层面上。从文学革命开始，对现实主义（当时称写实主义或自然主义）的认识就停留在写实手法上，如陈独秀的"三大主义"中就有"曰推倒陈腐的铺陈的古典文学，建设新鲜的立诚的写实文学"，写实主义主要是针对古典主义的"铺陈"，而其自身特点也主要是真实（"立诚"）。五四启蒙主义者很少从批判现代性的角度来理解现实主义，而多从符合科学精神的角度来理解现实主义。茅盾认为："近代西洋文学是写实的，因为近代的时代精神是科学

---

[1]《中国新文学大系·小说三集》导言，良友图书公司1935年版。

的。科学的精神重在求真，故文艺亦以求真为唯一目的。科学的态度重客观的观察，故文学也重客观的描写。"[1]他之所以由提倡新浪漫主义而改为提倡自然主义，也是出于对中国文学不善于客观描写而需要加强写实训练这样一个认识。[2]五四文学对现实主义的接受重艺术手法，而对其精神气质则有所摒弃。茅盾曾经批评现实主义"（一）是在太重客观的描写，（二）是在太重批评而不加主观的见解……但是徒事批评而不加主观的见解，使读者感着沉闷烦扰的痛苦，终至失望"[3]。他强调自己提倡的"不是人生观的自然主义，而是文学的自然主义"，"是自然派技术上的长处"[4]。同样，五四文学对现实主义和自然主义不加区分，也是仅着眼于写实手法的相同，而忽略了二者精神气质的不同。由于摒弃了现实主义的精神气质（"人生观的自然主义"），仅仅学习和引进了现实主义的写作手法（"技术上的长处"），于是，五四文学就自以为属于现实主义，而实际上是启蒙主义的。

（三）五四启蒙主义的中国特性

五四启蒙主义文学思潮是从欧洲引进的，具有启蒙主义文学思潮的基本性质。同时，中国特殊的文学传统以及特殊的历史条件，使中国启蒙主义具有了自己的特殊性。

第一，五四启蒙主义文学不同于欧洲18世纪启蒙主义文学，它是多元、开放的启蒙主义。这主要是由五四启蒙主义文学所处的世界文学的环境造成的。在五四时期，欧美文学已经进入了现代主义阶段，新古典主义、启蒙主义、浪漫主义、现实主义已经成为过去的文学思潮。这意味着五四文学虽然具有启蒙主义的历史规定性，但它的思想资源并不

---

[1] 茅盾《文学与人生》，《中国新文学大系·文学论争集》，香港文学研究社1972年版，第58页。

[2] 参阅俞兆平《浪漫与写实》，上海三联书店2001年版，第72—75页。

[3] 沈雁冰《文学上的古典主义、浪漫主义和写实主义》，1920年8月《学生杂志》第7卷第9期。

[4] 1922年5月《小说月报》第13卷第6号，"通讯"专栏。

仅仅有启蒙主义，还有诸如浪漫主义、现实主义和现代主义等多种文学思潮。因此，五四文学不仅吸收了启蒙主义文学的精神，而且还吸收了浪漫主义、现实主义和现代主义的思想和写作手法。这种状况使五四启蒙主义文学具有了多元化的特征。创造社与文学研究会虽然都属于启蒙主义思潮，但由于受到的外来文学思潮的影响不同，吸收的文学思想资源不同，因此就具有了不同的风格。创造社受欧洲浪漫主义影响较大，因此偏于主观表达。文学研究会受到欧洲现实主义的影响较大，因此偏于客观写实。此外，现代主义对五四文学也有影响，如鲁迅吸收了表现主义的某些美学思想和艺术手法，写作了带有表现主义风格的《野草》、《故事新编》等。郭沫若也在一定程度上受到了表现主义的影响。五四文学对欧洲多种文学思潮的开放性，也使五四文学具有了多种文学思潮的因子，它已经不是"纯粹的"启蒙主义了，带有了诸如现实主义、浪漫主义和现代主义等风格、特征。可以说，由于吸收了多种文学思潮的因子，五四启蒙文学较之欧洲18世纪启蒙文学要丰富、深刻得多，无论从思想内容上还是从艺术手法上都是如此。正因为这样，五四启蒙文学就具有过渡的性质，拥有了自我超越的品格。它在五四以后发展为现实主义、浪漫主义、现代主义等多种文学思潮。

第二，国民性批判与启蒙英雄形象的缺失。欧洲启蒙主义运用自己的祖先遗留下来的思想遗产——古希腊罗马文化，建立了启蒙理性，批判封建主义和宗教迷信。它从古代文化传统中获得了"支援意识"，对启蒙充满信心，体现为一种理性乐观精神。因此，欧洲启蒙主义文学有笛福笔下的强者形象鲁宾逊、博马舍笔下的勇敢正义的英雄费加罗，以及席勒笔下的"强盗"卡尔，乃至歌德笔下的以自杀抗争的觉醒者的形象维特，他们都树立了正面的、甚至是英雄的形象，具有鼓舞斗志的力量。而五四启蒙主义几乎没有创造正面的英雄形象，像鲁迅笔下的人物几乎都是批判性的，《阿Q正传》中的赵太爷、秀才、把总等是封建势力的代表，再就是阿Q、小D、吴妈等是被封建文化毒害的浑浑噩噩的小人物，唯一的"新派"人物假洋鬼子，也是个投机者的形象。其他形象如孔乙己、魏连殳、祥林嫂、闰土等都是这一类人。即使启蒙者的形象如涓生和子君，也不是高大坚强的，而是一个软弱的形象，最终在封建主义的强大压力下毁灭。其他人的作品也大体如此。如深受鲁迅影响的王鲁彦、彭家煌、台静农、许钦文等乡土文学作家，都描写了中国农村的落后、愚昧以及乡民的痛苦、麻木。偏重于主观抒情的一派（如创造社）也没有创造出启蒙英雄的形象，如郁达夫的"我"只是一个愤懑、感伤、颓废的形象。这其中的原因，是由于国民性批判的立场所致。五四启蒙运动，与欧洲不同，它没有本土的思想资源，只能从西方引进科学民主思想，并开展对传统文学以及中国国民性的批判。它认为，中国之落后，在于国民性的不良，而国民性的不良是儒、道为代表的传统文化毒害的结果。基于这种立场，五四文学在文学形象的塑造上，就着眼于展示国民生活的愚昧落后，解剖国人灵魂的空虚野蛮，给以暴露和批判。而正面的英雄形象就难以确立。同时，由于缺乏本土文化的"支援意识"，乐观精神缺失，也导致正面英雄形象的缺失。

五四启蒙主义也缺少悲剧性的崇高形象，这一点也与欧洲启蒙主义不同。欧洲启蒙主义的市民悲剧继承了新古典主义的崇高精神，塑造了反抗封建势力而英勇牺牲的崇高形象。如莱辛的《爱密丽亚·迦绿蒂》、席勒的《阴谋与爱情》都具有鲜明的反抗性和崇高精神。而中国五四启蒙主义则几乎没有这种悲剧和崇高的形象，大都是愚昧、落后的小人物，他们的毁灭和偷生，即使具有悲剧性，也因为缺乏反抗精神而失去了崇高性。鲁迅的《药》，有一个以秋瑾为原型的人物夏瑜，这本是一个悲剧性的英雄形象，但鲁迅没有让她出场，只是在末尾让她的坟上有一个花环。出场的主角华老栓是一个愚昧、可怜的形象。夏瑜的存在只是为他作陪衬。因此，这部作品没有正面树立悲剧性的英雄形象。五四启蒙主义缺少悲剧性的崇高形象，原因在于中国社会没有形成强大的埋葬封建主义的市民阶层，人口中绝大多数是农民，而农民既是封建主义的受害者，又是封建主义的深厚土壤。反抗封建主义的仅仅是极少数新知识分子，他们更多的是感伤、苦闷，而很少决绝的反抗，因此也很少崇高精神。

五四启蒙主义文学虽然缺乏英雄形象，但它在"批判国民性"的思想指导下，集中塑造了带有封建主义"精神奴役的创伤"的人物群像，包括农民、小市民、知识分子、妇女等下层人物，以及其他社会阶层的各色人等；不仅描写了他们的命运，更着重刻画了他们的精神状态，尤其是鲁迅，善于"写人的灵魂"，使中国启蒙主义超越了欧洲启蒙主义，而具有了欧洲现实主义的深度。这一点，是应该得到肯定的。

第三，平民文学与贵族精神的缺失。启蒙理性体现了平民精神，同时也有贵族精神的制约、补充。欧洲启蒙主义固然是以平民精神主导的，但是同时也有贵族精神的成分，如伏尔泰、孟德斯鸠就具有贵族精神；德国的歌德、俄国的普希金等代表的贵族文学传统更是源远流长。平民精神强调平等，而贵族精神强调自由，二者互相制约、补充，构成启蒙主义的和弦。五四启蒙主义是以平民精神为主导的，由于中国贵族文化传统的薄弱，导致贵族精神的缺失。五四打出科学、民主的旗帜，其中民主是平等主义的，而没有突出对自由的强调。平民主义注重文学的社会性（平等理念），强调文学的通俗性和社会功利作用，而贵族精神注重文学的精神性（自由理念），强调文学的高雅性和审美作用。五四启蒙主义文学主流是平民文学，以胡适、郭沫若等为代表；而具有贵族精神的鲁迅并没有占据主导位置。因此，五四文学走上了平民主义主导的道路。五四文学以白话文运动开启了平民主义，它提出了平民文学的口号。五四文学风格是平民化的，精神是世俗化的，主要体现在它关注的是社会平等问题，而很少关注精神自由的问题。五四盛行的"问题小说"，旨在揭示社会的弊端，以文学回答社会问题，如婚姻问题、妇女问题、知识分子问题等，突出了社会功利性，而绝少表达精神自由的要求。以后的"乡土文学"虽然有所深入，但依然走的是平民文学的路线，关注的是小人物的现实命运，批判他们的愚昧、麻木，而没有触及更高的灵魂追求的问题。郁达夫以描写自我的精神苦闷著称，但主要是性的压抑导致的心理苦闷，而不是像浮士德式的精神追求。即使如鲁迅注重"写人的灵魂"，也仅仅描写人的灵魂的麻木状态，旨在揭示封建文化的毒害；而没有描写心灵的冲突、精神的困境，与陀思妥耶夫斯基对灵魂中恶的剖析也有差别。此外，五四启蒙主义主张平民文学，而把"贵族文学"以及"山林文学"、"古典文学"等作为推翻的对象。这样就导致了一种偏颇，产生绝对平民主义的偏向。这主要表现在五四启蒙主义对高雅文学的冷落，对艺术性的忽视。突出如新诗片面强调浅显易懂，明白如画，而忽视了诗歌的格律、含蓄等特性，导致新诗艺术性的降低。小说方面也有这种情况，就是往往单纯注重思想内容，而对艺术表达方面的讲求则有所忽略，结果造成小说艺术上的粗糙，这在问题小说上最为明显。平民主义的偏颇，在以后的革命文学中得到延续和发展，形成了片面强调通俗化、大众化、普及的倾向，导致了中国现代文学的低俗化。

第四，启蒙理性与形而上意义的缺失。欧洲启蒙主义，特别是德国的启蒙主义，虽然突出了启蒙理性意义，但仍然体现了形而上意义，从而超越了启蒙理性。如歌德的《浮士德》，一方面体现了启蒙精神，同时也进行了生存意义的思考。卢梭在宣扬理性精神的同时，也从自然人性的角度对启蒙理性有所反思和批判，从而成为以后浪漫主义批判现代性的先驱。中国五四启蒙主义确立了理性的权威性的同时，缺少超越理性的精神力量，导致形而上意义的缺失。理性主义的霸权，表现为对宗教的完全抹杀（如1922年的反基督教运动），对哲学的僭越（如1923年的科玄论战）。在文学领域，理性主义执著于对社会现实问题的关注，而缺乏对生存意义的追问。问题小说只反映社会问题，哲学意味几无。以后的乡土文学也只是在现实层面上写人的命运和精神状况，而绝少深入到生存意义的领域。郁达夫写心理苦闷，也只归结为社会原因，结尾呼喊："祖国呀，祖国！我的死是你害我的！你快富起来，强起来吧！你还有许多儿女在那里受苦呢！"其实，那一代的苦闷，有更深刻的生存本身的原因。这一点，与歌德的《少年维特之烦恼》相比，就可以见出。鲁迅的作品"写人的灵魂"，但也仅仅深入到文化层面，进行文化批判，而没有进一步深入到生存领域。《阿Q正传》，写了阿Q的心理状态，特别是在被处决的时刻感到人生大约就是这样，无端地被拉出去枪决。有人评论说表达了人生的荒诞、虚无的思想。其实这种说法也很牵强。阿Q的临死前的虚无感觉，和精神胜利法一样，正是鲁迅着力批判的老庄的余毒，并不是鲁迅要表达的思想。鲁迅关注的是"立人"，是人格的健全，并没有提出生存意义问题。

第五，冷峻、感伤的情调与乐观精神的空乏。感伤主义是欧洲启蒙主义文学的一种流派和风格，它成为浪漫主义的前奏。而前期的启蒙主义文学则往往具有理性的乐观精神，相信理性的力量，充满了对未来的希望，如《浮士德》所体现的理性乐观精神。欧洲启蒙主义文学的乐观精神也体现为讽刺性和喜剧精神，它对腐朽的封建主义充满蔑视，加以嘲弄。莱辛的《明娜·封·巴尔赫姆》，塑造了一个有理性的、道德完美的理想人物台尔海姆，表达启蒙理想。意大利启蒙主义作家写作了一百五十多个喜剧，辛辣地讽刺腐朽的贵族阶级。中国启蒙主义则有所不同。五四运动体现了一种新生的朝气，也体现了一种积极向上的乐观精神，这是启蒙理性本身固有的精神气质，如郭沫若的诗歌就表现了青年一代的勇往向前的乐观精神。但是，由于中国社会封建主义的强大，启蒙主义力量的弱小，特别是大众的愚昧落后，启蒙主义者孤军作战，因此就感受到沉重、孤愤、感伤，而乐观精神就很难持久。中国启蒙主义文学就体现了这种心理氛围。鲁迅的《狂人日记》体现了"忧愤深广"的思想情绪；而《阿Q正传》于诙谐之中包含着悲哀；《孔乙己》、《祝福》、《药》等则体现了一种冷峻、悲凉的情调。他的散文《朝花夕拾》、《野草》里面既有对童年的天真的怀念、对黑暗的奋勇的抗争，也有深沉的悲怆和孤独的绝望。郁达夫的小说《沉沦》展现了带有颓废情调的感伤风格。还有冰心的《超人》、许地山的《命命鸟》、王统照的《沉思》、叶圣陶的《隔膜》、庐隐的《海滨故人》等，在探索人生的过程中都诉说着感伤情怀。后起的"乡土小说"也渗透着隐隐的乡愁。郭沫若前期作品如《女神》等虽然表达了昂扬的激情和乐观进取的精神，但是也流露出感伤情调。这种感伤情调体现了理性觉醒时代知识分子的苦闷、孤独和彷徨。中国五四启蒙主义也没有产生讽刺性的喜剧文学，这主要是由于中国启蒙主义面对着的是强大的封建主义，它不仅是一种宗法礼教制度，而且有传统文化的根基，更有社会心理的积淀，而仅仅少量知识分子精英，运用从国外引进的思想很难一举战胜。因此，五四启蒙主义很难形成讽刺性和喜剧精神，而仅仅是冷峻的批判和感伤的抒发。即使像《阿Q正传》形式上具有某种讽刺性和喜剧风格，实际上也深藏着一种深深的悲哀，而没有那种喜剧特有的乐观精神。此外，彭家煌的《怂恿》、《活鬼》等带有喜剧风格的讽刺性作品，继承了传统文学的诙谐、戏谑特性，可以作为一个特例。但他的较为杰出的作品《隔壁人家》、《我们的犯罪》等，在悲剧性的故事中渗入了喜剧色彩，表达了一种悲愤的情绪，已经不属于喜剧范畴了。

三、五四文学革命的历史经验

自1917年《新青年》发表胡适《文学改良刍议》始，至20世纪20年代中期"革命文学"发生止，是五四"文学革命"时期。五四文学革命是五四新文化运动的重要一翼。五四新文化运动旨在引进西方近现代文化，反对中国传统文化，以文化改造来促进中国社会的现代化。五四新文化运动高举"科学"、"民主"两面旗帜，实际上包含了这样一些主题：以科学主义反对道德主义；以进化论反对复古主义；以人道主义反对宗法礼教；以世界主义反对华夏中心主义。五四文学革命也包含了相应的主题：以再现论和认识说取代表现论和主情说；以发展的文学观取代停滞的、复古的文学观；以人的文学取代道德理性的文学观；以平民文学反对贵族文学、士大夫文学；以写实主义（启蒙主义）反对古典主义；以文学独立反对"文以载道"；以世界文学反对民族文化本位主义等。五四文学革命在这些主题下，颠覆了旧文学，建立了新文学。同时，它也没有完成自己的历史任务，留下了历史的后遗症。其原因除了历史条件的限定之外，还有五四文学革命本身的问题，这个历史经验应该加以总结。

（一）五四科学主义与进化论的文学观

五四文学革命作为新文化运动的组成部分，同样是在科学、民主的旗帜下行进的。五四时期，科学树立了绝对权威，它不仅战胜了传统的道德主义，而且也排斥了宗教，甚至取代了哲学的地位。胡适曾经对此作出描述："近三十年来，有一个名词在国内几乎做到了至上尊严的地位：无论懂与不懂的人，无论守旧和维新的人，都不敢公然对它表示轻视或戏侮的态度。那个名词就是科学。"〔1〕

中国传统文化的实用理性性质，造成中国传统文学思想的道德主义。它认为文学是载道工具，作用在于"美教化、厚人伦"。中国文学理论是表现论、主情说，也根源于这种道德主义。五四文学革命以科学主义批判道德主义，以再现论、认识说取代表现论、主情说。陈独秀在《文学革命论》中提出了"建设新鲜的、立诚的写实文学"的主张，就包含着对文学的客观再现性的肯定。李大钊也主张"为社会写实的文学"。茅盾更从科学主义出发，把文学本质界定为求真："近代西洋文学是写实的，就因为近代的时代精神是科学的。科学的精神重在求真，故文艺亦以求真为唯一目的。科学的态度重客观的观察，故文学也重客观的描写。"〔2〕

茅盾更接受了泰纳的文学观，认为"文学是人生的反映"，文学取决于种族、时代、环境以及"作家的人格"（后一点是茅盾对泰纳观点的补充）。瞿秋白也认为："然而文学只是社会的反映，文学家只是社会的喉舌。只有因社会的变动，而后影响于思想，因思想变化，而后影响于文学……"〔3〕

中国传统的文以载道、表情的观点让位于来自西方的文学再现现实、认识现实的观点，这种变化是由科学主义造成的。科学主义取代道德主义，再现论、认识说取代表现论、主情说，是对文学本质认识的深化、扩展，它适应了中国文学由以诗歌为中心向以小说为中心转化的现

---

〔1〕 胡适《科学与人生观序》，《胡适文集》，北京大学出版社 1998 年版，第 3 册第152 页。

〔2〕 茅盾《科学与人生》，《中国新文学大系·文学论争集》，香港文学研究社 1972 年版，第 58 页。

〔3〕 瞿秋白《〈俄罗斯名家短篇小说集〉序》，《瞿秋白文集》第二卷，人民文学出版社1959 年版，第 544 页。

代趋势。另一方面，对传统表现论、主情说的摒弃，又造成了新的片面性，它很容易导致抹煞文学的主体性。虽然创造社继承了主情说，声明"本着我们内心的要求"从事文艺活动，但在理论上是薄弱的，文学研究会倡导的再现论、认识说成为主流，并且一直延续到本世纪下半叶。

五四文学革命的科学主义倾向，不仅造成了再现论、认识说的文学观，而且造成了文学审美本质的失落。科学主义排斥了任何超验思想，取缔了形而上的领域，宗教和哲学都不例外。1922年发生了反基督教运动，五四先锋如蔡元培、吴虞、汪精卫、胡汉民、陈独秀、李大钊、李石曾等人都以不同的方式参与或支持了这场运动。非宗教运动依据的主要思想是科学主义。科学也取代甚至排挤哲学，尤其是欧陆的唯理论传统哲学和中国传统哲学。胡适等推崇的实验主义哲学属于英美经验主义传统，带有科学主义倾向。中国哲学因其与伦理学融为一体（实用理性）而连同封建意识形态一齐被扫荡。五四后期发生的"科玄之争"，以"科学神"战胜"玄学鬼"告终。论战中胡适、陈独秀都坚持科学可以代替玄学（即哲学、伦理学等），解决人生观问题，可以看出科学僭越哲学的倾向延续之久。科学主义对宗教、哲学的排挤，造成了形而上学的失落，使文化转型中出现了超验世界的空白，留下了严重的历史后遗症。在文学领域，形而上学的失落则体现为文学失去了哲学基础，尤其是美学基础。科学主义使文学成为一种认知活动，它的超越性被抹杀，社会现实意义排挤了审美意义。形而上学的失落为文学的意识形态化开辟了道路，尽管科学主义与意识形态霸权是对立的。五四以后，由苏俄传入的"哲学"，以"科学的科学"、"科学与世界观的统一"的名义占据了形而上学的空白，并把科学主义暗中转换为意识形态霸权。再现论、认识说的文学观由于接受了"辩证唯物主义创作方法"和"反映论的文学观"，以及"文学是上层建筑"、"文学的阶级性"观念而渗入了太多的意识形态因素，转化为隐蔽的表现论和新的载道论，文学沦为政治理性的工具和世界观的表现。这样，科学主义便走到了自己的反面。

进化论是五四文学革命的理论武器之一。从洋务运动以来，科学精神的主要表征是达尔文的进化论，而进化论在中国的接受过程中演变成社会达尔文主义，成为一种意识形态。它认为人类社会也遵循"物竞天择，优胜劣汰"的自然法则，所以中国非奋起自强不可，否则就要亡国灭种。因此，进化论成为社会变革的思想动力。五四文学革命中，社会达尔文主义仍然有绝大权威，并形成了进化论的文学观。进化论的文学观认为，文学是在由低级到高级、由蒙昧到文明的进化过程，因而要进行改良、革命、反传统。胡适是比较温和的文学进化论者，但对传统文学仍视为无价值的"死文学"。他断言："死文学决不能产生活文学。所以中国这二千年只有些死文学，只有些没有价值的死文学。"[1]陈独秀则更为激进，他把文学演变等同于政治革命。他在《文学革命论》中写道："今日庄严灿烂之欧洲，何自而来乎：曰，革命之赐也……近代欧洲文明史，宜可谓之革命史。"因此，他主张文化思想界、文学界进行更彻底的革命："吾苟偷庸懦之国民，畏革命如蛇蝎，故政治界虽经三次革命，而黑暗未尝稍减，其原因之小部分，则为三次革命，皆虎头蛇尾，未能充分以鲜血洗净旧污。其大部分则为盘踞吾人精神界根深底固之伦理道德文学艺术诸端，莫不黑幕层张，垢污深积，并此虎头蛇尾之革命而未有焉。此单独政治革命所以于吾之社会，不生若何变化，不收若何效果也。"

于是，陈独秀"高张'文学革命军'大旗"，提出"三大主义"："曰推倒雕琢的阿谀的贵族文学，建设平易的抒情的国民文学。曰推倒陈腐的铺张的古典文学，建设新鲜的立诚的写实文学。曰推倒迂晦的艰涩的山林文学，建设明了的通俗的社会文学。"[2]

同样，鲁迅对古典文学也持基本否定的态度，甚至主张青年不看中国书。反传统是文学革命基本思想。

总之，按照进化论的文学观，传统文学应该被淘汰、被推倒，由新的文学取而代之。不仅如此，这种观点还认为，文学是按照一定的阶段

---

〔1〕 胡适《建设的文学革命论》，1918 年 4 月《新青年》第 4 卷第 4 号。
〔2〕 陈独秀《文学革命论》，1917 年 2 月《新青年》第 2 卷第 6 号。

递进的，这就是欧洲文学走过的路程：古典主义——浪漫主义——写实主义（自然主义）——新浪漫主义（现代主义）。在这个序列中，后面的阶段要比前一个阶段更高级、更有价值。五四时期提倡现实主义，就是基于这种进化论文学观。陈独秀认为："我国文艺犹在古典主义、理想主义时代，今后当趋向写实主义。"[1]

进化论的文学观对传统文学观的保守主义、复古主义是致命的打击，"文必宗秦汉，诗必学汉唐"的观念被走向世界、走向现代的观念取代，由此宣告了新文学的合法性，推动了中国文学现代化进程。但是，这种文学观也有其缺陷，并产生负面作用。首先，它强调了文学的历时性而抹杀了文学的共时性。文学固然是一种历史现象，但作为审美对象又有超历史的永恒价值。古典文学固然要向现代文学发展，但古典文学并不会在这个过程中丧失自己的审美价值。五四文学革命对古典文学的全盘否定斩断了中国现代文学的根基，它只有向西方文学寻找支援意识，而这种支援意识是薄弱的，这是五四文学最后失势的原因之一。其次，进化论尤其是激进的革命进化论，也为五四文学革命的被否定设下了伏笔。既然文学是不断进化、不断革命的，五四文学本身也将被淘汰、被革命，它所提倡的"批判现实主义"将被"革命现实主义"取代，平民文学将被普罗文学取代，都是顺理成章的事。五四以后的历史事实，证明了这一点。在革命文学及以后的时期，进化论被阶级革命论取代，文学不再按照古典与现代区分，而是按照劳动人民与剥削阶级区分。这样，古典文学的大部分、主要部分都成为批判对象，甚至五四文学及五四文学革命本身，因其属于资产阶级范围，也受到批判。这样，五四进化论的文学观也走到了自己的反面。

（二）五四人道主义与人的文学

五四文学革命的另一面旗帜是人道主义，这是启蒙理性的表征之一。为了批判中国传统文化的集体理性倾向，五四文学革命引进了西方

---

[1] 陈独秀《答张永言》，1915 年 1 月《新青年》第 1 卷第 4 号。

的人道主义，这也是五四民主精神的渊源。李大钊提倡"以博爱心为基础的文学"，文学研究会提倡"为人生"的文学，创造社提倡"表现自我"，都受人道主义思潮影响。提倡人道主义最力的当属周作人，他鲜明地打出了"人的文学"的旗号。周作人首先对人的本质作了分析，针对传统文化把人理性化的弊病，他指出人是感性与理性的统一，即"兽性与神性，合起来便是人性"。同时，他又针对传统文化抹杀个性的弊病，指出人道主义"乃是一种个人的人间本位主义"。这种人道主义的文学思想，对传统文学观的打击是致命的。它肯定了文学的人性本质，尤其是感性、个性特征，从而颠覆了以文学为教化工具的理性主义传统文学思想。中国封建社会后期，文学思想已经偏离了正统的理性主义，出现了严羽的"别材"、"别趣"说，袁中道的"性灵"说，李贽的"童心"说，袁枚的"性情"说。但是，这些思想缺乏强有力的理论体系的支持，因而难以与以儒学为支撑的正统文论抗衡。人道主义为新的文学思想提供了强有力的理论支持，使传统文学思想一触即溃，为中国文学走向现代开辟了道路。

个体本位的人道主义，作为启蒙的思想武器目的在于救国。这就是说，个体感性只是达到集体理性的手段，这是五四新文化运动的非常特殊的现象。这就预示着手段与目的之间必然会发生冲突。为了目的的实现，可以牺牲手段；为了救国，也可以抛弃个人主义。五四以后，当五四激进知识分子投身于社会革命洪流中去时，个人主义就被阶级意识取代，人道主义被批判、摒弃，个体感性的文学观让位于新的集体理性文学观——阶级论的文学观。

此外，人道主义起源于文艺复兴时期的人文主义，它反对封建主义和宗教禁欲主义；到了19世纪，人道主义已经转而批判资本主义对人性的摧残，现实主义就体现了这种批判精神。中国五四时期引进欧洲人道主义，仍然用以反对封建主义，这与当时西方人道主义已经不合拍了。毕竟中国文学界是从欧洲19世纪而不是从文艺复兴时代接受人道主义的，因此，按照文学思想自身的逻辑，人道主义必定要把资本主义文明而不仅是封建主义当作自己的批判对象。随着中国社会由封建主义走向官僚资本主义（国民党政权的建立标志着这种转变），人道主义以及以它为指导思想的现实主义就对五四引进的资本主义文明开火，这意味着人道主义摧毁了自己的基础。批判资本主义，马克思主义比人道主义更为彻底、有力，因此，人道主义思潮让位于马克思主义思潮，五四文学革命让位于革命文学，也就在情理之中了。

（三）五四平民主义与平民文学

五四新文化运动是争取现代性的运动，而现代性是一种平民精神，它的主体是现代市民。与此相应，五四文学革命的重要主题是反对贵族文学和山林文学（士大夫文学），提倡平民文学。平民文学的提出体现了中国文学主体的转换，由封建士大夫转为现代平民知识分子。古典文学主要是士大夫的文学。在辛亥革命以后，废除科举制度，开办新学堂，传统士子衰微或转为新型知识分子。新型知识分子接受西式现代教育，大多属于城市平民阶层，他们取代传统士子后，自然要求属于自己的文化和文学，五四新文化运动和文学革命就是应这种要求而发生的。文学革命的发动者胡适、陈独秀、鲁迅、周作人以及其他主将大都为留学美、日、欧的学者，也证明了这一点。胡适从语言入手为平民文学奠基，他提倡白话，主张废文言，实际上摧毁了士大夫文学和传统文化的根基。陈独秀敏锐地意识到胡适提倡白话文的社会意义，马上发表《文学革命论》，提出推倒贵族文学，建设国民文学和推倒山林文学，建设社会文学的口号。平民文学主张是五四民主精神在文学领域的体现，茅盾说："积极的责任是欲把德谟克拉西充满在文学界，使文学成为社会化，扫除贵族文学的面目，放出平民文学的精神。"[1]在平民文学口号下，士大夫文学衰亡，文学转向平民生活。胡适主张扩大文学描写的领域："官场、妓院与龌龊社会三个区域，决不够采用。即如今日的贫民社会，如工厂之男女工人、人力车夫、内地农家、各处大负贩及

---

[1] 茅盾《现在文学家的责任是什么》,《茅盾全集》第十八卷，人民文学出版社1989年版，第11页。

小店铺，一切痛苦情形，都不曾在文学上占一位置。并且今日新旧文明相接触，一切家庭惨变、婚姻痛苦、女子之位置、教育之不适宜……种种问题，都可供文学的材料。"[1]

与此同时，文学研究界也掀起了整理、研究民间文学的热潮，古代平民文学受到了极大重视。平民文学的主张为五四新文学的诞生、发展开拓了空间，其历史作用非常巨大。

平民文学主张反映了历史的要求，但是，由于对贵族文学与士大夫文学的极度排斥，也产生了极端平民化倾向。事实上，五四文学革命反对的不仅仅是贵族文学，还包括士大夫文学，后者才是古代文学的主流。中国古代文学的贵族传统薄弱，这与欧洲不同。欧洲古代社会是贵族社会，世袭的贵族阶级形成了封闭的贵族文学传统，并且成为主流文学。平民文学是在近代随着市民阶层兴起而出现的，它在初期较为粗俗鄙陋，只是由于后来吸收了贵族文学精神才得以提升。中国古代社会是官僚社会，官僚来源于民间知识分子——士，因此主流文化是士文化，它带有平民化性质。同样，也形成了平民化的主流文学——士文学。士文学奉《诗经》为源头，可见其文化渊源是平民文学。中国也有贵族文学传统，因为在先秦时代存在着贵族社会；魏晋南北朝时期出现了世族门阀的统治，这是变相的贵族社会；以后历朝历代都有皇族这一特殊的贵族阶层，清代更是满族贵族集团与汉族官僚地主集团的联合政权。因此，存在着发源于《楚辞》，兴盛于六朝文学，延续于五代词，终结于《红楼梦》的贵族文学传统。虽然贵族文学传统不是主流，但它对士文学有很大影响。士文学重理性、近现实、求功利、尚质朴、守规范；而贵族文学重感性、超现实、非功利、尚华美、崇自由，虽然它难免脱离现实、形式主义、放纵情欲等弊病，但却是对士文学的理性主义、缺乏审美魅力、形式呆板俗陋等弊病的补偿。正是两种文学精神的互补、融合，才孕育了灿烂的中国古代文学。

五四文学革命倡导平民文学，顺应时代潮流，应予肯定。但是，它

---

〔1〕 胡适《建设的文学革命论》，1918 年 4 月《新青年》第 4 卷第 4 号。

对贵族文学，连同士文学（陈独秀所谓"古典文学"、"山林文学"实即指士文学）都予推倒，却是一个很大的错误。古典文学无论贵族文学还是士文学，作为人类自由的精神产品，都有不可替代、不可抹杀的永恒价值。这一点，周作人在五四后期清醒地意识到了。他指出："贵族的与平民的精神，都是人的表现，不能指定谁是谁非，正如规律的普遍的古典精神与自由的特殊的传奇精神，虽似相反而实并存，没有消灭的时候。"他进一步分析两种文学精神的特点：平民精神是求生意志的体现，要求有限的平凡存在；贵族精神作为求胜意志的体现，以出世为倾向，要求无限的超越。因此，二者互补，成为人的健全精神的两个方面。周作人的结论是："我想文艺当以平民的精神为基调，再加以贵族的洗礼，这才能够造成真正的人的文学。"[1]周作人的平民文学思想是较为健全的，但在五四激进主义潮流中，并没有得到重视和广泛的认同。比较偏激的、反贵族文学（连同反士文学）的思想占了上风。由于对贵族文学的讨伐，再加上把平民化的士文学也一并讨伐，使贵族文学精神本来就薄弱的中国文学更趋于极端平民化。五四文学革命几乎把整个古典文学都加以排斥。胡适认为："简而言之，中国文学有史以来有两个阶层：（一）皇室、考场、宫闱中没有生命的模仿的上层文学；（二）民间的通俗文学，特别是民谣、通俗的短篇故事与伟大的小说。"[2]

胡适还认为："中国文学史没有生气则已，稍有生气者皆自民间文学而来。"[3]

这种偏激的思想，使五四文学丧失了重要的精神来源，它排除了贵族文学和士文学。单有民间文学作为立足点是不够的，这毕竟是低级形态的文学。五四以后，大半个世纪中文学趋向于低俗化，从普罗文学到

---

〔1〕 周作人《贵族的与平民的》，《自己的园地》，岳麓书社1987年版，第15—16页。

〔2〕 胡适《四十年来的文学革命》，《胡适学术文集·新文学运动》，中华书局1993年版，第300—301页。

〔3〕 胡适《中国文学的过去与来路》，《胡适学术文集·新文学运动》，中华书局1993年版，第185页。

大众文学、工农兵文学,高雅文学被排斥。历史悠久的文学大国远远落在世界后面,极端平民化是重要原因。

五四文学革命提倡平民文学,却排斥大众通俗文学,这是另一个教训。20世纪初,现代都市的繁荣,带来了大众通俗文学的兴盛。城市大众通俗文学不同于古代的民间文学,它带有浓烈的商业气息,以消遣娱乐性为其主要特征。五四时期,大众通俗文学的代表"鸳鸯蝴蝶派"成为批判对象,主要指责其缺乏积极思想,把文学当作消遣。文学研究会提倡"为人生的艺术",主要是针对这种倾向的。《文学研究会宣言》明确宣布:"将文学看作是高兴时的游戏或失意时的消遣的时候,现在已经过去了。我们相信文学是一种工作,而且是于人生很重要的一种工作。"[1] 五四提倡的平民文学仅限于严肃文学,对大众通俗文学并不宽容,对文学的消遣娱乐功能不予承认,这就使平民文学自身的领域变得十分狭窄,并且失去了深厚的群众基础。欧洲平民文学崛起于大众通俗文学,《十日谈》等不避俗陋,以后才有文学的雅俗分流。中国平民文学没有传统文学的渊源,又缺乏大众通俗文学的基础,且先有文学思想,后有文学实绩(鲁迅小说等),只能取法西方,因此根基不深,很容易被摧折,被扭曲。五四以后,平民文学的主体——城市知识分子丧失主体地位,而成为"革命大众"的代言人,平民文学变为非知识阶层的文学(尽管只是在理论上),从而改变了性质。

(四) 五四启蒙主义与反古典理性传统

五四文学革命提倡写实主义,反对古典主义。陈独秀"三大主义"提出:"曰推倒陈腐的铺张的古典文学,建设新鲜的立诚的写实文学。"实即反对古典理性主义,建设启蒙主义文学。中国传统文学偏重理性,讲求规范,体现了古典时代的审美理想。它虽然创造了灿烂的古代文学,但至近代已经变得陈腐,成为中国文学现代发展的桎梏。中国文学的现代选择就面临着如何挣脱古典理性主义传统的课题。欧洲文学从自

---

[1]《文学研究会宣言》,1921年1月《小说月报》第12卷第1号。

己的历史传统中找到了反对古典理性主义的武器，这就是发源于希伯来文化传统和继承中世纪文学传统的浪漫主义。中国文学历史上缺乏对抗古典理性主义的异端传统，受道家思想影响的文学传统（如贵族文学传统和南方文学传统），虽然与儒家正统文学思想有所不同，但并不能作为对抗力量取而代之，而只能作为它的补充。中国文学要走出古典传统，只能靠引进外来文学思潮。茅盾在五四时期就意识到这一点，他说："民族文艺的新生，常常是靠一种外来的文艺思潮的提倡，由纷乱如丝的局面暂时地趋向于一条路，然后再各自发展。"[1]这样，五四文学革命就只有面向西方，选择反对古典理性主义的武器。在欧洲古典主义以后众多的文学思潮中，文学革命选择了写实主义（实际上成为启蒙主义的思想资源）。为什么是写实主义而不是欧洲古典主义的掘墓人浪漫主义，或者欧洲当时正兴起的现代主义呢？当时文学革命的倡导者并没有有意识地比较，似乎很自然地就选择了写实主义。但是，这种似乎自然发生的事情，是由许多复杂的因素决定的。浪漫主义在欧洲已成过去，按照当时流行的进化论的文学观，它已经不那么先进了，被淘汰了。也许更重要的，是中国人很难接受浪漫主义的极端主观性和神秘怪诞的风格，这与中国传统的中和的审美理想不相合。因此，尽管五四文学中创造社的风格受到浪漫主义的影响，但它与欧洲浪漫主义有很大的不同，它仅仅表现为主观热情的炽烈，却缺乏欧洲浪漫主义的超验层面和神秘主义；它反对封建主义，呼吁现代性，而欧洲浪漫主义却反对资本主义文明，反叛现代性，这说明它仍然过多地受到理性主义影响，还不能算作浪漫主义，只是启蒙主义的一个流派，因而也不能像欧洲浪漫主义那样埋葬古典主义，反而通向新古典主义。

　　20世纪初欧洲已经兴起了现代主义诸流派（在五四时期被称为新浪漫主义），但对五四文学革命殊少影响。五四后期，在创作方面尚出现了李金发等个别现代派作家，而在理论方面对现代主义却完全隔膜，介绍既少，提倡者几无。据说茅盾早年曾推崇新浪漫主义，批评写实主

---

〔1〕　茅盾《自然主义与中国现代小说》，1922年7月《小说月报》第13卷第7号。

义有片面性，但这恐怕也出自进化论文学观，而不是出自对新浪漫派本身的了解。而实际上，茅盾后来成为现实主义的终身信徒和实践者。五四文学革命对于现代主义的排斥，主要缘于中西历史发展水平的差距。中国正经历着走出古典社会的转型时期，面临反封建的任务，与现代社会相距甚远，文学面临的是社会现实问题，而不是现代人的精神困扰问题。现代主义对社会人生的悲观看法与五四启蒙者对中国未来的乐观精神是不相容的。因此，五四文学革命不可能理解和选择现代主义。

五四文学革命批判"古典主义"，主要针对中国抒情文学（主要是诗歌）中的古典主义，认为它是"抒情叙意"，这样，再现论取代了表现论，却掩盖了古典理性主义的要害，它不在于"抒情叙意"，而在于其古典理性化、规范化。由于小说、戏剧等叙事文学不是传统文学的正宗，又多用古代白话，故对叙事文学的古典主义批判不深。

中国文学传统在接受西方现实主义同时，也必然对现实主义有所改造、同化。对现实主义的改造，是把它变成启蒙主义；对现实主义的同化，体现为主观化和意识形态化倾向。

现实主义强调客观性，这种客观性来源于欧洲哲学的经验主义传统，尤其是近代的实证主义哲学。中国缺乏经验主义哲学传统，五四对哲学的漠视也使实证主义不能在中国生根。因此五四文学革命对现实主义的接受就带有或明或暗的保留，并对现实主义作出或明或暗的修正。茅盾虽然是现实主义的坚定提倡者，但他早年也曾批评写实文学："（一）是在太重客观的描写，（二）是在太重批评而不加主观的见解。……但是徒事批评而不出主观的见解，使读者感着沉闷烦忧的痛苦，终至失望。"〔1〕

虽然后来茅盾转向写实主义，推崇客观性，但并不彻底，这可以从对自然主义的态度中得到印证。自然主义可算是现实主义的延续，它把现实主义宗旨发挥到极致。因此，对自然主义的态度可以检验出对现实

---

〔1〕 茅盾《文学上的古典主义、浪漫主义和写实主义》，1920 年 8 月《学生杂志》第 7卷第 9 期。

主义坚信的程度。茅盾曾主张自然主义，但有两点保留，一是承认自然主义纯粹客观的立场是不对的，而且它专意表现丑恶，导致偏见[1]；二是他提倡的"不是人生观的自然主义，而是文学的自然主义"，"是自然派技术上的长处"[2]。这两点保留，说明茅盾对现实主义态度和认识的局限，或者说，他对现实主义的理解，已经掺有主观性因素。五四现实主义倡导者难以接受欧洲现实主义的客观主义，而对主观性的肯定，则使现实主义与新古典主义界限模糊，最后滑向新古典主义。

五四文学革命对现实主义的理解，实际上是启蒙主义的。五四文学革命时期接受了现实主义，一开始就有鲜明的功利主义倾向，即用现实主义来改造现实。文学研究会主张"为人生"，包含着"表现人生，指导人生"两方面内容，而指导人生就已经超出文学方法的界限，涉入意识形态领域。这种现实主义离欧洲现实主义较远，而离俄国现实主义较近。郑伯奇曾指出："文学研究会的写实主义始终接近着俄国的人生派而没有发展到自然主义。"[3]俄国的人生派实际上是启蒙主义，而不是现实主义，只是当时被误读了。

但是，启蒙主义并没有根本上埋葬古典主义。五四以后在"革命现实主义"旗号下，新古典主义崛起，政治理性取代道德理性，使古典主义死灰复燃。其中的原因，除社会革命的需要外，就在于以启蒙主义反对古典主义之不彻底性。启蒙主义与古典主义有亲缘关系，属于同一种文学传统——古希腊文学传统，它们都带有偏重理性的倾向。这样，启蒙主义对古典主义的冲击就不可能致命，而且容易导致启蒙主义被古典主义同化。事实上，五四文学革命对古典主义与启蒙主义（被误称为写实主义）的界限并不很清楚，陈独秀用"陈腐的铺张的"与"新鲜的立诚的"来区分二者并没有抓住要害；而茅盾则意识到写实主义不足以扭转古典主义的弊病，故提倡自然主义（甚至新浪漫主义）

---

〔1〕 参阅《自然主义与中国现代小说》，1922年7月《小说月报》第13卷第7号。

〔2〕 1922年5月《小说月报》第13卷第6号，"通讯"专栏。

〔3〕 《中国新文学大系·小说三集》导言，良友图书公司1935年版。

来纠偏，但终于没有达到目的。正由于没有分清古典主义与启蒙主义的界限，古典主义也没有被启蒙主义所彻底摧毁，五四以后启蒙主义才有可能蜕变为新古典主义。

（五）五四文学启蒙与文学独立

五四文学革命反对文以载道，主张文学独立。中国传统文学思想把文学当作道德理性的载体，以文学为教化手段。同时，在传统文学思想中，纯文学的观念尚未形成，而只有杂文学观念。先秦、两汉一切文字统称为文，魏晋始有文笔之分，但文仍不是纯文学，它包括一切带有审美特征的文字。尽管在文学实践上，纯文学（如诗歌）已经相当发达，但在理论上，却没有作出明确的界定。杂文学观念也为文学依附道德理性提供了依据。

五四前，随着对现代文学思想的了解，纯文学观念已经开始确立（如王国维）。在五四文学革命中，陈独秀区分"文学之文"与"应用之文"，刘半农则区分"文学"与"文字"，从而使纯文学概念得以进一步确立。与此相应，文学革命猛烈批判"文以载道"的文学观。陈独秀在《文学革命论》中断言："文学本非为载道而设。"刘半农也指出："甲之说曰，'文以载道'。不知道是道，文是文。二者万难并作一谈。"[1]李大钊也提出"是为文学而创作的，不是为文学本身以外的什么东西而创作的文学"[2]。文学革命初期的思想家们对文学独立认识还很模糊，他们主要不是从文学性质而主要从反对文学为封建道德服务的角度批判"文以载道"。创造社则着眼于文学与意识形态的区别反对"文以载道"，它提出了"为艺术而艺术"的口号。创造社这个口号蕴含着文学以自身为根据、文学以自身为目的等新的美学思想。创造社理论家成仿吾说："至少我觉得除去一切功利的打算，专求文学的全

---

[1] 刘半农《我之文学改良观》，1917年5月《新青年》第3卷第3号。
[2] 李大钊《什么是新文学》，1919年12月8日《星期日》"社会问题号"。

（perfection）与美（beauty）有值得我们终身从事的价值之可能性。"[1]
郁达夫也声称："我们想以纯粹的学理和严正的言论来批评文艺政治经济，我们更想以唯真唯美的精神来创作文学和介绍文学。现代中国的腐败的政治实际，与无聊的政党偏见，是我们所不能言亦不屑言的。"[2]
在这里，创造社把文学与现实活动区别开来，从而否定了文学的外在目的与现实功利性。"为艺术而艺术"的思想与"文以载道"的观念是彻底对立的，文学独立的意识这时才真正确立起来。

但是，文学独立的思想并不巩固。首先，五四文学革命是整个文化革命的一部分，它旨在通过思想启蒙达到救国目的。因此，文学独立、为艺术而艺术的思想与五四文学革命的根本目标不相容，前者作为一种手段要为后者服务。文学革命思想家反对"文以载道"，主要是反对载封建主义的道，并不反对载科学、民主思想这个道。五四文学革命就陷于反对文以载道和要以文载革命之道这样的矛盾之中。如陈独秀，一方面主张"文学本非为载道而设"，同时又强调文学革命为社会先锋之作用，"今欲革新政治，势不得不革新盘踞于运用此政治者精神界之文学……"（《文学革命论》）李大钊也一方面主张"为文学而创作的文学"，同时又强调"为社会写实"，文学研究会则主张"为人生的艺术"，即"表现人生，指导人生"，把文学附属于现实人生，本身就带有功利主义。即使创造社"为艺术而艺术"，也并非像欧洲唯美主义那样完全超然于现实，它不同于戈蒂叶的艺术价值高于现实生活的思想，也不同于象征主义的对于超验世界的肯定，更不同于现代主义的审美世界比现实世界更真实的观点，它仍然执著于文学对现实的革命改造，只不过现实太令人失望了，只能逃避现实世界。因此如前引郁达夫所言，"现代中国的腐败的政治实际，与无聊的政党偏见，是我们所不能言亦不屑言的。"成仿吾提出文学的三种使命："（一）对于时代的使命，

---

[1]　成仿吾《新文学之使命》，1923 年 5 月《创造周报》第 2 号。
[2]　郁达夫《创造日宣言》，1923 年 7 月《创造日》（《中华新报》副刊）。

（二）对于国语的使命，（三）文学本身的使命。"[1]在这里，文学的功利作用排在前面，文学自身目的排在后面，可见并非真的"为艺术而艺术"。他还指出："文学是时代的良心，文学家便当是良心的战士，在我们这种良心病了的社会，文学家尤其是任重而道远。"[2]事实上创造社从来没有放弃文学的战斗作用，而是像郭沫若那样大声呼喊："上帝，我们是不甘心这样缺陷充满的人生，我们是要重新创造我们的自我。"[3]这真实地表达了五四文学革命战士对社会人生的关怀，它远远超过对艺术、美的追求。可以说，五四文学革命的战士，一直在借文学革命与争取文学独立之间徘徊，而前者压倒了后者。正因为如此，文学独立的观念才没有巩固地树立起来，才有五四以后对文学独立的否定，文学重新沦为意识形态的附庸和工具。周作人试图解决文学功利性与文学独立之间的二律背反。他对艺术派和人生派都有所保留，认为人生派"容易讲到功利上去，以文艺为伦理的工具，变成一种坛上的说教"；艺术派则"重技工而轻情思"，导致形式主义，因而主张"人的艺术派的文学"，即"应当用艺术的方法，表现他对人生的情思，使读者得到艺术的享乐与人生的解释"[4]。但这种折中的说法在理论上并没有解决问题，它仍然是把文艺的审美属性作为形式特征，而文艺的内容则归于社会意义，本质上还是一种人生派。

　　为什么对现实的关注一定要导致文学独立的丧失呢？这并非必然的结局，因为文学毕竟不能脱离现实呀。问题在于，五四文学革命没有找到文学独立的支撑点，就是文学的审美本质，超现实的形而上意义。科学主义排挤了哲学、美学，造成了形而上的失落，文学只能栖身于现实领域，丧失了超越的能力，因此难以摆脱意识形态的桎梏。人生派、艺术派和周作人都没有肯定文学的审美本质，没有突破"形式——审美，

---

[1]　成仿吾《新文学之使命》，1923 年 5 月《创造周报》第 2 号。

[2]　成仿吾《新文学之使命》，1923 年 5 月《创造周报》第 2 号。

[3]　郭沫若《创造工程之第七日》，1923 年 5 月《创造周报》第 1 号。

[4]　周作人《新文学的要求》，《中国新文学大系·文学论争集》，香港文学研究社 1972 年版，第 573 页。

内容——现实"的思路。只有确立文学的审美超越性,才能在关注现实的同时,保持超越的能力,这也意味着保持文学独立的可能性。

(六)五四世界主义与世界文学

五四文学革命倡导世界文学,向西方文学和文学思想全面开放,反对传统文学的保守、封闭、自我中心。中国传统文学是华夏中心主义,视外国文明为未开化的狄夷文化。鸦片战争以后,华夏中心主义受挫,但并未退出历史舞台。在文学领域,民族本位主义更为强固。五四以前中国人对外国文学和文学思想极少了解,五四文学革命打开了人们的眼界,使国人知道西洋除有昌盛之科学外,还有发达之文艺,而且西洋文艺不仅不逊于中国,甚至更优于中国。五四文学革命的倡导者认为要挽救垂死之中国文学,只有向西方学习,引进西方文学思想和文学思潮,取代中国传统文学思想与文学思潮。他们认为,世界文学将取代民族文学,中国文学只有汇入世界文学之中才有前途。胡适的进化论观点是与世界主义相通的,他说:"一种文学有时进化到一个地位,便停住不进步了;直到它与别种文学相接触,有了比较,无形之中受了影响或是有意的吸收人的长处,方才再继续进步。"他还认为中国戏剧"不经济"、冗长、拖沓、跨度大、节奏慢,不适应现代人审美情趣,而通过引进西方戏剧的"三一律"等结构方式,才使现代戏剧面貌大为改观,"中国戏剧的变迁,实在带有无数外国文学、美术的努力"[1]。他还主张以西方悲剧观念医治中国戏剧的"大团圆"弊端:"这种观念(悲剧观)乃是医治我们中国那种说谎作伪思想浅薄的文学的绝妙圣药。"[2]他在《建设的文学革命论》一文中又指出:"西洋的文学方法,比我们的文学,实在完备得多,高明得多,不可不取例。"[3]胡适的"全盘西化"

---

〔1〕 胡适《文学进化观念与戏剧改良》,《中国新文学大系·建设理论集》,上海文艺出版社 1980 年版,第 381 页。
〔2〕 胡适《文学进化观念与戏剧改良》,《中国新文学大系·建设理论集》,上海文艺出版社 1980 年版,第 382 页。
〔3〕 胡适《建设的文学革命论》,1918 年 4 月《新青年》第 4 卷第 4 号。

（后改为"充分世界化"）更是家喻户晓。至于其他五四文学革命主将，无不抱世界主义文学观。钱玄同甚至主张文字西洋化（废汉字、用拉丁拼音字母）。傅斯年也主张白话文要欧化，"所以这理想的白话文，竟可说是——欧化的白话文"。他认为新文学即欧化的文学，"我们希望将来的文学，是'人化'的文学，须得先使他成欧化的文学。就现在的情形而论，'人化'即欧化，欧化即'人化'。"[1]甚至主张连汉语词法也应欧化。鲁迅早就主张"别求新声于友邦"，在五四时期又著文反对"保存国粹"，还主张少读或不读中国书，多看外国书，他致力于译介北欧文学，都出自世界主义文学观。其实，整个五四新文学运动，就是世界化的文学运动，它的思想武器无一不是来自国外，其目标是欧美文学，要自觉地向欧美文学看齐，这也是现代化的进程。

世界文学意识打破了中国传统文学的封闭意识和自我中心主义，使中国文学思想与世界文学思想相沟通、融会。这不仅是空间性的交流，也是时间性的进步。中国文学和文学思想的现代化与世界化是同一的。

但是，另一方面，文学和文学思想的世界化，又是以激进的反传统立场推行的。它在批判中国文学传统时，没有把其中优秀的、有价值的部分与陈腐的、无价值的部分加以区分，更谈不上对中国传统文学思想加以整理、改造，使之与现代文学思想相结合。在这方面，胡适提出了"整理国故"的口号，并进行了实践。但他着重于对文学、文化资料本身进行重新考证、研究，而文学思想则全部借用西方。也就是说，对中国文学思想本身的整理和借鉴工作没有做，这与他对中国传统文学思想的彻底否定立场有关。这样，就出现了抹杀中国文学思想的价值，一切以西方文学思想为准的片面性。我们不能苛求五四前辈，这种片面性也有势所难免的客观原因，但这种片面性毕竟留下了后遗症，它引起了民族本位主义的反拨，客观上为否定五四文学革命铺平了道路。

---

〔1〕 傅斯年《怎样做白话文》，1919年2月《新潮》第1卷第2号。

（七）五四文学革命的总结

五四文学革命常被人称作中国的文艺复兴运动，这种比附有其合理性一面，因为二者都是欧洲和中国文学走向现代的转折点。但是，五四文学革命又有其特殊性，这种特殊性源于中国不同的文化传统和五四时期的历史条件。

第一，五四文学革命是文学思想的变革，但又是五四新文化运动的一部分，因而也是意识形态变革的一部分。这就是说，五四文学革命与意识形态变革密不可分，而且着重于意识形态的转换。文学革命是为了救国新民，这种强烈的政治功利主义成为五四文学革命的深层思想动力。这样，文学思想的变革就必然主要在意识形态层面上进行，而难以深入到学术层面。尽管胡适等《新青年》同人约定"二十年不谈政治，专注于输入学理与文化建设"，但政治这个"集体无意识"仍然左右着他们。五四文学革命学术讨论远远少于意识形态的争论，陈独秀的"三大主义"着眼点还是意识形态。这个着眼点一方面使文学思想的论争充满火药味（不仅革命派如此，保守派也如此，如林琴南写作《荆生》、《妖梦》，欲借军阀诛杀革命派）。同时也使学术建设被忽视。五四文学革命批判多于建设，或者以输入外来文学思想代替学术建设，结果没有形成中国自己的较为系统的文学理论框架。当时各个时代、各种派别的文学观念纷纷引进，对文学的认识也十分歧异，如对文学的本质这个基本问题并没有认真讨论，因而认识较为肤浅，如"人的文学"、"写实的文学"、"自我表现"论、"为人生"、"为艺术"等，都缺乏深刻系统的理论论证，仅仅把国外的观点拿来，着眼点也仅在于实用。这种理论建设薄弱的状况说明五四文学革命成果并不巩固，只要意识形态潮流一变，很容易被取代，五四以后的历史证明了这一点。

第二，五四文学革命是"外发型"的文学思想的变革。中国传统文学思想没有可能转化为现代文学思想，因而只有借助外来文学思想反传统。它的思想资源不是传统文学理论，而是欧洲文学理论。而且欧洲文学思想与中国传统文学思想是异质体系。五四文学革命引进欧洲文学思想用以批判中国传统文学思想。这种"外发型"的文学思想变革缺少来自传统的"支援意识"，也缺乏文学创作的实践基础。五四文学革命并不是先有文学创作实绩，后有文学观念的变革，而是相反，是先有文学思想革命，后有文学创作的实绩。这样，文学思想就缺少了现实土壤。总之，五四文学革命虽然输入了现代文学思想，但它没有文学传统的根，也缺少现实文学创作的土壤，因此并不牢固。

第三，五四文学革命虽然从欧洲文学思想中吸取力量，但由于中国社会文化和文学发展尚处于古典时代，而欧洲文学思想自 20 世纪以来已经具有现代性，因此，文学思想的输入并非来自同时代欧洲文学思想，而主要选择 18、19 世纪的文学思想。这就是说，五四文学革命与欧洲文学思想发展水平之间有着巨大的历史差距。当然，20 世纪欧洲文学思想也传入中国，一些观念也有影响，但在总体上并未被接受，因为它与中国文学的实际相距太远。西方现代文学思想主张非理性、反理性，五四时期文学思想却高扬理性（科学、民主），二者难以沟通。五四文学革命还没有获得充分的现代性，它与 20 世纪欧洲文学的隔膜，造成了 20 世纪中国现代文学思潮的迟滞。

第四，五四文学革命虽然是激烈反传统的运动，但并没有遇到真正强有力的反抗。由于中国传统文学思想的衰落以及本身缺乏逻辑力量，面对西方严整、富有逻辑力量而又充满生机理论体系的冲击，根本无招架之力。对五四文学革命主将倡导的文学观念，保守派基本上没有敢于或能够正面争论，以至革命派只好搞出一个与"王敬轩"的假论战。后来保守派攻击的主要是白话文，如林琴南和后来的学衡派、甲寅派等，他们只是在语言工具上与革命派争论，对于文学思想则避而不争（或者仅仅攻击新道德）。这种形势说明传统文学思想已丧失生命力，新文学思想不可抗拒。但这并不意味着新文学思想已经彻底打败了传统文学思想，恰恰相反，传统文学思想根深蒂固，不是几年的运动可以根除。而五四文学思想的论战没有展开，甚至不战而胜，并非好事，它使文学思想流于肤浅，也未能深入人心，易得也易失。事实上，五四文学革命遇到的顽强抵抗不在理论层面，而在人们的文学情趣、文学心理层面。传统文学思想不仅有理论支撑，更主要在人们的文学趣味、心理中得到有力支持，因此它不因五四文学革命冲击而退出历史舞台。五四文学革命仅仅在理论层面上批判了传统文学思想，但在改造人们的文学趣味、心理方面不及完成，收效甚微。因此，文学革命的成果并不巩固。它改变了少数知识分子的思想，而不能改造整个社会大众的文学趣味和心理。在这个意义上，五四文学革命的胜利，是表面化的。

五四文学革命是中国文学思想史上破天荒的变革，它不是传统内的变革，而是传统的转换；它不是传统的延续，而是走向现代性的革命。尽管它没有巩固自己的成果，但为中国文学思想发展开辟了一个新时代，建立了一个灯塔。虽然中国文学思想曾经偏离了这个航线，但经过历史的迂回，最终又回到了这个航线上来，向现代文学进发。

四、现代性与新时期启蒙主义文学思潮

（一）新时期启蒙主义发生的历史条件

由于建立现代民族国家任务的急迫性，革命取代了启蒙，启蒙主义文学思潮在五四以后中断了，但是在 20 世纪 80 年代得以恢复，形成了新时期启蒙主义文学思潮。新时期启蒙主义的发生有特殊的历史条件，这就是思想解放和改革开放背景下的新启蒙运动。

建国以后，建立现代民族国家的任务基本完成，中国本来可以转入现代性建设，以补上现代性缺失这一课。但是，由于历史的惯性和政策的失误，中国仍然延续了反现代性的路线，最终走向"文革"，造成了深重的历史灾难。"文革"结束以后，中共十一届三中全会决定进行改革开放，开展思想解放运动，批判"文革"和"左"的思潮。与此同时，民间也开展了一个新启蒙运动。新启蒙运动接续五四启蒙主义传统，宣传科学、民主，主张人道主义，反思和批判苏联模式的国家社会主义及其意识形态在中国的表现形式。民间的新启蒙运动与体制内的思想解放运动互相配合、呼应，为改革开放扫清了道路。如果说改革开放

主要是在经济领域为现代性奠基的话，那么新启蒙运动则是直接建设现代性的运动。这就是说，整个80年代是一个争取现代性的启蒙时期，是五四启蒙运动的恢复和延续。在这场新启蒙运动中，与五四文学一样，新时期文学扮演了重要的角色，它为现代性呐喊鼓吹，推动了新启蒙运动，同时也形成了启蒙主义的文学主潮。

思想解放和新启蒙运动冲击了传统意识形态，也松动了意识形态对文学的控制。建国以来，由于"左"的意识形态对文学的强力控制，特别是"文艺从属于政治"、"文艺为政治服务"的禁锢，使文学萎缩于新古典主义的模式之内，启蒙主义传统失落。在新时期，由于思想解放运动和新启蒙运动的冲击，也由于"左"的思潮特别是"文革"对文学的摧残引起了整个社会的反思，国家意识形态加以调整，对文学的控制也相对放松。在1979年第四次全国文代会上，邓小平提出："不再继续提'文艺从属于政治'这样的口号，因为这个口号容易成为对文艺横加干涉的理论根据，长期的实践证明它对文艺的发展利少害多。但是，这当然不是说文艺可以脱离政治，文艺是不可能脱离政治的。"[1]接着，1980年7月26日的《人民日报》发表社论《文艺为人民服务》，代表中共中央正式提出，以"文艺为人民服务、为社会主义服务"的口号取代"文艺为政治服务"的口号。同时，在民间的新启蒙运动中，人道主义思想得以传播，特别是在马克思《1844年经济学哲学手稿》的广泛传播，使马克思主义的人道主义获得某种程度的合法性。这一切，都为新启蒙主义的发生、发展开拓了思想文化的空间。

启蒙主义文学思潮的发生和发展，还有一个重要的历史条件，那就是传统文学制度的松弛。建国以来，采用了苏联的文学制度，就是严格由国家控制的作家协会体制、出版体制、文学批评体制等。这种制度严格地规训了文学，也使独立的文学运动难以发生。"文革"以极端的方式摧毁了文学本身的同时，也打乱了传统的文学制度。"文革"结束以后，出现了文学制度的松弛时期，旧的制度一时难以恢复、健全，老作

---

[1] 《邓小平文选》，人民出版社1983年版，第220页。

家回到作家协会，但体制的控制松弛，他们获得了相对更多的创作自由。新的作家大都起自民间，很多是"文革"中成长起来的年轻一代，特别是知青作家崛起，他们成为新时期文学的主力军。这些新作家基本上没有参加作家协会，具有业余作家的身份，从而获得了体制外的创作自由。较之体制内的作家，他们更具备启蒙的主体资格。因此，新时期作家不仅可以配合官方的改革开放运动，而且具有相对独立的身份，可以更加自由地参加新启蒙运动，从民间发动一场启蒙运动。

（二）新时期文学主潮的启蒙主义性质

新时期文学主潮是启蒙主义的，这一点，基本上还没有得到学界的认同。多数学者虽然肯定新时期文学具有启蒙主义的思想倾向，但他们只是把启蒙主义当作一种社会文化思潮，而不是当作一种文学思潮，这种情况与对五四文学的定性是一致的。那么作为一种文学思潮，新时期文学该如何界定呢？有的学者对新时期文学主潮的性质不作界定，只是进行具体的描述，实际上是回避了这个问题。更多的学者沿用传统现实主义的概念来界定新时期文学主潮[1]，这与对五四文学主潮的界定（现实主义和浪漫主义）一样，陷入了难以解决的困境。启蒙主义不仅仅是一种社会文化思潮，也是一种独立的文学思潮，欧洲18世纪文学和中国五四文学主潮都是启蒙主义，因为它们是争取现代性的文学思潮。因此，必须像肯定五四文学的启蒙主义性质一样，肯定新时期文学主潮的启蒙主义性质。

新时期文学主潮的思想倾向是争取现代性，这一点就确定了它的启蒙主义性质。新时期文学主潮不是现实主义。现实主义是一种反现代性的文学思潮，它在资本主义历史条件下揭露和批判现代性带来的社会灾难，同情社会底层的小人物，希冀恢复人道主义，疗救社会的痼疾。而新时期面临的正是现代性长期缺失，需要恢复和重建的历史条件，是争

---

[1] 如董健、丁帆、王彬彬主编的《中国当代文学史新稿》（人民文学出版社 2005 年版）就持这种观点。

取现代性而不是批判现代性成为历史任务。新时期文学思潮的主导思想是人道主义，人的文学主张重新得到肯定，而"以阶级斗争为纲"的，抹杀人性的"左"的意识形态受到猛烈的批判。所谓"左"的思潮，并不仅仅是一种思想观念的谬误，它有深刻的社会历史根源。从根本上说，它根植于传统社会主义模式，打上了封建主义的文化印记，具有反现代性的价值取向。"左"的思潮的核心是"以阶级斗争为纲"，抹杀人的价值和权利。因此，争取现代性，恢复五四启蒙主义传统，争取科学民主，就要批判"左"的思潮。新时期文学充满了战斗性，它向"左"的思潮开战，批判传统社会主义，呼唤科学、民主，肯定人的价值，从而在新的历史条件下继承了五四的启蒙主义传统。新时期文学的发展历程上，贯穿了一条争取现代性的启蒙主义线索。

首先是"伤痕文学"的问世。伤痕文学控诉封建主义、"左"的思潮和"现代迷信"对人的心灵的毒害，呼唤人性的复归。刘心武的《班主任》通过谢惠敏这一角色揭示革命乌托邦主义对个体的精神毒害。郑义的《枫》描写"文革"武斗，表现革命迷狂对人性的泯灭。卢新华的《伤痕》、宗璞的《弦上的梦》、孔捷生的《在小河那边》、叶辛的《蹉跎岁月》控诉血统论造成的人生悲剧。张弦的《被爱情遗忘的角落》、周克芹的《许茂和他的女儿们》、张洁的《爱，是不能忘记的》等描写了传统道德或者"革命"道德对人性的禁锢和扭曲。伤痕文学书写知识分子创伤史，表现蒙昧与文明的冲突。古华的《爬满青藤的木屋》、宗璞的《我是谁》、冯骥才的《啊！》都是表现知识分子精神劫难和知识理性与愚昧的冲突。伤痕文学讲述邪恶残暴与正义善良相冲突的悲剧。陈世旭的《小镇上的将军》、从维熙的《大墙下的红玉兰》、莫应丰的《将军吟》、王亚平的《神圣的使命》等塑造了与"四人帮"英勇斗争的英雄形象。

在诗歌创作上，艾青、公木、吕剑、公刘、白桦、邵燕祥、流沙河、昌耀、周良沛、孙静轩、"七月"诗派、"九叶"诗派等一批归来的诗人，创作大量慷慨激昂的诗歌作品，对那个还未走远的渐灭人性的时代进行批判、控诉和讨伐，表达人道主义理想。与此同时出现了

"朦胧诗"，一班年轻的诗人对黑暗的时代充满愤懑和憎恨，对被浪费的青春岁月无限痛苦和伤感、对刚刚露出曙光的未来交织着期望和失望。正是这些复杂的情绪，才使得朦胧诗人抛弃了传统的诗歌表达形式，而采用了以朦胧而鲜明的意象表达内心体验的方式。他们不仅表达社会关怀，更表达了自我实现的追求，这也是启蒙立场的表现。尤其是北岛、舒婷的启蒙立场最为鲜明，江河的前期创作倾向启蒙，还有梁小斌、徐敬亚、芒克、傅天琳等人的部分创作也带有启蒙倾向。从思想倾向上看，朦胧诗也可以算作伤痕文学的诗歌表现。总之，伤痕文学在改革开放的前夜，冲破了"左"的思想禁锢，首先控诉了"文革"造成的社会灾难和心灵创伤，发现了被政治理性所抹杀了的人的价值，从而成为新时期启蒙主义文学的第一声呐喊。

接下来就是"反思文学"的产生。所谓"反思文学"，是继续伤痕文学批判"文革"的思想路线，并且回溯革命以及解放后的历史，进一步挖掘"文革"以及"左"的思潮的历史根源。反思文学的代表作有反思文学回溯建国以来的历史挫折，批判"左"思潮，总结党的路线的功过得失。张弦的《记忆》、茹志鹃的《草原上的小路》、鲁彦周的《天云山传奇》、张一弓的《犯人李铜钟的故事》、古华的《芙蓉镇》、李龙云的话剧剧本《小井胡同》、小说改编的话剧《桑树坪记事》等作品反思反右斗争、浮夸风、"文革"等一系列的历史挫折，指明极左路线、现代迷信的历史危害。其二，反思文学回溯建国以来的党群关系，批判官僚主义，总结历史的经验教训。茹志鹃的《剪辑错了的故事》、方之《内奸》、李国文《月食》及《冬天里的春天》、王蒙《悠悠寸草心》及《蝴蝶》都是新时期反思党群关系的名篇。反思文学还继承了五四启蒙主义传统，挖掘传统文化的深层结构，寻找国民性痼疾的根由，由单纯的政治批判转入深度的国民性批判。高晓声着力挖掘广大普通农民的精神创伤，创作了《李顺大造屋》、《漫长的一天》以及系列小说《漏斗户主》等。

随着改革运动的深入开展，文学开始关注现实问题，产生了"改革文学"。改革文学取材于农村和城市进行的经济体制改革，着力表现改革中的新旧思想和新旧社会势力的斗争，借以推动改革的发展。改革虽然是体制内的、经济领域的变革，但是必然触及到政治、思想、文化领域的斗争，归根结底是推进现代性与发展现代性、启蒙与反启蒙的斗争。因此，改革文学仍然具有启蒙主义的性质。蒋子龙的《燕赵悲歌》、《乔厂长上任记》、《赤橙黄绿青蓝紫》，张贤亮的《龙种》，柯云路的《新星》，苏叔阳的《故土》，张洁的《沉重的翅膀》，李国文的《花园街五号》等都描写了改革家与反改革的腐朽势力的斗争，树立了众多改革家的英雄形象。由于改革文学对改革的进步性的完全认同，而缺乏文学的独特视角，因此没有揭示历史进步与人文价值的二律背反，从而受到了时代政治意识的局限。在写作方法上，也较多地继承了新古典主义的法则，如塑造高大的英雄人物，正反善恶斗争的模式、革命理想主义的格调等。还有一些描写改革中普通人的命运的作品，则具有更为深刻的意义。如高晓声的《陈奂生上城》等，更专注于挖掘农民心灵中的封建文化因子，表现他们在改革中仍然蛰伏着的精神状态。

继"改革文学"之后，兴起了"寻根文学"。寻根文学虽然主张从民族历史文化中寻求文学的思想资源，但却有不同的价值取向。第一种是反思传统文化型的寻根文学，它延续了鲁迅的文化批判传统。它不满足于对"文革"、十七年的反思和对极左思潮的批判，而是深入民族文化的深层结构，继续国民性批判，将启蒙主义文学推向深入。反思型寻根文学的代表作家包括韩少功、冯骥才、吴若增、陆文夫等。第二种是回归传统文化型的寻根文学。它积极反思现代性，认同传统文化，可以把这种类型看做是对启蒙主义主潮的反拨和补充。80年代初期汪曾祺作《受戒》、《大淖记事》，王润滋作《鲁班的子孙》。80年代中期起，阿城、李杭育、莫言等作家有意识追溯民族文化的渊源，着力表现地域文化和非主流文化，希望重铸民族文化之魂。第三种介于前两者之间，非纯粹批判亦非纯粹歌颂传统文化，可称之为中立型寻根文学。其代表作家包括邓友梅、郑义、贾平凹等。可以看出，寻根文学的主流包括第一种和第三种取向，仍然属于启蒙主义范围。

在整个新时期文学的历程中，有一个文学流派几乎是平行发展着，这就是知青文学。"文革"中大批知识青年上山下乡,"文革"后返城,其中许多人成为作家。他们的遭遇成为知青文学创作的主要题材。伤痕文学中就有知青文学的支流,如《伤痕》、《蹉跎岁月》等。反思文学、寻根文学中同样有知青作家对社会历史的追问(寻根文学的主体以知青作家为主),特别是像老鬼的《血色黄昏》,以冷峻粗犷的笔调描绘了知识青年的悲惨命运,李龙云的话剧《荒原与人》抒写了一代知青的失落感和迷茫中的寻觅;阿城的《棋王》则体现了中华文化的深层内涵。知青文学既有青春的挽歌、悲愤的控诉,也有理想主义的高昂格调(如张承志、史铁生、梁晓声等),但是其主流是批判"文革"和"左"的思潮,因此是属于启蒙主义的;同时,理想主义的知青文学也开启了新时期文学的浪漫主义走向。

继老鬼的《血色黄昏》之后,王小波将知青文学的另类写作推向高峰,用身体欲望颠覆政治伦理,对"文革"的批判达到前所未有的高度和深度,发出 90 年代启蒙主义的最强音。王小波的小说作品采用俯视的姿态、革命边缘人的视角、汪洋恣肆的笔调、诙谐戏谑的口吻、戏仿反讽的手法来讲述革命。他没有表现革命的血腥,而是表现被革命叙事视为"禁忌"的身体欲望,把革命描绘成一出滑稽喜剧或闹剧,消解神圣的革命神话。在他的《黄金时代》、《革命时期的爱情》等作品中,与其说"文革"是泯灭人性的浩劫,不如说是众神狂欢的节日,人类的原始欲望借助革命舞台粉墨登场。

综观新时期启蒙主义文学的发展历程,可以看作对历史反思的深化的过程。从反思历史时段上看,首先是伤痕文学控诉刚刚结束的"文革",接下来的反思文学清理革命历史中"左"的传统,再接下来的改革文学把审视的目光转向现实的改革,最后寻根文学又把批判的长镜头推向历史。这种对各个历史时段的全方位的扫描,把现代性的思想文化障碍摧毁无余。从反思的角度上看,首先是伤痕文学以及部分反思文学、改革文学的政治视角,它们批判"左"的政治路线的危害,接下来就开始深入到文化层面,采用文化批评的视角来审视历史,这在反思文学中已经有所体现,而在寻根文学中继续深化。从政治批判到文化批判，不仅继承了五四文学的传统，而且也使新时期启蒙主义文学的思想向深度开掘。

（三）新时期启蒙主义对革命古典主义的反拨

作为一种文学思潮的新时期启蒙主义，旗帜鲜明地反对被"左"的意识形态扭曲了的"革命现实主义"或"两结合"。所谓"革命现实主义"以及后来演化的"两结合"，就文学思潮来讲，不属于批判现代性的现实主义，而是争取现代民族国家的新古典主义的中国形式。新古典主义是欧洲 17 世纪的文学思潮，它的历史任务是促进现代民族国家的建立（法国路易十四的中央集权的王朝国家是现代民族国家的雏形）。新古典主义尊崇理性，讲求规范，以理性矫饰现实，形成了典雅崇高的美学风格。中国革命的基本任务是建立现代民族国家，需要新古典主义（革命古典主义）文学的想象功能。革命古典主义在 20 世纪 30 年代从苏联引进，与中国的文学实践相结合，发展成为中国的革命古典主义，在建国以后，又被演化为"革命现实主义与革命浪漫主义相结合"。革命古典主义的基本特性是政治理性的主导，"典型环境"的描写和"典型化"的人物塑造，以及英雄主义的崇高风格等。它在革命战争时期发挥了鼓动革命理想，推进革命实践，为建立现代民族国家服务的历史任务。而在建国以后，被"左"的思潮所扭曲，在"文革"中走向反面。

新时期启蒙主义对革命古典主义的反拨，首先表现为以人性、人道主义对抗"左"的政治理性。欧洲新古典主义的基本特性之一就是理性主义的主导，这个理性不是启蒙理性，而是作为民族国家雏形的"绝对主义国家"的政治理性。它不是源于古希腊的人文理性，而是源于古罗马的国家政治理性。在这个思想文化地基上，形成了革命古典主义的政治理性主义倾向。革命古典主义强调以阶级、民族、国家为本位的政治理性，而个体价值、个体权利不具有独立地位，只能附属于、服从于政治理性。这在革命战争年代似乎是不可避免的，而且具有某种历史合理性，因为建立现代民族国家需要个人作出牺牲。但是，即便如此，它也存在着压抑人的价值的负面性。在建国以后的和平建设年代，政治理性演变成为"左"的政治路线和文化思潮，导致以革命的名义对人的肆意践踏，从而走向历史的反面。革命古典主义文学高扬政治理性，关注阶级、民族、国家的命运，讴歌伟大的政治斗争，而对个体价值的牺牲并不在意。它把人看作阶级的一分子，阶级性成为人的本质，而描写体现阶级性的人，特别是无产阶级的英雄就成为"典型"。启蒙主义是对新古典主义的反拨，它张扬人文理性，以对抗新古典主义的国家政治理性。而新时期启蒙主义则高举起了人性、人道主义的旗帜，对抗"左"的政治理性。它首先在理论阵地上开展了持久、深入的论战，驳斥了把人性等同于阶级性，把人当作政治符号的观念，恢复了人性、人道主义的合法性。同时，它又在文学创作中张扬了人性、人道主义，描写了个体的人的命运，控诉了以阶级、民族、国家的名义对人的践踏，对人性的泯灭和扭曲。伤痕文学控诉"文革"和政治狂热对爱情、亲情、友谊的扼杀，对人的心灵的扭曲。反思文学则把视野扩展到更加广阔的革命历史领域，透视政治理性与人性的冲突，反思人道主义的缺失而造成的悲剧。像戴厚英的《人啊，人》通过对几个知识分子的坎坷命运的描写，控诉了"阶级斗争"带来的精神创痛，奏出了一曲人道主义的悲歌。李龙云的话剧剧本《小井胡同》叙述了从解放初期到三中全会召开这一长时段的北京市井生活，控诉了极左思潮，歌颂了市民的义侠血性。即使采用政治视角的改革文学，也突破了政治理性的局限，把改革与人格的解放联系起来，像蒋子龙的《赤橙黄绿青蓝紫》就提出了"全颜色"的人格思想；而《陈奂生上城》则揭示了传统文化造成的精神沉疴，从而提出了比经济解放更深刻的精神解放的问题。同样，具有启蒙倾向的部分寻根文学，也揭示了传统文化对个性的抹杀和精神的扭曲，从而重新提出了改造国民性的问题。像韩少功的《爸爸爸》，象征式地展示了古老文明的愚昧底蕴。总之，新时期启蒙主义描写个体的命运以及政治运动和政治理性对个体的抹杀，从而反叛了描写阶级、民族、国家命运和以阶级性泯灭人性的新古典主义。

新时期启蒙主义反拨革命古典主义，还表现为描写普通人的形象，同情普通人的命运，揭示人性的复杂，从而抛弃了革命古典主义的"典型化"以及着力塑造和讴歌政治英雄形象的创作路线。欧洲新古典主义的理性主义倾向，表现在人物形象塑造上，就是突出理性化的高贵形象，而把普通人排斥在文学舞台之外。它的人物描写也是善恶两极对立的。革命古典主义继承、改造了这一路线，在"塑造典型环境中的典型性格"的原则指导下，着力描写革命英雄的业绩，突出革命英雄形象，普通人则只作为陪衬或者作为批判对象。它把人性等同于阶级性，把典型当作阶级性的突出体现。"文革"中确立的"塑造高大完美的无产阶级英雄形象"的"根本任务论"以及作为革命样板戏的创作经验的"三突出"原则，就是这种创作路线的集中概括。新时期启蒙主义文学反其道而行之，它很少塑造"高大全"式的革命英雄人物，而着力描写普通人在政治斗争中的悲剧性命运。启蒙主义从人性和人道主义的视角出发，不再把普通人看作英雄人物的配角，而是看作历史的主体、文学关注的中心。在伤痕文学的主角中，《班主任》中的谢惠敏是中学生，《伤痕》中的王晓华是知青，他们的身心被"史无前例"的运动和"左"的思潮所毒害。反思文学的主角也是普通人，如周克芹的《许茂和他的女儿们》、高晓声的《李顺大造屋》、张弦的《被爱情遗忘的角落》等都是写普通的农民；张贤亮的《灵与肉》、《绿化树》、《男人的一半是女人》中的男主人公是普通知识分子，而女主人公是普通的妇女，他们都是泛滥的历史浊流中挣扎着的生物。知青文学的主角无一例外地是平凡的知青，他们成了上山下乡那场虚耗青春的残酷的骗局的可怜的牺牲品。寻根文学描写的更是历史的尘埃中蠕动着的芸芸众生，甚至是《爸爸爸》中的丙崽那样的白痴。新时期启蒙主义对普通人的描写，是对普通人性的揭示，而不是像革命古典主义那样的理想主义的拔高。这些普通人善良而又自私，卑微而又高尚。他们背负着传统文化的重压，承受着司空见惯的苦难。因此，作者对他们有赞颂，也有同情和批判。有《被爱情遗忘的角落》中的愚昧、野性的小豹子形象，以及《陈奂生上城》中的陈奂生那样的新的阿Q形象，作者对他们采用了同情和批判的立场。还有像《红高粱》中的充满野性的草莽英雄，他们没有罩着理性的光圈，而是充溢着未被古老文化磨灭的强悍的生命力。也有《犯人李铜钟》、《将军吟》中的为民请命的正面形象；还有改革文学中的坚韧的改革者的形象，作者对他们采用了歌颂的视角，但也与革命古典主义的"高大全"拉开了距离，把他们写成有血有肉的人，而不是政治理念的化身。特别是一些作家继承了五四国民性批判的传统，进入到人的灵魂深处，揭示了人性的丑陋、阴暗。王蒙的《活动变人形》就是代表作。这样，新时期启蒙主义就书写了普通人的历史，塑造了普通人的形象，肯定了普通人的价值。

新时期启蒙主义文学抛弃了革命古典主义的理想主义的崇高风格，而表现出一种批判性的反思风格。欧洲新古典主义讴歌个体为国家、感性为理性的牺牲，表现出道德理想主义的崇高风格。革命古典主义继承了这种风格，它讴歌个人为革命作出的牺牲，表现出政治理想主义的崇高风格。新时期启蒙主义是噩梦醒来后的沉痛、痛定思痛的沉思，它发现了虚幻的理想后面的真实的苦难，虚假的崇高后面的可怕的残酷。它通过对苦难的展示、对残酷的控诉，创造了一种苦难的悲剧。它对民族的命运深感悲愤，对历史的迷失痛苦思索。新时期文学的基调不再是激动人心的、高昂雄壮的，而是催人泪下的、促人反省的。这种情调正是那个时代的精神氛围的体现。新时期文学的风格无疑是多样化的，但基调是批判性的反思。无论是伤痕文学的悲愤控诉、反思文学的沉痛思考、改革文学的激昂呼喊、寻根文学的沉重回眸，都远离了理想主义的崇高，而回归对美与丑、善与恶、黑暗与光明、伟大与平凡交汇的历史现实的理性思考。

（四）新时期启蒙主义的历史经验

新时期启蒙主义，接续了五四启蒙主义传统，并吸收了各种现代文学思潮的影响，形成了自己的特性。在新的历史条件下回首反思新时期文学思潮，把它置入中国和世界文学的历史潮流之中，揭示其特性，总结其历史经验，是非常必要的。

从根本上说，新时期启蒙主义对现代性的反思批判不足。新时期文学是争取现代性的启蒙主义文学，启蒙主义是启蒙理性主导的文学思潮，而启蒙理性是一种"大叙事"。它从历史进步的信念出发，相信科学民主可以解放人类。它把个体价值与社会变革紧密地联系在一起，以社会进步代替个体自由的实现。这种信念和追求固然有其合理性，体现了那个时代的要求。但是，启蒙理性也有其负面意义，它隐蔽了现代性的阴暗面，也障蔽了个体自由与社会进步之间的二律背反以及精神世界的超越性追求问题。因此，新时期文学在宣扬启蒙理性的同时，也在无形之间给自己设下了历史的界限，那就是对现代性的反思、批判不足。

反思、批判现代性不足的表现之一是历史主义的角度和整体化的价值观。新时期文学坚持启蒙理性，为改革开放呐喊呼吁，发挥了社会作用。但是，启蒙理性恰恰是一种整体化的价值观，它仅仅从政治文化的角度批判"文革"以及"左"的思潮，从整个社会发展的角度肯定改革，而较少从个体价值的角度来思考历史和现实；它看到了个体命运与民族命运的统一性，而没有看到二者的差异、对立，即社会进步既是个体发展的条件，也往往是对个体价值的牺牲；社会进步不能代替个体发展的要求。启蒙理性也是一种崇尚进步的历史主义，它看到了社会进步带来的道德更新，而没有看到它带来的道德的沦落，即历史与道德的二律背反。因此，新时期文学的历史"大叙事"掩盖了个体"小叙事"，它对社会历史进步的肯定往往是片面的，缺乏哲学思考的深度。比如反思文学在叙述个体的苦难时，却往往以革命的神圣名义否定了个体价值，表达了一种"无怨无悔"的愚忠心态。《布礼》的主人公钟亦成在被迫害时，"宁愿付出一生的被委屈、一生的坎坷、一生被误解的代价，即使他戴着丑恶的帽子死去，即使他被十七岁可爱的革命小将用皮带和链条抽死，即使他死在自己的同志以党的名义射出的子弹下，他的内心仍然充满了光明，他不懊悔，不感伤，也毫无个人怨恨，更不会看破红尘。"张贤亮的《灵与肉》、《绿化树》、《男人的一半是女人》也有这种倾向。启蒙文学对改革所持的肯定态度，也仅仅是基于社会进步的历史主义立场，而没有基于个体价值的和道德主义的立场。特别是改革文学，这方面更为明显。改革文学只看到改革的必要性，而没有看到市场经济必然带来的社会关系的变化，这种变化既有正面的也有负面的，包括贫富分化、人际关系的疏远化、传统美德的丧失以及腐败盛行等问题。因此，文学在推进历史进步的同时，也应该有自己特殊的视角，这就是站在个体价值的立场上，反思、批判现代性，既要肯定个体命运与社会发展的同一性，又要看到个体命运与社会发展的冲突；既要肯定社会进步带来的道德的更新，也要关注社会进步所付出的道德沦丧的代价，并且为个体和道德为历史进步付出的牺牲而进行抗争。这一点，才是文学应该坚守的立场，也恰恰是新时期启蒙主义文学的缺失。当然，这种要求已经超出了启蒙主义文学的范围，它在新时期后期和后新时期发生的现实主义中才得到解决。

反思、批判现代性不足的表现之二是对主流意识形态的反思能力的缺失。新时期文学配合主流意识形态，与思想解放相呼应，批判"左"的思潮，推进改革，这种社会立场无疑是进步的。但文学应该不止于此，它还应该站在人的立场上，反思人的命运，维护人的价值。文学不仅要反对落后的意识形态，宣扬进步的意识形态，而且要超越意识形态，保持对意识形态的警惕和距离，坚守独立的批判立场。但新时期启蒙主义文学恰恰在这个方面出现了缺失。新时期启蒙主义文学对主流意识形态的认同，也往往导致自身独立性的丧失，影响了它的思想深度。启蒙文学往往局限于在政治政策的范围内批判"左"的思潮和肯定改革，而较少超越意识形态透视历史。它在认同一种进步的意识形态的同时，也丧失了独立的批判立场，往往成为意识形态的工具，从而迷失了自身。如改革文学，把改革写成改革派与保守派的斗争，而掩蔽了远为复杂的历史真相，特别是恩格斯所说的"恶"的历史动力。

与此相关的是，新时期启蒙文学的理性乐观主义。它往往把历史的苦难归结为"左"的意识形态，乐观地认为只要拨乱反正，实行改革开放，一切黑暗就消失了。这种乐观主义不仅歪曲了历史，也体现了一种肤浅虚假的理想主义。伤痕文学虽然充满悲伤，但也透露出噩梦醒来的欢欣。像《伤痕》的结尾就拖着一根光明的尾巴："夜，是静静的。黄浦江的水在向东滚滚奔流。忽然，远处传来巨轮上汽笛的大声怒吼。

晓华便觉得浑身的热血一下子都往上沸涌。于是，她猛地一把拉了小苏的胳膊下了台阶，朝着灯火通明的南京路大步走去……"反思文学、改革文学都充溢着一种乐观精神。与五四文学的沉重忧愤相比，新时期文学的乐观精神就显得盲目而肤浅。五四时期，中国是半封建半殖民地社会，社会极端黑暗落后，面临着建立现代民族国家和启蒙的双重任务，因此，五四启蒙主义者深深感受到启蒙任务之艰巨，启蒙文学体现了一种沉重忧愤的格调。而新时期的改革开放是在现代民族国家确立的历史条件下，而且改革开放又是在执政党的领导之下进行的，因此启蒙作家对政治的充满信任，对改革充满信心，使启蒙文学洋溢着积极乐观的格调，而缺少了对社会历史的深入思考。他们没有认识到，中国现代历史的曲折迂回不仅仅是"四人帮"或政治路线的问题，而有更为深刻的政治、社会、文化的根源。他们也没有意识到，改革开放主要是在经济领域内进行，并不是现代性的全面实现；思想解放与民间的新启蒙运动并不同步，因此，必然会发生主流政治理性与民间启蒙理性的冲突。正因为如此，随着改革的深入，社会矛盾的加剧，思想冲突的复杂化，新时期文学的理性主义和乐观精神很快就消退了。

反思、批判现代性不足的另一个表现是对精神自由的关注不够。新时期文学关注社会进步，批判"左"的思潮的危害，但是忽视了对精神自由的关注。由于新时期社会变革问题的紧迫性，人们更关注社会问题，精神世界的问题还没有凸显出来。在理性主义的视域中，只要社会问题解决了，人的自由就实现了，而没有认识到自由的实现在精神领域。人不仅仅受社会问题的困扰，也受到精神世界的困扰，他们还有超越现实的追求，有对人生意义的思考；而对精神世界的关怀才是文学应该更加关注的问题。伤痕文学控诉"文革"，着眼于政治迫害。反思文学控诉"左"的思潮，也是着眼于政治路线。改革文学鼓吹改革开放，批判保守思想，也是着眼于社会进步。在这个政治大叙事中，人只是社会的一分子，其内在的精神冲突和超越性的自由追求、对人生意义的追问都被政治斗争和社会问题所淹没了。因此，新时期文学缺少对人的深刻认识，也缺少超越现实的思考，它对人性的探索和囿于善恶对立的观念，没有揭示灵魂深处的冲突。因此，新时期的启蒙文学没有产生像五四文学中鲁迅作品以及《生命中不能承受之轻》那样的深刻意义。这个问题，在新时期后期和后新时期发生的浪漫主义和现代主义中才得到解决。

最后，新时期启蒙主义文学的忏悔意识不足，缺乏精神的深度。新时期文学控诉和批判"文革"以及"左"的思潮对人的迫害，形成了一种苦难叙事。但这种苦难叙事仅仅是对社会邪恶势力的政治控诉，把一切罪恶都归结于四人帮或者"左"的势力，而与"我"或者"人民"无关，他们只是无辜的受害者。这实际上是延续了古典理性的善恶对立、革命古典主义的人民与敌人对立的文学书写模式。这种叙事抹杀了人性中普遍的恶的成分，也掩盖了中国文化和国民性的痼疾。"文革"以及"左"的祸害，不仅仅是路线的错误和"敌人"的罪恶，也由于包括自我在内的人民的愚昧，是人民的顺从、自私、懦弱以及迷信，从而自觉与不自觉地助纣为虐造成的。因此，每个人都负有一份历史的责任，都需要进行忏悔和自我批判。但是，新时期文学缺少了忏悔和自我批判，更多地停留于社会政治层面，较少地深入到精神层面。巴金在后新时期的反思性文章《随想录》，对自己在历次运动中的表现进行了灵魂的忏悔，而这种自我批判却很少反映在新时期的文学中。这与五四文学相比较，就显得缺少深度。鲁迅不但控诉了旧文化的"吃人"，而且也反省了自己也参与了吃人，甚至"自吃"。这样，新时期文学就没有在更深的精神层次上挖掘出苦难的根由。

（五）新时期启蒙主义文学的历史意义

新时期启蒙主义具有不可磨灭的历史意义，这就是终结了革命古典主义，接续了五四启蒙主义传统，推动了新启蒙运动，从而启动了中国文学的现代发展。

首先，新时期启蒙主义终结了革命古典主义。革命古典主义有其历史的合理性，那就是推动建立现代民族国家的革命运动。但是，作为一种文学思潮，它发生于五四启蒙主义之后，是五四启蒙主义的反拨。因此，它具有反文学现代性的倾向，导致中国现代文学的发展水平从五四高峰上滑落下来。而且，建国以后，由于建立现代民族国家的历史任务已经基本完成，革命古典主义已经不再具有历史的合理性，它已经成为中国文学现代发展的障碍。革命古典主义的政治理性主义以及"典型化"模式，脱离了中国的现实，导致公式化、概念化和假大空，成为文学发展的桎梏。只有打破革命古典主义模式，中国文学才能发展。新时期启蒙主义打破了革命古典主义的政治理性主义倾向和写作规范，而树立了人文理性以及新的写作规范，掀起了新的文学高潮，从而推动了中国文学的发展。

其次，新时期启蒙主义恢复了五四文学传统，使中国文学重新向世界文学开放，并且融入世界文学的潮流。新时期的历史任务是通过改革开放恢复五四开启的现代性传统，重新启动现代性建设，而新时期文学的历史任务是通过向世界文学开放恢复五四启蒙主义文学传统，重新启动文学的现代发展。正是在这种背景下，新时期启蒙主义文学思潮发生了。五四文学是中国文学资源的宝库，只有回到五四文学传统，才能获得思想资源和发展的动力。新时期启蒙主义接续了五四文学的启蒙主义传统，继承了它的人文精神，也吸收了五四文学启蒙主义的文学成果。它的批判性和战斗精神，它的人道主义思想，它对传统文化和国民性的批判，都与五四文学传统有密切的关系。五四启蒙主义是打破封闭，使中国文学走向世界文学的运动。这个运动后来由于建立现代民族国家的运动兴起而终止了，特别是由于革命古典主义的偏执化，在"文革"中，中国文学走向完全封闭，脱离了世界文学，也导致自身的毁灭。新时期启蒙主义重新启动了向世界文学开放的步伐，吸收了世界文学的历史成果和思想资源，使中国文学迅速摆脱了贫瘠、干涸的文化生态，再次走向繁荣。

再次，新时期启蒙主义重新启动了文学现代性，成为中国文学现代发展的新起点。革命古典主义切断了启蒙主义传统，阻碍了中国文学的现代发展。新时期启蒙主义恢复了五四启蒙主义传统，并且在新的历史条件下有了新的发展。新时期启蒙主义不同于欧洲 18 世纪启蒙主义，也不同于五四启蒙主义，而具有了多元开放的性质，因此是面向文学现代性的新启蒙主义。一方面，新时期启蒙主义刚刚脱离革命古典主义，在初期不可避免地带有革命古典主义的某些痕迹，这在改革文学中比较明显。另一方面，由于在建立现代性的同时，也发生了对现代性的反思、批判，也由于新时期文学继承了历史上多种文学思潮的思想资源，因此新时期启蒙主义更多地受到现实主义、浪漫主义以及现代主义的影响，带有多种文学思潮的因子，这样，它就开启了中国文学的现代发展。特别是新时期后期和后新时期发生的浪漫主义（张承志、张炜）、现实主义（新写实和现实主义冲击波）、现代主义（后朦胧诗、先锋文学）等，都发源于新时期启蒙主义。可以说，新时期启蒙主义孕育了中国反现代性的多种文学思潮。

最后，新时期启蒙主义是新启蒙运动的一部分，它充分地发挥了推进改革开放、促进现代性建设的历史作用。伤痕文学在"两个凡是"的政治路线统治下，率先否定"文革"，从而为改革开放发出了先声。反思文学在思想解放运动中，回顾历史教训，清理和批判"左"的思潮，从而推进了思想解放运动。改革文学则直接介入改革开放运动，批判"左"的、保守的思想，为改革开放呐喊呼号。而寻根文学则展开对传统文化的反思、批判和继承，清除现代性建设的阻力。新时期文学紧密呼应社会变革，体现出强烈的现实关怀，因此产生了全社会关注文学的"轰动效应"，形成了一个新的文学发展的高潮。总之，新时期启蒙主义文学适应了争取现代性的历史要求，发挥了推进改革开放的历史作用。

五、狂人与费厄泼赖——五四启蒙主义的人格建构

（一）启蒙主义与现代人格

启蒙主义终结了传统人格，造就了现代人格。人格不仅是一个心理学的概念，而且也是一个社会学的概念，它具有历史的内涵和精神的取

向。传统人格是非个性的，是宗教（或礼教）以及封建等级制度塑造的普遍人格，从现代的角度看，就是非人格。现代性的发生，使主体性确立，个体从宗教（或礼教）、封建等级制度下解放，从而才有可能进行自我选择，形成个性。在现代社会中，个人必须进行自我认同，确立自己的社会角色，从而形成现代人格。启蒙运动就是自我选择、自我认同的开端，它塑造了现代的人格。启蒙主义塑造的现代人格不是统一的，而是分裂的，它表现为激进主义与自由（保守）主义之间的分歧。在欧洲启蒙运动中，有卢梭那样的激进主义者，也有孟德斯鸠那样的自由主义者以及柏克那样的保守主义者，他们代表了不同的人格取向。中国的五四启蒙运动实际上是中国人在失去了传统人格以后的自我选择、自我塑造。五四启蒙运动开展了对国民性的批判，目的是由"立人"而"立国"。这既是对传统人格的颠覆，也是对现代人格的建构。五四启蒙主义文学也参与了中国现代人格的建构过程。五四启蒙主义反对传统人格，这就是鲁迅命名的阿Q人格；同时也提出了新的人格理想，这个人格理想是分裂的，包括两种不同的人格：狂人人格与费厄泼赖人格。中国启蒙主义的人格分裂，影响了中国社会的演进。

启蒙主义对现代新人格的塑造，包括文学的想象。因此文学形象往往最鲜明地表现了现代新人格。五四文学塑造了两个典型的人格，那就是鲁迅笔下的阿Q和狂人，前者属于传统人格，他没有主体性，是一种奴隶人格；后者属于现代人格，他确立了主体性，是一种尼采式的主人的人格。鲁迅最早的也是最著名的小说是《狂人日记》和《阿Q正传》。对这两部作品的独立的研究已经很详尽了，但如果把它们联系起来看，你就会惊异地发现，鲁迅如此准确地刻画了中国人的两种典型人格：狂人与阿Q。从心理学上看，狂人和阿Q都属于偏失人格，狂人的心态偏激、愤世嫉俗、傲岸不群；阿Q浑浑噩噩、逆来顺受、自我欺骗。阿Q代表了中国传统人格的主体，它是长期的封建统治的结果。狂人既有传统偏失人格的原型，也是启蒙主义建构的现代人格形态之一。因此，阿Q的形象已经成为传统中国人的象征，而狂人则被当作反传统的革命者的形象。五四启蒙主义批判国民性，主要是反对阿Q

式的奴才人格。这一点，无论是激进主义还是自由主义都是一致的，虽然自由主义与激进主义有不同的取向。陈独秀在《新青年》创刊号上就"敬告青年"要"自主而非奴隶的"。1916 年，他又提出"尊重个人独立自主之人格，勿为他人之附属品"〔1〕作为青年奋斗之三大目标之一。他抨击："非然者，忠孝节义，奴隶之道德也。"〔2〕胡适说："争你们个人的自由，便是为国家争自由！争你们自己的人格，便是为国家争人格！自由平等的国家不是一群奴才建造得起来的。"〔3〕

狂人形象虽然是鲁迅创造的，但实际上早已是中国人格的另一极，即阿 Q 人格的对立形式，而二者都不是健全人格。儒家讲求中庸之道，实际上就是提倡中行人格。所谓中庸之道，不是西方认识论的原则，因此也不是折中主义，而是价值论的原则，是在价值冲突中力求兼顾，不偏不倚。孔子以中行为正常人格，以乡愿和狂狷为偏失人格的两极。他说："乡愿，德之贼也。"（《论语·阳货》）孔夫子还曾说过："不得中行而与之，必也狂狷乎！狂者进取，狷者有所不为也。"（《论语·子路》）孟子解释说，"孔子岂不欲中道哉？不可必得，故思其次也……狂者又不可得，欲得不屑不洁之士而与之，是狷也，是又其次也。"（《孟子·尽心下》）孔孟认为，中行（或中道）即温、良、恭、俭、让，不偏不倚，不激不随才是君子之风，正常人格，只是不易达到，因此只能退而求其次（狂者），或又其次（狷者）。狂与狷的区分在于，狂者进取，有所为；狷者退避，有所不为也。孔子实际上并没有肯定狂狷，而是在难以实现中行的情况下的不得已选择，甚至是在说气话。他的"中庸之道"并不是折中主义，而是一种不偏不倚的价值标准和健全的人格标准，可是在五四以后被曲解和错误地批判了。中国社会文化的禁锢性使中行人格难以实现，于是就出现了乡愿人格和狂狷人格，狂狷是被社会排斥到边缘而形成的偏失人格。

---

〔1〕 陈独秀《一九一六年》，任建树等编《陈独秀著作选》第一卷，第 172 页。
〔2〕 陈独秀《敬告青年》，任建树等编《陈独秀著作选》第一卷，第 130 页。
〔3〕 胡适《介绍我自己的思想》，转引自胡明《胡适传论》，人民文学出版社 1996 年版，第 383 页。

人格是社会文化的产物，偏失人格是偏失的社会文化的产物。在古希腊，产生了犬儒主义人格，它愤世嫉俗，而又自我欺骗，一半是狂狷，一半是阿Q。在中国传统社会，没有个体权利，没有独立人格，没有正常的表达意见的渠道，不能参与公共事物，不能主导自己的命运，于是，在社会的压迫下只有两种做人的模式，或者像阿Q那样麻木而自欺，从而忘却了生存的痛苦；或者做狂狷之人，清醒而孤傲，从而承受生存的痛苦。尽管中国人形形色色，但本质上只有这两种而别无选择。而在向现代社会转型的过程中，反对传统人格，就会产生狂狷人格的现代形式——狂人人格。为什么会产生狂人人格呢？舍勒认为，现代性的原动力是一种被称作"怨恨"的心态，它是由于传统社会的解体，在生存竞争中受伤害一方特别是劣势阶层产生的一种生存性伦理的情绪。怨恨可能产生两种价值评价，一种是贬低对方的价值；一种是提出不同于对方的价值。前一种价值评价即贬低对方的价值就会产生"吃不到的葡萄是酸的"心理，这是消极的怨恨。后一种价值评价即提出不同于对方的价值就会产生叛逆心理，这是积极的怨恨。阿Q性格（特别是其精神胜利法）属于前一种，狂人性格属于后一种。鲁迅提倡狂人人格，反对阿Q人格，实际上是以革命的、积极的怨恨反对传统的、消极的怨恨。但是，鲁迅虽然反传统，但仍然无法超越传统，他只能以狂人人格来反阿Q人格，即以一种偏失人格攻击另一种偏失人格，这仍然不能达到正常人格。当然这不能责怪鲁迅，因为这是历史的产物，要革旧社会的命，就需要造反派的性格，就需要狂人。虽然狂人并非正常人格，但这是达到普遍的正常人格的必要的反题。只有从这个角度我们才能理解包括鲁迅在内的历史人物和那个时代发生的事情。由此可见，偏失人格可以从怨恨中找到社会心理的渊源。在中国传统社会的等级制度中，怨恨受到抑制；而在五四前后的社会转型过程中，怨恨产生并得到发展。这种怨恨包括民族的怨恨（民族主义）和阶级的怨恨（阶级意识）以及个体生存的怨恨，它成为社会革命的原动力。在《阿Q正传》中，阿Q本是安于现状的，由卑微和屈辱产生的怨恨，他都可以用"精神胜利法"化解。由于辛亥革命的刺激，阿Q也产生了对未庄统治者的怨恨，他也要革命——"我要什么就是什么，我喜欢谁就是谁"，可惜被稀里糊涂地杀了头，临死还"精神胜利"了一回。在《狂人日记》中，狂人的怨恨变成了反抗意识，他要"掀翻这吃人的宴席"，踏倒一切传统价值。正是这种正当的怨恨产生的狂人人格主导了中国社会的变革。在中国历史上，阿Q代表了绝大多数人，而狂人或狂狷也不乏其例，如《论语》里记载的楚狂接舆以及屈原、阮籍、嵇康、李贽还有那些拒绝同流合污的隐士。这就是说，在中国很难成为正常人格，只能成为阿Q或者狂人，如果谁作出中行的样子，那也很可能是作假，掩饰其骨子里的阿Q精神。鲁迅的深刻之处正在于揭示了中国人的普遍人格模式，刻画了人格的扭曲，从而暴露了中国社会的黑暗和传统文化的吃人本质。他揭露中庸之道，批评中行人格，因为在传统社会它只是虚伪的假面具，许多"正人君子"借此掩饰自己的真面目，有必要予以揭穿。但连中行人格本身也予以攻击，则因为鲁迅自己就是社会的叛逆，具有狂人人格。中国的"狂狷"更多地体现为消极避世的"狷"，即道家一派的隐逸之士，道家又以其消极自欺而成为阿Q人格的原型；而狂的一派却走向衰微。中国传统人格实际上主要是乡愿或阿Q人格，而阿Q人格是一种奴才人格，同时又吸收了道家的人格因素（如精神胜利法就有道家的影子）。

在如何建设中国的现代人格的问题上，激进主义与自由主义、保守主义之间是有分歧的。如果说激进主义的理想人格是狂人型的革命者的话，那么自由主义、保守主义的人格理想则不同，这就是所谓"费厄泼赖"型人格。费厄泼赖人格继承了中国古典时代的中行人格传统，同时又具有了现代的内涵。

（二）激进派的启蒙主义与"狂人"人格

狂人人格是与激进启蒙主义以及激进民族主义相关联的。辛亥革命时期就有所谓"铁血主义"，主张暗杀、暴动式的革命行动，有林天华、邹容、徐锡麟、秋瑾、吴樾式的革命英雄；而章太炎继承狂狷精神，鲁迅吸收尼采的反叛精神，要做反现实、反传统的狂人，他们扭转了现代中国的人格取向。五四以后，中国人格的主导取向是狂人人格。狂人人格的基本特征是：愤世嫉俗、叛逆好斗、激烈偏执、偏于理想。正是千千万万个革命的"狂人"才推翻了旧社会。鲁迅深刻地理解到狂人的痛苦，他在《论魏晋风度及文章与药及酒的关系》中，剖析了魏晋名士的狂狷性格的社会成因，认为他们不是真的非圣无法，而是由于太相信礼教，而又绝望于现实，不得不做出狂狷之态。这应该说有他个人的生存体验。鲁迅的狂人性格也是社会环境造成的。他曾经说过，在中国搬动一把椅子都要流血。还说过："中国人的性情总是喜欢调和、折中的。譬如你说，这屋子太暗，须在这里开一个窗，大家一定不允许的。但如果你主张拆掉屋顶，他们就会出来调和，愿意开窗了。没有更激烈的主张，他们总连平和的改革也不肯行。那时白话文之得以通行，就因为有废掉中国字而用罗马字母的议论的缘故。"[1]正是中国的极端保守、压抑的社会文化造就了狂人人格。五四文化革命以及以后的社会革命是一个狂人时代，"指点江山，激扬文字，粪土当年万户侯。"狂人人格代替了阿Q人格，而中行人格则显得不合时宜，甚至受到鄙弃和嘲弄。鲁迅疾恶如仇、冷峻尖刻、激烈好斗，青年时代崇拜拜伦、尼采，主张"掊物质而张灵明，排众数而任个人"，提倡"摩罗精神"，崇拜"摩罗诗人"，"立意在动作，指归在反抗"；五四时期倡导狂人精神，在文化领域进行激烈的革命，主张摧毁中国传统文化；以后又认同暴力革命，彻底变革社会。他对敌人要"打落水狗"、"以牙还牙，以眼还眼"，"一个都不宽恕"；他坚持"费厄泼赖应该缓行"，对于主张"绅士风度"的人，他嘲弄为"叭儿狗"。他认为与西洋人相比中国人的性格中缺少了"兽性"，而多了"家畜性"，即"人＋兽性＝西洋人"，"人＋家畜性＝某一种人"[2]。鲁迅崇拜富有反抗精神的异端，他说："一个是但丁，那《神曲》的《炼狱》里，就有我所爱的异端

〔1〕 鲁迅《无声的中国——二月十六日在香港青年会讲演》，《鲁迅杂文、小说、散文全集》，中国致公出版社2001年版，第388页。

〔2〕 鲁迅《略论中国人的脸》，《鲁迅杂文、小说、散文全集》，中国致公出版社2001年版，第319页。

在。有些鬼魂还在把很重的石头，推上峻峭的悬崖去。这是极吃力的工作，但一松手，可就立刻压烂了自己。不知怎地，自己好像很是疲乏了。于是我就在这地方停住，没有能够走到天国去。"[1]

鲁迅在小说《铸剑》中塑造了复仇者眉间尺的冷峻形象，他是狂人形象的发展，带有鲁迅性格的影子。而在《这样的战士》中，他又描绘了一个进入无物之阵而"举起了投枪"的孤独而决绝的战士的形象，这也是鲁迅的自我写照。林语堂评价鲁迅："鲁迅与其称为文人，无如称为战士。战士者何？顶盔披甲，持矛把盾交锋以为乐。"[2]可谓一语中的。鲁迅还充满激愤地说："我想，暴君的专制使人们变成冷嘲，愚民（应当说是僵尸）的专制使人们变成死相。大家渐渐的死下去，而自己反以为卫道有效，这才渐近于正经的活人。""世界上如果还有真要活下去的人们，就先该敢说，敢笑，敢哭，敢怒，敢骂，敢打，在这可诅咒的地方击退了可诅咒的时代！"[3]

他还说要"站在沙漠上，看看飞沙走石，乐则大笑，悲则大叫，愤则大骂"[4]。刘半农曾赠鲁迅一副联语"托尼学说，魏晋文章"；唐弢说鲁迅凝结着"嵇康的愤世"和"尼采的超人"[5]，都是十分确当的。鲁迅先生自己常常感叹："我自己总觉得灵魂里有毒气和鬼气，我极憎恶他，想除去他而不能。"[6]这里所说的"毒气"，大约是指那种峻急的心理，他说："就在思想上，也何尝不中些庄周韩非的毒，时而很随便，时而很峻急。孔孟的书我读得最早，最熟，然而倒似乎和我不

---

〔1〕 鲁迅《陀思妥耶夫斯基的事》，《鲁迅杂文、小说、散文全集》，中国致公出版社2001年版，第1008页。

〔2〕 林语堂《鲁迅之死》，金安达编《林语堂名作欣赏》，中国和平出版社1993年版，第65页。

〔3〕 鲁迅《华盖集·忽然想到之五》，《鲁迅杂文、小说、散文全集》，中国致公出版社2001年版，第171页。

〔4〕 鲁迅《华盖集·题记》，《鲁迅杂文、小说、散文全集》，中国致公出版社2001年版，第157页。

〔5〕 参见唐弢《鲁迅的杂文》，1939年1月11日《鲁迅风》创刊号。

〔6〕 鲁迅《致李秉中》，《鲁迅全集》第十二卷，人民文学出版社1981年版。

相干。"〔1〕而"鬼气"可能是指虚无、阴冷的气质。

不只鲁迅，五四激进派的其他代表人物也表现出一种狂人人格，如李大钊、陈独秀以及郭沫若等。李大钊、陈独秀等与胡适不同，他不是主张渐进的改良，而是主张激进的革命，在五四时期是激烈的文化革命，在五四以后是激烈的政治革命。李大钊是一个理想主义者，与现实主义者的胡适有截然不同的气质。他歌颂为人类壮丽事业的牺牲，把这种牺牲当作生活的最高意义，并以自己的生命实践了这样一种牺牲美学。他对青年们说："我希望活泼的青年，拿出自杀的决心、牺牲的精神，反抗这颓废时代的文明，改造这缺陷的社会制度，创造一种有趣味、有理想的生活。"〔2〕"平凡的发展，有时不如壮丽的牺牲足以延长生命的音响和光华。绝美的风景，多在奇险的山川。绝壮的音乐，多是悲凉的韵调。高尚的生命，常在壮烈的牺牲之中。"〔3〕

陈独秀也尊崇尼采，并且由此生发出对"军国主义"的提倡。他接受日本福泽谕吉的思想，主张"兽性主义"，他认为："兽性之特长为何？曰意志顽狠，善斗不屈也；曰体魄强健，力抗自然也；曰信赖本性，不依他为活也；曰顺性率真，不饰伪自文也。白种之人，殖民事业遍于天地，唯此兽性故。日本称霸亚洲，唯此兽性故。……余每见吾国受教育之青年，手无缚鸡之力，心无一夫之雄，白玉纤腰，妩媚若处子，畏寒怯劳，柔弱如病夫，以如此身心薄弱之国民，将何以任重而致远乎？"〔4〕他抨击中国的儒、道文化使人格柔弱化："吾国旧说，最尊莫如孔、老。一则崇封建之礼教，尚谦让以弱民性；一则以雌退柔弱为教，不为天下先。吾民冒险敢为之风，于焉以斩。"〔5〕很显然，他提倡

〔1〕 鲁迅《写在〈坟〉后面》，《鲁迅杂文·小说·散文全集》，中国致公出版社2001年版，第99页。
〔2〕《李大钊文集》下册，人民出版社1984年版，第159页。
〔3〕《李大钊文集》下册，人民出版社1984年版，第118页。
〔4〕 陈独秀《今日之教育方针》，吴晓明编《德赛二先生与社会主义——陈独秀文选》，上海远东出版社1994年版，第17，18页。
〔5〕 陈独秀《答李大槐》，任建树等编《陈独秀著作选》第1卷，第162页。

的是"冒险敢为"的人格。他认为激烈的革命是历史进步的动力，他说："今日庄严灿烂之欧洲，何自而来乎？曰革命之赐也。"[1]胡适最早主张"文学改良"，发表了《文学改良刍议》，而他则改为"文学革命"，发表了《文学革命论》，把五四新文化运动推进到激进主义的道路。他宣称："予愿拖四十二生的大炮，为之前驱。"[2]他认为中国落后之原因则在于革命之不彻底（政治）或未进行（文化）："吾苟偷庸懦之国民，畏革命如蛇蝎，故政治界虽经三次革命，而黑暗未尝稍减，其原因之小部分，则为三次革命，皆虎头蛇尾，未能充分以鲜血洗净旧污。其大部分则为盘踞吾人精神界根深底固之伦理、道德、文学、艺术诸端，莫不黑幕层张，垢污深积，并此虎头蛇尾之革命而未有焉。"因此，他倡导文化思想和社会政治诸领域的彻底革命。他激烈地反传统，在1916年说："……对于与此新社会、新国家、新信仰不可相容之孔教，不可不有彻底之觉悟，勇猛之决心，否则不塞不流，不止不行。"[3]胡适曾经与陈独秀之间通信讨论白话文运动，表明了胡适的自由主义和他的激进主义在思想、人格上的分歧。胡适在信中说："此事之是非，非一朝一夕所能定，亦非一二人所能定。甚愿国中人士能平心静气与吾辈同力研究此问题。讨论既熟，是非自明。各辈已张革命之旗，虽不容退缩，然亦决不敢以吾辈所主张为必是而不容他人之匡正也。"陈独秀在《新青年》上答复道："鄙意容纳异议，自由讨论，固为学术发达之原则，独于改良中国文学当以白话为正宗之说，其是非甚明，必不容反对者有讨论之余地；必以吾辈所主张者为绝对之是，而不容他人之匡正也。"[4]1925年11月9日，北京发生了群众火烧研究系的《晨报》馆的事件，陈独秀表示支持，说："你以为《晨报》不该烧吗？"而胡适反对这种暴力行为。他在给陈独秀的信中说："争自由是唯一的理由，换句话说，就是期望大家能容忍异己者的意见与信仰。

---

〔1〕　陈独秀《文学革命论》，1917年2月《新青年》第2卷第6号。
〔2〕　陈独秀《文学革命论》，1917年2月《新青年》第2卷第6号。
〔3〕　陈独秀《宪法与孔教》，《独秀文存》第1卷，第111—112页。
〔4〕　1917年3月《新青年》第3卷第1号，第4，7页，"通信"栏目。

凡不承认异己者自由的人，就不配争自由，就不配谈自由。"[1]陈独秀这种专断、激烈的性格在以后的革命中得到了进一步的发展。

五四时期狂人人格的代表还有郭沫若、钱玄同。郭沫若在五四时期创作了《女神》等诗作，塑造了一个狂热的理想主义者和狂傲的反叛者、破坏者、建设者的自我形象。在《天狗》中他大叫："我飞奔，我狂叫，我燃烧，我如烈火一样地燃烧！我如大海一样地狂叫！我如电气一样地飞跑……"在《匪徒颂》中，他讴歌了"古今中外的真正的匪徒们"；在《我是个偶像破坏者》中，他高呼"我是个偶像破坏者呦"；在《金字塔》中他声称"便是天上的太阳也要向我低头"。鲁迅的老朋友钱玄同，激进到主张"年过四十者都该杀"，还宣称："欲废孔学，不可不先废汉文；欲驱除一般人之幼稚的、野蛮的、顽固的思想，尤不可不先废汉文。"[2]

五四时期是一个狂飙突进的时代，也塑造了一代狂人人格。这种群体性的人格塑造，既表现在上述五四启蒙主将先驱身上，也表现在当时的青年社会团体中。五四最有影响的团体"少年中国学会"是那个时代的理想主义者的团体，它几乎囊括了中国的重要政治、文化精英。"少年中国"之成立，为效法马志尼之"少年意大利"，其宗旨为"本科学的精神，为社会的活动，以创造少年中国"。少年中国学会主张"创造一班身体、知识、感情、意志皆完全发展的人格，然后再发展社会事业"（宗白华）。学会规定了"奋斗、实践、坚韧、俭朴"的八字信条，以实践其人格理想。但是，人格塑造是被历史规定的，最终，激进主义战胜了自由主义，政治斗争取代了文化研究，导致少年中国学会解体。后期形成了以李大钊、邓中夏、恽代英等为代表的共产主义派和以余家菊、曾琦、陈启天等为代表的国家主义派，以及仍坚持原定宗旨，以王光祈、周太玄等为代表的中间派。最后，前两派坚持己之信仰

---

[1] 1917年3月《新青年》第3卷第1号，第4，7页，"通信"栏目。

[2] 钱玄同《中国今后之文字问题》，中国科学院近代史研究室编《五四运动文选》，生活·读书·新知三联书店1959年版，第124页。

分别成立了中国共产党和中国青年党，它们都具有政治激进主义的性质。于是，少年中国学会转向政治激进主义并且发生思想分裂而无形解散。以后中国的社会发展为共产主义思潮所左右，少年中国学会的众多成员成为共产革命的领袖（如李大钊、邓中夏、恽代英、毛泽东等）和骨干。少年中国学会的历史，折射出中国新一代的人格取向，这是一种时代的精神，也是一种历史的潮流。

五四时代的精神状态整体上是青春的、激进的、战斗的。五四前有梁启超倡导"少年中国"，五四中有李大钊高呼"青春中华之再造"，少年意气，勇敢无畏，构成了那个时代人格的主旋律。1922 年 12 月，吴宓批评新文化运动的激进主义倾向："决不可以风俗、制度、仪节有当改良者，而遂于宗教、道德之本体，攻击之，屏弃之，盖如是，则世界灭而人道熄矣。窃吾观近年少年学子之言论，多犯此病。新文化运动不惟不图救正之，且推波助澜，引导奖励之焉。"[1]实际上，所谓"少年学子"并非仅仅指生理上的年龄，而是一代启蒙主义者的心理状态。

（三）自由派的启蒙主义与费厄泼赖人格

法国启蒙主义中不仅有卢梭代表的激进主义，也有伏尔泰代表的温和主义。这两种思想的分野，也是启蒙主义的人格分裂。中国启蒙主义也发生了这种人格分裂。五四启蒙主义不仅产生了狂人人格，还产生了一种"费厄泼赖"型人格，它包含了中国传统的中行人格因素，也吸收了欧洲绅士的人格理想。费厄泼赖人格与狂人人格一样属于现代人格，具有主体性，是启蒙理性的产物。但是，它不同与狂人人格，其基本特征有：反对激进革命，主张渐进改良；提倡宽容对话，反对专断偏执；注重理智和现实性，反对狂热和理想主义等。较早提倡美育的蔡元培，是一个主张兼容并包的自由主义者。他之提倡美育，意在通过审美的熏陶，把人性从感性提升到理性，使中国人成为一个有个性修养、有

---

〔1〕 吴宓《论新文化运动》，孙尚扬等编《国故新知论——学衡派文化论著辑要》，中国广播电视出版社 1995 年版，第 93 页。

道德追求的民族。他说："倘能全国人都想自由，一方面自己爱自由，一方面助人爱自由，那么国事决不至于如此。要培养爱自由、好平等、尚博爱的人，在教育上不可不注重发展个性和涵养同情心两点。"[1]美学家朱光潜也主张通过艺术教育，培养出具有古希腊式的"超脱"、"静穆"品性。这种理想人格是与那个时代的革命主旋律不协调的，因此，鲁迅就批判了朱光潜的"超脱"、"静穆"的审美理想。

胡适与鲁迅相比，则更多地体现出"费厄泼赖"型人格。胡适提倡一种"健全的个人主义"，主张个人的自由是国家的自由的基础，通过"救出你自己"来拯救国家。胡适在文化思想上也有偏激倾向，如主张"全盘西化"，反传统主义等，但在总体上比较宽容和持重，批判传统文化而又研究吸收之（整理国故），提倡科学民主而又主张平等讨论。如前面谈到的关于白话文的讨论，他就与陈独秀的不容讨论的专断态度不同，主张进行平等讨论。他认为"容忍比自由还更重要"。特别是在政治上，他反对暴力革命，相信和平进化，这个信念一直保持到死。他与陈独秀主张通过革命来"根本解决"中国问题的主张不同，主张渐进的改良："我们是不承认政治上有什么根本解决的……不存大希望，也不至于大失望。我们观察今日的时代，恶因种的如此之多……绝没有使人可以充分满意的大改革……只有一个'得寸进寸，得尺进尺'的希望……"[2]在充满了腐败、黑暗、民族危机的中国，在革命风暴的冲击下，坚持这种渐进改良的信念，需要多大的耐心、坚忍、信心和远见卓识呀！胡适朋友很多，对于思想见解不同的人也能包容。比如对转向共产主义的李大钊、陈独秀，他都尽了朋友的义务；对于鲁迅，虽然立场不同，多有龃龉，但他还是能够比较平和地对待，并且能够公正地评价他的历史贡献。1936 年 11 月 18 日，鲁迅去世一个月，"新月派"女作家苏雪林写给胡适一封长信，称鲁迅为"刻毒残酷的刀

---

〔1〕 蔡元培《在北京高等师范学校〈教育与社会〉社演说词》，张汝伦编选《文化融合与道德教化——蔡元培文选》，上海远东出版社 1994 年版，第 343 页。

〔2〕 胡适《这一周》，1922 年 6 月 18 日《努力周报》第 7 期。

笔吏，阴险无比、人格卑污又无耻的小人"。同时将她写给蔡元培的信稿抄送胡适，更是大肆攻击鲁迅。12 月 14 日，曾被鲁迅骂为"焦大"的胡适回信责备了苏雪林："我很同情于你的愤慨，但我以为不必攻击其私人行为。鲁迅猖狂攻击我们，其实何损于我们一丝一毫？他已死了，我们尽可以撇开一切小节不谈，专讨论他的思想究竟有些什么，究竟经过几度变迁，究竟他信仰的是什么，否定的是些什么，有些什么是有价值的，有些什么是无价值的。如此批评，一定可以发生效果。余如你上蔡公书中所举'腰缠久已累累'，'病则谒日医，疗养则欲赴镰仓'……皆不值得我辈提及。至于书中所云'诚玷辱士林之衣冠败类，廿五史儒林传所无之奸恶小人'一类字句，未免太动火气（下半句尤不成话），此是旧文字的恶腔调，我们应该深戒。凡论一人，总须持平。爱而知其恶，恶而知其美，方是持平。鲁迅自有他的长处。如他的早年文学作品，如他的小说史研究，皆是上等工作……"[1]

同时，他在信中还为所谓鲁迅抄袭盐谷温著作事辩诬。鲁迅逝世后，胡适为《鲁迅全集》的出版也尽了力。许广平等曾就《鲁迅全集》出版事宜写信给胡适，请他"鼎力设法"介绍给商务印书馆。胡适"慨予俯允"，并在细心询问了有无版权问题后，将他写给王云五的亲笔信交给许广平、马裕藻。正是有了胡适的引荐，王云五才爽快地"表示极愿尽力"。许广平致信胡适，感谢他的"鼎力促成"、"功德无量"。总之，胡适是一个有着中国传统中行人格和西方绅士风度的自由主义者。但鲁迅成为伟大的战士，而胡适则成为逆历史潮流而动的失败者，两种人格的不同结局，其实是历史造就的。

不仅胡适，五四启蒙主义者中还有一些人，遵循着自由的理念，倡导一种"费厄泼赖"人格。首先是周作人。周氏兄弟二人的分歧，既有思想上的，也有人格上的。周作人属于比较温和的自由主义，不那么激进。他没有像其兄那样崇拜尼采，而是对尼采有所拒斥。他说："我不喜欢（尼采）演剧式的东西（按：指《查拉图斯特拉如是说》），那

---

[1] 转引自胡明《胡适传论》，人民文学出版社 1996 年版，第 584 页。

种格调不合我的胃口。"[1]1922 年，周作人写了一篇《真的疯人日记》，与其兄鲁迅的《狂人日记》形式相类，但没有鲁迅那种"忧愤深广"的激烈情绪，而是以幽默、调侃讽刺了绝对的平民主义、国家主义、复古主义以及教育界、学术界、文学界的种种怪现象。两个不同的"狂人"，实际上有不同的人格取向，鲁迅的"狂人"是一个决绝的反叛者、破坏者的形象；周作人的"疯人"是一个比较宽容、理性的自由主义者的形象。还有，周作人主张文学的绝对自由，反对"文艺上的统一"[2]。周作人首先提出了费厄泼赖的主张，引发了林语堂的呼应以及鲁迅的反驳。他提倡宽容，反对专断。他说："主张自己的判断的权利而不承认他人中的自我，为一切不宽容的原因。文学家过于尊信自己的流派，以为是唯一的'道'，至于蔑视别派为异端，虽然也无足怪，然而与文艺的本性实在很相违背了。"[3]五四文学革命主张平民主义和平民文学，反对贵族精神和贵族文学，他就能够比较全面地看待，指出"贵族的与平民精神，都是人的表现，不能指定谁是谁非"，认为应该达到贵族精神与平民精神的相容互补，"我想文艺当以平民的精神为基调，再加以贵族的洗礼，这才能够造成真正的人的文学"[4]，从而克服了五四文学革命的片面的平民主义。1922 年发生了"非宗教运动"，启蒙主义阵营主将多有参加，而周作人等少数人坚持"个人信仰自由"而加以反对。国粹派的兴起，惹得启蒙阵营一片反对之声，周作人也不表示赞成，并且"深抱杞忧"："因为据我看来，这是一个国粹主义勃兴的局面，他的必然的两种倾向是复古与排外……"但是，他又与一般激进的启蒙主义者不同，没有武断地反对国粹主义，而是看

---

[1]　周作人《关于鲁迅之二》，止庵编《关于鲁迅》，新疆人民出版社 1997 年版，第 528 页。

[2]　见《文艺的统一》，高瑞泉编《理性与人道——周作人文选》，上海远东出版社 1994 年版，第 80—82 页。

[3]　周作人《文艺上的宽容》，高瑞泉编《理性与人道——周作人文选》，上海远东出版社 1994 年版，第 67 页。

[4]　周作人《贵族的与平民的》，《自己的园地》，岳麓书社 1987 年版，第 15，16 页。

到了它的历史合理性的一面，即保存本土文化传统的意义。他说："最后附带说上一句，现在的所有的国粹主义运动大抵是对一新文学的反抗，但我推想以后要改变一点色彩，将成为国家的传统主义，即是包含着一种对于异文化的反抗的意义：这个是好是坏我且不说，但我相信这也是事实。"[1]联系当前全球化与国学的复兴，不能不佩服周作人的宽容和远见。周作人解剖自己的人格，说自己是心里有两个鬼，"其一是绅士鬼，其二是流氓鬼"。他所说的"流氓鬼"，就是他所说的"平民精神"的负面形式，包括他挖掘自己身上的"绍兴师爷"的脾性；而"绅士鬼"则是他所说的"贵族精神"。以往的评论都侧重于他的"流氓鬼"一面，以寻找他日后附逆的原因。实际上，他的"绅士鬼"在五四时期是主导的，是性格的显在的一面，而"流氓鬼"则是非主导的，是其性格的隐在的一面。他自己也说："说也奇怪，流氓平时不怕绅士，到得他将要撒野，一听绅士的吆喝，不知怎的立刻一溜烟地走了。"[2]总之，周作人具有一种绅士般的平和包容的人格，也正是出于这种平和包容的人格，五四以后他才远离了暴烈的革命，躲进了闲适唯美的个人情趣之中。

自由主义者林语堂也力主建设"费厄泼赖"人格。他在五四以后，目睹激进主义的偏失，而要引进西方文化中的"费厄泼赖"和"幽默"精神，以改造国民性。他呼应周作人的"费厄泼赖"主张，并加以发挥和强调。他认为："大概中国人的'忠厚'就略有费厄泼赖之意，唯费厄泼赖决不能以'忠厚'二字了结他。此种健全的作战精神，是'人'应有的，大概的健全民族的天然现象。不可不积极提倡。"[3]他认为，中国人缺乏西方的绅士风度，应该引进效法，包括对对手的宽

---

〔1〕 周作人《思想界的倾向》，高瑞泉编《理性与人道——周作人文选》，上海远东出版社1994年版，第40，41页。

〔2〕 周作人《两个鬼》，高瑞泉编《理性与人道——周作人文选》，上海远东出版社1994年版，第238页。

〔3〕 林语堂《论语丝文体》，金安达编《林语堂名作欣赏》，中国和平出版社1993年版，第17页。

容，即所谓"不打落水狗"。鲁迅针锋相对地予以反驳，认为"费厄泼赖"不适合中国国情，"应该缓行"，主张"打落水狗"。林语堂还认为中国传统文化精神有"太正经与太不正经"的两个极端，太正经滑向理性化的极端，最终演变为"吃人"；太不正经滑向感性化的极端，而趋向于"堕落"。他主张避免走这两个极端，而通过幽默达到中和，以培育一个"新人种"。他认为这个新人种应当是"一个浸染着丰富的合理的精神，丰富的健全的知识，简朴的思想，宽和的性情，及有教养的人种"[1]。造就这样的新人种，林语堂求助于培育幽默的人生态度。他说："（幽默）可以算得是文明的一项特殊的赐予，每当文明发展到了相当的程度，人便可以看到他自己的错误和他的同人的错误，于是便出现了幽默。"[2]"没有幽默滋润的国民……也必多表面上的慷慨激昂，内心上老朽霉腐，五分热诚，半世麻木，喜怒无常，多愁善病，神经过敏，歇斯底里，夸大狂，忧郁狂等心理变态。"[3]这种人生态度和人格追求与鲁迅大异其趣。幽默基于同情，而鲁迅主张战斗的讽刺、批判而非幽默。他批评说："……而现在又实在是难以幽默的时候。于是虽幽默也就免不了改变样子了，非倾于对社会的讽刺，即堕入传统的'说笑话'和'讨便宜'。"[4]林语堂对比自己与鲁迅的人格差异："鲁迅老而愈辣，而吾则响慕儒家之明性达理，鲁迅党见愈深，我愈不知党见为何物，宜其刺刺不相入也。"[5]正因为他们人格理想的不同，才有日后朋友之间翻脸的结局。

启蒙主义在五四以后发生了分裂，除了少数人如胡适坚持自由主义之外，一部分激进主义者转向政治革命，另一部分人则转向文化保守主

〔1〕 林语堂《人生的归宿》，海南出版社 1993 年版，第 525 页。

〔2〕 林语堂《人生的归宿》，海南出版社 1993 年版，第 515 页。

〔3〕 林语堂《论幽默》，《林雨堂代表作》，华夏出版社 1999 年版，第 92 页。

〔4〕 鲁迅《从讽刺到幽默》，《鲁迅杂文、小说、散文全集》，中国致公出版社 2001 年版，第 646 页。

〔5〕 林语堂《鲁迅之死》，金安达编《林语堂名作欣赏》，中国和平出版社 1993 年版，第 65 页。

义。文化保守主义是启蒙主义的一个支流，它体现了一种兼容并包的中行人格。他们对五四激进的反传统主义进行了反拨，也批判了五四的激进的人格追求，早期有以梅光迪为代表的"学衡派"，后期有梁实秋、闻一多、徐志摩等"新月派"。他们服膺白璧德的新人文主义，主张中西文化、传统与现代的融合。在人格建构上，他们企慕古典理性主义。学衡派主张"无党无偏，不激不随"、"昌明国粹，融化新知"。梁实秋向往一种西方式的"贵族文明"，他说："我向往民主，可是不喜欢群众的暴行；我崇拜英雄，可是不喜欢专制独裁；我酷爱自由，可是不喜欢违法乱纪。"[1]他提倡一种理性主义的人性论以及建筑于其上的文艺观，认为："在理性指导下的人生是健康的常态的普遍的；在这种状态下所表现出的人性亦是最标准的；在这标准之下所创作出来的文学才是有永久价值的文学。"[2]他不仅提出了文学本质的观点，也提出了自己的人格理想。他与鲁迅之间有激烈的论战，但在鲁迅生前和逝世之后，又能够较为公正地评价鲁迅，认为鲁迅的杂文、小说是优秀的。梁实秋等人的人格理想与时代主流不相适合，遭到了来自左翼的猛烈批判，鲁迅就批判梁实秋为"丧家的资本家的乏走狗"。

（四）结语

从五四到"文革"，中国现代历史的大半时间里，狂人人格成为中国人格的主导形态，这主要是由于中国的历史需要造成的。中国的启蒙运动面临着太强大的传统力量，因此文化激进主义成为主导，狂人人格成为理想人格。五四以后，在以建立现代民族国家为目标的革命运动中，政治激进主义成为主导，革命的狂人人格成为理想人格。正是那些具有狂人人格的革命者，推翻了旧社会，完成了建立现代民族国家的使命。狂人人格得势，费厄泼赖人格失势，除了社会的原因以外，还有文

---

[1] 梁实秋《"岂有文章惊海内"——答丘彦明女士问》，《梁实秋文集》第五卷，鹭江出版社 2002 年版，第 552 页。

[2] 徐静波编《梁实秋批评文集》，珠海出版社 1998 年版，第 105 页。

学上的原因。现代人格的确立，也需要文学的想象，典型的文学形象，也参与了现代人格的塑造。五四时期，鲁迅塑造的阿Q形象（以及祥林嫂、孔乙己、华老栓等形象），展示了中国人的人格缺陷；而狂人（以及《铸剑》中的眉间尺、《这样的战士》中的投枪手、《长明灯》中的疯子等），鲜明地呈现了启蒙勇士的形象，树立了狂人的理想人格。鲁迅的《狂人日记》等以及郭沫若的反叛性诗歌等成为五四文学的经典，这种文学的想象极大地影响和主导了人们的人格选择，或者说它作为一种强势话语，构造了中国的现代人格，使狂人人格成为一个时代的主导人格。而相反，费厄泼赖人格则很少得到文学的表现，只是胡适、林语堂等少数人的思想主张。这意味着文学对中国现代费厄泼赖人格的塑造缺席，费厄泼赖人格丧失了话语权力，从而导致狂人人格的压倒性胜利。五四后期的文学创造中，对中国知识分子的命运和人格选择进行了思考，这种思考的结果是，改良主义的启蒙之路走不通，只有走革命的道路。这实质上否定了对费厄泼赖人格的选择，而肯定了狂人人格。柔石的《二月》，描写具有启蒙主义理想的知识分子萧涧秋，来到芙蓉镇，企图通过教育以及人道主义来实践自己的理想，结果是在封建势力的打击下落荒而走，不得不去参加革命。而叶绍钧的《倪焕之》则描写充满启蒙理想的青年知识分子倪焕之，企图实现教育救国的理想，而终于在现实面前碰壁，最后参加革命。这类文学形象的塑造，从反面宣布了费厄泼赖人格的破产，狂人人格的必然性。

以狂人人格反对阿Q人格，这种矫枉过正有其历史的必然性和某种合理性，但仍然不能说不是一种缺憾和没有后遗症。黑格尔的辩证法认为，正题与反题的矛盾的解决，并不导致一方取代另一方，而是导致合题，即对立双方片面性的克服和理性的胜利。因此，狂人人格对阿Q人格的反叛，必须以中行人格或费厄泼赖人格为合题才符合历史的辩证法。中行人格或费厄泼赖人格即正常人格的失落，在动荡的变革时期也许有合理性、必要性，但在和平发展时期就可能是有害的了。中国太长时期的封建压抑，造成了太强的阿Q人格；而在革命运动中也造成了太强的反弹——狂人人格。启蒙主义的狂人人格，在五四启蒙主义运动终止，转向政治革命后，就转化为革命的狂人人格，二者有其内在的联系。李大钊、陈独秀、鲁迅、郭沫若等都转向了共产主义；而蔡元培、胡适、周作人等坚持自由主义，这不是偶然的。在现代化建设时期，由于社会本身存在的问题，也会产生某种怨恨心态，而在狂人成为一种普遍人格的时候，就可能造成某种破坏性。文化大革命的发生除了政治原因外，也由于怨恨心态和狂人人格的极度膨胀，"斗争哲学"，"造反派的脾气"，"怀疑一切"等不能不说是狂人人格的极端化。这个历史经验，应该认真总结并记取。

当前，中国已经进入一个现代化建设的时期，这应该是一个人格正常发展的时期。但是，由于社会发展的不平衡，传统社会结构和文化没有彻底改造，启蒙任务并没有完结，现代性也有其负面因素，改革中就会产生新的怨恨心态，因此就会出现新的阿Q人格和狂人人格。按照舍勒的说法，怨恨是现代人的普遍的精神气质，因此具有某种不可避免性。但是，我们又可以尽力防范和化解怨恨带来的消极作用，尤其要注重建立健全人格，避免偏失人格成为普遍现象。这就是说，既要继续完成启蒙的未竟事业，反对新的阿Q人格，又要提倡费厄泼赖，避免过分偏向狂人人格。过去我们只反对阿Q人格而片面地提倡狂人人格，现在应该理直气壮地建设中行人格，提倡"费厄泼赖"，以适应建立和谐、理性的社会的需要。同时，也只有通过改革开放，建设一个健全的、合理的社会，也才能减少怨恨心态，消除偏失人格的存在条件，实现人格的健全发展。当然，由于启蒙任务没有完成以及现代性本身的弊病，狂人人格仍然有存在的历史条件，它仍然是反抗封建主义的主体之一，而且在现代性实现之后，也可以转化现代性批判的主体（如尼采以及西方的批判哲学家）。但是，当前需要防止的是，不要使它成为主导的现实人格。

六、个案研究：语言与人的命运——《马桥词典》释读

小说总是写人的命运，通过对人的命运的展示，揭橥生存的意义。

尽管古典小说与现代小说的叙事方式已经大不相同，但写人的命运这一基本特征并无改变。《马桥词典》同样写人的命运，但写法不同于传统小说。它不是按照一个完整事件的情节展开的，不是叙述一个或几个主要人物的遭遇，而是按照词条顺序展开叙事，从而拆解开完整的事件，打碎时间链条，赋予马桥世界以某种共时性；同时也不再局限于个别人物的故事，而是展现了众多人物（主要人物有十多个）的命运。《马桥词典》像一幅风俗画，它把马桥数十年乃至数千年的历史和芸芸众生的遭遇凝结在115个词条中，从而在历时性与共时性两个维度上揭示了人生的真实。也许会有人（事实上已经有人）提出，词典式小说国外已有先例，并非少功独创，例如《哈扎尔词典》即是。但是《马桥词典》不同于《哈扎尔词典》并具有独创性在于，它在语言层面上剖析了人的命运。人的命运可以在社会层面上得到解答，即揭示社会关系对人的制约。传统小说基本上是从这个角度上写人的遭遇。人的命运也可以在文化层面上得到解释，即揭示文化习俗对人的支配。中国80年代"寻根文学"以及《哈扎尔词典》就是从这个角度写人的遭遇。人的命运还可以在语言层面上找到根源，即揭示语言对人的桎梏。《马桥词典》属于这一种写法。语言是比社会制度、文化习俗更为深层的存在，社会制度可以变革，文化习俗可以变迁，但语言则较为稳固，它作为文化的深层结构和密码，制约着人的思想，从而也决定着人的命运。《马桥词典》不仅在社会层面、文化层面上解说了人的命运，而且在语言层面上解说了人的命运，这是其深刻性之所在。它区别于甚至在许多方面胜过了其他词典小说（包括《哈扎尔词典》），也继承并超越了寻根文学的传统，达到了新的文学水平。

对《马桥词典》必须细读。它的115个词条分属不同的词类，作为小说的叙事手段，这些词类又具有不同的表现功能。大体上可以把这些词条分作三大类，当然也有词条兼有多种表现功能，这种分类只具有相对的意义。

第一类词条是人物、事物（包括时间、地点、事件等）的专名。这类词条的叙事功能比较单纯，它直接引出了马桥的历史、环境、人物故事。其中关于人物的词条有：九袋、津巴佬、亏元、马同意、马疤子、汉奸、红花爹爹、黑相公、梦婆、神仙府、老表等等。事物专名有：打车子、打玄讲、酊、枫鬼、满天红、三秒、莴玮、荆界瓜、军头蚊、豺猛子、天安门、嗯、双狮滚绣球、洪老板、三毛、挂栏、朱牙土、黄茅瘴、清明雨、颜荣、官路等。时间、地点词条有：一九四八、马桥弓、江、罗江等。

这些词条作为人、事物的专名，基本功能是描写马桥的地理环境、历史传统以及人物遭遇。从全书来看，这类词条是必不可少的，它替代了传统的环境描写，描绘出一幅马桥生活的图画。有的篇章（词条）写得相当精彩、生动。更可贵的是，一些词条不仅具有社会层面的叙事功能，而且具有文化学、语言学的意义。如"一九四八"，不仅叙述了1948 年马桥历史上发生的一系列事件，而且表现了马桥主观化的时间观。又如"梦婆"，不仅描写精神病人水水的遭遇，而且还在心理学上揭示了梦与精神病的关系，在语义学上考证了月光与精神病的关系，在民俗学上展示了人们对非理性事件的崇拜。这些分析、考证深化了作品的思想内容。尽管如此，作为一种直接的叙事手段，这一类词条在《马桥词典》中不具有代表性。

第二类词条指代马桥的风俗习惯，它不仅具有一般的叙事功能，而且具有民俗学意义。这些词条有：蛮子、三月三、同锅、发歌、红娘子、撞红、煞、晕街、背钉、走鬼亲、嘴煞、结草箍、磨咒、放转生、飘魂、放藤、压字、开眼、企尸、隔锅兄弟等。作为叙事手段，这些词条在文化层面上揭示了马桥人的命运，例如"蛮子"（或罗家蛮）写出了马桥人的文化，民族渊源；"放锅"、"撞红"写马桥婚俗；"发歌"写马桥人唱民歌的风俗特别是带有原始情欲的；"下歌"、"走鬼亲"、"飘魂"、"磨咒"等写马桥的迷信风习。这些词条展示了马桥的文化传统，具有民俗学的价值。更重的是，在这种文化背景下展示了人的命运，从而揭示了人的命运的文化根源。例如，"结草箍"写农村知识青年复查的婚姻悲剧。复查因高傲触怒了爱慕他的马桥少女，她们结草箍为誓，不嫁复查，终于造成了复查（也是少女们）的婚姻悲剧。传统的"结草箍"仪式表现了女性对男性权力的抗争，而这种抗争在现代又带有愚昧性，因而造成了悲剧命运。"嘴煞"则写复查无心地诅咒罗伯，一语成谶，犯了"嘴煞"，因而被心理负担压垮的故事，表现了巫术观念对马桥人的强大影响。

由文化习俗而揭示人的命运的根源，这是少功的专长。早在"寻根文学"时期，他就在文化层面上探索民族的命运，写出了像《爸爸爸》等经典性的作品。《马桥词典》继承了这个传统，也同样取得了成功。值得注意的是，它较之"寻根文学"有新的特点，它更贴近于真实，有纪实性，甚至带有文化人类学的田野调查性质。当然，《马桥词典》不仅仅作为文化人类学的文献阅读，它毕竟是一部文学作品。它采用了田野调查的形式，使作品具有独特的表现力。它在更宽广的领域，更真实的背景下挖掘了马桥人的精神世界。尽管如此，这类词条还没有深入语言学层面，因而还不是《马桥词典》的代表性部分。

《马桥词典》有代表性的词条是那些体现马桥人思维方式、价值观念的日常用语，这些语汇是数千年的积淀。语言不是词的机械组合，而是互相交织、渗透的意义网络；词也不仅仅是客观世界的指代，在每一个单词中，都联结着整个意义网络，从而也就沉淀着一种文化观念。人们使用一种语言，不仅仅是选择了一种思维工具，同时也被语言所模塑，从而接受了一种世界观。马桥人特有的语汇，就体现了马桥人的世界观；反过来，这些语言也造成了马桥人的世界观。人被语言异化了，语言成为人的牢房。少功搜集、分析了马桥的典型语汇，意在寻找那些决定马桥人命运的深层力量。这些典型语汇有：小哥、乡气、下、不和气、月口、公地、火焰、龙、打起发、民主仓、白话、归元、问书、呀哇嘴巴、你老人家、现、肯、话份、怜相、怪器、宝气、泡皮、科学、茹饭、栀子花、茉莉花、贵生、甜、贱、狠、神、根、格、破脑、哩咯啷、懈、醒、觉等等。这些词条的释文往往成为精彩的语义学的考证，展现了作者的语言学修养，比如"归元"中的元与完的联系；"怜相"中的怜与美、悲与美的关系；还有"嬲"字的女性文化痕迹；"流驶"作为南方人时间观与作为北方人的时间观的"马上"之不同，等等，都很确当。更深刻的是，透过语义学分析，剖析了马桥人的世界观。例如"小哥"是马桥人对姐姐的称谓，推而广之，小弟指妹妹，小叔、小伯、小舅指姑姑、姨妈。这种称谓表现了马桥人歧视、抹杀女性的男性中心主义。又如"贱"与长寿同义，相反，"贵生"则指未成年男女，这种称谓表明了马桥人的生命观，他们认为年轻时生命才有价值，老了就没有价值了。还有"渠"系三人称，但与"他"不同，他指关系远者，渠指关系近者，表明了马桥人对待世界缺乏客观立场，主观性等等。还有，"狠"、"怪器"与"醒"则分指聪明与愚蠢，这道出马桥人以才智为反常，以清醒为不智的道家人生观。这些词条的释义，充分展示了作者的敏锐观察力和文化学、语言学修养。尽管这些语言学研究有其独立价值，但这并非《马桥词典》的主要价值所在。作为一部文学作品，这些语义学考证与马桥人的命运联系起来。于是，这些词汇就活了起来，展现出一个个震撼人心的故事，这些故事成为词义的活的注解；词的坚硬、凝固的一般意义层被打破，而鲜明、生动的特殊含义破壳而出。《马桥词典》使人们发现，语词的魔力桎梏着人，人们袭用着这些语词，也就不知不觉受到它的摆布；文化观念就是通过语言魔力作用于人。这样，我们就发现了人的命运的隐蔽的决定力量——语言。例如"不和气"，在马桥语汇中指谓女性的漂亮，而漂亮被称作"不和气"，就表明了中国传统文化的"女人是祸水"的观念。与此相关的还有一个"神"，也用来形容女子的漂亮，它带有违反常规、常理的意味，暗含着对漂亮女性的不安分的警惕。铁香就是一个"不和气"的"神婆子"，她忍受不了由于成分不好受到的歧视，于是主动上门嫁给共产党员本义。她果真"不和气"、"神"起来，不断制造风流传闻，最后竟与卑贱的"三耳朵"私奔，结果双双被打死。语言与人的这种宿命的联系，实际上是语言负载的文化观念对人的桎梏。"不和气"、"神"这些语词的魔力不仅使马桥人对铁香另眼相看，也把这种观念渗透于铁香的潜意识中，促使她敢于突破道德的禁忌，做出惊世骇俗的事，也铸造了自己的悲剧。

《马桥词典》主要写"文革"期间的马桥社会，但也上溯到解放前乃至春秋战国时期，下延至改革开放时期。作者把这么长的历史跨度凝缩在语词系统中，在共时性维度上作了阐释，这就透露出一种深深的忧虑。尽管马桥语言、文化独具风采，尽管马桥人不乏纯真、质朴、善良，但历经社会变迁，仍然不改其保守、愚昧、落后，这是不是中华民族的宿命？它能不能冲破语言、文化的牢房，卸掉传统的重负？我们在作品中看到，语言之网是何等顽强坚固，外来词语很难打破它的屏障，即使进入其体系，也被同化、变形。于是，新的观念被改变、扼杀。例如，"科学"一词，自五四以来至高无上，但在马桥词典中却只有懒惰取巧的含义；"民主"一词自五四以来响彻云霄，但在马桥词典中却成为混乱无序的代名词（见"民主仓"条）。这是不是表明在我们民族的意识深处对科学、民主等现代观念的顽强拒斥？中华民族的现代化不仅仅是生产力的提高，归根结底还是文化的现代转型。可是，以汉语为支撑的传统文化作为民族的根是难以舍弃的，而在这个基础上的现代化必然是举步维艰的。改革开放时期产生的马桥新词汇"天安门"说明了这一点。盐午中学时代因成分不好，被剥夺了挂天安门画片的权利。改革开放后，他发家致富，为了争一口气，就倾其所有，甚至负债建了个土"天安门"。这个"天安门""不伦不类，中西合璧，建得有些粗糙，没有几块瓷砖是铺得匀整的、面目清晰的，总是歪歪斜斜，板结着一些水泥浆没有刮去。也没有几个窗子是推得开的，总是被什么东西卡住"。这就不得不让人忧虑，"天安门"简直成为暴发户心态和假现代化的象征。回味全书，特别是发生在改革开放时期的一些故事（如压字、懒、泡皮、民主仓、天安门、亏元、开眼、企尸，等等），让人觉得在马桥（也许不止马桥）时间凝滞了，人们的思维方式，价值观念并未变化，好像被语言的魔咒禁锢了。弥漫着《马桥词典》的不是语言学的兴趣和民俗学的癖好，而是深沉的忧患意识，这种忧患意识来自对民族命运的关切。

《马桥词典》还体现出作者的另一种忧虑，即对传统语言的命运的关切。马桥方言作为地域文化的结晶，有其独特的个性。它与普通话间不具有完全的可通约性，许多词语是不可置换的，因为这些词语渗透着独特的文化观念，如"不和气"、"神"等不能简单置换成"漂亮"，后者缺乏前者否定性审美观念。在现代化过程中，随着市场经济的发展，文化传播的扩展，普通话必然取代方言（这似乎与语言强固性形成悖论），这不但取消了语言的地域（甚至民族）差别，而且造成了语言的"代沟"。这种趋势从历史角度看是一种进步，从文化自身角度则是一种损失。从文化人类学角度看，各种语言、文化都有其独立价值，并无进步、落后之别。一种语言、文化消失，意味着人类损失了一种精神财富。语言、文化的一体化趋势，造成了非个性化的危险。在植物学领域，也有类似的问题，由于追求经济价值，人们选育良种，淘汰其他品种，造成品种单一化趋势。从满足人类需要角度看，是一种进步。但其代价是丧失了众多的植物基因，造成植物世界的单一化。在现代化和全球化的潮流中，这种文化趋同、语言趋同的前景是大可忧虑的。少功忧虑方言和民族语言的命运，担心思想文化一体化的趋势，呼吁对此保持警惕。他在《后记》中说："从严格的意义上来说，所谓'共同语言'，永远是人类一个遥远的目标。如果我们不希望交流成为一种互相抵消，互相磨灭，我们就必须对交流保持警觉和抗拒，在妥协中守护自己某种顽强的表达——这正是一种良性交流的前提。这就意味着，人们在说话的时候，如果可能的话，每个人都需要一本自己特有的词典。"

对现代化进程中人的命运和语言的命运的关怀、忧虑似乎是互相矛盾的，那么哪一种关怀和忧虑更根本，从而成为作者的写作的主导动机和本书的主题呢？我以为是前者。如果仅仅出自一种语言学或文化人类学兴趣，仅仅忧虑传统语言的命运，就会仅仅是个学者，而不是作家，因为后者需要有对人类的爱心，而不仅仅是职业兴趣；而且，也会成为一个文化保守主义者。所谓文化保守主义，是指向传统寻求现代化的思想动力这样一种思想体系，如中国当代的新儒学。少功曾经被一些评论家称作文化保守主义者，对此我百思不得其解。也许因为他是"寻根文学"的代表人物，但"寻根文学"有不同的思想倾向，一种是文化保守主义的倾向，一种是启蒙主义的倾向。少功作为"寻根文学"的重要代表，并未放弃反思和改造传统文化的立场，从而属于启蒙主义。

也许少功与激进的启蒙主义者有所不同，他没有简单地反传统，而是对传统文化有所保留。正是这种看似矛盾的态度，才使他的作品具有了思想的深度。《马桥词典》同样不属于文化保守主义，因为作者更关切人的命运，他对传统文化既有肯定、留恋，又有批判、否定。他知道，为了民族的未来，对传统文化、语言不惜有所舍弃。正如鲁迅所言，要我们保存国粹，首先需国粹能保存我们。另一方面，他也看到人类为历史进步付出的代价，包括语言的流失、文化的偏至。少功对现代化进程中人的命运的关心、忧虑，证明他不是一个文化保守主义者（同样也不是一个文化激进主义者）；也证明他是一个有良心的作家，而不仅仅是一个语言学或文化人类学的爱好者。还有一点，少功对语言命运的关切、忧虑，归根结底也是出自对人的命运的关切、忧虑。如果一些西方人类学家或语言学家，出自职业兴趣希望保存非洲原始文化或中国儒家文化的话，那么少功的出发点则完全不同。他认为每一种文化、语言都给人的个体表达提供了一种可能，因而要珍视面临消失前景的传统的、地方的文化、语言。

《马桥词典》对现代化进程中的人和语言的命运的双重忧虑，并没有导致历史悲观主义。少功不是一个浅薄的历史乐观主义者，他看到了现代化面临的艰难历程和将要付出的沉重代价，但又坚信人和语言同样会得到拯救，不会沦落。当代语言哲学揭示了语言对人的制约，同时又导致语言决定论甚至语言宿命论。当前这种学说在中国正时兴，但在国外已引起反拨、批判。少功无疑汲取了语言哲学的合理思想，并有所发挥，这正是其深刻性所在。但他又没有陷于语言决定论或语言宿命论。他在自己的作品中，既正视了语言难以抗拒的魔力，又暗示了人对语言的主体地位与抗争精神。铁香对"不和气"、"神"的恶意的抗争，虽然以悲剧告终，却体现了不屈服的主体性。盐午建"天安门"之举虽然愚蠢，却表达了他对自我价值的肯定。作者在"归元"词条的释文中表达了这样一种信念："……马桥当然不再是从前的马桥——成了永不再回头的事实……没有任何力量可以使它停止下来"。这是一种深刻的而不是浅薄的历史乐观主义精神。

同时，对于现代化进程中语言、文化的命运，他在忧虑之中也持有理智的乐观态度。因为旧的语言和文化消失了，新的语言和文化还会发生，语言和文化永远不会单一化，它永远向人的独特生存和表达敞开。作者在《后记》中表达了这种思想："当然，他们一旦进入公共的交流，就不得不服从权威的规范，比方服从一本大词典。这是个人对社会的妥协，是生命感受对文化传统的妥协。但是谁能肯定，那些在妥协中悄悄遗漏了的一闪而过的形象，不会在意识的暗层里积累成可以随时爆发的语言篡改事件呢？谁能肯定，人们在寻找和运用一种广义的普通话的时候，在克服各种语言障碍以求心灵沟通的时候，新的歧音、歧义、歧规现象不正在层出不穷呢？一个非普通化或者逆普通化的过程不正在人们内心中同时推进呢？"

　　总体上说，《马桥词典》继承了80年代"寻根文学"的传统，属于启蒙主义文学思潮。但是，它与80年代启蒙主义有所不同，它借鉴了现代主义、后现代主义的表现手法，如用词条进行叙述，造成情节的零散化，线性时间的断裂与共时性等，从而增强了作品的表现力。它揭示了语言、文化对人的制约，也表现了人对语言、文化的反抗，从而深化了作品的思想性。可以说，《马桥词典》继承和发展了寻根文学传统，成为中国新时期以后启蒙主义文学的新的制高点。

第四章 现代性与中国革命古典主义文学思潮

一、现代民族国家与中国革命古典主义

关于革命文学（包括革命战争时期的文学和建国以后至"文革"时期的文学）作为一种文学思潮的性质问题，是中国文学史上的一个敏感而又不清楚的问题。显然，把革命文学定性为革命现实主义或社会主义现实主义（被看作现实主义的高级形式）的传统说法并不合适，已经不为学术界所认同。我在上个世纪80年代就提出了"社会主义现实主义"是新古典主义的观点[1]，但是，当时对新古典主义的理论阐释还不到位，对这个观点的论证也有所欠缺。现在，我将运用现代性理论，从现代民族国家与新古典主义的关系的角度对此加以阐释和论证，以期深化对中国现代文学史上的这个重要文学思潮的认识。

（一）现代民族国家与新古典主义

文学思潮是文学对现代性的反映。什么是现代性呢？简言之，就是使现代社会成为可能的东西。现代性的核心是现代理性精神，包括科学精神和人文精神。正是现代性的发生和发展使文学具有了自觉性，以不

---

[1] 参阅杨春时《古典主义传统与当代文艺思潮》，《北方论丛》1988年第3期；《社会主义现实主义批判》，《文艺评论》1989年第2期。

同的态度回应现代性，从而产生了不同的文学思潮。历史上的文学思潮首先是新古典主义，然后有肯定现代性、呼吁理性精神的启蒙主义；反抗现代性，主要是反抗理性、城市文明、世俗化的浪漫主义；批判现代性，主要是揭露和批判资本主义社会黑暗、堕落的现实主义；全面抗议现代性，主要是抗议理性和人的异化的现代主义等。那么，新古典主义是什么？新古典主义是对现代性的政治形式——现代民族国家的回应。那么什么是现代民族国家呢？吉登斯的定义是："民族—国家存在于由他民族—国家所组成的联合体之中，它是统治的一系列制度模式，它对业已划定边界（国界）的领土实施行政垄断，它的统治靠法律以及对内外暴力工具的直接控制而得以维护。"[1]民族国家是现代性的产物，是现代性催生的和赖以存在的政治实体，它相对于朝代国家而言。传统国家是朝代国家，其合法性在于神意，君主不是以民族代表的身份而是以神的名义进行统治。现代民族国家的合法性在于民意，国家是以民族利益代表的身份进行统治，这是理性精神在政治领域的实现。现代民族国家的充分形式是资产阶级民主共和国，而其前身或初级形式是被吉登斯称为"绝对主义国家"的中央集权的王朝国家。吉登斯认为："在绝对主义的（absolutist）国家中，我们发现了与传统国家这一形态的断裂，这预示着继之而来的民族—国家的发展。自绝对主义（absolutism）时代始，与非个人的行政权力观念相联系的主权观念以及一系列与之相关的政治理念，就已逐步成为现代国家的组成部分。"[2]法国路易十四王朝就是典型的"绝对主义时期"的现代民族国家，它一方面联合新兴的市民阶层压制封建贵族，一定程度上代表了民族利益；另一方面它并不是资产阶级民主共和国，而是封建王朝，因此只是现代民族国家的初级形式。马克思指出，在法国，君主专制是"作为文明的

---

〔1〕 安东尼·吉登斯《民族—国家与暴力》，田禾译，生活·读书·新知三联书店1998年版，第147页。

〔2〕 安东尼·吉登斯《民族—国家与暴力》，田禾译，生活·读书·新知三联书店1998年版，第4—5页。

中心、作为民族统一的奠基者"[1]而出现的。新古典主义就是在这个时期形成的。欧洲建立现代民族国家的运动是与争取实现现代性的运动相始终的,建立现代民族国家成为实现现代性的任务之一。

中国建设现代民族国家的任务是在鸦片战争之后被历史地提出来的。中国传统国家也是朝代国家,是一家一姓的"天下","朕即国家",家天下;皇权的合法性在于天意,而不是民族的代表。同时,由于自以为是世界中心的"天朝大国",不承认还有其他平等的国家,因此也不把自己看作是"国家",而是看作"天下"。只是在鸦片战争以后,在资本主义列强的冲击之下,华夏中心主义破产,民族意识开始觉醒,建立现代民族国家的任务才被提出来;而建立现代民族国家的诉求就表现为反帝反封建的革命运动。

从根本上说,建立现代民族国家的任务与实现现代性的任务应当是一致的。在建立现代民族国家的历史进程中,建设现代性的任务也得到推进;同时,建立现代民族国家也成为建设现代性的一个方面。但是在中国却与欧洲不同,建立现代民族国家的任务与实现现代性的任务产生了冲突。中国本土没有自发地产生现代性的条件,只能从西方引进。这就是说,中国的现代性是外发型的,是由西方引进而非从自身产生的,因此具有外源性;是由于落后挨打不得不进行的选择,而非由于自身发展的要求而产生的诉求,因此具有外迫性。外源性导致中国现代性缺乏传统的"支援意识";外迫性导致中国现代性诉求不坚定。因此,中国现代性先天不足,容易夭折。而由于中国处于西方列强的压迫下,建立现代民族国家意味着首先争取民族独立,反抗西方列强。这样,实现现代性要求向西方学习,而建立现代民族国家则要求反抗西方。因此,现代性与现代民族国家之间必然发生冲突:要实现现代性就必须学习西方,走西方的道路,从而导致反传统;要建立现代民族国家又必须反对西方帝国主义,走反西方的道路,从而导致认同传统,从传统中获取"支援意识"。中国必须进行两难的选择。由于民族危亡的迫切性,建

---

[1]《马克思恩格斯全集》第十卷,人民出版社1962年版,第72页。

立现代民族国家的任务压倒了实现现代性的任务，为了建设现代民族国家不得不牺牲现代性，甚至反现代性。这就是说，20世纪中国面临的任务首先不是实现现代性，而是建立现代民族国家；为了建设现代民族国家又必须采取反（西方）现代性的立场。在洋务运动、戊戌变法、辛亥革命和五四文化革命的历史阶段，建立现代民族国家与实现现代性的任务还大体上一致，建立资产阶级民主共和国与引进科学、民主并行不悖，因此启蒙主义（包括文学启蒙主义）是主潮。但由于民族危机的加深，建立现代民族国家的任务压倒了实现现代性的任务。五四新文化运动刚开展数年，启蒙任务远没有完成，社会革命风暴突起，启蒙运动中止。这时，现代性与现代民族国家的矛盾突现。由于辛亥革命建立资产阶级民主共和国的尝试失败，于是选择以反（西方）现代性的方式完成建立现代民族国家的历史任务。无论是国民党还是共产党领导的革命，都是采用了非西方的革命道路，都接受了苏联的政治革命模式，其历史任务都是建立现代民族国家。而实现科学、民主的现代性任务被搁置，甚至成为批判的对象。这就是所谓"救亡压倒启蒙"的真正含义。这种历史要求使五四启蒙主义中断，新古典主义登上了历史舞台。

无论是中国还是欧洲，新古典主义都是对现代民族国家的回应，这是新古典主义的根本性质。为了建立现代民族国家，必须动员一切政治的、文化的力量。特别是在现代民族国家的形成阶段——"绝对主义国家"时期，更需要包括文学在内的文化的支持，以造就民族国家这个"想象的共同体"。支持绝对主义国家的文化力量是政治理性。法国路易十四时期，适应加强中央集权的需要，宰相黎塞留大力提倡新古典主义，推动了新古典主义的形成和发展。在英国的王政复辟时期也产生了新古典主义。新古典主义有几个基本特征：第一，高扬理性，认为理性是人的本质，也是文学的本质。认为理性就是真实，就是自然。法国新古典主义理论家布瓦洛提出："首先须爱理性：愿你的一切文章永远只凭理性获得价值和光芒。"[1]这个理性是群体理性。新古典主义的群体

---

〔1〕 伍蠡甫编《西方文论选》，上海译文出版社1979年版，第291页。

理性是对建立现代民族国家的正面回应。它强调个体情感、欲望必须服从国家、社会的责任。新古典主义悲剧就突现了个体对社会责任的牺牲而显示的崇高。第二，尊崇古代文学典范，强调服从权威，认为"摹仿自然就是摹仿古代准则"（蒲泊）。第三，认为文学形象应当体现某种普遍人性，形成人物形象的"类型"说。蒲泊就提出"诗人的任务是细查类型，而非细查个别"。第四，"高级的题材"和崇高的风格。新古典主义具有贵族文学的精神气质，它认为悲剧反映上层社会生活，是高级题材；而喜剧反映下层社会生活，是低级题材（布瓦洛）。古典主义往往选取古希腊、罗马的题材，描写宫廷贵族的生活。它的语言典雅、气质高贵、风格崇高，表现人性的伟大。第五，讲求艺术规范，认为共同规范比个性创造更为重要。尤其是新古典主义的"三一律"，给戏剧制定了不容违反的形式规则。这是理性主义在文学形式上的表现。

（二）法国和苏联的革命古典主义

新古典主义产生于法国，也流传于英国、德国和意大利等欧洲诸国，并且终于被 18 世纪的启蒙主义和 19 世纪的浪漫主义取代，而成为历史的陈迹。但新古典主义传统并没有消亡，它在后来的建立现代民族国家的实践中得到延续。由于建立现代民族国家是一个相当长的历史时期，因此，新古典主义传统也会不断在新的形式下复活，这就是在以后的法国大革命和俄国革命中发生的革命古典主义。法国不但是新古典主义的故乡，也是革命古典主义的故乡。法国大革命可以看作是建立现代民族国家的最后的运动，而此前的中央集权的封建王朝不过是其雏形和准备阶段。法国大革命是为了建立资产阶级的民主共和国，这是现代民族国家的最高形式。在这场革命中，要动员一切文化资源，灌输政治理性，发挥民族国家的想象，于是，革命古典主义文学思潮就应运而生了。革命古典主义是新古典主义的延续和更新，它们都尊崇政治理性，但它们的价值取向有所不同：新古典主义的政治理性是王权，而革命古典主义的政治理性是民主；新古典主义体现了贵族精神，而革命古典主义体现了平民精神，等等。但是，由于法国大革命的思想动力有来自卢梭的反现代性的道德理想主义、民粹主义等，因此它曾经偏离了启蒙主义的轨道，而继承了新古典主义的精神遗产，因此它们作为文学思潮是一脉相承的，都尊崇理性、规范，都服务于现代民族国家（不同的阶段和形式）。因此，国外有文学史家认为，法国大革命延续了新古典主义的寿命，而延缓了浪漫主义的诞生。法国大革命期间的文艺以革命的政治理性置换了新古典主义的传统的政治理性，从而以新的形式延续了新古典主义。朱学勤曾经对法国大革命中的"革命文艺"做过这样的描述："1794 年 5 月 16 日，救国委员会曾专门颁布法令，号召文学家大写革命的主旋律。据统计，十年革命中所产生的革命歌曲多达 3000 多首，流传较广的有《马赛曲》、《出征歌》、《就这么办》等。戏剧方面，巴黎剧院从卢梭时代的 3 座一度激增至 50 座。1793 年 8 月 2 日，国民公会下令，在巴黎市府指定的一些剧院，必须每周上演三次描写布鲁图斯、威廉·退尔的悲剧，或其他表现革命题材的剧目；其中可由国家负担一次演出费用，戏票免费发放，时间规定在下午 5 点半至 9 点之间，以方便劳动者。当时有议员只要看过《布鲁图斯》一剧，人人心脉贲张，都会成为刺杀暴君的壮士。据统计，革命时期创作和上演的戏剧达 2000 余部。政府还试图创造一种类似于中国街头活报剧那样的政治性鼓动剧，每逢节日庆典，就在广场上演出，以此烘托和强化革命气氛。"[1]

　　法国革命古典主义持续时间不长，因此不为文学史家所注意，但它的思想遗产却是重要的。革命古典主义的接力棒从法国传到了俄国。20 世纪初期的俄国从封建国家向现代社会转型的过程中，爆发了十月革命。这是建立现代民族国家的一种形式。十月革命后苏联建立了一个"国家社会主义"的社会制度，其基本特征是国家对社会生活的全面控制。这是吉登斯说的"绝对主义"国家的基本特征。这种"绝对主义"国家要求政治理性的支持，而苏联式的马克思主义即列宁—斯大林主义就成为国家意识形态。文学也不可避免地成为国家意识形态的一部

---

[1]　朱学勤《道德理想国的覆灭》，上海三联书店 1994 年版，第 222 页。

分。于是，按照国家意志，就造就了苏联的新古典主义文学思潮。这个文学思潮是以"社会主义现实主义"的名称出现的。"社会主义现实主义"产生于 20 世纪 30 年代的苏联，而后推行于整个社会主义世界中。

正如欧洲 17 世纪新古典主义和法国革命古典主义是由政府推行的文学思潮一样，苏联的"社会主义现实主义"也是国家意志的产物。从苏联文学的历史看，"社会主义现实主义"虽然有一定的社会土壤，但它并不是一种自发的文学思潮，而是在国家意志影响、推行下形成的。1932 年，斯大林在与作家会晤时提出了"社会主义现实主义"的概念，而负责意识形态的日丹诺夫则成为它的权威解释者。1934 年，召开了第一次苏联作家代表大会，正式确定了"社会主义现实主义"作为统一的创作方法。在这次会议上通过的《苏联作家协会章程》对"社会主义现实主义"作了如下解释："在无产阶级专政的年份中，苏联文学和苏联文学批评，与工人阶级一同前进，由共产党所领导，已经创造出了自己新的创作原则。这些创作原则，其形成一方面是由于对过去文学遗产的批判地摄取，另一方面是根据对社会主义胜利建设经验与社会主义文化成长的研究，已经在社会主义现实主义原则中找到了自己的主要表现。""社会主义现实主义，作为苏联文学与文学批评的基本方法，要求艺术家从现实的革命发展中真实地、历史地去具体描写现实。同时艺术描写的真实性和历史具体性必须与用社会主义精神从思想上改造和教育劳动人民的任务结合起来。"

上述规定还嫌太简要了，必须把它与以后流行的理论阐释以及实践表现结合起来，才能较全面地把握"社会主义现实主义"的真正含义。"社会主义现实主义"以与 19 世纪现实主义划清界限为第一要义，其内涵包括：第一，它是社会主义时代的现实主义，与资本主义时代的现实主义有着不同的历史任务，前者肯定现实，后者批判现实。第二，它是属于社会主义意识形态的现实主义，与属于资本主义意识形态的现实主义根本不同，前者为无产阶级服务，后者为资产阶级服务。第三，它富于革命理想主义精神，与浪漫主义消除了对立并容纳了浪漫主义；而"批判现实主义"丧失理想主义精神，与浪漫主义片面对立。第四，它以辩证唯物主义和历史唯物主义为哲学基础，能够真实地、历史具体地反映现实，并且能够反映现实的本质，因此是最好的创作方法；而批判现实主义在历史唯心主义指导下，不能反映历史发展的规律。

苏联"社会主义现实主义"作为唯一的创作方法的强制推行，造成了现实主义传统的中断和现代主义的消失。19世纪下半叶以来，俄国发生了强大的现实主义文学思潮，产生了果戈里、契诃夫、托尔斯泰、高尔基等伟大的现实主义作家，并且深刻地影响了世界文学的发展。这是俄国文学的黄金时代。不仅如此，俄国还是现代主义的发源地之一，陀思妥耶夫斯基被视为现代主义的先驱者，20世纪初又产生了未来主义等现代文学思潮以及形式主义的文学理论，它同样对世界文学的发展发生了深刻影响。但是，在"社会主义现实主义"的统一模式下，"批判现实主义"的传统中断了，现代派消失了（它们在西方得到了发展）。尽管也存在一些优秀作品，但在总体上，这时的苏联文学已从历史的高峰跌落下来。

在苏联，在"社会主义现实主义"旗帜下产生一些反映革命斗争和现实生活的作品，如《母亲》、《铁流》、《毁灭》、《恰巴耶夫》、《钢铁是怎样炼成的》、《青年近卫军》等等，发挥了鼓动革命理想的社会作用。同时也毋庸讳言，它也产生了一大批假现实主义文学作品，它们对十月革命、内战、肃反、集体化、党内斗争很少真实描写；它们歌功颂德，宣传说教，成为政治工具。同时，也产生了大量回避社会矛盾的肤浅平庸之作，例如所谓劳动、爱情以及反特题材的泛滥。这个时期文学水准大大下降，除了政治原因之外，也不能不归结为"社会主义现实主义"的本身的问题。我们应该把苏联文学的某些优秀成果与"社会主义现实主义"区别开来。被当作"社会主义现实主义"代表作的《母亲》，产生于"社会主义现实主义"之前，而且，平心而论，它并不是高尔基的最佳作品，而且这些作品也作于"社会主义现实主义"之前，它们的艺术水准也不能与俄国19世纪末的现实主义相比。诺贝尔奖获得者肖洛霍夫的《静静的顿河》也创作于"社会主义现实主义"提出之前，它没有被批判，真是一个例外。而在"社会主义现实主义"

提出之后，他的作品却退步了，如《被开垦的处女地》就远没有达到《静静的顿河》的艺术高度。而且，许多真正有现实主义精神的作品又以"社会主义现实主义"的名义被批判、禁止，甚至在赫鲁晓夫时代，诺贝尔奖获得者帕斯捷尔纳克的现实主义名著《日瓦戈医生》仍然成为批判对象，遭到查禁。

"社会主义现实主义"不是19世纪现实主义的延续或更新，而是新古典主义即革命古典主义，有这样几个理由：

第一，二者的历史定位不同。现实主义不认同现代性，不顺应国家意识形态，它是对资本主义的揭露和批判，是对现代性的阴暗面的抨击，因此具有了文学现代性。而"社会主义现实主义"是对"绝对主义国家"的认同，顺应国家意识形态，以肯定现实为主要倾向，因此是前现代性的文学。

第二，二者的意识形态基础不同。现实主义的意识形态基础是人道主义，而"社会主义现实主义"的意识形态基础是政治理性即国家意识形态。现实主义关注小人物的个体命运，而"社会主义现实主义"关注阶级的命运和国家的责任。

第三，现实主义的哲学基础是实证主义，主张客观性，而"社会主义现实主义"的理论基础是反映论和意识形态论。所谓"反映现实的本质"是被意识形态立场所规定的，因此更强调文学的理想性和意识形态性。

第四，"社会主义现实主义"虽然自称继承了现实主义精神，但实质上对19世纪现实主义持批判态度，认为它是资产阶级文学形式，缺乏理想性，只批判不肯定，不能反映现实的本质和历史的发展趋势等等，这样就否定了现实主义的基本品格。

第五，苏联"社会主义现实主义"的新古典主义性质除了上述表现以外，还体现为诸如"典型化"等形式规范以及崇高的风格。总之，"社会主义现实主义"符合了新古典主义的尊崇理性、讲求规范的基本特征。

（三）中国革命古典主义

20 世纪 30 年代，革命古典主义的接力棒从苏联传到了中国。中国的历史条件为革命古典主义铺就了丰厚的土壤，中国的古典理性传统为革命古典主义提供了强大的"支援意识"，从而使中国革命古典主义得到了更大的发展。五四新文化运动时期，中国处于启蒙时代，启蒙理性成为时代精神。五四文学思潮一直被错误地称为五四现实主义和浪漫主义，实际上属于启蒙主义，这是由其与现代性的关系决定的：它呼吁和讴歌现代科学、民主，批判封建主义，是对现代性的正面回应。但是，启蒙运动行之未久，由于建立现代民族国家的任务压倒了实现现代性的任务，革命取代了启蒙。社会革命需要新古典主义，也产生和延续了新古典主义，法国大革命如此，苏联革命如此，中国革命也如此。作为建立现代民族国家的手段的中国革命，需要政治理性以及建立于其上的新古典主义文学思潮的支持。因此，五四以后，苏联的革命古典主义（社会主义现实主义）引进，启蒙主义退出历史舞台。新古典主义的历史根据在于适应了建设现代民族国家的需要，而在中国，这个历史任务是由共产党领导的"新民主主义革命"完成的。革命胜利以后，进入了社会主义建设时期，而中国的社会主义建设采用了苏联模式。苏联模式的国家社会主义需要政治理性的支持，因此作为国家意志的主流意识形态成为文学的主导思想，革命古典主义不仅被延续，而且更为彻底，也走向僵化。从"革命文学"论争到左翼文学运动、抗战文学和延安整风，以及解放以后的社会主义文学时期的"革命现实主义"和"社会主义现实主义"、"革命现实主义与革命浪漫主义相结合"，革命古典主义形成、发展，直到"文革"推出"样板戏"和"三突出"原则而走向终结，革命古典主义主导了中国文坛达半个多世纪。

此外，革命古典主义的产生也有中国文学的理性主义传统的基础。正如欧洲新古典主义继承了古罗马文学的理性精神一样，中国文学的革命古典主义也继承了古典文学的理性传统。中国文学本身具有强大的理性传统，只不过这个理性不是现代理性，而是前现代的道德理性。五四文学虽然冲击了传统理性，但并没有使之寿终正寝。在建立现代民族国家的过程中，传统的道德理性转化为新的政治理性，而在这个基础上产生了革命古典主义文学。五四文学的接受西方的启蒙主义没有来自传统的"支援意识"，因此中途夭折。而中国顺利地接受了苏联的革命古典主义，且根基深固，持续长久，则有赖于理性主义文学传统的"支援意识"。

无论是"革命现实主义"还是"两结合"，都是苏联"社会主义现实主义"的变体，都是新古典主义的中国形式。中国的革命古典主义是对现实主义的批判。从"革命文学"论争到左翼文学和社会主义文学，一直都在理论上批判现实主义，认为是对"资产阶级现实主义"的革命。苏联"社会主义现实主义"被引进中国之初，就鲜明地针对欧洲19世纪现实主义（被称为"批判现实主义"）。周扬认为："现实主义者攻击了现实的丑恶，暴露了缺点，但是他们止于批评，并没有积极的建树。""由于作家世界观的桎梏和缺陷，它并没有达到生活的真实的全面的反映。"[1]周扬还认为，旧现实主义的批判性已经过时了，革命现实主义应当变批判为歌颂，因为"现在，阿Q们抬起头来了。关于觉醒了的阿Q值得写一部更大的作品"[2]。《在延安文艺座谈会上的讲话》（下文简称《讲话》）发表以后，特别是建国以后，对"资产阶级现实主义"的批判进一步加强，而粉饰现实的倾向日益加强。这样，革命文学就否定了现实主义的基本精神——批判性。革命文学自称为"革命现实主义"或"社会主义现实主义"，一方面自认为克服了"批判现实主义"的缺陷，同时也认为继承和发扬了现实主义精神。实际上，革命文学对现实主义的接受是一种"误读"。它把现实主义理解为"真实地反映现实"而抹杀了现实主义的本质——对现代性带来的社会灾难的揭露、批判。从反映现实的本质出发，就导致"革命现实

---

〔1〕 周扬《现实主义试论》，1936年1月《文学》第6卷第1号。
〔2〕 周扬《新的现实与文学上的新任务》，《文学运动史料选》第四册，上海教育出版社1979年版，第43页。

主义"或"社会主义现实主义"对现实的肯定，因为革命斗争和社会主义本身是光明的，反映革命斗争和社会主义的现实就意味着歌颂现实。前面已经说过，现实主义是对现代性带来的社会灾难的揭露、批判，它不会肯定现实，更不会歌颂现实。否定了这一点，就离开了现实主义的基本精神。而革命现实主义就在这方面离开了现实主义，成为新古典主义。

革命文学也是对五四启蒙主义的反拨。"革命文学"论争是接受苏联文学思想，批判五四启蒙主义的开端。30年代正式引进和接受苏联"社会主义现实主义"，在原则上与五四启蒙主义划清了界限，形成了中国"革命现实主义"思潮。五四启蒙主义被误认为"资产阶级现实主义"，它的人道主义、个性解放思想被当作资产阶级意识形态被批判；启蒙任务和对"国民性"的批判被认为是过时的了。这种批判在抗战后期特别是建国以后进一步得到加强。

中国革命古典主义具有一般新古典主义的特征，也具有自己的特殊性。首先，中国革命古典主义具有强烈的意识形态性尤其是强烈的政治理性主义。苏联的革命古典主义在主张文学的意识形态性的同时，还注重文学的客观性（反映论），而中国革命古典主义却更强调文学的意识形态性，不那么强调文学的认识论意义。这在《讲话》中得到明确的表述。《讲话》没有从文学是什么的科学角度谈起，而是从"我们的文艺是为什么人的"意识形态角度谈起；它没有运用反映论确定文学是对社会生活的认识，而是大谈文学的阶级性以及从属于政治，为政治服务。苏联的革命古典主义主张文学的意识形态性，但还没有局限于政治性，还包括道德等方面。中国革命古典主义不仅明确主张文学是一种意识形态，而且鲜明地宣称"文艺从属于政治"、"文艺为政治服务"。中国革命古典主义作家不是采用私人视角，而是采用阶级视角；不是采用多方面的生活视角，而是采用单一的政治视角。革命古典主义文学作品也具有强烈的政治倾向性。如《子夜》通过对中国社会的描写形象地表达了作者对中国革命的信念；至于"革命样板戏"更极端地突出了（而且是偏执化的）意识形态性、政治性。中国革命古典主义的强烈的意识形态性尤其是强烈的政治性既出自中国文化的实用理性传统，也是由中国革命的严酷性造成的，它需要文学参与革命斗争，需要突出文学的阶级意识。当然，建国以后，"以阶级斗争为纲"的"左"倾思潮助长了新古典主义的政治理性主义，但这仍然要从"国家社会主义"体制本身寻找根源。

其次，中国革命古典主义注重选取重大社会政治题材，突出了崇高的风格。它不是选取关注个体命运的立场，而是选取关注阶级、民族命运的立场。这是政治理性主义在文学题材方面的表现。同时，中国革命古典主义也突出了崇高的风格，它讴歌社会革命中的英雄人物，展示无产阶级性的伟大和崇高。不仅在"革命现实主义"时期是如此，而且在解放后的"社会主义现实主义"和"两结合"时期也是如此；以后竟至完全排除了非社会政治题材和其他美学风格，如"文革"前和"文革"中阶级斗争题材的绝对化、对"反题材决定论"和"时代精神会合论"的批判；"革命样板戏"更是把这种倾向推到极致，"塑造高大完美的无产阶级英雄形象"成为文艺的"根本任务"。

还有，中国革命古典主义表现了强烈的理想主义和乐观精神。它突出了理想主义，并认为这是区别于"批判现实主义"的特征。《讲话》提出文艺"应该比普通的实际生活更高、更强烈、更有集中性、更典型、更理想，因此就更带普遍性"。在"两结合"中，更强调和突出了理想主义。所谓"两结合"实际上是强调政治理想主义，因为这里的"浪漫主义"被理解为理想主义。这是中国革命古典主义区别于欧洲新古典主义和苏联革命古典主义之处。革命古典主义不是客观地描写现实，而是按照理想主义原则描写现实中还没有发生或还没有成为普遍事实的东西；不是展示人性和社会生活的黑暗面，而是展示光明的未来。这就是所谓"反映现实的本质"。在《讲话》中就已经批判了"写黑暗"和"写黑暗与光明并重"的主张，指出"以写光明为主"；在解放以后更强调颂扬社会主义的光明面。在"革命样板戏"中，这种理想主义更发挥到极致。同样，与欧洲新古典主义不同，中国革命古典主义没有形成悲剧意识，它不是表达个体对社会责任作出牺牲的悲痛，而是展现个体牺牲所具有的社会意义。因此，中国革命古典主义充满了乐观精神，坚信个体的牺牲是完全值得的，革命必将胜利。这种理想主义和乐观精神既来源于中国的集体理性和"乐感文化"（李泽厚），也出自鼓舞革命斗争意志的需要。

最后，中国革命古典主义形成了自己的形式规范。中国革命古典主义也遵循了一般新古典主义的人物类型化原则，苏联革命古典主义的形式规范如"塑造典型环境中的典型性格"得到继承，这种"典型"被确定为"共性与个性的统一"，而共性即阶级性是个性的本质。而且不仅如此，中国革命古典主义还创造了更为特殊的形式规范，最明显的是"样板戏创作经验"，如"三突出"原则等。

需要指明的是，中国的革命古典主义与欧洲新古典主义不同，它不具有贵族气质和高雅风格，相反，它具有平民气质和通俗化风格。这是由中国"新式农民革命"的性质决定的。它要求革命文学贴近工农大众，为工农大众所喜闻乐见，成为"团结人民、教育人民、打击敌人、消灭敌人的有力武器"。革命文学的平民化和通俗性也有中国文学的平民性传统的影响。欧洲"绝对主义国家"是中央集权的封建王朝，文学以宫廷趣味为中心，因此欧洲新古典主义继承了贵族文学传统。中国革命致力于建立工农政权，工农成为文学的主要对象，而且中国贵族文学传统薄弱，平民文学传统强大。因此，革命文学具有平民气质和通俗化风格。革命文学反映工人、农民的革命斗争生活，形式通俗。它提倡大众化，认为普及先于提高。但是，这种通俗化也不等于通俗文学，它对以消遣娱乐为特征的现代通俗文学是排斥的；它是革命的政治内容与通俗的艺术形式的统一，因此属于严肃文学范围。

历史在五四以后拐了个弯，由实现现代性转为建立现代民族国家，现代性思潮退潮。与此相应，文学思潮也跟着拐了个弯，由启蒙主义转回到新古典主义。从直线进化论的角度上看，这似乎是倒退，而从中国的具体历史条件看，这正是一种必要的迂回，因为只有完成建立现代民族国家的任务，才能进一步完成实现现代性的任务。只有在这个历史前提下才能接续未完成的启蒙主义任务，并进而建设具有现代性的中国文学。中国革命古典主义的历史作用是适应了建立现代民族国家的需要，发挥了推进革命的功能。但是，对文学而言，不可避免地出现这种情况，即文学为历史作出了牺牲。中国的革命古典主义是独立的文学思潮，它有自己独立的审美价值，因此不能简单地把它与其他文学思潮作比较。在这个意义上，革命古典主义有自己的成就和发展，也留下了一些经典作品。但是，另一方面，中国的革命古典主义出现于五四启蒙主义之后，而且同时也发生了浪漫主义、现实主义和现代主义文学思潮。因此，从历史的发展上看，对五四启蒙主义而言，在审美价值上有所退步，从五四文学的高度上跌落下来。而对于五四以后的非主流的文学思潮（如对于老舍代表的现实主义和沈从文代表的浪漫主义以及各种现代主义流派）而言，这种落差就更为明显。至于建国以后到"文革"时期的"社会主义现实主义"以及"两结合"文学的负面教训恐怕要大于正面经验。由于革命古典主义是五四启蒙主义的逆转，它虽然具有历史的依据，但并没有达到时代的最高水平，尤其是后期加剧的公式化、概念化以及僵化的政治理性主义违背了文学自身的规律，所以从总体上说，革命文学的艺术成就不高。文学对历史的牺牲是历史需要与精神自由之间的矛盾造成的。历史进步并不一定意味着人的价值的提高，而往往是以对人的价值特别是精神自由的牺牲为代价的。这就是所谓"历史与道德的二律背反"。文学作为"自由的精神生产"，往往要为历史作出更大的牺牲。明白了这一点，就明白了中国现代文学历史的最大秘密。

随着建立现代民族国家任务的基本完成，建设现代性的任务又提到日程上来。20 世纪 80 年代的新启蒙运动，接续了五四启蒙传统，完成五四未完成的建设现代性的任务。随着对苏联式的国家社会主义的改造，国家主义的历史合理性也随之消失。这正如奥尔特加·加塞特说的："国家至上主义悖谬的悲剧性过程不是由此昭然若揭了吗？为了使整个社会可以生活得更好，人们建立了作为一种手段的国家，但是，国家随即盘踞于社会之上，反而使得社会不得不开始为国家而存在。"[1]"这就是威胁文明的最大的危险：国家干预、国家对一切自发的社会力量的越俎代庖——这就等于说取消了历史的自发性，而从长远来看，维持、滋养并推动人类命运的正是这种自发性。"[2]与此相应，与国家社会主义制度以及国家主义意识形态相适应的革命古典主义文学思潮也退出历史舞台，新的启蒙主义文学思潮崛起。在以后的历史发展中，特别是在90年代兴起的市场经济大潮中，启蒙主义退潮，多元的现代文学思潮形成，如以张承志等为代表的浪漫主义、以"新写实主义"为代表的现实主义，以各种先锋派为代表的现代主义等。当然，革命古典主义并没有完全消失，它的影响依然存在。这是由于中国现代性建设还没有完成，还保留着传统社会主义的痕迹；也由于中国人的古典审美习惯仍然存在。但是，革命古典主义已经完成了自己的历史任务，它的生命力已经枯竭，不可能主导当代文学了。革命古典主义退出历史舞台，是历史的选择，也是文学自身发展的要求。它留下的历史经验，值得我们思考和借鉴。

二、苏联文学理论与中国革命文艺思想

苏联文学理论自上个世纪20年代后期传入中国以后，成为革命文学的主导思想；以后，苏联文学理论又中国化了，形成了中国革命文艺思想。苏联文学理论与中国革命文艺思想之间既有共同点，又有差异，这导致二者之间由合作到冲突。这一段历史经验尚没有加以总结，有必要进行严肃的学术考察。为什么会爆发文艺界的"反修"斗争乃至"文革"？"反修"和"文革"与建国初期的数次文学运动有何区别？这是值得深思的历史之谜。这一问题只有纳入苏联文学理论和中国革命文艺思想的关系演变史中加以考察，才能得到明晰的解答。

---

[1]　奥尔特加·加塞特《大众的反叛》，刘训练译，吉林人民出版社2004年版，第115页。

[2]　奥尔特加·加塞特《大众的反叛》，刘训练译，吉林人民出版社2004年版，第115页。

（一） 现代民族国家的想象与苏联文学理论在中国的传播

苏联文学理论在中国的传播和扎根，有其社会的和文化心理的土壤，这就是建立现代民族国家的历史任务以及对国家乌托邦的想象。在苏联文学理论引入之前，存在着向西方探源的五四传统。五四新文化运动是争取现代性的启蒙运动，这场运动并没有完成自己的历史任务，而被争取现代民族国家的革命运动取代。五四传统的中止，存在着深刻的历史根源。在中国，争取现代性与建立现代民族国家的任务存在着冲突，由于中国的现代性缺乏本土文化传统的支援，只能从西方引进，而中国作为半殖民地，为了建立现代民族国家必须进行反帝斗争。这样，就产生了历史的悖论：要建设现代性，就必须学习、引进西方现代文化，而要建立现代民族国家，就必须反对、批判西方现代文化。救亡的紧迫性，决定了中国由启蒙转入革命。可以说，中、西民族矛盾的升级，截断了中国寻求现代性的道路。五卅之后，中国的社会走向发生重大转折，现代性神话让位于国家乌托邦。历史在此处迂回。重建民族自信心，寻找一条中国化的革命道路，建立一个东方式的民族国家，成为大多数中国人的梦想。正当此时，苏俄这个新兴无产阶级国家正从东方冉冉升起。苏俄的革命模式一下子攫取了中国志士仁人的目光，使他们从中获得革命的灵感。文学也开始了历史的迂回。从"革命文学"时期开始，苏联文学理论就借道日本进入中国，拉普派的理论经过日本"新现实主义"的阐释，被激进左翼的文学团体"创造社"、"太阳社"接受，成为其纲领。在苏联革命文学理论的指导下，对五四文学及其代表人物鲁迅、茅盾、胡适以及叶绍钧、冰心、郁达夫、周作人等人进行了批判，五四被认定为资产阶级的文化运动，其代表人物被指斥为资产阶级的代言人。革命文学论争以双方和解，共同接受苏联文学理论收场。这标志着五四开辟的争取现代性的启蒙主义文学运动的中止，由革命文学运动取而代之。左联成立之后，苏联文学理论全面引入。此时苏联文学已经清理了拉普派思想，重新建构了以反映论和"社会主义现实主义"为核心的革命文学理论。在中国，被苏联阐释了的马克思、恩格斯的文艺理论，普列汉诺夫、列宁、斯大林、卢那察尔斯基、波格丹诺夫等人的文艺思想得到大力译介和推广，很快取得了文坛的主导地位。苏联文艺理论的突起和独霸，与建立现代民族国家的历史需要密不可分。当时国民党虽然取得了国家政权，但在文化上依然遵循准儒家式的表述方式，既缺乏最广泛的民众基础，又无法提供关于国家未来的乌托邦式的想象空间，注定了其在意识形态争夺中的劣势地位。五四文学思想作为启蒙时代的历史回声，与新的时代精神发生冲突，它必然随着现代性的落潮而遗落在空漠的历史时空中。中国传统文学思想，已经难以承载民族国家的文化想象。唯独苏联革命理论包括文学理论，凭借着本国的成功经验长驱直入，一路播撒国家主义的理想，适时填补了中国人的心理空缺，故而很快取得文化阵地的制高点。

苏联文学理论是特殊地缘文化的产物，具有两重的文化身份。一方面，俄国文化受到欧洲文学传统的影响，形成了认识论传统。欧洲文学传统包含人道主义和认识论两个方面。苏联文学理论继承了欧洲的认识论传统，它吸收了"摹仿自然"说，经别林斯基、车尔尼雪夫斯基、杜勃罗留波夫阐发，形成了"文学是社会生活的形象认识"观点，后来在列宁的反映论的基础上，最终确立起"文学是现实的形象反映"的经典论断。反映论，强调主体对现实的摹写和镜映，摒除主观性，突出文学的客观性和真实性。另一方面，俄国文化属于东方文化，带有"东方专制主义"的特征。苏联文学理论继承了东方文化传统，强调文学的意识形态本质和教化作用，具有群体本位主义的性质。它提出文学对现实的反映是受历史条件、阶级条件决定的，文学不可避免地带有阶级性。作家只有拥有正确的世界观、进步的阶级意识，才能如实地反映现实，揭示现实的本质，达到真实性与革命性的统一。这是典型的意识形态论，它与反映论构成了内在的悖理。可见，苏联文学理论本质上是一种认识论和意识形态论的二元论。苏联文学理论虽然继承了东方文化传统，中断了人道主义的西方文化传统，但又不可能完全清除西方文化的影响，它潜伏在文学思想的深层，顽强地影响着文学的发展。特别是 20 世纪 50 年代，在"非斯大林化"以后，"社会主义人道主义"得到肯定，文学的人道主义精神在一定程度上得到了恢复。

苏联文学理论的引进，颠覆了五四引进的西方文学思想，使中国文学思想史发生重大转折。

首先，对文学本质的认识发生改变，由文学独立转向文学依附意识形态。五四时期最显著的文学观念是"人的文学"，即提倡"用这人道主义为本，对于人生诸问题，加以记录研究的文学"[1]，反对载封建之道的文学，它一定程度上疏离了文学与意识形态的关系，带有文学独立思想的萌芽。同时，"人的文学"主张以文学争自由，大力宣扬个体价值，反对歌颂封建旧道德和旧文化、宣扬奴性和婢性的"非人的文学"，实质上是启蒙主义性质的文学观。无论是"为艺术而艺术"的创造社，还是"为人生而艺术"的文学研究会，都奋力为社会争解放、为个体争自由的伟大事业，二者并无本质区别，都属于启蒙主义。左联时期，中国全盘接受了苏联文学理论，文学被高度意识形态化，成为政治的传声筒，成为阶级性、党性的象征。苏联文学理论不仅否定了五四时期刚刚萌芽的文学独立、文学自由思想，而且反转了五四的启蒙文学观。周扬称："文学的真理和政治的真理是一个，其差别，只是前者是通过形象去反映真理的。所以，政治的正确就是文学的正确。不能代表政治的正确的作品，也就不会有完全的文学的真实。"[2]他还宣称："'你假使真是一个前进的战士'，你就一定要站在无产阶级的立场，百分之百地发挥阶级性、党派性，这样，你不但会接近真理，而且只有你才是真理的唯一体现者。"[3]在周扬的表述中，文学与政治被画上等号，文学的意识形态性障蔽了它的审美性、真实性和批判性。其他左派文学家也从文学政治本质观出发，忽视文学的审美价值，他们宣称：

---

〔1〕 钟叔河编《周作人文选》第一卷，广州出版社 1995 年版，第 42 页。

〔2〕 周扬《文学的真实性》，1933 年 5 月《现代》第 3 卷第 1 期。

〔3〕 周扬《到底谁不要真理，不要文艺？》，1932 年 10 月《现代》第 1 卷第 6 期。

"只要在阶级阶层中能够宣传和教化千百万勤劳大众的作品，那这种作品就是有色有香的艺术性十二分高的真正无产阶级的文艺。"[1]

其次，苏联的"社会主义现实主义"即革命古典主义广泛传播，成为文学的最高创作原则和评判标准。欧洲新古典主义发生于17世纪，其历史任务是为建立现代民族国家提供想象，因此理性和规范成为其基本主张。"社会主义现实主义"于1934年全苏第一次作家代表大会上被确立，它除了强调文学要真实地、历史地反映现实外，还突出了两个要点：其一，革命理想性，即用本质的、发展的眼光看待现实、描写现实，表现社会主义战胜资本主义的历史规律，体现更高的能动性和革命性。这意味着，文学必须具备寓言功能，成为国家未来命运的神圣寓言。它不仅要写已经发生的、正在发生的，而且要写将来发生的，指出社会主义国家的美好前景。其二，意识形态教化性，即以社会主义精神改造和教育人民，增强人民对社会主义战胜资本主义的必胜信心，推进社会主义事业的蓬勃发展。这意味着，文学创作的最高目的，不是艺术审美，也不是文化批判，而是政治教化。可见，"社会主义现实主义"把文学的倾向性、革命性、典型性置于真实性、批判性、创作个性之上，脱离了现实主义的传统，体现了新古典主义的创作理念，属于特殊的新古典主义——革命古典主义。

1933年周扬在《关于"社会主义的现实主义与革命的浪漫主义"——"唯物辩证法的创作方法"之否定》[2]一文中正式将"社会主义现实主义"介绍进来。"社会主义现实主义"很快赢取左翼作家群的认同，获得文学话语的优先权，取代了五四时期的"写实主义"（实际上是启蒙主义）文学主张。周扬指出："现实主义攻击了社会的丑恶，暴露了缺点，但是他们止于批评，并没有积极的建树。""由于作家的世界观的桎梏和缺陷，它并没有达到生活的真实之全面的反映。""旧现实主义早成了无力的东西，消极的浪漫主义也已被现实的波澜所卷

〔1〕《拓荒者》第1卷第4，5期合刊，上海文艺出版社1960年版，第1611页。
〔2〕1933年11月《现代》第4卷第1期。

殁。"[1]它对五四启蒙主义的批判、摒弃，造成了启蒙主义传统的中断，为以后新古典主义的蜕变创造了条件。

最后，苏联文学理论促成了文学大众化倾向。苏联文学理论为了革命的需要，提出文艺大众化策略。30年代左翼文学也开始深入探讨大众化问题。从形式上看，大众化问题讨论似乎延续了五四平民文学的思想，事实并非如此。五四平民文学反对贵族文学、士文学，写作主体是城市平民知识分子。平民文学以城市平民为接受群体，开创了新的审美范式和新的雅文学传统。胡适提倡"文学的国语"、"国语的文学"，意在建立雅文学规范和雅语言规范。而左翼文学提倡的"大众化"实质上是一种"化大众"，借助俗文学的形式传达政治理念，达到教化大众的目的。郭沫若指出作家的使命："你要去教导大众，老实不客气的是教导大众，教导他怎样去履行未来社会的主人的使命。""这个也就是你大众文艺的使命，你不是大众的文艺，你也不是为大众的文艺，你是教导大众的文艺！"[2]

苏联文学理论在左联时期的崛起，与民族国家的想象密不可分。但那时并没有形成普遍的革命形势，因此苏联文学理论也没有成为全民族的文学思想。但随着抗战的爆发，内忧外患加剧了中国人对现代民族国家的迫切愿望和归属需求，民族主义情绪渗透到社会的每一个角落，大多数有良知的中国人都愿意服膺于建立现代民族国家的伟大使命，投身于"民族革命战争"的斗争中去。于是，爱国主义的历史主题主导了文学思想的时代风潮，文学被加上了国家主义的重轭。在这种形势下，苏联文学理论获得了空前的强化和普遍化。在抗日战争中，苏联文学理论实际上获得了合法性，取得了统治地位。苏联文学理论的一些基本观点，诸如意识形态的文学观（演变为文学为抗战服务）、革命现实主义（演变为抗日的现实主义）、革命的大众文学（演变为工农兵文学）等，都成为文艺界和全民族的共识。

---

〔1〕 周扬《现实主义试论》，1936年1月《文学》第6卷第1号。
〔2〕 郭沫若《新兴大众文艺的认识》，1930年3月《大众文艺》第2卷第3期。

（二）苏联文学理论的中国化

前面已经说明，苏联文学理论具有认识论（反映论）和意识形态论的二元化性质。而几千年来中国盛行的"文以载道"的文学思想，具有意识形态论的一元化性质。同时，中国革命更需要文学的鼓动、宣传，要求文学成为革命意识形态的载体。可见，苏联文学理论与中国文学传统之间存在差别，苏联文学理论的二元论体系不能完全适应中国国情。于是，历史选择了苏联文学理论的中国化，即在革命形势下，对苏联文学理论进行改造，建立一个更强有力的、更适合中国国情的文学思想体系。有中国特色的革命文艺思想由此诞生。

中国革命文艺思想是苏联文学理论的中国化产物。左翼文学几乎全盘接受了苏联文学理论，而没有加以改造，因此与中国革命的实际并不完全适应。1942年毛泽东发表了《在延安文艺座谈会上的讲话》，修正了30年代前期引进的苏联文学理论，加入中国传统文化的因子，将它重组成带有中国特色的革命文学理论，并借助整风之机在解放区加以普及，确立了毛泽东文艺思想的权威性。与苏联文学理论相比，毛泽东文艺思想加强了意识形态性、理想主义和民间化倾向。

首先，在文学的本质问题上，苏联文学理论循着欧洲认识论传统建构体系，建立了反映论的文学观，同时又强调文学的意识形态性，尤其是强调文学的阶级性，将文学转化为阶级寓言。这样，它存在认识论和意识形态论的内在矛盾。而毛泽东文艺思想继承中国传统文学思想的意识形态论传统，淡化文学的认识功能，强化文学的政治功能，是一元化的文学思想体系。

《在延安文艺座谈会上的讲话》不是从认识论、反映论出发来论述文学的本质，而是从社会功利目的即"我们的文艺是为什么人"的命题出发展开论述。这预设了一种意识形态论的文学本质观，即文学是一种社会价值，与客观认识和反映无涉。这与苏联文学理论有差异，而这种差异后来扩大为两种文学思想的斗争，最后导致了二者的分道扬镳。毛泽东也曾说："作为观念形态的文艺作品，都是一定的社会生活在人类头脑中的反映的产物。"[1]但是，他仅仅在谈到文学创作的源泉时才使用了反映概念，而且从全文看，也仅是个别论述，并没有成为基本的观念。毛泽东自始至终都在强调文学的意识形态性、社会功利作用，而不是文学的客观性、认识作用。他说："文艺是从属于政治的。"他还说："那末，什么是我们的问题的中心呢？我认为，我们的问题基本上是一个为群众的问题和一个如何为群众的问题。"[2]这种政治功利主义的出发点以及意识形态论前提，吸收了"文以载道"的传统文学理论资源而加以改造。

同时，毛泽东对文学本质问题采取了"从实际出发"实践性的立场，而不是科学主义立场。西方文学理论，是从本质主义出发，先确定文学的本质，再推演出文学的其他性质，并且"从逻辑进入到历史"，发挥现实功用。苏联文学理论也继承了这种本质主义，建立了基于反映论的文学理论。而毛泽东继承了中国文化的"实用理性传统"，注重实践经验和实用功能，反对形而上学的本质主义。他在讲话《结论》部分的开篇处着力批驳了从本本出发的文学观，主张从实际出发，文学为现实服务。"我们讨论问题，应当从实际出发，不是从定义出发。……我们是马克思主义者，马克思主义叫我们看问题不要从抽象的定义出发，而要从客观存在的事实出发，从分析这些事实中找出方针、政策、办法来。我们讨论文艺工作，也应该这样做。"[3]毛泽东这种阐释策略，回避了苏联文学理论对文学本质的认识论界定，从实践的角度暗中肯定了文学的意识形态本质。他找到了中国传统实用理性和马克思实践论的平衡点，增强毛泽东文艺思想的合法性依据。而中国当时面临的最大实际问题，便是如何争取抗战胜利以及实现现代民族国家的世纪

---

〔1〕 毛泽东《在延安文艺座谈会上的讲话》，《毛泽东选集》第二卷，人民出版社1991年版。

〔2〕 毛泽东《在延安文艺座谈会上的讲话》，《毛泽东选集》第二卷，人民出版社1991年版。

〔3〕 毛泽东《在延安文艺座谈会上的讲话》，《毛泽东选集》第二卷，人民出版社1991年版。

梦想。

其次，中国革命文艺思想对"社会主义现实主义"作了修正，突出强调文学的革命理想性。苏联的"社会主义现实主义"一方面从反映论出发，强调文学与现实的一致；另一方面，又从意识形态论出发，强调文学反映现实本质和社会发展规律，从而又暗藏了一种理想主义。但是，苏联文学理论的基础毕竟侧重于反映论，强调文学反映现实的真实性。而毛泽东则从鼓动人民的革命热情的需要出发，更强调文艺高于现实的理想性。毛泽东《在延安文艺座谈会上的讲话》中提出："但是文艺作品中反映出来的生活却可以而且应该比普通的实际生活更高、更强烈、更有集中性、更典型、更理想，因此就更带普遍性。"[1]"六个更"实际上突出了文学的理想性，用革命理想主义的神圣光环来提高现实，以激发起人民群众高涨的革命情怀，从而推动革命进程，使文学真正成为"团结人民、教育人民、打击敌人、消灭敌人的有力的武器"。延续着这条理想主义的路线，在1958年，毛泽东又创造性地提出了"革命现实主义与革命浪漫主义相结合"的方针，从而把革命理想主义发挥到极致。毛泽东文艺思想避免了苏联文学理论二元体系的内在矛盾，让文学真实性服务于意识形态性。毛泽东明确提出"以写光明为主"的创作指导思想，并提出"两结合"的创作方法，以取代"社会主义现实主义"这一袭用已久的概念，把"革命理想主义"确立为文学创作的指令性话语。毛泽东文艺思想对"社会主义现实主义"的改造，继承了中国古典文学的"乐感文化"精神，最终形成了中国式的新古典主义。

最后，中国革命文艺思想进一步发展了"大众化"文艺思想，并且主张民间化的文学路线。苏联文学理论中也有大众化的思想，但并没有过多地强调，因为它还承认有高雅文学与通俗文学之分。而中国革命文学思想则强调一切文学的大众化，而大众化的途径就是民间化。这一

---

[1] 毛泽东《在延安文艺座谈会上的讲话》，《毛泽东选集》第二卷，人民出版社1991年版。

方面是革命战争的需要，必须发挥文学的鼓动、宣传大众的作用。另一方面，还有民粹主义的影响。中国革命是农民革命，农民是革命的主体，必须依靠农民并且认同农民文化。在认同农民阶级的文化的基础上，不可避免地产生了新的民粹主义。民粹主义具有民间社会文化的基础，带有反资本主义、大众化、集权化、道德化以及大众崇拜等特征。中国革命者厌弃西化路线，追寻中国式的革命道路和现代化进程。同时，他们带有浓厚的大众意识。中国革命意识形态必须吸取民间文化的思想资源。莫里斯·迈斯纳指出："毛主义对于那些与现代经济发展有关的组织和制度都很厌恶，这一点与 19 世纪的乌托邦社会主义思想也有相似之处：对专业化分工的偏见，对于政治和经济的大规模集中化组织形式的反感，对所有官僚主义现象的坚决反对态度，以及对于正规高等教育的不信任。"[1]这种论述虽然不可避免地带有偏见，但民粹主义倾向的存在却是无可讳言的。这就体现在中国革命文艺思想的大众化、民间化路线。

毛泽东的文艺大众化思想有两大要点。其一，创造性地把"大众化"口号具体化为普及与提高的关系问题。他在《在延安文艺座谈会上的讲话》中这样阐述普及和提高的关系：第一，普及是基础，提高是指导，"……而是在普及基础上的提高。这种提高，为普及所决定，同时又给普及以指导。"这实际上是要消除通俗文学与高雅文学的区别，使二者统一于工农兵文学。第二，先普及后提高，"对于他们，第一步需要还不是'锦上添花'，而是'雪中送炭'。所以在目前条件下，普及工作的任务更为迫切。"这实际上是要高雅文学为工农兵文学作出牺牲。第三，摒弃知识分子书写传统，主张在工农群众的俗文学（普及）基础上创造新的雅文学（提高）。"那末所谓文艺的提高，是从什么基础上去提高呢？从封建阶级的基础吗？从资产阶级的基础吗？从小资产阶级知识分子的基础吗？都不是，只能是从工农兵群众的基础上去

〔1〕 莫里斯·迈斯纳《毛泽东与马克思主义、乌托邦主义》，中央文献出版社 1991 年版，第 60 页。

提高。"这实际上要避开古今中外已经有的高雅文学遗产，另起炉灶，从工农兵文学中产生新的高雅文学。其二，大力提倡"民族形式"，走上了一条民间化路线。1938 年 10 月，毛泽东在中共六届六中全会上作了题为《中国共产党在民族战争中的地位》的报告，指出："洋八股必须废止，空洞抽象的调头必须少唱，教条主义必须休息，而代之以新鲜活泼的、为中国老百姓所喜闻乐见的中国作风和中国气派。"虽然这段话并不直接针对文艺界，但对文艺界产生重大影响，引发了关于"民族形式问题"的大讨论。毛泽东在《讲话》中对此次大讨论作了总结，批评部分作家"不爱他们的萌芽状态的文艺（墙报、壁画、民歌、民间故事等）"，确定民间形式为大众化方向。在建国以后，毛泽东又提出："中国诗的出路，第一条是民歌，第二条是古典，在这个基础上产生出新诗来。""形式是民歌，内容应是现实主义和浪漫主义的统一。"[1]而大众化、民间化的提出，并不代表民间立场的崛起，它与传统民间文学有本质的不同。实际上，只是吸取民间文化的思想资源，特别是民间的通俗形式，借助民间文化舞台来演出革命意识形态的大戏，是国家主义对民间立场的借用和转喻。

必须指出，苏联文学理论、毛泽东文艺思想适应了中国革命的需要，推动了现代民族国家历史任务的完成，这是不能否认的。同时，由于理论本身的偏颇以及历史条件的变化，不能适应文学的现代发展，产生了"左"的倾向，这也是不能否认的。

（三）中国革命文艺思想与苏联文学理论由合作到分裂、对抗

建国以后，苏联文学理论与中国革命文艺思想有了一段合作时期。苏联文学理论继承了欧洲的形而上学传统，建立了严整的逻辑体系，理论性较强。因此，在大学教学和学术研究领域占据主导地位。中国革命文艺思想继承了中国实用理性的文化传统，思辨性较弱，但更适合中国国情，更具有政策实用性。二者互补，共同主导着中国文坛。它们共同

---

〔1〕　参见周扬《新民歌开拓了诗歌的新道路》，1958 年 6 月《红旗》创刊号。

的批判对象是五四时期引进的现代西方文学思想。因此，自建国以来，连续发生了文艺领域的思想斗争和政治斗争，主流的苏联文学理论和中国革命文艺思想联手对残存的西方文学思想进行了清除。这个时期，苏联文学理论与中国革命文艺思想之间的共同点大于不同点，它们之间的分歧被掩盖了。

但是，苏联文学理论与中国革命文艺思想之间的分歧毕竟是一种客观存在，在一定的历史条件下，二者的分歧就有可能凸显并且扩大，发生冲突和对抗。这种情况在20世纪50年代后期发生了。自苏联开展非斯大林化运动以来，中苏的政治分歧扩大为两党、两国之间的分裂，终于演变为中国开展的"反对修正主义"的斗争和文化大革命。文学思想领域的分歧日渐公开化，成为政治斗争的时代缩影。1958年，毛泽东提出了"革命现实主义与革命浪漫主义相结合"的创作方法，取代了从苏联引进的"社会主义现实主义"创作方法。这标志着中国式的革命古典主义取代了苏联式的革命古典主义。"两结合"与"社会主义现实主义"的区别在于，后者以"现实主义"为主，"浪漫主义"为辅；而前者提高了"浪漫主义"的地位，与现实主义平起平坐。实际上，在苏联文学思想的语境中，所谓"现实主义"被阐释为现实性、客观性，而"浪漫主义"被阐释为理想性、主观性，是理想主义的代名词。这当然是一种曲解。实际上现实主义和浪漫主义都是一种历史性的文学思潮，而不是什么抽象的"创作方法"。浪漫主义是对现代性的第一次反拨，它反抗工具理性和现代工业文明对激情、自然的扼杀。现实主义是对现代性的第二次反拨，它揭露、批判现代化带来的社会灾难以及人性的堕落。因此，"社会主义现实主义"或者"两结合"都与现实主义或浪漫主义无关，它们只是革命古典主义的不同形式。中国式的革命古典主义即"两结合"更突出地强调了文学的理想化，进一步冲淡了社会主义现实主义微弱的客观性。

"两结合"的提出仅仅意味着中苏文学思想的分歧初露端倪，而后的"反修"运动才正式揭开了双方斗争的序幕。中国革命文艺思想与苏联文学理论之间的矛盾最终演化为对抗。1969年初，《文艺报》发表一系列文章，动员在文艺界开展反修斗争。《文艺报》社论称："文艺上的修正主义，是政治上、哲学上的修正主义在文学艺术上的反映，它的主要表现是：宣扬资产阶级的人道主义、人性论、人类爱等腐朽观点来模糊阶级界限，反对阶级斗争；宣扬唯心主义来反对唯物主义；宣扬个人主义来反对集体主义；以'写真实'的幌子来否定文学艺术的教育作用；以'艺术即政治'的诡辩来反对文艺为政治服务；以'创作自由'的滥调来反对党和国家对文艺事业的领导。"[1]以后，中国文艺界开展了一系列针对"苏联修正主义"文艺思想的斗争。这场斗争一直延续到"文革"时期，并发展为对"文艺黑线"的斗争，也就是把"三十年代文艺"、"十七年来的文艺"与"现代修正主义文艺"联系起来，编织成一条"文艺黑线"。江青在《部队文艺座谈会上的讲话》中还提出批判"黑八论"，所谓"黑八论"是"写真实论"、"现实主义广阔道路论"、"现实主义深化论"、"反题材决定论"、"中间人物论"、"反火药味论"、"时代精神汇合论"以及"离经叛道论"等。可以看出，这些受到批判的文艺主张基本上是属于苏联文学理论，特别是"非斯大林化"以来的苏联文学理论。与苏联文学理论背道而驰，"文革"中偏执化的主流文艺思想走向极端，它把古今中外的一切文学遗产打成"封、资、修黑货"，使中国文学完全封闭；把文学当作政治工具，大批文学作品被打成"反党小说"，提出了包括文学领域在内的"全面专政"理论；革命古典主义演变为伪古典主义，所谓"样板戏经验"（根本任务论、三突出等）成为文艺的唯一指导原则；"工农兵文艺"的极端化导致文学创作的毁灭。总之，在革命战争中诞生的革命文艺思想，在和平时期没有及时加以调整，走向偏执化，并且与苏联文学理论发生对抗，给文艺带来了灾难性的后果。

值得思考的是：同样是国家意识形态主导的苏联文学，依然有像肖洛霍夫那样的诺贝尔文学奖得主，并且出现了像曼德尔施塔姆、左琴

---

[1]《用毛泽东思想武装起来，为争取文艺的更大丰收而奋斗》，《文艺报》1969年第1期社论。

科、阿赫玛托娃、索尔仁尼琴、帕斯捷尔纳克、布罗茨基等异端作家，他们在政治高压下，保持了文学的独立性，保持着心中的那份真诚，即便遭受镇压、监禁、流亡亦无悔。他们给苏联文学留下了辉煌的遗产。而中国革命文学特别是建国以后的文学却几乎没有什么值得骄傲的成果。其内在原因是，苏联文学理论是二元结构的理论体系，不仅有意识形态论，还继承了西方认识论的思想传统，文学的意识形态性和真实性追求相互制衡，为文学创作留下了一定的生存空间。而苏联文学理论的中国化形式则是意识形态一元论，它抵制了苏联文学理论的客观论倾向，并极大地发挥文学的主观性，但并没有给文学留下最足够的生存空间。意识形态一元论的文艺思想虽然有助于加强革命宣传，发挥文学的政治功利作用，但由于产生了"左"的倾向，不允许任何形式的异端思想存在，最终把文学桎梏在偏执化的意识形态的牢笼之中。

三、个案研究：样板戏——革命古典主义的经典

（一）样板戏与革命古典主义

"革命样板戏"这一"文化革命"的产物，至今仍然有不同的评价。一种评价是否定的，认为它是极左思潮的政治宣传品，没有什么艺术价值。另一种则把它与政治加以区隔，承认它具有独特的艺术价值。本文认为，样板戏既是一种政治现象，又是一种文艺现象，二者既有联系，又有区别。作为政治现象的样板戏，已经被历史否定；而作为文艺现象的样板戏，则需要进行历史的、审美的批评。这就是说，要把样板戏放在一定的历史条件和文学思潮中加以分析，从而确定它的历史的、美学的意义。从根本上说，样板戏是中国革命古典主义的经典，从这个角度，就可以对样板戏作出美学的和历史的定性。

所谓革命古典主义就是中国的新古典主义。新古典主义是文艺对现代民族国家的想象，其基本性质是尊崇理性，讲求规范。欧洲的新古典主义发生于 17 世纪的法国，当时路易十四建立了中央集权的封建王朝，

这个"绝对主义国家"是现代民族国家的雏形，从而区别于传统的"王朝国家"。为了构造民族国家这个"想象的共同体"，路易十四王朝的宰相黎熙留自上而下地推行了新古典主义的创作模式。新古典主义承继古罗马文化传统，鼓吹国家理性，强调国家、民族责任高于个体价值。它重视共性，轻视个性，崇拜古代权威，讲求形式规范，形成了"三一律"。新古典主义体现了贵族精神，形成了典雅、崇高的美学风格。中国从苏联引进了"社会主义现实主义"，这就是东方的新古典主义——革命古典主义。之所以把"社会主义现实主义"规定为革命古典主义，因为它与新古典主义有相同的历史任务。革命前的俄国是一个封建王朝，资本主义没有得到充分发展，因此建立现代民族国家就成为首要的历史任务。十月革命是完成这个历史任务的一种途径，而革命后的苏俄建立了一个"国家社会主义"制度，这是现代的"绝对主义国家"。它同样需要文艺的想象，以建立一种"国家神话"。于是，在这种历史条件下，"社会主义现实主义"，也就是革命古典主义诞生了。五四以后，由于建立现代民族国家的历史任务压倒了争取现代性的历史任务，于是"革命压倒了启蒙"，开始了旨在建立现代民族国家的革命运动。20世纪30年代，"社会主义现实主义"被引进，形成了革命文艺运动。革命胜利后，建立了以苏联为范本的社会主义国家，它同样需要建立国家理性，于是文艺就被更深地纳入到这种民族国家想象的模式之中。可以说，从五四以后的"革命文学论争"到左翼文艺、抗战文艺、解放战争文艺以及解放以后的"社会主义文艺"，都属于革命古典主义文艺思潮。中国革命古典主义文艺思潮继承了欧洲新古典主义的基本性质，同时又具有自己的特点。首先，它尊崇政治理性，提出了"文艺从属于政治"、"文艺是政治的工具"、"文艺为政治服务"等原则，从而符合了新古典主义的理性主义。其次，它遵守革命领袖马、恩、列、斯、毛的经典，作为文艺的指导理论，从而符合了新古典主义的尊崇权威的信念。第三，它提出了典型化的理论，认为典型是阶级的代表，是阶级性的体现，从而符合了新古典主义的类型化理论。第四，它注重重大政治题材，讴歌英雄人物，形成了革命的宏大叙事以及革命英雄主义的精神，从而符合了新古典主义的崇高的美学风格。第五，它继承了中国"乐感文化"以及古典文学的"大团圆"传统，强调了革命理想主义和乐观精神，展示了革命的光明前途和胜利信念，从而符合了新古典主义的理性主义乐观精神。第六，它提出了诸如"典型环境中的典型性格"、"细节的真实与历史的本质的结合"等写作原则，从而符合了新古典主义的讲求规范的特征。

革命样板戏是革命古典主义发展的经典和顶峰。自左翼文学发生以来，革命古典主义经历了不同的历史阶段。大体上可以以1949年为界，把它划分为两个阶段，一是解放前的初期阶段，二是解放后的后期阶段。初期阶段的革命古典主义，其历史背景是争取现代民族国家的革命战争蓬勃发展，而革命文学配合革命战争，反对半封建、半殖民地（实际上是半资本主义）的旧社会制度，讴歌革命运动。由于中国社会的二元性质，即农村的封建主义和城市的官僚资本主义并存，因此"革命现实主义"实际上包含了反对封建主义的启蒙主义任务、反对资本主义的现实主义任务以及争取现代民族国家的新古典主义任务。这样，这个阶段的革命古典主义就不那么单纯、典型了，带有启蒙主义、现实主义的印记。这个时期的革命古典主义经典是茅盾的《子夜》。《子夜》表达了这样一个革命古典主义的政治信念：资本主义在中国是没有前途的，中国只能走社会主义革命的道路。为此，它设计了各个阶级的典型，如民族资产阶级的代表吴荪甫，官僚买办资产阶级的代表赵伯韬，地主阶级的代表吴老太爷……并且构思了商战的情节，让民族资产阶级的代表吴荪甫等败在官僚买办阶级的代表赵伯韬的手下，从而预示资本主义没有前途。从创作理念上看，《子夜》符合了新古典主义的基本规定，因此是属于革命古典主义的。但是，它在创作实践中又打上了现实主义的印记。由于茅盾不熟悉农村和城市的革命斗争，因此主要描写商场上的竞争，上流社会的尔虞我诈，而把革命斗争只作为一个虚写的背景。这样，作品就倾向于对黑暗社会特别是资本主义社会关系的揭露、批判，从而具有了现实主义的因素。这就意味着，初期阶段的革命古典主义并不具有典型性，它还保留着较多的启蒙主义或现实主义的因素，它的古典主义特性没有充分体现。

在革命古典主义的后期阶段，由于已经建立了一个初级形式的现代民族国家，即以苏联为蓝本的国家社会主义，它需要国家主义的意识形态来维护它的权威，而革命古典主义就得到进一步的加强。建国后的革命古典主义清除了启蒙主义、现实主义的影响，更典型地体现了革命古典主义的特征。解放后，开展了一系列的政治运动，清除了五四启蒙主义传统以及五四以后的现实主义传统，建立了革命古典主义的霸权地位。这样，解放后的革命古典主义就具有了一些新的特征。首先，"社会主义现实主义"进一步强化了政治理性，批判了人性论、人道主义，强调文艺的政治性、阶级性、政策性，文艺成为政治斗争的工具和政策的宣传品。其次，革命古典主义强调了"歌颂光明为主"，清除了五四文艺的批判传统，文艺成为意识形态的注脚，从而远离了启蒙主义。第三，进一步加强了文艺的理想性，提出了"革命现实主义与革命浪漫主义相结合"的方针，从而远离现实主义。第四，围绕着阶级斗争展开了正反两方面的情节冲突，从而突出了革命英雄人物，形成了新的写作规范。尽管革命古典主义越来越远离了启蒙主义和现实主义传统，强化了自己的理性、规范原则，但是仍然不够彻底。当时的走红作品如《青春之歌》、《红岩》、《红旗谱》等，突出了阶级斗争和革命英雄主义、革命理想主义，贯彻了革命古典主义的基本原则，但是仍然保留着一些人性、人情的描写，还不能完全符合革命古典主义的要求，也未能成为革命古典主义的经典之作，甚至在"文革"前夕和"文革"中受到批判。于是，革命古典主义就不断地向彻底的理性主义倾斜，最后走向了它的终点——文化大革命和革命样板戏，而样板戏也成为革命古典主义的经典。

除此之外，正如欧洲新古典主义是自上而下，由政权力量推动而形成的一样，中国革命古典主义在建国以后也借助政权的力量得以推进，成为唯一合法的文学规范。革命样板戏更是在毛泽东的支持下，以及江青的操纵下形成并推广开来，并且几乎成为"文革"期间唯一合法的文艺作品。它定名为"样板戏"本身，就体现了新古典主义尊崇权威的特性。

革命样板戏是在"文革"前夕孕育,"文革"期间形成的。在 60 年代,配合文化领域开展的社会主义教育运动,开展了京剧现代化、革命化的运动,这是借用京剧的形式,选择现代革命斗争题材,以占领传统文艺的阵地,宣传革命的政治理念。样板戏是京剧现代化、革命化的产物,同时也与国内的阶级斗争形势有关。当时毛泽东在国际上开展了"反修"斗争,在国内开展了党内外的阶级斗争。毛泽东认为文艺领域被资产阶级、封建主义、修正主义所统治,提出要让无产阶级占领文艺舞台。这实际上是进一步清除启蒙主义、现实主义的影响。文化大革命是为了"在上层建筑领域全面实行无产阶级专政"的政治运动,包括批判文艺领域的"封建主义、资本主义、修正主义"。于是,革命样板戏就适应这种政治需要而诞生了。江青作为"文化革命的旗手",领导了革命样板戏运动。在 1964 年全国京剧现代戏汇演的优秀剧目的基础上,进行了加工,产生了革命样板戏。样板戏在清除启蒙主义、现实主义传统的基础上,进一步强化了革命古典主义的原则,突出地体现了革命古典主义的理性主义和规范化特性,从而成为革命古典主义的经典。

(二) 样板戏的特性

样板戏作为革命古典主义的经典,体现了革命古典主义的基本性质。同时,也具有自己的特性。首先,样板戏突出了政治理性。样板戏无一例外地选择了战争时期的武装斗争与和平建设时期的阶级斗争题材,突出了政治性主题。值得注意的是,对革命题材的选择已经到了苛刻的地步,不是一般的革命斗争,而必须是突出武装斗争,以区别毛泽东与刘少奇两条路线的斗争。《沙家浜》的情节主要是以阿庆嫂为主角的掩护新四军伤员的地下斗争,但是为了"突出武装斗争"的主题,江青不惜违背艺术规律,违反戏剧情节的规定,把主角改变为新四军干部郭建光,并增加了"奔袭"一场戏,让郭建光带领痊愈的新四军伤病员消灭了敌人。《红灯记》也画蛇添足地加上了武装斗争的结尾《胜利前进》,在李玉和牺牲后,柏山游击队歼灭敌人,报仇雪恨。对和平时期的题材，也不表现一般的思想斗争，而必须是敌我对立的阶级斗争。如《海港》、《龙江颂》的原作本来是歌颂工人阶级、公社社员的国际主义、集体主义精神，表现先进与落后的思想斗争，也改编为与阶级敌人的破坏进行斗争的主题，原作中属于人民内部矛盾的调度员钱守维和烧窑师傅黄国忠被改为隐藏多年的阶级敌人。丰富多样的社会生活，被抽象为以阶级斗争为核心的政治生活；丰富多样的题材和主题，被限定为以阶级斗争为核心的政治题材和主题，这就是革命古典主义特有的视角。这个单一的政治视角，较之"文革"前的革命古典主义作品是大大地突出了政治理性主义，使革命古典主义发展到了极端的形态。

样板戏的人物塑造体现了高度的政治理性主义。与新古典主义严格区分社会等级一样，革命样板戏中的人物，被分成四个等级：主要英雄人物、英雄人物、正面人物、反面人物。每个人物都是一种政治身份，体现了一定的阶级性和政治品格；对他们的表现也要与其政治等级相符合（"三突出"）。英雄人物一定是高大完美，他们除了政治身份和阶级性没有其他的人性、个性特征，他们没有家庭生活，更谈不上爱情生活和伦理亲情，政治生活就是一切。如杨子荣、郭建光、方海珍都没有表现是否成家，江水英是丈夫不在身边的"光荣军属"，吴清华、洪长青等都是单身。阿庆嫂虽然有家庭，但丈夫阿庆却没有出场，"跑单帮去了"。《红灯记》虽然写了李玉和、李铁梅、李奶奶祖孙三代一家，但他们没有血缘关系，是纯粹的革命同志关系。原作中吴琼花（样板戏中的吴清华）与党代表洪长青之间本来有一种若隐若现的爱情关系，在样板戏中也消失得无影无踪，仅仅成为一种革命战友关系。而反面人物也无一例外地体现了反动阶级的凶残、虚弱的本性，被脸谱化，除此之外，没有其他的人性特征。人物被归结为阶级的典型，实际上是新古典主义的类型化原则的现代体现。

样板戏体现了革命理想主义和崇高的美学风格，这是政治理性主义的表现。按照"两结合"的创作方法，要把现实提升到理想的高度，因此必须把革命斗争、革命者理想化、典型化。遵从"塑造高大完美的无产阶级英雄形象是革命文艺的根本任务"的原则，样板戏中的正面人物都有很高的阶级觉悟，英雄人物特别是主要英雄人物更是"高大全"，他们没有私心杂念，没有儿女情长，都是令人景仰的完美人物。样板戏总是通过他们的英勇斗争事迹，突显其崇高的品格。在革命理想主义的普照下，革命斗争的生活、事业也是令人向往的无限崇高、美好的事业，它充满了革命同志的友谊和战斗激情，如《红色娘子军》中洪长青对吴清华的教导、培养，使她脱离了苦难的命运，找到了自己的温暖的家庭——革命部队；《沙家浜》中的沙奶奶、阿庆嫂对新四军伤病员热心照顾和舍生忘死的保护，展现了令人感动的军民鱼水情。即使普通群众，也被理想化，赋予高度的革命觉悟。如《白毛女》中的杨白劳在原作中的自杀服毒而死，而在样板戏中改变为奋起反抗而死。这种革命理想主义在艺术描写中转化为一种崇高的美学风格。样板戏的风格是崇高的，它是建立在对超越自我的革命理想的认同上面的。个体的牺牲换来的是革命事业的成功和人民的解放，因此，这种牺牲是值得的，是崇高的。

革命理想主义与革命乐观主义是相通的。由于革命事业的正义性，因此不管有多少艰难曲折，它是必胜的。所以样板戏总是展示出革命的光明前景，揭示人民的强大、敌人的虚弱。它总是在艰苦的斗争和巨大的牺牲后面，安排一个光明、胜利的结尾，以鼓舞人民的斗志。这与中国传统文艺的"大团圆"模式相通。对于革命斗争中必然付出的惨痛的牺牲，它没有过分的悲痛，而是"化悲痛为力量"，因为它认为个体价值是有限的，个体的牺牲换来了人民的解放，这是值得的，胜利的喜悦压倒了牺牲的悲痛。《红灯记》原作中有李玉和、李奶奶被鸠山毒打，铁梅痛哭失声的场面，在样板戏中被删掉，而代之以"仇恨入心要发芽"的唱段，以显示坚强的革命乐观精神。而后来柏山游击队的胜利复仇则彻底压倒了失去亲人的悲痛。因此，样板戏没有形成真正的悲剧，而是树立一种崇高的风格。

革命样板戏注重革命历史题材。新古典主义为了突出理性精神，必须把现实生活理性化、理想化，而这就要求与现实生活相疏离，以时间距离造成心理距离。因此，欧洲 17 世纪新古典主义刻意选取古希腊、罗马（特别是古罗马）题材，塑造理性化、理想化的形象。革命古典主义同样选取革命历史题材，特别是革命样板戏主要是革命历史题材，如《智取威虎山》、《红灯记》、《沙家浜》、《杜鹃山》、《奇袭白虎团》、《红色娘子军》、《白毛女》等都是革命历史题材，只有《海港》、《龙江颂》属于现实题材。革命历史题材适应了革命斗争时期的强烈的理想主义和崇高精神，更适宜表达政治理性精神，因此成为革命古典主义主要表现的领域。一般说来，现实题材的作品在革命古典主义和样板戏中都不是太成功的，这突出地说明了新古典主义和革命古典主义对于现实题材的限制。

样板戏也形成了一套形式规范，主要是以"三突出"为核心的所谓"革命样板戏创作经验"。"三突出"就是"在所有人物中要突出正面人物，在正面人物中要突出英雄人物，在英雄人物中要突出主要英雄人物"。这是一种基于政治身份的等级制原则，与新古典主义的贵族与平民的身份区别也有异曲同工之妙。为了突出主要英雄人物，不仅要围绕主要英雄人物设计情节、语言、动作，在舞台调度上也要聚光于主要英雄人物。如在《智取威虎山》中，假扮胡彪的杨子荣为了得到坐山雕的信任，向坐山雕进献联络图。实际情况应该是坐山雕高高在上坐在太师椅上，杨子荣在下面呈送联络图，但这样一来就突出了坐山雕，压低了杨子荣。为了解决这个问题，就这样进行了舞台调度：坐山雕见图大喜过望，走下太师椅接图，而杨子荣趁势走上太师椅颁图，把上下的位置调换，同时灯光集中在杨子荣身上，让他牵着群匪满堂转，从而突出杨子荣，压倒了坐山雕。此外，"革命样板戏创作经验"还有所谓"三打破"、"三对头"、"多层次"、"多浪头"等创作规范。

（三）样板戏的历史意义

为什么主要选择京剧剧目作为革命样板戏呢？首先是因为京剧都是传统剧目，对它的现代化、革命化改造具有典范意义。其次是江青个人对京剧的喜好和熟悉。除此以外，还有一个重要原因，那就是京剧的古典程式适应了革命古典主义的需要，有助于表达革命古典主义的理念和规范。如人物的脸谱化适宜于塑造类型化的人物形象，动作的虚拟性使人物形象与现实保持了距离，从而可以进行理想化的形象塑造。革命古典主义虽然声称反对封建主义，但实际上需要传统文化特别是古典理性作为思想、艺术资源。革命古典主义与中国古典文艺之间存在着一种或明或暗的承续关系。中国传统文化具有"集体理性"或者"实用（道德）理性"的性质，因此中国古典文艺也有"文以载道"的传统。它通过形象创造，传达道德理性，惩恶扬善，讽喻教化。中国古典文艺的人物形象也是理性化的，忠奸对立，善恶分明，人物是道德观念的化身。基于这种观念，中国戏曲形成了固定的身份，如生、旦、净、末、丑；还形成了脸谱化的人物性格，如红脸表忠良，白脸表奸佞，花脸表勇猛等。中国传统文艺表达了中国人的理想主义和乐观主义精神，也就是所谓"乐感文化"。它认为世界不总是黑暗的，总有光明，有好皇帝，有清官，有好人，有天理良心；写正义与邪恶的斗争总是以正压邪，写好事多磨也总是天遂人愿，形成了"大团圆"的模式。传统道德理性在现代转化为政治理性，成为革命样板戏的思想资源。传统文艺的理性主义也转化为样板戏中的理性主义。此外，传统戏剧的古典程式规范也得到继承、改造，成为样板戏的形式规范，如"三突出"就继承、改造了中国古典戏剧的表现规范。样板戏的情节冲突、单一类型的人物、大团圆的结构模式、程式化的表演形式无不与古典戏剧有着某种耦合。由于传统的审美趣味仍然存在于人们的心理之中，并没有消失得无影无踪，而革命样板戏就满足了一部分人的审美需要。由此就可以明白，为什么样板戏在"文革"之后，仍然能够引起一些人的兴趣。

　　如何评价革命样板戏呢？从政治层面上看，样板戏是极左思潮的产物，是"四人帮"实行反动政治的工具，它配合了"文革"，推行了文化专制主义，造成了"文革"期间百花凋零，"八亿人民八台戏"的局面。因此，样板戏无论如何也不能抹去其政治背景和思想烙印。另一方面，从文艺本身来看，随着时过境迁，又可以把它与政治适当区隔，而作为一种文艺思潮的代表来评价。样板戏不是孤立的文艺现象，而是产生了几十年的一种文艺思潮的代表，这个文艺思潮就是革命古典主义。它有几千年的文艺传统的支持以及中华民族文化心理的基础，也适应了建构现代民族国家的历史需要，因此它的存在有一定的现实性、合法性。它对传统京剧的改造，做了京剧现代化尝试，取得了一定的成绩，也适应了某些现代中国人的审美趣味，因此，至今还流传在民间。样板戏的艺术成就主要体现在以下几方面：第一，把传统京剧的虚拟性表演与话剧的写实风格（布景、道具、环境、动作、念白等）结合起来，增加了现实感，丰富了表现手段，从而适应了表现现代生活的需要和现代人的审美习惯。第二，改变了传统京剧单纯欣赏主演的唱、念、做、打，而忽视戏剧的整体效果的习惯，而引进了现代戏剧观念，强调剧本、剧情以及人物形象的整体性，提高了京剧的艺术品格。第三，对传统京剧音乐进行了创新，包括配器和唱腔，既保留了传统的京剧味，又丰富了音乐的表现力。从根本上说，革命古典主义是中国现代的一种文艺思潮，它是建立现代民族国家的历史需要的产物。革命古典主义具有自己的艺术特性，也产生了自己的艺术价值，对此，不能一笔抹杀，而应当给予适当的肯定。而样板戏作为革命古典主义的经典，其审美价值也应当给予适当的肯定。

但是，还应该看到，革命古典主义毕竟是一种前现代性的文学思潮，它没有实现文学的现代性，它的合理性只在于争取现代民族国家的历史范围内；特别是在中国现代性与现代民族国家冲突的历史条件下，革命古典主义的历史局限也更为严重。革命古典主义的发生，虽然有建立现代民族国家的历史基础，但它是对五四启蒙主义以及五四以后的现实主义的否定，因此其艺术价值也具有负面性，在某些方面阻碍了中国文艺的现代化。而且，新古典主义本身也存在着理性主义的偏颇，它对个体感性的压抑，削弱了文艺作品的生命力，因此，它才被启蒙主义和浪漫主义所取代。建国以后，现代民族国家已经初步形成，革命古典主义已经完成了其历史任务，其延续就日益失去了合法性，成为中国文艺现代发展的障碍。特别是"文革"中，样板戏走上了革命古典主义的顶峰，也走到了它的终点；其极端的政治理性主义也违背了艺术规律，严重地限制了作品的生命力。因此，在"文革"结束后，样板戏就普遍地受到了唾弃。在现代文艺的格局中，革命古典主义的经典样板戏，虽然仍然有其艺术价值，但往日的风采和魅力日益消退，而成为一种历史陈迹。总起来说，革命样板戏是一种革命古典主义的经典，有其艺术价值；一旦脱离了这个历史语境，它的艺术价值就递减，而更多地具有了历史的价值。

第五章 现代性与中国浪漫主义文学思潮

一、中国的诗性浪漫主义

中国浪漫主义是西方浪漫主义在中国的传播形式，也是中国文学汇入世界文学的表现形式之一。因此，中国浪漫主义与西方浪漫主义具有本质的同一性。同时，中国浪漫主义又受到一些独特因素的影响，具有自己的本土特性。影响它的独特因素有：第一，中国浪漫主义是在中国社会文化的土壤上发生的，受到中国文学传统的影响。第二，浪漫主义是对现代性的反动，而中国现代性具有自己的特殊性，因此中国浪漫主义是对中国特殊的现代性进程的反应。第三，由于中国社会发展进程的相对滞后性，在中国浪漫主义发生的时代，西方已经有现实主义、现代主义等多种文学思潮发生；而且中国的浪漫主义是与启蒙主义、新古典主义、现代主义同时并存的，因此，中国浪漫主义也受到多种文学思潮的影响。总而言之，中国浪漫主义具有特殊的历史条件，具有了不同于西方浪漫主义的特性，如果用一个概念来表达，这就是"诗性浪漫主义"。为什么以此命名呢？我们可以与西方浪漫主义进行比较。西方浪漫主义，是以中世纪文化为思想资源的，它从宗教神秘主义中寻求对抗现代城市文明和工具理性的精神力量，从而继承了中世纪文化的神秘怪诞的风格，因此可以把它称为神性浪漫主义。而中国浪漫主义受到中国传统的理性主义的影响，它的思想资源是道家、禅宗思想等，而且继承了中国山水田园诗歌的传统，以讴歌自然人性之美来对抗现代城市文明。它不是走向非理性，也没有神秘怪诞的风格，而是走向诗性，是一种诗性浪漫主义。

（一）对现代性和现代民族国家的双重逃避

浪漫主义是文学对现代性的第一次反叛，主要是对工具理性、工业文明以及世俗化的反叛，是自由精神的体现。中国的浪漫主义也与西方浪漫主义一样，发生于现代性确立初期，它的思想动力同样是对现代性束缚的反抗、对精神自由的追求。但是，与西方不同的是，中国浪漫主义不仅仅是对现代性的反抗，而且也是对现代民族国家历史诉求的逃避；它不仅仅反抗启蒙理性，也逃避政治理性。

中国的封闭性的传统社会，在鸦片战争以后，被西方资本主义打开大门，资本主义经济获得了一定的发展。20世纪初期，一定规模的现代工业出现，一定数量的现代城市形成，一定程度的现代科学引进，中国开始变成一个半封建、半资本主义的社会。特别是在五四以后，在国民党的官僚资本主义体制下，经过"十年建设"，经济文化都有了较大的发展。同时，经过五四新文化运动，摧毁了天人合一的儒家文化，引进了科学民主的西方现代文明，开始了"脱圣入俗"的世俗化进程。这就是说，在中国，尽管现代性的发展水平非常低下，但是毕竟发生了。对这种畸形的、未获得充分发展的现代性，引起了文学不同的反应，一种是争取全面现代性的启蒙主义文学，它继承五四启蒙主义文学传统；一种是反对这种现代性的新古典主义文学，主要是引自苏联的"社会主义现实主义"；还有相对微弱的反现代性的文学思潮——现实主义、现代主义以及浪漫主义。现代性的产生，冲击着传统的社会生活，加速了传统文明的衰败；特别是中国的现代性是伴随西方资本主义侵略而来的，意味着西方文明将取代中国文明，而文化转型也带来了道德混乱，这引起了一部分知识分子的反感，他们痛感于现代城市文明带来的堕落、冷漠，怀恋传统乡村文明的美好、温馨；不满于西方世俗功利的文化入侵，主张回归圣俗合一的传统文化。沈从文说："'现代'

二字已经到了湘西","农村社会所保有的那点正直素朴人情美，几乎快要消失无余，代替而来的却是近 20 年实际社会培养成功的一种唯实利庸俗人生观。敬鬼神畏天命的迷信固然已经被常识所摧毁，然而做人时的义利取舍是非辨别也随同泯灭了。"〔1〕新时期后期，市场经济崛起，标志着现代性正在感性层面生成。张承志、张炜面对市场经济带来的世俗化，奋起"抵抗"。他们把文人的媚俗、堕落视为"汉奸"，不惧自己的"无援"，而以"举世皆浊我独清"的孤傲寻求"清洁的精神"。张承志面对城市化的浪潮说："这是一场真正的战争。一方是权力和金钱，一方是古老的文明。我们已经看见了城市的废墟。它们就是覆盖一切的混凝土方块，就是那些怪兽般的商厦，就是那些永世也嫌不够、拆又修的汽车道。"〔2〕张炜也说："大地会惩罚这种罪孽。那些没有根基的楼堂、华丽的宫殿会倒塌，那刺耳的音乐会也会中断。一个民族如果走入不幸的狂欢是非常可怕的。"〔3〕这种文化心态反映在文学上，就产生了浪漫主义文学思潮。它以回归传统，讴歌自然以及寻求超越对抗现代性。这种对现代性的反抗，不具有西方浪漫主义的强度，而表现为一种田园牧歌和城市传奇式的乌托邦幻想，因此更多的是一种逃避。

中国浪漫主义发生的动因，除了反现代性这个中西共同的原因之外，还有与西方不同之处，那就是对现代民族国家的逃避。建立现代民族国家是与实现现代性并存的历史任务。在欧洲，建立现代民族国家的雏形即吉登斯所谓的"绝对主义国家"的运动产生了新古典主义文学思潮。而中国建立现代民族国家的革命运动产生了革命古典主义。欧洲浪漫主义虽然在艺术上反对新古典主义，但它发生在启蒙运动之后，与建立现代民族国家的运动不具有同时性，因此在思想倾向上没有直接体现为对现代民族国家的反叛，而是体现为对启蒙理性的反动。中国的社

---

〔1〕 沈从文《长河·题记》，《沈从文文集》第七卷，花城出版社 1983 年版，第 2 页。

〔2〕 张承志《墨浓时惊无语》，《以笔为旗》，中国社会科学出版社 1999 年版，第 53 页。

〔3〕 张炜《心上的痕迹》，《纯美的注视》，上海远东出版社 1996 年版，第 86 页。

会性质，使争取现代性与建立现代民族国家的运动同时出现，因此，中国浪漫主义不仅体现为对现代性的反叛，也体现为对现代民族国家的逃避。中国浪漫主义对兴起的社会革命运动避而远之，以回归内心世界、寻找信仰逃避革命理性。废名、沈从文在革命运动风起云涌的时代，根本不去反映这种历史变革，而是以无限留恋的心态描写自己的超脱的内心世界或者湘西古老宁静的传统文明。沈从文宣称自己"不能成为某种主义下的信徒"，"更不会因为几个自命'革命文学家'的青年，把我称为'该死的'以后，就不来为被虐待的人类畜类说话。"[1]徐訏的作品多表现对政治斗争疏离，像他的最早的成名作《鬼恋》以及后期代表作《江湖行》都写革命者的失望和逃避。徐訏的《风萧萧》、《灯》等作品表现了抗战的国家理性与爱的个体追求之间的冲突，以及它所导致的爱的牺牲和沦陷。他坚定地认为，个体的爱是更永恒的、不可替代的。无名氏也在《北极风情画》、《塔里的女人》等作品中，表现了抗战洪流中个体的悲剧。在《无名书》中，作者让主人公印蒂像浮士德式地寻找人生的意义：他首先是一个社会改造主义者，参加北伐革命，追求"神圣的正义"、"神圣的流血"、"神圣的暴力"。而最终，他对这种社会革命怀疑了，超越了革命的政治理性，而走向了宗教信仰，以"基督的道路"超越"恺撒的道路"，以"星球主义"超越"国家主义"。这种对现代性和现代民族国家的双重逃避是中国浪漫主义的基本性质。

中国浪漫主义对以争取现代民族国家为目标的革命古典主义也采取疏远的立场，在文学观念上不予认同。革命古典主义主张以政治理性来改造现实，提出了以"塑造典型环境中的典型性格"为核心的形式规范。而浪漫主义却回避政治理性，以自然人性来反叛现实；以自由的想象和抒情来突破理性规范。废名认为文学是"梦梦"，他说："创作的时候应该是'反刍'。这样才能成为一个梦。是梦，所以与当初的现实

〔1〕 沈从文《阿丽思中国游记》第二卷序，《沈从文文集》第一卷，花城出版社1982年版，第345，346页。

生活隔了模糊的界。艺术的成功也在这里。"〔1〕沈从文也说："我要写我自己的心和梦的历史"〔2〕；"一是社会现象，是说人与人之间的种种关系；一是梦的现象，便是说人的心或意识的单独种种活动。……必须把人事和梦两种成分相混合，用语言文字来好好装饰剪裁，处理得极其恰当，才可望成为一个小说。"〔3〕而徐讦也有他的"梦"："每个人都有他的梦，这些梦可以加于事，也可以加于人，也可以加于世界。"〔4〕

（二）两次中断的历史进程

中国浪漫主义的历史，不是连续发展的，而是两次中断的历史。由于中国现代性的发展被建立现代民族国家的运动打断，形成了新古典主义的霸权，因此，作为对现代性的反叛的浪漫主义也就失去了连续性。

浪漫主义是对现代性的第一次反抗，因此排除了所谓五四浪漫主义的传统说法。传统文学史认为，存在着以郭沫若、郁达夫代表的五四浪漫主义。其实，五四文学是争取现代性的启蒙主义文学思潮，其中创造社代表的文学流派也不是浪漫主义，而是启蒙主义的另一种形态。中国浪漫主义发生于五四启蒙运动之后，即 20 年代末期至 30 年代中后期（抗日战争爆发）。这是第一阶段的浪漫主义思潮，是以废名、沈从文为代表的一种田园牧歌型的浪漫主义。这种浪漫主义以"回归自然"为宗旨，而所谓自然既是指外在的乡村文明，也指内在的精神境界，像废名所说的带有禅意的"自心"，沈从文所说的带有道风的理想人性。

废名深受佛禅的影响，他逃避现实，崇尚魏晋风度，追求"明心见性"，塑造出一幅幅心造的幻影。他的早期小说《桥》描写了他的淡淡的"梦梦"，这种描写与现实并不对应，充满了禅味的诗情画意。他在这首虚幻的田园诗中，体验了无限、永恒的人生意义。他的《莫须

---

〔1〕 废名《说梦》，《冯文炳选集》，人民文学出版社 1985 年版，第 322 页。
〔2〕 沈从文《水云》，《沈从文文集》第十卷，花城出版社 1984 年版，第 273 页。
〔3〕 沈从文《短篇小说》，《沈从文文集》第十二卷，花城出版社 1984 年版，第 114 页。
〔4〕 徐讦《风萧萧》后记，春风文艺出版社 1988 年版，第 546 页。

有先生传》更深化了禅意，莫须有先生成为作者理想的体现。他回归内心，回归平淡，在日常人生中寻找到了人生的真谛，即精神的自由和生命的永恒。这种人生意义的追求是对那个时代格格不入的，与启蒙理性、革命理念疏远的，毋宁说是对时代精神的一种逃避，而逃避就是一种消极的反抗。

沈从文是中国浪漫主义的最有成就的大家。与废名不同之处在于，他不仅仅回归内心，而且面向社会，反叛现实，以写实的笔法提出了与时代精神不同的社会人生理想。他以纯洁的乡村文明抵制现代城市文明的污染，以传统道德抵制现代文明对心灵的侵蚀。他的《边城》描绘了一幅与污浊的城市不同的清新的人生图画，这幅图画既是对逝去的文明的怀恋，也涂上了理想化的色彩。他刻意回避了湘西社会中黑暗、残酷的一面，而放大了其美好、温情的一面。他的笔下，人物个性纯真善良，如翠翠、三三、夭夭、老船夫、傩送、阿黑、五明等；即使那些妓女、强盗等人物，也不乏人性的光辉。他在自己的理想化的乡村文明的怀想中，体现了"回归自然"的追求。这既是一种抵制现代文明缺陷的人生理想，也是一种人格追求。他的自然人性，是未受现代文明污染的童心，是原始质朴的生命，是世俗生活中的神性追求。这种人生境界，出自对精神自由的执著，沈从文不肯为历史发展（现代性和现代民族国家）出让自己的理想，而宁肯守护纯真的人性，为行将逝去的文明，献上一首美丽而凄婉的挽歌。

中国浪漫主义的第一阶段发展被抗战所打断，浪漫主义消融于被民族革命战争所强化和普遍化的革命现实主义。抗战是建立现代民族国家的救亡运动，在这个运动中，政治理性建立了绝对化的权威，强化了的革命古典主义（即所谓打着各种旗号的"现实主义"，其实都是革命现实主义的变种）一统天下，而建立在个人主义、自由精神的基础上的浪漫主义与其他文学思潮都失去了生存的空间，最后都悄然消逝了。

在抗战后期至建国前，即 20 世纪 40 年代，不仅有沈从文的传人汪曾祺的浪漫主义小说，也发生了"后浪漫主义"（也有人称之为"新浪漫主义)，这是浪漫主义发展的第二个阶段。后浪漫主义的代表是徐讦和无名氏，他们创造了与30年代的田园牧歌型的浪漫主义不同的城市传奇型的浪漫主义。后浪漫主义除了对现代城市文明的反抗之外，也突出体现了对残酷的"民族革命战争"的逃避心态，对革命政治理性的疏离，对盛行的"革命现实主义"的逆反，以及对人生意义的思索。新浪漫主义取材城市生活，讲述奇情、奇恋、奇遇，以逃避现实，获得心灵的慰藉。同时，它受到现代主义的强烈影响，具有现代主义的因素。徐訏的《鬼恋》、《荒谬的英法海峡》、《精神病患者的悲歌》和无名氏的《北极风情画》、《塔里的女人》等，充满了诡异的幻想，表现了对人世的失望、感伤和幻灭情绪。他们都一定程度上带有宗教情怀，特别是无名氏的《无名书》更突出了对生存意义的质疑，并以宗教信仰为归宿，带有更多的现代主义因素。

中国浪漫主义第二阶段的历史在建国后被打断，受到国家意识形态支持的革命古典主义排除了其他一切文学思潮。浪漫主义的第三阶段历史是在新时期后期和后新时期。20世纪80年代的思想解放运动，是恢复现代性建设的启蒙主义运动，新启蒙主义文学思潮成为主流。随着启蒙理性的确立，对它的反拨发生了。新时期后期，张承志、梁晓声、史铁生等知青作家开启了浪漫主义的滥觞。这些知青作家在"文革"结束后返城，发现了城市生活的世俗、残酷，于是就怀念起"文革"中下乡知青的理想浪漫的生活。这样，知青文学由控诉"文革"和伤悼青春的启蒙主义基调转化为对青春理想的颂歌，以对抗世俗化的城市生活。特别是后新时期，市场经济兴起后，产生了对现代性的反弹，形成了以张承志、张炜为代表的浪漫主义。他们在市场经济和世俗化背景下，守护理想主义信念，抵制现代性对人性的污染，在农村、历史和宗教中寻求"清洁的精神"。张承志浪迹内蒙草原、天山南北和西北高原，最后在伊斯兰教的"哲合忍耶"中找到了精神的归宿。其代表作《心灵史》，描绘了被宗教净化了的理想化的人生、人性和心灵。张炜的《我的田园》、《柏慧》、《家族》、《外省书》等体现了道德理想主义的立场，营造了像"葡萄园"、"野地"等意象，逃避现代文明和寻求精神世界的净化。

（三）中国浪漫主义的诗性特征

中国浪漫主义文学思潮从国外引进，与西方浪漫主义有基本的共同点，这就是对现代性特别是工具理性和工业文明的反叛。但是，由于中国特殊的文化传统和历史条件，中国浪漫主义有不同于西方的本土特性——诗性。

第一，不同于西方浪漫主义的彼岸追求，而体现出一种现实关怀。西方浪漫主义对现实的反叛，表现为放弃现实关怀，表达对彼岸世界的追求，体现一种宗教情怀，或者是皈依上帝，或者是对自然的神秘信仰。这与西方浪漫主义的中世纪传统相关。基督教认为人世是罪恶的，只有天国才是美好的。这种意识体现在浪漫主义文学中，成为批判现代性的思想资源。因此，西方浪漫主义带有强烈的宗教意识，它提出了"回到中世纪"的口号，以信仰来对抗启蒙理性和现代文明，在彼岸世界寻求精神家园。也有的作家推崇自然，在"回到自然中去"的口号下逃离现实，寻找彼岸的归宿。中国宗教传统薄弱，因此中国浪漫主义缺乏宗教传统的思想资源，也缺乏宗教意识，而更多的是从传统文化特别是庄老佛禅中汲取思想资源。中国传统文化是"一个世界"即天人合一的、圣化的世俗社会。庄老逃避现实，但没有彼岸世界的追求，只是对社会人生的退避。佛禅虽然是宗教，但已经中国化、世俗化了；它没有离开此岸走向彼岸，而只是以彼岸观照此岸，获得一种精神的解脱。中国浪漫主义对现代性的反叛并不表现为或者较少表现为彼岸世界的追求，而表现为或者较多表现为一种现实关怀。徐訏说："最想逃避现实的思想与感情正是对现实最有反应的思想与感情。"[1]中国浪漫主义同样认为现代文明带来的是自然的毁灭、人性的扭曲，但它不沉浸于宗教情怀，而是诉诸人性，讴歌自然的人性之美，以对抗工具理性的禁锢和城市文明的腐蚀。特别是沈从文，没有宗教诉求和彼岸理想，而是讴歌原始、自然的人性，以抗议现代性对人性的戕害。总之，他们更关

---

[1] 徐訏《门边文学》，香港：南天书业公司1971年版，第5页。

心的是现实人生，是生命的真实意义。

中国浪漫主义也受到宗教的影响，有信仰主义的倾向，其中的代表是40年代的无名氏、徐訏，以及新时期的张承志等。徐訏后期皈依宗教，宗教思想在创作中也有所体现，正如他在《吉卜赛的诱惑》中说的："我们是上帝的儿女，不是皇帝的奴隶。"无名氏的代表作《无名书》展示了主人公印蒂对生存意义的追寻历程，最后在宗教中找到了灵魂的归宿；张承志在伊斯兰教的哲合忍耶派中找到了对抗世俗社会的精神武器，也找到了自己的精神的家园。但是，他们的精神追求与其说是宗教的，不如说是道德的；与其说是彼岸的，不如说是此岸的。他们把信仰看作是最高的道德，企图在宗教信仰中寻找道德的源泉，进行精神的净化。而且，他们在关注自己的精神世界的同时，更加关注社会现实；他们不是通过信仰逃避世俗社会，而是要通过信仰拯救世道人心，改造世俗社会。在他们信仰追求的后面，实际上是一种道德理想主义。徐訏的宗教情怀并没有泯灭他的现实关怀，他的信仰实际上落脚于"爱"。他的《月亮》中，少女"月亮"的爱的表白让闻天微笑而死去，而"月亮"也认为这是一种可以代替天国的"永生的信仰"。无名氏服膺柏格森的"生命哲学"，他的宗教诉求是融合了儒、道、耶的现实人生的理想。他的理想国是一种"大同世界"，而不是宗教的彼岸世界。在《创世记大菩提》中，印蒂在她的"地球农场"中，实践了这种理想。张承志赞扬伊斯兰教的信仰，但其之所以如此，却是因为在信仰中发现了保持人性的崇高的根据。他的作品深深地体现了对人的精神世界的关怀，对美好人性的肯定，对"清洁的精神"的执著，而不是对现实人生的否定。归根结底，这是一种现实关怀，而不是一种彼岸追求。

第二，不同于西方浪漫主义的幻象世界，而创造了一种理想化的写实意境。西方浪漫主义为了反抗现代文明，逃避现实，创造了一个幻象世界。它描写幻想中的异域风光、世外桃源，塑造理想化的人物形象，与庸俗的现实世界和平庸的现实人格进行鲜明的对照。西方浪漫主义的幻想性受到中世纪文学传统的影响，宗教奇迹以及传奇故事都是幻想的产物。浪漫主义继承了中世纪的幻想文学传统，逃离、反叛现实，对抗古典主义的理性规范。中国浪漫主义也不乏想象力，它也力图通过对理想世界的创造，来逃离、反叛现实。但它不是创造一个虚幻的世界，而是以理想化的手段描写现实，特别是乡土社会，为即将逝去的农业文明唱一首凄美的挽歌。但是，这种写实不同于古典主义以古典理性矫饰现实，不同于启蒙主义的启蒙理性观照下的写实，也不同于现实主义的批判视角下的写实，这种写实带有理想化的色彩和抒情的成分，它选取生活和人性中的美好、理想、光明的一面，特别是美化传统农村生活，讴歌理想人性，而放弃了批判的视角。因此，中国浪漫主义的笔下，传统文明是一幅优美的田园风光，传统的人性是淳朴的、健康的。这反衬了城市文明的病态、污浊。例如，沈从文笔下的湘西，不是虚幻的世界，而是实在的世界，只是它被理想化了、诗意化了，用以反衬城市文明的堕落。刘西渭评论道："他对于美的感觉叫他不忍心分析，因为他怕揭露人性的丑恶。"[1]张承志的草原和黄土高原也是写实的世界，而不是虚幻的世界。徐訏和无名氏的世界，虽然不乏传奇色彩，但大体上还是以现实世界为底色的，它不是没有时代背景的幻境，而是渗透了理想主义的现实人生。张承志和张炜的世界，虽然被道德理想主义所折射，也都是在现实和历史中有迹可寻的，而不是虚无缥缈的。

第三，不同于西方浪漫主义的颓废病态情绪和神秘怪诞风格，而体现为一种积极健康心态和明朗和谐的风格。西方浪漫主义是对启蒙理性的反叛，它继承了欧洲希伯来文化传统和中世纪文学的神秘、怪诞风格，体现了一种病态的、颓废的思想情绪。而中国浪漫主义则不同，它受到了中国理性传统的制约以及古典文学中和之美传统的影响，也受到五四启蒙精神的熏陶。因此弃绝了颓废、病态的情绪以及神秘、怪诞风格，表现了一种明朗的、和谐的风格，体现了健康的、积极的思想情绪。沈从文主张"优美、健康、自然而不悖乎人性的人生形式"[2]，

---

〔1〕　刘西渭《边城——沈从文先生作》，《咀华集》，文化生活出版社 1936 年版，第 73—74 页。
〔2〕　沈从文《〈从文小说习作选〉代序》，《沈从文文集》，花城出版社 1984 年版，第 45 页。

主张"节制"、"恰当"、"匀称"、"和谐",他宣称"我懂得了节制的美丽"。他的笔触所至,呈现出一幅朴素、宁静的田园风光。废名的文风富有诗意,他把生活艺术化,形成了简洁、抒情、清丽典雅的风格。受到现代主义影响的徐訏、无名氏的作品,虽然有诡谲的情节、异国风情,富有传奇色彩,但其基本气质是健康、明朗的,没有那种神秘主义和颓废病态情绪。特别是无名氏,他的《无名书》中的主人公有点像启蒙时代的浮士德,在积极地寻求人生的意义。表现了一种进取的、乐观的情怀。徐訏虽然有时流露出失望和伤感,但还有对爱的追求与执著,因此仍然是一种健康的、明朗的心态。而新时期的张承志和张炜,更是高扬起道德理想主义的崇高旗帜,像现代的堂吉诃德,向整个世俗世界挑战,完全与颓废病态的情绪无缘,也与神秘怪诞的风格无缘。

第四,不同于西方浪漫主义的贵族精神,而体现为一种平民意识。浪漫主义是对现代性的反动,而现代性是一种平民精神,它的"科学"(工具理性)和"民主"(价值理性)主要体现了第三等级的思想观念。因此,贵族精神成为浪漫主义反现代性的思想资源。西方浪漫主义体现了一种贵族精神,它反感于现代性体现的平民主义,如平等民主的政治理念、世俗功利的价值观念、科学主义的思维方式、工业文明的生活方式等,而怀恋中世纪的贵族社会,推崇精英主义、追求精神自由、讴歌自然的生活。中国浪漫主义有所不同,其思想倾向不是贵族精神,而是平民意识。中国传统社会不同于欧洲,秦朝以后不是贵族社会,而是平民社会(官僚地主不是贵族而是平民),因此,贵族文化传统薄弱,而平民文化传统强固。这样,中国浪漫主义对现代性的反叛,就很难从贵族精神中汲取思想养料,而多从平民文化传统中寻找思想资源,如废名的传统士大夫的隐逸精神,沈从文的乡村纯真人性,张承志的民间宗教信仰。西方浪漫主义描写的人物也多为贵族气质的理想人物,即使描写民间人物,也是理想化的、贵族气的"高贵的野蛮人",而不是真实的平民形象。中国浪漫主义描写的是"真实的"民间人物,虽然也被理想化了,但并不是一个披着平民外衣的贵族,而是地道的平民。在他们身上，体现了平民的美好品格，寄托了作者的平民化的人生理想。沈从文就说："我是个乡下人，走到任何一处照例都带一把尺、一把秤，和普遍社会总是不合。"[1]"乡下人"的尺度，也就是平民意识。即使鄙视一切世俗意识的张承志，也是从民间道德、民间信仰和民间历史传说中寻找精神的家园，从而打上了平民主义的文化印记。他的美好的人物形象都是淳朴的农民、牧民和虔诚的伊斯兰教信徒，在他们身上，作者寻找到了美德的所在。

第五，中国浪漫主义继承了古典理性传统。欧洲浪漫主义继承了中世纪希伯来非理性文化传统，对抗古希腊为源头的古典理性传统，因此它是反对新老古典主义的。与欧洲浪漫主义有所不同，中国浪漫主义没有反对古典理性，它直接反拨启蒙主义，而不是直接反拨新老古典主义。这是因为，中国浪漫主义不具有欧洲的彼岸性追求，虽然也有宗教思想倾向（如徐訏、张承志），但其价值取向却是此岸的，充满了现实关怀；它不是宗教的信仰主义，而是道德的理想主义。这样，古典理性就可能成为浪漫主义的思想资源，而不是反拨对象。20世纪30年代的浪漫主义（如废名、沈从文），没有反对古典理性，而是继承了中国古典文学的道德理想主义精神，特别是道家、儒家的人生理想，创造了山水田园诗般的意境。新时期浪漫主义继承了革命古典主义的理想主义精神，形成了浓烈的道德理想主义色彩。梁晓声的知青情结，张承志的"红卫兵"情结以及他们作品中体现的崇高的理想主义精神，都与革命古典主义有某种渊源关系，只不过把革命古典主义的政治理想主义转化为道德理想主义。

第六，受到其他文学思潮的影响，而具有了多元混杂的风格。西方浪漫主义是一个独立的历史阶段，因此形成了自己比较单纯、确定的风格。而中国浪漫主义发生于西方现实主义、现代主义产生之后，而且与国内的启蒙主义、新古典主义、现实主义、现代主义同时存在，这样，它就不可避免地受到其他文学思潮的影响，甚至主动吸取多种文学思潮

---

[1] 沈从文《水云》，《沈从文文集》第十卷，花城出版社1984年版，第271页。

的因素，从而具有了多元混杂的风格。其中对浪漫主义影响最大的文学思潮是启蒙主义、现实主义和现代主义。例如，沈从文对湘西社会的描写，虽然具有理想化的倾向，对它的黑暗面有所淡化、有所回避，但也没有像西方浪漫主义那样完全理想化，而是有一定程度上的暴露和批评，这不能不说是五四启蒙主义的影响所致。而40年代的徐訏则靠近现实主义，他坦言"参考一点写实小说艺术的手法"，使其作品具有了传奇性。同时，他也受到了现代主义的影响，如其作品中体现的无家可归的流放感，对于生存意义的虚无主义，以及意识流手法、精神分析手法、非理性的知觉体验等。无名氏更多地受到现代主义的影响，在其《无名书》中，表现了他对生存意义的质疑，并且导向了信仰主义，这无疑与现代主义的价值取向有一定关联。张承志和张炜的现实主义影响也是显而易见的，他们的写实风格与西方浪漫主义有很大的不同。但是，尽管中国浪漫主义不那么"纯粹"，混杂了多种文学思潮的元素，但它的主旨是反对工具理性和工业文明以及政治理性，因此仍然要归结于浪漫主义的范畴之中。

二、个案研究：沈从文的东方诗性浪漫主义

沈从文是一个在大起大落的评价中沉浮的作家，对他作品的思潮属性更是众说纷纭。夏志清称"他是中国现代文学中最伟大的印象主义者"[1]。有论者视他为实证主义的作家[2]、现实主义的作家[3]、写意小说作家[4]。还有论者分析说他是"现代文化人中一个典型的自由

〔1〕 夏志清《中国现代小说史》，刘绍铭等译，复旦大学出版社2005年版，第147页。
〔2〕 马小彦《沈从文的创作与实证主义》，《河南大学学报》（社科版）1995年第6期，第24—27页。
〔3〕 卢风《现实主义创作道路的广阔性和作家的艺术独创性——叶圣陶、沈从文、张天翼的小说比较》，《文艺理论与批评》1998年第5期，第88—94页。
〔4〕 王义军《审美现代性的追求——论中国现代写意小说与小说中的写意性》，上海文艺出版社2003年版，《前言》第1—2页。

民主主义者"[1]，还有人把他归入启蒙主义[2]。更多的论者则认定他是"20世纪最后一个浪漫派"。笔者也认为沈从文的创作应该属于浪漫主义思潮的范畴，而其本人也自认是浪漫派的一员。不仅要确定沈从文的浪漫主义性质，更重要的问题在于，应该进一步考察沈从文浪漫主义的特性是什么。

（一）浪漫主义的界定

对沈从文创作的不同认定，原因在于对各种文学思潮的歧义的界定。由于对文学思潮本身认识的混乱，把文学史搅成了一锅粥。必须重新定义各种文学思潮，而从现代性角度能够揭示文学思潮的本质。文学思潮是对现代性的回应，不同的立场、态度和回应方式就构成了不同的文学思潮。那么，什么是浪漫主义呢？浪漫主义思想史家马丁·亨克尔写道："浪漫派那一代人实在无法忍受不断加剧的整个世界对神的亵渎，无法忍受越来越多的机械式的说明，无法忍受生活的诗的丧失。所以，我们可以把浪漫主义概括为'现代性的第一次自我批判'。"[3]这就是说，在现代性视野的观照下，浪漫主义是作为"现代性的第一次自我批判"出现的。19世纪初期，由于工具理性发展，科学技术进步，与之相伴的现代城市的兴起，人类开始进入工业文明时代。面对现代性的兴起，一部分知识分子感受到理性的压迫、自然生活方式的丧失，因此起而反抗。卢梭惊呼：科学甚至文明不会给人类带来幸福，只会带来灾难。他认为现代文明使人失去了自然的本性，带来了道德的堕落。因此，卢梭成为浪漫主义思想的教父。而其他一些启蒙知识分子也对现代文明疑惑有加，刘小枫说："席勒看到，工业文明把人束缚在整体中孤零零的断片上，机器的轮盘使人失去生存的和谐和想象的青春激情。费希特觉得自己简直无法在这样的世界里安置自己的灵魂。"[4]在这种背

---

〔1〕　赵学勇《沈从文与东西方文化》，兰州大学出版社2005年版，第91页。
〔2〕　贺兴安《沈从文评论——楚天凤凰不死鸟》，成都出版社1992年版，第155，164页。
〔3〕　转引自刘小枫《诗化哲学》，山东文艺出版社1986年版，第6页。
〔4〕　刘小枫《诗化哲学》，山东文艺出版社1986年版，第3页。

景下，对工具理性和工业文明以及世俗化的拒绝和反叛，成为浪漫主义文学的最本质的特征。

中国是否具有产生浪漫主义的条件呢？答案应该是肯定的。在上个世纪二三十年代，尽管整体上中国工业化、城市化程度还不高，但由于它的集中性而具有了一种在区域上畸形的高度发达，像上海这样的城市在 30 年代则一跃而为仅次于伦敦、纽约、巴黎、东京的世界第五大城市。畸形的城市发展模式，乡村的落后和衰落，薄弱的民族工业和严重的经济、政治、文化的不平衡，使古典与现代、保守与激进、乡村与城市在同一时态下在中国并存。这样，一方面古典、田园、乡土、传统、温情、落后、迷信往往与属己联系在一起，另一方面则是异己的现代、工厂、城市、叛逆、冷漠、先进、理性。在五四作家充满启蒙意识的笔下，在以"进化论"为基础的进步历史观的观照下，"属己的"一切成了制约中国发展的绳索，而相对保守一些的作家，如沈从文，则在"异己的"现代文明中，看出了其弊端。他们坚守传统文化的属己性，抵抗现代文明的异己性，希冀向乡土文明回归。与西方浪漫主义同样的悲哀是，这种回归是无望的。而不同的却是，中国的这个回不去的乡土并不仅仅是因为其自身的发展——那不可抗拒的时间而回不去，而是具有了一种深层的被掠夺感，因为这个乡土，不是自身在时间中的发展而离去的，而是由于外来文明的侵入而失去的。因此，这批保守主义的作家的笔下，在批判"异己"文明的时候，多了一层"属己"的悲凉感。在 30 年代，当大多数作家将农村经济破产作为叙事对象时，当整个时代在急切地追求现代性时，沈从文，这个声称只关注现象的人却开始了更深刻的探索，从维护人性的纯洁的立场，揭示现代性所显露的丑陋，开始了中国人对现代文明最初的批判和反思。因此，就沈从文作品所表现出来的精神气质以及对现代性的抗争而言，沈从文是属于浪漫主义思潮的。

那么浪漫主义又具有哪些特征呢？首先，浪漫主义相信有一个可供逃遁的理想的生命居所，并且这个生命居所人们曾经拥有过，就像上帝曾经化为肉身来过人间一样；另一方面，由于对历史的美化，他们表现出对现代文化的强烈质疑，使浪漫主义表现出浓厚的回归意识：第一，在时间上，"回到中世纪"是浪漫主义的社会理想。浪漫主义在美化历史的前提下旗帜鲜明地否定了理性主义的进步历史观，与此同时，它在总体倾向上表现出强烈的宗教气质，由此浪漫主义具有了非理性的、怪诞的神秘主义倾向，而蕴藏其间的正是强烈的彼岸意识和死亡意识。浪漫主义者以生命的偶然性、模糊性和不可解释性质疑近代以来理性精神的确定性、明晰性和可解释性；第二，在空间上，"回归自然"是浪漫主义的人生目标。浪漫主义者敏锐地感受到了工业文明带给人类的异化，为了追求理性世界之外无限超越的可能，浪漫主义者倾心于与工业化城市异质的自然山水和那些未开化的世界。在他们笔下，有对自然湖光山色的重新认识（如湖畔诗社），有对异国情调的赞美，体现了他们对文化的多元共生性的认同，和对极具征服性的现代理性文化的质疑；第三，在情感上，浪漫主义者反对工具理性，要求回归人的自然情感，这一点其实是包含在"回归自然"这个口号中的，人本是自然的一部分，浪漫主义者将自然作为人类诗意栖息的伊甸园，唯有生活于自然中才能保有那源于自然的情感和想象的能力，也才能了解自然的神秘并懂得敬畏。

（二）沈从文浪漫主义的认定

比照西方浪漫主义的特征再来看沈从文。毕竟在沈从文的笔下让我们最直接体验到的是他对湘西那一片山水的眷恋。在他的作品中，他为我们描画了那片土地和生于其间的人们。那条绵延百里的沅水长河，时时在他的笔下浮动，而漂在这河里的就是他的梦。他笔下灵性、可爱的人儿无论翠翠、夭夭、三三还是萧萧就生长在这山水之间——"翠翠在风日里长养着，把皮肤变得黑黑的，触目为青山绿水，一对眸子清明如水晶。自然既长养她且教育她，为人天真活泼，处处俨然如一只小兽物"（《边城》）；而"绿叶浓翠，绵延小河两岸，缀系在枝头的果实，丹朱明黄，繁密如天上星子"，则是生长夭夭的橘园（《长河》）；"杨家碾房在堡子外一里路的山嘴路旁。堡子位置在山弯里，溪水沿了山脚流过去，平平的流到山嘴折弯处忽然转急"，就在这远离堡子、远离人群的溪水转急处就是三三生长的碾房（《三三》）。山川赋予了她们天然的美丽和温柔。而傩送、柏子则长年漂泊在急流险滩之间，沅水上那声名远扬的青浪滩既是这些水上汉子最凶险的敌人，更是他们勇气、智慧和体魄的证明，也只有这样的浊浪险滩才能赋予他们那种生生不息的刚勇和爽利，而沈从文自己也直言："水和我的生命不可分，教育不可分。……水教给我黏合卑微人生的平凡哀乐，并作横海扬帆的美梦，刺激我对于工作永远的热情洋溢。我一切作品的背景都少不了水。"[1]正是在这自然、明净、变化万千的流水中方淘洗出了自然、澄澈的人性，如水一般灵动、如水一般坚韧。

这就涉及到了沈从文创作的第二个特点，回归人的自然情感，排斥工具理性。沈从文的作品在城乡二元的对立模式中，在愚夫愚妇身上发掘并赞美了那种看似琐碎却是源于自然的人情、人性；嘲笑并讥讽了都市人们的虚情假意和趋炎附势。沈从文这种对于顺应自然而生发出的情感、情操的赞美与卢梭的"自然人"思想是相通的。于是在他笔下，城市里的男人，即使是被誉为"千里马"的精英也不过是"阉宦"的代表（《八骏图》），女人则似乎更可厌，"她们要活，要精致的享用，又无力去凭空攫得钱，就把性欲装饰到爱情上来换取。娼妓是如此，一般妇女也全是如此。"[2]在《某夫妇》、《或人的家庭》中，主人公如此轻易地成为金钱的俘虏使他们的道德显得虚伪而可笑，相反，属于乡土的柏子们虽活得穷困、艰辛却诚实可爱（《柏子》）。河街上的妓女们也一个个有情有义，可以在梦中为情郎寻死觅活，甚至杀人不眨眼的山大王也可以充满男儿血性，为一个漂亮的女土匪只身犯险，终致引火烧身（《一个大王》）。这些属于乡土的人执著、率性、真实地以他们鲜活的生命体验、张扬的自然情感映照了城市文明中人性的苍白和猥琐。沈从文自己则说："我就是个不想明白道理却永远为现象所倾心的人。我看

〔1〕 沈从文著，凌宇编《沈从文自传》，江苏文艺出版社1995年版，第277—278页。
〔2〕 沈从文《十四夜间》，《沈从文文集》第二卷，花城出版社1982年版，第177页。

一切，却不把那个社会价值掺加进去，估定我的爱憎。我不愿问价钱多少来为百物作一个好坏批评，却愿意考察它在我官觉上使我愉快不愉快的分量。我永远不厌倦的是'看'一切。……我的爱好显然却不能同一般的目的相合。"[1]"金钱对'生活'虽好像是必需的，对'生命'似不必需。生命所需，唯对于现世之光影疯狂而已。因生命本身，从阳光雨露而来，即如火焰，有热有光。"[2]他高扬起审美的价值，否定商业文明所带来的商品经济价值，对生命与生活的划分则又极近似于西方浪漫主义对于诗的世界与散文气的环境的区别，显然前者才是自由理想的而后者则是没有自由可言的；他强调自然的爱与美，认为："一个人过于爱有生一切时，必因为在一切有生中发现了'美'，亦即发现了'神'。必觉得那个光与色，形与线，即是代表一种最高的德性，使人乐于受它的统治，受它的处置。"[3]这种对美的追求，生命的渴望，对自然情感尤其是"爱"的张扬，与西方浪漫主义把爱视为"安身立命的根据和最重要的理论出发点"也是一脉相承的。

最后，与西方浪漫主义主张"回到中世纪"相仿佛，在沈从文的作品中也包孕着一种回望的态势，只不过他回到的不是神性的王国，而是乡土的理想国。由此，在时空上造成一种强烈的往昔与当下的对比，原生态文明与现代文明的对比。我不清楚沈从文到底是否受到过卢梭的影响[4]，但我认同人类文明进程在走向现代时，东西方作家可能具有

---

〔1〕 沈从文著，凌宇编《沈从文自传》，江苏文艺出版社1995年版，第77页。

〔2〕 沈从文《潜渊》，《沈从文选集》第五卷，四川人民出版社1983年版，第85页。

〔3〕 沈从文《续废邮存底·美与爱》，转引自杨义《中国现代小说史》第二卷，人民文学出版社2005年版，第622页。

〔4〕 金介甫《沈从文传》，1987年由斯坦福大学出版的，1990年由时事出版社出版中文版，第79页写道："他对西方浪漫主义很入迷，虽然他指名提到的只有卢梭的《忏悔录》。"但杨联芬却在《中国现代文学研究丛刊》2003年第3期发表的《沈从文的反现代性——沈从文研究》一文中明确指出，凌宇曾经问过沈从文是否接受过卢梭的影响，沈从文肯定地回答"没有"，他甚至没有读过卢梭的书。杨联芬注此问答见于：吉首大学《首届沈从文学术研究座谈会发言摘要》，《沈从文研究》，湖南大学出版社1988年，第232页。

"共通的心理症候"。沈从文以对湘西的记忆为基石，描画了那个历经沧桑又渐行渐远的世界。而记忆作为一种最本己的生命体验，又以其极端的个人性和无法还原性赋予回忆者特权——不可验证性。沈从文在回忆中，将湘西的过去与现在、生命与自然编织在一起，将其幻化为人性、人情之美的理想国。"在沈从文的想象中，苗民的生活方式是中华民族年轻时期的生活方式。"[1]换句话说，沈从文以他的故事反抗着那个与现代文明相一致的"进步历史观"，而早在1936年，他就颇以自己的"落后"为荣了："两千年前的庄周，仿佛比当时多少人都落后了一点。那些人早死尽了。到如今，你和我爱读《秋水》、《马蹄》时仿佛面前还站有那个落后的人。"[2]他以人类的过去为标本来希冀当下的人们，以我们民族童年的状态来安慰、激励当下的老大与悲伤。因此在《龙朱》中我们看见了神性；在《月下小景》中我们看见了为真爱而冲决陋俗的勇气和决绝；在《如蕤》中我们则因如蕤对野性、朴质的倾心而在现代的情境下体验了尴尬。不过，所有的回忆都是属于当下的，他对过去的眷恋是为了扭转当下的颓势。而沈从文所要确证的正是一种多元原生性的文化模式，并最终能够"借文字的力量，把野蛮人的血液注射到老迈龙钟颓废腐败的中华民族身体里去，使他兴奋起来、年青起来，好在20世纪舞台上与别个民族争生存权利。"[3]

在认定沈从文创作属于浪漫主义之后，更重要的是，明确沈从文的浪漫主义与西方浪漫主义的巨大差异，因为他的东方浪漫主义不同于西方的浪漫主义。从总体上说，西方浪漫主义继承了希伯来文化传统，具有神秘怪诞的风格，而中国浪漫主义没有宗教传统和神秘怪诞的风格，它继承了中国的老庄佛禅和山水田园诗的传统，具有明朗诗意的风格。沈从文更典型地体现了中国浪漫主义的诗性，是一种东方诗性浪漫主义。

---

〔1〕 金介甫《沈从文传》，符家钦译，时事出版社1990年版，第11页。
〔2〕 转引自夏志清《中国现代小说史》，复旦大学出版社2005年版，第138页。
〔3〕 苏雪林《沈从文论》，《中国新文学大系·文学理论集一》，上海文艺出版社1987年版，第687页。

（三）沈从文浪漫主义的东方诗性特征

东西方浪漫主义的差异首先体现在面对现实的态度上。西方浪漫主义者对于现实极端不满，在蔑视中自觉地疏离现实，因此他们要么离群索居，在远离城市的昆布兰湖区和格拉斯莱尔湖区尽情歌唱；要么就用自己的妙笔构筑起完全属己的精神世界，在他们的笔下给熟悉的乡村、田园，陌生的异域城邦蒙上一层梦幻的面纱而与现实产生间距，例如雨果笔下华丽、明朗的巴黎圣母院之下那个神秘的乞丐王国；要么干脆让主人公完全生活在自己的精神世界里与周围现实形成对抗，而作者笔墨点染之处自然落在那个忧郁、丰富的内面世界里，例如夏多布里昂，他的主人公或者是孤独的漂泊者——勒内，或者是死后的独语者——他自己。与此不同，沈从文这个东方的浪漫主义者，他承继了中国文化的实用理性传统，因此并不逃避现实，而是急急慌慌地迎上去，为此他走出湘西进入了他完全陌生的都市，而他对湘西的记忆，他的城乡二元结构的并置也都有一个现实的指向——民族的重兴。所以，虽然沈从文也倾向于向后看，在时空上以回到过去，回到现代之前的未开化世界来确认自身，但不同的却是，由于西方文明自身的延续性，西方浪漫主义的回眸更为从容，也就更彻底，更个人化和精神化，他们可以充满信任地将过去的时代、原始的民族、未开化的文明当成能够最后安身立命的大地，并在作品中显示出这种回眸中的终极关怀，在其中扣问存在与虚无、有限与无限这类形而上的问题，而沈从文的回眸，由于自身文化在新的、异己强势文化的催逼下已然显现出劣势，因此他的回眸就不仅具有了时间性，还具有了空间性，即与异族文化对照、比较的特征。在对照比较中，民族近代所承受之苦难，民族未来之希望就成了那一代知识分子不可能不系于心的问题。于是这样的回眸，必然与现实相牵涉。正如有学者已经分析的那样："正是对中国社会现代文明的历史进程中'民族品德的消失'、'人性'的堕落、人类'不可知的命运'的忧患意识，及'重造'民族的不懈追寻，构成了沈从文创作的内在动力与思想内核。"[1]因此，在他笔下的湘西世界"与和谐的自然、人性美相对立的野蛮、杀戮、原始的宗教迷信、愚昧的道德规范，使这块古老而美丽的土地涂上了它特有的文化形态——宗法制度与原始文化合一的专制统治。"[2]也就是说，他的文化视野并非是单向度的，正如他在《长河》的题记中所言："'现代'二字已到了湘西……因此我写了个小说，取名《边城》……即拟将'过去'和'当前'对照，所谓民族品德的消失与重造，可能从什么方面着手。《边城》中人物的正直和热情，虽然已经成为过去了，应当还保留些本质在年青人的血里或梦里，相宜环境中，即可重新燃起年青人的自尊心和自信心。"[3]因此，他的作品的最终指向是"重造"民族文化。读者往往忽略了这一点，作者也不无遗憾地说："你们能欣赏我故事的清新，照例那作品背后蕴藏的热情却忽略了。你们能欣赏我文字的朴实，照例那作品背后隐伏的悲痛也忽略了。"[4]他一再提示其"作品一例浸透了一种'乡土性抒情诗'气氛，而带着一分淡淡的孤独悲哀，仿佛所接触到的种种，常具有一种'悲悯'感"[5]。也就是说，他所描绘的湘西并不完全是"世外桃源"，而是充满忧伤和艰辛的人生图景。这既有沈从文审美选择的偏好[6]，但更重要的是，作为一个现当代的作家，他对于现实还有责任，他要在他

---

〔1〕 钱理群等《中国现代文学三十年》（修订本），北京大学出版社 1998 年版，第288 页。

〔2〕 赵学勇《沈从文与东西方文化》，兰州大学出版社 2005 年版，第 137 页。

〔3〕 沈从文《〈长河〉题记》，《沈从文别集·长河集》，岳麓出版社 1992 年版，第20 页。

〔4〕 沈从文《〈从文小说习作选〉代序》，《抽象的抒情》，复旦大学出版社 2004 年版，第 357 页。

〔5〕 沈从文《〈散文选译〉序》，《沈从文散文》第三集，中国广播电视出版社 1994 年版，第 459 页。

〔6〕 沈从文曾说过："美丽总使人忧愁。"见沈从文著，凌宇编《沈从文自传》，江苏文艺出版社 1995 年版，第 226 页。这也与现代主义鼻祖波德莱尔的看法接近，波德莱尔认为："'欢悦'是'美'的装饰品中最庸俗的一种，而'忧郁'却似乎是'美'的灿烂出色的伴侣，我几乎不能想象……任何一种美会没有'不幸'在其中……"

的作品中作出一种具有超越性的反思和批判，由此我们才会在他充满野趣的传奇中倍加叹息（如《媚金·豹子与那羊》、《月下小景》），在他那些温婉明媚的故事中读出难言的忧伤（如《边城》、《萧萧》、《三三》、《灯》、《会明》），在他们的背面所隐藏的悲剧确实比表面所见出的美丽更深沉、更撼动人心。正是"对于农人与兵士，怀了不可言说的温爱"[1]，他才写了他们平凡生活中的"常"与"变"，才写了他们生活的环境、他们的风俗、劳作和他们的哀乐，这一切在他细腻的笔下栩栩如生，故而人们说他描绘了一幅幅湘西动人的风俗画。

由此引出沈从文不同于西方浪漫派的第二个特点——平民性的乡土气派。沈从文浪漫主义的乡土气派与西方浪漫主义所具有贵族传统截然不同。西方浪漫主义继承的是贵族精神，具有宗教的、形而上的品格，他们往往以人的个体的自由完善、自然天性中对超越的追求展开对工具理性以及城市工业文明的批判，在题材内容上侧重展示皇宫贵胄和教会僧侣等上流阶层的人和事；他们笔下的乡村也是经过贵族式美化后的乡村，田园，亦是属于上流社会眼中的田园，在这里没有劳作的艰辛，少见民间的疾苦，而多写贵族个体的悠游和冥思，这些作品往往更具思辨性，强调灵肉、正邪、美丑、善恶的直接对立，在极端的戏剧性冲突中展现人性以及人生中的大悲大喜，最终获得情感的净化和超越；在总体上追求一种倾向于崇高的审美趣味。而东方的浪漫主义则与此不同。沈从文不是描写上流社会的高雅情趣，而是写乡下人的日常生活。而且，假如说西方浪漫主义者是心怀虔诚，双眼仰望着上帝的话，那么中国的浪漫主义者则是心怀悲悯地注视着芸芸众生，如果说，西方浪漫主义者是倾向于悲天的，那么中国浪漫主义者则更多是悯人的。这与他继承了中国文化、文学的平民主义传统有关。中国社会是平民社会，中国文化是平民文化，这与西方的贵族社会和贵族文化截然不同。因此，东西方浪漫主义具有了不同的文化资源和社会品格。中国浪漫主义是平民化的，沈从文直言："我实在是个乡下人……乡下人照例有根深蒂固

---

[1] 沈从文《边城·题记》，《沈从文文集》第六卷，花城出版社 1982 年版，第 70 页。

永远是乡巴佬的性情，爱憎和哀乐自有它独特的式样，与城市中人截然不同！他保守，顽固，爱土地，也不缺少机警，却不甚懂得诡诈。他对一切事照例十分认真，似乎太认真了，这认真处某一时就不免成为'傻头傻脑'。"[1]然而这个"乡下人"是如此地渴望着生活——粗糙的真实、底层的社会、生命的痛苦、穷困的现实，他全盘接受，在其中去发现美，最终他把勇敢、坦率、热情、诚实、坚忍等一系列美德毫不吝惜地赋予了那些来自社会底层却更能顺应自然的人们：农人、兵士、水手和妓女。

沈从文用一个乡下人的心和眼来观照生活，对于他笔下的湘西世界，他没有五四启蒙主义者惯常的揭露落后或启蒙愚昧的居高临下的视域，而是抱着平等的意识，以平视的眼光来追忆那片土地和生活在那片土地上的人们。因此，童养媳的故事在他笔下并不成为控诉的文本（《萧萧》），老兵的人生理想也不再令人觉得无聊、可笑，而让人觉得竟温暖得如慈母一般（《灯》），他忘情地沉浸到民间的氛围中，在凡俗和日常已然被神圣与革命瓦解了的时代，大量地描写了民间的风俗习惯、日常的凡俗人事和生活情景，在节庆的欢愉热烈和劳作的艰辛中感受俗众的哀乐荣辱。因此，他所诉说的关于湘西的一切，没有深刻的理论却多了一份迫近人生的体验。由此在沈从文的笔下多了一份真切的"悯人"情怀。他并不追求西方浪漫主义所企求的超越感、崇高感或是对绝对和永恒的把握，而着力书写那最迫近人生的体验——悲哀。在他的作品中悲哀是如此寻常而又深沉。它不同于西方浪漫主义的激烈，它淡淡地袭来，在不知不觉中让你体验到那种宿命般的一生一世的悲凉和那种既无力抗争又无法回避的让人绝望的悲哀。如那个在不知不觉中忽然来到身边，给女孩和母亲带来奇异的"城里"之思的白面少爷，却在人美梦正酣时毫无缘由，又似乎合情合理地离去，生命轻易地玩弄着俗人的梦想和愿望（《三三》）。而事实上，这种悲哀，无英雄主义冲

---

〔1〕 沈从文《〈从文小说习作选〉代序》，《抽象的抒情》，复旦大学出版社 2004 年版，第 356 页。

决天地的痛快淋漓，却更痛彻人心，因为它是最经常的属于凡人的悲哀，它绵密而又丝丝入扣地织进普通人的生命中去，使其生命抹上一层无法褪去的黯淡底色，成为最接近人间的伤痛。人活着并承受着它，即使绝望仍然是平静的绝望，正如三三和母亲在听闻白面少爷的死讯后仍要回碾房继续碾谷子，翠翠在爷爷死后仍将一个人在渡船上等待一样。沈从文的文字中流淌出来的就正是这种不同于大悲大喜的凡俗人世的悲哀和艰辛，但展现出的人的坚忍和承受却使人性一次次接近了神性，最终闪耀出生命的庄严和魅力。

这就说到了沈从文不同于西方浪漫派的第三个特点——理智性。西方浪漫主义秉承希伯来文化的神秘、怪诞传统，拒绝理性、平凡，强调"真正的诗所唯一承认的东西，是令人惊叹的东西、不可思议的东西、神秘的东西"[1]。他们试图以神秘、怪诞的诉求来反抗理性文明所提倡的明晰性和确定性，他们希望生命保有其应有的神秘感，让人们懂得对生命、对神的敬畏，反抗理性主义对生命的肆意解剖和对神的亵渎。而沈从文却与此不同，他所向往的、一心希望建造的是一座供奉人性的庙宇，而人性在他笔下就是自然而然地承担命运中所遇到的一切悲喜哀乐。因此即使他写的是来自边缘地域、边缘文化中的故事，其人、其事、其情并不荒诞也不神秘，相反他们给人们一种亲切感——其人物所处之境澄澈明净，所行之事源于自然，人物本身也一个个率真可爱、毫不造作。因此当兄弟二人一起喜欢上一个姑娘时，他们直截了当说明白，而后在深夜上山去为姑娘唱歌（《边城》）；当爱情需要信物时，男子会不计后果地去寻找那只洁白的小羊，为此付出生命的代价（《媚金·豹子与那羊》），如果一定要指出它具有的异域风情，那只能说，是这个封闭地域的人们保有了化外之民的自在状态，他们具有一种未经斧凿的天然的生命之美、生命之媚。在未经"文明社会"的规矩绳墨的世界里，"一切皆为一个习惯所支配"，却又无不合情顺理；人性与自然是合一的，人性与神性也是合一的。所以它毫不神秘，它只是

---

〔1〕 刘小枫《诗化哲学》，山东文艺出版社1986年版，第30页。

让我们更清楚地认识到:"神之存在,依然如故。不过它的庄严和美丽,是需要某种条件的,这条件就是人生情感的素朴,观念的单纯,以及环境的牧歌性。神仰赖这种条件方能产生,才能增加人生的美丽。缺少了这些条件,神就灭亡。"[1]对于这样一种毫不神秘的对于神的认识,其间的理性特质是显而易见的。在审美情趣上,沈从文的东方式浪漫主义尤其是后期作品所追求的也异于西方,他"极力避去文字表面的热情",强调"恰当"、"节制",具有古典气质,追求恬淡从容的优美的审美境界。

西方浪漫主义的精神资源来自中世纪文化传统,它秉承了很多希伯来文明的非理性特征。当这样一种以非理性为核心的文化思潮,传入中国后,由于中国文化自身强大的实用理性惯性,自然对它作出了改造,因此中国文化人大多接受了它崇幻想、重主观、多抒情的一面,而对其非理性、神秘、荒诞以及宗教方面的旨趣则加以摒弃。沈从文,作为一个作家,既是一个理想主义者,更是一个理性的创作者,他说:"一个伟大纯粹艺术家或思想家的手和心,既比现实政治家更深刻并无偏见和成见的接触世界,因此它的产生和存在,有时若与某种随时变动的思潮要求表面或相异、或游离,都极其自然。它的伟大的存在,即于政治、宗教以外更形成一种进步意义和永久性。"[2]由此可以明显看出,一方面他像西方的其他浪漫主义者一样自觉地疏远政治,但他的疏远却又并非像西方浪漫主义者那样是与宣扬个体情感的自由宣泄相联系的,而是相当自觉地追求一种别样的永久性、进步性,其实就是一种更健全、美好的人性,而这份人性又恰恰是与道德理性密切相连的,这是沈从文自身的矛盾性与特殊性所在。他所构筑的城乡二元世界中,既有对于现代城市文明的批判、反思,还有一份"隐伏的悲痛"和"浸透其间的悲悯"。因此,一方面"湘西世界"使"城市文化"呈现出病态,另一方

---

〔1〕 沈从文《凤子》,转引自夏志清《中国现代小说史》,复旦大学出版社 2005 年版,第 133 页。

〔2〕 沈从文著,凌宇编《沈从文自传》,江苏文艺出版社 1995 年版,第 296 页。

面，其自身也隐藏着无法摆脱的忧伤。在弥漫了妩媚、缠绵情致的柔美文字的背后，"你感到的正有道德感的隐隐的制约。因而这世界越纯净、越光润、越合于传统的审美规范，也离'纯粹自然'越远。"[1]因此，沈从文笔下的湘西世界已然是作为现代文化人沈从文记忆中的湘西，它渗透了作者的审美情感，显示出作者的审美趣味。从早期的《雨后》、《龙朱》、《神巫之爱》、《旅店》到成熟的《边城》、《湘行散记》、《湘西》、《长河》，其笔墨由纵情任性、绚烂多姿而至委婉节制、澄澈明净，其间恣肆奔放的原始情调、深山大泽的蛮荒野趣尽数化去，而终获纯净、和谐，合于中国传统的文化思想、审美理想。其后期作品中的这种"节制"的特征是相当明显的，也正是在这种"节制"中才可能勾勒出了中国式乡村社会的静谧和诗情。

正像所有浪漫主义对现代性的反抗一样，沈从文作品本身也触及到了伦理主义和历史主义的二律悖反。人类社会的历史进步往往是以伦理的相对退步为代价的，而人类精神又恰恰要求在新的历史发展阶梯上的伦理主义复归。五四时期中国面临的生存危机，迫使人们站在历史主义的立场上，争取现代性，批判传统文化。但是，沈从文则站在历史主义的反面，批判现代性，呼吁伦理的价值回归。他自己也直言不讳地说："我的读者应是有理性，而这点理性便基于对中国现实社会变动有所关心，认识这个民族的过去伟大处与目前堕落处。"[2]这样一种判断是基于伦理主义的，也是一种审美判断，它超越了历史主义，也超越了保守主义。从恣肆张扬到温婉含蓄，从畅快淋漓地抒发生命的激情到以恬淡平静的笔墨抒写生命的怅惘，在审慎与热情的冲突、文明进程与人性束缚的矛盾之间，沈从文完成了从空间上以乡土视角见出城市文明之堕落、委顿，从时间上以今昔对比吟出东方田园之挽歌的过程。沈从文所关注到的正是这个人类也许永远也作不出完美回答的问题，在他成熟的

---

〔1〕 赵园《论小说十家》，浙江文艺出版社1987年版，第129页。
〔2〕 沈从文《〈边城〉题记》，《沈从文文集》第六卷，花城出版社1982年版，第72页。

作品中，我们进一步能体会到他对道德沦丧的忧愤和人性复苏的良苦用心。沈从文把人性改良作为了自己毕生的事业，这一点使他具有了与20世纪中国主流文学不同的气质。他不为政治、救亡这些一度神圣的革命话语所狂热而试图建造一座更为坚实、可靠的人性的庙宇，他将人性置于神圣的殿堂，给予其宗教般的地位，赋予了人性一种抽象的、形而上的品格。由于这个更高的价值标准，他才不会随波逐流，不因政治的变动而变迁；他的创作才具有了在中国现代文学史上难能可贵的，具恒常性的精神质素。

第六章 现代性与中国现实主义文学思潮

一、中国现实主义的多元特质

现实主义曾经是中国得到肯定最多的文学思潮，也被描绘成为中国现代文学思潮中的绝对主流（包括五四文学、革命文学、新时期文学等都被纳入现实主义的范畴）。而实际上，这种肯定和认定是建立在对现实主义的误读的基础上的。现实主义是中国现代文学历史上最弱小的文学思潮，它从来就没有成为主流；五四文学和革命文学也不是现实主义，而是启蒙主义和革命古典主义。现实主义文学思潮是文学对现代性带来的社会问题的揭露和批判，它以人道主义立场批判资本主义社会关系下人与人之间的对立，人的堕落和苦难，同情小人物的命运，呼吁人类之爱，以化解社会矛盾。欧洲的现实主义发生于19世纪中叶至19世纪末，其时现代性已经获得了胜利，而其负面性开始突出显现，特别是在社会关系领域更为严重。因此，文学就在社会领域开展了对现代性的反思、批判，产生了现实主义文学思潮。从现代性的角度重新定义现实主义，就会对中国的现实主义作出新的历史叙述。

（一）中国现实主义的基本状况

中国的现实主义发生于五四启蒙主义文学高潮消退之后，其时中国社会已经步入官僚资本主义，虽然农村主要还是封建主义，但是在一些大中城市，资本主义关系已经有一定程度的发展。在这种历史条件下，对资本主义社会关系的批判也随之发生；加之从西方引进了现实主义，就产生了中国的现实主义文学思潮。现实主义区别于启蒙主义，在于它是对城市资本主义文明（虽然在中国很弱小，但毕竟发生了；虽然它是带有封建性的、畸形的，但毕竟打上了现代性的印记）的批判，而不是对农村封建主义的批判；是对资本主义金钱关系的批判，而不是对封建主义宗法礼教的批判。但是，由于中国是半封建半殖民地的官僚资本主义社会，建立现代民族国家的社会革命任务，批判封建主义、争取现代性的启蒙任务以及批判资本主义、反思现代性的任务同时存在，因此现实主义也必然与启蒙主义、革命古典主义以及现代主义等纠缠在一起。同时，由于中国社会发展的基本问题是实现现代民族国家和现代性，而这个历史任务长期没有得到解决，因此中国文学思潮的主流就是革命古典主义和启蒙主义，整个 20 世纪中国文学就是启蒙主义与革命古典主义交替主导的历史，而现实主义以及其他反现代性文学思潮长期处于边缘状态。这就是中国现实主义的基本状况。

30 年代是中国现实主义发生、发展的第一个阶段。由于城市资本主义的发展，文学批判的任务开始从农村文明扩展到城市文明、从封建主义扩展到资本主义。对城市资本主义文明的批判，有沈从文、废名、汪曾祺等代表浪漫主义的取向，它主要是从道德角度留恋、美化传统的乡土文明，抵制、批判现代的城市文明；也有新感觉派以及穆旦等现代主义的取向，它主要是从生存意义的高度，以非理性主义否定现代性；也有现实主义的取向，它主要以人道主义立场揭露、批判城市资本主义文明的不合理性。30 年代的现实主义作家有老舍、曹禺、茅盾等。老舍主要关注北京的市民生活，包括底层劳动者的悲惨命运。正是对后者的关注，才使老舍的创作具有了现实主义的品格。出自对底层人民的同情，他对城市中发展起来的资本主义文明持批判、拒斥态度，他揭露资本主义的商品关系、个人主义带来的灾难，表现出平民主义甚至民粹主义的思想倾向。他的《月牙儿》就是从平民主义的立场，作出了这样的论断："肚子饿是最大的真理"，"穷人是没有爱情的"，表达了对个性解放思潮的质疑。老舍的现实主义的代表作是《骆驼祥子》，它叙述一个淳朴的农民祥子在城市打工而遭遇的悲惨命运和人格堕落的故事，来批判"城市文明病"，也揭示了"个人主义的末路"。在资本主义冲击下，农村破产，祥子流入城市，后为生活所迫，又被金钱关系腐蚀，娶了他不爱的老板女儿虎妞，使他爱的女人走上绝路。而最终，在一连串的打击下，他也丧失人生的追求和善良的品性，成为懒惰、麻木、无耻的行尸走肉。曹禺的《雷雨》、《日出》等剧作，主要揭露和批判了现代城市文明中个体的悲惨命运。《雷雨》写一个带有封建性的资本家家庭的罪恶和悲剧，控诉了金钱主宰的世界的黑暗，表达了人道主义的思想。《日出》揭露了上层社会的荒淫无耻和下层人物的悲惨命运，提出了这样的质问："人与人之间为什么这么残忍呢？"茅盾被誉为"革命现实主义的大师"，其实其创作包含着现实主义与革命古典主义两种因素。其代表作《子夜》，既遵从革命古典主义的原则，运用历史唯物主义的阶级分析观点，形象化地演绎了中国社会的基本矛盾，表达了中国只有走社会主义道路的主题；同时又一定程度上真实地描写了中国社会特别是城市资本主义的社会关系和社会矛盾，表达了对现代性的批判意识，从而具有了现实主义的倾向。其他如《林家铺子》写在封建主义与外国资本的双重压迫下，中国小业主的没落命运；《春蚕》写在外国资本主义的冲击下中国农民的破产。这些作品虽然依然传达了反对帝国主义、封建主义、官僚资本主义的革命理念，带有革命古典主义的思想倾向，但也真实地揭示了中国社会的变迁和底层人物的命运，展开了对于中国畸形资本主义的批判。此外还有叶圣陶的反映资本主义冲击下农村自然经济解体的《多收了三五斗》、夏衍反映资本主义对工人残酷压迫的《包身工》等。

中国现实主义发展的第二个阶段是 20 世纪 40 年代。30 年代的现实主义被抗战打断了，在抗战期间变相的革命古典主义一统天下，同化了其他文学思潮，包括现实主义思潮。而在抗战后期，则出现了以张爱玲、钱锺书为代表的"后现实主义"。后现实主义是在抗战的背景下，对革命古典主义主流的反拨。它并没有融合在革命古典主义的崇高史诗中，而是自外于主流意识，站在个人主义的立场，冷静地对现代人性和社会进行批判性的审视。张爱玲写的是现代都市的旧家庭的、旧意识的现代人物的命运，批判现代洋场与传统文化所孕育的畸形人性，唱出了一首关于人性与文明的"荒凉"哀歌。她的《金锁记》描写了主角七巧先被封建家庭所禁锢，后又被金钱的欲望所主宰，扼杀了爱情，导致了心理的畸变，毁灭了自己的一生，也毁灭了自己的儿子和女儿。钱锺书的代表作《围城》把批判的目光转向知识分子，书写现代人生的困境。它描写归国留学生方鸿渐在抗战背景下的人生境遇，他的无聊的大学教书生涯以及掉进婚姻的陷阱，展示了中国新知识分子的精神缺陷。这是个人的悲剧，也是社会的悲剧，还是人类的命运。作者以冷静的笔调发出了对中国畸形的现代文明的批判和对非人性的现实的抗议。

建国以后，在政治的强力干预下，革命古典主义一统天下，包括现实主义在内的其他文学思潮都不复存在。"文革"结束后，改革开放的新时期终结了革命古典主义，启蒙主义文学思潮复兴，成为主流文学思潮。在20世纪80年代后期，产生了"新写实"小说，这是现实主义的新的历史形态。新写实小说发生的历史背景是，80年代的改革开放，结束了长期的政治运动，人们开始步入正常的世俗生活；同时，计划经济开始被打破，市场经济有了一定的发展，经济关系逐步取代了政治关系，这意味着现代性的出现，它导致了人们的生活方式的根本性变化，也导致了人们的思想意识的根本性变化。面对市场经济下的世俗化的生活方式，一些作家摆脱了早期启蒙主义对现代性的肯定、歌颂视角，转而采取批判的视角，暴露其平庸、苍白、无意义。于是，新的现实主义形态——新写实小说就产生了。新写实小说的代表有刘恒、刘震云、方方、池莉等。新写实小说与启蒙主义不同，它不是批判"左"的思潮和封建主义，争取现代性，而是批判新兴起的现代世俗社会，批判现代性。在新的历史条件下，它已经弱化了经典现实主义的反抗性和批判力，滑向自然主义的写实。新写实小说放弃了革命古典主义的理想主义和启蒙主义的理性立场，采取了客观主义的写作手法，它强调"零度写作"，隐匿作者的态度，而展示生活的"原生态"。同时，它反对革命古典主义的"典型化"，还原普通人的普通生活，取消英雄，解构崇高。如刘震云的《一地鸡毛》，描写了小林夫妇走上工作岗位后的平凡、庸俗的生活和精神世界的猥琐、沦落。池莉的《烦恼人生》写面对家庭的烦琐生活的无奈。此外，它解构革命古典主义的政治理念，表达一种平民化的价值观，关注底层民众，回归日常生活，体现了对世俗生活的认同。如方方的《风景》以不动声色的自然主义态度叙述了一个底层家庭的挣扎与奋斗，揭示了人们的日常生存状态。她自述说："理想纯属你个人的东西，而个性的色彩终归要被现实生活溶化进去。你唯一要做的便是：人家怎么活，你便怎么活；叫你怎么过，你就怎么过。"[1]新写实小说对生活的这种描述，其实是一种无奈的抗争。尽管如此，新写实小说毕竟对现代平庸的日常生活有所揭露、反思、批判，因此属于现实主义范畴。

随着改革开放的深入发展，市场经济的大潮涌起。由于新的社会关系、新的社会矛盾的产生，必然产生文学的批判意识，引发现实主义文学思潮。1995年以后，出现了一股"现实主义冲击波"，它又被称为"新现实主义"。一些作家敏感地意识到，"目前最需要的是批判现实主义"[2]。这是继承批判现实主义传统的文学思潮，其代表有谈歌、何申、关仁山、刘醒龙等。同样是以改革为描写对象，"现实主义冲击波"与新时期改革文学截然不同。它不是简单地鼓吹和歌颂改革，描写改革与保守的斗争，而是面对向资本化了的社会形态转型期的复杂的社会现象，进行了道德的批判。它关注转型过程中被损害的弱势群体如下岗工人等，揭露和鞭挞了资本原始积累过程中的种种丑恶社会现象，并且诉诸一种道德追求。由于"现实主义冲击波"贴近现实，揭示了现实社会的尖锐矛盾，表达了一种现代性批判的立场，因此属于现实主义的范畴。

---

〔1〕 方方等《随意表白》，今日中国出版社1996年版，第243页。
〔2〕 王跃文《生活的颜色》，《中篇小说选刊》1996年第4期。

（二）中国现实主义与启蒙主义的粘连

中国现实主义发生的时间顺序是在启蒙主义之后，而在欧洲，现实主义发生在浪漫主义之后。因此，中国现实主义不仅脱胎于启蒙主义，而且往往与启蒙主义互相影响，甚至扭结在一起。

五四文学革命之后，启蒙主义高潮消退，但并没有终结，它仍然持续其余波。同时，现实主义发生，它把批判的目光转向城市的资本主义社会关系。但是，中国的官僚资本主义带有很强的封建性，因此对它的批判必然伴随着对封建主义的批判。这就意味着现实主义与启蒙主义的共生关系和密切联系。因此，中国的现实主义往往也打上了启蒙主义的印记，它在反思、批判现代性的同时，也在反对封建主义和肯定、争取现代性。这种矛盾的心态和主题，几乎表现在所有现实主义作家、作品中。老舍就是一个典型的例证。他早期创作了《二马》、《赵子曰》、《老张的哲学》等带有批判国民性倾向的小说，它在批判传统文化的糟粕与国民性的同时，也批判了西方文化的糟粕和洋奴心态，这是区别于鲁迅等代表的激进主义启蒙文学之处。而《牛天赐传》，特别是《骆驼祥子》则主要揭露腐朽黑暗的城市文明，批判资本主义的社会关系，而后者成为现实主义的代表作。但是，《骆驼祥子》在揭露、批判资本主义社会关系的同时，也揭露和批判了腐朽黑暗的封建势力，如兵士的抢劫、特务的横行、妓院的残酷，甚至车行老板——虎妞的爹也是带有封建性的资本家。正是资本主义金钱关系与封建黑恶势力的共同迫害，才使祥子走向了堕落的绝路。这部作品既是对封建势力的控诉，又带有启蒙主义的倾向，它与现实主义是结合在一起的。

曹禺的《雷雨》、《日出》主要控诉资本主义社会关系，但是，同时也批判了封建主义，因为中国的资本主义是与封建主义结合在一起的。这样，这些作品在批判资本主义现代性的同时，也延续了反封建的启蒙精神。像《雷雨》中的周朴园，既是资本家，又是封建家长制的代表，正是资本主义的金钱关系与封建家长制结合在一起，造成了他全家的悲剧。而《日出》中的陈白露、李石清、胡四等无疑是资本主义金钱势力的代表潘月亭、顾八奶奶等的牺牲品，但是"小东西"翠喜等又是封建主义黑势力"金八爷"的牺牲品。作者控诉了"损不足以奉有余"的吃人社会，既是针对资本主义，因此属于现实主义；又是针对封建主义，因此打上了启蒙主义的印记。

（三）中国现实主义与革命古典主义的杂糅

现实主义是批判现代性的文学思潮，而新（革命）古典主义是为了实现现代民族国家的历史任务，带有前现代性的性质。由于现代性与现代民族国家的冲突，中国的革命古典主义也成为反现代性的文学思潮。它反对帝国主义、封建主义，也批判资本主义。这样，中国的现实主义与革命古典主义就具有了共同的敌人——资本主义的现代性；而现实主义与革命古典主义就有可能杂糅在一起，使现实主义打上了革命古典主义的印记，或者使革命古典主义具有了现实主义的成分。左翼文学主要描写农村的革命斗争，但也有描写市民生活的，有的就有批判资本主义的倾向，如夏衍的反映童工苦难的《包身工》；张天翼的描写庸俗的小知识分子、小公务员、小市民形象的作品，特别是《包氏父子》讽刺、批判了处于社会底层的小人物往上爬的心态，同情于他们的不幸命运。

茅盾作品是革命古典主义的经典，同时也带有鲜明的现实主义的成分。《子夜》遵从"社会主义现实主义"的原则，通过典型环境和典型人物的塑造，对中国社会进行阶级分析，证明资本主义道路在中国走不通，社会主义是唯一的选择。但是，它没有正面写农村的革命斗争（本来打算写，只是由于不熟悉而放弃了）；对城市工人的斗争虽然作了描写，但远没有那么真实生动，而是着力描写了民族资产阶级与官僚买办资产阶级之间的斗争，因此，与革命古典主义的写作原则并不完全符合。他的主角不是革命者和工农群众，而是上海商场上的形形色色的人物，是民族资本家吴荪甫以及买办资本家赵伯韬等人；革命只是一种背景，而残酷的商战成为主要的线索。因此，《子夜》能够在一定程度上摆脱革命古典主义主旨，而具有了现实主义的思想意义。同样，他的

《春蚕》、《林家铺子》等也没有局限于传达革命古典主义的主旨，而呈现了以人道主义批判资本主义的现实主义精神。

老舍的现实主义不仅带有启蒙主义的成分，也带有革命古典主义的成分。他一方面反对封建主义、批判国民性，同时又反对资本主义，带有强烈的民族主义、民粹主义倾向。因此，他的现实主义中就包含着革命古典主义。他在30年代的一些现实主义作品，受到了革命古典主义的影响，他自述道："回到国内，文艺论战已经放弃文学革命，进而为革命文学。配备着理论，在创作上有普罗文学的兴起。我是不敢轻易谈理论的，所以还继续创作，没有参加论战。可是，对当时的普罗文学的长短，我心中却有个数儿。我以为它的方针是对的，而内容和技巧都未尽满人意。一来二去，我开始试写《黑白李》那样的东西……说明我怎么受了革命文学力量的影响。"[1]他的《骆驼祥子》一方面批判了资本主义城市文明，同时也批判了个人主义的道路，把祥子定性为"个人主义的末路鬼"，这体现了他对启蒙理性的疏离，对集体理性的认同。在抗战以后，老舍与大多数现实主义作家都转向了革命古典主义（如老舍的《四世同堂》）。建国以后，资本主义生产关系被废除，现实主义的土壤不复存在，革命古典主义从批判旧社会转向歌颂新社会，因此，现实主义就消失了。

20世纪90年代的"现实主义冲击波"，自觉地要继承"批判现实主义"的传统，特别是他要立足于民间立场批判市场经济中丑恶的社会现象，因此有鲜明的现实主义倾向。但是，由于革命古典主义的长期影响，使其上了革命古典主义的烙印。"现实主义冲击波"揭露了市场经济初期的社会丑恶现象，但是囿于肯定改革的主流意识形态，它的视角主要不是个体，而是集体，是地区或者国营企业的经济发展，而不是个体的价值。因此，它必然在历史（发展经济）与道德（个体命运）的二律背反中倾向于前者，而没有揭示市场经济发展对个体价值的牺

---

〔1〕 老舍《〈老舍选集〉自序》，《老舍生活与创作自述》，人民文学出版社1982年版，第115—116页。

性，也没有执著于个体价值对现实给予无情的批判。如在吕建国的《分享艰难》中，为了发展经济，书记孔太平对流氓企业家洪塔山嫖娼和强奸自己的表妹，也只能迁就。同样，出于这种集体主义的立场，它只能歌颂那些忍辱负重的地方或企业的领导者以及顽强不屈的底层群众，甚至幻想像洪塔山那样的企业家良心发现，企图依靠长官意志和群众的觉悟来力挽狂澜，以"社会主义道德"来净化社会人心，因而没有彻底摆脱理想主义的思路，弱化了现实主义的批判精神。同时，它也没有彻底摆脱革命古典主义的写作规范，如对正面人物的歌颂，典型化、道德教化等，从而与经典现实主义拉开了距离。

（四）中国现实主义与现代主义、后现代主义的联结

在抗战后期以至整个40年代，在革命古典主义的统治下，一种新的现实主义形态悄悄发生了。这就是以张爱玲、钱锺书为代表的后现实主义。后现实主义的特点是现实主义与现代主义的接轨，是现代主义影响下的现实主义。它在思想倾向上体现了现实主义的批判性，同时也体现了现代主义的人生态度。张爱玲批判现代都市生活，但这种批判与经典现实主义有所区别。它不是惩恶劝善，没有止于对人道主义、爱的呼唤，而是在摸索了人类心灵的残酷、自私、冷漠之后，在生存层面上表达了一种荒凉意识。这种荒凉意识正像西方文学的"荒原意识"一样，是失去了理性信念的现代主义的一种表征。

钱锺书的《围城》对中国现代知识分子的精神状态进行了刻薄的讽刺，这是其现实主义的主导倾向。同时，它又没有像经典现实主义那样，止于道德层面上的批判，而是深入到人的生存层面，揭示了无所不在的"围城"，在幽默、冷静的叙述中表达了一种对人生的绝望。这种绝望正是现代主义文学的基本品格。

如果说后现实主义主要受到现代主义的影响的话，那么，新写实小说则主要受到后现代主义的影响。新写实小说书写现代市民的日常生活，在客观的描写之中寓于一种审美的批判，因此带有现实主义的基本特性。但是它不同于经典现实主义，不仅具有自然主义的特征，

而且受到后现代主义的影响。这主要体现在以下几点。首先是解构启蒙理性的大叙事，不再描写政治题材和重大历史事件，不再塑造英雄典型，而是描写普通人的琐碎、平庸的日常生活，还原历史现实的"原生态"。这实质上以日常生活体验解构了主流意识形态，从而也就拒绝了启蒙理性对历史的解读。第二，它站在平民主义的立场，认同市民的价值观，拒绝了知识分子的精英意识，所谓"冷也好，热也好，活着就是好"，以庸俗解构了崇高，从而也就解构了启蒙理性和启蒙大叙事。第三，它消解主体性，拒绝干预历史，采用后现代主义的"零度写作"，以彰显人的非中心、非主体的卑微地位。这实际上是对现代性——主体性神话的破除，从而也消解了解放大叙事，拒绝了虚构的现实人生的意义。

综观中国现实主义的历史，可以把目光凝聚到这样一种事实上，那就是经典现实主义的缺席，或者说中国现实主义的非典型性。无论是30年代、40年代还是80年代、90年代的现实主义都不是单纯的、经典的现实主义，而是与其他文学思潮相融合的非经典的现实主义，它们的现实主义特征都不是特别充分的。而且，这种非经典的现实主义也从来没有成为任何一个时期的文学主潮。这种现象原因何在呢？这首先是由于中国现代性的后发性。由于现代民族国家历史任务的迫切性以及现代性任务的艰难，中国的现代性一直没有真正实现，中国也一直没有成为一个现代社会。因此，反思、批判现代性的文学形态，包括现实主义文学思潮缺乏丰厚的土壤，得不到充分发展。另一方面，由于现实主义与其他文学思潮同时存在，影响、改变着现实主义；更由于国外现代主义、后现代主义文学思潮的传播和影响，使经典的现实主义不可能发生，只能产生非典型性的现实主义。

二、个案研究：老舍创作的多向性——现实主义、启蒙主义与革命古典主义

老舍是我国最富于现实主义精神的文学大师，这一点几乎是没有争

议的。但是，仅仅做这样的论定是不全面的，因为他不仅具有现实主义的创作方向，而且还具有启蒙主义、革命古典主义（"革命现实主义"）等创作方向。老舍的一生，就是在多种文学思潮的急流中左冲右突，探索寻觅的。老舍创作的多向性，既有历史条件的原因，也有其自身的原因。老舍的创作道路，对于中国现代作家来说，是非常典型的。揭示这些原因，有助于更深刻地说明中国现代文学史的演进。

（一）老舍创作多向性的历史条件和思想基础

我们首先考察老舍创作道路形成的历史原因。老舍是在五四以后走上创作道路的。五四文学革命一方面留下了启蒙主义的传统和思想资源，同时也被革命文学和以后的左翼文学所否定，形成了革命现实主义—革命古典主义的文学思潮。而在这个时期，现实主义以及浪漫主义和现代主义也发生了。这就是说，五四以后的中国文坛，同时存在着启蒙主义、革命古典主义以及相对弱小的浪漫主义、现实主义、现代主义等文学思潮。这多种文学思潮的发生与存在，都有特定的社会土壤。五四以后的中国社会，是一个二元化的社会，一方面广大的乡村，资本主义生产关系没有得到充分发展，也没有形成主导的社会关系，仍然是封建土地所有制占主导地位；另一方面，在新兴的现代城市，资本主义关系包括外国资本与民族资本得到了一定的发展；而政治上是国民党的一党专政。从整体上说，当时中国正在从封建社会走向官僚资本主义社会。在这样的社会中，就存在着多种历史要求，形成了多种社会运动：一是反对封建主义、争取现代性的历史任务，形成了自五四以来的启蒙主义文化运动；二是反对帝国主义、争取现代民族国家的历史任务，形成了五四后政治革命运动；三是反思现代性、维护人的价值的文化任务，形成了批判资本主义的思想潮流。这三种历史要求对老舍都发生了影响，体现于他的创作中就分别形成了三种创作方向：反对封建主义、争取现代性的启蒙运动，使老舍的创作具有了启蒙主义的方向；反对帝国主义、争取现代民族国家的革命运动，使老舍的创作具有了革命古典主义的方向；而反思、批判现代性的文学运动，使老舍的创作具有了现实主义的方向。

社会历史条件的复杂性只是影响老舍创作方向的外部因素，而决定性的内在因素是他的政治的、道德的、文化的观点即世界观。老舍的思想是比较复杂的，民族主义和国家主义、平民主义、人道主义等思想并存，从而决定了他的创作方向的多元性。

老舍世界观中的一个重要因素就是民族主义、国家主义。老舍幼年时，当八旗兵的父亲在抗击八国联军的战争中阵亡，自己的家里也遭到侵略军的抢掠，在他幼小的心灵中埋下了仇恨帝国主义的种子。成人以后，目睹中国被帝国主义欺凌、侵略，形成了强烈的爱国主义思想。特别是在"外争国权，内惩国贼"的五四爱国主义运动中，他虽然没有直接参加，但也受到了爱国主义的教育。他自己说："我在'招待学员'的公寓里住过，我也极同情于学生们的热烈与活动……"[1]解放后，他说自己之所以能当上作家，"不能不感谢五四运动了"，因为"五四运动是反抗帝国主义的……直到'五四'，我才知道一些国耻是怎么来的，而且知道了应该反抗谁和反抗什么。……看到了五四运动，我才懂得了'天下兴亡，匹夫有责'。这运动使我看见了爱国主义的具体表现，明白了一些救亡图存的初步办法。反封建使我提到人的尊严，人不该做礼教的奴隶；反帝国主义使我感到中国人的尊严，中国人不该再做洋奴。这两种认识就是我后来写作的基本思想与感情。"[2]老舍留学英国，更深切地体验到了作为弱国子民的中国人所受到的歧视和屈辱，这更助长了他的民族主义和爱国主义思想。他说："那时在国外读书，身处异域，自然极爱祖国；再加上看着外国国民如何对国家的事尽职责，也自然使自己想做个好国民，好像一个中国人能像英国人那样做国民便是最高的理想了。个人的私事，如恋爱，如孝悌，都可以不管，

---

〔1〕 老舍《我怎样写〈赵子曰〉》，《老舍生活与创作自述》，人民文学出版社 1982 年版，第 10 页。
〔2〕 老舍《"五四"给了我什么》，《老舍生活与创作自述》，人民文学出版社 1982 年版，第 299—300 页。

只要能有益于国家，什么都可以放在一旁。"〔1〕

民族主义往往导致国家主义。国家主义是与个人主义、自由主义相对立的思想主张，它认为国家的利益至上，而个体利益必须无条件地服从国家利益，个体必须为国家付出牺牲，这种牺牲就是出让个体自由。这正如孙中山说的："你们要为国家争自由，就必须牺牲个人的自由。"国家主义与自由主义对立，自由主义主张国家建立在个体自由的基础上，并且保护个体自由。自由主义者胡适说："争你们个人的自由，才能争得国家的自由。"老舍面临国家兴亡的紧急关头，坚决主张国家主义，而不赞成个人主义、自由主义。他在《二马》中，指出当时一些奴化思想严重的中国人"连一丁点儿国家观念也没有，没有国家主义"，并且借人物之口说："只有国家主义能救中国！"〔2〕文中他还直接地指出："新青年最高的目的是为国家社会做点事。这个责任比什么也重要！为老中国丧了命，比为一个美女死了，要高上千万倍！为爱情牺牲只是在诗料上增加一朵小花，为国家死是在最高史上加上极其光明的一页。"〔3〕国家主义不仅与个人主义、自由主义相对立，而且与人道主义相冲突。老舍在作品中说："我们打算抬起头来，非打一回不可！——这不合人道，可是不如此便永久不用想在世界上站住脚！"〔4〕抗战爆发，老舍全身心地投入抗战中去，并且担任"文艺工作者抗敌协会"的总务部长，实际上负全责。他为了宣传抗战，一度放弃了自己钟情的严肃文学的创作，而从事鼓书等通俗文艺的创作。他说："我以为，在抗战中，我不仅应当是个作者，也应当是个最关心战争的国民；我是个国民，我就该尽力于抗战；我不会放枪，好，让我用笔代替枪吧。既愿以笔代枪，那就写什么都好；我不应因写了鼓词与小曲而觉得有失身份。"〔5〕新中国成

〔1〕 老舍《我怎样写〈二马〉》，《老舍生活与创作自述》，人民文学出版社 1982 年版，第 15 页。
〔2〕 老舍《二马》，《老舍文集》第一卷，人民文学出版社 1993 年版，第 488 页。
〔3〕 老舍《二马》，《老舍文集》第一卷，人民文学出版社 1993 年版，第 555 页。
〔4〕 老舍《二马》，《老舍文集》第一卷，人民文学出版社 1993 年版，第 488 页。
〔5〕 老舍《八方风雨》，《老舍生活与创作自述》，人民文学出版社 1982 年版，第 383 页。

立，老舍从国外赶回祖国，并且真诚地、全心全意地拥护社会主义。他的这种立场，从根本上说是出自民族主义、国家主义。他看到了新中国的崛起，使中国人摆脱了屈辱的历史，可以扬眉吐气了，实现了中华民族的百年梦想，因此他怎么能不欢欣鼓舞呢？他认为，为了民族、国家可以牺牲个人的一切，包括文学创作的志趣。所以，解放以后，他写了许多自己并不熟悉的歌颂新社会和劳动人民的作品，虽然他意识到这些作品的艺术性不高，但是他认为这必要而且值得。他在1960年纪念义和团起义60周年之际，创作了四幕话剧《神拳》，他说，这是因为当年幼小的他经历了义和团斗争和八国联军侵略，以后心里一直憋了一口气，而写完剧本，"我总算吐了一口气，积压了几十年的那口气！"他还说："再看一看眼前的光彩的三面大红旗，谁能说我们不是走出了地狱，看见了天堂了呢？"[1]

影响老舍创作的第二种思想是平民主义和平等思想。老舍出身于满族底层，父亲殉国以后，由寡母辛勤劳作养活全家。他说："我幼而丧父，妈妈与姐姐在千辛万苦中把我抚养成人。我深知妈妈与姐姐的苦痛有多么深重。"[2]他自幼融入了北京的平民生活，思想感情是平民化的，是一个平民知识分子。五四新运动，又是一场主张平民主义的运动，平民文学、平民文化、平民政治的主张也影响了老舍。老舍给自己定位是"穷人"和"平凡人"，他自述道："我自幼便是个穷人，在性格上又深受我母亲的影响——她是个愣挨饿也不肯求人的，同时对别人又是很义气的女人。穷，使我好骂世；刚强，使我容易以个人的感情与主张去判断别人；义气，使我对别人有点同情心。有了这点分析，就很容易明白我要笑骂，而又不赶尽杀绝。我失了讽刺，而得到幽默。据说，幽默中是有同情的。"[3]他在抗战胜利后又自述道："在抗战前，

〔1〕　老舍《吐了一口气》，《老舍生活与创作自述》，人民文学出版社1982年版，第150页。

〔2〕　老舍《最值得歌颂的事》，《中国妇女》1960年第5期。

〔3〕　老舍《我怎样写〈老张的哲学〉》，《老舍生活与创作自述》，人民文学出版社1982年版，第5页。

我是平凡的人，抗战后，仍然是个平凡的人。……简言之，这是一个平凡人的平凡生活报告。"[1]这种"穷人"和"平凡人"的定位，表明他的思想是平民主义的。

老舍的平民主义可以导向人道主义，老舍始终关心、同情穷人、普通人，写他们的苦难命运，表达他们的思想感情。这种价值观有别于那种居高临下的贵族主义。他说："世界上有千千万万的受压迫的人，其中的每一个都值得我们替他申冤，代他想办法。"[2]他的笔下有进城的农民祥子，有普通市民如二马、老张、赵子曰、张大哥、牛天赐乃至于《四世同堂》中的祁瑞宣等。老舍对这些人有爱和颂扬，也有批判和同情。即使是批判国民性，也善意地批评他们的缺点，即他自己说的"不赶尽杀绝"的幽默。

老舍的平民主义也可以导向平等主义。由于平民主义，老舍对五四启蒙主义的理解也倾向于平等主义，而不是自由主义。平等主义强调价值等同，反对个性主义；而自由主义则强调价值独立，主张个性主义。自由主义与平等主义是启蒙理性的互相制约的两个方面，二者甚至会发生冲突。失去了自由主义的制约，平等主义就导向国家主义。正是平等主义的主导以及自由主义的缺失，导致老舍主张国家主义，最终认同革命，接受革命古典主义。老舍不主张个性自由，而主张道德理性的约束、国家社会的责任。他的笔下，那些主张个性自由的市民都是不负责任的邪恶之徒，如《离婚》中的小赵；而理想的人物则是守道德、有社会责任感的公民。老舍最恨的是民族的不平等、社会的不平等，因此他痛斥帝国主义、殖民主义以及旧社会，而拥护抗战，拥护人人平等的新社会。他说："拿我自己来说，自幼儿过惯了缺吃少穿的生活，一向守着'命该如此'的看法，现在也听到阶级斗争这个名词，怎能不动心呢？"[3]正是出自平民主义的立场，他才能够接受阶级斗争的思想，

---

[1] 老舍《八方风雨》，《老舍生活与创作自述》，人民文学出版社1982年版，第374页。

[2] 老舍《我怎样写〈牛天赐传〉》，《老舍文集》第十五卷，第203页。

[3] 老舍《〈老舍自选集〉自序》，《老舍文集》第十六卷，第222页。

256 现代性与中国文学思潮

克服"资产阶级"的人道主义。早在解放前，他就为主张"杀坏人，救好人"辩解，认为坏人根本不是人，"所以不必讲人道"[1]。这已经显露了他思想中人道主义与平民主义的冲突。解放后，他接受了革命的阶级意识，也抛弃了人道主义和博爱的信念。在解放初期的斗争恶霸大会上，出于革命义愤，他与群众一起喊打。他对此激动地说："恶霸的'朝代'过去了，人民当了家。……我，和旁的知识分子，也不知不觉地喊出来：打！为什么不打呢？……这一喊哪，教我变成了另一个人！……人民的愤怒，激动了我，我变成了大家中的一个。他们的仇恨，也是我的仇恨，我不能，不该'袖手旁观'。群众的力量，义愤感染了我，教我不再文雅，羞涩。说真的，文雅值几个钱一斤呢？恨仇敌，爱国家，才是有价值的、崇高的感情！书生的本色变为人民的本色才是好样的书生！"[2]他丢掉的不止是文雅，而是他的"不赶尽杀绝"的人道信念和博爱精神，这是时代的要求，也是他追随时代的必然结果。

　　老舍的世界观中还有保守主义的自由主义，包括人道主义和博爱思想，这是一个优秀作家的基本思想素质。他的人道思想和博爱精神有中国传统美德的渊源，特别是豪爽义气的刘大叔（宗月大师）以及善良、坚强的母亲的影响，他说："我之能成为一个不十分坏的人，是母亲感化的。我的性格、习惯，是母亲传给的。"[3]另一方面，老舍也直接受到西方现代文明以及五四启蒙主义传统的影响。老舍从西方启蒙主义、现实主义文学中汲取了人道主义。他阅读了莎士比亚的《哈姆雷特》、歌德的《浮士德》、但丁的《神曲》等名著，受到了人文主义的熏陶。他说："使我受益最大的是但丁的《神曲》……它使我明白了肉体与灵魂的关系，也使我明白了文艺的真正的深度。""文艺复兴时期的作品永远给人以灵感……""文艺复兴的大胆是人类刚从暗室里出来，看到

〔1〕　老舍《赵子曰》，《老舍文集》第四卷，人民文学出版社 1993 年版，第 398 页。

〔2〕　老舍《新社会就是一座大学校》，《老舍文集》第十四卷，人民文学出版社 1993 年版，第 327 页。

〔3〕　老舍《我的母亲》，《老舍文集》第十四卷，人民文学出版社 1993 年版，第 251 页。

了阳光的喜悦。""文艺复兴的啼与笑都是健康。"[1]另一方面，欧洲现实主义作家的人道思想深刻地影响了他，他说过："狄更斯是我那时最爱读的……"[2]五四启蒙主义树立了人的价值，反对宗法礼教对人的价值的泯灭；树立了博爱的信念，取代了宗法礼教的尊尊亲亲的观念。这些都强烈地影响了老舍。尤其是鲁迅对国民性的批判，对他的启迪甚巨。他说："对，因为像阿Q那样的作品，后起的作家们简直没法不受它的影响；即使在文学与思想上不便去模仿，可是至少也要得到一些启示与灵感。它的影响是普遍的。一个后起的作家，尽管说他有他自己的创作的路子，可是良心上必定承认他欠鲁迅先生一笔债。鲁迅先生的短文与小说才真使新文艺站住了脚，能与旧文艺对抗。这样，有人说我是'鲁迅派'，我当然不愿承认，可是决不肯昧着良心否认阿Q的伟大与其作品的影响的普遍。"[3]在1922年，老舍受洗加入了基督教，基督教的博爱思想更深刻地渗透到他的灵魂中。他有宽容心，不肯"斩尽杀绝"，他"恨坏人，可是坏人也有好处；我爱好人，而好人也有缺点"[4]。正是启蒙精神使老舍发觉了中国文化和中国人的弱点，使他继承了五四文学的批判精神，继续开展了国民性批判，写作了《二马》、《赵子曰》、《猫城记》等作品；而人道主义思想又使他写出了如《骆驼祥子》等现实主义作品。

但是，老舍的自由主义具有保守的倾向，不同于胡适的激进的自由主义，也不同于鲁迅的激进的启蒙主义。老舍深受儒家文化的熏陶，气质平和，对中国传统文化多有继承。同时，他又在英国受到了英国保守主义的影响，特别是英国文化中的尊崇传统、权威、国家、秩序，讲求

---

[1] 老舍《读与写》，《老舍文集》第十五卷，人民文学出版社1993年版，第541—544页。

[2] 老舍《鲁迅先生逝世两周年纪念》，《老舍文集》第十五卷，人民文学出版社1993年版，359页。

[3] 老舍《鲁迅先生逝世两周年纪念》，《老舍文集》第十五卷，人民文学出版社1993年版，359—360页。

[4] 老舍《我怎样写〈老张的哲学〉》，《老舍文集》第十五卷，人民文学出版社1993年版，第166页。

实干的精神。在《赵子曰》中，老舍以学生运动的混乱无序来对比英国人示威游行的秩序井然，他从"解放与自由的声浪中，在严重而混乱的场面中，找到了笑料，看出了缝子"[1]。并且突出了李景纯这个具有英国式的独立、自尊、自强、实干的理想人格。老舍规劝国人"把纸旗子放下，去读书，去做事"，像英国人那样"不呐喊，而是低着头死干"[2]。

老舍的民族主义和国家主义、平民主义和平等思想、启蒙主义和人道主义融会交织，同时又矛盾冲突地存在于老舍身上，支配着老舍的创作游走于启蒙主义、现实主义和革命古典主义之间。

（二）老舍创作的启蒙主义方向

启蒙主义是争取现代性（科学、民主）的文学思潮。老舍是在五四启蒙主义文学（如鲁迅）以及欧洲启蒙主义文学（如启蒙主义的前驱但丁）的影响下走上创作道路的。因此，他的创作一开始就具有启蒙主义的方向。人道主义、博爱思想以及平民主义成为其启蒙主义的思想基础。他继承了鲁迅的批判国民性的创作路线，在创作中开展了对中国人的精神世界的揭示和批判。与鲁迅不同的是，鲁迅批判的对象主要是传统社会中的农民（如阿Q、祥林嫂、华老栓等），而老舍批判的对象主要是现代都市中的小市民。他们虽然不同于传统社会中的农民，但骨子里没有摆脱传统文化的影响，他们身上存留着浓厚的封建主义、愚昧落后的思想习性。特别是在老舍到了英国以后，在与欧洲现代文明的对照中，更清楚地发现了中国人的"劣根性"，更深切地体会到了批判国民性、进行启蒙的重要。他的第一篇正式发表的作品《老张的哲学》，是对半新半旧的市侩式人物"老张"的"钱本位"哲学的批判，主要还是对中国新近产生的市民的畸形人格的批判，因此基本上属于现

---

[1] 老舍《我怎样写〈赵子曰〉》，《老舍生活与创作自述》，人民文学出版社1982年版，第10页。

[2] 老舍《二马》，《老舍文集》第一卷，人民文学出版社1980年版，第555页。

实主义；但其间有对传统文化、传统人格的鞭挞，有启蒙主义的因素。而接下来的《赵子曰》则主要是针对传统的国民性的批判，属于启蒙主义文学思潮。老舍认为，赵子曰"不是一时一事的人物"，而是中国国民性的代表。赵子曰是一个半新半旧的人物，但骨子里是旧文化的产儿，抱持一种"孔教打底，西法恋爱镶边"的腐朽享乐人生哲学。他虚荣自满、妄自尊大而又像阿Q一样自我安慰、自我欺骗。《赵子曰》还批判了五四以后的激进的学生，他没有歌颂这些新时代的革命英雄，而是在他们的"新"后面发现了"旧"，在他们的激进中发现了落后，从而"轻搔了新人物的痒痒肉"。当然这与老舍对革命运动的疏离的态度有关，但也确实深刻触及了在新时代、新人物中传统文化的遗传这一重要问题，从而在新的历史条件下延续和深化了国民性批判的主题。

接续国民性批判主题的是《二马》。老舍自己说这篇作品的创作动机"是在比较中国人与英国人的不同处"，而且"更注重他们所代表的民族性"[1]。他批判了老马代表的传统中国人的腐朽、落后的世界观和种种恶习，而把希望寄托于小马、李子荣等年轻一代身上。他们既保留了中国传统人格中好的因素，同时又视野开阔，勇于自新，肯于接受西方现代文明，因此是作者心目中的理想人格。

《猫城记》也表现了批判国民性的主题。这篇小说的写作，是出于对当时中国内外交困的现状的失望，引发了对中国人的劣根性的鞭挞，如老舍所说，"对国事的失望，军事与外交种种的失败，使一个有些感情而没有多大见解的人，像我，容易由愤恨而失望。"这是促使他写《猫城记》的"头一个原因"[2]。小说描写了中国的化身"猫人国"，在日本的化身"矮人国"的侵略面前，统治者的腐朽与黑暗，广大国民的愚昧、麻木、苟且、自私。值得注意的是，作品还"讽刺了前进的人物"——革命者，像"大家夫斯基主义"、"大家夫斯基哄"、"妈

〔1〕 老舍《我怎样写〈二马〉》，《老舍文集》第十五卷，人民文学出版社1993年版，第175页。
〔2〕 老舍《我怎样写〈猫城记〉》，《老舍生活与创作自述》，人民文学出版社1982年版，第27页。

祖大仙"、"红绳军"等，这是由于作者政治立场的歧异，同时也未始不是从启蒙主义角度的一种批判。他继承了鲁迅的批判精神，借小说中人物小蝎之口说："新制度与新学识到了我们这里便立刻长了白毛，像雨天的东西发霉。"《离婚》继续了对小市民性格的批判。这里仍然有对传统国民性的批判，也有对新市民精神世界的鞭挞，是启蒙主义与现实主义的交织，但似乎后者成分居多。老舍的著名剧本《茶馆》，是在解放后写的。他的政治意图是歌颂新社会，为旧中国送葬。但它不是一部革命古典主义的作品，因为他遵循了艺术自身的法则，在对旧中国的控诉中，在对各种人物的命运特别是小人物的命运的描写中，表达了一种启蒙主义的思想。

老舍批判国民性还有特殊的一面，那就是对满族自身的弱点的批判。满族入关以后，成为统治民族，不事生产，文武皆废，坐享俸禄兵饷，成为只知游玩、无所事事的"八旗子弟"。老舍出身满族，对本民族身上的弱点深恶痛绝。他说："二百多年积下的历史尘垢，使一般的旗人既忘了自遣，也忘了自励。我们创造了一种独具风格的生活方式：有钱的真讲究，没钱的穷讲究。生命就这么沉浮在有讲究的一汪死水里。"[1] 未完成的小说《正红旗下》，描写了清末旗人的生活习俗和没落的命运，从中折射出中国近代的历史。在解放后，老舍已经自觉地皈依了革命古典主义，但他仍然写作了《茶馆》和《正红旗下》，说明他并没有完全抛弃启蒙主义的理想。

老舍与鲁迅在国民性批判方面虽然大方向是一致的，但态度却有所不同。鲁迅"横眉冷对千夫指"，是冷峻、尖刻、毫不留情地讽刺、批判；而老舍则是采取了幽默的手法，而幽默总是与同情、宽容联系在一起。老舍通过幽默，"要唤醒与指导你的爱心、怜悯、善意"[2]。他也意识到幽默式的作家"在革命期间，他总是讨人嫌的"[3]，但他仍然

---

〔1〕 老舍《正红旗下》，《老舍生活与创作自述》，人民文学出版社 1982 年版，第 185 页。
〔2〕 老舍《谈幽默》，《老舍文集》第十五卷，人民文学出版社 1993 年版，第 230 页。
〔3〕 老舍《"幽默"的危险》，《老舍文集》第十五卷，人民文学出版社 1993 年版，第 313 页。

不能改变"一视同仁的好笑心态"和"肯容人"的态度，仍坚持"作品之中也不肯赶尽杀绝"的立场[1]。因此，他的启蒙主义作品在批评各种各样的新旧人物的时候，往往是"我失了讽刺，而得到了幽默"。可以说，鲁迅的启蒙主义是激进主义的、狂人式的，而老舍的启蒙主义是保守主义的、费厄泼赖式的。

（三）老舍创作的现实主义方向

但是，老舍的最大成就不在启蒙主义，因为他不会超出鲁迅；当然更不在革命古典主义，因为那不是他本来的文学理想，而是现实主义。现实主义不仅是写实，其本质是对现代性的社会批判，即以人道主义来揭露和批判资本主义社会关系，同情小人物的命运，谴责人的堕落。老舍的人道主义、博爱精神以及平民主义是其现实主义创作的思想基础。老舍在中国现代文学史上的地位，主要奠基于他的现实主义巨著——《骆驼祥子》。老舍在给旧中国诊病的过程中，既看到了它的封建主义的痼疾，为它开了一副启蒙主义的药方——国民性批判；同时又看到了它的新病——官僚资本主义的黑暗、腐败，为它开了一副现实主义的药方——人道主义；后来又开了一副革命古典主义的药方——国家主义。他同情城市贫民的悲惨命运，谴责"这出奇不公平的世界"。老舍目睹中国新兴起的城市文明，一方面继承了旧中国的黑暗、腐败，同时又与资本主义的固有弊病结合在一起。这引起了他的愤怒和批判。《老张的哲学》如前所说，既有批判国民性的启蒙主义的成分，更多的是对"钱本位"的资本主义精神对人的侵蚀的揭露和批判，因此属于现实主义。现实主义的代表作是《骆驼祥子》。这部长篇小说描写了主人公祥子由于在资本主义冲击下农村破产，流落城市，最后在金钱力量（虎妞父女为代表）和封建势力（兵匪、恶霸、特务等）的双重打击下，被压垮、腐蚀，最终堕落，丧失了做人的道德、信念，成为一具行

---

〔1〕 老舍《"幽默"的危险》，《老舍文集》第十五卷，人民文学出版社 1993 年版，第314 页。

尸走肉。可以简化地说，这是一部农民进城而招致肉体和心灵的双重毁灭的故事，它控诉了中国的官僚资本主义社会的黑暗，因此成为中国现实主义的代表作。

老舍还有一些作品属于现实主义范围。《离婚》批判小市民的浑浑噩噩和庸人哲学，描写了张大哥那样的完全被灰色社会同化的典型，也有反抗失败的老李，还有卑劣无耻的小赵。通过对这些人物的刻画，作者对中国的畸形现代化和畸形现代人进行了批判。《牛天赐传》的意义，作者自述是"小资产阶级的小英雄怎样养成的传记"。作者笔下的主人公是一个畸形社会产生的畸形性格，他软弱、怯懦、虚荣、迂腐，他"什么也不懂，十六七年的工夫白活。手艺没有、力气没有、知识没有。他是个竹筒！"他看清了社会的黑暗和自己的无能，但又无力改变这一切，陷入迷惘。作者对他有批判，也有同情，写了他的善良和有理想的一面。老舍的一些短篇小说也延续了现实主义的批判精神。

老舍的现实主义以及启蒙主义创作方向，在抗战以后，特别是建国以后拐了个弯，转向革命古典主义。这是因为抗战作为"民族革命战争"，是建立现代民族国家的历史斗争，它要求文学的政治理性想象，于是革命古典主义就应运而生。老舍思想中本来就有浓厚的民族主义、国家主义，在革命形势下就自然而然地接受了革命古典主义。

（四）老舍创作的革命古典主义方向

老舍的民族主义、国家主义以及平民主义思想最终导致了革命古典主义的创作方向。革命古典主义是中国的新古典主义。新古典主义是争取现代民族国家的文学思潮，民族主义和国家主义是其思想基础，而尊崇理性（政治理性）、讲求规范是其基本特性。苏联传入的"社会主义现实主义"本身就是一种新古典主义文学思潮，它认为文艺是现实的反映，而只有站在无产阶级的立场上，通过典型环境和典型人物的描写，才能反映现实的本质。社会主义现实主义在30年代被中国左翼文学所接受并成为影响甚巨的主流文学思想。

老舍虽然没有加入左翼文学，但也一定程度上受到了革命古典主义的影响。他说:"回到国内,文艺论战已经放弃文学的革命,进而为革命的文学。配备着理论,在创作上有普罗文学的兴起。我是不敢轻易谈理论的,所以还继续创作,没有参加论战。可是,对当时的普罗文艺作品的长短,我心中却有个数儿。我以为它们的方针是对的,而内容与技巧都未尽满人意。一来二去,我开始试写《黑白李》那样的东西。……说明我怎么受了革命文学理论的影响。"[1]

社会主义现实主义在抗战中成为普遍的文学创作原则。面对民族危机,民族主义高涨,一切为了抗战,文学也不例外,而且首当其冲。爱国主义要求老舍为抗战写作,即使这意味着文学作出牺牲。老舍在抗战以后,其写作的方向发生了改变。过去他对左翼文学主张并不十分赞成,特别是不赞成文艺的政治化,他甚至认为文艺作为美高于道德,当然也高于政治。他认为"文艺作品的成功与否,在乎它有艺术价值没有";"以文学为工具,文艺便成为奴性的;以文艺为奴性的,文艺也不会真诚地侍候它";"以艺术为宣传主义的工具","不管所宣传的主义是什么和好与不好,多少是叫文艺受损失的"[2]。但是在抗战这个大政治面前,老舍毅然转向,心甘情愿地使自己的文学创作为其服务,提出"抗战第一"的主张。他说:"文艺要抓住时代的主流,它要和社会的任务打成一片。越是靠近社会任务的文艺,越是主流的文艺。任何时代,那主流的文艺总是跟社会的任务紧紧结合在一起的。"[3]他在《八方风雨》中,宣称要使文艺从"社会革命的武器",转变为"民族革命,抵御侵略的武器"。他的创作是直接反映抗战的,是为了推动抗战的,即使这偏离了自己熟悉的文学形式。他说:"有三条路摆在我的面前,第一条是不管,我还写我的那一套。从生意经上看,这是个不错

---

〔1〕 老舍《〈老舍选集〉自序》,《老舍生活与创作自述》,人民文学出版社 1982 年版,第 115—116 页。

〔2〕 老舍《文学概论讲义·第三讲——中国历代文说(下)》,《老舍全集》第十六卷,人民文学出版社 1999 年版,第 36—37 页。

〔3〕 老舍《关于文艺诸问题》,《老舍文集》第十五卷,人民文学出版社 1993 年版,第537 页。

的办法，因为我准知道有不少的人是喜欢读与抗战无关的作品的。可是，我不肯走这条路。文艺不能，绝对不能，装聋卖傻！设若我教文艺装聋卖傻，文艺也会教我堕入魔道。"[1]于是他开始为抗战写作，这是一种只考虑政治需要，而不考虑作家艺术个性的"遵命文学"，老舍说："人家要什么，我写什么。我只求尽力，而不考虑自己应当写什么，假若写大鼓书词有用，好，就写大鼓书词。艺术么？自己的文名么？都在其次。抗战第一。我的力量都在一枝笔上，这枝笔必须服从抗战的命令。"[2]于是，老舍的创作方向发生了转变，开始停止严肃文学创作，写通俗文艺。他说："我开始写作通俗读物，那时候，正当台儿庄大捷，'文章下乡'与'文章入伍'的口号正喊得山摇地动。我写了旧形式新内容的戏剧，写了大鼓书，写了河南坠子，甚至于写了数来宝。"[3]文学通俗化正是以往左翼文学提倡的"无产阶级大众文学"的创作路线，也是"社会主义现实主义"的基本内容之一，在抗战的特殊历史环境下，被普遍地接受了。在写作通俗读物之后，老舍也意识到这些"救急的宣传品"不能成为抗战文艺的主流。"至于抗战文艺的主流，便应跟着抗战的艰苦、生活的困难而更加深刻，定非几句空洞的口号标语所能支持的了。我说，抗战的持久必加强了文艺的深度。"[4]他开始回到严肃文学创作，写小说、剧本、杂文甚至诗歌，但其内容无疑都是与抗战有关的，是直接宣传抗战的应时之作。剧本有讽刺腐败而伪善的官僚的《残雾》，有"为促进回汉团结"，一致抗日的《国家至上》，歌颂抗日英雄的《张自忠》，讽刺小官僚日常生活的《面子问题》，还有表现文化、伦理主题的《大地龙蛇》、揭露投机商人发国难

---

〔1〕 老舍《三年写作自述》，《老舍生活与创作自述》，人民文学出版社 1982 年版，第62 页。

〔2〕 老舍《这一年的笔》，《老舍文集》第十四卷，人民文学出版社 1993 年版，第135 页。

〔3〕 老舍《三年写作自述》，《老舍文集》第十五卷，人民文学出版社 1993 年版，第431 页。

〔4〕 老舍《一九四一年文学趋向的展望》，《老舍文集》第十五卷，人民文学出版社1993 年版，第 440 页。

财的《归去来兮》、表现沦陷区人民反抗斗争的《谁先到了重庆》等。短篇小说有《贫血集》、《火车集》。长篇小说有反映抗日武装斗争的《火葬》，还有代表作《四世同堂》，以及抗战后期在美国写作的《鼓书艺人》等。可以看出，抗战以来，老舍的创作已经转向，在民族主义的主导下，转向革命古典主义的道路上来。他过去疏远革命，甚至把革命者作为国民性批判的对象；而现在，在"民族革命战争"的旗号下，他开始讴歌革命，歌颂革命者，国民性的弱点被中华民族的传统美德掩盖了。由于这些作品大都是应急之作，也偏离了自己熟悉的生活，因此艺术价值不高；只有《四世同堂》是个例外。这部作品描写日寇占领下的北平人民的苦难和觉醒、斗争，歌颂了中华民族的传统道德和中国人民的爱国精神。这部小说，凝结了老舍对民族、祖国的强烈的爱，对敌人和汉奸的强烈的憎恶，取得了在抗战以来文学创作上的最高成就。这部小说是以爱国主义为宗旨的，虽然并没有完全遵守革命古典主义的规范，但基本上属于革命古典主义的范围，而与以前的启蒙主义、现实主义作品不同。革命古典主义适应了中国建立现代民族国家的需要，而轰轰烈烈的抗日战争又为它提供了广阔的舞台，因此，中国革命古典主义在抗日战争中获得了发展，并且达到了顶峰。同样，《四世同堂》是老舍革命古典主义创作的里程碑，也是其最高成就。

建国以后，中华民族获得了独立，老舍的民族主义变成了国家主义；人民获得了解放，老舍的平民主义变成了社会主义，他要为社会主义祖国写作，讴歌伟大的新生活。这样，他就完全接受了"社会主义现实主义"——革命古典主义。他认真学习了中国革命文学理论的经典——毛泽东《在延安文艺座谈会上的讲话》，感到"不胜狂喜"，他说："在我一切所看到的文艺理论里，没有一篇这么明确地告诉过我：文艺是为谁服务的和怎样去服务。"他表示："要在毛主席的指示里，找到自己的新文艺使命。"[1]他还表示："为了写成像样子有思想性与艺术性的作品，我老热心地参加北京文艺界的学习——政治学习与艺

---

[1] 老舍《毛主席给了我新的文艺生命》，1952年5月21日《人民日报》。

术学习。在学习中，苏联的文艺理论与作品给了我很多的好处，使我对社会主义现实主义的文艺创作方法得到更明确一些的认识，并且读到运用这些方法写成的优美范本。"[1]他先写了反映新旧社会对比，歌颂艺人翻身的《方珍珠》，又写了歌颂人民政府改善人民生活环境的功绩的剧作《龙须沟》，还有反映工厂"五反"斗争的《春华秋实》，取材于大骗子李万铭事件的讽刺剧《西望长安》，还有反映大跃进的《红大院》、《女店员》以及讴歌新社会的《全家福》，还有纪念义和团的《神拳》等。这些作品仍然遵循着政治主题，而且创作上也失去了艺术个性，完全听从政策甚至领导的意图。例如在写作《春华秋实》的过程中，就按照"大家"的意见不断地修改，老舍总结道："前面说过，这剧本最初的主题是'打虎'，后来进展为'又斗争又团结'。在排演中，领导上与专家们看出来：又斗争又团结是对的，但是还须表现出'五反'运动的胜利是工人阶级的胜利，否则剧本的结局必会落到大家一团和气，看不出为什么'五反'运动足以给国家的经济建设铺平了道路。顺着这个意见修改剧本，我必须作：……"[2]这种依从"领导和专家"意见的创作方式，完全违背了文学的个性原则，老舍甚至认为，这个剧本不算自己的创作，"这应算作集体创作，由我执笔"[3]。

由于完全接受了革命古典主义，老舍对现实主义、启蒙主义的旧作就多有批评、检讨。他痛悔地说："现在，我几乎不敢再看自己解放前发表过的作品。那些作品多半是个人的一些小感触，不痛不痒，可有可无。……今天，我有了明确的创作目的。"[4]他还依据革命古典主义的原则，对其现实主义代表作《骆驼祥子》进行了修改，并且做了检讨。

---

[1] 老舍《生活·学习·工作》，《老舍生活与创作自述》，人民文学出版社 1982 年版，第 416—417 页。

[2] 老舍《我怎么写的〈春华秋实〉剧本》，《老舍生活与创作自述》，人民文学出版社 1982 年版，第 131 页。

[3] 老舍《我怎么写的〈春华秋实〉剧本》，《老舍生活与创作自述》，人民文学出版社 1982 年版，第 126 页。

[4] 老舍《生活·学习·工作》，《老舍生活与创作自述》，人民文学出版社 1982 年版，第 416 页。

他说："这是我十九年前的旧作。在书里，虽然我同情劳动人民，敬爱他们的好品质，可是我没有给他们找到出路；他们痛苦地活着，委屈地死去。这是因为我只看见了当时社会的黑暗一面，而没有看到革命的光明，不认识革命的真理……这使我非常惭愧。"[1]从此以后，他就遵循了革命古典主义的创作原则，突出政治，围绕政策，写光明为主，而放弃了"旧"现实主义和启蒙主义。

建国以后，革命古典主义成为唯一合法的文学创作原则，但是，由于建立现代民族国家的任务已经基本完成，它逐渐失去了历史的合理性以及艺术的生命力。因此，老舍的创作虽然勤奋，虽然充满激情，但被政治、政策左右，被革命古典主义的戒律所束缚，失去了启蒙主义和现实主义的深刻与活力（具有启蒙主义倾向的《茶馆》是个例外），因此，从总体上看文学成就不高，远没有达到《骆驼祥子》的水平。

---

[1] 老舍《〈骆驼祥子〉后记》，《老舍文集》第十六卷，人民文学出版社 1993 年版，第 369 页。

第七章　现代性与中国现代主义文学思潮

一、中国现代主义文学思潮的非典型性

（一）中国的后发现代性与继发性现代主义

中国现代文学思潮从西方引进，同时又有自己的社会文化土壤。正是特殊的社会文化土壤，造就了中国现代文学思潮不同于西方的特性。而所谓社会文化土壤，其核心就是现代性的状况。现代性是现代的本质，是推动传统社会向现代社会转型的基本力量。文学思潮乃是文学对现代性的回应，现代性的发展状况决定了文学思潮的发展态势。现代主义是对现代性的彻底的反叛，而中国现代性的特性造成了中国现代主义的特殊的发展态势。中国现代性的基本特性就是外发性和后发性，所谓外发性，是指中国现代性不是本土文化的产物，而是从西方引进的，因此引发了持久的文化冲突。所谓后发性，就是中国现代性滞后于西方的原发性的现代性，它从西方现代性中汲取思想资源，而且发展得并不充分。文学思潮是对现代性的回应，现代主义是对现代性的根本性的否定性回应。因此，外发性和后发性的现代性造成了中国现代主义的非典型性。所谓非典型性，就是相对于西方原发性的现代主义，中国现代主义是继发性的文学思潮，不具备典范性。原发性的文学思潮由于具备了适合的社会文化土壤，往往发展得非常充分，具有典型性，成为其他国家

效法的典范。"橘生淮南则为橘，橘生淮北则为枳"，文学思潮向世界传播的结果，形成了其他国家的继发性的文学思潮，它往往发展得不充分，而且发生了变异，具有非典型性。例如古典主义发生于法国，具备了典型性，而传播于英国、德国、意大利、俄罗斯等国家，就具有了非典型性；浪漫主义发生于德国，具有了典型性，而传播于其他欧洲国家，则具有了非典型性。其他文学思潮也是如此。发源于欧洲的现代文学思潮，传播到东方，则具有了更显著的非典型性。中国现代文学思潮如浪漫主义、现实主义等都是继发性的文学思潮，不同程度上都具有非典型性。但是，由于社会历史的原因，中国现代主义文学思潮具有更突出的非典型性，它表现为：第一，中国现代主义不是发达的现代主义形态，它所体现的现代主义的特征并不充分；第二，中国现代主义受到了其他文学思潮的影响和渗透，具有了多元特色；第三，中国现代主义对西方现代主义的变异，体现了中国文学的传统特色。正是这三点，构成了中国现代主义的非典型性。

中国外发性和后发性的现代性产生了继发性现代主义。中国的现代主义是在现代性引进并且有了一定程度的发展的历史情境下发生的，具体说，就是在五四启蒙主义高潮之后，在 20 世纪 20 年代末期发生的。而且，中国现代主义不是自然发生的，是从西方引进的，是西方现代主义传播的产物。这样，中国继发性的现代主义就具有了自己的特殊的历史情境。首先是它的滞后性。30 年代，西方世界的现代主义已经有了长足发展，并且取代现实主义成为主流，而中国的现代主义才刚刚发生，才进入学习模仿的阶段，并且没有成为主流。80 年代后期，西方文学已经进入后现代主义，而中国的现代主义刚刚萌发。其次是各种文学思潮的同时性存在。与西方现代主义取代现实主义并且作为几乎唯一存在的文学思潮而一枝独秀不同，中国现代主义没有成为统治形态的文学思潮，它发生之时，有多种文学思潮并存：启蒙主义已经退潮，但余脉尚存；革命古典主义已经崛起，并且取代启蒙主义成为主流；浪漫主义、现实主义刚刚发生，但力量尚弱。新时期后期，现代主义与启蒙主义、现实主义（新写实）、浪漫主义甚至革命古典主义的余脉等多种文学思潮并存。现代主义与其他文学思潮杂处，这是中国现代主义的特殊历史情境。第三是它的边缘化。主要由于中国建立现代民族国家的历史任务压倒了争取现代性的任务，在中国现代文学的历史上，现代主义受到抑制，一直没有得到充分的发展，也没有成为主流思潮。30年代，它刚刚发生，还没有成熟。抗战发生，现代主义消歇，与其他文学思潮一道，让位于革命古典主义；40年代，现代主义（如穆旦等）还没有充分发展，就在新的政治环境中消亡。直到80年代后期至90年代，现代主义再度复苏，产生了先锋文学，但它也没有得到充分发展，处于暧昧不明的状态。最后，中国继发性现代主义处于文化的失根状态，是无根的现代主义。由于现代性的外源性，它只能从西方文化获得思想资源，而不能从中国本土文化获得思想资源，这就造成了中国现代主义的无根性。

（二）中国现代主义的非典型性之一——幼弱性

中国的继发性现代主义不同于西方的原发性现代主义，它的特殊的历史情境造成了它的非典型性，首先是幼弱性。所谓幼弱性，包括弱小的发展状况以及不成熟的品质。西方的现代主义在20世纪形成了压倒性的主潮，而中国的继发性现代主义在20世纪并没有得到充分发展，没有形成主流，而是一个非常弱小的思潮，它没有产生众多的作家，也没有产生众多的读者，而且时断时续，时起时伏。它在五四落潮期至30年代前期形成，但被主流文学思潮革命古典主义所压制，势单力薄。在80年代后期和90年代复苏，但又被启蒙主义、浪漫主义、现实主义等限制，也没有成为主流，至今仍然没有形成强大的势力。

中国现代主义在相当长的时期里都是不成熟的，而这种不成熟性首先表现为模仿性。由于中国现代性不是自然发生的，而是从国外引进的，而且中国的现代性发展处于滞后状态，因此中国的现代主义必须从模仿西方现代主义开始，这既是一个必要的阶段，也显示了中国现代主义的不成熟性。对西方现代主义的模仿，首先是对现代主义的艺术手法、表现形式的模仿，也表现为对西方现代主义的美学风格的模仿。早期象征派诗人李金发模仿魏尔伦等法国象征派诗人，主要是在形式上进行了现代主义的实验。30 年代的意象派诗人卞之琳，自称要"欧化"（同时也"古化"），并在创作实践上效法西方的瓦雷里、魏尔伦等象征派。30 年代的"新感觉派"小说直接效法日本的"新感觉主义"。因此，当年楼适夷批判说："比较涉猎了些日本文学的我，在这儿很清晰地窥见了新感觉主义文学的面影。"[1]刘呐鸥的小说表达了对现代都市的体验，但却缺少中国自己的体验，洋味太浓，因此杜衡批评说："他的作品还有着'非中国'即'非现实'的缺点。"[2]40 年代现代主义的代表穆旦，就非常明显地模仿叶芝、肯明斯等国外诗人，甚至有的几乎就是外国诗歌的翻译和改作。王佐良说过："他的最好的品质全然是非中国的。"这些问题都曾经被人指出过，并且有评论家认为他在文学史上的地位被高估了。

80 年代初期，启蒙主义文学内部出现了模仿现代派技巧的动向，如王蒙、高行健、李陀等运用意识流手法，王蒙、邓刚、张承志等运用象征手法，马原对结构主义的探索。他们对现代主义手法的借鉴，与西方现代主义的性质迥然不同。如王蒙等的意识流手法，虽然也造成了一种错乱感，但并非潜意识的自由流动，而是由理性剪切、拼贴而成的。他也不是用意识流表达非理性的思想，而是表达启蒙理性。他说："不是一种叫人们逃避现实走向内心世界的意识流，而是一种叫人们既面向客观世界也面向主观世界，既爱生活也爱人的心灵的健康而又充实的自我感觉。"[3]

在 80 年代后期产生了先锋文学，他们大都有意识地模仿西方现代主义的美学风格，如北村、格非、余华、苏童等在叙事结构上有意识地模仿博尔赫斯，营造扑朔迷离的神秘气氛；刘索拉、徐星、残雪、韩少功等作品取法荒诞派戏剧，表现荒诞主题；莫言、余华接受西方现代主

---

〔1〕 适夷《施蛰存的新感觉主义——读了〈在巴黎大剧院〉与〈魔道〉之后》，1931 年 10 月《文艺新闻》第 33 期。

〔2〕 杜衡《关于穆时英的创作》，1933 年 2 月《现代出版界》第 9 期。

〔3〕 王蒙《关于意识流的通信》，《鸭绿江》1980 年第 1 期。

义的非理性主义倾向，对丑恶的展示等等。90 年代韩少功的《马桥词典》在形式上借鉴《哈扎尔词典》，被人指为"抄袭"，为此还打了一场官司。

80 年代对现代派的模仿，并没有产生典型的现代主义，因为它或者仅仅采用了现代主义的某些形式、手法，或者仅仅模仿了它的某些结构、风格，而没有确立现代主义的思想内涵，即没有反现代性、反理性，仍然是启蒙理性主导的，追求人文主义的价值观。如韩少功、残雪等的荒诞意象，并不是对人类生存意义的哲理思考，而是服从政治文化批判的理性观念。所以在 80 年代后期，发生了关于"伪现代派"的争论。有人认为，王蒙的《风筝飘带》是以意识流的外壳去套现实主义（应该是启蒙主义）的主题；而徐星的《无主题变奏》不过是塞林格的《麦田的守望者》中译本的仿制品。实际上，这种模仿体现的不是现代派的真伪问题，而是中国现代主义的非典型性问题，模仿只是非典型性的一种表现。

中国现代主义的不成熟性还表现为它的发展的不充分性。所谓不充分性，是指中国现代主义的内涵没有充分地得到发展，没有充分体现现代主义的基本特性。现代主义的基本特性就是非理性以及对现实人生的否定。现代性的核心是启蒙理性，而理性精神在现代主义中被彻底抛弃、否定，因此非理性就成为现代主义的基本特性。文学是对人生意义的追问，而现代主义否定了对人生意义的理性主义回答，彻底批判了现实人生。中国现代主义也受到了西方现代主义的影响，动摇了理性主义的信念，质疑了现实人生。但是，由于理性主义传统的根深蒂固的影响，以及反思现代性的缺失，特别是形而上思考的薄弱，它没有得到充分的发展，它对理性的否定是不彻底的，对现实人生的失望也没有达到绝望的程度，因此往往表现为一种颓废伤感的情绪。如 30 年代的现代派诗歌，按照施蛰存当年的宣言，包括对"现代生活"的"现代感受"以及"现代诗形"（语言形式）两个方面。而在思想倾向方面，现代派诗歌表达了对现代都市生活的反感、绝望的情绪，抒写他们的微茫的乡愁。但这种思想情绪并不深刻，它没有进入到形而上层面的思考，没有对人生意义的拷问，只是表达那种无奈而又难以名状的失落感。这与西方现代主义对现代文明的拒绝与反抗，对人生意义的根本否定相距甚远。新感觉派小说被称为"中国最完整的一支现代派小说"[1]，但是它对现代都市生活的体验却是暴露与欣赏并存，导致批判力的薄弱。如刘呐鸥既描写了现代都市的冷漠，也表现了它的活力；穆时英既有对现代都市生活的批判，又有对它的沉迷。新感觉派小说并没有西方现代主义那种彻底的冷漠、绝望，而是形成一种哀婉感伤的情调，这在穆时英、禾金等人的作品中最为明显。40年代的现代主义倾向，主要体现在穆旦诗歌创作上。穆旦可以说是中国现代主义诗歌中最成熟的代表，它根本上质疑了理性，揭示了人生的虚无，并且在信仰的高度上关注了"灵魂的饥饿"。但是，他基本上是孤军作战，没有形成强大的现代主义潮流，当时的主流仍然是革命古典主义。80年代后期，先锋文学表达了对现实的反抗，理性主义有所削弱，非理性主义有所加强，但从总体上看，并没有脱离批判封建主义、张扬个性、争取自由的社会主题，他们对人生的荒诞感、失望感，主要是对长期的政治理性、道德理性压抑的反抗，而不是对人生意义的否定。

中国现代主义的不成熟性还体现在它的商业化、通俗化上。现代文学发生了雅俗分流，反思、批判性的纯文学与消费性的通俗文学分道扬镳，各司其职。西方的现代主义走了一条纯文学的道路，它曲高和寡，远离大众，体现精英意识，在内容和形式上都反传统、反通俗化。而中国的现代主义没有走得那么远，并没有与通俗文学截然分割，仍然保留着一定的传统性、通俗性，内容和形式都没有远离大众的趣味和接受习惯，具有雅俗共赏的品格。特别是中国现代主义文学的发源地——海派文学，就具有鲜明的商业化、通俗化倾向。20年代后期到30年代，产生了唯美主义的文学流派，如邵洵美的诗歌，它模仿波特莱尔、魏尔伦、王尔德等西方唯美主义，但却只是学到了他们的皮毛，很少在颓废

---

[1] 钱理群等《中国现代文学30年》（修订本），北京大学出版社1998年版，第324页。

中体现形而上的意味，更多的是对肉欲的放纵，从而迎合了俗众低俗的趣味。抗战期间的海派文学，衍生出了张爱玲、梅娘、钱锺书（后现实主义）以及徐讦、无名氏（后浪漫主义）等大家，他们的作品体现了某种现代主义因素或倾向，但是却走了通俗化、商业化的路子。而90年代的"晚生代"作家的"身体写作"导致欲望的泛滥，具有迎合大众低级趣味的倾向。这一切，都应该看作是中国现代主义对世俗现代性的一种妥协，体现了它对现代性的反抗的弱化，也体现出中国现代主义的不成熟性。

（三）中国现代主义的非典型性之二——含混性

中国现代主义的非典型性除了幼弱性以外，还包括含混性。所谓含混性，就是由于文学面临的多重历史任务以及多种文学思潮的互相影响、交汇、融合，使现代主义具有了其他文学思潮的特性，而现代主义本身的特性则变得不那么突出了，甚至出现身份不明的状况。由于中国社会是一个过渡性的社会，它的"半封建半殖民地"身份实际上是封建主义（农村为主）与官僚资本主义（城市为主）并存的二元社会。因此，它面临着建立现代民族国家的革命任务、争取现代性的启蒙任务以及反思现代性的文化批判任务等三重任务。这就意味着革命古典主义、启蒙主义成为主流，同时也存在着反现代性文学思潮——浪漫主义、现实主义、现代主义的生存空间。多种文学思潮不是像西方那样依次展开，而是同时并存，这就出现了一种特殊情况；某一种文学思潮，特别是非主流的文学思潮，受到其他文学思潮的影响，因而变得不那么单纯，具有了多种文学思潮的特性；同时，由于承担着争取现代民族国家、争取现代性以及批判现代性的多重任务，某一种文学思潮也变得不那么单一了，它可能同时具有多种思想倾向，从而发挥着多种社会功能。由于中国现代主义的弱小，其暧昧性也更为突出。它几乎没有典型的形态，而往往与启蒙主义、浪漫主义、后现代主义互相渗透、融合，而使自己的身份暧昧不明。最为明显的事实是，五四后到30年代，在中国形成了一个由周作人开启的唯美—颓废主义流派，但它并不是单一的现代主义文学思潮，而是汇集了启蒙主义（如郁达夫）、浪漫主义（如废名）以及现代主义（如李金发）等多种文学思潮于一身，这表明了中国文学思潮的混杂不清、暧昧不明。

首先，中国的现代主义往往与启蒙主义互相渗透、融合。启蒙主义是反对封建主义、争取现代性的文学思潮，而现代主义是反对资本主义、批判现代性的文学思潮，二者有着本质的区别，但是，由于中国社会封建主义与资本主义结合在一起，形成官僚资本主义社会，因此，反对封建主义与反对资本主义就容易混合在一起，启蒙主义就可能与现代主义混合在一起而难解难分。例如，30 年代中国象征派诗人表达了对现代生活的复杂情绪：青春的躁动、感伤、寻觅、绝望、孤独……这既有对古老的旧中国的愤懑，也有对正在发生的新的现代社会的不适应，因此，启蒙主义的抗争与现代主义的绝望混合在一起，几乎难以分别。而 80 年代后期的"先锋小说"如刘索拉、徐星、残雪、莫言、余华、苏童、叶兆言等作品则是在启蒙主义的变调之上加上了现代主义的手法和风格，使它们的身份变得扑朔迷离，因之被人称为"伪现代派"。而王朔从感性角度、"痞子"立场对"革命"意识形态的反叛，对虚假的崇高的嘲讽又是与对一切理性（包括启蒙理性）、一切价值的否定并存的，其启蒙主义背景与现代主义的非理性情绪融合在一起。

还有，中国现代主义也往往与浪漫主义互相渗透、融合。由于浪漫主义与现代主义都是对现代性的反叛，尽管二者有质的区别，但在中国，由于现代性的微弱以及对它的反弹的无力，导致浪漫主义与现代主义各自发展的不充分，二者也没有充分分离。30 年代的现代诗如戴望舒，对现代城市生活体验的抒发，既有波特莱尔式的绝望以及魏尔伦式的颓废，也有回归自然的乡愁，是现代主义与浪漫主义的混合体。还有40 年代的徐讦、无名氏等，他们既具有反对现代城市文明，回归自然的浪漫主义的倾向，因之被称为"后浪漫主义"，又具有否定现实人生、追问生存意义的现代主义的成分，所以也有人称之为现代主义。80 年代后期的"第三代诗歌"，也有这种情况。像海子的浪漫主义的理想追求与现代主义的绝望情绪融合在一起，难以分离。

中国的现代主义也往往与现实主义结合在一起。中国的现实主义也缺乏典型性，没有得到充分发展。现代主义对现代文明的批判有时也与现实主义难以区分开来，它往往与现实主义接轨，寄生于现实主义之中。30 年代的施蛰存，描写江南乡镇与现代城市之间的文化冲突以及人的心理变迁，既有现实主义的描写，又有现代主义的手法。他评价自己的小说："把心理分析、意识流、蒙太奇等各种新兴的创作方法，纳入了现实主义的轨道。"[1] 更典型的情况是 40 年代的张爱玲、钱锺书，他们分别对现代都市生活、现代知识分子进行了揭露和批判，因此具有现实主义的品格。同时，他们又消解了现实主义的人道主义理想，对人性进行了深入的挖掘，表现了孤独、虚无、颓废的灰暗情绪，因此又具有现代主义的因素。因此可以称它们为后现实主义，即具有现代主义因素的现实主义。此外，90 年代初期，贾平凹的《废都》，既有对知识分子在物欲横流的现代社会精神沉沦的展示，因此有现实主义的倾向；也有对理性的反叛意识和对人生意义的虚无体验，因此也有现代主义的因素。90 年代先锋文学转向对历史的描写，叙述人生的苦难，表现生存的困境，追问生存的意义，如余华的深切人生关怀、北村对终极信仰的诉求。它们既不是传统的现实主义，也不是典型的现代主义，而是在现实主义的背景下有着现代主义的指向。

中国的现代主义还往往受后现代主义的影响，与后现代主义结合在一起。20 世纪后期，中国的现代主义发生之时，西方的后现代主义已经盛行，因此，它必然受到后现代主义的影响，而具有后现代主义的因素。后现代主义解构逻各斯中心主义，摧毁理性，把文学变成语言的游戏。先锋小说在开展叙述方式的革命后，就已经受到了后现代主义的影响，格非回顾说："先锋小说接受的都是现代主义的东西。可是根据利奥塔的看法，现代主义里面包含了很多后现代主义的因素。我们当时也不懂什么现代后现代的，而是作为西方的资源直接拿过来。比如说卡夫卡、克洛德·西蒙的新小说、卡尔维诺、博尔赫斯都是作为同

---

〔1〕 施蛰存《关于"现代派"一席谈》，1983 年 10 月 18 日《文汇报》。

类的作家，其实他们有很大的分际。也会把博尔赫斯早期的作品《世界性的丑闻》和后来的《阿莱夫》混为一谈。由于没有能力分辨，把现代和后现代一并纳入。西方文学出现的那些东西都是作家们参考的对象。"[1]在后现代主义的影响下，先锋文学以文本形式取代社会内容成为文学的本体。马原、孙甘露等引进了所谓"元小说"的叙事结构，消解了文本的意义。1993年以后，先锋写作出现了两个明显的转向，一是标举私人性话语与个人化写作；二是更加激进的解构主义策略。他们对原有启蒙宏伟叙事和存在语言的深度叙事的拆解，表现为情节的碎片化、意义的空心化和深度的取消。晚生代作家接受后现代主义重视身体性的观念，以身体性解构理性，把人性还原为性，其叙述方式也有平面的"表象式的拼贴"的后现代主义特征。而21世纪初期，残雪设置的叙事陷阱使小说的意义变得暧昧，一个无序的、偶然的、不确定的世界诞生了。而莫言追求语言本身的魔力和叙述的快感，消解了文本的意义深度。中国当代先锋戏剧采用了后现代主义的"平面化"、"戏仿"、"拼贴"等手法。牟森的《关于〈彼岸〉的汉语语法讨论》以及《零档案》、《与艾滋有关》等体现了无深度、平面化的特征。孟京辉导演的《一个无政府主义者的意外死亡》有对老舍《茶馆》的戏仿。陶骏等编剧的《魔方》把情节不相关的故事拼贴在一起。在诗歌领域，80年代的"第三代诗歌"已经带有后现代主义的元素，而90年代于坚等诗作后现代性增强；新兴起的"第四代诗歌"更明显地向后现代主义倾斜，出现了鲜明的非主体化的、解构主义的倾向，表现出身体性、非诗化、平面化、狂欢化等特征。上述文学现象还不能算作真正的后现代主义，但已经具备了后现代主义的某些因素和特征，是带有后现代主义因素的现代主义文学。

（四）中国现代主义的非典型性之三 —— 变异性

西方现代主义传播到中国，必然在接受过程中本土化，发生了变

---

[1] 格非《文学史研究视野中的先锋小说》，《南方文坛》2007年第1期。

异。由于中国本土文化与西方文化的实质性的差异，本土文化传统包括本土文学传统一定要对现代主义发生影响，甚至成为中国现代主义的思想资源，从而使中国现代主义不同于原发性的西方现代主义，发生变异，成为中国特殊的现代主义，这也是一种非典型性的现代主义。

首先，是中国传统文化观念对现代主义的影响。中国传统文化是以儒、释、道为主体的，它不同于以"两希"文化（理性的、世俗的古希腊文化和非理性的、宗教的希伯来文化）为主体的西方文化。中国文化与西方文化的最大区别之一是，西方文化是"两个世界"即世俗的此岸世界与超越的彼岸世界的对立，而中国则是"一个世界"，即只有一个世俗的此岸世界，没有超越的彼岸世界。儒家以伦理诉求实现"内在的超越"；道家以回归自然逃避现实世界；禅宗以"顿悟"实现超越。因此，西方现代主义对现代性的否定性体验，可以从希伯来文化中寻求思想资源，导致一种非理性的超越，包括信仰主义的、审美主义的以及哲学思辨的超越；而中国现代主义对现代性的否定性体验，更多的是从本土文化中寻求思想资源，导致一种现世的反抗，或者是对现实的逃避，或者是颓废伤感的情绪宣泄。30 年代的现代诗，描写了"现代都市风景线"，表达了诗人的现代体验，即所谓"现代都市青春病"，但这种体验没有拒绝此岸世界、导向彼岸世界，而是转向一种微茫的乡愁，形成了一种感伤的情调，如戴望舒的《寻梦者》、《夜行者》、《乐园鸟》等。30 年代的新感觉派小说也从中国文化中汲取思想资源。它对现代都市生活的观察、体验、批判，没有导向对人世的弃绝，而是导致一种否定性的情绪宣泄，如刘呐鸥的惊悚体验、穆时英的哀婉气息、禾金的感伤情调。中国现代作家通过感伤性的情绪宣泄，在此岸世界实现了"内在的超越"，完成了对现代性的批判。90 年代开始，先锋文学从形式的实验转向对历史、现实的深度挖掘，试图通过对生存困境和苦难的描写，寻求和展示生存意义。它对生存意义的解读，利用了中国传统的思想资源——儒家的伦理亲情和老庄的淡泊达观。余华在他的众多作品中展示了人生的苦难，但在《呼喊与细雨》中，揭示了这样的主题——儒家式的人间温情才是人生的归宿；在《活着》、《许三观卖血记》中，表达了这样的人生观——老庄般的超脱、达观是解脱苦难之道。他吸取了中国传统文化中的神秘主义如宿命论、轮回观念以及宇宙的神秘，以对抗理性，解构主体性，揭示人的卑微无助、命运无常。他的《四月三日事件》、《世事如烟》等体现了这种意识。格非的《欲望的旗帜》展示了当代知识分子的精神裂变，无法达到神性的超越而向肉欲的堕落，揭示了世俗化的中国文化解体后的生存困境。北村是从基督教中寻求思想资源的另类作家，面对人生困境，北村的作品或者以自杀作为主人公的结局，或者以信仰上帝作为唯一的救赎之道。

其次，是中国文学传统对现代主义的影响和改变。中国现代主义虽然从西方引进，效法西方，但也从中国古典文学传统中寻求思想资源，从而具有了自己的特色。30 年代现代派诗人在追随西方现代主义的同时，也保留了中国的诗歌传统，如戴望舒诗歌的鲜明而奇特的意象创造，人与自然的浑然一体，表现上的含蓄，就继承了中国古典诗歌的遗产。这正如杜衡评论的那样，把"象征派的形式与古典派的内容"结合起来。卞之琳着力于新诗的"欧化"与"古化"，他自己说汲取了李商隐、姜白石、温庭筠等诗风。所以卞之琳说，30 年代现代派诗歌是"倾向于把侧重西方诗风的吸取，倒过来为侧重中国旧诗风的继承"[1]。新感觉派小说也借鉴传统文学的风格、手法、意境。施蛰存的创作体现佛教精神，并用志怪小说体裁来表现现代生活，他的作品也体现了诗画意境。杜衡的一些作品中的人物常常徘徊、游离于传统与现代之间。穆时英作品的现代意味中也有浓重哀婉的古典抒情气息，一些作品甚至有传统古典诗词的意境。40 年代的新诗派接受了艾略特、瓦雷里、里尔克、奥登等西方现代派诗歌的影响，同时也汲取了本土文化的思想资源，提出了"综合"的观念，即"纯粹发自内心的心理需求，最后必是现实、象征、玄学的综合传统"[2]。这是中国与西方融合的美学风格。80 年

---

〔1〕 卞之琳《〈戴望舒诗集〉序》，《戴望舒诗集》，四川人民出版社 1981 年版，第 3 页。

〔2〕 袁可嘉《新诗现代化》，《论新诗现代化》，生活·读书·新知三联书店 1988 年版，第 7 页。

代的先锋文学，主要是面向西方的现代主义技巧的实验，但也有例外，扎西达娃把现代体验与藏族历史宗教文化传统结合起来，创造了"半神话"的象征艺术模式。90 年代的先锋文学，结束了现代主义的形式实验之后，转向对历史、现实的思考，也注重了对中国传统文化、文学资源的利用。如余华的《活着》、《许三观卖血记》，一方面表达了对人的命运的悲悯，但也透露出"好死不如赖活着"的传统人生观。而叶兆言通过对普通人的悲凉遭遇的描写，表达了一种悲观、宿命的人生观，这无疑受到了中国传统文化观念的影响。

从根本上说，中国现代主义的非典型性，在于缺乏现代主义的根本特质——对形而上问题特别是生存意义问题的关注和表现。西方文化区分了两个世界，此岸与彼岸；它的文学也在关注现实问题的同时，更关注灵魂问题，因此具有了鲜明的超越性。超越性在现代主义那里得到最充分的实现，它突破了新古典主义、启蒙主义的理性主义以及浪漫主义、现实主义对社会问题的执著，而从心灵自由的丧失、自我的异化出发，进行灵魂的拷问，并且反思生存的意义。中国现代文学受到实用理性传统的限制，缺乏对灵魂问题的关注，因此现代主义没有得到充分的发展。我们可以看到，五四启蒙主义提出了改造国民性问题，但没有触及个体灵魂。鲁迅解剖了阿 Q 的心灵，但也仅仅限于他的愚昧、自欺、麻木和奴性，而没有深及国人更根本的弱点——灵魂的空虚和黑暗，特别是信仰的缺乏。而以后的革命现实主义——革命古典主义，更认为革命已经解决了精神世界的问题，甚至宣称阿 Q 已经觉悟了，从而抹杀了灵魂的问题。30—40 年代发生的现实主义、浪漫主义基本上也是关注社会问题，这种倾向一直延续到新时期文学，没有得到根本的改变。这就造成中国现代主义没有形成大的潮流，更谈不上成为主流。一个时期，往往是仅仅出现几个具有现代主义色彩或倾向的作家，而没有形成广大的现代主义作家群，没有形成强大的思潮。建国前，只有穆旦算得上比较典型的现代主义作家，而其他人只能说是具有现代主义的倾向、色彩。这种情况在后新时期也没有根本改变。但是可以展望，随着社会内生活的现代化，特别是现代性带来的灵魂饥渴问题的突出，也许中国的现代主义会得到充分的发展。

二、个案研究：战争风暴中灵魂的呼号——穆旦
诗歌的现代主义倾向

穆旦的具有现代主义倾向的诗歌，主要创作于抗日战争时期，也包括接下来的解放战争时期，可以说它是在战争的阴影下写作的。抗日战争期间，中国文学的主流是讴歌神圣的民族解放战争的"抗战文学"，这是抗战前的左翼文学主张的"革命现实主义"（即革命古典主义）的普遍化形式。抗战前存在的现实主义、浪漫主义和现代主义基本上都归入这种抗战的"现实主义"主流之中而不复存在。就以诗歌而论，许迟、何其芳、戴望舒、臧克家、卞之琳等现代派诗人放弃了个人的吟唱，而加入到民族革命战争的大合唱之中。而穆旦几乎是一个特例，他在汹涌澎湃的时代浪潮之中，发出了自己特异的声音，在战争的风暴中抒写了个体的生存体验。如果我们把他的创作与主流文学思潮加以对比的话，就会发现二者的不同：主流文学是革命古典主义—集体理性—民族的存亡—崇高的讴歌；穆旦诗作是现代主义—个体体验—生存的意义—痛苦的拷问。当然，作为公民的穆旦是积极参与抗日战争的，他向往民族的解放、坚持社会的理想，他参加中国远征军，为了民族的生存而出生入死地战斗过。但是，作为诗人的穆旦没有放弃个体的存在，没有把自己消解于群体之中，而把自己的生存体验化为诗歌表达出来。因此，穆旦诗歌的审美价值就超越时代而突显出来。

（一）生命与死亡——对战争的否定

按照主流意识形态，战争是分为正义的与非正义的，而中国人民进行的抗日战争则是反抗帝国主义侵略的正义战争。因此，从民族主义立场出发，革命古典主义文学就歌颂这个正义的战争，并且肯定人们为之作出的牺牲，描写英勇壮烈的伟大斗争，表达崇高热烈的思想感情。但是，如果突破意识形态的框架，从个体价值出发，进行文学的反思，就

会有更深层的对战争的体验。这就是说，一切战争都是一场悲剧，是人类愚昧、自私、残忍的体现；而战争带来的个体的牺牲是无法弥补的损失，是不能以民族的生存来替代的。现代主义文学描写个体的命运和情怀，表达对战争的厌弃和恐惧，并且在这场人类的大灾难中反思"生命的意义和苦难"。在两次世界大战后发展起来的现代主义文学，没有停留于鼓吹爱国主义或者讴歌正义战争，而是描写战争中暴露的人性的阴暗以及战争带来的灾难，是对人类自相残杀的控诉，是对异化的生存的反思。这是现代主义与其他文学思潮的根本区别。穆旦对抗日战争既认同，并且积极参加；同时又有质疑甚至批判。在民族革命的洪流中，穆旦不随波逐流，而是坚持个性主义立场，"在岁月流逝滴响里，固守着自己的孤岛"（《从空虚到充实》）。正是这种个性主义的立场，使他的诗歌超越了主流意识形态，达到了现代主义的深度。他对抗日战争的体验与一般人不同，他不仅仅是从意识形态和民族主义出发，讴歌抗战，而是从自我体验、从个体价值出发，控诉了战争的野蛮、残酷、恐惧、死亡。在抗日战争开始后不久，他写了《野兽》，表达了他对民族抗战的印象：

> 黑夜里叫出了野性的呼喊，
> 是谁，谁噬咬它受了创伤？
> 在坚实的肉里那些深深的
> 血的沟渠，血的沟渠灌溉了
> 翻白的花，在青铜的皮上！
> 是多大的奇迹，从紫色的血泊中
> 它抖身，它站立，它跃起，
> 风在鞭挞它痛楚的喘息。
>
> 然而，那是一团猛烈的火焰，
> 是对死亡蕴积的野性的凶残，
> 是在狂暴的原野和荆棘的山谷里，

像一阵怒涛绞着无边的海浪，

它拧起全身的力。

在黑暗中，随着一声凄厉的号叫，

它是以如星的锐利的眼睛，

射出那可怕的复仇的光芒。

（《野兽》）

　　这不是一幅理性主义的抗战图景，而是非理性的狂野的"复仇"，表达了诗人对战争以及战争引发的兽性的恐惧和无奈。在他的心里，奏响的不是雄壮的战争交响乐，而是一场人类自相残杀的哀号，是人性的堕落、兽性的发泄。即使正义的战争，对于爱好和平的人而言，也只是一个不得已的选择，它有使人性堕落为兽性的危险，因此，在激愤的民族怒吼声中，诗人没有被民族主义蒙蔽，他清醒而痛苦地意识到这样一种生存的悖谬：

告诉我们和平又必须杀戮，

而那可厌的我们先得去欢喜。

知道了"人"不够，我们再学习

蹂躏它的方法，排成机械的阵势，

智力体力蠕动着像一群野兽。

……

（《出发》）

　　正因为看穿了战争的反人类的本质，穆旦的诗歌很少正面歌颂伟大的抗日战争，而是悲叹它带来的灾难，控诉它的残酷。他在《从空虚到充实》中痛惜战争对生活和文明的毁灭：

……

我坐着哭泣。

艳丽的歌声流过去了，
祖传的契据流过去了，
茶会后两点钟的雄辩，故园，
黄油面包，家谱，长指甲的手，
道德法规都流去了，无情地，
……

（《从空虚到充实》）

诗人也意识到，战争也不是革命古典主义笔下的传奇故事，不是凯旋的进行曲，它是毁灭一切的死亡。因此，穆旦更多的是描写死亡，那是一切价值的毁灭。

洪水越过了无声的原野，
漫过了山角，切割，暴击；
展开，带着庞大的黑色轮廓
和恐怖，和我们失去的自己。
死亡的符咒突然碎裂了
发出崩溃的巨响，在一瞬间
我看见了遍野的白骨
旋动，……

（《从空虚到充实》）

诗人参加过中国远征军入缅作战，经历过九死一生，看到无数战友的死亡，那是他一生都不愿提到的惨痛经历。他没有像许多战争过来的人那样，炫耀自己经历的苦难和建立的功绩，也没有浅薄地描写和歌颂那些英勇的斗争，因为对他而言，战争的意义远不止如此，它有着更深刻的哲学和人类学意义。伟大的牺牲固然有其社会意义，值得讴歌；但在哲学的高度，对个体而言，死亡就意味着终止存在，就意味着一切都陷入虚无。反过来，死亡也突显了生命的可贵、生存的意义。因此，面对死亡，才能意识到战争的反人性，才能意识到牺牲是最惨痛的，无法弥补，不能释怀的。他缅怀葬身于野人山上的战友，咀嚼着死亡的意义：

> 在阴暗的树下，在急流的水边，
> 逝去的六月和七月，在无人的山间，
> 你们的身体还挣扎着想要回返，
> 而无名的野花已在头上开满。
>
> 那刻骨的饥饿，那山洪的冲击，
> 那毒虫的啮咬和痛楚的夜晚，
> 你们受不了要向人讲述，
> 如今却是欣欣的林木把一切遗忘。
>
> 　　　　　（《森林之魅——祭胡康河上的白骨》）

　　描写战争给人民带来的灾难，在中国诗歌传统中并不鲜见。杜甫虽然拥护对安禄山的战争，但却以惨痛的笔调描写人民的痛苦和牺牲，写出了像"三吏"、"三别"那样的诗篇。但是古典诗人对战争的控诉并没有立足于个体，而是立足于民族整体，因此对战争的非理性的揭示就受到理性的限制。而现代主义则立足于个体生存，写个体体验，从而更残酷地揭示了战争对人的价值的毁灭。战争是民族之间的决斗，但是牺牲的是个体。革命古典主义描写战争，往往是英勇无畏，奋不顾身，不存在对个体存在的思考。而穆旦一直不忘战争中个体的存在，不忘记书写个体的体验。这种体验既有民族的义愤，更有个人的伤感，二者的交集更突显了人性的深度。在《防空洞里的抒情诗》中，他写道：

> 谁胜利了，他说，打下几架敌机？
> 我笑，是我。

当人们回到家里，弹去青草和泥土，

从他们头上所编织的大网里，

我是独自走上被炸毁的楼，

而发现我自己死在那儿

僵硬的，满脸上是欢笑，和叹息。

（《防空洞里的抒情诗》）

胜利和牺牲并置在一起，突显了战争的残酷性、悲剧性。

（二）自我与虚无——对大写的我的否定

五四启蒙主义建构了一个个体理性的自我，他作为理性的化身，具有普遍性，因此也是大写的。大写的我担负着启发民众的使命，可以改变世界，充满着自信心和进取心。郭沫若的《天狗》里就夸张地抒发了膨胀的自我意识："我便是我呀！我的我要爆了！"而革命古典主义则建立了另一个大写的我——我们的形象。它消除了个体的我，把我融入集体之中，变成阶级的化身、政治的符号。大写的我主宰着历史的发展，充满英雄主义。在现代主义那里，主体性倒塌，大写的我演变成了小写的我，它发现自我不是理性的主体，不能主宰世界，也不能把握自己的命运；自我是一个不确定的身份，人格分裂，彼此冲突，陷于孤独、困惑、痛苦之中……穆旦诗歌中就显示了这样的自我形象。

穆旦的自我是残缺的、被锁闭的孤独个体。诗人意识到现代社会个体生存的困境，它被异化，失去了心灵的自由；同时，他又感受到存在的痛苦：

从子宫割裂，失去温暖，

是残缺的部分渴望着救援，

永远是自己，锁在荒野里。

……

幻化的形象，是更深的绝望，

永远是自己，锁在荒野里，
仇恨着母亲给分出了梦境。

（《我》）

他认为人一出生就陷入了残缺状态，就是不完整的自我，这是无可改变的命运。虽然他还有梦，还有挣扎，但终归无望：

水流山石间沉淀下你我，
而我们成长，在死的子宫里。
在无数的可能里一个变形的生命
永远不能完成他自己。

（《诗八章》）

穆旦认为自我与他人之间对立、隔绝，本质上不可沟通，"我们相隔如重山"。因此，孤独就成为一种生存状态。"像一只逃奔的鸟，我们的生活/孤单着，永远在恐惧下进行"（《不幸的人们》）。即使美好的爱情，也只是暂时的幻象，不能消除人与人之间的分隔，终归还要"各自飘零"。这是一种多么悲痛的无奈呀！

再没有更近的接近，
所有的偶然在我们间定型；
只有阳光透过缤纷的枝叶，
分在两片情愿的心上，相同。

等季候一到就要各自飘零，
而赐生我们的巨树永青，
它对我们的不仁的嘲弄
（和哭泣）在合一的老根里化为平静。

（《诗八章》）

穆旦的自我不是理性化的自我，而是分裂的自我：理性与非理性、理想与现实、个体与社会、高尚与渺小……处于对立、冲突之中，古典的、和谐的自我消失了。

> 一个圈，多少年的人工，
> 我们的绝望将使它完整。
> 毁坏它，朋友！让我们自己
> 就是它的残缺，比平庸更坏：
> 闪电和雨，新的气温和泥土
> 才会来骚扰，也许更寒冷，
> 因为我们已是被围的一群，
> 我们消失，乃有一片"无人地带"。

（《被围者》）

在他看来，世界和自我，都是不完整的、残缺的，而完整的世界和自我，不过是理性虚构的幻象。因此，他要自觉地破坏这种的幻象，使世界和自我显露出本来面目。他不做"幻想的乘客"，而要揭露残酷的真实，描写"丢失的自己"，而这是个带着假面的、分裂的自我。现代性发生以来，完整的自我就分裂了，理性的控制和掩蔽都被拆除，人就陷入自我分裂之中，真实的自我与虚假的自我纠缠在一起，难解难分，不时发生争斗。能够体验到这种分裂的痛苦，才是深刻的人生体验，才是真实的自我意识。诗人正是具有了这种人生体验和自我意识，进行了自我剖析：

> 相同和相同溶为怠倦，
> 在差别间又凝固着陌生；
> 是一条多么危险的窄路里，
> 我制造自己在那上面旅行。

他存在，听从我底指使，

他保护，而把我留在孤独里，

他底痛苦是不断的寻求

你的秩序，求得了又必须背离。

（《诗八章》）

从残缺的自我出发（而不是从虚构的、理性的、完整的自我出发）他的战争体验是真实的，没有被理性所掩蔽。一方面，他作为一个战士歌颂抗战，鼓吹牺牲；另一方面，他作为一个普通人，又惧怕牺牲和厌恶死亡。诗人尖锐地揭示了"本我"与"自我"的冲突，前者要求为民族解放斗争牺牲，而后者要保存自己的生命。这种矛盾的思想虽然谈不上崇高，但更加真实，因此也更加深刻地揭示了战争的非人性：

于是我就病倒在游击区里，在原野上，

原野上丢失的自己正在滋长！

因为这时候你在日本人的面前，

必须教他们唱，我听见他们笑，

中华民族到了最危险的时候，

为了革命的新社会快把斗争来展开，

起来，起来，起来。

我梦见小王的阴魂向我走来，

（他拿着西天里一本生死簿，）

你的头脑已经碎了，跟我走，

我会教你怎样爱，怎样恨，怎样生活。

不不，我说，我不愿意下地狱，

只等在春天里缩小、融化、消失。

还，无尽的波涛，在我身上涌，

流不尽的血磨亮了我的眼睛，

在我死去时让我听海鸟的歌唱，

虽然我不会和，也不愿意谁看见我的心胸。

（《从空虚到充实》）

（三）世界与荒诞——对现实的否定

现代诗人面对的是一个失去了意义的荒诞的世界，而在战争当中这种感觉尤其尖锐。诗人发问："是谁安排荒诞到让我们讽笑，/笑过了千年，千年中更大的不幸。"在穆旦看来，这个世界一开始就是颠倒的，它把不应该有的命运降临给人类。在《摇篮歌——赠阿咪》中，对刚刚入世的宝宝，他预感到了人生的艰险，因而祝愿他"别学成人造作的声音"，担忧"等你长大了你就要带着罪名，/从四面八方的嘴里/笼罩来的批评"，"别让任何敏锐的感觉，/使你迷惑，使你苦痛"，他最后唱道：

睡呵，睡呵，我心的化身，

恶意的命运已和你同行，

它就要和我一起抚养

你的一生，你的纯净。

去吧，去吧，

为了幸福，

宝宝，先不要苏醒。

不管是有没有战争，这个世界都不是理想的。诗人之为诗人，就在于他能够更敏锐地发现生活的真实。而最高的真实，就是这个世界的异化。诗人眼里的生活是痛苦的、污浊的，它没有希望：

每一清早这安静的市街

不知道痛苦它就要来临，

每个孩子的啼哭，每个苦力
他的无可辩护的沉默的脚步，
和那投下阴影的高耸的楼基，
同向最初的阳光里混入脏污。

（《裂纹》）

从浪漫主义开始，就展开了对现代城市文明的批判，它攻击的是城市文明对自然的扼杀。现实主义对现代文明的批判，着眼于它带来的人性堕落和社会不公。现代主义对现代文明的批评，着眼于人的异化的生存：自我的丧失、价值的扭曲、存在的荒谬和无意义。因此，对于穆旦来说，不仅战争和死亡让人厌弃人生，现代的都市生活本身就使生存虚无化。尤其在抗日战争结束后，诗人在和平的生活中同样痛感到世界的荒诞，他这样描写现代城市生活：

……

呵，这钢筋铁骨的神，我们不过是寄生在你的玻璃窗里的
害虫。

把我们这样切，那样切，等一会就磨成同一颜色的细粉，
死去了不同意的个体，和泥土的生命；
阳光水分和智慧已经不再能够滋养，使我们生长的
是写字间或服装的努力，是一步挨一步的名义和头衔，
想着一条大街的思想，或者它的灿烂整齐的空洞。
哪里是眼泪和微笑？工程师、企业家和钢铁水泥的文明
一手展开至高的愿望，我们以渺小、匆忙、挣扎来服从
许多重要而完备的欺骗，和高楼指挥的"动"的帝国。
不正常是大家的轨道，生活向死追赶，虽然"静止"有时候
高呼：

> 为什么？为什么？然而我们已经跳进这城市的回旋的舞。
>
> （《城市的舞》）

与现实主义者不同，穆旦没有幻想用人道主义来救治现实；也与革命古典主义不同，穆旦没有期望用革命来创造一个理想的世界。作为一个现代主义诗人，他摒弃了理性主义的乐观，而意识到人生的无望。他认为人类的希望只是虚空，只是一种心灵的幻象和自我安慰，因此，必须从幻想中清醒。

> 我们希望能有一个希望，
> 然后再受辱，痛苦，挣扎，死亡，
> 因为我们明亮的血里奔流着勇敢，
> 可是勇敢的中心：茫然。
> ……
> 当多年的苦难以沉默的死结束，
> 我们期望的只是一句诺言，
> 然而只有虚空，我们才知道我们仍旧不过是
> 幸福到来前的人类的祖先。
> ……
> 我们只希望有一个希望当作报复。
>
> （《时感》）

> 啊，为了寻求"生之途径"，
> 这颗心还在试探那不见的门，
> 可是有一夜我们忽然醒悟：
> 年复一年，我们已经踯躅其中！
>
> （《世界》）

现代主义的哲学基础是存在主义。存在主义认为存在之为虚无，在

于人是注定要死的生物，而且人也是唯一知道自己必死的生物。死亡是不存在，在死亡面前，一切皆为虚无。正是死亡，无情地揭示了生存的虚无本质。穆旦作为现代主义诗人，对社会人生的绝望，不仅在于它的"贫乏"（"他把贫乏早已拿给你——/那被你尝过又呕出的东西"），还在于人生的最终结局，这是谁也逃不过的衰老和死亡。虽然他还年轻，但战争提前使他成熟。他痛切地意识到人生的最大的悲剧——衰老和死亡：

> 直到他像潮水一样地退去，
> 留下一支手杖支持你全身，
> 等不及我们做最后的解说，
> 一如那已被辱尽的时代的人群。

（《世界》）

在这样的存在中，没有生活的目标，似乎活下去本身就是活下去的动力，只能无望地忍受煎熬。在穆旦诗歌中，弥漫着一种无奈的、绝望的情绪。诗人痛苦地吟唱道：

> 活下去，在这片危险的土地上，
> 活在成群死亡的降临中，
> 当所有的幻象已变狰狞，所有的力量已经
> 如同暴怒的大海
> 凶残摧毁凶残
> 如同你和我都渐渐强壮了却又死去，
> 那永恒的人。
>
> 弥留在生的烦扰里，
> 在淫荡的颓败的包围中，
> ……
> 希望，幻灭，希望，再活下去

在无尽的波涛的淹没中，

……

（《活下去》）

于是，他追问："我是活着吗？我活着吗？我活着为什么？"（《蛇的诱惑》）这种对人生意义的怀疑、绝望，虽然有虚无主义之嫌，但却超越了理性主义，避免了肤浅的乐观主义，体现了一种深刻的人生体验，表达了一种终极价值的追求。

（四）信仰与怀疑——对终极意义的追求

新古典主义和启蒙主义都认为人生是有意义的，是伟大的和崇高的，而现代主义则发现了它的平庸。即使在轰轰烈烈的抗日战争中，穆旦也发现了人生的平庸本质："……所有的暂时/相接起来是这平庸的永远。"诗人对平庸的人生的发现，导致对人生意义的根本怀疑。之所以是根本的怀疑，因为它揭示了人生的本质——没有希望。如果人生仅仅是苦难，那么还有崇高与它做伴；如果人生仅仅是黑暗，那么还有光明与它作对。唯其平庸，没有什么可以改变它，人生也就没有了希望。这种对平庸的人生意义的怀疑，穆旦在1940年的《还原》一诗中就已有过表达：

八小时工作，挖成一颗空壳，
荡在尘网里，害怕把丝弄断，
蜘蛛嗅过了，知道没有用处。

（《还原作用》）

生活中不能忍受的不仅有平庸，还有与之伴生的罪恶，那是人心的腐烂。从五四以来，文学就开始关注人的灵魂，以图改造国民性。而后来革命古典主义以社会的罪恶替代了心灵的罪恶，以社会革命取代了灵魂的拯救，特别是在抗日战争中，政治理想主义高涨，掩蔽了心灵的问题。但是诗人发现了这个问题，并且尖锐地揭发出来：

> 所有的人们生活而且幸福
> 快乐又繁茂，在各样的罪恶上，
> 积久的美德只是为了年幼人
> 那最寂寞的野兽一生的哭泣，
> 从古到今，他在贻害着他的子孙们。

（《在旷野上》）

他认为，不仅是恶人有罪，而是我们都有罪过。即使是正义的战争，也不能掩盖心灵的罪过：

> 这样多的是彼此的过失，
> 仿佛人类就是愚蠢加上愚蠢……

（《不幸的人们》）

现代主义的一个表征，就是所谓"荒原意识"。由于理性幻象的破除，世界不再是理性的王国，而是没有秩序、没有道理、没有意义的"荒原"。在诗人穆旦眼里，由于平庸、罪恶，我们陷入了一个没有温情、没有美德、没有意义的世界，世界变成了一个"荒村"，宛如艾略特的"荒原"：

> 荒草，颓墙，空洞的茅屋，
> 无言倒下的树，凌乱的死寂……
> 流云在高空无意停伫，春归的乌鸦
> 用力的聒噪，围着空场子飞翔，
> 像发现而满足于倔强的人间的
> 沉默的溃败。被遗弃的大地
> 是唯一的一句话，吐露给

春风和夕阳——

干燥的风，吹吧，当伤痕切进了你的心，

再没有一声叹息，再没有袅袅的炊烟，

再没有走来走去的脚步贯穿起

善良和忠实的辛劳终于枉然。

（《荒村》）

……

我追寻于是展开这个世界。

但它是多么荒蛮，不断的失败

早晚要把我们到处的抛弃。

（《诗》）

这个荒蛮的世界里，不仅存在着身体的饥饿，更重要的是灵魂的饥饿，这是他对中国人的"国民性"的新的发现。五四开启了对国民性的批判，穆旦继续了这个传统，只不过穆旦的批判不是启蒙主义的，即不是以理性进行批判，而是以超理性进行批判，因此他发现了中国人的灵魂的饥饿：

所有的炮灰堆起来，

是今日的寒冷的善良，

所有的意义和荣耀堆起来，

是我们今日无言的饥荒，

然而更为寒冷和饥荒的是那些灵魂，

陷在毁灭下面，想要跳出这跳不出的人群；

（《牺牲》）

他看见这种灵魂的饥饿是心灵的"荒村"，它造成了世界的"荒蛮"，它比身体的饥饿更为可怕，更为普遍：

> 我看见饥饿在每一家门口，
> 或者他得意的弟兄，罪恶；
> 没有一处我们能够逃脱，……

（《饥饿的中国》）

正如所谓"一半是野兽，一半是天使"的说法，人毕竟还有"神性"，那就是对于自由的追求，对于超越的渴望。虽然这种冲动往往被压被遮蔽，但唯有诗人能够发现和发扬它，保留获得拯救的希望。穆旦意识到人类的卑微，也渴求得到灵魂的拯救，那是艰难而痛苦的追求，宛如猪猡幻想飞升：

> 污泥里的猪梦见生了翅膀，
> 从天降生的渴望着飞扬，
> 当他醒来时悲痛地呼喊。
> 胸里燃烧了却不能起床，
> 跳蚤，耗子，在他身上粘着：
> 你爱我吗？我爱你，他说。

（《还原作用》）

宗教是无望的人的希望，是无路的世界的通路。在历史的长河中，宗教给人类的心灵注射了麻醉剂，也提供了心理的保护，使人类的精神在漫漫的亘古长夜中免于崩溃。虽然中国人没有强固的宗教传统，但是在礼教瓦解后，失去了天人合一的"卡里斯玛"，产生了形而上的空白，从而给宗教扩充了地盘。由于对现实的绝望，由于缺乏生活意义，由于心灵的苦闷，宗教也给人们提供了解脱的途径。极度困惑和苦闷的诗人穆旦，最终走向了对上帝的信仰，在宗教中寻求心灵的安慰和解脱：

……

但是那沉默聚起的沉默忽然鸣响，
当华灯初上，我黑色的生命和主结合。

是更剧烈的骚扰，更深的
痛苦。那一切把握不住而却站在
我的中央的，没有时间哭，没有
时间笑的消失了，在幽暗里，
在一无所有里如今却见你隐现。
主啊！掩没了我爱的一切，你因而
放大光彩，你的笑刺过我的悲哀。

（《忆》）

　　宗教不仅是精神的鸦片烟，也是超越的途径。它以至真至善的终极
价值，反思、批判了世俗的价值。诗人通过对上帝的信仰，超越了世俗
的观念和价值，获得了反省和批判的能力，发现了自己和人类的卑污、
愚蠢，也获得了心灵的升华：

主呵，因为我们看见了，在我们的聪明的愚昧里，
我们已经有太多的战争，朝向别人和自己，
太多的不满，太多的生中之死，死中之生，
我们有太多的利害，分裂，阴谋，报复，
这一切把我们推向相反的极端，我们应该
忽然转身，看见你。

这是时候了，这里是我们被曲解的生命
请你舒平，这里是我们枯竭的众心
请你糅合，
主啊，生命的源泉，让我们听见你流动的声音。

（《隐现》）

但是，宗教信仰只是一种彼岸的关怀，并不能使诗人脱离痛苦的现实。犹如《离骚》中屈原幻想自己飞离人间，但仍然眷顾祖国一样，穆旦仍然牵绕着苦难的祖国和人民，留恋生活中美好的东西，希望着得到真实的人生。因此，他对于神的信仰也不无怀疑。

> 即使我哭泣，变灰，变灰又新生，
> 姑娘，那只是上帝在玩弄他自己。
>
> （《诗八章》）

特别是在战争中，生死体验使他无以忘怀，不能轻轻地抹掉生命的价值，而这正是宗教所要抹掉的。他悼念战争中死去的人们，但上帝不能挽回无价的生命；生命的价值超越了虚幻的上帝，而诗人仍然没有放弃人的价值：

> ……
> 这一切是属于上帝的；但可怜
> 他们是为无忧的上帝死去了，
> 他们死在那被遗忘的腐烂之中。
>
> （《他们死去了》）

对社会人生的困惑，一直折磨着诗人的心灵。人和世界是理性的还是非理性的？主宰者是善还是恶？生存是有意义还是无意义？这些永恒之谜，让穆旦苦苦思索而不得其解。他在长诗《神魔之争——赠董庶》中展示了他对人生意义的困惑。在诗歌中，设置了东风、神、魔、林妖几个抒情角色。其中神是理性、善的化身，而魔是非理性、恶的化身，东风是生命的代表，林妖是旁观者、评判者。诗中，神宣称自己是"一切和谐的顶点"、可以引导到"美德的天堂"，创造了文明的辉煌。而魔鬼宣称是"永久的破坏者"，是"天神的仇敌"。但作者并没有完全否定他，就像没有完全肯定神一样。弥尔顿在《失乐园》中对撒旦的态度是矛盾的，他既是魔鬼又是反叛者；穆旦对魔也有所同情，并且利用这个角色揭示了神——理性、善的虚妄。魔指责神给人类带来的是"空茫"，"因为在你的奖励下，/他们得到的，是耻辱，灭亡。"他"诅咒"这个世界，不甘于像"豢养的"猫狗、鹦鹉、八哥那样，"得到了权力的恩宠"，塑造了一个叛逆的形象。另一个角色东风站在人性的立场，同情人的命运，揭露现实的真相：

> 我的孩子，虽然这一切
> 由我创造，我对我爱的
> 最为残忍。我知道，我给了你
> 过早的诞生，……
>
> ……你所渴望的，
> 远不能来临。你只有死亡，
> 我的孩子，你只有死亡。

（《神魔之争——赠董庶》）

而林妖似乎代表了作者的困惑，他没有肯定争论中的任何一方，在他看来，人类是愚蠢的，生存的意义是不可知的。他歌唱道：

> 谁知道生命多么长久？
> 一半醒着，一半是梦。
> 我们活着是死，死着是生，
> 啊，没有谁过得更为聪明。

（《神魔之争——赠董庶》）

诗人的思想似乎走向虚无，但正是这种困惑和怀疑精神，使其诗作摆脱了肤浅的理性主义，深入到人的灵魂，探索了生存意义问题。

中国的实用理性传统，导致文学注重社会问题，而忽视灵魂问题。

它往往揭示社会的苦难和不公，而忽视心灵的黑暗和空虚。这也是中西文学的根本区别之一。五四启蒙主义特别是鲁迅触及了国民性的问题，如阿Q似的愚昧、自欺、麻木、奴性等，但仍然没有深入到一个更根本的问题——缺乏形而上的追求，没有信仰。中国现代文学一直徘徊于启蒙主义与革命古典主义之间，而很难进入现代主义，在实用理性的影响下缺乏对灵魂问题的关注，是根本原因之一。穆旦崇拜鲁迅，自述继承了鲁迅的国民性批判思想。但是，穆旦的意义不止于此，它超越了启蒙主义之处，在于强烈地揭示了中国人的灵魂缺陷——心灵的饥饿，并且在信仰维度上提出了生存的终极意义问题。穆旦诗歌在民族革命战争的风暴中，发出了灵魂的呻吟；在革命古典主义为主旋律的时代交响曲中，奏出了现代主义的不和谐的声音。它虽然孤立、微弱，但仍然穿透时间的屏障，回旋在历史的长廊中。这是穆旦诗歌创作的真正价值之所在。

第八章 现代性与通俗文学思潮

一、现代性与通俗文学的发生

（一）现代性与通俗文学

现代性包含了感性、理性、超越性三个层面，其中感性现代性产生了通俗文学，而理性现代性则产生了严肃文学，反思现代性（现代性的超越层面）则产生了纯文学。所谓的通俗文学，就是指在现代社会中按照商品生产销售模式发展起来的、文人创作的、符合大众需求的（主要是消遣娱乐需求）、肯定感性现代性的文学。

作为一种现代社会的普遍阅读现象，通俗文学具有以下几个特点：

第一，在思想上，通俗文学往往具有一种强烈的感性精神，赤裸裸地表达人的欲望，甚至是色欲和暴力倾向。因为通俗文学是感性现代性的产物，反过来也是对感性现代性的高度肯定。感性现代性是指被释放了的人的感性欲望。在古典社会，人的感性生存欲望是被宗教或古典理性所禁锢与控制的，在西方有中世纪的宗教禁欲主义，在中国有儒家的道德理性对感性的节制。在西方，通俗文学的发展与繁荣大约是在15世纪之后[1]，这个时候西方社会酝酿、发生了文艺复兴运动，中世纪

---

[1] 托马斯·英奇编《美国通俗文化简史》，任越译，漓江出版社1988年版，第165页。

宗教理性的禁锢已经开始瓦解，感性欲望在争取合法地位。在这种情况下产生的通俗文学，大胆地描写、宣泄人的自然欲望，它是从古典状态中解放出来的现代人在文学上的必然要求。通俗文学正面地肯定了感性欲望，符合现代人的心理需求，从而受到普通人们的欢迎，成为一种繁荣的文学现象。

第二，在艺术上，通俗文学通俗易懂，浅显直白，适合文化不高、审美能力不强的大众趣味。它往往不追求艺术上的创新，有模式化倾向。通俗文学作者为了去迎合普通大众的审美需求，往往运用一些浅显易懂的语言，打造一些曲折动人的情节，塑造一些大众喜闻乐见的人物形象。久而久之，这些写作方法就变成了一系列的写作套路，言情有言情的模式，武侠有武侠的模式，侦探有侦探的模式。这在艺术角度来说当然是不足取的，但是通俗文学的读者关注的并不是艺术，而是作品中所表达的内容与自己感性心理的契合，这是通俗文学遭到批评家的斥责却能在大众中普遍盛行的根本原因。

第三，在功能上，通俗文学是一种消遣性的文学。严肃文学突出了理性现代性，表达了意识形态立场，发挥了教化功能。纯文学突出了审美（反思）现代性，体现了对生存意义的体悟，发挥了审美超越功能。通俗文学的现实意义和审美意义都不突出，它表达了感性现代性，贴近大众日常生活，表达情感、欲望需求，突出趣味性、娱乐性，发挥娱乐消遣功能。

第四，在传播机制上，通俗文学具有浓重的商业性。正如前面所说，通俗文学是在现代社会中按照商品生产销售模式发展起来的文学，它的运营要符合市场经济的运行规则。在文化市场上，为了尽可能地获利，一切商业行为都可能被运用到通俗文学的制作当中，比如捕捉商机、包装产品、行销广告等等，可以说，通俗文学和普通商品一样，已经被纳入到生产—消费的模式当中：一方面，它基于消费者的需要而被生产；但另一方面，也常由于生产者行销策略的成功，而刺激了群众的消费欲望。[1]

第五，在社会影响上，通俗文学具有流行性、即时性的特点，是一种快餐式的文化。因为通俗文学在其本质上是要肯定或者泄导普通大众的感性欲望，而普通大众的心理需求往往具有流行性、时尚性。这就使得通俗文学要提供一部分流行资讯和趣味，以便与普通大众的普遍心理契合。流行性的文化是转瞬即逝的，因此通俗文学作品很少有持久的影响力，难以形成经典，一旦时过境迁，人们就可能不再感兴趣。不过，尽管一部通俗文学作品经过了流行之后会被市场所抛弃，但从研究角度来说，正因为它的流行性与即时性，它才更好地提供了某个时代的生活信息。正如苏珊·埃勒所说："这些畅销书是一种有用的工具，我们能够透过它们，看到任何特定时间人们普遍关心的事情和某段时间内人们的思想变化。"[2]

（二）中国通俗文学发生的历史条件

中国传统社会只有民间文学，没有现代意义上的通俗文学。清末民初，在西方文化冲击下，中国社会的部分地区如租界与通商口岸开始出现了一些具有现代特征的变化。在费正清的《剑桥中国晚清史》一书中，作者描述道："首先，西方的扩张在那里引起了持续的累积的经济增长，结果，在那些和外部世界市场有密切关系的城市的经济中产生了程度不同的'现代'部分。和这种经济发展有关的是，社会发生了变化，产生了诸如买办、工资劳动者和城市无产阶级这样一些新的集团。而且，由于各种西方制度的'示范影响'，以及和外部世界交往的增长，社会变动的过程必然在本地居民中发生，它逐渐破坏了他们传统的态度和信仰，同时提出了新的价值观、新的希望和新的行动方式。"[3]

---

〔1〕 刘秀美《五十年来的台湾通俗文学》，台湾：文津出版社有限公司 2001 年版，第 19 页。

〔2〕 苏珊·埃勒里《畅销书》，载托马斯·英奇编《美国通俗文化简史》，任越译，漓江出版社 1988 年版，第 10 页。

〔3〕 费正清《剑桥中国晚清史》下卷，中国社会科学出版社 1985 年版，第 314 页。

这里所说的"新的价值观、新的希望和新的行动方式",也就是与社会"现代变动"相关的现代观念。这种现代观念如果以一般市民为主体,则主要指感性现代性的观念。正是在这种社会的现代变动和人的观念的现代变动中,中国通俗文学迎来了一个比较繁荣的起步阶段。

　　清末民初的"现代变动"中,对通俗文学产生最重要影响的是现代文化消费市场的初步形成。在古典社会,文学、文化都是属于上层社会的特权,是小圈子里的精神财富。到了现代社会,在市场经济当中,文学开始与市场经济相结合,文化要求市场化,这以通俗文学、大众文化为最。可以说,相比其他文学,通俗文学的兴起与发展更依赖这个文化消费市场。一个文化消费市场的组成,最起码要有生产者、流通者、消费者,这三者都是社会现代变动的产物。在清末民初,这三者都是西方文明冲击下传统经济体制、文化体制破产的产物。首先来看生产者,也就是通俗文学作者。清末民初通俗文学生产者,其前身是传统的士人、文人,这些人在传统社会文化体制当中,主要的安身立命之所就是通过科举考试,博取功名混迹官场,这几乎是传统的中国社会知识阶层实现自身价值的唯一途径。在这种情况下,文学尤其是通俗文学是不能成为文人的"正经"事业的。明清小说的作者大都是失意文人,他们甚至不敢或不愿留下真实的姓名,以至给后人留下了一桩桩公案。但1905年,清政府被迫宣布了一系列以西方现代文明为参照的改革,科举制度被废除。这样,那些以科举为进身之阶的士人失去了参与政府体制的途径,也失去了获取自己生存资源的途径。为了谋生,他们中的一部分人来到租界和通商口岸寻找生计,却发现他们身上的文学才能可以转化为金钱,于是就"下海"写作能够卖钱的通俗文学作品。不管有意还是无意,文学走向市场,作者从中获利的情况在清末民初已经成为一个事实。成功者如林纾辈,小说畅销,获利丰厚。至于一般的小说作者,觚庵也一针见血地指出:"小说亦岁出百余种……彼此以市道相衡,而乃揭示假面具,号于众曰:'改良小说,改良社会',呜呼,余欲无言",其实这些人"不假思索,下笔成文,十日呈功,半月成册。货之书肆,囊金而归,从此醉眠市上,歌舞花丛,不须解金貂,不患乏缠头矣"[1]。这还是在呼吁启蒙的新小说热潮中出现的现象，到了民初，这种现象更为风行。中国现代通俗文学的第一批生产者也就这样破土而出。

再看流通者或流通中介。它们指的是出版商及其刊物。在传统社会，刊印书籍一般都由官方来执行，虽然也有一些民间商人从事，但在整个书籍出版中是不占正统的，而晚清民初，传统政治、经济体制都遭到冲击并最终崩溃，加以造纸、印刷行业发展[2]，在西方出版行业的示范作用下，各种报刊、杂志、图书纷纷涌现，据时萌在《晚清小说》中的统计，晚清的最后十年，至少曾有一百七十家出版机构此起彼落[3]；而到民初，光上海一地，曾经创刊发行过的上海小报总数至少在一千种以上[4]。小报是"一类数量很大、有广泛读者、内容以休闲趣味为主的小型报纸"[5]，可以说，它最能代表清末民初通俗文学的生存之地。通过数字我们可以看出，民初时期在上海这个地方，通俗文学的出版物已经运营得相当不错。

除了生产者和流通者，市场结构的另一端就是消费者，他们就是通俗文学的读者。这些人主要是在城市中生活的具一定阅读能力的人，他们也是中国社会出现"现代变动"的情况下产生的。清末民初，在租界和通商口岸城市的现代工商业得到初步发展，这使得在城市中出现了买办、自由职业者、小业主、工资劳动者和无产阶级这样一些新的集团，他们构成了新型城市的市民主体。这些市民成为通俗文学的主要消费者，这是因为，一方面，他们生活在这个由传统向现代过渡的时代，

〔1〕 《觚庵漫笔（选录）》，见陈平原、夏晓虹编《二十世纪中国小说理论资料》第一卷，北京大学出版社 1997 年版，第 270 页。
〔2〕 据范伯群在《中国近现代通俗文学史》（范伯群编，江苏教育出版社 1999 年版）中介绍，中国自 1891 年李鸿章创办伦章机械造纸厂于上海后，至 1924 年止，有大造纸厂共二十一家，其中十家是在上海及其周边市县。
〔3〕 转引自王德威《想象中国的方法》，生活·读书·新知三联书店 1998 年版，第 4 页。
〔4〕 李楠《晚清、民国时期上海小报研究》，人民文学出版社 2005 年版，第 17 页。
〔5〕 李楠《晚清、民国时期上海小报研究》，人民文学出版社 2005 年版，第 17 页。

需要通过通俗文学等大众文化去吸取生存信息。范伯群在《中国近现代通俗文学史·绪论》中提出了这样的解释："在19世纪末与20世纪初，上海这个元代的渔村，明代的小镇，清代的县治，随着商埠的开辟，大规模的工业生产和频繁的商贸交易促使大都会的成形和人口的爆炸，造成城市的超常扩展和经济生活的千姿百态。这也必然会带来人际关系的错综复杂，多数市民在这个自己感到难于驾驭的复杂多变的新环境中，时时感到无所适从的晕眩。要治愈这种头晕目眩，就急需扩充自己的信息量，扩大自己的知识面，改变自己的知识结构，这才可以增加自己的判断能力，在自己神经中枢注入自主与自信的定力，以增强自己对新环境的适应性。那种在小农经济地域只靠一爿'咸亨酒店'作为权威的信息总汇，只靠航船七斤作为新闻发布人的时代已经一去不复返了。都市市民的这种新要求就是急需创办报章杂志的客观根据。"[1]另一方面，"都市的紧张生活节奏使人感到疲劳和单调，也需要休息与娱乐，以便在高速的生活运转中得以片刻的喘息。"[2]于是，以消遣娱乐为主要功能的通俗文学也就应运而生。

从以上分析可以看出，在西方现代文化冲击下，清末民初中国社会的传统制度趋于解体甚至崩溃。在租界和通商口岸城市，在西方扩张主义政策及其文化模式的示范影响下，这些地方出现了具有"现代特征"的变化。这些现代变化提供了通俗文学所赖以存在的文化市场，通过催生出通俗文学生产者、通俗文学出版销售者、通俗文学消费者，中国的通俗文学就红红火火地起步了。

（三）清末民初通俗文学概况

清末民初，通俗文学兴盛起来，各类作品纷纷出版。从民国初年到五四新文化运动之前这段时间，中国的通俗文学到底出过哪些类型的作品呢？我们可以先来回顾平襟亚的一段描述：

---

〔1〕 范伯群《中国近现代通俗文学史》，江苏教育出版社1999年版，第10—11页。
〔2〕 范伯群《中国近现代通俗文学史》，江苏教育出版社1999年版，第11页。

上海出版潮流千变万化。这并不是书贾的喜欢变化，是阅者的眼光变化。书贾无非想赚几个钱，不得不随阅者眼光转移，迎合阅者心理，投其所好，利市十倍。像这种"恨"、"怨"、"悲"、"魂"、"哀史"、"泪史"的名目，还在光复初年，轰动过一时，以后潮流转移到武侠一类。有人说，武侠小说足以一扫萎靡不振之弊，因此大家争出武侠书，甚么《武侠丛谈》、《武侠大全》、《侠义全书》、《勇侠大观》，没有一部书不出风头。后来越出越多闹翻了……看的人也没有兴味了。书籍潮流便转移到黑幕上去。大家说，黑幕不比武侠小说向壁虚构。这是揭破社会的秘密，实事求是，很有来历。因此坊间大家争出黑幕。说也奇怪，上海洋场十里，百千万言也揭它不尽。甚么《黑幕大观》、《黑幕汇编》、《黑幕里的黑幕》……后来潮流又转移到财运上面去，财是大家贪的，见报上登着广告说，看了这种书立刻可以发财，有哪一个阿木林不喜欢发财？因此甚么《财运预算法》、《财运必得法》风行一时，上海地方，差不多瘪三叫化子手各一编，大家想发财。发了财之后，饱暖思淫是免不得的，所以现在的潮流大概要转移到财上面一个字上去了（按"酒色财气"四字，财字上面一个字乃"色"字——引者注）。[1]

　　平襟亚熟悉通俗文学出版界，自己还做过"中央书店"的老板，他的话应该是有一定的史料价值的。按照他的这段描述，民初十几年的通俗文学在"看官"的阅读兴趣作用之下，就已经门类众多，百花纷呈了。什么言情、武侠、社会（黑幕）、侦探异彩纷呈，各有建树。下面就按照这几个基本分类逐个简述。

　　言情类。言情小说在民初的几年曾经轰动一时，主要代表作品有：徐枕亚《玉梨魂》、徐枕亚《雪鸿泪史》、陈碟仙《泪珠缘》、孙玉声《海上繁华梦》、何诹《碎琴楼》、吴趼人《恨海》、吴双热《孽冤镜》、

---

〔1〕　网蛛生《人海潮》，上海古籍出版社 1991 年版，第三十二回。

李定夷《贾玉怨》、李定夷《鸳湖潮》、周瘦鹃《花开花落》、周瘦鹃《真假爱情》、李涵秋《广陵潮》等，这类被鲁迅在《中国小说史略》中总结为"梦"、"魂"、"痕"、"影"、"泪"的小说，刚开始的时候，因为其所宣扬的突破封建道德理性的男女情爱，符合民初新旧混杂的时代心理，因而受到人们的欢迎，但是，几年之后，类似《玉梨魂》这样的小说就在文化市场上由热趋冷，甚至不受欢迎了。其中的原因，《小说月报》主编恽铁樵在1915年有过分析："爱情小说所以不为识者所欢迎，因出版太多，陈陈相因，遂无足观也，去年敝报上几摒弃不用，即是此意。"[1]

武侠类。主要代表作品有海上剑痴（孙玉声）《仙侠五花剑》、陈景韩（陈冷、冷血）《侠客谈》、李亮丞《热血痕》、叶小凤《古戍寒笳记》、李定夷《尘海英雄传》、指严《虎儿复仇记》、苏曼殊《焚剑记》、冷风（编）《武侠丛谈》等。晚清民初武侠类通俗小说的盛行，有这样一个社会背景：庚子之乱后，梁启超、蒋智由、杨度等人鉴于"屡挫于外敌"的教训，为了"恢复、张扬中华民族久已失去的'尚武'精神"，在全社会呼唤重振中华民族战国时代的"武侠"精神。在晚清民初，这几乎成为一股时代潮流：1904年，梁启超编著《中国之武士道》，赋予武侠以新的时代内容；而军国民教育会把"养成尚武精神，实行爱国主义教育"当作它们的宗旨，其提倡者蔡锷认为"军国民"、"武士道"、"武侠"、"尚武"是医治中国目前病态的药方，就连鲁迅在当时也写过《斯巴达之魂》。可见，晚清民初武侠小说的盛行是与一个时代的心理背景契合的。当然，这只是一种理性化的包装，武侠小说盛行的深层原因还在于它以合法的方式宣泄了人的攻击性。

社会类。大桥式羽《胡雪岩外传》、包天笑《上海春秋》、吴趼人《发财秘诀》、新中国之废物《商界鬼蜮记》、姬文《市声》、云间天赘生《商界现行计》、路滨生编《中国黑幕大观》、毕倚虹《人间地狱》、姚鹓雏《恨海孤舟记》、孙玉声《黑幕中之黑幕》等。

---

[1] 铁樵《答刘幼新论言情小说书》，1915年4月《小说月报》第6卷第4号。

侦探类。侦探小说是从外国文学引进的一种小说类型，主要代表作品有：（一）翻译类：《英包探勘盗密约案》、《世界名家侦探小说集》、《斐洛凡士探案》、《金甲虫》、《多那文包探案》、《马丁休脱侦探案》、《海威侦探案》、《巴黎五大奇案》、《毒蛇圈》、《桑狄克侦探案》、《福尔摩斯探案大全集》、《福尔摩斯之劲敌》等；（二）创作类：张无铮《徐常云新探案》系列、王天恨《康卜森探案》系列、姚赓夔《鲍尔文新探案》系列、朱瘦《杨芷芳新探案》系列、吴克洲《东方亚森罗苹新探案》系列、煮熟生《上海侦探案》、程小青《霍桑探案》。侦探小说有曲折的情节、离奇的故事、时隐时现的盗匪、机警勇敢的侦探，既寄托了人们惩恶扬善的普遍愿望，又能提供消遣娱乐的阅读快感，因此在晚清民初，侦探小说的销路一直很好，据徐念慈统计，小说林社出版的书，销路最好的是侦探小说，约占总销路的十之七八[1]。吴趼人也说："近日所译侦探案，不知凡几，充塞坊间，而犹有不足以应购求者之虑。"[2]而最为著名的《福尔摩斯侦探案全集》出版后，一直畅销不衰。

（四）清末民初通俗文学的主要特点

在从传统走向现代的社会过程中，个体对生死爱欲的体验，首先在民初通俗小说中出现。这个主题不但出现在言情类小说中，也出现在社会类、武侠类、侦探类小说中，可以说当时的小说很少有不涉及"儿女之情"的，但是充斥在民初小说中的这种"儿女之情"多为苦情、哀情，最后的结局往往都是爱而不得，非死即散——民初小说中为情而死，因情而病，或者为情而出家的结局是司空见惯，作者们叙述这些恋情也多用一些非常灰暗的笔调，造成一片悲声。从艺术角度来考虑，这种陈陈相因的做法当然是不足取的，但是这种苦情、哀情的出现并不单单是作者"为赋新词强说愁"，而有其特定的历史背景：民国建立

---

〔1〕 觉我《余之小说观》，载1908年《小说林》第9，10期。
〔2〕 中国老少年《〈中国侦探案〉弁言》，《中国侦探案》，广智书局1906年版。

后，在城市生活中男女社交日益公开化，封建伦理道德遭到进一步冲击，受西方现代观念影响青年男女迫切要求自由恋爱、自由结婚；他们渴望爱情，但又苦于"现代观念"的力量还很微弱，尚不能与传统思想习惯做决定性的较量，其情形正如范烟桥在《民国旧派小说史略》中所描述的："忆初的言情小说，其背景是，辛亥革命以后，'父母之命，媒妁之言'的传统婚姻制度，渐起动摇，'门当户对'又有了新的概念，新的才子佳人，就有新的要求，有的已有了争取婚姻自由的勇气，但是'形隔势禁'，还不能如愿以偿，两性的恋爱问题，没有解决，青年男女为之苦闷异常。从这些现实和思想要求出发，小说作者就侧重描写哀情，引起共鸣。体裁是继承章回小说的传统，文字则着重辞藻与典故。徐枕亚的《玉梨魂》就是当时的代表作。"[1]范烟桥这里虽然主要是评说鸳鸯蝴蝶派的言情小说，然而在其他类小说中出现的"儿女之情"，情况也大抵如此，并没有更乐观的表现。

其次，在民初通俗小说中占比较大的比重的还有忧国忧民的主题。比较明显的有武侠类、侦探类、社会类，而在言情类小说中，也会有一些主人公因为爱情不得而献身沙场的，如经典言情小说《玉梨魂》的男主人公就选择了这样的收场。"国家"、"民族"、"革命"等，之所以在民初通俗文学中会成为一个普通话题，从读者这方面来说，"国泰民安"一直是普通老百姓的心愿，而在晚清民初这样国运风雨飘摇的时代，国家的命运与自身的生存命运就会更加切实地联系在一起。这样，关于革命、关于救国这些原本属于士大夫、读书人议论的话题，自然在这个特殊的时代会成为普通市民的一些基本感受，尽管他们可能并不具有一个很自觉的民族大义的立场。总之，乱世就会使人忧世。从作者这方面来说，他们作为乱世之中的一个，对这些心理是有深刻体会的，在作品中肯定会有所反映。再则，我们还要考虑到，民初的这些通俗文学作家中，有些曾经是"南社"诗人，这些人曾经在诗文里主张通过革

---

〔1〕 范烟桥《民国旧派小说史略》，魏绍昌编《鸳鸯蝴蝶派研究资料》，上海文艺出版社 1962 年版，第 272 页。

命去建设一个现代民族国家。可是，辛亥革命胜利了，现代民族国家的形式建立了，却形同虚设，然后又经历了一场复辟、尊孔，民初的政治就像闹剧一样，使得曾经充满激情的革命人士对现实丧失了信心，他们转而写作通俗小说，成为与市场娱乐文学合流的一群。但是，政治抱负和热情并没有消失得无影无踪，而是在通俗文学创作中得到体现，成为一个重要的主题。

最后，在民初通俗小说中频频出现的还有对剧变中的周围环境的求知欲与好奇心。主要体现在社会类与侦探类小说当中。关于这个时期的社会小说，张爱玲有段评价，她说："社会小说在全盛时代，各地大小报每一个副刊刊登几个连载，不出单行本的算在内，是一股洪流。是否因为过渡时代变动太剧烈，虚构的小说跟不上事实，大众对周围的事感到好奇？也难说，题材没有选择性，不一定反映社会的变迁。小说化的笔记成为最方便自由的形式，人物改名换姓，下笔便更少顾忌，不像西方动不动有人控诉诽谤。……小说内容是作者见闻或者是熟人的事，'拉在篮里便是菜'，来不及琢磨，倒比较存真，不像美国内幕小说有那么多种讲究，由俗手加工炮制，调入罐头的防腐剂、维他命、染色，反而原味全失。"[1]张爱玲的这个评价可以说是贴近民初社会小说的实际的，人们生活于这种急剧变动的过渡时代，新事物的出现比普通人们的想象要快，于是要了解这个快速变化的环境，渴望得到更多身边世界的经验知识，便成为一种普遍愿望。于是社会通俗小说在这种情况下应声而出。它不像晚清的谴责小说那样有一个政治的意图，有一个为中国寻求出路的严肃使命感，它的目标仅仅是寻求满足人们的好奇。而侦探小说则从一个比较陌生的角度给人们提供一些西方现代社会的知识，比如：逻辑思维、实证主义、法制与善恶有报等。

从艺术上来说，由于通俗文学是面向市场的，它以市场需要作为艺术定位的标准，自身并不积极主动地去追求艺术创新；而市场的消费主

---

〔1〕 张爱玲《谈看书》，曾湘文编《都市的人生》，湖南文艺出版社1993年版，第344—345页。

体——普通大众是不关心艺术问题的，因此通俗文学在总体上艺术成就不高。

正是由于这种在艺术创新上的惰性，晚清民初小说的美学追求与艺术手法基本上沿袭了传统话本小说的特点，比如：使用章回体的写作框架，追求题材广阔，要求语言通俗、情节生动、人物形象完美而命运曲折等。但同时，西方文学的大量翻译引进，对中国新文学的诞生产生很大的影响，通俗文学在一定程度上也吸收了西方文学（通俗文学与严肃文学兼而有之，以通俗文学为多）的美学与艺术特色，形成一定的创作模式。这个创作模式，参照赵孝萱在《鸳鸯蝴蝶派新论》中对民初这些小说美学风格的分析，大致有以下几个特点[1]：

一、感伤的叙述文字。民初通俗小说惯以哀凄的字词，刻意造成作品低抑的气氛。小说中大量充斥忧愁、疾病、哭泣、愁苦、失望、死亡、恨、梦、魂、哀、愁、寂、怜、冷、孽、泪、痴、悲、咽、惨、痛、郁、怨、泣、丧、亡、离、悼、憔悴、断肠、阴晦、冷清等灰色调的词汇。

二、萧瑟阴森的意象。民初小说中所出现的意象，多予人不幸的联想。出现的器物非残即破，如破镜、残花（周瘦鹃《花开花落》，载《礼拜六》第 8 期），即使是发簪也是碎的（苏曼殊《碎簪记》）；除此之外，喜欢血、血书，悲秋等。

三、情节的极端不幸。民初小说是以人物"离奇"的遭遇，作为吸引读者的"法门"，因此情节的大幅震荡，人物遭遇的大死大离，都市常态。总之，全是极端不幸的情节。若以最大宗的言情与社会小说而论，人物自小必定身世飘零，之后命运乖舛（如父母双亡、卖身妓院、所嫁非人、自己病重、受冤入狱等），最后几乎篇篇相似，有个死亡结局。

四、人物极度的多愁善感。民初小说中的才子佳人，真是"看花落泪，见月伤心"，十分多愁善感。那是一个没有英雄豪杰的时代，男

---

〔1〕 赵孝萱《鸳鸯蝴蝶派新论》，兰州大学出版社 2004 年版，第 64—78 页。

女都深具"阴柔特质",总以两眼发黑、苍白、多病、贫穷、多愁的形象出现,更重要的,都是"多愁善感"之人。而人物所经历的困境,作者只作一般情绪层面上的抒发,宣泄的是一种"无节制的哀伤",无助于提升情感的深度。

通俗文学是以普通市民为阅读主体的,迎合的是普通市民的阅读趣味。民初通俗小说之所以会出现这样一些模式特征,而又能凭借这种模式在文化消费市场上持久不衰,说明它非常符合那个时代的流行审美趣味。当然,这种趣味也因为它突出的时代性,在时过境迁之后,很难再引起人们的兴趣。

(五) 清末民初通俗文学的理论阐释

通俗文学的兴起,需要合法化的论述,这造成了对传统文学理论的冲击和改变。通俗文学以消遣娱乐为目的,因此异于正统的载道言志的文学观念。这在民初的作家、报人那里都有明确的表达。在他们看来,通过一些通俗易懂的作品给一般人们以精神上的休闲是合理的。民初通俗文学代表作家之一陈蝶衣在 1942 年总结说:"面临着当前这样的大时代,眼看着一般大众急切地要求着知识的供给,急切地要求着文学作品来安慰和鼓舞他们被日常忙碌的工作弄成了疲倦而枯燥的生活,但因知识所限,使他们不能接受那些陈旧又高深的古文和旧诗词,也不能接受那种欧化辞藻典丽的新文学作品。因此,我们要起来倡导通俗文学运动,因为通俗文学兼有新旧文学的优点,而又具备明白晓畅的特质,不但为人人所看懂,而且足以沟通新旧文学双方的壁垒。"[1]

这里,为了说明通俗文学存在的合理性和必要性,从大众需要和通俗文学本身的特点两方面来加以论证。他认为人们需要通俗文学,一方面是源于求知的欲望,一方面是因为想摆脱日常生活的疲倦而枯燥。而这两方面的要求严肃的文学 (他所举的都是严肃文学) 都没有办法满

---

〔1〕 陈蝶衣《通俗文学运动》,魏绍昌编《鸳鸯蝴蝶派文学资料》上册,福建人民出版社 1984 年版,第 151—152 页。

足，只有通俗文学才能够提供——其实是只有通俗文学愿意去提供，而且是乐意去提供。

其实陈蝶衣的这一观念，在民初的一份著名通俗刊物《礼拜六》上就已经被昭告于天下了，而且更为直白，直言"消遣"、"休闲"。由于《礼拜六》的观点在民初通俗文学中具有很高的代表性，故现摘录全文如下：

> 或问子为小说周刊，何以不名礼拜一、礼拜二、礼拜三、礼拜四、礼拜五，而必名礼拜六也？余曰：礼拜一、礼拜二、礼拜三、礼拜四、礼拜五，人皆从事于职业，唯礼拜六与礼拜日，乃得休暇而读小说也。然则何以不名礼拜日，而必名礼拜六也？余曰：礼拜日多停业交易，故以礼拜六下午发行之，使人先睹为快也，或又曰礼拜六下午之乐事多矣，人岂不欲往戏院顾曲，往酒楼觅醉，往平康买笑，而宁寂寞寡欢，踽踽然来购读汝之小说耶？余曰：不然。买笑耗金钱，觅醉碍卫生，顾曲苦喧嚣，不若读小说之省俭而安乐也。且买笑觅醉顾曲，其为乐转瞬即逝，不能继续以至明日也，读小说则以小银元一枚，换得新奇小说数十篇，游倦归斋，挑灯展卷，或与良友抵掌评论，或伴爱妻并肩互读，意兴稍阑，则以其余留于明日读之。晴曦照窗，花香入座，一编在手，万虑都忘，劳瘁一周，安闲此日，不亦快哉！故人有不爱买笑，不爱觅醉，不爱顾曲，而未有不爱读小说者。况小说之轻便有趣如《礼拜六》者乎？《礼拜六》名作如林，皆承诸小说家之惠，诸小说家夙负盛名于社会，《礼拜六》之风行，可操券也。若余则滥竽编辑，为读者诸君传书递简而已。[1]

可见，《礼拜六》非常明白通俗文学的市场所在：一需要有闲——礼

---

〔1〕《〈礼拜六〉出版赘言》，1914年6月6日《礼拜六》第1期，转引自魏绍昌《鸳鸯蝴蝶派研究资料》，福建人民出版社1984年版，第7页。

拜六就有闲；二、需要娱乐——平时劳累。这样通俗文学就是要在这有闲之日给人们提供娱乐，提供清闲，以忘却一周的疲劳，正所谓"一编在手，万虑都忘，劳瘁一周，安闲此日"，这就是通俗文学的功能。

在这种旨意下，民初那些通俗文学当然要注重作品的娱乐性、趣味性、通俗性，以便能引起普通读者休闲阅读的兴趣。纵观民初将近十年的通俗文学创作，其成功者确实是能做到娓娓动听地讲述一些曲折的故事，赚取读者的同情和眼泪，但这种同情和眼泪都是一种情绪的表现，根本不在引发人们的思考。也有一些作家不把这叫"休闲"，而是和上面的陈蝶衣一样称其是"安慰"，如胡寄尘为鸳鸯蝴蝶派辩论时就做过这样的申述：

> 有人说，小说不当供人消遣，这句话固然不错，但是我尚有怀疑。
>
> 我以为专供他人消遣，除消遣之外，毫无他意存其间，甚且导人为恶，固然不可。然所谓消遣，是不是作"安慰"解，以此去安慰他人的苦恼，是不是应该。且有趣味的文学之中，寓着很好的意思，是不是应该。这样，便近于消遣了。倘然完全不要消遣，那末，只做很呆板的文学便是了，何必做含有兴趣的小说。[1]

在他看来，小说本来就是要有兴趣的，本当就是供人消遣的。只不过这种消遣是对人们的一种安慰。

总的说来，通俗文学的出现，引起了文学理论上的新变，那就是消遣娱乐成为文学的本质和功能之一。中国传统文学理论重在言志载道，不重视甚至排斥消遣娱乐性，孔子讲诗歌的多种功能中也只是"兴观群怨"以及"识"，而独没有"乐"。"乐"或者被当作"载道"的工具（寓教于乐），或者被看作是"淫"的表现（如孔子之斥郑风）。通俗文

---

〔1〕 原载《最小》第3号，转引自魏绍昌编《鸳鸯蝴蝶派研究资料》，福建人民出版社1984年版，第178页。

学理论，赋予消遣娱乐性以独立的价值，这是一种文学思想的革命。

（六）清末民初通俗文学的商业化运作

通俗文学是在"生产—消费"的市场机制中生存的，它的生产是为了被消费，生产者的目的是为了赢利。通俗文学具有浓厚的商业色彩，它像一般商品一样，极其注重商业效应。为了极大可能地激起读者的消费欲望，生产者即通俗文学作家就会想方设法探究读者的审美兴趣所在。范伯群在《近现代通俗小说史》中谈到，在近现代的通俗文学发展中，商业效应"已经受到作家的'理直气壮'的关注。何海鸣在《半月》中的卖文的告白是最直率的坦诚。从陈森的挟书稿以自荐而'获资无算'；到韩邦庆的与传媒合作自办定期专业刊物，分期刊登自己的长篇；到《海上繁华梦》的畅销而一续再续；到毕倚虹的介入大报副刊，逐日连载，引起轰动效应；直到海派奇葩《亭子间嫂嫂》在小报上连载，使一张小报赖其长篇而得以生存……"民初通俗文学正是这近现代通俗文学中的一段，其中对商业效应的关注也已经非常直白，毫不避讳通俗文学的商业运作。这具体体现为：

首先，对"成功作品"的追捧、模仿。某一题材的作品如果取得成功，刊物编者就会在征稿中标明来稿要具有这些"成功作品"的特色，而当这一类作品失去了读者时，刊物便会拒绝此类投稿。相应地，由于这种作品能换回稿酬，作家们也纷纷群起效仿。比如，《玉梨魂》一书，轰动的时候，再版三版至无数版，竟销三十万左右[1]。当时马上就有很多人效仿，刊物也很欢迎这类投稿，后人称之为"一对鸳鸯，一对蝴蝶"模式的鸳鸯蝴蝶派言情小说就是诸人仿效的结果。但是众人相互仿效，陈陈相因，也容易导致读者审美疲劳，既而产生厌倦，市场吸引力消失，刊物也会因此拒绝此种稿件，《玉梨魂》几年后影响消失便是这样的原因。其中的情形恰如恽铁樵所说："社会求之，文人供

---

〔1〕 郑逸梅《我所知道的徐枕亚》，载 1986 年 9 月《大成》第 154 期，转引自范伯群《中国近现代通俗小说史》，江苏教育出版社 1999 年版，第 270 页。

之，授受之间，若有无形之规律为之遵循。作者与读者不谋而合，无肯自外此规律者。"[1]

其次，为了推销通俗文学作品，刺激读者的消费兴趣，一些通俗刊物使用了行销、包装等商业行为。比如说，在民初那些杂志、成书的封面上都会配以仕女图，或者现代女性形象，《玉梨魂》、《雪鸿泪史》、《半月》、《礼拜六》等等都有美人图，至于配什么形象的美人，则根据时人的兴趣，就像今天的刊物喜欢刊登明星照片。除了封面外，中间也会夹一些时人喜欢的山水画、人物画。这些手段都是为了刺激读者的购买欲。为此，有些刊物甚至刊登当时的妓女排行榜，以及一些休闲娱乐场所的秘闻等。

总之，通俗文学的商业化运作，扩大了文学作品的销量和影响，也使文学社会化。古典时代的文学主要是靠私人之间传播的，说明它还没有社会化。而现代公共社会的形成以及商业的发达，使文学进入社会传播和商品流通。通俗文学最适应商品化，也最早社会化，这表明了通俗文学的强大的生命力。

二、中国感性现代性的缺失与通俗文学合法性的不足

雅文学与俗文学的分流是现代文学的本质特性之一，它们共同构成了现代文学的主旋律。但是，直至新时期为止，中国现代文学却几乎是严肃文学一枝独秀，通俗文学一直得不到主流文学思想的承认，因而没有获得合法性和充分的发展。这是中国现代文学史上一个值得注意的现象，应该予以重视和研究。本文认为，造成这一现象的根本原因是中国现代性的偏失——感性现代性的缺失而导致的理性主义霸权。

（一）现代性与通俗文学

现代性是现代的本质，是使现代社会成为可能的文化—精神力量。

---

[1] 铁樵《论言情小说撰不如译》，1915 年 7 月《小说月报》第 6 卷第 7 号。

现代性可以分解为三个层面：一是现代性的感性层面即感性现代性，主要是人的感性欲望，它是现代性的基础层面。文艺复兴以来，感性欲望从宗教禁欲主义的桎梏下解放出来，人的自然属性获得承认，成为现代社会发展的基本动力。二是现代性的理性层面即理性现代性，也就是启蒙理性，它包括工具理性即科学精神和价值理性即人文精神。启蒙运动以来，理性精神得到确立，取代了神学蒙昧，从而使生产力得到发展，人的价值得到提高。三是现代性的反思—超越层面即反思现代性，包括哲学、艺术、宗教等形而上的文化形态。现代性的发生，一方面推动了社会的进步、人的发展，同时也产生了人的异化，于是就有对现代性的反思、超越，形成了现代性的自我否定的层面。通俗文学是现代性的产物，是感性现代性的体现。现代性发生以后，导致文学的雅俗分流。雅文学包括纯文学和严肃文学。纯文学以其审美品格主要发挥着反思现实的超越功能；严肃文学以其意识形态性主要承担着理性教化的社会责任；而俗文学以其趣味性主要发挥着消遣娱乐的功能。这就是说，纯文学是反思现代性的产物，严肃文学是理性现代性的产物，而俗文学是感性现代性的产物。

西方通俗文学的历史是与感性现代性联系在一起的。文艺复兴时期，人的觉醒首先是在感性现代性领域，人的自然本性得到肯定，宗教禁欲主义被打破，产生了人的欲望合法化的运动。于是，宣泄人的欲望、攻击禁欲主义的文学出现了，像《十日谈》就讽刺教士的虚伪淫乱，而对男女的偷情津津乐道。这就是现代通俗文学的源头。以后，随着现代性的实现，特别是市场经济和城市文明的发展，以市民为主体的通俗文学就出现了。通俗文学以想象的方式宣泄了现代人的感性欲望，使其获得代偿性的满足，从而消解了理性现代性的压抑。人的基本的欲望包括性欲和攻击性，通俗文学通过理性的包装（表面的道德化）而使这两种原始欲望合法化，并使其得到宣泄。通俗文学以趣味性为主导，而意识形态性和审美价值相对不高。趣味性的深层就是原始欲望的释放和满足，因此，通俗文学突出了情爱和打斗两个主题。由于通俗文学对原始欲望的道德化包装只是最低限度的，要依从趣味性，因此，通俗文学不可避免地带有某种程度的色情和暴力倾向。

现代通俗文学满足了现代人特别是大众的感性需求，并且一定程度上消解了理性现代性的压力，维持了现代人的精神世界的平衡。因此，通俗文学具有一定程度的民主性和合理性，因此在现代社会获得了高度的繁荣和发展。现代文学的一个趋势就是雅文学与俗文学的分流，各自往不同的方向发展，满足着不同的人群和不同的心理层次的需要。

（二）中国感性现代性的缺失与中国通俗文学的先天不足

在中国社会文化现代化的过程中，现代性的产生和发展具有自己的特殊性，其中就包括感性现代性的缺失和理性主义的偏向。中国现代性不是本土文化的产物，因为中国传统社会本身还没有生长出现代社会的需求，以儒、释、道为代表的本土文化也不能成为现代性的思想资源；中国现代性是从西方引进的，是西方列强打破国门，强行送来和被迫引进的。这样，中国现代性就不是直接服务于人的解放和发展，而是直接服务于国家、民族的独立和解放。这样，中国就几乎没有经过类似文艺复兴时期的感性解放运动，而是直接就进入了理性启蒙阶段。于是，中国的现代性就体现了一种强固的理性主义，而感性主义没有得到合法化，也没有得到发展。辛亥革命前后，现代性的传播和接受就集中在理性层面，主要是科学主义、人文主义以及民族主义，感性的解放几乎没有提到日程上来。五四新文化运动也是一场理性化的运动，主要是宣传科学、民主的启蒙理性。五四运动虽然也有婚姻自由、个性解放等感性方面的内容，但也在理性范围之内，没有引发感性的泛滥，欲望的合法化是极其有限的，甚至在相当程度上是非法的。这样，中国的现代性就具有早熟、偏于理性的性质。同时，这种偏向也有中国传统文化的影响的原因。中国现代性虽然具有反传统文化的性质，但是，传统文化仍然顽强地影响着现代性的接受和建构。中国传统文化具有集体理性的性质，宗法礼教压抑感性欲望。这种压抑不同于欧洲宗教禁欲主义对感性的绝对压迫，而是一种软性的压抑，即对感性的最低限度的承认和容许。孔夫子一方面说"饮食男女，人之大欲存焉"，另一方面又说"发乎情，止乎礼义"，这就是所谓"以理节情"。这种软性的压抑一方面避免了强烈的反弹，所以中国没有发生西方文艺复兴时期那种感性欲望的泛滥；另一方面也导致在现代性的构建中保持了理性主义的霸权，挤压了感性主义的空间。因此，传统文化中前现代性的理性主义作为深层结构制约着中国现代性的构成，限制了感性现代性的确立，造成了理性主义的偏向。

中国现代性的理性主义偏向和感性现代性的缺失，不仅由于启蒙理性的挤压，更重要的是还由于革命理性的挤压。中国社会的现代发展面临着双重任务，一是建设现代性的任务，二是建立现代民族国家的任务。在西方，这两个任务本来是并行不悖、相辅相成的。但在中国，由于现代性从西方引进，要求学习西方，而现代民族国家又要求反对西方列强、争取民族独立，因此现代性与现代民族国家之间发生了冲突。五四新文化运动是引进和争取现代性的运动；而五四以后，建立现代民族国家的历史任务压倒了建立现代性的任务，启蒙运动转化为革命运动，启蒙理性让位于革命的理性。这就造成了在革命运动中现代性的流失。现代性的流失不仅是理性现代性的流失，还有感性现代性的流失。革命理性是一种政治化的集体理性，它是较之启蒙理性更强烈的理性主义，因此对感性的排斥更强烈。这从根本上说是由于争取现代民族国家的革命需要集体理性而抑制个体感性。所以，在革命运动中，更强调政治性、道德性和集体主义，而对于个体感性则严厉约束，甚至作为"资产阶级腐朽意识"而加以批判。这种历史潮流造成了中国现代性特别是感性现代性的缺失。如果说在争取现代民族国家的革命运动中，现代性包括感性现代性的缺失是一种必要的代价的话，那么在建国以后，继续这种趋势就形成一种"左"的思潮，妨碍了中国现代性的建设。直至"文革"运动，对个体感性的压迫变成了对人性的泯灭和摧残。

中国的现代通俗文学在清末民初发生，它一诞生就先天不足，没有形成健康的形态。本来，通俗文学尽可以描写人的日常生活，表现人的正常的感性欲望。但是，在中国，由于日常生活被礼教所桎梏，感性欲望不能正常地表达，于是，通俗文学就只能以畸形的形式出现。按照王德威的分法，清末文学主要有描写畸形情欲的狎邪小说，描写武侠和探案的侠义公案小说，暴露官场内幕的丑怪谴责小说以及科幻奇谈小说等。到了民国初年，旧派小说在新派小说的挤压下向通俗文学转化，现代通俗文学开始成形。民初通俗文学主要有鸳鸯蝴蝶派和礼拜六派、黑幕小说、平江不肖生代表的新武侠小说、张恨水代表的社会小说、历史演义小说等。这时的文学雅俗分流还不明显，但已经具有通俗文学的基本特征——趣味性和消遣娱乐功能。只是这些小说大都以病态的趣味吸引读者，呈现出畸形的形态。一定程度上，由于这个原因，在通俗文学诞生之初，它的合理性没有得到承认，而其缺陷则受到了指责和批判。但是，通俗文学毕竟是现代性的产物，具有历史的合理性；它获得这种不公平的待遇，除了自身发展不够健全，要负有一定责任外，主要还由于中国现代性的偏向——感性现代性的缺失。

由于感性现代性的缺失，理性主义排斥了感性的权利，因此中国通俗文学诞生之初就缺乏合法性，而处于先天不足的状态。欧洲文艺复兴时期，感性现代性由于有古希腊文化的"支援意识"，具有了相当程度的合法性。启蒙主义的美学也肯定了感性的合法性："美学之父"鲍姆加登把美学确定为"感性学"，黑格尔认定"美是理念的感性显现"。这给通俗文学的存在预留了生存空间。因此，这个时期的文学理直气壮地宣扬人的自然本性，嘲弄禁欲主义，大胆地表现人的情欲，描写各种色欲行为。而中国清末民初的大美学家王国维也谈到了名为"眩惑"的感性之美，但却完全是否定性的："……若美术中有眩惑之原质乎，则又使吾人自纯粹之知识出，而复归于生活之欲。……所以子云有'靡靡'之诮，法秀有'绮语'之呵。虽梦幻泡影，可作如是观，而拔舌地狱，专为斯人设者矣。"[1]这就是理论上剥夺了通俗文学的合法性。

---

〔1〕 北京大学哲学系美学教研室编《中国美学史资料选编》下册，中华书局 1981 年版，第 433 页。

中国清末民初，也出现了各种偏离传统的言志载道文学传统的通俗文学，它们也表现人的各种欲望，以消遣娱乐为宗旨，如黑幕小说、狎邪小说、侦探小说、武侠小说等。这些通俗文学体现了现代人的欲望，满足了大众的消遣娱乐的需要。如在鸳鸯蝴蝶派的刊物《礼拜六》上，王钝根起草的《〈礼拜六〉出版赘言》就明确地宣布其宗旨是消遣娱乐："买笑耗金钱，觅醉碍卫生，顾曲苦喧嚣，不若读小说之省俭而安乐也……晴曦照窗，花香入座，一编在手，万虑都忘，劳瘁一周，安闲此日，不亦快哉！故有人不爱买笑，不爱觅醉，不爱顾曲，而未有不爱读小说者。况小说之轻便，更有趣如《礼拜六》者乎?"[1]

但是，在中国，由于新老理性主义的霸权，感性化的消遣娱乐缺乏正当性，因此通俗文学也缺少合法性的论证，而且一开始就受到舆论的攻击。无论是当时的文学批评还是以后的文学史，都没有为新诞生的通俗文学辩护、论证，相反，它们都异口同声地批判其为腐朽的"旧文学"。如署名光翟的《淫词惑世与艳情感人之界限》一文，就旨在区分表现淫欲与艳情的文学作品，而区分的标准就是传统的"乐而不淫"诗教[2]。程公达《论艳情小说》一文就称："凡一文一字，发于心而著于书，必求有益于风化，有利于人民，有功于世道人心，而后垂诸千载不朽焉。"[3]这是从社会功利的角度规范通俗文学。理性主义为通俗文学划定了界限，而这个标准是与通俗文学的感性本质相冲突的。通俗文学也要受到理性——意识形态的规范，但这不是唯一的准则，还必须承认另一个准则，就是感性——消遣娱乐性，而排除后一个准则，就不可避免地导致对通俗文学的否定。随着通俗文学的发展，对它的挞

---

〔1〕 引自陈平原《二十世纪中国小说史》第一卷，北京大学出版社 1989 年版，第 74 页。

〔2〕 光翟《淫词惑世与艳情感人之界限》，1908 年《中外小说林》第 1 年第 17 期，转引自陈平原、夏晓虹编《二十世纪中国小说理论资料》第一卷，北京大学出版社 1997 年版，第 308—310 页。

〔3〕 程公达《论艳情小说》，1914 年 12 月《学生杂志》第 1 卷第 6 期，转引自陈平原、夏晓虹《二十世纪中国小说理论资料》第一卷，北京大学出版社 1997 年版，第 480 页。

伐也加剧。如程公达就指责通俗小说："近来中国之文士，多从事于艳情小说，加意描写，尽相穷形，以放荡为风流，以佻达为名士……抑以此败坏风俗，惟恐不速也?"[1]

如果说上述对通俗文学的指责还是有旧思想的文人所为，那么新派文人也不例外，同样批判有加。周作人著文《小说与社会》，认为中国通俗小说低俗落后："而中国小说则犹在元始时代，仍犹市井平话，以凡众知识为标准，故其书多芜秽。盖社会之中不肖者，恒多于贤，使务为悦俗，以一般趣味为主，则自降而愈下。……盖欲改革人心，指教以道德，不若陶融其性情。文学之益，即在于此。第通俗小说缺陷至多，未能尽其能事。……若在方来，当别辟道涂，以雅正为归，易俗语而为文言……"[2]这是站在精英主义的立场上批判通俗文学。另一个早期启蒙主义者梁启超，是现代小说的倡导者，但是他的新小说概念并不包括消遣娱乐性的通俗小说，而仅仅指谓可以发挥新民救国功能的严肃文学。因此，当通俗小说崛起时，他就坚执政治功利主义，予以挞伐、排斥。他说："然则今后社会之命脉，操于小说家之手者泰半，抑章章明甚也。然环顾今之所谓小说文学者何如? 呜呼! 吾安忍言! 吾安忍言! 其什九则海盗与海淫而已，或则尖酸轻薄毫无取义之游戏文也，于以煽诱举国青年子弟，使其桀黠者濡染于险诐钩距、作奸犯科，而模拟某种侦探小说之节目。其柔靡者浸淫于目，成魂与、窬墙钻穴，而自比拟某种艳情小说之主人者。于是其思想习于污贱龌龊，其行谊习于邪曲放荡，其言论习于诡随尖刻。近十年来，社会风习，一落千丈，何一非所谓新小说者阶之厉?"[3]在1915年，五四运动前夜，鲁迅在担任教育部

---

〔1〕 程公达《论艳情小说》，1914年12月《学生杂志》第1卷第6期，转引自陈平原、夏晓虹编《二十世纪中国小说理论资料》第一卷，北京大学出版社1997年版，第480页。

〔2〕 启明《小说与社会》，1914年《绍兴县教育会刊》第5号，转引自陈平原、夏晓虹编《二十世纪中国小说理论资料》第一卷，北京大学出版社1997年版，第482页。

〔3〕 梁启超《告小家》，1915年1月《中华小说界》第2卷第1期，转引自陈平原、夏晓虹编《二十世纪中国小说理论资料》第一卷，北京大学出版社1997年版，第511页。

通俗教育研究会小说股主任时，参与查禁了32种鸳鸯蝴蝶派小说，还主持拟订了《劝告小说家勿再编黑幕一类小说函稿》。可见，通俗文学之不见容于当时的主流思想界。

在主流文学的挤压下，通俗文学的生存空间极为狭小，它不能以自己的趣味性和消遣娱乐功能求得合法性，而只能依附于严肃文学，以科学或教化功能为自己辩护，以获得合法性。署名伯的《义侠小说与艳情小说具输灌社会感情之速力》，声称："义侠小说也，艳情小说也，均于楮墨间喻写其忠爱之悃忱者也，而亦即与人类普通社会性情之相近者也。"[1]这是以教化功能来求得合法性。章太炎为《洪秀全演义》作序，也以反满革命为号召。侦探小说为通俗文学之一种，它的价值应该主要在趣味性，但在当时的历史条件下，却以科学主义为之辩护。梁启超最先引进侦探小说，就是把它当作一种科学性的知识。伴农为《福尔摩斯探案全集》作跋，认为侦探小说"以至精微至玄妙之学理，托诸小说家言，俾心有所得，即笔而出之，于是乎美具难并，启发民智之宏愿乃得大伸。""乃集合种种科学而成之一种混合科学，决非贩夫走卒，市井流氓，所得妄假其名义，以为啖饭之地也。"[2]即使有人主张通俗文学的消遣娱乐功能具有正当性，也不是理直气壮，也要托言其教育作用。也有例外的情况，陈光辉、树珏《关于小说文体的通讯》认为，通俗小说是供中下社会消遣的，所以具有正当性："小说者，所以供中下社会者也……但求其用意正当，能足引人兴味者为上。盖观者之心理，本以消闲助兴为主……"这已经把通俗文学与高雅文学在品位上、读者的社会层次上加以区别，从而为通俗文学的"休闲助兴"品质的正当性进行了论证。但是，在理性主义的语境下，这种论证并不足以使通俗文学获得合法性，于是他们只得接着说："更有进者，小说为

---

[1] 伯《义侠小说与艳情小说具输灌社会感情之速力》，1907年《中外小说林》第1年第7期，转引自陈平原、夏晓虹编《二十世纪中国小说理论资料》第一卷，北京大学出版社1997年版，第229页。

[2] 伴农《〈福尔摩斯探案全集〉跋》，陈平原、夏晓虹编《二十世纪中国小说理论资料》第一卷，北京大学出版社1997年版，第548页。

通俗教育之一，已为世人所公认。"〔1〕这就意味着通俗文学的正当性不能仅仅求诸其消遣娱乐功能，还要求诸其教化功能。

总之，在现代文学发生之初，通俗文学的趣味性和消遣娱乐功能没有得到承认，通俗文学也就没有获得合法性。因此，王德威称晚清文学为"被压抑的现代性"。

（三）启蒙理性对通俗文学的挤压

中国现代严肃文学是理性现代性的产物，具有鲜明的理性主义。在五四时期以及后来的新时期，启蒙理性成为主导，形成了理性主义的霸权，也造成了启蒙主义文学思潮。中国的启蒙理性和启蒙主义文学对待通俗文学缺乏宽容精神，对通俗文学施以批判、打压，造成了通俗文学的边缘化。

五四启蒙文学在发轫之初，仅仅大力提倡严肃文学，而排斥通俗文学。陈独秀的"文学革命"的三大主义，无一不是主张严肃文学，其中带有通俗性的"国民文学"也不是通俗文学，而是白话文的严肃文学。刘半农的《我之文学改良观》，就明确提出："余赞成小说为文学之大主脑，而不认今日之红男绿女之小说为文学。"〔2〕五四启蒙主义者把以黑幕小说和鸳鸯蝴蝶派小说等"旧小说"以及旧戏曲作为批判对象，打了一场"硬仗"。他们依据启蒙理性，认为文学是一种严肃的事业，而批判通俗文学的游戏观念。周作人写了《论"黑幕"》、《再论"黑幕"》，攻击黑幕小说，认为："黑幕不是小说，在新文学上并无位置，无可改良，也不必改良。"〔3〕他以"人的文学"观念，批判这些通

---

〔1〕 陈光辉、树珏《关于小说文体的通讯》，1916年《小说月报》第7卷第1号，转引自陈平原、夏晓虹编《二十世纪中国小说理论资料》第一卷，北京大学出版社1997年版，第566页。

〔2〕 刘半农《我之文学改良观》，1917年5月《新青年》第3卷第3号。

〔3〕 仲密《再论"黑幕"》1919年2月《新青年》第6卷第2号，转引自陈平原、夏晓虹编《二十世纪中国小说理论资料》第二卷，北京大学出版社1997年版，第80页。

俗文学是"非人的文学"，区别就是"一个严肃，一个游戏"[1]。沈雁冰指出，鸳鸯蝴蝶派"思想上的一个最大的错误就是游戏的消遣的金钱主义的文学观念"，并且把这种观念与新文学的理性主义相对比："新派以为文学是表现人生的，诉通人与人之间的情感，扩大人们的同情的。"[2]鲁迅在《中国小说史略》、《中国小说的历史变迁》中，把鸳鸯蝴蝶派以及武侠、黑幕小说等通俗文学归结为古典小说的末流和堕落，而在《关于〈小说世界〉》中更认为，鸳鸯蝴蝶派借白话和通俗刊物流布，不过是"旧文化小说"的"异样的挣扎"，"连我们再去批评的必要也没有了"[3]。他还对通俗文学挤占启蒙思想阵地表示愤慨，起因是《申报·自由谈》迫于政治压力不发表他的文章，他说："但这时候，最适宜的文章是鸳鸯蝴蝶派的游泳和飞舞，而'自由谈'可就难了。"[4]郑振铎攻击"传统的文学观"有二，一是主张文以载道的，二是"以为文学只是供人娱乐的"，"现在'礼拜六派'与'黑幕派'的小说所以盛行之故，就是因为这文学观念深入人心之故"。"但现在的读者却正以消遣暇暑而才读文学，作者正以取得金钱之故而才去著作娱乐的文学。此即文学之所以堕落的最大原因。"[5]郭沫若在给郑振铎的信中说："显示攻击《礼拜六》那一类的文丐是我们所愿尽力声援的，那些流氓派文人不攻倒，不说可以夺新文学的朱，更还可以乱旧文

〔1〕 周作人《人的文学》，1918 年 12 月《新青年》第 5 卷第 6 号，转引自陈平原、夏晓虹编《二十世纪中国小说理论资料》第二卷，北京大学出版社 1997 年版，第 64 页。

〔2〕 沈雁冰《自然主义与中国现代小说》，1922 年 7 月《小说月报》第 13 卷第 7 期，转引自陈平原、夏晓虹编《二十世纪中国小说理论资料》第二卷，北京大学出版社 1997 年版，第 232 —233 页。

〔3〕 唐俟《关于〈小说世界〉》，1923 年 1 月 15 日《晨报副镌》，转引自陈平原、夏晓虹编《二十世纪中国小说理论资料》第二卷，北京大学出版社 1997 年版，第 292 页。

〔4〕 鲁迅《〈伪自由书〉后记》，《鲁迅全集》第四卷，人民文学出版社 1973 年版，第 582 页。

〔5〕 1922 年 5 月《文学旬刊》第 37 期。

学的雅。"〔1〕而成仿吾认为《礼拜六》、《晶报》是"赞美恶浊社会的，他们阻碍社会的进步与改造"〔2〕。客观地说，当时的通俗文学的确有不健康的倾向，给以批评也是必要的。但是，问题在于，启蒙主义对通俗文学的批评是站在理性主义的立场上，根本上反对文学的趣味性和消遣娱乐功能，因此也就全盘地否定了通俗文学。

启蒙主义虽然倡导平民文学，但是它仅仅指严肃文学，而不包括通俗文学。因此，新文学倡导的"通俗化"也仅仅指用白话文写作的严肃文学。陈独秀的"三大主义"中提出"建立通俗的明了的社会文学"，而这个社会文学不是真正的通俗文学，而是严肃文学。这就为以后抹杀通俗文学与严肃文学的区分定下了调子。周作人提倡平民文学，但这个平民文学也不是通俗文学，而是严肃文学即"人的文学"，而非人的文学则是"游戏"的文学。他还指出："平民文学决不单是通俗文学……因为平民文学不是专做给平民看的，乃是研究平民的生活——人的生活——的文学。他的目的，并非要想人类的思想趣味竭力按下，同平民一样，乃是想将平民的生活提高，得到一个适当的位置。"〔3〕这更将通俗文学打入非人的文学的行列。《文学研究会宣言》中提出自己的宗旨就是："将文学看作高兴时的游戏或失意时的消遣的时候，现在已经过去了。我们相信文学是一种工作，而且是于人生很重要的一种工作。"〔4〕作为一种文学主张，它有自己的正当性，但是，它又排斥了文学的游戏、消遣功能，从而也就排斥了通俗文学。鲁迅在五四以后，说明自己在五四时期的创作宗旨："例如，说到'为什么'做小说吧，我仍抱着十多年前的'启蒙主义'，以为必须是'为人生'，而且要改良这人生。我深恶先前的称小说为'闲书'，而且将'为艺术的艺术'，

---

〔1〕　1921 年 6 月《文学旬刊》第 6 号。

〔2〕　成仿吾《歧路》，1922 年 10 月《创造》季刊第 1 卷第 3 期。

〔3〕　周作人《平民文学》，《中国新文学大系·建设理论集》，香港文学研究社 1972 年版，第 237—238 页。

〔4〕　《文学研究会宣言》，1921 年 1 月《小说月报》第 12 卷第 1 号，转引自《文学运动史料选》第一册，上海教育出版社 1979 年版，第 175 页。

看作不过是'消闲'的新式的别号。"[1]在这里，他排斥了文学的消闲功能，从而也就排斥了通俗文学。创造社提倡"为艺术的文学"，但并不容忍文学的"消闲"功能，对通俗文学不屑一顾。它实际上也是启蒙主义的一种，因而也具有理性主义的倾向，也排斥通俗文学。成仿吾的《新文学之使命》中说："现代的生活，它的样式，它的内容，我们要取严肃的态度，加以精密的观察与公正的批评。对于它的不公的组织与因袭的罪恶，我们要加以严厉的声讨。……然而有些人每每假笑佯啼，强投人好，却不仅软弱无力，催人作呕，而且没有真挚的热情，便已经没了文学的生命。"[2]在这里可以看出，他所提倡的是严肃文学，所挞伐的包括通俗文学。

其实不仅启蒙主义排斥通俗文学，具有反现代性倾向的文学流派也基于精英主义立场排斥通俗文学。中国浪漫主义的代表沈从文反感于通俗文学的泛滥，认为是商业化的低级趣味。他说："并且还有这样一种事实，便是十三年后，中国新文学的势力，由北平转到上海以后，一个不可避免的变迁，是在出版业中，为新出版物起了一种商业的竞争，一切趣味的俯就，使中国新的文学，与为时稍前，低级趣味的'海派文学'，有了许多混淆的机会，因此影响创作方向与创作态度非常之大。从这混淆的结果上看来，创作的精神是完全堕落了的。"他还攻击张资平的通俗小说作为"海派文学"的代表，是"本能的向下发泄的兴味"，属于"低级趣味"[3]。总之，启蒙阵营批判通俗文学，主要攻击它的游戏观念、消遣娱乐性、商品化（拜金主义）、低级趣味以及艺术上的低劣等。而这些问题，有些是中国通俗文学脱胎于旧文学带来的弊病，有些则是通俗文学的本性，只是不符合启蒙理念，算不上毛病，因

---

[1] 鲁迅《我怎么做起小说来》，《创作的经验》，上海：天马书店1933年版。

[2] 成仿吾《新文学之使命》，1923年5月20日《创造周报》第2号。转引自《文学运动史料选》第一册，上海教育出版社1979年版，第214页。

[3] 沈从文《论中国现代小说创作》，1931年4—6月《文艺月报》第2卷第4号及第5、6号合刊，转引自陈平原、夏晓虹编《二十世纪中国小说理论资料》第二卷，北京大学出版社1997年版，第117，125页。

此只是启蒙阵营的苛责。

新文学是在排斥通俗文学的过程中确立的。在启蒙理性主导的五四时期，这种排斥压制了通俗文学的发展。

新时期文学是五四启蒙主义文学的继续，它也同样主张启蒙理性，排斥通俗文学。与五四时期有所不同的是，由于市场经济还没有复苏，新时期没有形成通俗文学的繁荣局面，而是严肃文学一花独放。当时主要是国外以及港台通俗文学（代表有金庸的武侠小说、琼瑶的言情小说）的引进，它并没有构成对严肃文学的威胁，因此也没有引起启蒙主义文学的注意。但是，在新时期后期，王朔的小说颠覆了严肃文学的理性主义，而且走向了市场化、大众化，从而开辟了新时期通俗文学的先河。于是，他的小说引起了主流文学的反弹，批判它"非理性"、"调侃一切"、"躲避崇高"、"低俗"，甚至称之为"流氓小说"。真正对严肃文学构成威胁的是在后新时期，通俗文学借助市场经济崛起，严重地冲击了严肃文学的一统天下。于是，就引起了理性主义的反弹。90年代初期，发生了关于"人文精神"的讨论。主流文学站在理性主义的立场上，批评通俗文学的低俗、商品化，认为通俗文学成为文学主体是"人文精神的丧失"。这实际上是理性主义对通俗文学进行打压的保卫战。但是，由于启蒙主义的衰竭以及市场经济的兴起，通俗文学的崛起已经无法阻挡。

（四）政治理性对通俗文学的禁压

中国社会的现代化面临着两个任务，一是争取现代性的任务，二是建立现代民族国家的任务。如前所述，这两个历史任务之间存在着冲突。五四启蒙运动是争取现代性的运动，它未及完成，就由于民族危机的严重，转向争取现代民族国家的任务，这就是中国的革命运动。革命运动建立了有别于启蒙理性的革命理性。革命理性是一种政治理性，是以阶级意识为核心的意识形态。在革命理性的主导下，中国文学由启蒙主义转向由苏联引进的革命（新）古典主义即"社会主义现实主义"。无论是17世纪的西方还是20世纪的中国，新（革命）古典主义都是争取现代民族国家运动的产物，它的特性是讲求理性、规范，而这个理性就是作为国家意识形态的政治理性。政治理性以及革命古典主义主导了中国的文化、文学界，不仅排斥了启蒙理性和启蒙主义文学，而且也排斥和禁锢了感性现代性和通俗文学。这种排斥是在政治立场上进行的，通俗文学被定性为资产阶级、封建主义的腐朽文学。

革命古典主义发源于苏联，在五四终结"文学革命"转向"革命文学"时期，革命古典主义也在中国兴起。创造社是革命古典主义的开拓者。它秉承革命理性，排斥通俗文学。李初梨断言："文学为意德沃罗基（意识形态——引者）的一种，所以文学的任务，在它的组织能力。所以支配阶级的文学，总是为它自己的阶级宣传，组织。对于被支配的阶级，总是欺瞒，麻醉。现在就以'趣味文学'为例。所谓'趣味文学'的社会根据，既如上所述，那么，它的社会效能，又在那里。第一，以'趣味'为中心，使他们自己的阶级更加巩固起来。第二，以'趣味'为鱼饵，把社会的中间阶层，浮动分子，组织进他们的阵营内。第三，以'趣味'为护符，蒙蔽一切社会恶。在中国社会关系尖锐化了的今日，他们唯恐一般大众参加社会争斗，拼命地把一般人的关心引到一个无风地带。第四，以'趣味'为鸦片，麻醉青年。"[1]茅盾也受到激进的左派思想的影响，反对鸳鸯蝴蝶派："鸳鸯蝴蝶派是封建思想和买办意识的混血儿，在当时的小市民阶层中有相当的影响。"[2]这里把通俗文学定位于资产阶级文学，通俗文学的本性"趣味"成为资产阶级统治的手段。

"左联"成立以后，继承了革命文学的政治理性，发展了被称为"革命现实主义"的革命古典主义。左翼文学主张革命文学，批判通俗文学为资产阶级文学。已经左转了的鲁迅，称鸳鸯蝴蝶派等通俗文学为"新的才子加佳人小说"，连同"闹得已经很久了的武侠小说之类"都

---

〔1〕 李初梨《怎样地建设革命文学》，1928年2月《文化批判》第2号，转引自《文学运动史料选》第二册，上海教育出版社1979年版，第35页。

〔2〕 茅盾《革新〈小说月报〉前后》，孙中田等编《茅盾研究资料》，中国社会科学出版社1983年版，第214页。

加以批判。郭沫若批判通俗文艺："它的所谓'大众'是把无产阶级除外的大众，是有产有闲的大众，是红男绿女的大众，是大世界、新世界、青莲阁、四海升平楼的老七老八的大众。"并且要以无产阶级的通俗化取而代之[1]。郑伯奇说："我们提倡通俗小说当然不赞成那种自命'精神贵族'的孤高自赏的态度，同时更不赞成从来通俗作家那种媚俗的低级趣味。"[2]在这种时代精神主导下，通俗文学也受到一部分读者的冷落，而缺少生存空间。例如，1933年《申报·自由谈》上连载张资平的长篇小说《时代与爱的歧路》，已经连刊101次，由于读者来信表示"倦意"，于是停止刊载，成为轰动一时的"腰斩张资平"的文案。这个时期，虽然通俗文学仍然存在并且有一定程度的发展，但受到主流文学的排斥，缺乏合法性，处于边缘状态。

抗日战争发生以后，整个民族都卷入了民族革命战争的旋涡之中。这种社会形势使政治理性以及革命古典主义得到强化和普遍化。抗战文学突出了政治性和宣传功能，而以趣味性和消遣娱乐功能主导的通俗文学则丧失了生存的空间。通俗文学作家也纷纷投入到抗战宣传中去，通俗文学变成了通俗的宣传。这个时期，对通俗文学的否定不仅来自左翼阵营，也来自其他阵营，包括从事通俗文学创作的作家。如张恨水就对武侠小说的评价否定大于肯定，他说："总括的来说，武侠小说，除了一部分暴露的尚有可取而外，对于观众是有毒害的。"[3]

建国以后，政治理性成为国家意识形态，形成了对通俗文学的禁锢。在一定的时期内，一般通俗文学如武侠小说、言情小说、侦探小说等还可以存在，但是已经受到了很大的限制，必须"批判地阅读"。随着意识形态领域的控制的加剧，对通俗文学的批判也日益严厉。在

---

〔1〕 郭沫若《新兴大众文艺的认识》，1930年3月《大众文艺》第2卷第3期，转引自《文学运动史料选》第二册，上海教育出版社1979年版，第364页。

〔2〕 郑伯奇《通俗小说的形式问题》，1935年5月《新小说》第1卷第4期。

〔3〕 恨水《武侠小说在下层社会》，1945年7月11日《新华日报》，转引自陈平原、夏晓虹编《二十世纪中国小说理论资料》第四卷，北京大学出版社1997年版，第352页。

1949 年 9 月，文艺报社邀请平津地区通俗文学的作者开座谈会，会议纪要中写道："他们很自愧地表示：过去的写作是些粗制滥造毫无内容的作品，只是用来供人消遣的。……他们沉痛地说：'我们过去写的都是低级趣味的东西，里面是鬼话连篇。''我们的作品给青年人很多坏影响，给人民散播了毒素。'"会议的主持者丁玲批判了通俗文学的毒害作用，号召"我们今天须要和这些东西作战。我们要用正确的人生观改变这种小说读者的思想和趣味。我们而且要求原来的人在原有形式的基础上以一种新的观点去写作。"[1]在社会主义改造运动中，文艺界也开展了对"黄色小说"的揭发、批判运动。所谓"黄色小说"，不仅包括言情小说，也包括武侠神怪小说。张侠生著文，不仅批判古代的武侠神怪小说为"封建文化的渣滓"，而且还否定了现代通俗文学："至于清代以后出现的那些神怪武侠小说，还有那些从资本主义国家输入的探险小说、侦探小说……干脆就是为帝国主义的殖民政策和蒋匪帮的法西斯统治做宣传的。"[2]对通俗文学的批判伴随着政策上的禁止，全国查禁了大量的具有色情、暴力倾向的通俗文学。1955 年人民日报发表社论"坚决处理反动、淫秽、荒诞的图书"，宣布："凡渲染荒淫生活的色情图书和宣扬寻仙修道、飞剑吐气、采阴补阳、宗派仇杀的荒诞武侠图书，应予收换，即以新书与之调换。"[3]但是在政策上有所区别，对"一般谈情说爱的所谓'言情小说'，虽然有一些色情描写但以暴露旧社会黑暗为主的图书，一般的侦探小说、神话、童话……"则网开一面，不予查禁。因此，像张恨水的小说，由于有批判旧社会的内容，

〔1〕 杨犁整理《争取小市民阶层的读者——记旧的连载、章回小说作者座谈会》，1949
年 9 月《文艺报》第 1 卷第 1 期，转引自陈平原、夏晓虹编《二十世纪中国小说理
论资料》第五卷，北京大学出版社 1997 年版，第 13、15 页。

〔2〕 张侠生《〈水浒传〉、〈西游记〉和武侠神怪小说有什么区别》，《文艺学习》1955
年第 6 期，转引自陈平原、夏晓虹编《二十世纪中国小说理论资料》第五卷，北京
大学出版社 1997 年版，第 123 页。

〔3〕 《坚决地处理反动、淫秽、荒诞的图书》，1955 年 7 月 27 日《人民日报》社论，转
引自陈平原、夏晓虹编《二十世纪中国小说理论资料》第五卷，北京大学出版社
1997 年版，第 125—126 页。

也给以一定的肯定，并不在查禁之例。但是，所查禁的范围仍然囊括了相当数量的通俗文学，特别是武侠小说几乎全被查禁。而且，虽然对于解放前的某些通俗文学作品（标准就是有一定的"积极意义"）的出版、流通有所通融，但是已经杜绝了当代通俗文学的生产，从而使通俗文学在解放以后实际上终止了存在和发展。而且，这种情况也仅仅维持了十余年，在"文革"前夕，那些被允许出版、流通的通俗文学作品也遭到了根本性的否定，而在"文革"中全部被查禁甚至销毁。

（五）平民文学、大众文学对通俗文学概念的置换

在中国现代文学的历史中，通俗文学的不合法性还在于对通俗文学的概念的误解，把它等同于平民文学或者大众文学，从而取消了通俗文学的合法性。

五四时期，启蒙文学提出了平民文学的概念，认为它将取代、排斥那些庸俗的通俗文学。刘半农作文界定通俗小说概念，认为是"合乎普通人民的、容易理会的、为普通人民所喜悦承受的"小说。这种界定并没有揭示通俗文学的基本特性即趣味性和消遣娱乐功能，而仅仅在接受的人群上加以区分——"是上中下三等社会共有的小说"。于是，通俗文学就只是一种初级程度的文学，与严肃文学只有文化程度的差别。据此，刘半农要变当时的"消极"的通俗小说为"积极"的通俗小说，并且认为这只是权宜之计，因为"到将来人类的知识进步，人人都可以看得陈义高尚的小说，则通俗小说自然消灭了……"[1]

革命文学提出了"无产阶级大众文学"的概念，它既针对五四"平民文学"，也针对通俗文学。它的内涵一是无产阶级的政治性，二是通俗性、普及性，三是民间性、民族性，而其中阶级性是主导的。因此，虽然都强调通俗化，但通俗文学与大众文学是完全不同的文学形

---

[1] 刘半农《通俗小说之积极教训与消极教训》，1918 年 7 月《太平洋》第 1 卷第 10 号，转引自《文学运动史料选》第二册，上海教育出版社 1979 年版，第 47 — 54 页。

态，通俗文学的特性是趣味性和消遣娱乐功能；大众文学的特性是意识形态性的通俗表达和教化功能。革命文学认为通俗文学是资产阶级、小资产阶级性质的文学，因此，虽然通俗，但应该批判、抵制。郭沫若提出"无产阶级文艺的通俗化"；郑伯奇提出"普罗文学家"应该"获得大众的意识，大众的社会感情……学习大众的言语，大众的表现方法"[1]；瞿秋白提出"俗话文学革命运动"的口号，以区别于"反动的大众文艺"——"五四式的白话文学"和表现"市侩小百姓的文艺生活"的"章回体的白话文学"，他指出："普罗大众文艺的斗争任务，是要在思想上武装群众，意识上无产阶级化，要开始一个巨大的反对青天白日主义的斗争。"[2]抗战文学进一步发展了大众文学的内涵，提出了"民族革命战争的大众文学"的口号，除了坚持大众文学的革命性、通俗性以外，还提出了继承民族性和民间性的思想。这时，通俗文学的形式，特别是民间文学的形式得到了继承，而其消遣娱乐性则转换成为意识形态性。这方面最成功的是赵树理的创作以及歌剧《白毛女》等，以后又产生了诸如《红旗谱》、《敌后武工队》、《平原枪声》、《林海雪原》等通俗化的革命文学。它们虽然有通俗的形式，但不属于现代通俗文学，而属于具有鲜明的意识形态倾向的"无产阶级大众文学"，它应该属于严肃文学的类别，而不属于突出趣味性和消遣娱乐功能的通俗文学。"无产阶级大众文学"取代通俗文学的趋势一直延续到建国以后，直至"文革"结束。

值得注意的是，革命文学在理论上取消了通俗文学独立于严肃文学的合法性。它不承认通俗文学与严肃文学之间存在着类型学的区别，而认为是文化程度的区别、初级和高级的区别。这样，通俗文学就成为文学发展的一个低级阶段，将来必然被取代。当年左翼文学就提出："尤其重要的是创造出革命的大众文艺出来，同着大众去提高文艺的程度，

〔1〕 郑伯奇《关于文学大众化的问题》，1930 年 3 月《大众文艺》第 2 卷第 3 期，转引自《文学运动史料选》第二册，上海教育出版社 1979 年版，第 370 页。
〔2〕 史铁儿《普罗大众文艺的现实问题》，1932 年 4 月《文学》第 1 卷第 1 期，转引自《文学运动史料选》第二册，上海教育出版社 1979 年版，第 372—384 页。

一直到消灭大众文艺和非大众文艺之间的区别，而建立'现代中国文'的艺术程度很高而又是大众能够运用的文艺。"[1]与此思路相同，毛泽东《在延安文艺座谈会上的讲话》把文学大众化问题转换成"普及与提高"的问题，并且提出要"先普及后提高"、"在普及的基础上提高"、"在无产阶级的基础上提高"，意思是通俗化只是文学发展的一个阶段，是革命文学的一个策略，以后随着革命大众文化水平的提高，通俗文学就被取消，变成了高雅文学。这种通俗文学观念不承认通俗文学的趣味性本质以及消遣娱乐功能，而只把它看作严肃文学的一个初级阶段，必然取消通俗文学存在。萧乾就意识到欧洲的通俗文学与中国的通俗文学内涵之不同："于是，20世纪英国文坛一个显著现象是'通俗'与'严肃'作者的坚壁分野，也即是中国多年所闹的'十字街头'与'象牙之塔'之争。但其根本不同处，是中国前者为争人民利益而写，后者为美而写，两者实在都是严肃的，而英国作家却是审美上的根本不同：一个是供给读者所要的（也即是尽了娱乐的义务），一个是供给读者以作者认为是美的。"[2]历史证明，必须在理论上严格区别严肃文学与通俗文学，赋予通俗文学形态学上的独立性，这样才能确立通俗文学的合法性。

三、新时期通俗文学的兴起

（一）新时期通俗文学兴起的历史背景和港台通俗文学的引进

在改革开放以前，通俗文学在中国大陆已经绝迹，那时唯一具有合法性的文学是政治化的严肃文学，而满足大众消遣娱乐需要的通俗文学则不具有合法性，几乎等同于"黄色小说"，特别是在"文革"时期，以武侠和爱情题材为代表的通俗小说被贴上"封、资、修"文学的标

---

[1] 宋阳《大众文艺的问题》，1932年6月《文学月报》创刊号，转引自《文学运动史料选》第二册，上海教育出版社1979年版，第399页。
[2] 萧乾《小说艺术的止境》，1947年1月天津《大公报·星期文艺》第15期。

签遭到彻底封杀。改革开放以后,批判了极"左"思潮,中共的文艺政策进行了调整,放松了政治对文学的控制,最具代表性的是邓小平宣布改变"文艺为工农兵服务,文艺为政治服务"的方针为"文艺为人民服务,文艺为社会主义服务"。这不仅是词句的改变,而且是文学功能的扩展。既然是为人民服务,为社会主义服务,那么文学就不限于政治功能,只要人民需要,只要对社会有益,任何文学形式都是合法的。这样,新文艺政策的后果之一,就是文艺的消遣娱乐功能得到承认或默许,从而为通俗文学的兴起创造了较为宽松的政治条件。

另一方面,大陆市场经济的兴起也给通俗文学的发展提供了社会条件,因为通俗文学是最适应市场经济的大众商品文化,市场是通俗文学传播的最合适的渠道。虽然大陆 80 年代还没有根本上改变计划经济的体制,但多元化的所有制正在形成,传统的计划经济体制开始被打破,商品化大潮正在兴起。通俗文学最适应市场经济,它拥有广大的读者,能够进入文化市场流通,作为畅销书而得到广泛传播。但通俗文学兴起的最直接的原因还是社会生活的非政治化,使大众的消遣娱乐需求得到了解放。在政治运动不断的年代里,政治理性统治了社会文化生活,人们的消遣娱乐需要被抑制到最低程度。改革开放以后,以阶级斗争为纲变为以经济建设为中心,人们的生活方式发生了根本的变化,消遣娱乐需求突出增长,文学兴趣多元化,除了对严肃文学的需求外,也产生了对通俗文学的需求,特别是一些非知识阶层对通俗文学的需求更为突出。当时与思想启蒙运动相呼应的严肃文学正处于繁盛期,但它主要还是知识阶层的欣赏对象。广大非知识阶层更需要消遣娱乐的享受,因此对通俗文学有巨大的心理需求。对这些人,特别是一些青年人来说,像伤痕文学、反思文学、改革文学、寻根文学等严肃文学过于沉重,他们寻求一种更为轻松的精神生活。

但在 80 年代初期的中国大陆,没有现成的通俗文学资源:1949 年以前的通俗文学由于种种原因难以流传,1949 年以后没有留下通俗文学遗产,而 80 年代的大陆作家当时也没有形成通俗文学意识,他们还专注于严肃文学的创作,通俗文学仍然被看作是不登大雅之堂的旁门左道。这样，文学生产与文学消费之间就发生了脱节，文学市场出现了通俗文学的空缺。在这种情况下，引进通俗文学是唯一可行的途径。引进通俗文学的首选之地必然是港台，因为港台与大陆具有共同的语言和文化传统，而且通俗文学相当发达，积累丰富。于是，港台通俗文学就捷足先登，填补了大陆通俗文学的空白，造成了风行一时的港台通俗文学热。港台通俗文学在大陆的传播，还由于大陆推行统战政策，对港台文学网开一面，较对大陆作家的作品更为宽容的缘故。

通俗文学在大陆的传播以金庸的武侠小说和琼瑶的爱情小说为先导，因为二者最典型地体现了现代通俗文学的特征。通俗文学的功能是满足人的感性需要，而人的原始欲望只有两个：性欲和攻击性。因此，通俗文学就必须对这两个主题进行包装：情色和暴力，以泄导原始欲望。琼瑶小说的言情、金庸小说的武打，典型地体现了通俗文学的特性。金庸的武侠小说继承了20世纪上半叶中国武侠小说的传统，同时又进行了现代性的转化，使其成为雅俗共赏的现代通俗文学，从而适应了现代大众的文学兴趣。琼瑶的爱情小说继承了五四以来的言情小说传统，同时又体现了当代青年人的感伤情调，因此引起当代广大青年（以大、中学生为主体）的迷恋。在80年代，金庸、琼瑶小说风行大陆，出版数量几乎无法统计，更有远远超过正版数量的盗版书销行。从大书店到小书摊，没有金庸和琼瑶小说是不可思议的。同样，没看过金庸和琼瑶小说的青年人恐怕也是不多的。可以肯定，金庸和琼瑶小说在大陆拥有最广大的读者，远非其他作家的作品所能比肩。更由于由小说改编的电视剧（如金庸的《射雕英雄传》等、琼瑶的《月朦胧、鸟朦胧》等）的火暴，也助长了金庸热和琼瑶热。金庸热和琼瑶热经久不衰，一直持续到90年代，至今还余热未消。这种现象是中国现代文学史上罕见的。

金庸热和琼瑶热直接推动了大陆通俗文学的发展。在金庸小说和琼瑶小说流行的同时，香港和台湾的通俗文学大量引入，武侠小说还有古龙、梁羽生等，言情小说的种类更多。在大量出版港台通俗文学的同时，也出现了大量模仿港台作家的武侠小说和爱情小说。很明显，大陆通俗文学初期是以金庸和琼瑶小说为楷模的，这不仅表现为题材集中于武侠和爱情，也表现为在内容的模仿和雷同上。甚至还出现了署名"全庸"和"吉龙"（企图造成"金庸"和"古龙"的错觉）的武侠小说和假冒虚构的香港作家"雪米莉"的通俗系列小说。这种模仿可以看作大陆通俗文学向港台通俗文学的学习阶段。在一段时间里，港台通俗文学填补了大陆通俗文学的空白，出现了大陆严肃文学和港台通俗文学共同繁荣的局面。于是，港台通俗文学向大陆传播，而大陆的严肃文学向港台传播，形成一种交流互补格局。这种格局至今仍然存在。这种交流互补格局缘于大陆与港台社会发展的差距。港台已经进入高度发达的商品社会，通俗文学有深厚的社会基础和积累，而严肃文学则有衰退之势。大陆正处于社会转型期，严肃文学仍然是文学的主导形式，而通俗文学则处于不发达状态。因此，两岸三地的文学传播就形成互补。这种互补促进了大陆通俗文学的发展，也有益于港台严肃文学的发展，而且事实上形成了一个超越政治制度和意识形态之上的"文学中国"。

（二）大陆通俗文学的跟进与繁荣

以金庸和琼瑶小说为代表的港台通俗文学引发了大陆通俗文学的兴起，这一特殊的文学传播现象体现了文学传播的几条规律。第一个规律是，当代文学传播不是无序的，而是循着现代性的方向的。金庸和琼瑶小说代表的港台通俗文学在大陆被广泛传播，是由于它们具有现代性，而大陆文学正向现代性转化和进行雅俗分流，有对通俗文学的需求，因此港台通俗文学有了广大的市场。这个规律也同样适用于严肃文学的传播。中国当代严肃文学也是引进西方现代主义，从而实现了现代性的转向。第二个规律是，文学传播不是单向的，而是双向的，它具有互补性。虽然港台通俗文学走在大陆通俗文学的前面，因而通俗文学的传播主要是由港台流向大陆，但大陆严肃文学也有自己的优势，因此它也被港台引进，影响了港台的严肃文学发展，并出现了大陆文学与港台文学的互补格局。而且，在大陆通俗文学发展起来后，也出现了逆向流动的态势，如王朔小说以及近年来通俗影视文学在港台的传播。第三个规律是，由于文学传播的现代性方向，必然走向世界文学，但这并不等于文学的趋同性，文学拒绝全球化。在文学现代性的过程中，仍然保持着每个民族和地区的特色。中国大陆引进通俗文学，主要不是从西方引进，而是从港台引进，这本身就表明了文学传播的选择性，而民族性是选择的重要标准。而且，文学的引进不是模仿，是创造；文学传播不是简单的同化，而是多元共生。大陆对港台通俗文学的引进经历了短期的模仿阶段以后，很快就转入创造阶段，并表现出与港台通俗文学迥异的特色。

在经过 80 年代向港台引进和模仿的过渡阶段以后，90 年代大陆的通俗文学也开始兴起，并逐渐占领了市场。这个契机是在 1992 年邓小平"南巡"以后，中国大陆兴起了市场经济的热潮，通俗文学有了市场的动力。在经济利益的推动下，许多作家开始从事通俗文学的写作，形成了通俗文学的作家队伍。同时，由于图书流通体制的改革，引进了市场机制，也大大刺激了通俗文学的繁荣。另一方面，由于 1989 年春天发生的政治风波的影响，人们对政治的热情冷却，80 年代流行的严肃文学已经提不起人们的兴趣，人们需要感性的放纵和逃避，因而刺激了消遣娱乐需求。于是，严肃文学衰落，走向边缘；而通俗文学由边缘而成为主体。大陆现在每年出版 1000 部以上的长篇小说，其中大部分属于通俗文学，更有数量巨大的中、短篇小说发表在各种文学期刊（由于严肃文学的市场太小，许多地方文学期刊转向通俗文学）和报刊的副刊上。还有许多通俗文学作品被改编成影视作品，获得更广泛的传播。昔日禁绝或被挤到边缘的通俗文学，如今已经成为文学的主要形式，完全可以与严肃文学平起平坐了。如果说 80 年代是大陆严肃文学兴盛期的话，那么 90 年代是大陆通俗文学的兴盛期。80 年代通俗文学的兴起以金庸和琼瑶小说的传播为先导，而 90 年代通俗文学的繁盛以王朔小说的流行为标志。王朔热是一个非常特殊的文学现象，它标志着文学的重心由严肃文学转向通俗文学。王朔小说介于严肃文学和通俗文学之间，是一种过渡形态，既有一定的社会价值和审美价值，又具有通俗性和可读性，因而拥有广大的读者群。更重要的是，它以通俗的形式和幽默的调侃以及游戏的态度（"玩文学"）对严肃文学进行了解构，这非常类似于塞万提斯的《堂吉诃德》对骑士小说的解构。王朔小说给人们展示了一种与80年代严肃文学截然不同的文学类型：它不再以居高临下的姿态教育读者，而是以底层的"痞子"身份与读者"侃大山"；它不是向读者灌输高深莫测的思想，而是通过调侃解构理性，让读者获得"解构的快乐"；它不再树立崇高的形象，而是展示生活的荒诞与无意义。如王蒙所言，王朔小说的非理性是对虚假的"崇高"的"躲避"，还可以补充说，是对过于沉重的理性的解构。于是，中国文学的理性传统包括五四到80年代的启蒙文学和革命文学传统都被消解。王朔现象引起了广泛的注意和讨论，不仅在"人文精神的讨论"中成为焦点之一，而且以后还引发了"二王"（王蒙与王彬彬）的争论。大陆本土作家的具有通俗文学性质的作品引起如此大的反响，这是不同寻常的。从此以后，大陆通俗文学就正式与严肃文学分流，堂而皇之地走上了文学的舞台。

（三）通俗文学兴起的历史意义

以金庸、琼瑶小说为先导的通俗文学的兴起和繁荣，具有重要的历史意义。这个历史意义就在于弥补了中国文学现代性的片面性。通俗文学是现代社会的产物，它体现了现代性的另一方面。现代性既有理性层次，体现为科学精神和人文精神，这就是韦伯强调的"祛魅"；也有非理性层次，即人的欲望的解放，这正是舍勒所强调的"怨恨"和松巴特所强调的以性享乐为中心的奢侈欲望。如果说严肃文学体现了现代性的理性层次的话，那么通俗文学则体现了现代性的非理性层次即人的消遣娱乐需要，而消遣娱乐需要来自人的无意识冲动即原始欲望。人主要有两种原始欲望，一为性欲，一为攻击性。因此，通俗文学有两大主题即性与暴力（严肃文学的两大主题爱与死亡也基于同样的深层欲望）。由于通俗文学以感性化的形式宣泄了原始欲望，它不可避免地具有一定的色情、暴力倾向。但通俗文学不能直接表现赤裸裸的性与暴力，而必须对性欲和攻击性加以道德化的处理，使其具有合法性，并发挥积极的社会作用。于是，性欲转化为情爱，成为言情小说的主题；攻击性转化为对力的崇拜，成为武侠小说、战争小说、警匪小说等的主题。80 年代大陆的改革开放实际上是一场现代性运动，它不但解放了人们的思想观念，也解放了人们的欲望。现代性在文学方面首先体现为严肃文学的繁荣，随后则体现为通俗文学的兴起。因此，中国大陆通俗文学的兴起是现代性的体现，是社会发展的必然产物。

文学现代性表现为雅俗文学的分流与各自的现代发展。通俗文学是现代社会的产物，它区别于古典时代的民间文学，是以现代市民为主体，以市场为传播机制的文化形式。在现代社会，通俗文学与严肃文学并驾齐驱，并成为主要的文学形式。中国古代文学虽然有雅俗之分，但大传统与小传统的区分并不像西方文学那样明显，因此通俗文学的前身民间文学传统就不那么强大。中国文学现代转型是从白话文运动开始的，而五四白话文属于严肃文学范围，并不包括通俗文学。五四时期还没有产生现代意义上的通俗文学，当时流行的鸳鸯蝴蝶派、礼拜六派小说还属于旧派小说，因此受到了新文学的抨击。尔后，旧派小说开始转向市民社会下层，向现代通俗文学转化，出现了以张恨水为代表的言情小说和以平江不肖生为代表的武侠小说。但通俗文学并没有取得合法地位，它仍然被看作是没有积极意义的无聊文学，不能与严肃文学比肩而立。五四新文学虽然提倡平民主义，但从社会功利主义出发，仅仅肯定严肃文学而排斥通俗文学。文学研究会明确地宣称："将文学看作是高兴时的游戏或失意时的消遣的时候，现在已经过去了。我们相信文学是一种工作，而且是对于人生很重要的一种工作。"[1]很明显，以消遣娱乐为特征的通俗文学被主流思想所排斥。五四以后的"革命文学"、"左翼文学"和"抗战文学"也同样忽视甚至排斥通俗文学。虽然它们倡导大众化，但实际上是以政治性的严肃文学教化大众；对消遣娱乐性

---

[1]《文学研究会宣言》，1921 年 1 月《小说月报》第 12 卷第 1 号，转引自《文学运动史料选》第一册，上海教育出版社 1979 年版，第 175 页。

的现代通俗文学视为资产阶级庸俗文学。毛泽东的《在延安文艺座谈会上的讲话》倡导工农兵文艺，但仍然是取传统民间文艺的形式而填充以革命的政治内容，并不意味着肯定现代通俗文艺。它以普及与提高的关系（先普及后提高）问题替代了雅俗分流的问题，从而取消了通俗文学的存在。中华人民共和国成立后，仍然延续了这种文艺方针。这种文学观念和政策造成了中国大陆严肃文学的低俗化和通俗文学的绝迹。通俗文学的兴起，完成了中国文学的雅俗分流，使中国文学现代性不仅仅属于严肃文学，而且也属于通俗文学。自新文学发生以来，中国文学界就一直在讨论艺术性与通俗性的关系、提高与普及的关系问题，由于排斥了通俗文学，企图取消雅俗文学的界限，结果总是不得要领，甚至出现了严肃文学低俗化和通俗文学被取消的后果，这种情形在"文革"中更为严重。通俗文学与严肃文学的分流，解决了这个问题。严肃文学的读者侧重于知识阶层，注重文学的思想性和艺术性，主要发挥文学的社会作用和审美作用。通俗文学的读者侧重于非知识阶层的大众，注重文学的趣味性，主要发挥文学的消遣娱乐作用。不同阶层的人各得其所，不同形式的文学各展所长，使文学园地更加绚烂多姿，人们的精神生活更加丰富多彩。

金庸、琼瑶等港台小说的流行和大陆通俗文学的兴起，极大地改变了人们的文学观念，提高了通俗文学的地位。在80年代，金庸、琼瑶小说和港台通俗文学的流行，并没有引起文学思想界的注意，主流文学还是把通俗文学看作雕虫小技，并没有把它当作对手。但在90年代，大陆本土通俗文学借着市场经济的推动而兴起，并且给严肃文学以巨大冲击时，文学思想界就有些沉不住气了。通俗文学的热与严肃文学的冷形成强烈的反差。据当时报载，一些著名的严肃文学作家的作品也卖不动了，征订数量锐减，有的仅有几百本，甚至被书店低价处理；而在80年代，他们的作品是非常畅销的，动辄数以万计甚至达数十万册。严肃文学为了保持自己的主流地位，企图阻挡通俗文学的兴起。1993年开始，发生了关于"人文精神"的讨论。这场讨论是针对市场经济带来的文化领域变化，参加讨论的大多数人认为，在市场经济的冲击下，文化商品化，"人文精神"失落，表现为道德滑坡，大众文化和通俗文学流行，高雅文化和严肃文学衰落；因此，应当抵制市场经济的消极影响，反对文化和文学的商品化，保持"人文精神"的纯洁。他们特别对王朔小说大加挞伐，认为是"痞子文学"，是文学的堕落。当然，也出现了相反的意见，如王蒙就反对"人文精神失落"的提法，并对大众文化和通俗文学的兴起持肯定态度。很明显，这场讨论是针对大众文化和通俗文学的，表明文化界和文学界对市场经济和大众文化、通俗文学的不适应。但通俗文学的兴起是历史的潮流，它很快就成为文学的主要形式，并迫使人们正视它、承认它。学术界发现，通俗文学的兴起并不是仅仅用"人文精神失落"就能解释了的，它具有历史的合理性和正当性，不应当简单地反对它，而应当从中获得启示，并重新定义文学的性质和功能。在开展"人文精神"的讨论的同时，学术界开始讨论文学的商品性和娱乐性。传统文学理论只承认文学的意识形态性和审美性，轻视或否认文学的商品性和消遣娱乐性，这种理论受到了通俗文学的冲击。方志强的《商品性：文学理论的更新》[1]一文具有代表性，它认为必须肯定文学的商品性，并处理好文学的意识形态性、审美性和商品性的关系；在肯定文学的认识、教育和审美作用外，承认文学的娱乐作用；在严肃文学之外，把通俗文学作为重要的研究、批评对象；修正传统的文学批评标准，在社会标准和艺术标准外增加可读性标准。甚至有人认为："我们应当彻底否定文艺教育功能第一位的文艺观念，理直气壮地肯定文艺娱乐功能第一位的观念。"[2]有关讨论虽然并没有取得一致，但却使人们意识到，通俗文学是必须正视的重要文学现象，忽视或抹杀它都是不可能的了；而且必须转变传统的文学观念。随着市场经济的发展和通俗文学的进一步繁荣，官方也注意到了文学领域的新变化，并开始调整文艺政策。中共中央宣传部文艺局课题组撰写了

---

〔1〕 方志强《商品性：文学理论的更新》，1993 年 2 月 6 日《文汇报》。

〔2〕 转引自 1993 年 2 月 13 日《文艺报》，《关于社会主义市场经济条件下文艺领域面临的新问题》。

《关于社会主义市场经济条件下文艺领域面临的新问题》[1]一文，主张"面对市场经济的冲击，对文艺功能重新审视"。该文在坚持文艺的意识形态性和教育作用的前提下，承认了文艺的消遣娱乐功能和通俗文学的合法存在。应当在90年代的特殊历史条件下看待中共对通俗文艺的宽容，除了吸取历史上极"左"思潮的教训以外，主要还由于中共意识到相对于那些宣传"资产阶级自由化"的严肃文学，消遣娱乐性的通俗文艺并没有政治上的危害，甚至还有助于社会的安定。

学术界对通俗文学的承认较为迟一些。从90年代后期开始，学术界对金庸等通俗文学的代表作品的评价逐步提高，并出现了金庸小说的评论、研究热潮。如北京大学、浙江大学等召开了多次金庸作品学术研讨会，美国和港台地区也召开过多次，均有大陆学者参加，出版了多部论文集。在学术刊物上也发表了许多金庸小说的评论文章。还出版了许多研究金庸作品的专著。著名学者钱理群、温儒敏、严家炎、陈平原、王晓明等都写作了关于金庸作品的评论文章。更有陈墨等专门研究金庸的学者出版了系列研究专著。这些现象在过去是从未有过的。这表明通俗小说开始进入学者的视野，与严肃文学一道成为学术研究的对象。对金庸小说的评论大抵都持积极的肯定态度，它不仅被认为是20世纪最有影响的作品，而且达到了超越雅俗对立的境界。严家炎称道金庸小说："他借用武侠这一通俗作品类型，出人意外地创造出一种文化学术品位很高的小说境界，实现了真正的雅俗共赏……其实，如果按照作家本人对各自民族文化的理解程度以及小说创作所获得的综合成就而言，我个人以为，金庸恐怕已超越了大仲马。他在文学史上的实际地位，应该介乎大仲马与雨果之间的。"[2]通俗文学的兴起，还导致中国文学史的重写。以往的文学史是以严肃文学为主体的，通俗文学不受重视，不能成为主要线索。中国现代文学史一直是以鲁迅、郭沫若、茅盾、巴

---

〔1〕 中共中央宣传部文艺局课题组《关于社会主义市场经济条件下文艺领域面临的新问题》，1993年2月13日《文艺报》。

〔2〕 严家炎《文学的雅俗对峙与金庸的历史地位》，《"金庸小说与二十世纪中国文学"国际学术研讨会论文集》，香港：明河出版有限公司2000年版，第43页。

金、老舍、曹禺等严肃文学大师的作品为经典。但是在 90 年代后期，这种情况却有所改变。王一川教授在中国现代文学十大经典作家的排行榜上，破天荒地把金庸列入，而把严肃文学大师茅盾排除。这种新的文学史观引起了轩然大波，也引起了人们的深思。无独有偶，中国文学界也发起了提名金庸入选诺贝尔文学奖的运动；而金庸本人则被聘请担任浙江大学文学院院长。作为通俗文学作家的金庸受到的崇高评价和礼遇，标志着通俗文学登上了大雅之堂，并与严肃文学并驾齐驱，成为中国现代文学的主力军。

通俗文学与大众文化的兴起，不仅改变了中国文化与文学的格局，也改变了人的精神生活。当代中国的青年一代不是在《钢铁是怎样炼成的》和《青春之歌》的熏陶下成长起来的，而是在金庸、琼瑶等通俗文学的影响下长大的。当代青年人的心理、人格和世界观很大程度上受到通俗文学的影响。通俗文学在现代性进程中的意义变得十分重要而复杂。近年来，中国大陆学术界掀起了一阵研究大众审美文化的热潮，出版了相当多的学术专著。在这些研究著作中，通俗文学与其他大众文化作为中国社会转型时期的历史现象和现代性的表征受到了关注和深入的研究。这说明大陆学术界已经适应了大众文化和通俗文学，不仅不再排斥它，而且它作为现代化的必然产物而成为重要的研究对象。可以肯定，通俗文学的发展将越来越大地改变中国文学和中国文化的面貌。

通俗文学的兴起，在中国现代性进程中起到了特殊的社会作用。除了满足人们日益增长的消遣娱乐需求外，还解构了"左"的意识形态。中国社会是一个意识形态控制很严的社会，在革命时期和计划经济时代形成的一套意识形态最后走向偏执化，成为所谓"左"的思潮。在"文革"后虽有所纠正，但传统的势力仍然强大，成为改革开放和人的自由的桎梏。因此在 80 年代，思想解放过程中伴随着反复激烈的新旧思想观念的斗争，这个斗争的核心是传统的以阶级斗争为纲的思想与新的人道主义思想的争论。新思想的诞生和旧思想的崩溃不仅仅是理论争论的结果，更重要的是大众通俗文化包括通俗文学的作用。通俗文化和通俗文学张扬感性，肯定人的世俗生活，因此消解了传统意识形态和

"左"的思潮。通俗文学的这种解构作用具有进步的历史意义，只要回顾一下欧洲文艺复兴时期的通俗文学如《十日谈》对宗教禁欲主义的冲击就明白了。中国大陆兴起的通俗文化和通俗文学已经取代以往的政治灌输，成为人们特别是青年人的重要的精神消费对象，它无疑更符合人们的口味，更适应市场经济条件下的社会生活，因此也极大地改变了人们的思想意识；而传统的政治理性主义则受到冷落。这种对传统意识形态的解构作用是潜移默化但又异常有力的，它使昔日的神话成为过时的笑话。典型的例子是王朔小说，它不但嘲弄了传统价值观念，而且以政治话语的调侃解构了传统意识形态。可以说，通俗文学在思想解放运动中发挥了巨大的作用。李泽厚认为应当"正视大众文化在当前的积极性、正面功能"，而这种正面功能主要在"消解正统意识形态"。陶东风认为，古代文论是教重于乐，寓教于乐，文以载道，乐不具有合法性，只能依附于教、道；现代社会乐从教、道束缚下解放出来，乐对教、道的从属关系被解构。

当然也出现了相反的意见，如张汝伦认为，要注意大众文化的负面作用，警惕它破坏人类生态，形成大众文化的霸权主义。中共也提出了"高扬社会主义文艺的主旋律"的口号，这个口号很大程度上是针对通俗文艺的，它表明，一方面主流意识形态对通俗文学作了有限的承认；另一方面对其解构作用也保持着警惕。当然，通俗文学往往具有某种色情、暴力倾向，如果不加以控制，也会产生负面的社会作用，特别是对青少年的消极影响更应该引起严重注意。大陆通俗文学也出现了较严重的色情、暴力倾向，引起了社会的关注和政府的注意。90 年代以来，多次进行了"扫黄"斗争，但这种斗争并没有危及通俗文学的发展，这是值得庆幸的。

在现代化的进程中，理性对人的压迫将日益严重，对这种精神的桎梏，既需要严肃文学的反思，也需要通俗文学的解构。通俗文学以感性化和非理性对抗理性，平衡着文化生态，维护着人的精神的健全。这种作用随着现代化的来临将愈益增强。总起来说，尽管对通俗文学有种种非议和忧虑（如低俗化甚至某种色情、暴力倾向），但它在现代社会生活中不可取代的作用是无法抹杀的，它的发展也是不可阻挡的。

四、个案研究：侠的现代阐释——金庸武侠小说释读

侠作为中国文化的独特现象，主要是文学阐释的产物。金庸小说不同于侠的古典阐释，它以现代意识重构了侠的形象和侠的世界。金庸对侠的现代阐释，使武侠小说获得了更丰富的表现力和更深刻的思想内涵，金庸小说也登上了武侠小说的顶峰。另一方面，对侠的现代阐释又摧毁了武侠小说这一古典文体的理性主义基础，造成了武侠小说的终结。这就是金庸小说的独特历史地位和价值。

侠曾经是一种社会现象。在成为文学角色之前，侠是一种社会角色。在中国封建社会早期（战国与西汉初年），大一统封建政治尚未形成或巩固，法网疏漏，故在体制边缘产生了侠这样的社会角色。司马迁曾据实记述了侠的行迹，他的《游侠列传》主要是以历史家的眼光来阐释侠，虽然他的纪传体也带有文学性，但并非文学创作。司马迁对侠有所赞许，但并未理想化，他说："今游侠，其行虽不轨于正义，然其言必信，其行必果，已诺必诚，不爱其躯，赴士之困厄。既已存亡死生矣，而不矜其能，羞伐其德，盖亦有足多者。"司马迁言侠"不轨于正义"，与以后小说家把侠理想化截然不同。至班固《汉书》中的《游侠传》，对侠的评价大大降低，所记叙侠的行迹也失去光彩。汉文、景、武以后，法网日密，侠失去生存的社会条件，作为一种社会角色逐渐消失了。但是，侠作为一种人格典范，侠义行为作为一种社会理想，却保留下来，并最终成为文学想象的对象，经过上千年的演变形成了武侠小说的这一古典文体。由于社会不公正，法律不能保障人们的权益，于是人们就把伸张正义的理想寄托在侠身上，企望侠能在法外"替天行道"，拯民困厄。同时，失意文人也把对现实压抑的愤懑心情和人格追求转化为对侠的超逸个性的创造。总之，侠基本上是作为文学形象而存在的，因此随着历史发展，对侠的阐释也发生变化。

古典武侠小说（以及歌颂侠的诗歌）着眼于侠的两种人格要素，

一是仗义、一是超逸。正义是侠人格的社会理性方面。侠是正义化身，承担着维护正义的社会责任。他们身在江湖，却以扶弱济困、除暴安良为己任。武侠小说隐藏的暴力倾向，也由于侠的行为的正义性而合法化。另一种人格要素是超逸，它是侠人格的个体感性方面。侠承担道义，但又不在体制中心，而处于社会边缘（江湖），他们并不完全认同于体制，不是忠臣良将，而是有自由身份的独立人格。他们有自己的生活方式和人格理想，这就是不受体制拘束的超逸。侠人格的理性方面倾向于儒家文化，而其感性方面则倾向于道家。侠不追求功名，蔑视世俗价值，任情使气，独立不羁，脱俗超凡。对侠来说，维护正义不是最高追求，而是实现其超逸人格的一种手段。只有"事了拂衣去，深藏身与名"，才显出英雄本色。两种人格要素构成了侠的完整人格，也造成了武侠小说的内在矛盾。武侠小说必须在仗义与超逸两方面保持某种平衡。如果过分偏于社会责任，侠就变成忠臣良将而丧失独立人格，从而失去魅力。如果过分偏重于个体自由、放弃社会责任，侠就丧失崇高性而缺乏感召力。古典武侠小说的演变基本上反映了两种人格要素关系的变化。

古典武侠小说为了平衡两种人格要素，并置了两个平行的世界，即王法管束下的世俗社会和侠义支配下的江湖世界。侠客属于江湖世界，又时常介入世俗社会，以江湖义气来干预王法。这样，既展现了其正义品格，又保持了超逸人格。侠客形象体现了中国人特别是文人的两种理想，即建功立业和超脱凡俗两种人生追求，而后者往往是更为深层的方面。建功立业是儒家的社会理想，超脱凡俗是道家的人生理想，侠把二者集于一身。

在文学实践中，古典武侠小说又往往打破两种人生理想和人格要素的平衡，这主要由于两种人生理想和人格要素间存在着深刻的矛盾，在某种程度上甚至是不相容的。总的说来，古典武侠小说比较偏重于社会理性方面，如《水浒传》执著于忠义，后来受招安，这是"替天行道"的必然结局。清代是武侠小说鼎盛期，理性化倾向更为严重。《三侠五义》、《施公案》中，侠客变成皇家鹰犬，立功名取代了超逸人格的追求，武侠小说甚至蜕变为公案小说。历史经验证明，古典武侠小说循着偏重社会理性一途走到了尽头。

于是，武侠小说开始寻找新的出路，即由偏向社会理性转向偏重个体感性。民国初年开始了这种转向，情取代义成为侠客人格的主导方面；江湖成为侠客主要活动场景，不是替天行道，而是情仇恩怨成为主题。《江湖奇侠传》是这种转变的标志，它开辟了武侠小说的新天地，带来了本世纪上半叶武侠小说的鼎盛期。

金庸以及他所代表的新派武侠小说沿着民初武侠小说道路发展，并有所突破，它真正对侠进行了现代阐释，完成了古典武侠小说向现代武侠小说的转化。

金庸继承了民初武侠小说写情的传统，在义与情的矛盾中偏重于情。但金庸不限于写情而是着重刻画侠的完整人格，即写人性。金庸把侠当作真正的人而不是理念化身来阐释，他说："我写武侠小说是想写人性，就像绝大多数小说一样。"(《笑傲江湖》后记)他所谓"像绝大多数小说一样"，主要是现代小说，他以现代小说的写法来写武侠小说，而人性则是突破口。古典人性观偏重于理性，人被看作是理性生物，而感性方面则看成是附带的、低级的属性，非理性则根本不被承认。基于这样一种人性观，侠作为理想人格就成为理性化的英雄，侠的感性情欲被压到最低限度，甚至被视为与英雄本色不相容。古典武侠小说避免写儿女情长，大丈夫气概要求蔑视儿女之情。金庸接受了现代人性观，特别是弗洛伊德的无意识学说，不仅写侠人格的理性、感性方面，而且深入到非理性的深层人格。于是，侠的形象就完全改观了。

金庸对侠的现代阐释，首先是处理义与情的关系，即理性与感性关系。侠不能无义，否则就不成为英雄；侠也不能无情，否则就不合现代人口味。金庸也写义，写民族大义，武林荣誉，以及父子、师徒、朋友间的伦理责任，这些都是侠客必须遵守的社会道义。金庸也塑造了许多大义凛然的英雄，他总是把侠客置于民族危亡的历史情景中，来凸显侠客的崇高正义。《书剑恩仇录》中的陈家洛，《雪山飞狐》中的胡氏父子，《射雕英雄传》中的郭靖，《神雕侠侣》中的杨过等等，仍然是英雄形象。但是，与古典武侠小说不同，金庸落笔的重点已不是写他们的"义"，而着重于他们的"情"。他们不仅处于民族斗争、正邪斗争的旋涡中，更置身于情感冲突的中心，尤其是爱情冲突，几乎成为人物行动的最主要动因。侠客们几乎无一不是情种，每个人都与多个女人处于感情纠葛之中。而且，金庸小说愈往后，情的比重就愈大，义的成分就愈少，他的第一部武侠小说《书剑恩仇录》写了爱情，又以争取乾隆反满失败的结局否定了这种牺牲的价值。至《神雕侠侣》则一反英雄主义主题，写爱情主题，把爱情放在比社会责任更高的位置上。《倚天屠龙记》则列了各种各样的人情、人性，尤其写了谢逊对张无忌的"父子"之情，感人至深。《天龙八部》则以揭破人性的"贪、嗔、痴"三毒为主旨，不但写情，而且写情孽。总而言之，金庸不仅写情，更重要的是完成了由义到情的主题转换，也完成了由义侠到情侠的转换。在情与义的冲突中，情显然占上风。例如：杨过与小龙女的爱情，由于有师徒关系，不合江湖规矩，但杨过敢于坚持情、违抗义，终于取得胜利。

　　写情为主，这一转换在民初武侠小说那里已经开始，金庸的创造在于，他进一步发掘了人的情感的深层结构，从而展开了对侠的现代阐释。古典小说也写情，但这种情是受理性制约的，它并不是非理性的欲望。民国武侠小说写情也未突破理性规范。金庸则写了非理性的情。在金庸笔下，情欲是人性中深不可测的东西，它不可理喻，不受理智约束，甚至是反理性的。侠客也有普通人性，他们不再是理性化身，而受非理性情欲支配，个人欲望成为行动准则。从积极方面说，爱情主宰了侠的人生选择，如郭靖、杨过等。从消极方面说，人的欲望支配了江湖世界，争夺权位、财富、宝器、秘笈，以及情仇恩怨等等，取代了行侠仗义。在金庸笔下，情是不可抗拒的非理性力量，它可以教人生死相许，也可以使人陷于迷狂，于是出现了像段氏父子那样的情种，马春花、穆念慈那样的情痴，武三通、李莫愁那样的情孽，更有众多因贪欲、仇怨而丧失理智的人。可以说，金庸通过对侠的剖析揭示了人性的最深处。

　　由于对人的非理性本质的体认，金庸打破了人物性格善恶对立的模式，笔下的侠客由单一性格转化为复杂性格。古典武侠小说把侠客写成英雄，很少七情六欲，也没有缺点错误，或者把反面人物写成邪恶的化身，这都是由于理性化的人性观造成的。金庸把侠客当作普通人，他们有血有肉，有善也有恶。金庸也写英雄，但他们也是普通人，有缺点、有失误，而不是"高大全"式的圣人。如陈家洛的书生气、郭靖的愚钝、杨过的顽劣、令狐冲的放任，更有"好人犯错误"的余同鱼；更多的是非正非邪，亦正亦邪的"中间人物"，如黄药师、江南七怪、桃谷六仙、金蛇郎君夏雪宜、谢逊、包不同等等。韦小宝是这种性格的典型，他集善良与无赖、正义与油滑、英雄与庸俗于一身。反面人物也不是天生恶种，一恶到底，而是揭示其变恶的原因，寻找其残存的人性。如伪君子岳不群，他的堕落源于对权势的贪欲，而贪欲又是人皆有之，因此我们能够予以理解；还有东方不败对任盈盈的手下留情、"采花贼"田伯光对仪琳的未行非礼、西毒欧阳锋的高手风范等等，都是恶中有善。总之，金庸笔下的侠客性格不是单一化，而是复杂多变的。金庸更写了变态人格。古典武侠小说写恶人，只是出于一种道德视角，因此这种恶就没有来由。金庸探讨了恶的心理根源，这就是情欲膨胀与理性冲突，导致人格失常、心理变态。传统恶人还属于正常人格，金庸则写了非正常人格的恶人，因而这种恶就不仅有道德涵义，对人性的揭示也深刻得多。金庸笔下有众多的变态人格形象，如同性恋者东方不败、因追求功名利禄而发疯的慕容复、因仇恨而变态的段延庆、偏执于门派信念而变得冷酷残忍的灭绝师太，更有因情变态的武三通、李莫愁、梅超风、何红药、李秋水等。对这种变态人格，我们能够给以理解甚至同情，而不仅仅是憎恨。由于恶是一种变态的人性。因此恶人也可以变成好人，如谢逊因复仇而变恶，但后来又由于有了义子亲情而恢复了人性。以正常人格与变态人格之分来解释善恶之别，确是金庸人物塑造的特色，它深化了对人性的揭示。

对侠的现代阐释，也打破了世俗社会与江湖世界的分隔对立。传统武侠小说设置了与世俗社会对立的江湖世界，前者有王法无正义，后者无王法有正义，江湖成为侠客世界的世外桃源，因此"无恶不归朝廷，无美不归绿林"。金庸也设置了民族斗争的历史背景（如宋、辽、金、蒙古之间的斗争，明与满清的斗争等），把侠客带进世俗社会，但是，不同于古典武侠小说的是，侠客真正的活动场景已经转移到江湖上来。他们虽然介入政治斗争，但往往并无成效，而真正的冲突则是江湖世界的情仇恩怨，世俗社会则被虚置。侠客们不再以到世俗社会行侠仗义为己任，而是致力于江湖门派之争，争夺宝物或秘笈、求爱、报恩、复仇。由于侠成为普通人，江湖世界也落入凡俗，被现实化了。虽然侠客们仍然生活在自己的世界中，如海岛、大漠、雪山、古墓，仍然充满神秘的传奇色彩，但由于主体的现实化，人际关系的世俗化，因此已经失去了世外桃源的纯洁、崇高，反而充满了贪欲、阴谋、残忍、奴役，当然也有爱情、友谊、亲情。可以说，江湖世界成为世俗社会的翻版，侠客的世界沦落了。

金庸对侠的现代阐释，颠覆了武侠小说的传统模式，武侠小说是一种古典文体，它的基本模式是侠的英雄化和江湖世界的理想化，而理性主义则是这个模式的支柱。金庸打破了理性主义，也瓦解了武侠小说的传统模式，这表现为两点：

第一，金庸造成了侠的非英雄化。侠是英雄的代名词，古典武侠小说以塑造英雄为主旨，侠成为具有传奇色彩的理想化英雄，武侠小说也具有崇高的美学风格。金庸把侠还原成普通人，虽然他们还有非凡武功，但在人格上已经现实化了，因而失去了传奇色彩和崇高精神。这种倾向在金庸创作后半期更为明显。他的前期作品主人公如陈家洛、郭靖、杨过还在凡俗中含有英雄气，乔峰以后，英雄越来越少，人性也越来越复杂，正如陈墨先生指出的，呈现出正义之侠—大侠—中侠—小侠—无侠—反侠的趋势。《连城诀》中，几乎没有正面人物。《鹿鼎记》则是毫无侠气的小人物韦小宝成为主人公，他不但毫无志向（最大理想是开一家大妓院），没有操守，油滑处事，介于善恶之间，而且连武功也不会，这样的市井之徒成为"当代英雄"，标志着侠的沦落。

第二，江湖世界的非理想化。伴随着侠的非英雄化，江湖世界也沦落了，不再是世外桃源、正义的家园，而成为情欲的战场、罪恶的渊薮，它甚至比世俗社会还黑暗，还非人性。金庸清醒地揭示了江湖世界的非正义性，江湖是一个暴力统治的王国。武侠门派之间的斗争无非是权势崇拜的表现；门派内的等级森严、礼法严苛，更形同人性牢狱。这里不是侠的自由王国，而是悲惨世界，是世俗社会的变体。无怪乎许多侠客最后都远离江湖：令狐冲与任盈盈悄然归隐，退出江湖；袁承志远离故国，飘然出海；狄云感到人生无趣，远遁藏边大雪谷；杨过与小龙女回到古墓；张无忌离开权力斗争，以给娇妻画眉为乐；石破天也不知所终，甚至韦小宝在左右逢源、春风得意之时，也竟然喊出："老子不干了！"本来江湖已经远离世俗，但侠客们又退出江湖，这是因为江湖沦落了，比世俗社会更糟糕。

金庸小说对侠的现代阐释，还表现为哲学——审美层面对现实意义的消解，这进一步造成了对武侠小说传统模式的瓦解。金庸小说与古典武侠小说不同之处，还在于它不是一般的通俗小说，在保持了通俗性的同时，还具有雅文学或纯文学的品位。文学雅俗之分的重要区别在于审美价值、哲理意味的高低。古典武侠小说作为一种俗文学形式，除了娱乐性以外，又停留于传达某种意识形态，审美价值和哲理意味则有限。金庸小说保留了传统武侠小说的特色，同时又力求更高的审美价值和更多的哲理意味。这种升华必须通过对现实意义的消解、超越现实。只有这样，才能超出意识形态的有限性，达到一种形而上学的高度，即对生存意义的领悟。金庸小说没有停留于对侠义行为的歌颂，虽然它对忠义、爱情、社会责任这些传统美德是肯定的，但又不止于此，反而在更高层面上对人生作出了哲理思考，对上述现实价值加以质疑、消解、超越，最后达到对人生的彻悟。这种审美价值和哲理意味正是金庸小说魅力所在。

金庸小说首先质疑、消解的是忠义观念。侠以忠义作为人生准则，传统武侠小说对生存意义的解答就是行侠仗义，这是不容怀疑的。但金庸却在宣扬忠义等传统美德的同时，对它又加以质疑、消解。金庸小说告诉人们，忠义等传统人生价值并非天经地义，也不是人的最高价值。爱国主义、民族大义、江湖义气，看来至高无上，但从整个人类角度看，从人的最高价值看，又是有限的。乔峰是契丹人，养育他的又是汉人，两个民族的仇恨，使他成为悲剧人物。康熙皇帝、乾隆皇帝是满族人，韦小宝、陈家洛等作为汉族人，既要把他们当作仇敌，而个人感情上又有割不断的联系，而且，满族皇帝就一定要比汉族皇帝坏吗？这种疑问动摇了韦小宝的民族主义。此外从个人自由角度看，忠义观念也不具有至上性。陈家洛为反清复明，把自己的爱人喀丝丽拱手让给乾隆皇帝，造成她的含恨而死，这种牺牲难道是值得的吗？杨过与小龙女的爱情触犯江湖规矩，但爱情终归战胜了礼法。金庸小说的主人公大多以出走、遁世、归隐结局，就因为对传统人生价值的失望，他们被意识形态纠缠，而一旦彻悟，就必然弃之而去。韦小宝喊出"老子不干了！"这是对民族主义的反省、消解。《鹿鼎记》更深刻意义在于，揭示了在各种社会责任之下，人的不堪重负，而这些社会价值又是虚妄的，因此才有韦小宝这样的油滑之徒，对所有"正经"事业的游戏、玩弄心态。只有经过对传统人生价值的质疑、消解，才能达到对人生真谛的领悟，这是思想的超越，金庸小说引导我们走向了这种路程。

金庸小说对现实价值的超越，还体现于对感性欲求的质疑、消解。金庸在义与情的冲突中偏向情，但并没有止于对情的肯定。人的感性欲求是合理的，不可压抑的，但又是有限的价值。金庸写情，既揭示其正当性（如美好的爱情），同时又昭示情欲膨胀带来的恶果。情爱也可以使人变态（如何红药、武三通、李莫愁），权势欲也可以使人疯狂（如岳不群、慕容复），仇恨更可以毁灭人性（如谢逊、灭绝师太、梅超风）。金庸以佛家思想来消解情欲，戒除"贪、嗔、痴"三毒，实际上是一种对现实人生的超越，对人生意义的更高追求。金庸小说在变义侠为情侠以后，没有流于肤浅的言情，没有沦为色情暴力，而是对情欲加以形而上的批判，引导人们深思什么是真正的人生，这正是金庸小说的深意所在。

金庸小说还以佛家和平仁爱的思想，化解了武侠小说的尚武精神。武侠小说以武打吸引读者，它迎合了人性深处的攻击性——暴力倾向，虽然它已经被道德化了，具有了合法性。金庸正视了人性的暴力倾向，批判了江湖世界弱肉强食的法则，它通过武林争斗造成的悲剧，如齐正风一家的惨死、侠客岛中武功崇拜的异化现象，对传统武侠小说的尚武精神加以消解。他笔下的"佛侠"如无名老僧、一灯和尚、虚竹等人的慈悲之心，感人至深，远远胜过了好勇斗狠的传统武侠。这种和平仁爱的思想，使武侠小说固有的武功崇拜被颠覆，导向了更根本的人的价值。

金庸小说的审美超越和哲理思考，进一步消解了传统武侠小说的理性主义，而且扭转了新派武侠小说的感性化倾向，突破了新派武侠小说的情爱加打斗模式。金庸也转向写情，但又消解情欲，指向对人生的真谛的哲理思考，使武侠小说达到了前所未有的高度，具有高度的审美价值，登上了雅文学的殿堂。

金庸小说对侠的现代阐释，瓦解了古典武侠小说的乐观主义和崇高风格，形成了悲剧性和荒诞风格。古典武侠小说在理性主义支撑下，富于乐观精神，正义总是战胜邪恶，总是大团圆或胜利结局，它的英雄主义形成了崇高的美学风格。这种乐观精神和崇高风格成为古典武侠小说的牢固的模式。金庸瓦解了理性主义，也瓦解了乐观主义，使武侠小说具有悲剧性。这种悲剧的成因是多方面的。首先是侠客们无力承担历史责任。古典武侠小说夸大侠客的力量，侠客们成为伸张正义的救世主。金庸清醒地意识到个人反抗的无力，他把侠客置于民族危亡的历史情境中，更显出侠客力量之渺小。郭靖夫妇无力回天，不能挽救宋朝，终于双双殉国。陈家洛也只能靠血缘亲情和出让爱人来打动乾隆，而终于失败。韦小宝和天地会靠阴谋手段并不能撼动清朝统治，他们的抗争都以悲剧告终。这种悲剧是侠客早已失去历史合理性造成的，正如塞万提斯笔下的骑士悲剧一样。尽管侠客仍有道德的合法性，但道德与历史的二律悖反导致其悲剧命运。

侠客的悲剧命运还由于情欲。金庸把义侠变成情侠，情欲成为侠客行动的主要驱动力。贪（权势、财富）、嗔（怨仇）、痴（情爱）三毒使侠客陷于盲目、疯狂和堕落，于是出现了爱情悲剧、争斗悲剧、寻仇悲剧。《天龙八部》集中地体现了这种人性造成的悲剧。慕容氏父子为了"王霸雄图"，段延庆为了夺回王位，造成了无数残杀；江湖门派掌门之位的争夺，使丁春秋、全冠清等大施阴谋，手足相残，这是"贪"毒造成的悲剧。萧峰报父仇大开杀戒，叶二娘因儿子被偷以每天杀死一名儿童报复，段延庆为复仇而成了杀人魔王，游坦之为复仇而丧失人性，这是"嗔"毒造成的悲剧。段正淳滥情，使众多情人互相嫉妒，仇杀，最终与妻子刀白凤，情人王夫人、甘宝宝、木红棉、阮星竹等死在一处。天鹭童姥与李秋水作为情敌而互相陷害十年之久，最终同归于尽。阿紫、萧峰、游坦之三角恋爱导致他们同归于尽。这是"痴"毒造成的悲剧。《笑傲江湖》中齐正风因门派之争而全家老幼遭灭门屠杀的惨剧，令人心惊胆寒。而《神雕侠侣》中洪七公、欧阳锋在华山之巅一笑泯恩仇，相拥而逝，又感人至深、发人深省。金庸小说的悲剧警示我们：如果不能挣脱欲望枷锁，就会走向毁灭。

金庸小说的悲剧性还体现为一种孤独意识。古典武侠小说中的侠客虽然有个人英雄主义，但他们又服膺集体理性规范——忠义，因此没有孤独意识。他们在行侠仗义中找到了社会的和精神的归宿（如朋友间的义气和门派中的团队精神）。金庸笔下的侠个性意识极强，他们一旦悟透现实价值之虚妄，就会离群索居，独来独往，甚至远遁隐居。他们没有可以知心的朋友，互相不能沟通。这种孤独之侠，体现了一种更深邃的悲剧性，即侠与现实世界的不相容，失去精神家园的悲剧。

古典武侠小说以英雄主义塑造了崇高风格，金庸小说对侠的现代阐释又瓦解了崇高风格。《射雕英雄传》等早期作品尚有一种崇高感，而后期作品则逐渐消失了崇高感。江湖世界的黑暗，武林的尔虞我诈，情欲代替了忠义，这一切都使古典武侠小说的崇高精神荡然无存。最典型的是《鹿鼎记》，这是一部喜剧风格而又带有荒诞性的作品，这里没有英雄，主角是市井无赖韦小宝；也没有忠义，只有宫廷阴谋，会党争斗。"复兴大业"由韦小宝类的人来担当，不仅富于喜剧色彩，也颇具荒诞意味。至此，崇高风格彻底消失。《鹿鼎记》作为金庸武侠小说创作的尾声，颇有令人深思之处，武侠小说的发展，结局竟是反武侠小说（金庸不承认《鹿鼎记》是武侠小说，说它是历史小说），这不仅是金庸创作的归宿，恐怕也是整个武侠小说的归宿。黑格尔曾讲，历史事件往往重复发生，第一次是悲剧，第二次是喜剧。《鹿鼎记》被称为中国的《堂吉诃德》，因为它以喜剧形式终结了武侠小说。把《鹿鼎记》与《堂吉诃德》相比较，这是一个很大的题目，这里不能展开，但有一点是明显的，就是二者都产生于侠客或骑士已丧失历史合理性的时代，都以喜剧形式嘲弄了侠客或骑士梦想，从而也敲响了武侠小说或骑士小说的丧钟。

总之，金庸小说对侠的现代阐释，导致侠的非英雄化，江湖世界的非理想化，同时瓦解了武侠小说固有的崇高风格的乐观精神，甚至也消解了武侠小说的武功崇拜。这种阐释把武侠小说推向了新的历史高度，同时其内在逻辑又导致武侠小说的解体。金庸以其众多作品完成了这一历史过程。也许金庸以后还会有新的武侠小说出现，但可以断言，不会有超出金庸的武侠小说，因为金庸已经成功地完成了武侠小说的现代化实验，其结果是武侠小说的解体。这意味着这种历史过程是不可重复的。在这个意义上，金庸小说发展了武侠小说，也终结了武侠小说。

第九章　对中国反现代性文学思潮的反思

一、反思现代性的缺失与中国反现代性文学思潮的乏力

中国现代文学史上的一个基本事实是，争取现代性的启蒙主义和争取现代民族国家的革命古典主义交替，长期主导着文坛，而反现代性的文学思潮如浪漫主义、现实主义、现代主义等却十分弱小，始终未能成为主潮。我们回顾历史，就可以看到，五四文学是启蒙主义思潮主导，五四以后直至"文革"时期是革命古典主义（革命现实主义）思潮为主流，而新时期又是启蒙主义思潮主导。其间，只是在 20 世纪 30 年代、40 年代以及 90 年代才有浪漫主义、现实主义和现代主义的支流存在。如果要追究这些反现代性文学思潮衰弱的原因，除了客观的社会条件的限制，从文化思想上看，主要是中国现代性进程中反思现代性的缺失所致。

（一）中国反思现代性的缺失

现代性有两个层面，一个是现实层面的社会现代性，一个是超越层面的反思现代性。社会现代性包括科学精神（工具理性）和人文精神（价值理性），而反思现代性则包括美学、宗教、哲学等领域，它们从超越的立场对社会现代性有所批判，从而制约了现代性的负面作用。

鸦片战争以来，中国由被动到自觉地接受西方文化承载的现代性，

传统文化在西方文化冲击下迅速瓦解。直至五四新文化运动批判儒学、倡导西学，传统文化丧失权威性、合法性，全面崩溃。由于传统文化的体用不二性质，它的崩溃是在"体"和"用"两个层面上发生的。五四新文化运动对现代性存在一个重大的误解，即认为西方文化只有理性精神即古希腊传统，而忽略了宗教文化即希伯来传统以及艺术、哲学的超越性，因此引进的现代性，只限于社会现代性即科学、民主等实用层面，而忽视了反思现代性。

　　五四时期发生的东西文化论战中，钱智修撰文《功利主义与学术》，对五四新文化运动片面吸收工具理性，抛弃"高深之学"的功利主义予以批判，结果引起陈独秀的反驳。但陈独秀只是断言西方与中国诸圣贤皆有功利主义，没有只字提及西方的宗教生活，也没有提及其他超功利的精神生活。五四运动确立了工具理性和政治理念的权威，而现代性的哲学、宗教、审美等形而上的层面则被忽略了。造成这种局面既有文化传播在形而上层面比在形下层面更困难的原因，也由于实用理性传统对形而上文化的顽强抵制。中国文化排斥宗教以及其他超越性文化，佛教作为外来宗教在接受过程中被同化了，特别是禅宗一派更是如此。基督教在中国的传教活动从明、清时算起已有数百年，但远没有获得在其他国家那样的成功。在实用理性的制约下，宗教信仰对中国人来说仍然是淡薄的，而且也很少达到形而上的高度。五四新文化运动还把宗教等同于迷信加以排斥。1922 年世界基督教学生同盟准备在清华大学召开第 11 届大会，引起了学生界和知识界的强烈反对，北京和上海以及全国各地都成立了非宗教大同盟，对宗教进行了猛烈的批判。新文化代表人物如蔡元培、陈独秀、胡适、丁文江、吴稚晖、陶孟和等都发表了批判宗教的言论。只有周作人、钱玄同等北大五教授以信仰自由为由表示反对排斥宗教，尽管这并不意味着承认宗教的社会价值，但这种微弱的声音被反宗教的巨大浪潮所淹没。蔡元培在 1922 年 4 月 9 日的非宗教大会上讲演，说："现今各种宗教，都是拘泥着陈腐主义，用诡诞的仪式、夸张的宣传，引起无知识人盲从的信仰，求维持传教人的生活。这完全是外力侵入个人的精神界，可算是侵犯人权的。我所尤反对的，是那些教会的学校同青年会，用种种暗示，来诱惑未成年的学生，去信仰他们的基督教。"[1]

西方哲学在五四前后也有译介，但由于它远离社会现实，不如科学、民主那样直接发挥救国新民的功利作用，因而被冷落，而且被大力宣传的主要是杜威、罗素等英美经验主义传统的哲学，以及马克思的实践性的历史唯物主义哲学，具有形而上意义的现代欧陆的理性主义哲学则较少受注意。因此，对西方哲学的引进远没有为现代中国确立一种有权威的哲学形而上学。直到1923年的"科玄论战"，哲学才开始挑战科学主义霸权。张君劢等人认为科学不能取代人生观问题，大力"提倡宋学"，以解决中国人的信仰问题。从学术角度讲，玄学派对科学派提出的问题是合理的，科学确实不能取代哲学、宗教等"玄学"。但是，这场论战又以"科学神"战胜"玄学鬼"而告终，这说明科学主义余威之盛，也说明哲学、信仰问题被现实问题的迫切性掩盖了。还有一个原因，就是张君劢没有为中国人找到一个合适的信仰，他提倡的宋学早已失去了存在的根据，因而不可能与科学争夺地盘。

五四新文学运动对西方文化思潮的引进不遗余力，文学革命成为新文化运动的先导。但是，文学革命只着眼于文艺改造国民性的社会功利作用，忽视了文艺的形而上的审美意义，尤其是忽视和排斥了西方现代主义文艺思潮，致使五四新文学缺乏现代文学所具有的超验内涵，以后又向政治功利主义蜕变。总之，五四新文化运动只是引进了社会现代性，而没有引进反思现代性，只是在形下层面上的文化革命，它没有为现代中国人确立新的终极价值。

西方的工具理性（科学）和政治理念（民主）摧毁了传统文化的宗法礼教，其形而上层面也同归于尽，中国传统哲学、宗教、文艺几乎都被荡涤殆尽。这意味着中国文化转型造成了结构性缺陷——超越领域的缺失，中国人丧失了终极价值。五四期间，科学主义确立了统治地位，科学成为一种宗教，形而上的问题被排斥。蔡元培意识到这个问

---

[1] 引自张士钦《国内近十年之宗教》，京华书局1927年版，第200页。

题，于是主张"以美育代宗教"，似乎把注意力投向形而上领域，企图找到宗教的代用品，但实际上仍着眼于宗教、审美文化的道德教化功能，并未触及为中国人树立终极价值的问题。

五四新文学发轫之初，陈独秀提倡"国民文学"、"写实文学"、"社会文学"，着眼点是理性启蒙，是争取现代性，并没有触及文学的超越性，从而排除了文学批判现代性的功能。周作人提倡的"人的文学"也仅仅是现实层面上的人，而忽略、排斥了人的超越性。周作人在《人的文学》中批判了古代灵肉分离的二元论，主张："兽性和神性，合起来便是人性。"1920年1月6日在北平少年学会演讲时，重申"人的文学"之提法，但立论更为明晰："人生的文学是怎么样的呢？据我的意见，可以分作两项说明：a）这文学是人生的；不是兽性的，也不是神性的。b）这文学是人类的，也是个人的；却不是种族的，国家的，乡土及家族的。"[1]

周作人完全否认人以及文学的兽性与神性，实质上就否认了人的自然性和超越性。否认自然性，也就否认了非理性；而否认了神性，也就否认了超越性，从而也就排除了反思现代性。因此，这"人的文学"便仅仅是严肃文学，而排除了通俗文学和纯文学。否认了文学的超越性，也就否认了文学对现代性的批判，从而也就排除了反现代性的文学思潮。文学的五四以后的大半个世纪，反思现代性的缺失一直未获真正解决，虽然其间有一段新的天人合一、体用不二的文化即革命文化，但它只不过掩盖了这个问题，而没有真正解决这个问题。

现代性的片面性深刻地影响了中国社会的进程，社会发展为此付出了沉重的代价。同时，文学的发展也为此付出了代价，这就是反现代性文学思潮的发展受到限制，推迟了中国文学的现代化进程。夏志清说："我多年读书的结论是：中国文学传统里并没有一个正视人生的宗教观。""我国固有的文学，在我看来比不上发扬基督教精神的固有西方文学丰富。20世纪的中国文学当然也比不过仍继承基督教文化余绪的

---

[1] 周作人《新文学的要求》，1920年1月8日《晨报》。

现代西洋文学。""大体说来，中国现代文学是揭露黑暗、讽刺社会，维护人的尊严的人道主义文学。""本书撰写期间，我总觉得'同情'、'讽刺'兼重的中国现代小说不够伟大；它处理人世间道德问题比较粗鲁，也状不出多少人的精神面貌来。"[1]这些评论不无偏颇，但也道出了中国现代文学由于缺乏反思现代性而导致的超越性薄弱的实情。

（二）理性主义的强化与浪漫主义的弱化

反思现代性的内涵之一就是对理性主义的批判，从文化思潮角度说，就是非理性主义。现代性的核心是启蒙理性，包括工具理性和价值理性。在理性主义的主导下，产生了新古典主义和启蒙主义文学思潮。它们或者肯定集体理性，或者肯定个体理性，但都主张文学的理性本质。但是，与此同时，启蒙哲学内部对理性的警惕、反思也导致非理性主义。卢梭是启蒙运动的重要思想家，他一方面推崇理性，同时又认为文明违反自然，导致人的堕落，具有负面的因素。另一个启蒙思想家席勒，一方面肯定理性，同时也意识到理性成为自由的桎梏，因此诉诸于审美的解放。浪漫主义开始反叛现代性，诉诸宗教信仰、神秘体验，讴歌死亡和颓废，表现非理性的文学风格。因此，对现代性（启蒙理性）的反叛是浪漫主义的思想动力。欧洲浪漫主义的发生，有赖于希伯来文化传统的非理性思想资源，中世纪的神学信仰和神秘主义，在被启蒙理性压倒之后，并没有消失得无影无踪，而是潜伏于主流文化的底层。在19世纪初，文学对现代性（工具理性和工业文明）的反叛，使这些思想资源转化为反理性的思想武器，形成浪漫主义文学思潮。在这种非理性思潮的推动下，情感、想象、天才等概念逐步取代了新古典主义的理智、典范、规范等信条，浪漫主义文学思潮诞生了。

由于中国现代性的滞后，对现代性的反叛也滞后。中国在现代性发生之初，也产生了微弱的浪漫主义思潮。它之所以微弱，没有形成主潮，主要原因是非理性思想资源的匮乏，包括反思现代性的非理性思想

---

[1] 夏志清《中国现代小说史·中译本序》，复旦大学出版社2005年版，第13，14页。

的匮乏以及传统文化中非理性思想的匮乏，从而导致理性主义的强化。

五四以前，中国新文学的诞生期，形成了三种文学思想的源头，一是以南社、章太炎等为代表的新（革命）古典主义，这是鼓吹反帝、反满革命，具有民族主义、文化保守主义、国家主义倾向的文学思潮；二是以梁启超等为代表的启蒙主义，这是鼓吹新民、科学、民主的文学思潮；三是以王国维、蔡元培、周树人为代表的审美主义、浪漫主义，这是主张超越现实和审美批判的美学思潮。很明显，前两种思潮都具有理性主义的性质，而且成为主流；后一种则具有非理性的倾向，特别是周树人具有浪漫主义倾向。审美主义思潮极其微弱，属于非主流思潮，无法与主流文学思潮抗衡。

五四新文化运动建立了启蒙理性（科学、民主）的霸权，非理性主义难以立足，例证之一是"科玄论战"中科学主义的胜利；例证之二是1923年的"反宗教运动"声威之大。在这种形势下，科学主义压倒了反科学主义；平等主义压倒了自由主义，因此，浪漫主义难以发生。这个时候对浪漫主义文学虽然有所介绍，但并没有认为有引进的必要。在进化论思想的影响下，当时的理论家认为浪漫主义是过时的、落后的文学思潮。当时被极力推崇的是写实主义（实际上是启蒙主义），陈独秀认为："我国文艺犹在古典主义、理想主义时代，今后当趋向写实主义。"[1]在陈独秀的语汇中，古典主义指中国传统文学，理想主义指浪漫主义。五四启蒙主义者在科学主义的立场上对浪漫主义有所批评，认为浪漫主义不符合科学精神。茅盾认为："浪漫（romantic）这个名字，一方面虽然带着主观的色彩，一方面却是推崇思想自由，个人主义，和返于自然这几条信条。这种思想在卢骚的文学中，明明白白地显露着。岂知到后来唯心论在哲学上的势力一盛，文学受它的影响不少，把主观的描写过分抬高了，大家都尽着一个脑袋所能的去空想妄索；只管向壁虚造，没根没柢地去发挥他们主观的真善美，而实在又想不出什么了不得的空想，说来说去，仍不过落在前人的窠臼罢了。这便

---

〔1〕　陈独秀《答张永言》，1915年1月《新青年》第1卷第1号。

是浪漫文学末流的大漏洞。"〔1〕他还指出:"老实讲,中国现在提倡自然主义,还嫌早一些,照一般情形看来,中国现在还须得经过小小的浪漫主义的浪头,方配提倡自然主义,因为一大半的人还是甘受传统思想古典主义束缚呢。但是可惜时代太晚了些,科学方法已经是我们的金科玉律。浪漫主义文学里别的元素,绝不适宜于今日,只好让自然主义先来了。"〔2〕他还对浪漫主义发表意见:"然而我终觉得我们的时代已经充满了科学的精神,人人都带点先天的科学迷,对于纯任情感的浪漫主义,终究不能满意;而况事实上中国现代小说的弱点,旧浪漫主义未必是对症下药呢。"〔3〕

即使后来被称为浪漫主义的创造社,也不过是启蒙主义的一种偏于主观化风格的形态,由于其执著于社会实际,胜过对人的心灵的关注,因此显得浅薄,不具备浪漫主义的基本品质。夏志清虽然认为创造社等属于浪漫主义,但实际上也没有承认其浪漫主义品质。他指出:"这种急欲改革中国社会的热忱,对文学的品质难免有坏的影响,现代中国文学早期浪漫主义作品之所以显得那么浅薄,与此不无关系。……中国的新文学家,也不一定会对探讨人类心灵问题感兴趣的。"〔4〕"由于这种浪漫主义所探索的问题,没有深入人类心灵的隐蔽处,没有超越现世的经验,因此,我们只能把它看作一种人道主义……"〔5〕夏志清对五四"浪漫主义"的分析,道出了中国浪漫主义难以发达的原因,就是仅仅"急欲改革中国社会","没有深入人类心灵的隐蔽处,没有超越现世经验"。创造社当时也不认同浪漫主义,也不认为自己是浪漫主义,甚至也给自己贴上写实主义的标签。创造社理论家成仿吾说,浪漫主义已经过时,"它们是不能使我们兴起热烈的同情来的。而且一矢中鹄,现出

〔1〕 沈雁冰《自然主义与中国现代小说》,1922年7月《小说月报》第13卷第7号。
〔2〕 《茅盾全集》第18卷,人民文学出版社1989年版,第187页。
〔3〕 沈雁冰《文学上的古典主义、浪漫主义和写实主义》,1920年9月《学生杂志》第7卷第9期。
〔4〕 夏志清《中国现代小说史》,复旦大学出版社2005年版,第17页。
〔5〕 夏志清《中国现代小说史》,复旦大学出版社2005年版,第13—14页。

刀斧之痕，则弄巧反拙，卖力愈多，露丑愈甚。"因此，现代社会"写实文学"兴起，"为的反抗这种浪漫的文学"〔1〕。这种认识也出于对社会改革的关注，重于对心灵问题的关注。

五四以后，由于现代性的发展，特别是现代城市文明的兴起、工具理性的发达，导致对现代性的反弹，从而为浪漫主义的发生提供了可能，产生了以沈从文为代表的浪漫主义。它为正在逝去的乡村文明唱起了挽歌，批判城市文明的堕落，构造了一个审美的乌托邦。但是，由于社会革命运动兴起，建立现代民族国家的历史任务压倒了启蒙任务，革命古典主义取代了启蒙主义成为主流，革命理性的话语主导了文学潮流，非理性思想几无立足之地。这种形势之下，浪漫主义虽然发生并且有了一定的发展，但却不能壮大，更难以形成主流文学思潮。在"革命文学"论争中，创造社追随苏联"拉普"派，严厉批判浪漫主义，郭沫若宣称："浪漫主义的文学早已成为反革命的文学。"冯乃超认为："浪漫主义以奔狂的革命热情要拖历史'向后走'，这就是它在历史上尽的责任。"〔2〕以后的左翼文学接受的是苏联的"革命浪漫主义"，而认为"旧浪漫主义"属于资产阶级文学思潮，并加以批判。周扬宣布："消极的浪漫主义也已被现实的波澜所卷殁。"〔3〕不仅左翼文学批判浪漫主义，自由主义阵营也不看好浪漫主义，梁实秋也说："小说是没有法子脱离写实主义的范围的，'罗曼司'已是小说的遗蜕了。"〔4〕中国浪漫主义的代表沈从文，实际上处于文学潮流的边缘，主流文学对他持批判态度。如韩侍桁在《一个空虚的作者》一文中写道："最有力地诱引着读者于低级趣味的作者，是沈从文先生。……他的文字越来越轻飘，他的内容变得越来越空虚……对于社会的进展与对于个人在社会上

---

〔1〕 成仿吾《写实主义与庸俗主义》，1923 年 6 月《创造周报》第 5 号。
〔2〕 冯乃超《冷静的头脑》，1928 年 8 月《创造月刊》第 2 卷第 1 期，第 13—15 页。
〔3〕 茅盾《现实主义试论》，1936 年 1 月 1 日《文学》第 6 卷第 1 号。
〔4〕 引自《二十世纪中国小说理论资料》第三卷，北京大学出版社 1997 年版，第 258 页。

的责任的认识毫无启示……"〔1〕三年后，他又写了《故事的复制》一文，批判沈从文："作为一个自然主义者，是把爱欲作为人性冲动的最高形象而表现着了。……他从远古的坟墓里虽然搬出一些美丽的尸首，而他没能力注射进活人的血液使他们重新复活在现世上。"〔2〕这种批判，是从政治理性主义立场上进行的，指责他缺乏社会责任以及感性倾向和复古倒退，这是主流意识形态对浪漫主义的非理性倾向的拒绝。另一个批评者道："沈从文是个没有思想的作家，在他的作品里只含有一点浅薄的趣味。如果我们要赞美他的话，那么就赠给'一个趣味文学作家'的头衔吧。反而言之，他就免不掉要受'一个空虚的作家'的指责。"〔3〕当然，对沈从文不仅有批评，也有赞扬，但这些赞扬并没有触及浪漫主义的实质即对现代性的批判，而仅仅针对他的作品的文学风格。裴毅然曾经这样概括当时评论界对沈从文的评价："苏雪林极赞成沈从文灵气纯美的文句；刘西渭指出沈的作品能够为大多数人所欣赏；李影心为沈的色彩和谐和风格异趣所折服；叶圣陶则感叹其文句佳胜意境如画。"〔4〕1934 年的一篇文章的评价具有代表性："读过了《边城》，心里老觉得有点那么的滋味，文字的玲珑简直像是一脉清水在心里流过似的。美丽的诗句，固会陶醉了人的灵魂。"〔5〕由于抹去了浪漫主义的实质内涵，这种赞扬是一种误读，对浪漫主义的发展并没有积极作用。

抗战时期，建立现代民族国家的任务表现为救亡的全民抗战，这种形势下，革命现实主义（新古典主义）占了压倒性的优势，浪漫主义失去了立足之地。茅盾否定了浪漫主义的可能性，他说：写实主义是主潮，"若认为还有浪漫主义与之并陈，乃皮相之见。"〔6〕老舍在抗战初

---

〔1〕 原载 1927 年 4 月《北新周刊》第 4 期。参见《沈从文研究资料》上集第 12 页。

〔2〕 原载 1934 年 5 月 31 日《中央日报》。参见《沈从文研究资料》上集第 19～24 页。

〔3〕 贺玉波《中国现代作家论》，上海光大书局 1936 年版，第二卷。参见《沈从文研究资料》上集第 129 页。

〔4〕 裴毅然《拒绝与接受——沈从文的命运》，香港《二十一世纪》1996 年 6 月号。

〔5〕 罗曼《读过了〈边城〉》，1934 年 12 月 6 日《北辰报·星海》，参见《沈从文研究资料》上集第 54 页。

〔6〕 《浪漫的与写实的》，1938 年 5 月 1 日《文艺阵地》半月刊第 1 卷第 2 期。

期也反对旧"浪漫"写作，而提倡英雄主义的"浪漫"："浪漫，为什么不可以呢？然而我们的浪漫必是上马杀敌，下马为文的那种磊落豪放的气概与心胸。必是艰苦卓绝，以牺牲为荣，为正义而战的那种伟大的英雄主义。以玫瑰色的背心，或披及肩项的卷发，为浪漫的象征，是死与无心肝的象征啊。"[1]他提倡的实际上不是浪漫主义，而是革命古典主义。于是，抗战潮流中，政治理性压倒一切，革命古典主义一统天下，浪漫主义消亡。只是在抗战后期，由于对政治理性的反感以及对现代民族国家的疏离，才发生了以徐讦、无名氏为代表的"后浪漫主义"。后浪漫主义带有商业化的通俗性，又与主流文学背道而驰，因此并没有得到充分的发展。主流文学把无名氏看作"性爱作家"、"反动文人"，认为徐讦是"洋鸳鸯蝴蝶派"、"黄色小说家"，"毒害了青年"，甚至"教唆青年走向颓废"，"破坏了抗战士气"，"帮了敌人的忙"等等。

至于建国以后，建立了"社会主义现实主义"（新古典主义）的一统天下，"革命浪漫主义"（被界定为理想主义，与浪漫主义无关）仅仅是其中的一种因素；而"旧浪漫主义"则被判定为资产阶级文学和错误的"创作方法"，浪漫主义在政治意识形态的高压下消失了。建国前夕，郭沫若在《抗战文艺丛刊》上发表了《斥反动文艺》，以桃红、蓝、黑三色作比，将沈从文、朱光潜、萧乾等打成反动作家，而沈从文成为反动作家之首。以后，沈从文被迫改行从事古代服饰的研究。这是浪漫主义被禁锢的一个鲜明的例证。

后新时期，由于市场经济的发展，产生了反弹，出现了以张承志、张炜为代表的浪漫主义流派。他们批判现代文明带来的人性堕落、崇高精神的丧失，主张在宗教、农村和历史中寻求"清洁的精神"。但是，由于争取现代性的启蒙理性的强大和反思现代性的微弱，他们的呼喊成为空谷足音，甚至被主流文学思潮所覆盖。这表明，在新时期，浪漫主义不可能压倒启蒙理性而成为主流文学思潮。

---

[1] 老舍《一封信》，《老舍生活与创作自述》，人民文学出版社1982年版，第354页。

浪漫主义在中国的困境，也是由于中国传统文化的平民精神和实用理性倾向所造成的。中国传统社会是平民社会，不同于欧洲的贵族社会；中国文化具有平民主义传统，不同于欧洲的贵族文化传统。欧洲的浪漫主义具有贵族精神，它以贵族精神批判、反抗平民化的现代性，特别是工具理性和工业文明，讴歌中世纪、田园生活、宗教信仰。中国五四新文化运动发扬了平民精神，但由于贵族精神的薄弱，对启蒙理性的反叛就缺乏动力。因此，中国浪漫主义面对现代性就显得乏力。虽然早期鲁迅、徐志摩等也体现了一定的贵族精神，但相对薄弱，平民主义的倾向仍然存在。这就导致中国浪漫主义缺少强大的思想动力。

　　此外，中国古典文学是偏于道德理性的，不同于欧洲文学具有非理性传统。因此，中国人难于接受欧洲浪漫主义的极端主观化以及神秘主义、颓废病态的风格。这就是说，浪漫主义难于在中国文化中找到"支援意识"。例如，沈从文虽然具有浪漫主义倾向，但并没有接受欧洲浪漫主义的神秘、病态、颓废思想，他对现代性的反叛也相对弱化，他的美学思想继承了中国传统的"中庸之美"思想，提倡创作情感的"节制"与技巧的"恰当"，构成创作的"和谐"。还有，五四以后，在白璧德的理性主义影响下，梁实秋举起批判五四"浪漫主义"的旗帜，虽然这是对五四文学的误读，但也阻击了浪漫主义在中国的进程。

（三）理想主义的膨胀与现实主义的萎缩

　　反思现代性的内涵之二是批判精神，现代性的自我批判构成了反思现代性。现代性确立、发展的同时，也产生了自我批判意识。特别是19世纪下半叶产生的现实主义，最突出地体现了批判精神。这个时期，现代性已经确立并且得到极大发展，生产力高速发展，民主制度建立，科学昌明，艺术繁荣。但是，在这些美好的社会图景后面，隐藏着触目惊心的黑暗面：贫富对立，道德沦丧，小人物的悲惨命运……现实主义文学就应运而生，以写实的笔法，揭露、控诉现代性带来的社会灾难。现实主义的根据是经验主义，而经验主义带有一种怀疑精神。正是这种怀疑精神打破了现代性的理性主义（包括理想主义），走向了批判的道路。现实主义虽然标榜客观写实，而实际上它选取的是一种批判的视角，体现的是一种批判精神。现实主义不用虚假的理性来障蔽现实，不用虚幻的理想来麻痹自己，它在真实的诉求后面，表达着一种批判的立场。

中国现实主义发生于五四以后。在官僚资本主义制度下，畸形的现代文明已经发生、发展。于是，就有多种文学思潮发生应对这种现实，除了革命古典主义的造反之外，还有浪漫主义的反叛、现代主义的决绝，以及现实主义的批判。现实主义以写实手段描写农村的破产、城市的黑暗，小人物的悲惨命运，揭露、批判官僚资本主义对人性的戕害、对平民的压迫。后新时期也发生了以新写实小说为代表的现实主义，它描写市场经济条件下市民平庸苍白的生活，在无奈之中表达了一种否定态度。但是，中国的现实主义并没有得到大的发展，没有形成主流文学思潮。这主要是由于反思现代性的缺乏，特别是批判精神的匮乏，导致理想主义的强化所致。

五四时期，在启蒙理性（科学、民主）主导下，展开的是对封建主义的批判，是争取现代性而不是批判现代性。这个时期主流文学虽然倡导写实主义，但实际上是启蒙主义。它们对现实主义的基本精神即对现代性的批判没有认识，而且认为它缺乏理想主义。茅盾批评自然主义："（一）是在太重客观的描写，（二）是在太重批评而不加主观的见解……使读者感着沉闷烦扰的痛苦，终至失望"[1]。茅盾等人也误读了现实主义，仅仅把现实主义作为一种写作技巧。所以他表示："我们现在注意的，并不是人生观的自然主义，而是文学的自然主义。我们所要采取的，是自然派的技术上的长处。"[2]由于忽视了现实主义的最本质方面——对现代性的批判精神，它在讴歌科学、民主的同时，缺少对现代性的警惕和反思，因此，五四只有启蒙主义，而没有现实

〔1〕 沈雁冰《文学上的古典主义、浪漫主义和写实主义》，1920 年 9 月《学生杂志》第 7 卷第 9 期。
〔2〕 《茅盾全集》第 18 卷，人民文学出版社 1989 年版，第 206 页。

主义。

五四以后，以老舍为代表的现实主义产生了，但并没有成为主流。由于社会革命兴起，革命理性主导了文坛，打着革命现实主义旗号的革命古典主义成为主流。而欧洲 19 世纪现实主义以及继承其传统的中国现实主义被称为旧现实主义，受到了批判。革命现实主义认为"旧现实主义"缺乏理想性，没有指出历史发展的方向，不能鼓舞人民的斗志，没有反映人民群众的主体地位，体现了资产阶级的人道主义，等等。革命古典主义与现实主义的主要区别，就是理想主义与批判精神的对立。前者灌输一种历史的乐观精神，用理想主义矫饰现实，而后者坚持人道主义视角下对现实的批判精神，不以虚幻的理想美化现实。周扬批判现实主义："现实主义者攻击了社会的丑恶，暴露了缺点，但是他们止于批评，并没有积极的建树。""由于作家的世界观的桎梏和缺陷，它并没有达到生活的真实之全面的反映。""旧现实主义早成了无力的东西……"〔1〕现实主义的代表作——老舍的《骆驼祥子》也受到批判。鲁迅早就对老舍有所批评。巴人 1939 年至 1940 年写的《文学读本》中，把祥子看成"从自然主义、现象学的方法来描写人物"的代表，只是"一个世俗的类型"，"很少本质的意义"，"不是典型"。他还批评作家对革命的认识是"世俗的"，"这种世俗的看法，本质上是反动的。《骆驼祥子》被批评家所称道，但没有从这种思想的本质上的反动性予以批判，实在是怪事"〔2〕。在这种形势下，现实主义的发展受到限制。

在抗战期间，在全民抗战的形势下，革命现实主义得到强化和普遍化，理想主义原则主导了抗战文学。《在延安文艺座谈会上的讲话》进一步提出："但是文艺作品中反映的生活可以而且应该比普通的实际生活更高、更强烈、更有集中性、更典型、更理想，因此就更带普遍性。"还提出了"以写光明为主"，并且批判了"写光明和黑暗并重"、

〔1〕　周扬《现实主义试论》，1936 年月 1 日《文学》第 6 卷第 1 号。
〔2〕　《文学读本》，珠林书店 1940 年版，转引自樊骏《认识老舍》，《文学评论》1996 年第 5 期。

"从来的文艺的任务就在于暴露"、"还是杂文时代，还要鲁迅笔法"等观念。这个时期一些坚持现实主义批判立场的作家也转向了革命现实主义，讴歌民族革命战争。现实主义的代表老舍转向革命古典主义，他宣布："将由抒情的，伤感的，变成热烈粗莽。写我们的情绪崇高，心怀爽朗，把自己牺牲了，以求民族的永远独立自由。"[1]他还写作了有革命古典主义倾向的《四世同堂》。对现实主义的作品，因为不符合革命古典主义规范，往往受到主流文学的批评。例如严文井的《一个人的遭遇》，就属于这种情况。石怀池批评它"作者还困守着旧的现实主义——自然主义底创作方法"。因为它缺乏"战斗意志底燃烧，情绪底饱满，站在比生活更高的地方"[2]。

建国以后，"社会主义现实主义"成为唯一合法的文学形态，革命理想主义成为文学的旗帜。现实主义的批判精神成为禁忌。更为重要的是，由于取消了市场经济，建立了苏联模式的国家社会主义，现代性的存在失去根据。在这种形势下，批判现代性的现实主义无法存在。"革命现实主义"一统天下，现实主义作家或者停笔，或者被迫转向。老舍努力适应新的形势，按照"革命现实主义"的要求，写作了《龙须沟》、《春华秋实》等，但在艺术上是失败的。"文革"中，现实主义与一切现代文学思潮一样，被打成资产阶级的毒草，被清除干净。

新时期后期和后新时期，随着革命古典主义的衰微以及现代化的发展，也产生了新的现实主义文学思潮。首先是新写实小说的兴起，然后有"现实主义冲击波"。但它们都是比较小的流派，同样没有形成文学主潮。而且，作为一种文学思潮，它们都没有成为典型形态。新写实小说具有自然主义的特色，对世俗人生的无可奈何的认同，淡化了对现代性的批判精神。而"现实主义冲击波"则受到主流意识形态的影响，保留着某些革命古典主义的色彩。现实主义的非典型性，有社会历史的

---

〔1〕 《抗战以来文艺的展望》，洛蚀文编《抗战文艺论集》，文缘出版社 1939 年版，第 36 页。

〔2〕 石怀池《评〈一个人的烦恼〉》，1945 年 5 月《希望》第 1 集第 2 期。

原因，也有反思现代性薄弱的原因。

现实主义的受限，还由于传统文学思想中批判精神的匮乏。中国文化是"乐感文化"，人们抱着理想主义的乐观态度看待人生，而绝少直面惨淡的人生。因此，中国古典文学很少客观写实性和批判精神，而存在着强固的"大团圆"模式。这样，现实主义的客观性和批判精神就很难为中国人所接受，他们对现实主义进行了理想化的改造，使之成为一种新古典主义。

（四）超越性的缺失与现代主义的困顿

反思现代性的缺失也表现为形而上的缺失，也就是超越维度的缺失；而形而上的追求是现代主义的动力。欧洲现代主义发生于现代性确立并得到高度发展的时代，它拒绝理性的统治，并且通过对现实的否定性超越，达到形而上的高度，以批判现代性，获致存在的意义。同时，它也打破了理性对文学形式的束缚，产生了全新的叙述方式。因此，现代主义突出了文学的形而上的意义。五四以后，中国现代性的发展，也产生了现代主义。从 20 世纪 20 年代末期发生的唯美主义，到 30 年代发生的新感觉派，都对中国的畸形的现代性进行了反思、批判，并追问生存的意义。20 世纪 80 年代末期开始，特别是 90 年代初期，随着市场经济的兴起，现代主义得以复兴，产生了各种先锋派文学。但是，中国的现代主义一直没有成为主流，也没有成熟，它的发展并不顺畅，主要原因就是形而上的缺失所致。中国主流文学没有认识到现代主义文学思潮的反现代性品格，没有发现现代主义的形而上的意义，仅仅从社会需要出发，或者认为它没有价值，或者认为它是反动的思潮，因此对现代主义予以限制和批判，使其发展受阻。同时，现代主义的发展也受到来自自身形而上的缺失的限制，现代主义作品往往也没有那种拷问灵魂的震撼力。因此，黄子平等说："如果把世界文学作为参照系统，那么，除了个别优秀作品，从总体上说，20 世纪中国文学对人性的挖掘显然缺乏哲学深度。陀思妥耶夫斯基式的对灵魂的'拷问'是几乎没有的。"[1]

五四文学革命是启蒙理性主导的启蒙主义文学潮流，科学、民主的诉求排除了形而上的追求，因此，五四文学注重启蒙功用，突出社会意义，缺少对人生的反思和终极意义的追求，难以达到形而上的高度。那个时期，欧洲的现代主义已经兴起，主要有表现主义等，当时称"新浪漫主义"。主流文学理论家从启蒙需要出发，认为写实主义可以发挥文学的社会效用，而现代主义则缺乏实效，因此应该引进写实主义，把现代主义往后排一下。茅盾在五四早期曾经倡导新浪漫主义，后来转而倡导写实主义。他指出，写实主义在世界文坛已经有衰竭之象，但国内还有介绍之必要，"而同时非写实的文学亦应充其量输入，以为进一层之预备。"[2]他所说的，现在还不具备现实性而预备以后引进的非写实的文学，主要是现代主义（新浪漫主义）。鲁迅在五四以后，说明自己在五四时期的创作宗旨："例如，说道'为什么'做小说吧，我仍抱着十多年前的'启蒙主义'，以为必须是'为人生'，而且要改良这人生。我深恶先前的称小说为'闲书'，而且将'为艺术的艺术'，看作不过是'消闲'的新式的别号。"[3]这就以启蒙理性排斥了现代主义文学的一种信条"为艺术的艺术"。

当时发生的一场关于创造社"颓废派"的争论，透露出主流文学拒斥现代主义的信息。汪馥泉、茅盾等指责创造社（如郁达夫、田汉等）具有唯美—颓废（现代派的别名颓废派）倾向[4]。于是创造社成员则纷纷表明立场，说明自己不是颓废派。郭沫若澄清自己的"艺术派的艺术家"称号，说只是反对那种过于实用化、庸俗化的艺术功利主义动机，而不同意"一切艺术是完全无用的"观点，而"承认一切

〔1〕　黄子平《论"二十世纪中国文学"》，《文学评论》1985年第5期。
〔2〕　《小说月报改革宣言》，1921年1月《小说月报》第12卷第1号。
〔3〕　鲁迅《我怎么做起小说来》，《鲁迅杂文、小说、散文全集》，中国致公出版社2001年版，第582页。
〔4〕　参见汪馥泉《"中国文学史研究会"底提议》，1925年11月《文学旬刊》第55期；沈雁冰《〈创造〉给我的印象》，1922年5—6月《文学旬刊》第37—39期。

艺术，她虽形似无用，然而在她的无用之中，有大用存焉。她是唤醒人性的警钟……"[1]成仿吾也辩白："至于创造社与颓废派的因缘，完全是馥泉君的误解。"[2]后来，茅盾也承认对创造社有所误解，并且说唯美—颓废主义"幸未实现"，"现在国内的文学的青年不过略微有点'唯美主义迷'——其实一般文艺的青年对于唯美主义亦仅具一个浑的观念而已……"[3]这一是说明，无论是文学研究会还是创造社，都不主张现代主义，而是主张为启蒙服务的启蒙主义；二是说明，现代主义在当时并没有现实发生。

　　五四以后，现代主义毕竟在中国发生了，而且在 30 年代形成了中国现代主义发展的高潮。这是因为，现代文明在中国已经出现，并且有了初步的发展。这种现代性是畸形的，它一方面引起革命派的反对，另一方面也引起了文学上的反弹，包括现代主义的反叛。现代主义的代表有李金发、戴望舒、穆旦的诗歌，刘呐鸥等的新感觉派小说等。中国现代主义一方面受到了理性主义的攻击，包括革命理性和启蒙理性的批判。五四退潮，社会革命兴起，为现代民族国家服务的新古典主义发生，于是对现代主义的观感发生了逆转，由留待以后引进的储备资源，变成了败坏革命意志的反动思潮。茅盾批判现代主义："譬如未来派意象派表现派等等……这些新派根本上只是传统社会行将衰落时所发生的一种病象，不配视作健全结晶，因而亦不能作为无产阶级艺术上的遗产。"[4]"所以近来论坛上对于那些吟风弄月的，'醉罢美呀'的所谓唯美文学的攻击，是物腐虫生的自然的趋势。"[5]郭沫若也宣布："自然主义之末流与象征主义神秘主义唯美主义等浪漫派之后裔均只是过渡时

---

[1]　郭沫若《论国内的评论及我对于创作上的态度》，1922 年 8 月 4 日《时事新报·学灯》。

[2]　《创造社与文学研究会》，1922 年 11 月《创造》季刊第 1 卷第 4 号。

[3]　《杂感》，1923 年 6 月《文学旬刊》第 75 期。

[4]　沈雁冰《论无产阶级艺术》，1925 年 5 月 10 日《文学周报》第 172 期。

[5]　茅盾《"大转变时期"何时来呢》，《文学研究会资料》上册。河南人民出版社 1985 年版，第 112 页。

代的文艺，她们对于阶级斗争之意义尚未十分觉醒，只是游移于两端而未确定方向。"[1]30 年代左翼文学继续批判现代主义，认为它是妨碍革命、体现资产阶级意识的反动、没落的文学思潮。柯根在《世界文学史纲》中写道："尼采主义、象征主义以及一切戴着现代主义这总头衔的 19 世纪之全部文学，无疑是危机时代底文学……现代主义者……在神秘主义里，在色情狂及唯美主义之一切形式里，在沉醉淫荡、幻影及梦想里，在自由自在的虚伪，在精神恍惚及颠倒是非里寻找出路时……未曾转向社会斗争，为创造新生活，为组织新社会关系，为解放人格，自由发展自己的全部理论，消灭社会必须与自由职业间的矛盾而斗争这方面。"[2]现代诗歌一发生，就受到来自各方面包括启蒙主义的攻击。对李金发的诗歌，胡适嘲讽为"笨谜"[3]，梁实秋挖苦它不是"人话"[4]，赵景深也说："我真不懂他们为什么做人家看不懂的东西。"[5]此外，朱自清、卞之琳等也有类似的批判。这还是对现代诗歌的形式上的难以接受，更重要的是对它的思想内容的批判。李金发的诗歌的"悲观颓废"遭到人们的诟病，浦风认为它是"活厌了"的"很小部分人的'现代生活'下的情感"，是在时代大潮面前"落伍的人们的苦闷"[6]。同样，80 年代的"朦胧诗"尽管只是借鉴了现代派的一些手法，实质上还是启蒙主义的，但也受到"看不懂"以及"资产阶级思想情绪"的指责；其他现代主义文学也同样受到批判。而后新时期的"后朦胧诗"则被冷落，变成了极少数人的游戏。现代主义

---

〔1〕 郭沫若《革命与文学》，《文学运动史料选》第一册，上海教育出版社 1979 年版，第 443—444 页。

〔2〕 柯根《世界文学史纲》，杨心秋、雷鸣蜇译，上海：读书生活出版社 1936 年版，第 498 页。

〔3〕 胡适《谈谈"胡适之体"的诗》，《胡适学术文集·新文学运动》，中华书局 1933 年版，第 465 页。

〔4〕 梁实秋《我也谈谈"胡适之体"的诗》，1936 年 2 月《自由评论》第 12 期。

〔5〕 博董《李金发的〈微雨〉》，1927 年 1 月《北新周刊》第 22 期。

〔6〕 浦风《李金发的〈瘦的相思〉及其他》，1934 年 3 月《新诗歌》第 1 卷第 6—7 期合刊。

不仅受到左翼文学的攻击，也受到一般读者的抵制，因而缺少市场。例如，邵洵美等主办的《狮吼》、《金屋》等唯美主义倾向的杂志，就受到批评和指责，这种指责不仅仅来自左翼。《苦茶》上就曾经刊登读者批判邵洵美《花一般的罪恶》的文章，指责其追求"唯美"，"完全走的是一条错路"[1]。早期田汉受到唯美主义影响，他的剧作《古潭里的声音》、《湖上的悲剧》上演后，观众批判道："我们衣不蔽体、食不充饥的人们何须这避开现实去救灵魂的东西。"[2]这促使田汉反省"低迷在脑筋里的艺术至上主义的残梦"，并进行了修改。社会环境和读者的趣味使他没有走上现代主义的道路，而是最终接受了革命现实主义。

作为启蒙主义大师的鲁迅，在五四以后转向"革命现实主义"，对现代主义也不能接受。鲁迅谈及他平生最敬服而又总不能爱的作家有两个，一个是但丁，一个是陀思妥耶夫斯基。关于但丁，鲁迅爱的是他所鞭挞的异端，体现了他的反抗精神。而对于陀思妥耶夫斯基，他有所保留的是他的"忍从"，体现了他对于现代主义的隔膜。他说："不过作为中国的读者的我，却还不能熟悉陀思妥耶夫斯基式的忍从——对于横逆之来的真正的忍从。在中国，没有俄国的基督，君临的是'礼'，不是神。"[3]这段话表明，他对陀氏的作品，仅仅看到了其社会层面的意义——对于苦难的忍从，因此有所拒斥；而没有领略其深层内涵——对于人性恶的发掘的现代意义和形而上意义。因此，鲁迅批评陀氏说："一读到他二十四岁时所作的《穷人》，就已经吃惊于他那暮年似的孤寂。到后来，他竟作为罪孽深重的罪人，同时也是残酷的拷问官而出现了。他把小说中的男男女女，放在万难忍受的境遇里，来试炼它们，不但剥去了表面的洁白，拷问出藏在底下的罪恶，而且还要拷问出藏在那罪恶之下的真正的洁白来。而且还不肯爽利的处死，竭力要放

---

〔1〕 引自邵洵美《关于〈花一般的罪恶〉的批评》，1928年8月《狮吼》半月刊复刊号第1期。

〔2〕 田汉《我们的自己批判》，《南国月刊》1930年第2卷第1期。

〔3〕 鲁迅《陀思妥耶夫斯基的事》，《鲁迅杂文、小说、散文全集》，中国致公出版社2001年版，第1008页。

它们活得长久。而这陀思妥耶夫斯基，则仿佛就在和罪人一同苦恼，和拷问官一同高兴似的。这决不是平常人做得到的事情，总而言之，就因为伟大的缘故。但我自己，却常常想废书不观。"[1]

另一方面，现代主义也受到自身形而上缺失的限制，导致对现代性反叛的无力，超越性的不足。如刘呐鸥、穆时英等人对现代城市生活的体验，就缺乏深度，没有上升到对生存意义的思考，甚至还隐含着某种迷恋。因此，钱理群等说："刘呐鸥的杂芜，他在批判城市中迷失而缺少了真正的批判能力，差不多也是他这一派的共同的限制。"[2] 同样，戴望舒等现代诗派，对现代性的批判也嫌深度不够，没有转化为对生存意义的拷问。因此，钱理群等也批评："但他们无力像波特莱尔（或者如中国的鲁迅）那样严酷地、激烈地自我拷问与分裂，他们中的大多数也无法进入形而上层面的思考，于是就转向微茫的'乡愁'（既是对自己出生的田园、传统文化的皈依，也是对精神家园的追慕），对'现代都市青春病'的体味与自恋……"[3]

抗战开始，文学服从于救亡斗争，现代主义失去了生存空间。郁达夫不认同西方的现代主义的反战小说："反侵略的战争小说，所描写的，大抵是战争的恐怖，与人类理性的灭亡，欧战后各作家所作的小说，自然以属于这一类的为最多。这种小说，好当然不能说它们是不好，但我总觉得是太消极一点。所以，我想，我们在这次战争之后，若不做小说则已，若要做小说，就非带积极性的反战小说不可。"他所说的"积极性的反战小说"，指的是那种带有革命古典主义倾向的小说，即他说的"我们对于抗战的英勇牺牲，当然也要歌颂，同时对于被虐杀、掳掠、奸淫的惨状，也要叙述。但最后的结论，却只在主持正义，维护人道，保卫民族"[4]。在民族主义的激励下，文学家集体转向革

---

〔1〕 鲁迅《陀思妥耶夫斯基的事》，《鲁迅杂文、小说、散文全集》，中国致公出版社 2001 年版，第 1008 页。

〔2〕 钱理群等《中国现代文学三十年》，北京大学出版社 1998 年版，第 326 页。

〔3〕 钱理群等《中国现代文学三十年》，北京大学出版社 1998 年版，第 363 页。

〔4〕 郁达夫《战时的小说》，1938 年 6 月《自由中国》第 1 卷第 3 号。

命现实主义（新古典主义），现代主义作家也不例外。戴望舒、何其芳、曹葆华、卞之琳等现代派作家都加入到"现实主义"阵营，现代派整个覆灭。茅盾指出：五四以来的文学史上出现过浪漫主义、未来主义、象征主义，但时代的客观需要是"现实主义"，因此"我们目前的文艺大路，就是现实主义"[1]。

建国以后，现代主义被当作"资产阶级"反动、没落的文艺思潮，不但不能写作，也完全禁止了传播。直至新时期后期，才重新发生、发展。但在启蒙主义的强势话语之下，始终不能成长壮大。上个世纪80年代产生的启蒙主义，也学步现代主义，但仅仅移植了现代主义的技巧和模仿其某些风格，如意识流、时空错乱以及荒诞风格等，而没有获得其真髓——对现代理性的批判和对生存意义的否定。它们仅仅是启蒙意识的另类表达，而不是对现代性的否定。80年代后期，残雪等先锋文学崛起，更多地进行了形式和风格的探索，现代主义因素有所发展，但仍然不成熟，还没有摆脱启蒙主义的思想基础，也没有成为主导潮流，因此被称为"伪现代派"。在90年代初期，发生了转型，先锋文学的现代主义实验终止，而转向对现实生活的关注和写实性的风格。这其中的原因，主要是中国现代性发展的滞后，对现代主义的需求不足，因此先锋文学脱离现实而成为少数人的孤芳自赏；它的形式上的花样缺少思想内容的支撑而显得薄弱、苍白。

综观中国现代主义文学思潮的历史，经历两起两落，一是在30年代兴起，而后在抗战发生后终止；二是在80年代后期兴起，而后在90年代市场经济大潮兴起后终止。中国现代主义不能发达的原因，除了现代性的发展滞后以外，还因为对形而上的精神追求的薄弱。中国人过分关注现实问题，而较少关注灵魂问题。这与中国传统文化的实用理性品格相关，也与中国现代性的片面性包括反思现代性的薄弱有关。

---

[1] 茅盾《还是现实主义》，1937年9月21日《救亡日报·战时联合旬刊》。

二、中国古典理性传统与现代文学思潮

（一）中国古典理性文学传统

无论是社会史还是文学史，就文明阶段而言，可以区分为两个时期：古典时代和现代，在这两时代之间还存在着较长的过渡时期。古典时代是现代性没有发生的时期，其基本特征是，由于生产力发展水平的低下，人类物质的、集体的生存成为中心问题。在这个时代，人的个性和个体意识还没有发展起来，必须强调社会对个体的约束、理性对感性的节制，以保持社会的稳定和发展。这样，对个体来说，对自我的充实和肯定，就更多地包含着对社会价值观念的信仰和服从，这时，个体价值观念与社会价值观念的统一还没有破裂。古典时代文学的主导精神是古典理性，古典理性体现着古典时代人们的最高人生理想。欧洲古希腊罗马时期就肇始了古典理性，而17世纪新古典主义文学思潮把古典理性提升到顶峰，它尊崇理性，讲求规范，以静态的和谐作为最高的审美境界。而中国古典文学也体现了古典理性，"文以载道"成为那个时代的准则。当然，古典文学绝不等同于古典时代的意识形态，它对理性的尊崇、对规范的服从，并不是抹杀个性，而恰恰是在那个时代条件下对个性的充实与发展，它是艺术个性发展的必然的形态，体现着古典时代人们的真实的审美理想。古典文学仍然以其审美本性超越古典时代的意识形态，只不过这种超越没有采取公开冲突的形式，没有成为自觉意识。现代时期是现代性发生和发展的时代，其基本特点是，由于生产力的高度发展，个体的精神追求与归宿成为中心问题。由于个性和个体意识的高度发展，个体价值观念与社会价值规范、非理性与理性发生冲突，生存意义问题突显。现代文学体现了这种现代精神，其典型形式是现代主义。现代主义体现着个性高度发展的现代人的审美理想，它自觉地肯定自我，从理性（自觉意识）约束下解放非理性，从传统的规范抑制下解放艺术个性，并在审美活动中寻求生存意义。因而，现代主义

反古典理性之道而行之，它强调非理性，讲求创新，追求一种动态的自由美。现代主义的历史必然性与合理性并不因西方现代派文学中出现的一些消极因素而丧失，它具有更为普遍的意义。

在古典时代与现代，古典主义与现代主义之间，存在着过渡时期和过渡形态。从西方看，整个19世纪可以看作是过渡时期，浪漫主义（以感伤主义为前奏）、现实主义（以自然主义为末流）则可看作是过渡形态。浪漫主义和现实主义既是对古典理性和新古典主义的反叛，又未脱离理性精神和形式规范的制约，而这两点正是古典主义的基本特点。浪漫主义只是反对工具理性，而没有反对价值理性。这就是说，它并没有彻底否定理性。现实主义对社会问题的关注仍然是中心问题，它也批判现代社会的弱肉强食准则，但仍然相信和寄希望于人道主义（价值理性）。浪漫主义反叛现实，是因为现代城市文明违反了自然，工具理性压抑了心灵，世俗生活泯灭了神性。现实主义批判现实，是因为社会的发展牺牲了人的价值，带来了道德的堕落。现实主义以理性来批判现实，它揭露和谴责社会对人的压迫，肯定人的生存权利；现代主义则以非理性来对抗现实，它揭露和谴责社会对个性摧残，肯定人的个性价值。因此，它们都是反现代性文学思潮。现代主义在现代条件下深化了浪漫主义的反叛精神和现实主义批判精神。现代主义仍然受文艺的自由本性的制约，它反对资本主义现实及其意识形态，在悲观和绝望后面，隐藏着强烈的对异化的抗争、对人类的同情和对自由的向往。

每个民族都具有自己的文化—心理结构，也具有不同的古典文学传统，因而古典理性对现代文艺发展的影响也各不相同。西方社会的古典理性肇始于古希腊罗马，它肯定人的价值，重视科学精神，成为现代理性的源头。同时，还存在着肇始于希伯来文化的非理性的宗教传统。因此，文艺复兴、新古典主义乃至于启蒙主义、现实主义都继承了古希腊罗马的理性传统，贯穿着理性主义线索。而浪漫主义、现代主义则继承了希伯来的非理性传统，对理性主义有所制约和冲击，并且最终结束了理性主义的统治。中国的古典理性肇始于春秋时期，并且可以由原始文化中找到它的原型以及中华民族文化—心理结构的根源。马克思说古希腊是"正常的"儿童，相比之下，非洲、美洲等落后民族可以看作是"晚熟的"民族，而中华民族则可看作是"早熟的"民族。原始文化可以分为自然崇拜、图腾崇拜和祖先崇拜三个阶段，中华民族则较早地进入到祖先崇拜阶段，它较少靠外部自然力和鬼神统治来维系氏族的统一，而更多地靠血缘关系来协调。在这个基础上，中华民族较早地在进入文明社会后发展了古典理性精神，重人事、崇伦理，宗教观念薄弱，具有较强的精神自我调节能力。由于古典时代中国的商品经济没有发展起来，血缘关系没有被打破，形成了农业的、宗法的社会，也形成了富于理性精神的民族文化—心理结构。西方民族在原始阶段没有形成强固的血缘关系，进入文明社会后又由于商品经济的发展较彻底地打破了血缘关系，故形成了商业的、宗教的社会，也形成了较重视感性的民族文化—心理结构。同时，由于重情感，轻认知，中国原始文化中再现因素不够发达，没有大型的史诗，而巫术礼仪则得到发展，成为文明社会的礼（意识形态规范）和表现艺术的原型，这就形成了中国文艺重表现（情感）的传统。这与西方以史诗为原型的再现艺术传统迥然不同。正是在这种社会背景和文化—心理结构的基础上，才形成了中国文学的古典理性传统。

由于中国的古典理性文学传统发源于民族文化—心理结构，因此它源远流长，延续两千多年。西方的古典理性只在古希腊罗马时期得到了发展，以后就被漫长的中世纪神学统治所打断，17世纪才得到恢复。所以，古典理性在西方文艺中并没有扎下深厚的根基，它在浪漫主义的冲击下立刻土崩瓦解，并且彻底退出历史舞台，为现代主义廓清了道路。中国的古典理性传统奠基于春秋时代，是时，殷商和周初"鬼治主义"（顾颉刚语）被以儒家为代表的"德治主义"所取代，理性主义精神在中华民族心理中确立了主导地位。以"中庸之道"为方法论原则的"仁学"，成为调节人际关系的准则，使理性对感性、社会对个体的约束保持在非对抗的水平上。在这个基础上形成了中华民族独特的古典理性文学品格，这就是中和之美。它追求理与情的和谐，现实性与理想性、再现性与表现性融合，形成所谓"好色而不淫"、"怨诽而不怒"的温柔敦厚的风格。中国古典文艺重表现，但又不走极端，故纯表现性艺术如音乐、舞蹈与纯再现性艺术如戏剧、小说同样不发达，倒是介乎二者之间而又偏于表现的抒情诗、山水画得到了发展。这与西方古典主义极端偏向理性、压抑感性，重再现、轻表现显然不同。从春秋时代开始，我们把古典文学的发展分为三个阶段。

第一阶段，古典前期，由春秋至盛唐是古典理性形成并发展到顶峰的时期，伴随着封建社会的上升，时代精神的主调是乐观的、进取的、入世的，理性精神、社会意识形态与审美意识保持着基本的一致性。文学的内容偏向于崇高（高雅）范畴，对于国家兴亡的责任感，对于事业功名的进取心，呈现为汉魏风骨和盛唐气象。与内容相适应，形式方面趋向于严整的格律，典型如唐代定型的律诗和绝句。这一时期文学思想的理论概括是《文心雕龙》。

第二个阶段，古典后期，由中唐到明中叶封建社会成熟以至衰落的时期。此时理性精神仍居支配地位，但审美意识开始偏离封建社会意识形态。这个时期审美理想转向个体审美情趣，体现为对韵味的追求。宋代流行的"韵"，属于秀雅范畴，而又带有哀怨的格调，是一种悱恻缠绵的优美境界。与之相应，文学形式也由表现统一社会理想的章节整齐的律绝转变为表现个体情趣的参差错落，主婉约的词了；表现超凡脱俗的隐逸情趣的山水画也得到发展。这个时期的文学思想的理论概括是《二十四诗品》、《沧浪诗话》。

第三个阶段，古典末期。这是封建社会的末期，封建意识形态控制松弛，人的个性要求觉醒，但并没有形成现代思潮，它还没有摆脱古典理性的影响，还不可能鲜明提出个性解放的要求，它的理想还是朦胧的，还没有形成自己的思想体系。在封建主义的强力桎梏下，这种乐观的憧憬很快就转化为感伤情绪，体现了人们对于社会、人生的失去了方向感的探求。它怀疑乃至否定传统思想，憧憬新的生活，由于封建势力的强固，这种探求必然伴随着失望、伤感。中国的感伤主义的审美理想以悲为中心范畴，它的理想追求和现实批判最终归结为一种迷茫的悲的意识，这在《红楼梦》中得到充分的体现。文艺形式也由以诗词为主转为以戏剧、小说等再现艺术为主。袁中郎的"性灵"说，李贽的"童心"说，袁枚的"性情"说，概括了古典末期文学的感伤主义思潮。

根深蒂固的古典理性传统保证了中国文学免遭宗教迷狂的奴役，发展了古典时代独立于世界民族之林的灿烂文化，这是古典理性的伟大功绩，也是我们永远引以为荣的。我们必须重视和吸取其有益的因素。从客观上说，古典理性传统的影响也是不可避免的，它将内在地制约着中华民族的审美心理。但是，我们往往忽视了另一方面，即古典理性文学传统的消极、保守的一面。古典文学传统毕竟是古典时代的文艺形态，随着古典时代的逝去，现代社会的来临，人们就必然提出新审美理想，古典时代的审美理想、文学观念、形式规范就成为一种束缚。现代文学要求发展个性、追求自由，而古典理性则抑制个性、固守传统。只有冲破旧的文学模式，新的文学形态才能发展起来。由于中国古典理性文学传统的强固性，它自身的衰落并没有导致新的文学形态的兴起；只是在中国的封闭社会被西方资本主义打破以后，社会生活的改变和新文学思想的介入，才导致古典里的崩溃。新文学思潮与古典理性的较量是一个反复的、漫长的历史时期，迄今已经经历了两次斗争，第一次是五四文学对旧古典理性——传统文学思想的冲击，第二次是新时期对古典理性的现代形式——新古典主义的冲击。这两次对古典理性的冲击，改变着中国现代文学思潮的面貌。

（二）启蒙理性文学传统与革命理性文学传统

在五四启蒙主义运动中，科学、民主观念和个性解放思想冲击着腐朽的封建意识，西方各种现代文学思潮涌进中国，形成汹涌澎湃的启蒙主义文学思潮，猛烈地冲击着传统的古典理性，出现了反对"古典主义"文学传统的浪潮。陈独秀在《文学革命论》中高呼："推倒陈腐的铺张的古典文学，建设新鲜的立诚的写实文学。"他还认为："我国文艺犹在古典主义、理想主义时代，今后当趋向写实主义。"[1]五四文学还反对"文以载道"的文艺观念，主张文学独立。实际上，五四文学就是反对古典理性的文学传统，主张启蒙主义文学（在当时写实主义是一种误读，实际上是启蒙主义）。在这个过程中，建立了一个新的理性主义——启蒙理性文学传统。五四新文学宣扬启蒙理性，同时也出现了忽视文学的超越性和感性的偏失，从而导致文学执著于社会问题，而忽视灵魂问题的偏向，也出现了排斥通俗文学的偏向。这个时期，由于理性主义的限制，五四文学没有出现现实主义、浪漫主义以及现代主义的文学主潮。

五四以后，启蒙主义衰微，由于建立现代民族国家的历史需要，从苏联引进的革命"现实主义"成为主流；但同时现实主义、浪漫主义、现代主义文学思潮兴起，继续冲击着古典理性文学传统。这个时期是中国现代文学的黄金时代。但是，五四以来对古典理性的冲击是不彻底的，它并没有结束古典理性传统。这是因为，从社会方面看，封建主义并没有在中国大地上根绝，社会生活还保留着相当多的古典时代的残余，民族文化—心理结构没有得到根本的改造。从文学本身看，启蒙主义也是一种理性主义，它以启蒙理性批判传统的古典理性，仍然不够彻底。它没有像欧洲的浪漫主义那样，以非理性冲击古典理性，从而彻底终结古典主义。五四文学没有形成浪漫主义主潮，因此对古典理性的冲击不彻底。而且，虽然古典理性已经失去了历史的根据，但这个幽灵仍然徘徊于社会审美心理中，许多作家和许多作品仍然带有古典主义的残余；普通群众仍然爱看那些才子佳人、惩恶劝善、大团圆之类的作品，这就是说，新的审美理想还没有在民族文化—心理中扎下深厚的根，而古典主义的复活就有了可能性。

20世纪30年代，引进和接受了苏联的"社会主义现实主义"，形成了新（革命）古典主义，古典理性在新的历史条件下得到恢复。新（革命）古典主义有其历史根据，除了古典理性传统的强固影响之外，

---

[1] 陈独秀《答张永言》，1915年1月《新青年》第1卷第4号。

主要在于社会生活还没有开始现代化的进程。五四以后，需要革命的政治理性支持现代民族国家的想象；建国以后，客观上要求以高度的集体主义和意识形态规范来统一个体意识，人们也力求使自己的个体发展更符合社会需要，而不是发展更独特的方面，这就是新（革命）古典主义产生的现实基础。此外，由于国内文学与世界文学的相对隔绝，处封闭状态，对国外现代主义思潮很少介绍，采取全盘否定的态度，它又与国内"左"的思潮结合起来，就形成了中国独特的革命古典主义文学思想。解放以后，革命古典主义文学观念在中国发展为"两结合"的理论，并且在"文革"中产生了革命样板戏那样的革命古典主义的经典。革命古典主义具有新古典主义的基本性质，那就是尊崇理性，讲求规范，只不过这个理性是政治理性，不同于传统古典理性的道德理性。这个规范是"革命现实主义"的规范（如典型化乃至于"三突出"等）。它提出"文学从属于政治"、"文学为政治服务"等方针，极大地发挥了文学的政治功用。革命古典主义文学思潮主导了中国文学长达半个世纪之久，这有其历史的合理性。它适应了现代民族国家的需要，推进了革命的发展，也满足了相当大的一部分人的审美需要。但是，另一方面，不管我们的主观愿望如何，革命古典主义是古典理性传统的现代变体，成为一种新古典理性，它在历史的进程中逐步丧失了自己的生命力，特别是在"左"的思潮影响下，极端化的政治理性束缚了作家的艺术个性，严重地阻碍了现代文学的发展，甚至导致了"文革"对文学的全面毁灭。

（三）中国当代文学对古典理性文学传统的反叛

"文革"以后，中国的古典时代彻底结束了，现代化的进程开始了。同样，古典理性传统也到了终结之期，现代文学也开始了自己的征程。在这种形势下，冲击古典理性的第二次运动就开始了。这就是以现代性——启蒙理性以及反思现代性对古典理性的冲击，当代文学思潮——启蒙主义、浪漫主义、现实主义和现代主义对新古典主义的冲击。这次冲击不同于五四时期对旧古典理性的冲击，而是对新古典理性的冲击。"文革"后对古典理性的第二次冲击有着不同的时代背景，当代文学思潮体现着人们更加发展的个性要求，更多的精神生活的追求。"文革"以后，人的自我意识觉醒，价值观念发生深刻的变革，他们要求自己的价值观念包含着更多的个性特征，要求社会的价值观念对于个体价值给予更多的承认。这种历史进步体现在审美理想上，就是对古典理性和新古典主义的批判性否定，对于现代形态文学的创造。当代文学所接受的外来影响不是现实主义、浪漫主义，而是现代主义和后现代主义。当代文学思潮的发展前景必然是与世界文学接轨，走向现代化。因此，当代文学思潮对古典理性的冲击具有双重任务，一是继续完成五四以来批判古典理性的任务；二是使启蒙主义向现代形态发展转化。这双重任务使当代文学思潮具有全新的时代特征，它以不同于五四时期的特殊方式冲击着古典理性传统，它的批判对象是新古典主义文学思潮，它的任务是建设更富于文学现代性的新的文学思潮。

新时期文学思潮的主流是启蒙主义，它继承和发展了五四文学的启蒙主义传统，批判新古典主义。新时期文学从伤痕文学、反思文学、改革文学到寻根文学乃至先锋文学，都贯穿了一条主线，就是批判极左的政治理性对人的迫害，争取人的解放。它的审美理想与新古典主义截然不同，不是政治理性，而是人的价值；不是国家主义，而是人道主义。因此，新时期文学解放了人的精神世界，极大地丰富了文学的表现力，使中国文学起死回生，走向了一个新的历史阶段。新时期启蒙主义更关心人，更关心人的个性发展和内心世界的自由，从主观方面说，它重视对自我微妙复杂的精神世界的挖掘，表达独特的审美情感；从客观方面说，它重视对艺术形象的个性和精神世界的揭示，表达独特的审美认识。当代启蒙主义文学体现着更为发展的艺术个性，它不排斥客观性，而是以主体独特的审美眼光去发现它，表现它，赋予现实以个性化的意义；它不排斥重大社会题材，而是从中发扬出它对个人历史命运的影响；它不排斥社会理想，而是把它内在地包含于个体价值追求中。这样，当代文学思潮就以高度发展的艺术个性冲击着古典理性。

但是，应该看到，新时期启蒙主义文学对古典理性的冲击是不彻底的，因为它本身就是一种理性主义（启蒙理性）的产物。因此，新时期启蒙主义也带有理性主义的印记，带有理性主义的局限。新时期启蒙主义文学固然具有巨大的历史成就，同时也必须看到它的缺陷。这个缺陷就是，新时期启蒙主义文学仅仅肯定、争取现代性，而没有反思、批判现代性；仅仅宣扬理性精神，而没有超越理性精神。1988年刘晓波曾经批判新时期文学的理性主义，可以说是有远见卓识的。现在回过头来看，新时期启蒙主义并没有完全摆脱新古典主义的模式，只不过以启蒙理性置换了政治理性。伤痕文学的肤浅的苦难叙述和乐观主义、反思文学的进步的历史观、改革文学的集体主义视角，都体现了理性主义的桎梏，但它们都缺乏超越历史主义的思想深度，特别是缺乏对理性的反思和批判，从而也就缺乏对生存意义的审美思考。

当代文学思潮的另一种趋向是超越启蒙理性的反现代性文学思潮，这主要表现在新时期后期和后新时期的文学中。由于现代性的发展，以及对西方现代文学思潮的借鉴，也产生了反抗现代性的浪漫主义（如张炜、张承志）、现实主义（如新写实小说、现实主义冲击波）和现代主义（如后朦胧诗以及90年代兴起的现代主义潮流）。这些文学流派强调自我表现和非理性意识，体现着对现实的强烈的超越精神；在手法上打破启蒙主义，个性化因素增强。这些创新之举虽然不够成熟，甚至很幼稚，带有模仿的痕迹，甚至被称为"伪现代派"，但给当代文坛吹来一股清新的气息。这些反现代性的文学思潮，更彻底地冲击并结束了古典理性和新古典主义，开辟了中国文学的现代道路。同时，应该承认，由于中国现代性发展的滞后性以及理性主义的影响，在当代文学思潮中，现代主义还只是一种因素、一种倾向、一种流派，并没有形成主流思潮。这是因为，中国现代生活中面临的基本问题仍然是发展生产力和调整社会关系，而个体精神自由发展的问题对多数人说毕竟是次要的问题。当前，启蒙主义、现实主义和现代主义多元发展，没有形成一元化的文学思潮，这是当代社会发展的过渡性决定的。

批判新古典主义，终结古典理性传统，走向现代主义，是当代文学的发展趋势。因此，非理性化倾向的发生就有现实的和历史的根据。可以看出，随着新时期文学的结束，理性主义逐步淡出，非理性主义逐步增强。新时期后期的先锋文学，对政治理性的批判已经突破了理性主义模式，从绝对的个体价值的角度质疑了理性，如《你别无选择》、《无主题变奏》等；寻根文学对国民性的批判，也走出了启蒙理性的视野，体现了一种荒蛮意识；新写实小说虽然具有现实主义的性质，但理性主义的理想已经淡化，它不动声色地描述人们的庸碌的日常生活，表现了人生的困惑。真正对理性主义构成致命冲击的是王朔的小说以及贾平凹的《废都》。王朔以"痞子"的视角叙述"文革"以及当代的历史，调侃政治理性，解构主流价值。《废都》描写一个颓废的现代文人，表现了一个价值虚无时代的精神苦闷。他们的作品引起了轩然大波，绝大多数（包括启蒙主义的）批评家都不予认同，甚至认为它们是"痞子文学"、"堕落的文学"，是"人文精神失落"的表现。这恰恰表明理性主义势力的强大，非理性主义的艰难。而王朔作品以及《废都》的意义也在于，在中国现代文学的历史上开启了非理性主义，它不仅反叛了新古典主义的政治理性，而且挑战了启蒙理性，从而以极端的方式卸下了中国文学的理性主义包袱，为反现代文学思潮特别是现代主义的发展扫清了道路。90年代的现代主义的兴起，就是这种非理性趋势的结果。

三、现实主义、浪漫主义在中国的误读与误判

浪漫主义、现实主义概念是从西方传入中国的，由于中西方具有不同的历史条件，中国在接受过程中发生了误读。不仅如此，在以后的历史叙述中，对中国某些文学思潮也作出了现实主义、浪漫主义的误判。这种误读与误判，至今仍然影响着中国文学的研究。因此，总结这一历史经验，具有重要的学术意义和现实意义。

（一）浪漫主义、现实主义的误读

浪漫主义、现实主义等概念，指称历史上发生过的文学思潮。这些

文学思潮都是现代性的产物，是对现代性的一种反应。在现代性发生之前，尽管有不同文学风格、流派的存在，但是没有文学思潮发生。中国现代性是从西方传入的，因此文学思潮也是从西方传入的。无论是西方还是东方，由于现代性导致的历史进程的趋同化，所以文学思潮也有基本的一致性。同时，每个民族也都保留着自己文学思潮的特殊性。我们先从西方文学史考察浪漫主义、现实主义文学思潮的基本性质，然后再考察它们在中国接受过程中的改变。

浪漫主义是现代性开始确立时代的文学思潮，是文学对现代性的第一次反抗。19世纪上半叶，近代工业已经显著地发展起来，现代城市文明逐步取代传统社会的农业文明。资本主义现代化虽然是历史的进步，但却使人类付出了代价，城市束缚了人的自由，科学排斥了人的灵性，世俗精神取代了高贵的气质。文学作为超越现实的"自由的精神生产"开始反抗早期现代性的压迫。它讴歌田园生活，回归自然，甚至缅怀中世纪，反抗城市文明；以想象、激情甚至神秘主义和病态的颓废情绪来对抗理性的现实；以理想和诗意来对抗世俗的生活。欧洲中世纪的希伯来文化传统和贵族精神成为浪漫主义文学的思想资源。正如浪漫主义思想家马丁·亨克尔对浪漫主义的说明："浪漫派那一代人实在无法忍受不断加剧的整个世界对神的亵渎，无法忍受越来越多的机械式的说明，无法忍受生活的诗的丧失……所以，我们可以把浪漫主义概括为'现代性'的第一次自我批判。"对现代性的第一次反抗，是浪漫主义的基本性质。在这个基本性质之下，还有注重想象、抒情的主观化以及神秘主义、颓废情绪、贵族精神等美学特质。

现实主义是现代性获得迅速发展时代的文学思潮，是对现代性的第二次反抗。19世纪下半叶，欧洲资本主义现代性已经迅速发展，在推进生产力发展的同时，其黑暗面也日益显露，启蒙时期的人道主义理想落空。于是，现实主义以人道主义为武器、以写实为手段来揭露资本主义带来的社会灾难和人性的堕落，从而成为继浪漫主义之后又一次对现代性的批判。这是现实主义的基本思想倾向。在这个基本性质之下，还有注重写实的客观化以及平民精神等美学特质。

现实主义、浪漫主义在中国的传播、接受，就是一种误读的过程，这个过程可以分为三个阶段。第一个阶段是五四以前，现实主义和浪漫主义被误读为写实和理想两种文学类型。19世纪末至20世纪初，西方文学作品开始大量地译介过来，使国人对西方文学有了初步的了解。这个时期，西方的文学理论还没有系统地传播，因此中国人还没有形成文学思潮的概念。人们对文学性质、形态的认识极为粗浅、模糊并且颇多主观臆测，于是就形成了"写实"与"理想"的简单区分。梁启超首先考察了小说感人至深的两种原由："凡人之性，常非能以现境界而满足者也。而此蠢蠢躯壳，其所能触能受之境界，又顽狭短局而至有限也。故常欲于其直接以触以受之外，而间接有所触有所受，所谓身外之身，世界外之世界。……小说者，常导人游于他境界，而变换其常触常受之空气也。此其一。人之恒情，于其所怀抱之想象，所经阅之境界，往往有行之不知，习矣不察者；无论为哀为乐，为怨为怒，为恋为骇，为忧为惭，常若知其然而不知其所以然。欲摹写其状，而心不能自喻，口不能自宣，笔不能自传。有人焉，和盘托出，彻底而发露之，则拍案叫绝曰：'善哉善哉，如是如是。'所谓'夫子言之，于我心有戚戚焉'，感人之深莫此为甚。此其二。"[1]

梁启超接着认为，"由前之说，则理想派小说尚焉；由后之说，则写实派小说尚焉。小说种目虽多，未有能出于此两派范围外者也。"[2]可以看出，这里的写实与理想之区分，还不是文学思潮的概念，而是一种文学功能的描述。在这里，梁启超的理想类小说偏向于想象、虚构，而写实类小说则偏向于表达真情实感，二者并不对称，与后人的文学类型学的写实、理想概念有所区别。但是，无论如何，梁启超提出的写实与理想之分，还是第一次对文学作出了划分，而这两个概念也为当时的人们所接受，并且加以变造，成为文学类型学的概念，从而作为解释中外文学现象的理论工具。

---

[1] 饮冰《论小说与群治之关系》，1902年11月《新小说》第1号。
[2] 饮冰《论小说与群治之关系》，1902年11月《新小说》第1号。

当时的文学理论家首先以事实与理想来区分现实与文学，把写实与理想作为文学构成的要素，文学成为理想对事实的改造。管达如认为"一切书籍皆记载事实界之事实，小说则记载理想界之事实"[1]。吴趼人用记实与理想的统一来解释侦探小说，他说："知彼之所谓侦探案，非尽记实也，理想实居多数焉。……盖记实，叙事耳；理想则必有超轶于实事之上，处于人人意想之外者，乃足以动人。"[2]曼殊用实事与理想区分侦探小说与才子小说："盖侦探所查之案情，实事也；才子所作之小说，理想也。实事者，天演也；理想者，人演也。"[3]王国维在论及其意境（境界）说时，认为境界分造境和写境："有造境，有写境，此理想与写实二派所由分也。"他们以写实与理想这对模糊的概念来分析文学的构成和样式，尚没有形成文学思潮的概念。后来，随着对西方文学的了解增多，才开始把写实主义与理想主义作为文学发展的不同阶段、不同形态。这个时期，对文学理论有较深入研究的是成之，他最先提出写实主义与理想主义的概念，并且赋予其历史性。成之说："小说自所载事迹之虚实言之，可别为写实主义及理想主义二者。""特其宗旨，不在描写当时之社会现状，而在发表自己所创造之境界者，皆当认之为理想小说。""小说发达之次序，本写实先而理想后，此文学进化之序也。"[4]他虽然把"写实主义"与"理想主义"作为文学不同的历史形态，从而把以往类型学的概念转换成为历史形态的概念，但这仅仅是非常初步的。他的写实主义与理想主义概念是对文学历史发展的不同阶段的描述，仅仅接近而不完全是一种文学思潮的概念；而且，这种描述是非常粗疏浅陋的。尽管如此，关于写实与理想的概念的提出，构成了中国日后接受西方文学思潮的"前理解"，从而影响了现实主义、浪漫主义概念的接受。

对现实主义、浪漫主义误读的第二个阶段，是在五四时期。五四时

---

〔1〕　管达如《说小说》，1912 年《小说月报》第三卷第 5、第 7 至 11 号。

〔2〕　中国老少年《〈中国侦探案〉弁言》，《中国侦探案》，广智书局 1906 年版。

〔3〕　饮冰等《小说丛话》，1905 年《新小说》第 13 号。

〔4〕　成之《小说丛话》，1914 年《中华小界界》第 1 卷第 3 至 8 期。

期，西方的诸种文学思潮大都被介绍进来，并且有了一定的了解。西方文学思潮是在中国启蒙语境中被接受的，因此必然是一种误读。这个时期形成了初步的文学思潮的概念，五四以前的写实与理想之分，变成了写实与浪漫之分。现实主义被看作科学方法的产物，而浪漫主义则被看作一种前科学的产物。在进化论的影响下，对文学的历史发展作出了古典主义、浪漫主义、现实主义、新浪漫主义（现代主义）依次递进的描述。如沈雁冰说："西洋古典主义的文学到卢梭方才打破，浪漫主义到易卜生告终，自然主义从左拉起，表象主义是梅特林克开起头来，一直到现在的新浪漫派。"[1]对现实主义和浪漫主义的误读，是在科学主义的影响下形成的。五四启蒙运动形成了科学主义，科学具有无上的权威。写实主义之被推崇，是因为当时人们认为写实主义是科学的产物，符合科学精神。愈之在1920年发表的《近世文学上的写实主义》，揭示了写实主义与科学主义的关系："19世纪是科学万能的时代。文化上各方面——政治、哲学、艺术等——受了科学的影响，多少带有此物质的现实的倾向；在文学上这种影响更大；写实文学的勃兴，就为这缘故。"[2]

他还从科学主义的视角具体阐述了写实文学的六大特性：第一，客观性的写作态度。第二，精细的观察方式。第三，解剖式的描写方法。第四，作家的价值判断的回避。第五，对平凡的丑恶的人事物态描写。第六，注重人生的描写。以后，茅盾等人也从科学主义角度提倡写实主义、自然主义。谢六逸说："写实派是浪漫派的反动，受了自然科学的影响，重视直接的经验，为纯客观的文学。"[3]茅盾说："近代的西洋文学是写实的，就因为近代的精神是科学的。科学的精神重在求真，故文艺亦以求真为唯一目的。科学的态度重客观的观察，故文学也注重客

〔1〕 沈雁冰《小说新潮宣言》，1920年1月《小说月报》第11卷第1期。
〔2〕 愈之《近世文学上的写实主义》，引自《中外文学关系史资料汇编》上册，广西师范大学出版社2004年版，第277页。
〔3〕 谢六逸《自然派》小说，《中外文学关系史资料汇编》上册，广西师范大学出版社2004年版，第289页。

观的描写。因为求真，因为重客观的描写，故眼睛里看见的是怎样一个样子，就怎样写。"[1]应该说，他们对写实主义的认知，就写作手段和风格特征上说，大体是正确的。但是他们对现实主义有误解，认为现实主义是一种科学方法。其实，现实主义并没有把自己等同于一种科学方法，它依据的是实证主义哲学。自然主义才主张所谓的科学（生理学）方法。达米安·格兰特认为："现实主义源自哲学，描述一种'目的'，即现实的获得；'自然主义'源自自然哲学即科学，描述一种'方法'，有助于获得现实的方法。"[2]五四文学理论家在接受现实主义过程中，没有严格区分现实主义与自然主义，甚至认为自然主义与现实主义是一回事。茅盾说："文学上的自然主义与写实主义实为一物；自来批评家中也有说写实主义与自然主义之区别即在描写方法上客观化的多少，他们以为客观化较少的是写实主义，客观化较多的是自然主义。"[3]这就导致把自然主义的原则当作现实主义的原则，用科学主义解释现实主义。这样，现实主义就成为一种科学方法，其后果是仅仅注重于现实主义的技术层面，而忽略了其最根本的思想倾向，那就是对现代性带来的社会灾难的揭露和批判。

这种误读，也适应了启蒙主义的需要，使现实主义的思想资源被启蒙主义所改造、利用，成为批判封建主义、争取现代性的手段。这就是说，批判现代性的现实主义转换为争取现代性的启蒙主义。人们往往仅仅注意到现实主义是对浪漫主义的反动，而忽略了现实主义与启蒙主义的对立，而这种对立可能更为本质。启蒙主义信任、争取启蒙理性，因此还有理想主义的气质。现实主义开始反思启蒙理性，虽然没有丧失对理性的信任，但已经冷却了理想主义的热情。因此，五四启蒙主义文学接受现实主义，就只能是它的方法，而不是它的思想倾向。提倡写实主义、自然主义最力的茅盾，就站在启蒙主义的立场上批评写实主义：

---

〔1〕 沈雁冰《文学与人生》，《茅盾全集》第十八卷，人民文学出版社 1989 年版，第271 页。

〔2〕 达米安·格兰特《现实主义》，周发祥译，昆仑出版社 1989 年版，第 43 页。

〔3〕 《茅盾全集》第十八卷，人民文学出版社 1989 年版，第 211 页。

"（一）是在太重客观的描写，（二）是在太重批评而不加主观的见解……使读者感着沉闷烦扰的痛苦，终至失望。"[1]所以他表示："我们现在注意的，并不是人生观的自然主义，而是文学的自然主义。我们所要采取的，是自然派的技术上的长处。"[2]其目的一是为启蒙主义所用，二是弥补中国文学不注重观察、不擅长描写的弊端。

五四以前的"理想主义"，在五四时期已经转换为浪漫主义，浪漫主义也就继承了理想性的内涵，而没有意识到其反现代性的内涵。特别是对浪漫主义的介绍，出自启蒙的需要，更是一种有选择的误读。五四文学引进的浪漫主义作家，主要是后来所谓的"积极浪漫主义"作家，如歌德、席勒、雪莱、拜伦、雨果等，其实这些作家或者属于启蒙主义（如歌德、席勒等），或者具有启蒙主义倾向（雪莱、拜伦、雨果等）。更具有代表性的即后来所谓"消极浪漫主义"作家，如许来格尔兄弟、夏多布里昂等，则有所忽略，未加引进。于是，更进一步强化了对浪漫主义的误读，把浪漫主义等同于理想主义。1915 年，五四运动发生之初，陈独秀还把浪漫主义称为理想主义："欧洲文艺思想之变迁，由古典主义一变而为理想主义，此在18、19 世纪之交。"[3]可见当时对浪漫主义的认识主要还是理想性。同时，在科学主义视角下，相对于写实主义的客观性，浪漫主义又被赋予了注重情感的主观性的内涵。1920 年，茅盾说："浪漫（romantic）这个名字，一方面虽然带着主观的色彩，一方面却是推崇思想自由，个人主义，和返于自然这几条信条。这种思想在卢骚的文学中，明明白白地显露着。岂知到后来唯心论在哲学上的势力一盛，文学受它的影响不少，把主观的描写过分抬高了，大家都尽着一个脑袋所能的去空想妄索；只管向壁虚造，没根没柢地去发挥他们主观的真善美，而实在又想不出什么了不得的空想，说来说去，仍不过

---

[1] 沈雁冰《文学上的古典主义、浪漫主义和写实主义》，1920 年 9 月《学生杂志》第 7 卷第 9 期。

[2] 《茅盾全集》第十八卷，人民文学出版社 1989 年版，第 206 页。

[3] 《陈独秀著作选》，上海人民出版社 1993 年版，第 136 页。

396 现代性与中国文学思潮

落在前人的窠臼罢了。这便是浪漫文学末流的大漏洞。"[1]

被误认为是中国浪漫主义大师的郭沫若对浪漫主义的误读更为离谱，他说："浪漫主义的文学便是最尊重自由，尊重个性的文学，一方面要反抗宗教，而同时又要反抗王权，意大利文艺复兴时期中的诸大作家，英国的莎士比亚，弥尔顿，法国的佛尔特尔，卢梭，德国的歌德，许尔雷，都可以称作这一派文学的伟大代表。这一派文学，在精神上是个人主义自由主义，在表示上是浪漫主义的文学，便是十七八世纪当时的革命文学。"[2]

1927年郑伯奇说："19世纪浪漫主义的底流，依然是主抒情主义……"梁实秋也误读浪漫主义："浪漫主义就是不守纪律的情感主义。"总之，五四时期浪漫主义被误读为理想主义、主观主义、抒情主义。这种误读，仅仅说明了浪漫主义的美学风格特征（而且也是不全面、不准确的），而取消了浪漫主义的思想倾向性——对现代性（工具理性和工业文明以及世俗化）的反叛。由于科学主义的影响，浪漫主义被看作前科学的产物，只是作为一种欧洲历史上出现过的，现在已经过时的文学思潮。因此五四时期并没有加以推崇和提倡，也没有获得与现实主义并列的地位。1922年茅盾说："然而我终觉得我们的时代已经充满了科学的精神，人人都带点先天的科学谜，对于纯任情感的浪漫主义，终究不能满意；而况事实上中国现代小说的弱点，旧浪漫主义未必是对症下药呢。"[3]

五四以后，革命文学发生，在革命古典主义的语境下，写实主义定名为现实主义。这时，对现实主义和浪漫主义有两种误读，一是误读为"创作方法"的运用，从而取消了现实主义和浪漫主义的历史规定性；二是误读为一种意识形态化的原则，现实主义和浪漫主义成为世界观的

〔1〕 沈雁冰《文学上的古典主义、浪漫主义和写实主义》，1920年9月《学生杂志》第7卷第9期。
〔2〕 郭沫若《文学与革命》《中国现代文学史资料汇编》乙种，中国社会科学出版社1981年版，第233页。
〔3〕 沈雁冰《自然主义与中国现代小说》，1922年7月《小说月报》第13卷第7号。

体现。苏联"拉普"派最早提出了"创作方法"概念。"拉普"派从哲学方法论演绎文学方法论，提出了"辩证唯物主义创作方法"。他们认为现实主义与浪漫主义的差别是唯物主义与唯心主义的树立，甚至荒谬地提出了文学"打倒席勒"的口号。"拉普"派垮台后，"辩证唯物主义创作方法"也随之遭到批判和抛弃。但是，由于苏联的国家社会主义需要一个统一的创作原则，于是，"创作方法"概念就保留下来，与"社会主义现实主义"相结合，从而得到新的解释。1932年，苏联第一次作家代表大会通过的《苏联作家协会章程》确定："社会主义现实主义作为苏联文艺与苏联文艺批评的基本方法，要求艺术家从现实的革命发展中真实地、历史地和具体地去描写现实。同时，艺术描写的真实性和历史具体性必须与用社会主义精神从思想上改造和教育劳动人民的任务结合起来。"〔1〕

从此，"社会主义现实主义"的"创作方法"概念作为一种文学创作必须遵循的原则，进入了马克思主义文艺理论体系。中国的革命文学理论移自苏联，"拉普"派的"创作方法"概念也随之引进。1933年，中国左翼文学接受了"社会主义现实主义"，从而也就接受了对现实主义和浪漫主义的误读。被误读的现实主义和浪漫主义作为两种主要的创作方法，有以下几种规定：第一，基于唯物主义反映论，现实主义是对现实的客观反映，是最正确的创作方法，而浪漫主义则基于世界观的先进与落后而区分为积极浪漫主义和消极浪漫主义。第二，旧现实主义仅仅对现实进行了揭露和批评，而没有表现积极的理想，没有指出社会的发展趋势。社会主义现实主义基于辩证唯物主义，因此是现实主义的最高形式，它把现实与理想结合起来，反映社会历史的本质和发展趋势。第三，社会主义现实主义以其理想性包容了积极的浪漫主义，后来在中国发展为"革命现实主义与革命浪漫主义相结合"的创作方法。

---

〔1〕《苏联作家协会章程》，《苏联文学艺术问题》，人民文学出版社1959年出版，第25页。

（二）现实主义、浪漫主义的误判

如果说中国对现实主义、浪漫主义的接受是一种误读的话。那么运用这种被误读的观念来为中国文学思潮定性，就属于一种误判了。这种误判，使中国现代文学的性质和历史被扭曲，形成了这样一种叙述：五四文学是现实主义和浪漫主义，五四以后的革命文学是革命现实主义，后来又发展为"革命现实主义与革命浪漫主义相结合"。这就是说，对现实主义、浪漫主义的误判有两次，一次是对五四启蒙主义误判为现实主义和浪漫主义，一次是对革命古典主义误判为"社会主义现实主义"以及"两结合"。

五四文学被定性为现实主义和浪漫主义，是第一次误判。五四新文化运动是启蒙主义运动，这一点几乎没有疑义。而奇怪的是，五四新文学运动却被定性为现实主义和浪漫主义。这是由于长期以来，人们不知道启蒙主义是一种独立的文学思潮。发生于欧洲 18 世纪是启蒙主义不仅仅是一种社会文化运动和思潮，也是一种文学运动和思潮，它的基本特征就是鼓吹启蒙理性，批判封建主义，争取现代性。因此，启蒙主义文学思潮区别于此前发生的鼓吹政治理性，为建立现代民族国家服务的新古典主义，也区别于其后发生的批判现代性的浪漫主义、现实主义、现代主义。五四新文学是反对封建主义，争取现代性（科学、民主）的运动，因此是启蒙主义文学思潮。但是，由于对现实主义和浪漫主义的误读，五四文学被误判为现实主义（鲁迅和文学研究会）和浪漫主义（郭沫若和创造社）。五四时期，启蒙思想家如陈独秀、李大钊以及茅盾等都提倡写实主义，而且以后学术界也大都把五四文学主潮定性为现实主义。但是，提倡和自称为现实主义和实际是现实主义并不是一回事，而可能是一种误判。由于写实主义被误解为一种写作技巧，这样，现实主义就被剥离了反现代性的思想内容，而能够脱离历史条件，成为揭露封建主义的手段，成为所谓五四现实主义。那么，为什么五四启蒙理论家要把启蒙主义称为现实主义呢？除了对现实主义的误读之外，还有其他的原因。

首先，是因为欧洲现实主义离五四时期较近，并且已经形成了声势浩大的文学潮流，产生了众多的大文学家和经典作品，对中国新文学运动发生了重要的影响。五四时期，虽然现代主义已经发生，但现实主义余波尚在，而且在一些国家如俄国仍然强劲。而欧洲启蒙主义文学已经过一两个世纪，距离较远，而且启蒙主义文学的成就远没有现实主义大。况且启蒙主义作为一种文学思潮并没有获得公认，更没有被中国文学界所体认。这样，作为一种思想资源，现实主义比启蒙主义更为丰富；作为一面旗帜，现实主义比启蒙主义更有权威性。因此，五四文学以现实主义自居。

其次，五四文学家受到进化论的影响，认为世界文学已经超越了现实主义，而中国只在古典主义阶段，所以要迎头赶上，只有先实现现实主义。陈独秀认为："我国文艺犹在古典主义、理想主义时代，今后当趋向写实主义。"[1]茅盾1920年说过："我们中国现在的文学，只好说尚徘徊于'古典'与'浪漫'的中间。"[2]1922年他还指出："老实讲，中国现在提倡自然主义，还嫌早一些，照一般情形看来，中国现在还须得经过小小的浪漫主义的浪头，方配提倡自然主义，因为一大半的人还是甘受传统思想古典主义束缚呢。但是可惜时代太晚了些，科学方法已经是我们的金科玉律。浪漫主义文学里别的元素，绝不适宜于今日，只好让自然主义先来了。"[3]

茅盾以及五四理论家们按照欧洲文学思潮演进顺序来安排和认定中国现代文学的历史，这本身就抹杀了中国文学的特殊性。而且，他们也误解了中国文学的历史，比如认为五四文学相当于欧洲17世纪的古典主义，而浪漫主义在古典主义之后，本来应该先引进"小小的浪漫主义"，只是由于现代中国文学的滞后性，浪漫主义被科学主义淘汰，而超前发生了自然（写实）主义。其实，中国的古典文学与欧洲古典主

---

〔1〕 陈独秀《答张永言》，1915年1月《新青年》第1卷第1号。

〔2〕 沈雁冰《小说新潮宣言》，1920年1月《小说月报》第11卷第1期。

〔3〕 《茅盾全集》第十八卷，人民文学出版社1989年版，第187页。

义绝非同一形态的文学思潮，欧洲的（新）古典主义是在现代性发生过程中形成的，是为了争取建立现代民族国家而兴起的现代文学思潮；而中国古典文学是前现代性的文学，建立现代民族国家的任务也没有提出，因此文学思潮也没有发生。更重要的是，他们忽略了欧洲的启蒙主义文学思潮，它发生于新古典主义之后，浪漫主义之前，是争取现代性的文学思潮。按照历史条件，中国现代文学首先发生的不是浪漫主义，也不是现实主义，而应该是新古典主义和启蒙主义。

再次，就是启蒙主义与现实主义都属于古希腊文学传统，宣扬人文精神，注重写实，因此在文学风格上有继承关系和相似性。所以，很容易在"写实"的概念下把二者混同起来。五四文学也就是在这种情况下，以写实主义之名，行启蒙主义之实。

第四，就是俄国启蒙主义文学的影响。中国新文学受到俄国19世纪启蒙主义文学的影响至大，这是因为俄国正处于封建主义向资本主义的过渡期，面临着反对封建主义、争取现代性的启蒙任务，历史条件与中国有相似之处。因此，产生了批判封建主义的启蒙文学，如普希金、车尔尼雪夫斯基、莱蒙托夫、契诃夫、果戈里等。同时，19世纪后期，俄国资本主义已经得到相当程度的发展，因此也产生了批判资本主义的现实主义文学，如托尔斯泰和早期的高尔基等。俄国启蒙主义与现实主义互相衔接，有时甚至互相融合，它们同时承担着反对封建主义和批判资本主义的任务。因此，俄国19世纪文学被统称为现实主义，而排除了启蒙主义，这里也包含着误判的成分。周作人说："俄国的近代的文学，可以称之为理想的写实派的文学；……俄国的文艺批评家别林斯基以及托尔斯泰，多是主张人生的艺术……中国的特别国情与西欧稍异，与俄国却多相同的地方；所以我们相信中国将来的新兴文学当然的也是自然的，是社会的、人生的文学。"[1]所谓"理想的写实的文学"、"人生的文学"基本上是争取现代性、反对封建主义的启蒙主义文学，而不是反对现代性、批判资本主义的现实主义文学，但是中国的

---

[1] 周作人《文学上的俄国与中国》，1921年1月《新青年》第8卷第5号。

学者却误读为现实主义文学。而这种误读也影响了中国文学对五四文学的定性。五四文学接受了俄国 19 世纪文学的影响，主要是启蒙主义的影响，但是却误以为是现实主义的影响，从而也误以为自己属于现实主义。

最后，就是由于中国文学自身发展需要吸收现实主义的成分，特别是需要借鉴现实主义细致的观察和描写的艺术手法。五四文学家们把中国古典文学与西洋文学加以比较，深感中国古典文学观察不细，描写粗枝大叶的毛病，并且认为只有学习写实主义的手法才能改进。胡适最先认识到这个问题，并且对茅盾等提倡新浪漫主义不以为然："我昨日读《小说月报》第七期的论创作诸文，颇有点意见，故与郑振铎、雁冰谈此事。我劝他们要慎重，不可滥收。创作不是空泛的滥作，须有经验作底子。我又劝雁冰不可滥唱什么'新浪漫主义'。现代西洋的新浪漫主义的文学之所以能立脚，全靠经过一番写实主义的洗礼。有写实主义作手段，故不至堕落到空虚的坏处。如梅特林克（Meterlinck），如辛兀（Synge），都是极能运用写实主义的方法的人。不过他们的意境高，故能免去自然主义的病境。"[1]

也许由于胡适的劝说，本来提倡新浪漫主义的茅盾转而提倡自然主义。但他申明，是注重自然派的技术上的长处，是文学上的自然主义，而不是人生观的自然主义。为了吸收欧洲文学的长处，改进中国文学，所以要提倡自然主义。《〈小说月报〉改革宣言》中宣称："写实主义文学，最近已见衰歇之象，就世界之立点言之，似乎不应多为介绍；然就国内文学界情形言之，则写实主义之真精神与写实主义之真杰作未尝有其一二，故同人以为写实主义在今日尚有切实介绍之必要；而同时非写实的文学亦应充其量输入，以为进一层之预备。"[2]

五四文学被误判为现实主义，主要体现在对鲁迅和文学研究会的定性上；而被误判为浪漫主义，主要体现在对郭沫若代表的创造社的

---

〔1〕《胡适的日记》，香港中华书局 1985 年版，第 156 页。

〔2〕《〈小说月报〉改革宣言》，1921 年 1 月《小说月报》第 12 卷第 1 号。

定性上。郭沫若以及创造社是五四启蒙主义的另外一支，他们在文学风格上偏重于主观、抒情，主张自我表现，不同于鲁迅和文学研究会偏重于客观、写实的风格。郭沫若宣称："我们所同的，只是本着我们内心的要求，从事于文艺的活动罢了。"[1]而成仿吾也说："文学既是我们的内心活动之一种，所以我们最好是把内心的自然的要求作它的原动力。"[2]但是，他们的思想倾向与文学研究会同样是讴歌进步、民主、自由、科学和个性解放，而把斗争的矛头指向封建主义。正如郁达夫夫子自道：他们"对于过去，取的是遗忘的态度；对于现在，取的是破坏的态度；对于将来，取的是猛进的态度。这一种倾向的内容，大抵是热情的、空想的、传奇的、破坏的"[3]。这意味着他认同一种进化的、线性的时间观，这是启蒙主义的时间观，而不是浪漫主义的时间观。浪漫主义的时间观是非进化的，甚至是倒退的，它们认为今不如昔，主张回到现代性前的时代。因此，他们不属于批判现代性的浪漫主义，而属于争取现代性的启蒙主义。在五四时期，创造社并没有自称为浪漫主义。郑伯奇说："19世纪浪漫主义的底流，仍然是抒情主义，不过因为他们有卢梭的思想，中世纪文化的憧憬，资本主义初期的气势，因而形成了浪漫主义而已。在现代的中国，我们既没有和他们同样的思想和社会的背景，而我们另外有我们独有的境域和现代的思潮，所以便成了我们现代自己的抒情主义。"[4]他还说："抒情主义这个名词用来说明现代文坛的特色比浪漫主义一语更为确切而有内容。"[5]郭沫若说自己的创作认同于歌德的"主情主义"，而歌德及其"狂飙突进"运动实质上是属于争取现代性的启蒙主义的，歌德自己也说："我把'古典

〔1〕 郭沫若《编辑余谈》，1922年8月《创造》季刊第1卷第2期。
〔2〕 《成仿吾文集》，山东大学出版社1985年版，第90页。
〔3〕 郁达夫《文学概说》，《郁达夫全集》第五卷，浙江文艺出版社1992年版，第363页。
〔4〕 郑伯奇《郑伯奇文集》，陕西人民出版社1986年版，第96页。
〔5〕 郑伯奇《郑伯奇文集》，陕西人民出版社1986年版，第95页。

的'叫做健康的，而把'浪漫的'叫做病态的。"[1]郭沫若倒是认同于"新浪漫主义"或表现主义，陶晶孙回忆说："《创造》发刊时，沫若说要把新罗曼主义为《创造》的主要方针。"[2]不过，虽然创造社受到表现主义的影响，推崇表现主义，但并不就是表现主义，而只是把它作为一种思想资源，正像浪漫主义也只是一种思想资源一样。五四以后，"后浪漫主义"的代表徐訏对所谓的五四浪漫主义和现实主义不以为然，他说："五四时代的文艺，后来所称的浪漫主义，其作品之脆弱与微薄，实际上只是情书主义。至于写实主义，只不过是杂感主义。"[3]夏志清对创造社的"浪漫主义"这样评论："事实上，所谓'浪漫主义'也者，不过是社会改革者因着科学实证论之名而发出的一股除旧布新的破坏力量。它的目标倒是非常实际的，它要给中国人民带来幸福的生活，建立一个更完善的社会和一个强大的中国。由于这种浪漫主义所探索的问题，没有深入人类心灵的隐蔽处，没有超越现世经验，因此，我们只能把它看作一种人道主义——一种既关怀社会疾苦同时又不忘自怜自叹的人道主义。"[4]夏志清说得很清楚了，创造社只是带引号的浪漫主义，实质却是要改革社会，争取现代性的、具有人道主义思想的文学；这不是浪漫主义的特征，而是启蒙主义的基本特征。

五四后期，梁实秋首先从白璧德的古典主义美学出发，认为浪漫主义是"不守纪律的情感主义"，从而对郁达夫等五四文学作出浪漫主义的误判。创造社被正式称为浪漫主义，是在30年代左翼文学时期，其时创造社主要成员已经左转，他们是在接受了苏联的"社会主义现实主义"以后，才作出这样的认定的。在苏联"拉普"派主导文坛的时期，浪漫主义被判定为唯心主义，因此，创造社不会自称为浪漫主义。在"革命文学"论争中，创造社成员严厉批判浪漫主义，郭沫若宣称：

---

〔1〕 爱克曼辑录《歌德谈话录》，人民文学出版社1978年版，第188页。

〔2〕 陶晶孙《创造三年》，《创造社资料》，福建人民出版社1985年版，第772页。

〔3〕 徐訏《情书主义》，《徐訏全集》第十卷，台湾：正中书局1966年版，第591页。

〔4〕 夏志清《中国现代小说史》，台湾：传记文学出版社1985年版，第48页。

"浪漫主义的文学早已成为反革命的文学。"[1]而在苏联"社会主义现实主义"确立后，浪漫主义被区分为"消极的浪漫主义"和"积极的浪漫主义"，并且认为"社会主义浪漫主义"包容了"积极的浪漫主义"。于是，郭沫若以及创造社就不再自称为有"反动倾向"的表现主义或"新浪漫主义"了，而敢于认同浪漫主义了。1935年郑伯奇在所撰《中国新文学大系·小说三集》的导言中，确认并分析了"创造社作家倾向到浪漫主义"，以后，创造社属于浪漫主义就成为定论。

第二次误判是把革命古典主义定性为"革命现实主义"。五四以后，以"革命文学"论争为转折点，左翼文学接受了苏联的"社会主义现实主义"，形成中国的革命古典主义文学思潮。革命古典主义是中国的新古典主义，它以建立现代民族国家为目标，尊崇政治理性，强调为政治服务；建立一套理性化的写作规范，如典型化等。但是，革命古典主义文学思潮一直被误判为"革命现实主义"，并且认为是现实主义的最高发展阶段；它以其理想性包容了革命浪漫主义。在20世纪80年代，毛泽东又把它发展为"革命现实主义与革命浪漫主义相结合"。直至"文革"，样板戏垄断文坛，革命古典主义走向反面和终结。为什么革命古典主义会被误判为一种现实主义呢？除了对现实主义的误读，把写实等同于现实主义外，主要是因为，中国与西方之间存在着巨大的时间差，欧洲建立现代民族国家的运动发生于17世纪，而中国完成同样任务的革命则要滞后于欧洲二三百年，中国人很难认同这一事实。新古典主义是一种早就过时的文学思潮，而且它是为中央集权的封建王朝（民族国家雏形）服务的；法国大革命中流行的革命古典主义时间不长，成果甚微，中国的革命古典主义要获得合法性，不能打着这个旗号；而且它的平民主义也区别于新古典主义的贵族精神，这是中国革命古典主义的特点。现实主义是批判资本主义的，而革命古典主义也反对帝国主义、资本主义，因此很容易认为二者具有一致性。现实主义是19世纪文学思潮，为时不远，成果丰硕，把自己说成现实主义的发展，

---

[1] 郭沫若《革命与文学》，1926年5月《创造月刊》第1卷第3期。

具有更大的合法性。至于认为革命现实主义包容了革命浪漫主义，也因为新古典主义的理性精神带有理想性，这种理想性也被误认为浪漫主义的因素。"两结合"对现实的理想化的矫饰，更典型地体现了新古典主义的理性化特性。

综　论

一、中国现代文学贵族精神的缺失与平民主义的偏向

（一）文学的贵族精神与平民精神

文学在其历史发展中，形成了贵族精神和平民精神。贵族精神产生于贵族高贵、世袭的社会地位和生活方式。贵族享受世卿世禄，衣食无忧，淡泊功利，形成了超越的精神追求；加之世袭积累，形成了高雅的精英文化传统。周作人认为相对于平民精神的"求生意志"，贵族精神体现了一种"求胜意志"，具有出世的倾向，要求无限的超越。这里把贵族精神确定为自由的超越精神。孟德斯鸠认为，专制主义的精神是恐惧，君主制（贵族政体）的精神是荣誉，共和制的精神是美德。这里把贵族精神确定为高贵的荣誉感。奥尔特加·加塞特说："因此，在我们的心目中，贵族就等同于一种不懈努力的生活，这种生活的目的就是不断地超越自我，并把它视为一种责任和义务。以此观之，贵族的生活或者说高贵的生活，就与平庸的生活或懈怠的生活形成了鲜明的对比……"[1]

贵族精神可以归结为超越性、自由性、高贵性，就是肯定人的神性、自由、尊严，抵制鄙俗性、世俗性、消费性；就是超越平庸的现实

---

〔1〕　奥尔特加·加塞特《大众的反叛》，刘训练译，吉林人民出版社 2004 年版，第 59
　　　—60 页。

生活，追求高尚的精神生活。贵族精神在现代性确立以后，并没有随贵族阶级而消亡，而是转化为一种精神传统，被新兴的资产阶级所继承，成为一种社会批判力量。同时，贵族精神也成为一种文学传统，影响着现代文学的发展。贵族文学传统主要体现为这样几个方面：第一，强调和发展了文学的超越性，它不受制于社会功利性，不限于表现某种意识形态，而是表现了自由意识，注重个体精神世界，探求生存的意义，具有形而上的高度。第二，强调和发展了文学的审美品格，注重高雅的趣味、形式，突出了文学性本身。第三，具有精英主义的文学观，突出文学的高贵性和个性品质，对抗大众化、商品化。

现代文学也具有平民精神的谱系。西方平民精神诞生于现代性发生之后。西方现代社会是由贵族社会转化而来，社会革命的主体是平民（第三等级），因此世俗现代性是一种平民精神，现代文化是一种平民文化。平民（特别是作为资产阶级前身的第三等级）的经济地位和生存方式，造就了世俗的、功利的、低俗的平民精神。周作人认为平民精神是"求生意志"的体现，要求有限的平凡的存在。平民精神也形成了平民文学传统。平民文学具有这样的特质：第一，社会功利性，强调文学的意识形态性和教化作用，相对忽视文学的审美超越性。第二，现实的品格，注重社会问题，关注人的现实生存，相对忽视心灵的自由和对存在意义的探求。第三，大众化、通俗化，广泛普及，相对忽视文学形式的探求以及文学性的提高。

现代文学既具有平民性，也继承了贵族文学传统。欧洲古代社会是贵族社会，世袭的贵族阶级形成了封闭的贵族文学传统，并且成为主流文学。平民文学是在近代随着市民阶级兴起而出现的，它在初期较为粗俗鄙陋，只是由于后来吸收了贵族文学精神才得以提升。文艺复兴是感性现代性发生的时期，平民主义盛行。而属于贵族文化的 17 世纪新古典主义就开始以理性精神和形式规范对感性现代性有所抵制、批判、超越。这一艺术思潮往往选取古希腊、古罗马的题材，描写宫廷贵族的生活。它的语言典雅、气质高贵、风格崇高，表现人性的伟大。它认为文艺体裁分为"高雅的"悲剧和"卑俗的"的喜剧两类，悲剧反映上层社会生活，是高级题材；而喜剧反映下层社会生活，是低级题材（布瓦洛）。悲剧必须用崇高悲壮的诗体来写，喜剧则用日常语言。在现代性刚刚确立的18世纪，启蒙主义文学具有平民化的特质；19世纪初期，平民化的工具理性和城市工业文明崛起，浪漫主义艺术就继承了贵族精神，以内心的自由、自然天性对抗理性的统治，反拨启蒙主义，展开了对工具理性以及城市工业文明的批判。现实主义继承了平民文学传统，关注现代性带来的社会问题，同情小人物的命运，反拨了浪漫主义的贵族精神。在现代性确立、发展的20世纪初期，平民化的现代生活桎梏了人的自由，现代主义艺术就继承了贵族精神，反思、批判虚假的统治意识形态，以自由选择的名义抗争异化的存在，并反拨了现实主义。无论是新古典主义还是浪漫主义、现代主义，都继承了贵族精神，具有精英文化的特质和超越的品格。

与欧洲不同，中国古代文学的贵族传统薄弱。中国经历了短暂的先秦贵族领主社会，在其后转化为官僚地主社会。地主不是世袭的贵族而是平民，官僚由平民知识分子（士）选拔（汉魏六朝是察举，隋以后是科举）而来。可见官僚地主社会是平民社会，形成了平民文化，这是前现代性的平民文化。尽管平民文化占据着主导地位，中国仍然延续着微弱的贵族文化传统，这是因为尚有贵族文化存在和延续的社会基础。周代是封建领主制，贵族是统治阶级，一直延续到春秋时代，形成了中国的贵族文化传统，在秦以后转化为平民社会。而后，出现了六朝时期的准贵族社会，魏晋南北朝时期形成门阀世族，他们起自民间大地主，获得统治集团承认，享有经济政治特权，拥有高雅的文化教养，并且世代相袭，成为特殊的贵族。隋唐后庶族地主阶级登上社会政治舞台，世族消亡，但历朝历代仍有皇族这一特殊贵族存在；清代更是满族贵族集团与汉族官僚地主集团的联合政权。因此，存在着发源于《楚辞》，兴于六朝文学，延续于五代词，终结于《红楼梦》的贵族文学传统。但由于贵族社会湮灭，贵族文化传统衰落，没有成为主流文化。因此，中国贵族文化传统薄弱，平民文化传统深厚。中国传统平民文化的基础是农民文化，在这个基础上形成了士大夫文化，士大夫文化是平民文化的高雅形式。以平民知识分子（士）为主体的儒家文化就是平民文化，它具有功利性、世俗性和平凡性等平民文化的特征。中国社会、文化的平民性以及贵族传统的薄弱，对现代中国文学的影响是很大的，它造成了中国现代文学的一些重要的缺陷。

（二）中国启蒙文学的平民主义偏向

五四文学革命以反传统作为基本思想之一，并且采取了对古典文学全面否定的态度，尤其是反对贵族文学。古典文学主要是士大夫的文学，也包括贵族文学传统。在辛亥革命以后，废除科举制度，开办新学堂，传统士子衰微或转为新型知识分子。新型知识分子接受西式现代教育，大多属于城市平民阶层，他们取代传统士子后，自然要求属于自己的文化和文学，五四新文化运动和文学革命就是应这种要求而发生的。五四文学革命的重要主题是反对士大夫文学，提倡平民文学。胡适从语言入手为平民文学奠基，他提倡白话，主张废文言，实际上摧毁了士大夫文学的根基。陈独秀敏锐地意识到胡适提倡白话文的社会意义，发表了《文学革命论》，提出"三大主义"："曰推倒雕琢的阿谀的贵族文学，建设平易的抒情的国民文学。曰推倒陈腐的铺张的古典文学，建设新鲜的立诚的写实文学。曰推倒迂晦的艰涩的山林文学，建设明了的通俗的社会文学。"他所谓的"古典文学"、"山林文学"、"贵族文学"实即指士大夫文学，而"国民文学"、"社会文学"是指平民文学。周作人作《平民文学》，首倡平民文学。他认为平民文学应具备两大条件："第一，平民文学应以普通的文体，记普遍的思想与事实。我们不必记英雄豪杰的事业，才子佳人的幸福，只应记载世间普通男女的悲欢成败……第二，平民文学应以真挚的文体，记真挚的思想与事实。"[1]李大钊认为平民文学是时代的需求："无论是文学，是戏曲，是诗歌，是标语，若不导以平民主义的旗帜，他们决不能被传播于现在的社

---

〔1〕 周作人《平民文学》，《中国新文学大系·建设理论集》，良友图书印刷公司1935年版，第211页。

会。"[1]同样，鲁迅对古典文学也持基本否定的态度。平民文学主张是五四民主精神在文学领域的体现。茅盾说："积极的责任是欲把德谟克拉西（按：指民主）充满在文学界，使文学成为社会化，扫除贵族文学的面目，放出平民文学的精神。"[2]平民文学主张反映了历史的要求，平民文学的提出体现了中国文学主体的转换，由封建士大夫转为平民知识分子。但是，由于对贵族文学与士大夫文学的极度排斥，也产生了极端平民化倾向。胡适认为："简而言之，中国文学有史以来有两个阶层：（一）皇室、考场、宫闱中没有生命的模仿的上层文学；（二）民间的通俗文学，特别是民谣、通俗的短篇故事与伟大的小说。"[3]胡适还认为："中国文学史没有生气则已，稍有生气者皆自民间文学而来。"[4]

力主平民文学的周作人，在五四后期意识到平民主义的偏颇和贵族精神的重要性。周作人指出："贵族的与平民的精神，都是人的表现，不能指定谁是谁非，正如规律的普遍的古典精神与自由的特殊的传奇精神，虽似相反而实并存，没有消灭的时候。"[5]他进一步分析两种文学精神的特点：平民精神是求生意志的体现，要求有限的平凡存在；贵族精神作为人的求胜意志的体现，以出世为倾向，要求无限的超越。因此，二者互补，成为人的健全精神的两个方面。周作人的结论是："我想文艺当以平民的精神为基调，再加以贵族的洗礼，这才能够造成真正的人的文学。"[6]周作人的平民文学思想是较为健全的，但在五四激进主义潮流中，并没有得到重视和广泛的认同。比较偏激的、反贵族文学

〔1〕 李大钊《李大钊选集》，人民出版社 1978 年版，第 407 页。

〔2〕 茅盾《现在文学家的责任是什么》，《茅盾全集》第 18 卷（中国文论一集），人民文学出版社 1989 年版，第 11 页。

〔3〕 胡适《四十年来的文学革命》，《胡适学术文集·新文学运动》，中华书局 1993 年版，第 309—310 页。

〔4〕 胡适《中国文学的过去与来路》，《胡适学术文集·新文学运动》，中华书局 1993 年版，第 185 页。

〔5〕 周作人《贵族的与平民的》，《自己的园地》，岳麓出版社 1987 年版，第 15 页。

〔6〕 周作人《贵族的与平民的》，《自己的园地》，岳麓出版社 1987 年版，第 16 页。

（由于对贵族文学的把握不准，实际上包括了士大夫文学）的极端平民主义占了主流。由于对贵族文学的讨伐，再加上把平民化的士大夫文学也一并讨伐，使贵族文学精神本来就薄弱的中国文学更趋于极端平民化。这种偏激的思想，使五四文学丧失了重要的精神来源，它排除了贵族文学和士文学，而仅仅肯定了具有民间文学性质的古典白话文学，导致新文学的无根、浮浅。钱穆批评五四文学："民国以来，学者贩稗浅薄，妄目中国传统文学为已死之贵族文学，而别求创造所谓民众之新文艺"，导致"刻薄为心，尖酸为味，狭窄为肠，浮浅为意。俏皮号为风雅，叫嚣奉为鼓吹，陋情戾气，如尘埃之迷目，如粪壤之窒息。植根不深，则华实不茂。膏油不滋，则光彩不华"[1]。虽然钱穆是在文化保守主义的立场看待五四新文学，有全盘否定的片面性，但也尖锐地指出了五四新文学否定贵族文学和一切古典文学所带来的弊端。新文学的建设单有民间文学作为立足点是不够的，这毕竟是低级形态的文学，还必须继承贵族文学和士大夫文学的传统。在平民文学口号下，士大夫文学和贵族文学衰亡，文学转向平民主义。这种倾向一方面是一种历史要求，同时也带有偏颇性，影响了中国现代文学的发展。

（三）中国革命文学的民粹主义倾向

经过革命文学论争，五四文学革命终止，启蒙主义中断，苏联的革命（新）古典主义（社会主义现实主义）被引入。革命古典主义极端地发展了平民主义，贵族精神被彻底排斥。革命古典主义的历史定位在于适应了建设现代民族国家的需要。在中国，这个历史任务是由共产党领导的"新民主主义革命"完成的。革命胜利以后，进入了社会主义建设时期。中国的社会主义建设采用了苏联模式。苏联模式的国家社会主义需要政治理性的支持，因此作为国家意志的主流意识形态成为文学的主导思想。大众这个概念在革命过程中由一种崇拜对象，形成了一种新的民粹主义。在这种形势下，文学必然走向大众，走向"民间"。

---

[1] 钱穆《中国文学论丛》，生活·读书·新知三联书店2004年版，第21—22页。

朱学勤指出："可以肯定的是，民粹主义的始作俑者是卢梭。"[1] 卢梭的人民平等主义民主思想，深深地影响了后来的 19 世纪 40 年代俄国知识分子。他们将卢梭的平民社会观混同了俄国本土的传统重民思想，形成了俄式民粹主义。苏俄化的马克思主义又在一定程度上浸淫了民粹精神，而这种俄式马克思主义又深深地影响了 20 世纪 20 年代彷徨寻求思想支援的中国现代革命知识分子。在这一思想影响下，中国现代知识分子扭转了五四"改造国民性"的方向，而形成了大众崇拜，要"做农民小学生"。他们形成了一种"原罪意识"，不惜在道德价值尺度上标榜自身水准的低劣，这是民粹主义思想里的人民至上论。

在文学领域，平民文学、大众文学、工农兵文学排挤了精英文学，文学成为动员大众的工具。早在 1918 年蔡元培高呼"劳工神圣"，并预言"此后的世界，全是劳工的世界"之后，从陈独秀、鲁迅、茅盾、周作人和李大钊等提出的"平民文学"、"民众文学"、"国民文学"，20 年代的"革命文学"论争，到左联对"大众化"的确认，走向民众成为革命文学的重要标志，为后来毛泽东提出的"工农兵方向"作了铺垫和准备。瞿秋白的《普罗大众文艺的现实问题》一文集中体现了左翼文化建设的民众价值尺度，认为普罗文艺即大众文艺，一切取决于民众对于文化、文艺的现实需求。"左联"直接援引列宁关于无产阶级文艺方向的论述，将此前已经开展的轰轰烈烈的文艺大众化问题的讨论引向了新的方向。在其执委会决议《中国无产阶级革命文学的新任务》中指出："今后的文学必须以'属于大众，为大众所理解，所爱好'（列宁语）为原则。"[2] 左联将"革命的作家要向群众去学习"作为号召，提倡文艺创作者向传统的民间文学形式汲取养料，因此在注重文艺的宣传功能的同时，其民粹主义立场显示了放弃知识分子话语权利而归依大众话语的倾向。毛泽东的文艺大众化思想正是在他对 20、30 年代

---

[1]　朱学勤《道德理想国的覆灭——从卢梭到罗伯斯庇尔》，上海三联书店 1994 年版，第 111 页。

[2]　《中国无产阶级革命文学的新任务》，1931 年 11 月《文学导报》第 1 卷第 8 期。

革命文学和文艺大众化讨论的关注中和思考中逐步形成的。毛泽东一再强调了"工农兵"为主体的文艺思想，强调了文艺的方向是为"为人民大众服务，首先是为工农兵服务"，创造"为中国老百姓所喜闻乐见的文艺作品"就成为文学指导思想。

这样，在本土化以后的民粹主义思想影响下，中国现代革命古典主义文学思潮就与历史上的其他新古典主义文学思潮有了明显的区别和个性。欧洲新古典主义继承了贵族精神，讲求高雅风格，选择宫廷题材，注重诗体文字的运用，严格悲剧与喜剧的雅俗之分等等。而中国革命古典主义文学思潮不具有贵族气质和高雅风格。中国"新式农民革命"的性质要求革命文学贴近工农大众，为工农大众所喜闻乐见，成为"团结人民、教育人民、打击敌人、消灭敌人的有力武器"。革命文学的平民化和通俗性也有中国文学的平民性传统的影响。欧洲"绝对主义国家"是中央集权的封建王朝，文学以宫廷趣味为中心，因此欧洲新古典主义继承了贵族文学传统。中国革命致力于建立工农政权，工农成为文学的主要对象，而且中国贵族文学传统薄弱，平民文学传统强大。因此，革命文学具有平民气质和通俗化风格。

从"革命文学"论争到左翼文学运动、抗战文学和延安整风，以及解放以后的社会主义文学时期的"革命现实主义"和"社会主义现实主义"、"革命现实主义与革命浪漫主义相结合"，新古典主义形成、发展，直到"文革"推出"样板戏"和"三突出"原则而走向终结，新古典主义主导了中国文坛达半个多世纪。这固然符合了革命斗争的需要，却有把平民文学传统极端化的倾向，文学趋向于低俗化，从普罗文学到大众文学、工农兵文学，高雅文学被排斥，审美品格被降低，因此造成了极端平民主义带来的大众文化低俗化。

贵族精神蔑视世俗功利主义和非个性的大众意识，肯定精神的自由和人格的高贵，贵族文学传统成为宝贵的精神财富。对贵族精神的抵制和对平民主义的极端发展造成中国现代文学的结构性缺陷，它缺失了作为文学本质的超越性，否定了文学的自由与独立，尤其是后期加剧的公式化、概念化以及僵化的政治理性主义违背了文学自身的规律，严重阻碍了中国现代文学的发展。

（四）当代大众文化和通俗文学的极度膨胀

改革开放、特别是市场经济的确立之后，现代性就叩响了中国的大门。这是一种平民化的时代，世俗现代性作为一种平民精神大行其道，大众文化和通俗文学就是平民精神的体现。在市场经济的基础上，大众文化包括通俗文学蓬勃兴起，迅速发展，以不可阻挡之势占据了社会生活的各个领域，取得了绝对的优势。大众文化和通俗文学的消费性与市场经济相配合，满足了人们的感性需求，因此有其合理的社会基础，不能加以排斥。但是也要看到它的负面作用，它以精英文化衰落，文学超越性的缺失为代价，并且使人们的精神世界受到大众文化的强力支配。奥尔特加·加塞特批评大众文化："因此，我们可以这样来解释与定义大众所暴露的荒谬的心智状态：他们唯一关心的就是自己生活的安逸与舒适，但对于其原因却一无所知，也没有这个兴趣。因为他们无法透过文明所带来的成果，洞悉其背后隐藏的发明创造与社会结构之奇迹，而这些奇迹需要努力和深谋远虑来维持。"[1]

在文学领域，五四以来，包括新时期形成的高雅文学传统受到极大的冲击，这次冲击不是来自革命的大众文学，而是来自商品化的通俗文学。在市场的强大导向下，从事严肃文学创作的作家纷纷投向通俗文学创作，人们的兴趣也转向通俗文学。典型的事例是以张艺谋为代表的第五代导演由艺术片转向商业片的制作，从《红高粱》、《大红灯笼高高挂》到《英雄》、《十面埋伏》，简直是天壤之别，由此可以看出市场的力量有多么强大，也可以看出大众文化对精英文化的绝对优势。这局面的形成既有中国现代性的片面化的现实根源，也有贵族精神薄弱的历史的原因。本来，在现代社会，大众文化、通俗文学与精英文化、高雅文学是文学现代性的两翼，二者互相制约、互相补充，维系着人类精神生

---

〔1〕 奥尔特加·加塞特《大众的反叛》，刘训练译，吉林人民出版社 2004 年版，第 53 页。

态的平衡。但是，贵族传统的薄弱和贵族精神的缺失，导致对大众文化的超越、批判的力量的丧失。于是，消费主义成为新的意识形态，大众文化畸形膨胀。出现了这种现象：物质的富裕掩盖了精神的贫乏，感官的享乐取代了思想的追求，低俗的时尚排挤了高雅的趣味。这造成了文化生态的失衡，精神世界的倾斜。其后果是，人们，特别是青年一代不知道精英文化、高雅文学为何物，不知道除了消费之外还有什么价值，不知道人生意义是什么。人沦落为消费动物，这是很可怕的事情，不能不引起严重的警觉。

在上个世纪 90 年代初期，市场经济刚刚起步，大众文化方兴未艾，曾经引发过一场关于人文精神失落的讨论。那场讨论并不成熟，不仅因为其时大众文化的积极因素尚未充分发挥、消极方面尚未充分显露，应当给予更多的扶持而不是批判；更重要的是进行这场批判的武器不是反思、超越的现代性，也不是自由的贵族精神，而是前现代性（传统理性）和功利主义的平民精神。因此，这种批判不仅是不合时宜的，而且也没有获得合理的思想资源。现在，情况发生了根本性的变化，市场经济已经确立和高速发展，大众文化的消极面已经充分显露，亟须进行理论的批判和实践的抵制。首先必须在理论上破除片面肯定大众文化的观念，认清大众文化的两重性，批判大众文化的消极面。同时承认精英文化的合理性，既要容纳大众文化，也要承认"小众文化"。进行大众文化批判，必须挖掘和引进贵族精神，继承和发扬贵族文学传统，建设精英文化，以抵御人性的沉沦，守护人的精神家园。

（五）贵族精神缺失和极端平民化对中国现代文学的影响

贵族文学传统的薄弱和贵族精神的缺失，使中国现代文学具有极端的平民化的缺陷，给中国现代文学的发展造成了严重的影响。

首先，极端的平民化导致极端的政治功利主义。贵族文学具有强烈的超越精神，而平民文学具有强烈的功利性，它关注社会现实问题，注重文学的意识形态功能。由于对贵族文学的排斥，中国现代文学一开始就走上了平民化的道路，文学被当作改造社会的工具。虽然五四文学曾经批判"文以载道",但只是反对文学载封建之道,而主张载启蒙之道。革命文学则坚决主张文学是阶级斗争的工具,坚持为政治服务。这种片面的政治功利性有其历史的根据,因为五四启蒙主义文学是争取现代性的文学,它必然强调文学争取科学、民主的社会作用;革命文学是争取建立现代民族国家的文学,因此必然强调文学的革命政治作用。在这个历史条件下,平民文学精神就排斥了贵族文学精神。但是,政治功利主义虽然强调了文学的社会性、现实性,极大地发挥了文学的社会作用,推动了启蒙和革命的进程,同时也抹杀了文学的独立性和超功利性,给文学本身的发展带来了负面影响。文学为社会变革付出了重大牺牲,丧失了独立性和审美的品格,成为政治的附庸,文学性被削弱,文学的消遣娱乐功能也被抑制,文学的价值和功能单一化。这种倾向到文化大革命发展到了极致,在革命的名义下,文学走向毁灭。这是一个严重的历史教训。

其次,极端的平民化导致中国现代文学超越性的缺失。文学除了具有现实性,发挥社会功利作用以外,还具有超越性,它关注人的精神世界,追求自由的境界,坚守超功利的审美品格,而这正是贵族文学精神的体现。中国现代文学被政治功利性所支配,导致文学超越性的流失。本来在实用理性的中国传统文化体系中,中国文学的超越性受到了抑制,它具有强烈的世俗性,而缺乏神性;突出了文学对现实的关注,而忽视了对人的存在意义的思考,从而导致文学的形而上意义的削弱。而中国现代文学更突出了政治功利性,排斥了文学的审美超越性。中国现代文学对现实的描写仅仅满足于政治的、道德的控诉或歌颂,而缺乏自由的批判精神;仅仅触及社会问题,而没有深入到人的灵魂;仅仅停留于意识形态的宣传,没有揭示生存意义。这就是为什么中国现代文学发挥了社会作用,而文学本身却成就不高,没有赶上世界文学的现代发展的原因。

最后,极端的平民化导致了中国现代文学的低俗性,牺牲了高雅文学的发展。平民文学强调大众化、通俗性,这种取向有其积极意义,有助于发挥文学的广泛的社会作用。同时,文学还有高雅的形态,还要重视文学性本身，这恰恰是贵族文学的取向。正如平民文学精神与贵族文学精神之间的对立互补一样，通俗文学与高雅文学的对立互补也维系着文学的生态平衡。而大半个世纪的极端的平民化倾向导致文学的低俗性。为了向民众启蒙和进行政治宣传，文学创作只有降低水准、牺牲文学性以俯就大众的水平。五四的白话文文学就已经具有低俗化的倾向，如白话诗就有这个缺陷。革命文学更强调文学的大众化，甚至以"民间形式"作为大众化的主要途径。当代文学在市场化导向下，更走向极端的通俗化、世俗化、感性化，而它的代价就是审美品格的丧失。文学的极端大众化、通俗化，导致高雅文学传统的中断，文学创作面向大众，而牺牲了小众——知识精英，强调了通俗文学而忽视了高雅文学。在理论上，以普及与提高的关系取代通俗文学与高雅文学的区分，强调先普及后提高、在无产阶级的基础上提高，高雅文学被批判为封建主义、资产阶级和修正主义文学，从而中断了古今的高雅文学传统。在市场经济的条件下，高雅文学被视为过时的东西，受到通俗文学的挤压，无力抵御文学的低俗化。文学的低俗化，无论是政治原因的低俗化还是市场原因的低俗化，都降低了文学的品格，妨碍了文学的现代发展，这是必须克服的倾向。

面对中国现代文学的平民主义偏向，要求充分挖掘贵族精神的思想资源，继承贵族文学传统。中国贵族文学传统薄弱，因此更应该重视对贵族精神的继承，不仅包括对中国文学中贵族传统的继承，也包括对世界文学中贵族传统的继承。总之，我们必须总结历史经验，在继承平民精神，发展通俗文学，发挥文学的现实性的同时，还必须继承贵族精神，发展高雅文学，发挥文学的超越性，建设健全的中国现代文学。

二、个案研究：胡适的平民精神与鲁迅的贵族精神

（一）启蒙主义的平民精神与贵族精神

平民精神和贵族精神是人类精神的两种类型，它们形成于平民阶级

和贵族阶级的文化传统、人文精神。平民精神和贵族精神不等于平民阶级和贵族阶级的意识形态，作为一种文化传统和人文精神，它是可以传承的，并非平民阶级或贵族阶级所专有。无论在西方还是在中国的启蒙主义中，都包含着平民精神和贵族精神两种思想取向。

五四新文化运动的主流是平民主义，因为五四是争取现代性的启蒙运动，而现代性是平民精神的产物。西方传统社会是贵族领主社会，经过市民阶级（第三等级）发动的社会革命，转化为现代社会。因此，现代社会是以平民为主体的平民社会，现代文化是以平民价值观为主流的平民文化，现代性主要是一种平民精神。平民的辛劳、贫困、实际的生活方式产生了平民精神，平民精神具有世俗性、功利性和平凡性。周作人认为平民精神是一种"求生意志"的体现，要求有限的、平凡的存在而缺少超越的精神。正是这种平民精神生发出现代性，成为现代社会的催化力量。欧洲启蒙运动是平民精神主导的，它倡导的财产私有、政治平等、个体价值实际上是平民的价值观。现代性的基本内涵是理性精神，包括工具理性（科学精神）和价值理性（人文精神），基本上属于平民精神。五四提倡的平民革命、平民文学、白话文以及科学、民主、个性解放等等，都是平民精神的表现。另一方面，启蒙运动也改造、吸收了贵族精神，使其成为现代性的组成部分和反思、批判力量。贵族精神相对于平民精神而言，它产生于贵族高贵、世袭的社会地位和生活方式。贵族享受世卿世禄，衣食无忧，淡泊功利，形成了超越的精神追求；加之世袭积累，形成了高雅的精英文化传统。周作人认为贵族精神体现了一种"求胜意志"，具有出世的倾向，要求无限的超越。这里把贵族精神确定为自由的超越精神。孟德斯鸠认为，专制主义的精神是恐惧，君主制（贵族政体）的精神是荣誉，共和制的精神是美德。这里把贵族精神确定为高贵的荣誉感。总之，贵族精神可以归结为自由性、高贵性和超越性。贵族精神蔑视世俗功利主义和非个性的大众意识，肯定精神的自由和人格的高贵。

贵族精神在现代性确立以后，并没有随贵族阶级而消亡，而是转化为现代性的组成部分和超越层次，成为反思、批判现代性的精神力量。

在启蒙运动中，一方面有平民精神的代表卢梭的平等理念，也有贵族精神的代表孟德斯鸠、柏克等的自由理念。自由主义的理念制约了平等主义理念的偏颇。法国现代社会科学的奠基人之一、自由主义的早期代表人物托克维尔出身贵族，对贵族社会赞赏有加，同时又肯定民主制度。他认为贵族制度产生了自由思想，而民主制度产生了平等意识，二者都有合理性。他承认自己对自由的评价高于对民主的评价，因为大众的平等追求超越了对自由的追求，必然带来危险，如个性的抹平、相互隔绝、醉心于物质利益、人变得渺小无力等。平民精神与贵族精神是现代意识的两个方面，它们各有长短、互相制约、互相补充。五四新文化运动也体现了贵族精神，主要体现为对平民主义的怀疑，对大众的失望，对人类心灵的探求以及孤独意识。周作人在五四后期总结了五四运动片面张扬平民精神、反对贵族精神的教训，提出二者兼收并蓄的思想："贵族的与平民的精神，都是人的表现，不能指定谁是谁非，正如规律的普遍的古典精神与自由的特殊的传奇精神，虽似相反而实并存，没有消灭的时候。"[1]正是平民精神与贵族精神的互相补充与互相制约，才使五四新文化运动获得了丰富、深刻的内涵。

（二）胡适的平民精神

五四平民精神的代表有激进主义的陈独秀、李大钊，还有自由主义的胡适。胡适的启蒙主义思想是以平民精神为主导的。胡适出身于传统士绅家庭，自幼受到儒家文化的传统教育，形成了温文尔雅的性格。儒家文化属于平民文化。在贵族社会（贵族领主社会）衰微、向平民社会（官僚地主社会）转化的春秋时期，孔子代表的儒家一方面继承了周朝贵族文化的典章礼仪，同时又吸收了平民精神，成为一种平民性质的"实用理性"文化。儒家文化的平民精神主要体现在这样几方面：一是功利主义，着眼于文化的教化作用和社会效益；二是伦理主义，认为伦理是最高的价值，忽视了形而上的超越层面；三是一定程度的平等

---

[1] 周作人《贵族的与平民的》，《自己的园地》，岳麓书社 1987 年版，第 15 页。

意识（"泛爱众"、"有教无类"、"不患寡而患不均"、民本思想等）。虽然胡适在五四运动中激烈地反孔，但儒家文化精神仍然潜藏在他的思想深处，成为胡适的平民精神的来源之一。他青年时期留学美国，受到美国的科学精神、民主思想的熏陶，成为一个坚定的自由主义者。美国文化体现着强烈的平民精神，是典型的平民文化。首先，从历史上看美国是一个移民国家，基本上是欧洲平民的后裔，欧洲贵族文化的影响很小。从社会经济、制度上看，它没有经历过贵族制度，从殖民地时期到独立建国以后，都是资本主义的经济、政治制度，而且成为最发达、最典型的自由资本主义国家。从文化精神层面上看，美国信奉实用主义、科学主义、物质主义，大众文化发达，而精英文化则比较弱小。特别是在南北战争之后，贵族文化残余被扫荡，北方的实利的平民精神统治了美国。胡适不仅服膺美国的民主制度，而且信仰和鼓吹带有实用主义倾向的杜威的实验主义。在这种文化背景之下，胡适以平民精神介入五四新文化运动就势所必然了。胡适在五四中的平民精神体现在以下几方面：

首先，鼓吹科学主义。科学精神体现着人对自然的利用、改造，本来就具有平民主义的性质。五四时期科学精神更成为启蒙的旗帜。胡适不仅笃信科学，而且成为科学至上、科学万能的鼓吹者。胡适说道："近三十年来，有一个名词在国内几乎做到了至上尊严的地位：无论懂与不懂的人，无论守旧和维新的人，都不敢公然对他表示轻视或戏侮的态度。那个名词就是科学。"[1]科学权威的建立虽然是历史的进步，但却逾越了自己的界限。科学作为工具理性，自有其应用范围，那就是提供认识现象世界的方法和知识。正像康德已经揭示的，科学不能僭越伦理和信仰领域。但是五四时期形成的科学主义却僭越了意识形态和形而上（哲学、信仰）领域，导致了科学主义的霸权。科学成为价值观和信仰，最典型地体现于"科玄论战"中。1923年张君劢在清华大学作

---

〔1〕 胡适《科学与人生观序》，《胡适文集》，北京大学出版社1998年版，第三册第152页。

了题为"人生观"的讲演。他批评五四以后流行的科学主义即认为科学能够解决一切问题的倾向。他认为，科学不能解决人生观问题，因此中国文化的重建取决于"人生观"——主要指人文科学以及伦理、宗教、玄学（哲学）。他的观点遭到科学主义一派的批判。丁文江提出科学支配人生观，科学方法是万能的。胡适说："因果大法支配着他——人——的一切生活"，并且提出"科学的人生观"或"自然的人生观"。在科学派那里，科学已经具有了人生观的性质。胡适倡导科学主义，缺乏对科学的局限和负面作用的认知和警惕，这也是平民精神的局限。

其次，鼓吹民主政治。民主基于平等原则，是平民精神在政治领域的表现。胡适一直主张在中国实行民主政治。针对那些认为民主不适合中国国情，中国大众素质不够等论调，胡适提出民主是"幼稚园"的观点，认为民主是最简单易行的事情，中国大众完全可以接受。他对启蒙大众充满信心，认为短期即可奏效。在办《新青年》时与同人约定二十年不谈政治，致力于输入学理，进行启蒙。这意味着他对启蒙的艰巨性、长期性估计不足。

再次，主张平民文化、平民文学。从提倡白话文开始，胡适就提倡平民文化、平民文学。陈独秀的《文学革命论》中提出推倒贵族文学，建设平民文学的主张。而胡适也因首倡白话文而彪炳史册。他以白话与文言以及民间的与宫廷的来判定文学作品的优劣。他说："简而言之，中国文学有史以来有两个阶层：（一）皇室、考场、宫闱中没有生命的模仿的上层文学；（二）民间的通俗文学，特别是民谣、通俗的短篇故事与伟大的小说。"[1]"中国文学史没有生气则已，稍有生气者皆自民间文学而来。"[2]他还说："死文字决不能产生活文学。所以中国这二

---

〔1〕 胡适《四十年来的文学革命》，《胡适学术文集·新文学运动》，中华书局1993年版，第300—301页。

〔2〕 胡适《中国文学的过去与来路》，《胡适学术文集·新文学运动》，中华书局1993年版，第185页。

千年只有些死文学，只有些没有价值的死文学。"[1]这种偏激的平民文学主张，不仅否定了贵族文学，也否定了其他精英文学、高雅文学。

第四，关注社会文化问题，而较少关注人的精神世界。平民精神的一个特点就是功利性，关注实际问题，而较少关注精神世界的问题。胡适的启蒙工作主要在社会文化层面，认为只要向大众灌输科学、民主思想，改良社会就可以解决中国的问题了。他认为中国的问题在于政治体制上缺少一个"好政府"，因此提出"好政府主义"；在于文化上的愚昧落后，因此才有"五鬼闹中华"之说。至于更深层面上的精神世界的困扰、人的灵魂问题并没有被胡适所关注。胡适信奉的是属于英美经验主义传统的杜威的实验主义哲学，而对欧陆理性主义哲学则不感兴趣，这就注定了胡适缺乏形而上的维度，缺乏对现代性的反思、批判，他的启蒙思想是浅显的、缺乏深度的。

还有，五四时期的胡适，在经济思想上主张向苏俄学习，采取社会主义的国有制度，而不赞成自由经济。胡适考察苏联后，虽然不赞成其专政制度，但对其经济国有制度却有赞许之意。他说："19世纪以来，个人主义的趋势的流弊渐渐暴白于世了，资本主义之下的痛苦也渐渐明了了。远识的人知道自由竞争的经济制度不能达到真正的'自由、平等、博爱'的目的。向资本家手里要求公道的待遇，等于与虎谋皮。"解决的方法有两条："一是国家利用其权力，实行制裁资本家，保障被压迫的阶级；一是被压迫的阶级团结起来，直接抵抗资本阶级的压迫与掠夺。于是各种社会主义的理论与运动不断的发生。"[2]由此可见，他是从平民主义的立场出发来认同国有制，反对私有制度。

还有，胡适主张世界主义。与其他启蒙代表人物相比，他最少民族主义情结。他主张全盘西化（后来改称"充分世界化"），对中国文化肯定最少，批判最多。这种世界主义是现代性的内涵之一，而全盘的西

---

〔1〕 胡适《建设的文学革命论》，1917年2月11日《新青年》第2卷第6号。
〔2〕 胡适《我们对于西洋近代文明的态度》，转引自胡明《胡适传论》，人民文学出版
　　 社1996年版，第662页。

化或世界化，表明在他的思想中缺少对现代性的制约力量，也丧失了批判平民精神的思想资源。

总之，胡适的启蒙思想打上了平民精神的印记，而缺少贵族精神的补充和制约；他在主张现代性的同时，缺少对现代性的反思、批判。

（三）鲁迅的贵族精神

鲁迅则代表了五四启蒙主义的贵族精神，因此他和胡适虽然同属于启蒙阵营，但二者的思想内涵有深刻的不同。鲁迅的贵族精神的思想资源首先是中国文化中的异端思想。中国文化中也有贵族精神的传统，但贵族文化传统薄弱。由于春秋时期贵族社会解体，转化为官僚地主社会，主流文化具有平民主义的性质，贵族文化衰微，成为边缘文化，老子、庄子等道家文化就属于没落的贵族文化。这种贵族文化的遗留形成了中国文化中的隐逸意识、狂狷精神和异端思想。鲁迅出身于没落的官僚家庭，自幼感受到了世态炎凉。他反感于儒家伦理，特别是儒家的孝道，对《二十四孝图》中的扭曲人性的说教本能地排斥。倒是对具有异端倾向、充满幻想的《山海经》具有强烈的兴趣。成人以后，更继承了中国文化的狂狷精神（而周作人更多地继承了隐逸意识）。他赞赏非圣无法的魏晋名士，同情于他们在黑暗社会窒息下的苦闷和反抗（《魏晋风度及文章与药及酒的关系》）；他歌颂眉间尺那样的勇于复仇的孤胆英雄（《铸剑》）；他鄙视正统的儒家文化统治下的社会，而把伟大和光荣给予初民社会，像创造人类和人类世界的女娲（《补天》），还有摩顶放踵为民众治理水患的英雄大禹等。五四时期的鲁迅自己承认："就在思想上，也何尝不中些庄周韩非的毒，时而很随便，时而很峻急。孔孟的书我读得最早，最熟，然而倒似乎和我不相干。"[1]这里说明了两点，一是鲁迅自幼就拒斥孔孟学说，二是他受到庄子、韩非的影响很大。庄子属于道家，是中国贵族精神的传人。他鄙弃儒家的注重道

---

〔1〕　鲁迅《写在坟后面》，《鲁迅杂文、小说、散文全集》，中国致公出版社2001年版，第99页。

德教化的功利主义，寻求超越世俗的个体精神自由。而韩非是法家，也是中国文化的异端。

其次，鲁迅还吸收了西方文化中的贵族精神，使之成为反思现代性和平民精神的思想资源。给鲁迅以极大影响的反现代性思想家是尼采。在进入现代社会以后，第一个以贵族精神批判现代性和大众文化的哲学家是尼采。尼采有波兰贵族的血统，他重视自己的出身，并且以弘扬贵族精神、批判平民化为己任。尼采不仅主张贵族政体和等级制度，而且他的基本思想也发源于贵族精神，因此，勃兰兑斯称尼采思想为"贵族激进主义"，而尼采也表示认同这种命名。尼采深感现代性带来的是平民的统治，贵族精神失落，"庸众"的价值观占了支配地位，他认为现代精神已经"颓废"，"奴隶的道德"、"畜群的理想"使人"柔化"、"道德化"、"平庸化"。因此，尼采对现代道德、大众文化以及庸众人格展开了猛烈的攻击。为了医治现代性和现代文化带来的病象，尼采要"重估一切价值"，要建立"主人的道德"，要伸张"强力意志"，做"超人"。可以说，贵族精神成了尼采进行现代性和大众文化批判的思想武器。鲁迅服膺尼采，是因为他有贵族精神的思想基础，对平民精神有某种拒斥。因此他在接受现代性的同时，对现代性有所怀疑、批判和抵制。

鲁迅思想经历了五四以前、五四时期和五四以后三个阶段，因此有三个鲁迅，即留学时期的保守主义的鲁迅；五四时期的启蒙主义的鲁迅；左联时期的马克思主义的鲁迅。这三个鲁迅又不是完全分割的，而是有着内在的一致性的，其间贵族精神如一条若隐若现的红线贯穿下来。

辛亥革命前后的鲁迅是一个民族主义者和保守主义者，他的贵族精神在此时确立。他服膺尼采，对西方传入的现代性基本上持抵制、批判立场。现代性是一种平民精神，它的民主政治、科学主义、世界主义等都是资产阶级的价值观。奥尔特加·加塞特说："我们这个时代的典型特征就是，平庸的心智知道自己是平庸的，却理直气壮地要求平庸的权利，并把它强加于自己触角所及的一切地方。"[1]鲁迅以贵族精神作为抵制、批判现代性的思想武器。他认为西方现代文明的实质为"物质也，众数也"，物质主义抹杀了人的精神追求，科学主义扼杀了人的灵性和信仰，民主制度抹平了个体差异，使天才沦于凡俗，"社会之内，荡无高卑……顾于个人特殊之性，视之蔑如……""必借众以凌寡，托言众治，压制乃尤烈于暴君。""呜呼，古之临民者，一独夫也；由今之道，且顿变为千万无赖之尤，民不堪命矣，于兴国究何与焉。"因此他主张"掊物质而张灵明，任个人而排众数"[2]。面对西方列强在经济、政治、文化上对中国的冲击，鲁迅拿起了民族主义和保守主义的思想武器加以抵制。鲁迅在日本拜章太炎为师，受到了章太炎的文化保守主义和民族主义思想的影响。章太炎虽然在政治上是一个革命者，但在文化思想上是一个民族主义者和保守主义者。他有强烈的反西方列强的思想，宣称"就政治社会计之，则西人之祸吾族，其烈千万倍于满洲"（《革命军约法问答》）。他把民族主义扩展到文化领域，认为西方文明不如中华文明，西方的现代民主政治是"封建之变相"。这些思想都强烈地影响了青年鲁迅。鲁迅在留学日本时写下的《文化偏至论》、《摩罗诗力说》、《破恶声论》等文章，表达了鲜明的民族主义和文化保守主义思想。他对中国传统文化往昔的辉煌充满自豪。他虽然认为西方科学昌明，但对西方文明的总体评价不高，认为难与中华文明比肩。他对现代以来西方文化的强势传播、中国文化的衰落痛心不已，认为是"本根剥丧"、"种性放失"。他站在保守主义的立场反对洋务派、维新派、革命派，崇尚西洋文明的"偏至"之举，如"竞言武事"、"复有制造商估立宪国会之说"，"终至彼所谓新文明者，举而纳之中国"，为国人"馨香顶礼"，这样，"贱古而尊新，而所得既非新，又至偏而至

---

〔1〕 奥尔特加·加塞特《大众的反叛》，刘训练译，吉林人民出版社 2004 年版，第 10 页。

〔2〕 鲁迅《文化偏至论》，《鲁迅杂文、小说、散文全集》，中国致公出版社 2001 年版，第 15—17 页。

伪"〔1〕。他崇尚"摩罗诗人",特别是密茨凯维支、裴多菲等具有反抗精神的波兰、匈牙利等弱小民族的诗人,其目的还是为了民族复兴。他站在个性至上的立场抵制世界主义,也抵制国民意识,认为当时的改良派、革命派如梁启超等人的"世界人"和"国民"主张"皆灭人之自我"、"泯于大群",是"以众虐独",是必须破除的"恶声"〔2〕。他从形而上的信仰角度批判科学主义"奉科学为圭臬",并对"破迷信者,于今为烈"的现象表示反对,为宗教、神话以及中国农民的迎神拜鬼等迷信活动乃至龙的形象辩护,认为这体现了中国民众的"形而上之需求",他说:"虽中国志士谓之谜,而吾则谓此乃上进之民,欲离是有限相对之现世,以趣无限绝对之至上者。"〔3〕这也与五四时期的反迷信的鲁迅大异其趣。这种民族主义和保守主义,体现了一种批判、抵制现代性的贵族精神。

五四时期的鲁迅,进入启蒙主义阵营,开始争取科学、民族,鼓吹现代性,并转而成为激烈的启蒙主义者。但是鲁迅并没有放弃贵族精神,而是以贵族精神对大众进行启蒙,从而显露出鲁迅启蒙精神的独特性和深度。

贵族精神是一种精英意识,是对群氓意识的摒弃。鲁迅的启蒙工作是开展了对国民性的彻底批判。这种批判是以贵族精神、精英主义的立场进行的,是对大众的愚昧、平庸的拒斥。在这一点上,与五四前他对大众的看法有一致性,虽然在那个时候,鲁迅是批判现代性的。他没有把中国的问题仅仅归结为政治的问题,而认为根源于大众的愚昧落后。鲁迅对愚昧落后的中国大众,"哀其不幸,怒其不争"。在中国文化这个"吃人的筵席"中,大众不仅是被吃者,同时也是吃人者。因此,

---

〔1〕 鲁迅《文化偏至论》,《鲁迅杂文、小说、散文全集》,中国致公出版社 2001 年版,第 15—17 页。

〔2〕 鲁迅《破恶声论》,《鲁迅杂文、小说、散文全集》,中国致公出版社 2001 年版,第 1299 页。

〔3〕 鲁迅《破恶声论》,《鲁迅杂文、小说、散文全集》,中国致公出版社 2001 年版,第 1300 页。

他在自己的小说和散文中揭示了中国大众的愚昧、怯懦、麻木。鲁迅以贵族精神批判大众，毫不留情，决不粉饰，因此显得冷峻而严酷。更为独特的是，出于贵族精神，鲁迅对启蒙大众持怀疑态度。基于对国民性的清醒认识，鲁迅对启蒙并没有胡适那样乐观。他参加五四新文化运动，是在钱玄同的动员下才勉强为之的，因为他对唤起民众打破中国旧社会这个"铁屋子"不抱信心。他的笔下，都是阿Q、祥林嫂、闰土、华老栓一类的浑浑噩噩的人，是没有希望的群氓。因此，鲁迅是带着一种近乎绝望的心情投入启蒙的。与胡适一直主张和争取民主不同，鲁迅从来不谈民主，因为他认为现在的中国人精神世界不改变就不配享有民主。

贵族精神也是一种自我意识，一种独立精神。鲁迅在启蒙运动中保持了一种鹤立鸡群般的孤傲，这与辛亥革命前后主张的"排众数而任个人"是一致的，虽然他已经扭转了批判现代性的立场。由于国民的麻木不仁，他孤军奋战，四顾茫然，像堂吉诃德一样与整个世界决斗。即使没有援军，他也决不退缩，决不妥协。在《野草》中，鲁迅表露出内心的凄凉、孤寂、绝望，同时也表现出他坚强的战斗意志。他是一个看不到未来的远行者，"我只得走"（《过客》）。他是一个永远的战士，对着无所不在的敌人举起了投枪（《这样的战士》）。

贵族精神更重视人的精神世界，主张心灵的自由，反对精神的束缚。鲁迅在留学时期就主张"掊物质而张灵明"，这种思想在转向启蒙主义后以新的形式延续下来。他没有停留于一般思想启蒙的层次，而是深入到中国人的内心世界，探索国人的灵魂。他不仅控诉旧社会在肉体上吃人，更控诉旧文化在精神上吃人。他很少关注社会问题，没有着力写农民经济上的贫困和政治上受到的欺压，而更多地描写他们精神上的愚昧、麻木。在他看来，精神上的黑暗比社会的黑暗更可怕，灵魂的丧失比肉体的死亡更可悲。因此，他的启蒙主义思想比胡适等人更为深刻，他的《狂人日记》、《阿Q正传》等作品对国人灵魂的揭示具有动人心魄的力量。鲁迅对以儒家为代表的中国传统文化进行了决绝的批判，对儒家思想奴化、戕害人的灵魂进行了猛烈的讨伐。贵族精神作为一种自我价值的肯定也表现为民族主义精神。留学时期鲁迅主张民族主义，而五四时期的鲁迅转向世界主义，但并没有像胡适那样对西方文化顶礼膜拜，而是有所警惕，保持一种独立性。这是因为，他骨子里存留着强烈的民族主义。他之所以批判传统文化，是因为他对自己的民族刻骨铭心的爱，爱之愈深，责之愈甚。这种对西方文化的警惕和独立，在五四时期是隐蔽的，看到的似乎只有对传统文化的否定和对中国人的失望。但是，在《阿Q正传》中唯一出现的西方文化的代表假洋鬼子的形象上，我们看到了在作者潜意识中对西方文化的厌恶和一种强烈的民族自尊心。这种厌恶在五四以后变成了他的显意识。

五四以后的鲁迅，认同了根于平民精神的马克思主义，从精英主义转向大众主义，从个体意识转向群体意识，从悲观主义转向乐观主义，这是历史的吊诡之处。为什么会是这样呢？一方面，鲁迅思想中本来就存在着贵族精神与平民精神的冲突。他在给许广平的信中说，自己的思想中有许多矛盾，主要是"人道主义"与"个人的无治主义"的彼此消长。人道主义主要体现了一种平民精神，而"个人的无治主义"则主要体现了一种庄老式的贵族精神。而鲁迅最终倒向平民主义，民族主义可能是一个关键的原因。

中国社会现代化进程的特殊性，就是现代性与现代民族国家之间的矛盾、冲突。现代性作为从传统社会走向现代社会的精神动力，其核心是工具理性（科学精神）和价值理性（人文精神），五四提倡的科学、民主就是现代性的中国提法。现代民族国家作为现代性的政治载体，本来是与现代性一致的，欧洲的历史证明了这一点。但是在中国，现代性没有本土的思想资源，中国传统文化没有现代性发生的土壤，因此只能从西方引进现代性。五四新文化运动就是从西方引进现代性并批判传统文化的运动。在引进现代性的同时，中国还面临着建设现代民族国家的任务，对中国而言，就是要摆脱西方列强强加于中国的半殖民地地位，获得民族独立。这意味着必须反对西方帝国主义，也包括反对西方文化。这样，中国的现代化就面临着两难处境：要实现现代性，就必须肯定现代西方文明，向西方学习；而要建立现代民族国家，就必须反对西方列强，批判西方现代文明。由于民族危机的紧迫性，建立现代民族国家的任务压倒了实现现代性的任务，这就是所谓"救亡压倒启蒙"的更深刻的含义。由于中国民族危机的迫切性，建立现代民族国家的任务压倒了启蒙的任务，于是，中国的现代化进程走向了以反现代性的方式建立现代民族国家的道路。由于现代性意味着西化、世界化，而建立现代民族国家意味着民族主义的主导；对中国知识分子而言，就必须完成从五四的世界主义向民族主义的转变。不仅鲁迅，还有陈独秀、李大钊、郭沫若、茅盾等都从崇尚西方文明转向批判西方文明。他们五四时称颂"今日庄严灿烂之欧洲"（陈独秀），而五四后期就高喊"我们要反抗资本主义的毒龙"（郭沫若）。五四以后的民族主义不同于以往的民族主义，它是侧重于意识形态的革命民族主义。革命民族主义并不认同传统文化，而是以封建主义之名批判之；它在反对帝国主义、西方资产阶级及其文化的名义下反对世界主义；它以被压迫民族和劳动人民文化的名义肯定民族主义。这种革命的民族主义之所以被接受，即由于在中国知识分子的深层心理中埋藏着强固的民族主义情结，鲁迅也是如此，在历史的召唤下，本来潜藏的民族主义情结就转化为显意识。民族主义不仅仅可以与平民精神相联系，也可以成为贵族精神的表现，因为民族自尊心也是贵族精神的思想资源，如果说如李大钊、陈独秀等的民族主义与平民精神相联系的话，那么鲁迅则是把民族主义与贵族精神相联系。

平民精神的民族主义着力反对帝国主义对大众的政治压迫和经济掠夺，而贵族精神的民族主义则表现为对民族气节的诉求。在与主张西化的陈源以及《现代评论》派的论争中，也透露出鲁迅对民族气节的敏感。当时发生了两个美国兵打中国人的事件，围观的中国人只是喊打而没有行动，陈源唾弃这种怯懦的行为，认为这是中国人的劣根性的表现，斥之曰"这样的中国人，呸！"鲁迅与此前的批判国民性的立场有所不同，他站在中国民众的立场，对陈源给予愤怒的回击："这样的中国人，呸呸！"[1]三一八惨案可能是个分水岭，鲁迅开始转向民族主

---

〔1〕　鲁迅《并非闲话》（二），《鲁迅杂文、小说、散文全集》，中国致公出版社2001年版，第203—204页。

义。鲁迅鲜明地支持爱国的学生，"中国要和爱国者的灭亡一起灭亡"。他开始抨击那些"欧化的绅士"，斥责他们是领头的山羊，"脖子上还挂着一个小铃铎，作为知识阶级的徽章"[1]。

民族主义情结最终导致鲁迅在政治上接受了马克思主义，连带着也就接受了与之相联结的平民主义，如大众文化、大众文学、工农革命等。1928年，鲁迅在翻译日本学者鹤见佑辅《思想·山水·人物》一书的题记中写道："那一篇《说自由主义》，也并非我所注意的文字。我自己倒以为瞿提（按：指歌德）所说，自由和平等不能并求，也不能并得的话，更有见地，所以人们只得先取其一的。"[2]这时，形势的变化已经使他从对自由的诉求转向对平等的诉求，而自由属于贵族精神，平等属于平民精神。但是，即使如此，鲁迅的贵族精神也没有消失殆尽，而是潜藏于思想深处。虽然鲁迅赞成革命，但他清醒地意识到政治的局限，文艺的独立性。在《文学和政治的歧途》中，他指出，革命家和文学家在革命前都不满现实，都要革命。革命化，革命家成为统治者，满足于现实，而文学家仍然不满足现实，鼓吹反抗，于是就遭到革命家的镇压。这是一种独立的意识。这种独立意识也表现在他对左翼文学空喊大众文学的清醒的认识。在文学大众化成为一种话语霸权时，他却说："若文艺设法俯就，很容易流为迎合大众，媚悦大众。""倘若此刻就要全部大众化，只是空谈。"[3]鲁迅潜藏的贵族精神还表现为他保持了强烈的自我意识，没有被党派政治所消解。他在左翼文学阵营中一直保持着自由之身，一直保持着独立的思想、人格，因此与当时中共的若干文化工作的负责人产生了严重的冲突，如关于"国防文学"的口号的论争。鲁迅潜藏着的贵族精神也表现为他的孤独意识，没有被大

---

〔1〕 鲁迅《一点比喻》，《鲁迅杂文、小说、散文全集》，中国致公出版社 2001 年版，第 238—239 页。

〔2〕 鲁迅《〈思想·山水·人物〉题记》，《鲁迅全集》第十卷，人民文学出版社 1981 年版，第 272 页。

〔3〕 鲁迅《文艺的大众化》，《鲁迅杂文、小说、散文全集》，中国致公出版社 2001 年版，第 1244 页。

众话语所融化。这种孤独产生于一种区别于大众意识的精英意识，也表明了他思想所达到的深度。

（四）结语

平民精神和贵族精神成为五四启蒙主义的两个思想潮流。二者互相补充、互相制约，使五四新文化运动具有了深刻而丰富的内涵。胡适代表的平民精神侧重于意识形态领域的革新，意在改变人的观念，而鲁迅代表的贵族精神则侧重于精神领域的战斗，意在拯救人的灵魂。他们的启蒙工作都是重要的、伟大的。回顾五四启蒙主义中平民精神与贵族精神的关系，可以总结出以下几点历史经验：

首先，五四平民精神强大，而贵族精神弱小。由于中国贵族社会过早地解体，先秦以后就进入平民化的官僚地主社会，因此，中国的贵族精神传统薄弱，而平民主义传统长久、强固。这就造成五四贵族精神缺乏本土资源，只能借助西方的贵族精神传统（如尼采），从而缺少支援意识。启蒙主义的主流是平民精神，贵族精神只是一种补充。而且，五四主流的平民主义排斥、否定贵族精神，造成贵族精神受到压抑。这种偏向在五四后期被主张平民文学的周作人意识到了，他提出贵族精神与平民精神互相依存、互相补充的思想。但是，他的主张没有受到重视，也没有影响五四启蒙主义的平民主义偏向。五四启蒙主义的贵族精神除了鲁迅之外，还有徐志摩、郁达夫等，以及后期走向唯美主义的周作人。但是，相对于胡适、李大钊、陈独秀等主流派代表的强大的平民精神，五四贵族精神显得势单力薄，一线孤悬。因此，五四被平民主义所主导。

其次，由于贵族精神与平民精神之间的不平衡，缺少对平民主义的制约力量，因而五四启蒙主义存在着民粹主义倾向。五四的平民主义缺少精英主义的调节，产生了大众崇拜，造成五四平民主义的偏执化、极端化的倾向，例如在提倡平民文学的同时，否定、排斥贵族文学（以及士大夫文学），从而导致以后中国文学的极端大众化偏向；在倡导科学、民主的同时，排斥形而上的哲学、宗教，从而导致新文化中超越层面的缺失，等等。这种极端平民化的倾向在以后的革命运动中得以延续和强化，对中国社会的发展产生了严重的影响。

还有，五四启蒙主义的贵族精神本身也不够成熟，不够坚强。这个原因也在于中国贵族文化传统过早地中断了，导致贵族精神发育先天不足、后天失调。鲁迅等人的贵族精神往往掺杂着平民精神，而且往往借助平民主义的话语，这表明作为一种文化思潮还没有形成自我意识，没有形成自己的鲜明的独特的主张。而且，这种贵族精神也不够强固，在平民主义的冲击下衰竭。五四以后，具有贵族精神的启蒙主义者，或者转向（如鲁迅），或者消沉（如周作人），或者仅仅表现为一种文学精神（如郁达夫、徐志摩）。五四以后，陈独秀、李大钊等代表的激进主义的平民主义成为主流，而胡适代表的温和的平民主义成为非主流，鲁迅代表的贵族精神也依从了主流的平民主义。

三、中国现代文学民族主义与世界主义的双重变奏

中国现代文学的发展历程中，由于现代性与现代民族国家的对立，发生了民族化与世界化、民族主义与世界主义的两种趋向，而二者互相补充，也互相冲突。这种双重变奏构成了现代中国文学的主旋律，主导了中国现代文学的发展历史。

（一）现代性的双生子——民族文学与世界文学

民族和民族文学都是现代性的产物。在现代性发生前，还没有自觉的、现代意义的民族和民族文学。在传统社会，民族还只是一个自然的族类，还没有成为自觉的人类共同体，没有形成民族国家。民族国家是现代性的政治载体。传统的国家是王朝国家，而不是民族国家，它不是以民族为主体，也不是作为民族利益的代表获得合法性，而是以所谓神意来获得合法性。这个时期还没有形成民族意识，民族的"想象"还没有发生。在欧洲文艺复兴以后，现代性发生，民族意识觉醒，开始了对民族国家的"想象"，从而导致现代民族国家产生。本尼迪克特·安

德森给民族下定义："遵循人类学的精神，我主张对民族做如下的界定：它是一种想象的政治共同体——并且，它是被想象为本质上有限的，同时也享有主权的共同体。"[1]中国的传统国家是为天子所有的"天下"，也不是民族国家。它的夷夏之别也不是民族的区分，而是教化与野蛮的区分。欧洲的现代民族国家最初是以中央集权的封建王朝即"绝对主义国家"形式出现的，它一定程度上代表了新生的资产阶级的利益，也代表了那个时代的民族的利益。以后，才发展为现代资产阶级民主共和国。中国现代民族国家是在鸦片战争以后，在"天朝"衰落、瓦解以后，进行了长期的反对帝国主义的斗争中形成的。这个时候，现代意义的中华民族才真正形成了。在现代性和现代民族国家发生的历史过程中，现代意义的民族文学也发生了。欧洲在文艺复兴之后，在反对封建主义和教皇统治的斗争中，民族意识觉醒，民族语言取代了拉丁文，涌现出具有民族特性的文学。民族和民族国家被称为"想象的共同体"，实际上是说它是一种文化的共同体，是一种身份认同的产物。文学在民族国家的发生中也发挥了"想象"的功能，促进了民族国家的形成，同时，也在这个过程中成为民族的文学。欧洲的英国、法国、德国、意大利等国家的文学，都是在建立现代民族国家的历程中形成的。在文艺复兴的早期，但丁在《飨宴》和《论俗语》中就提倡以民族语言（俗语）取代拉丁文，为民族文学奠基。启蒙时期的文学家们如伏尔泰、莱辛、赫尔德、歌德等都大力倡导民族文学，并通过自己的创作为民族文学建立了典范。法国著名文艺理论家丹纳在《艺术哲学》等著作中提出，艺术的发展取决于种族、时代、环境的学说，其中种族包括先天的人种气质和后天的民族特性两个方面，而环境除了自然环境以外，还包括社会环境，这也与民族特性相关。丹麦的勃兰兑斯则在他的名著《十九世纪文学主潮》中具体论述了19世纪欧洲各国的文学发展，分析了不同民族间文学思潮的特点。

---

[1] 本尼迪克特·安德森《想象的共同体——民族主义的起源与散布》，吴叡人译，上海人民出版社2005年版，第6页。

民族文学的意识形态基础是民族主义。民族主义也是现代民族国家的产物。在新古典主义时期，民族主义伴随着现代民族国家发生，它强调文学的民族特性，主张恢复民族文学传统，从而为现代民族国家的想象服务。这个趋势在启蒙主义时期也得到延续。中国文学的民族主义最初是在辛亥革命前发生的，它以反满革命和抵抗列强为号召，为争取民族独立鼓吹。以后的革命运动包括革命文学运动在反对帝国主义和反对资产阶级文学的口号下，抵制了世界主义，延续了民族主义传统。

世界文学与民族文学一样是现代性的产物。现代性作为一种推动社会变革的力量，打破了狭隘的地域和民族的界限，迅速传播到世界的各个角落，形成了统一的人类文化。这种世界化的趋势首先在经济领域发生的。现代性的经济基础是市场经济，它率先在欧洲发生，在获得胜利之后，又以殖民主义的形式向全世界扩张，最终取代了传统的经济体制。与此同时，在市场经济扩张的基础上，现代性也作为一种文化力量向全世界扩张，引发了发展中国家的社会、文化的变革。这就是说，现代性就是世界化或者全球化。伯曼说："所谓现代性，就是发现我们自己身处一种环境之中……现代的环境和经验直接跨越了一切地理的和民族的、阶级的和国际的、宗教的和意识形态的界限……所谓现代性，也就是成为一个世界的一部分，在这个世界中，用马克思的话来说：'一切坚固的东西都烟消云散了。'"[1]

文学也加入了这种世界化的变革。在文艺复兴以后，已经开始形成了统一的欧洲文学。而伴随着殖民主义的扩张，欧洲、北美文学也开始向第三世界传播。这种传播不仅仅是译介、接受，而且引发了第三世界文学的变革。第三世界文学接受了现代文学思潮和文学观念，发生了文学革新，由传统文学形态转化为现代文学形态。同时，第三世界的文学也被译介到欧美发达国家，影响了发达国家的文学发展。如西方对中国古典诗歌的译介和接受，影响了西方的诗歌观念，产生了以庞德为代表

---

[1] 安歇尔·伯曼《一切坚固的东西都烟消云散了——现代体验》，徐大建等译，商务印书馆2003年版，第15页。

的意象派诗歌流派。西方文学与东方文学的交流、融合，意味着各民族文学的同步发展，并形成了统一的世界文学。德国"狂飙突进"运动的精神领袖赫尔德在倡导民族文学的同时，还提出了"世界文学"的概念，他指出："我们应该排除狭隘的民族局限性框框，和全球各民族建立精神商品的自由交换，把历史发展各个阶段由各民族创造的最珍贵的作品，都包容到自己的组成部分中来，使我们的文学成为包罗万象的全世界文学史。"[1]歌德也指出："民族文学在现代算不得很大的一回事，世界文学的时代已快来临了。现在每个人都应该出力促使它早日来临。"[2]如果说他们还是从文学本身的交流来展望世界文学的话，那么马克思、恩格斯则从世界经济的角度上来为世界文学观念奠基。他们在《共产党宣言》中指出："资产阶级，由于开拓了世界市场，使一切国家的生产和消费都成为世界性的了。……过去那种地方和民族的自给自足和闭关自守状态，被各民族的各方面的互相往来和各方面的互相依赖所替代了。物质的生产是如此，精神的生产也是如此。各民族的精神产品成了公共的财产。民族的片面性和局限性日益成为不可能，于是由许多种民族的和地方的文学形成了一种世界文学。"[3]

世界文学形成有几个重要的标志。第一，大规模的文学翻译、出版、流通，使外国文学作品成为本国文学市场的重要部分。第二，形成世界性的文学思潮。在文学的历史上，一个国家的文学思潮，很快就传播到其他国家，形成跨越民族界限的文学思潮。例如，新古典主义、启蒙主义、浪漫主义、现实主义、现代主义等文学思潮都是由一个国家传播到其他国家，成为全欧洲的文学思潮，然后又传播到发展中国家，成为世界性的文学思潮。在外国文学思潮的影响下，五四时期发生了启蒙主义文学思潮；五四以后发生了新（革命）古典主义、浪漫主义、现

---

〔1〕 原文见《赫尔德全集》，斯普林出版社1893年德文版，第17卷第163—164页，转引自王列生《世界文学背景下的民族文学道路》，安徽教育出版社2000年版，第1—2页。

〔2〕 爱克曼辑录《歌德谈话录》，人民文学出版社1978年版，第113页。

〔3〕 《马克思恩格斯选集》第一卷上册，人民出版社1972年版，第254—255页。

实主义、现代主义等文学思潮，逐渐与世界文学思潮趋向同步。这表明，世界文学获得了同步发展。第三，形成了世界上各民族共同的文学接受和文学评价，包括形成了世界性的文学经典，也产生了世界性的文学评价机构（如诺贝尔文学奖等）。

世界文学的意识形态基础是世界主义。世界主义是启蒙理性的产物，在启蒙运动中诞生了文学的世界主义。世界主义主张打破民族、地域的界限，把文学当作全人类的精神财富。启蒙理性建立了主体性的价值观，人性取代了神性成为世界的主宰。启蒙理论家们从人性论的角度来论证文学的全人类性，认为文学表现共同人性，因此也为全人类所共同享有。伏尔泰说："任何有意义的东西都属于世界上所有的民族。"为什么这样说呢？他依据的是人类共同的鉴赏趣味："但是你要问，难道没有为所有民族共同接受的关于鉴赏趣味的准则吗？毫无疑问，这样的准则是很多的。自从文艺复兴以来（当时古代作家被公认为创作的典范），荷马、德谟斯梯尼、维吉尔、西塞罗等在某种程度上已将所有的欧洲人联合起来置于他们的支配之下，并为所有各民族创造了一个统一的文艺共和国。"[1]歌德说，"我愈来愈深信，诗是人类共同的财产。"[2]为什么这样说呢？歌德依据的是普遍人性。当爱克曼谈到希腊悲剧表现道德美时，歌德补充说："与其说是道德，不如说是整个纯真的人性……"[3]与歌德同时代的席勒也说："现在，让我们谈一下诗的观念，那无非是尽可能完善地表现人性。"[4]俄国的别林斯基认为文学"除了是民族的之外，它还得同时是世界的"。为什么这么说呢？他依据的是人类的共同精神："就是说，他的作品的民族性必须是人类思想

〔1〕 伏尔泰《论史诗》，伍蠡甫编《西方文论选》，上海文艺出版社1963年版，第322页。
〔2〕 爱克曼辑录《歌德谈话录》，人民文学出版社1978年版，第113页。
〔3〕 爱克曼辑录《歌德谈话录》，人民文学出版社1978年版，第128页。
〔4〕 席勒《素朴的诗和感伤的诗》，伍蠡甫编《西方文论选》，上海文艺出版社1963年版，第490页。

之无形的精神世界的形式、骨干、肉体、面貌和个性。"[1]

作为现代性的产物，民族文学与世界文学是互相补充的，民族主义与世界主义也是相辅相成的，它们构成了现代文学的两翼。但是，在中国，二者却发生了冲突，这是中国现代文学的特殊情况。

（二）中国文学民族化与世界化的冲突

中国以及一切发展中国家的现代化面临着双重任务，一是实现现代性的任务，二是建立现代民族国家的任务。在西方国家的现代化进程中，实现现代性与建立现代民族国家的任务是一致的，它们都反对封建贵族和教会的统治。因此，西方的启蒙时代的民族主义推动了现代性而不是抵制了现代性；推动了世界主义而不是抵制了世界主义。而在第三世界，特别是在中国，实现现代性的任务与建立现代民族国家的任务发生了冲突。由于现代性发生于西方，中国传统文化中没有发生现代性的土壤（儒、释、道都没有科学精神和人文精神的思想资源），因此，中国的现代性只能从西方引进。这就是说，中国的现代性具有外源性。由于西方帝国主义的世界化扩张，使中国沦为殖民地、半殖民地的国家，因此，建立现代民族国家就必须反对西方帝国主义，反对世界化。由于现代性的传播与殖民化是同一历史进程，因此，向西方学习，引进现代性的世界主义与反对西方帝国主义，建立现代民族国家的民族主义之间发生了矛盾。由于建立现代民族国家的任务更为迫切，于是实现现代性的任务只能让位于建立现代民族国家的任务，这就是所谓"救亡压倒了启蒙"。不仅如此，建立现代民族国家还必须以反对西方现代性的方式进行，以取得民族思想的支援意识。于是，第三世界包括中国的民族主义就与西方的世界主义相抵触，产生了民族化抵御世界化的倾向。这就是杰姆逊所谓的"民族寓言"。

第三世界文学的"民族寓言"一方面表现为致力于建立现代民族国家的任务，这往往表现为介入反对帝国主义的民族革命；同时也表现

---

〔1〕《别林斯基论文学》，新文艺出版社 1958 年版，第 93 页。

为反对世界主义，从而导致民族文化、民族文学与世界文化、世界文学的对抗。这个历史过程被杰姆逊解读为发达国家文化与第三世界文化之间的冲突。杰姆逊认为第三世界知识分子总是"执著地希望回到自己的民族环境之中。他们反复地提到自己国家的名称，注意到'我们'这一集合名词：我们应该做些什么、我们应该怎样做、我们不应该做些什么，我们如何能够比这个民族或那个民族做得更好、我们具备自己独有的特性。总之，他们把问题提到了'人民'的高度上。"[1]事实上，第三世界的民族主义并不总是与世界化对抗。建立现代民族国家的任务虽然一时掩盖了实现现代性的任务，但在现代民族国家建立之后，实现现代性的任务就提到历史的日程上来。建立现代民族国家为实现现代性奠定了历史基础，而在建立现代民族国家的历史任务初步完成之后，实现现代性的任务就摆在面前了。中国在改革开放以后，开始重新致力于实现现代性，世界化的趋势重新启动，民族主义与世界化的矛盾虽然依然存在，但已经由对抗走向缓和。

在现代性与现代民族国家、世界化与民族化冲突的背景下，第三世界文学也面临着与发达国家代表的世界文学之间的冲突。这种冲突往往是在革命文学与启蒙文学之间发生的。中国文学在五四新文学运动中接受了启蒙主义，启蒙主义是争取现代性的文学思潮，因此，五四文学具有世界主义的倾向，使中国文学走上了世界化的道路。五四以后，经过"革命文学"论争和30年代左翼文学阶段以及以后的抗战文学阶段，形成了革命文学。革命文学反对帝国主义以及西方文化，并批判五四文学的世界化（欧化）道路，五四启蒙主义蜕变为革命（新）古典主义。而革命古典主义是争取现代民族国家的文学思潮，它具有民族主义的倾向，使中国文学走上了反对西化的苏化—民族化的道路。在延安整风以后，苏联文学理论中国化，诞生了毛泽东文艺思想，建立了由毛泽东文学思想主导的中国式的革命文学体系，从而进一步强化了民族主义倾

〔1〕 杰姆逊《处于跨国资本主义时代中的第三世界文学》，张京媛编《新历史主义与文学批评》，北京大学出版社1993年版，第230页。

向。它更强调文学的意识形态性和民族文学传统，走上了与五四不同的非世界化的道路。解放以后，中国文学继续批判西方资产阶级文学，特别是现代主义文学，后来又批判苏联文学为"修正主义"，从而走向封闭。这种倾向在"文革"中达到顶峰，导致文学毁灭。直到改革开放以后，中国文学才重新走上了向世界文学开放、融入世界文学的道路。

(三) 现代性与中国现代文学的世界主义

在传统社会，中国文学与世界上其他民族的文学的交流是极其有限的，基本上处于封闭状态。鸦片战争之后，西方列强以武力打破中国的大门，强行输入西方文化。中国在抵抗西方列强和西方文化失败之后，转而学习、吸收西方文化，以求富国强兵、新民救国。在这个过程中，中国文学走向了世界文学，成为世界文学中的一员。现代性引发了中国现代文学的世界主义。世界主义主张中国文学现代化的方向是吸收西方现代文学观念和文学思潮，改造中国传统文学，甚至认为中国传统文学已经死亡，只有取法现代西方文学才会得以新生。

在五四文学革命之前，梁启超等人就鼓吹"文界革命"、"诗界革命"、"小说界革命"。三界革命以现代西方文学为楷模，引进、学习欧洲现代文学观念，改造传统文学，使中国文学与世界文学接轨，其目的在于"新民"即启蒙，以建立"新国家"。梁启超大声疾呼："欲新一国之民，不可不先新一国之小说。故欲新道德，必新小说；欲新宗教，必新小说；欲新政治，必新小说；欲新风俗，必新小说；欲新学艺，必新小说；乃至欲新人心、欲新人格，必新小说。何以故？小说有不可思议之力支配人道故。"[1]这时，"国民文学"的概念出现，实际上是民族文学的另一种称呼。此时的民族文学同时肩负着争取现代性和现代民族国家的双重任务，同时体现着世界主义和民族主义的双重品格。在这个时期，民族主义与世界主义之间的冲突还是隐蔽的，只是在后来，才

---

[1] 原载《新小说》1902年11月第1期，转引自陈平原、夏晓虹编《二十世纪中国小说理论资料》第一卷，北京大学出版社1997年版，第33页。

显露出来。

　　五四文学革命是五四新文化运动的重要一翼，它译介、传播西方现代文学思想和文学作品，改革中国传统文学。在这个历史背景下，中国文学走出古典，现代文学发生。五四新文化运动转向现代性和世界主义，民族主义的诉求被抑制；它批判国民性和传统文化（包括传统文学），颂扬科学、民主，鼓吹世界主义（包括世界文学）。李大钊提出废除"族界"（《我与世界》）。陈独秀则提出破坏国家"偶像"（《答钱玄同》）。周作人也主张"以人类意识"破除"种族国家"偶像（《新文学的要求》）。鲁迅说："许多人所怕的，是'中国人'这名目要消灭，我所怕的，是中国人要从'世界人'中挤出。我以为'中国人'这名目，决不会消灭；只要人种还在，总是中国人。譬如埃及人及犹太人，无论他们还有国粹没有，现在总叫他埃及、犹太人，未尝改了称呼。可见，保存名目，全不必劳力费心。"[1]他反对的是"保存国粹"的民族主义，主张的是"世界人"的世界主义。五四文学革命中，陈独秀倡导建立"国民文学"、"社会文学"；鲁迅倡导启蒙主义的文学，周作人倡导"人的文学"，都在完成现代性的使命。它们以进化论为思想武器，把西化（世界化）作为现代化的同义词，认为与西方文学接轨是走向现代文学的唯一途径。胡适提倡"全盘西化"，后又改称"充分世界化"，他认为："一种文学有时进化到一个地位，便停住不进步了；直到它与别种文学相接触，有了比较，无形之中受到了影响或是有意的吸收人的长处，方才继续进步。"[2]五四文学主张学习西方新文化、新文学，批判中国的旧文化、旧文学。胡适认为中国文学都是"死文学"，主张"全盘西化"（后来改为"充分世界化"）。他说："西洋文学的方法，比我们的文学，实在完备得多，高明得多，不可不取例。"[3]鲁迅反对"保存国粹"，主张不读中国书，并极力推介欧洲文

---

〔1〕　鲁迅《热风》，《鲁迅杂文选集》，河南人民出版社1994年版，第97页。

〔2〕　胡适《文学进化观念与戏剧改良》，《中国新文学大系·建设理论集》，上海文艺出版社1980年版，第381页。

〔3〕　胡适《建设的文学革命论》，载1918年4月《新青年》第4卷第4号。

学。还有，钱玄同主张文字西洋化，郁达夫主张"中国小说的世界化"，傅斯年主张"欧化的文学"。在五四时期以及五四以后，不仅接受了现代西方的文学观念，而且翻译、出版了大量西方文学著作，还引进了现代诗歌、小说、话剧等文学样式，并且吸收了西方现代多种文学思潮思想资源，从而使中国现代文学诞生，并且加入到世界文学的行列中去。可以说，五四文学以及以后继承五四世界主义的文学思潮，创造了辉煌的中国现代文学的高潮。所以郁达夫说："所以现代我们所说的小说，与其说是'中国文学的最近的一种新的格式'，还不如说是'中国小说的世界化'比较的妥当。……中国现代的小说，实际上是属于欧洲文学系统的……"〔1〕

20世纪80年代发生的新时期文学，是五四启蒙主义的继续，因此被称为新启蒙主义。新启蒙主义打破了革命古典主义的封闭性，向现代西方文学开放，吸取西方人道主义的思想资源；主张批判中国传统文化中的封建主义，争取现代性的实现。发生于20世纪90年代的后新时期文学，延续了新时期文学的世界主义，继续向世界文学开放，接受了西方传播的现代主义、后现代主义，也产生了中国的各种现代文学思潮，进一步融入世界文学的潮流之中。当然，这个时期也突显了民族主义与世界主义的紧张，在80年代后期，产生了面向本土文化的"寻根文学"，但它并没有导致对世界文学的封闭，而是坚持了开放性，产生了像韩少功的《马桥词典》那样的借鉴西方现代文学的、具有现代特征的作品。

世界文学的重要特征之一是形成了各民族共同的文学思潮，而对中国以及第三世界文学而言，就是向西方的文学思潮开放，接受和融入西方现代文学思潮。五四新文学引进了现代西方文学思潮，主要受启蒙主义的影响，形成了以鲁迅和文学研究会以及郭沫若和创造社为代表的启蒙主义文学思潮，以争取现代性、完成启蒙任务。五四以后，在西方现

---

〔1〕 郁达夫《小说论》，陈平原、夏晓虹编《二十世纪中国小说理论资料》第二卷，北京大学出版社1997年版，第418页。

代文学思潮的影响下，又发生了以沈从文为代表的浪漫主义文学思潮、以老舍为代表的现实主义文学思潮以及微弱的现代主义文学思潮。在改革开放以后的新时期，重新向世界文学开放，发生了新启蒙主义文学思潮。新启蒙主义不仅吸收西方启蒙主义思想资源，而且也向其他西方文学思潮开放，因此它带有现实主义、现代主义等多种文学思潮的影响和特征。后新时期主要向西方反现代性文学思潮开放，发生了以新写实小说为代表的新现实主义文学思潮，张承志、张炜代表的浪漫主义文学思潮，还有各种先锋派组成的现代主义文学思潮。在中国新文学的漫长历史进程中，中国文学由古典走向了现代，同时也走向了世界，汇入了世界文学的潮流之中，成为世界文学大家庭的一个成员。

（四）现代民族国家与中国现代文学的民族主义

中国现代民族文学是现代性的产物，争取现代民族国家的历史要求，推动了中国现代文学的民族主义。在五四以前，虽然民族主义与世界主义之间未发生对抗，尚能相容，但已经产生了直接表现现代民族国家诉求的民族主义，如鼓吹反满、反帝的革命文学、南社文学、周树人的文学主张等。

五四以后，建立现代民族国家的任务压倒了实现现代性的任务。在这个历史背景下，以"革命文学"论争为转机，中国现代文学的重心转向民族主义，现代性和世界主义的诉求受到抑制；它开始宣传反对帝国主义、批判自由主义的西方文化，强调中国作风和中国气派。这种趋势在抗日战争中得到极大的加强，最终形成了革命旗帜下的民族寓言。

革命文学论争中，创造社、太阳社就批判五四文学的西化倾向，认为是资产阶级的文学。中夏著文号召："须多做能表现民族伟大精神的作品——外人自入侵中国之后，做了不少的宣传，说中国人是野蛮民族，是贱种，性质如何卑劣，习惯如何腐败，道德如何堕落……一般吃洋饭放洋屁的留学生和西崽，更是推波助浪说中华民族果如洋大人所言……古人说：'哀莫大于心死'，一个民族的心死了而欲图民族之自存，行得吗？况且洋民族的民族性，不见得比我们高尚或且比我们还低

下……"〔1〕

左翼文学继承了革命文学对五四文学的批判,倡导中华民族的主体意识和文学的民族化,以此抵制五四文学的世界主义。这种批判,是在反对资产阶级文学的旗号下进行的。那时,革命文学和左翼文学提倡的民族化与苏化并行不悖,因为苏联也属于东方文化,有许多相似之处,如意识形态化的文学本质观等。同时,"学衡派"等代表的古典主义也提倡民族主义,反对五四的全盘西化。

抗战前夕,在空前的民族危机背景下,民族意识高涨,世界主义消歇。左翼文学就提出了"民族革命战争的大众文学"的口号,西化(世界化)进一步受到批判。国民党控制下的右翼文学也走上了民族主义的道路,打出了"民族主义文学"的旗号,批判五四的现代性和西化道路。《民族主义文艺运动宣言》中就指出:"民族文艺底充分发展必须有待于政治上的民族国家的建立。民族文艺底发展必须伴随以民族国家底产生"。因此他们主张:"……文艺底最高的使命,是发挥它所属的民族精神和意识。换一句话说,文艺的最高意义,就是民族主义。"〔2〕在抗战过程中,民族主义成为主流意识形态,民族文学成为共同的旗帜。关于"国防文学"与"民族革命战争的大众文学"的两个口号之间虽然有争论,但都具有民族主义和反世界主义的倾向。立波在《关于〈国防文学〉》一文中指出:"国防文学和过去带着民族虚无主义(national nihilism)倾向的国际主义文学,有些不同。"〔3〕这个"带着民族虚无主义倾向的国际主义文学"指的是五四启蒙主义文学以及其他现代文学(现实主义、浪漫主义、现代主义等)。抗战文学批判了五四开启的世界主义,五四以来的"欧化"倾向受到批判,提倡民族文化;对民族形式、民族风格的强调取代了对西方现代文学的学习。艾思奇指出:"利用旧形式,在民族文艺发扬上,在大众的平民文学的创造任务

---

〔1〕 中夏《贡献于新诗人前》,1923 年 12 月《中国青年》第 10 期。

〔2〕 1930 年 10 月《前锋月刊》第 1 卷第 1 期。

〔3〕 1935 年 12 月 21 日《时事新报·每周文学》。

上，是一件非常必要的工作，这是把新文学十几年来的发展中的非中国化的偏向的一个纠正。"今后抗战文艺首先是民族的东西。"[1]周扬批评："许多同志完全沉潜于西洋古典作品的世界，由这培养了一种所谓'高级的'欣赏趣味。他们看不起当代中国的作品，民间的文艺更不消说……"[2]在延安整风中，进一步批判了西化的倾向，强调了文学的民族化，而这种民族化是与对民间文艺的回归相联系的。毛泽东指出："洋八股必须废止，空洞抽象的调头必须少唱，教条主义必须休息，而代之以新鲜活泼的、为中国老百姓所喜闻乐见的中国作风和中国气派。"[3]于是，产生了那个时代特有的主导文艺形式，如《小放牛》、《兄妹开荒》等秧歌剧、《白毛女》等民族化的歌剧、赵树理的民间叙事风格等。这个时期，苏联文学思想中国化，形成了毛泽东文艺思想，它虽然还与苏联文学理论保持着一体化，但已经预示了一种独立于苏联文学的民族主义。

这种民族化的趋势延续到解放以后，直至文化大革命结束。在20世纪50年代后期，毛泽东有意保持了中国革命文学与苏联文学的距离，强调了中国特色的文学思想，特别是提出了"革命现实主义与革命浪漫主义相结合"，以区别于苏联的"社会主义现实主义"。由于割断了五四文学传统，缺乏世界主义文学思想的制约，中国文学在民族化的口号下走向封闭，逐渐与世界文学脱节。特别是在"文革"中，由于把古今中外的一切文学作品都视为"封资修"毒草，使中国文学彻底与世界文学绝缘。

民族主义在建立现代民族国家的进程中，发挥了历史作用。但是，在完成现代民族国家的历史任务以后，民族主义就失去了历史的合理性，而让位于世界主义，也就是现代性的表现形式。如果仍然坚持民族主义而排斥世界主义，就会导致现代性的受阻。奥尔特加·加塞特批判

[1] 艾思奇《抗战文艺的动向》，1939年2月16日《文艺战线》第1卷第1号。
[2] 周扬《文艺教育的改造问题》，1942年9月9日《解放日报》。
[3] 毛泽东《中国共产党在民族战争中的地位》，《毛泽东选集》第二卷，人民出版社1991年版，第534页。

民族主义："然而，各式各样的民族主义全都是死胡同。如果我们试着将任何一种民族主义投射到将来，那么我们就会发现，它们是没有出路的。民族主义始终与创造了国家的原则背道而驰。民族主义具有排他性，而国家原则却具有包容性。在巩固统一的过程中，民族主义有其积极价值，它是一贯崇高的标准。可是，对当前的欧洲来说，巩固时期早已经过去，民族主义完全蜕变为一种狂热：崭新的宏伟事业正需要人民去开辟，但民族主义却成了逃避这种必然性的一个借口。民族主义所使用的原始的行动方式以及它所激发的那一类人充分地表明，它在与创造了历史的壮举背道而驰。"[1]他主要指的是欧洲的民族主义，也适用于发展中国家和中国。

（五）全球化与文学民族特性的危机

民族文学与世界文学的冲突，在当代演变为全球化与民族文学特性的冲突。从 20 世纪后期开始，发达国家已经进入了后工业社会，这个时期，以高技术为先导，国际资本向全世界的扩张形成了新的势头，世界化的步伐急剧加速，全球化的时代来临。按照杰姆逊的说法，全球化不仅体现在经济领域的一体化，而且造就了一个新的全球文化空间，即人们的经验超越了传统的本地社区生活的界限，具有了全球的事业和眼光。

全球化向发展中国家的民族文学发出了挑战。全球化极大地加速和扩展了世界性的文化交流，打破了传统的民族界限，产生了文化趋同化的倾向，而这种趋同化是以发达国家的强势文化冲击、淘汰第三世界的弱势文化为代价的。这样，第三世界民族文化就遭遇了生存危机，面临失去民族特性的危险。这种状况被赛义德称为"后殖民主义"。赛义德的后殖民主义理论认为，传统的殖民主义主要是发达国家在政治、经济领域对第三世界的统治，而后殖民主义主要是在文化领域的统治，是一

---

〔1〕 奥尔特加·加塞特《大众的反叛》，刘训练译，吉林人民出版社 2004 年版，第 181 页。

种文化霸权和"文化帝国主义"。后殖民主义理论认为，西方文化霸权表现为西方中心主义，它建立了一套话语体系，使西方文化处于主导地位，而第三世界或东方传统则被排挤到边缘地带，成为西方文化的被动接受者。同时，西方也以自己的视角想象出一个落后的"东方"形象，这个东方神话渗透着西方的文化霸权。

西方文化霸权对第三世界文化的挤压，也表现在文学领域。西方文学作为强势文化向第三世界的传播，冲击着第三世界的文学，危及了民族文学的特性。这种情况特别表现在西方大众文化和通俗文学的强势传播上。大众文化包括通俗文学作为感性层面的现代性的产物，具有可复制性、低俗性和消费性特征，因此适应了市场经济的法则，在全球化中向第三世界迅速而广泛地扩张。西方的大众文化和通俗文学，由于文化市场的成熟和发达、技术手段的先进以及具有现代观念等原因，对于第三世界具有强大的优势。因此，它向第三世界的扩张是极其猛烈的、难以抵挡的。

西方的大众文化和通俗文学的全球化扩张，意味着文化和文学的同质性趋势，或者是西方文化、文学产品在第三世界大量复制，或者是第三世界文化、文学产品模仿西方，无论是哪一种，都使第三世界的民族文化和民族文学面临着生存危机：一方面是高雅文化、文学受到致命冲击，另一方面是民族文化、文学丧失了生存空间。在这种情况下，文化保守主义兴起，它旨在回归传统文化，抵制现代性和全球化，如中国后新时期产生的新保守主义思潮和新儒学思潮就是对全球化和文化殖民主义的回应。

但是，全球化是不可避免的历史潮流，拒绝全球化，消极地保守民族传统并不是民族文化、文学的生存之道。积极的办法是在向世界文化、文学开放，同时开展本民族文化与西方文化的平等对话，吸取西方文化、文学的优秀部分，发展本民族文化、文学中的有生命力的因素，创造现代的民族文化、文学。拉美的"魔幻现实主义"文学的兴起，指明了在全球化背景下第三世界文学的发展道路。拉美国家的作家一方面吸收了西方文学的现实主义、现代主义思潮，同时又结合了拉美的神话传统，创造了自己的"魔幻现实主义"思潮。魔幻现实主义文学取得了伟大的成功，获得了世界文学界的承认，与西方发达国家的文学并驾齐驱，进入了世界文学经典的行列。其中危地马拉作家阿斯图里亚斯和哥伦比亚作家加西亚·马尔克斯都获得了诺贝尔文学奖。这证明在全球化条件下，第三世界文学完全可以在坚持向世界文学开放、融入世界文学的同时，保持和发展自己的民族特性，在新的历史条件下走向伟大和辉煌。

在全球化条件下，中国文学的世界化加剧，这一方面表现为中国文学接受西方现代文学思潮，特别是现代主义思潮，从而汇入世界文学思潮之中；另一方面，更为重要的是，西方大众文化和通俗文学强势流行，冲击了中国文学传统。在上个世纪90年代以后，西方现代通俗文学大量涌进，主导了中国文学的潮流。于是，产生了这样的倾向，中国通俗文学模仿西方通俗文学，或者是西方通俗文学作品直接占领了中国文学市场，而中国自己的文学则走向衰落，文学的民族特性有消失之虞。这就是说，在全球化条件下，世界化可能淹灭了民族化，民族文学的生存遇到了危机。面对这一危局，因应之道不是回到民族主义，拒绝世界主义，重新走向封闭，阻止和压抑国外通俗文学的引进，而是发展自己的有特色的雅文学和通俗文学，回应西方通俗文学的挑战。在这方面，金庸的武侠小说作出了榜样。它继承了中国通俗文学的传统，同时又进行了现代化的改造，从而适应了现代人的文学趣味。它不仅占领了中国通俗文学的市场，而且占领了海外的广大的文学市场，从而为世界文学提供了中华民族文化的基因。因此，可以说，金庸小说是民族化和世界化的典范。

四、个案研究：鲁迅的民族主义与世界主义

鲁迅一生经历了根本性的思想转变，这种转变并不像瞿秋白所说的从进化论到阶级论那么简单，而是有着更为深刻的内涵。可以这样说，鲁迅的一生都没有摆脱民族主义情结的纠缠，并经历了从民族主义到世

界主义再回归民族主义的思想转变。这是五四一代启蒙知识分子的共同的思想历程，它反映了中国现代化进程中现代性与现代民族国家的冲突。对鲁迅的民族主义情结和民族主义回归的思想历程，学术界尚没有足够的重视与研究。

（一）早期鲁迅的民族主义

像大多数第一代中国现代知识分子一样，民族主义是向西方学习的根本动力，而且民族主义情结伴随着鲁迅的一生。辛亥革命前后的鲁迅是一个激烈的民族主义者。他从进南京矿路学堂到留学日本，最初的动机便是科学救国。鲁迅最初选择了学医，是受到了父亲病故的刺激，痛感中国缺乏现代医学，立志以医学救国。这也表明，这时他并没有意识到中国文化或国民性的问题，而是国民身体的孱弱成了问题。到日本仙台医专学习期间，又受到日本学生的歧视，更激发了民族意识。他写下了"我以我血荐轩辕"的诗句，表达了深挚的爱国主义思想感情。当留日学生发起拒俄运动时，鲁迅写作了《斯巴达之魂》，慷慨激昂地鼓吹民族主义。这个时期，鲁迅虽然意识到要向先进国家学习，"别求新声于异邦"，但并没有成为一个世界主义者，而是一个民族主义者。他最初认为中国的问题是科学技术落后以及满清政府腐败无能，还没有认识到根本问题是中国文化即国民性的弊病，更不认为西洋文明胜过中国文明。这是当时那一代新知识分子的普遍认识。

鲁迅在日本拜章太炎为师，受到了章太炎的文化保守主义和民族主义思想的影响。章太炎虽然政治上是一个革命者，但在文化思想上是一个保守主义者，他的思想核心是民族主义和民粹主义。章太炎革命的基本动力是排满，这是那个时代对民族主义的理解。同时，他也有强烈的反西方列强的思想，宣称："就政治社会计之，则西人之祸吾族，其烈千万倍于满洲。"（《革命军约法问答》）他把民族主义扩展到文化领域，认为西方文明不如中华文明，西方的民主政治是"封建之变相"。他提出"均田"、"限袭产"等民粹主义的主张，甚至把国民的道德品质按照职业、贫富划分等级，农工等最高，官商等最低，而翻译（雇译人）

亦居末位。这些思想都强烈地影响了青年鲁迅。

鲁迅在留学日本时写下的《文化偏至论》、《摩罗诗力说》、《破恶声论》等文章，表达了鲜明的民族主义和文化保守主义思想。他对中国传统文化往昔的辉煌充满自豪："夫中国之立于亚洲也，文明先进，四夷莫之与邻，蔑视高步，因益为特别之发达；及今日虽凋零，而犹与西欧对立，此其幸也。"[1]这与五四时期认为中国文化是腐朽、落后的文化截然不同。鲁迅认为中国在现代的落伍，是由于没有开放，不是由于文化的落后："顾使往昔以来，不事闭关，能与世界大势相接，思想为作，日趋于新，则今日方卓立宇内，无所愧逊于他邦，荣光俨然，可无苍黄变革之事，又从可知也。"[2]他虽然认为西方科学昌明，但对西方文明的总体评价不高，认为难与中华文明比肩："若其文化昭明，诚足以相上下者，盖未之有也。"[3]他对现代以来西方文化的强势传播、中国文化的衰落痛心不已，认为是"本根剥丧"、"种性放失"。他认为文明进步源于传统，反对脱离传统："文明无不根旧迹而演来，亦以矫往事而生偏至。"[4]这个思想与五四时期的反传统相去何远。因此，他站在保守主义的立场反对洋务派、维新派、革命派崇尚西洋文明的"偏至"之举，如"竞言武事"、"复有制造商估立宪国会之说"，"终至彼所谓新文明者，举而纳之中国"，为国人"馨香顶礼"，这样，"贱古而尊新，而所得既非新，又至偏而至伪"[5]。这是一种十足的保守主义者的思想，甚至是保皇党人的思想。

鲁迅崇尚"摩罗诗人"，特别是密茨凯维支、裴多菲等具有反抗精神的波兰、匈牙利等弱小民族的诗人，其目的还是为了民族复兴。尼采是反现代性的先驱，鲁迅接受了尼采思想，批判民主主义、科学主义的西方现代文明，"掊物质而张灵明，任个人而排众数"，他既是"反思

〔1〕《摩罗诗力说》，《鲁迅全集》第一卷，人民文学出版社1981年版，第99页。
〔2〕《摩罗诗力说》，《鲁迅全集》第一卷，人民文学出版社1981年版，第99页。
〔3〕《摩罗诗力说》，《鲁迅全集》第一卷，人民文学出版社1981年版，第99页。
〔4〕《文化偏至论》，《鲁迅全集》第一卷，人民文学出版社1981年版，第49页。
〔5〕《文化偏至论》，《鲁迅全集》第一卷，人民文学出版社1981年版，第46页。

现代性"对资本主义的超前批判，也是站在民族主义和文化保守主义的立场上批判西方文明。当时的民族主义者和文化保守主义者主张"西方物质文明发达，中国精神文明发达"，鲁迅也持这种立场。他认为当时的改良派、革命派如梁启超等人的"世界人"和"国民"主张是"恶声"，必须破除。他批判科学主义"奉科学为圭臬"，并为宗教、神话以及中国农民的迎神拜鬼等迷信活动乃至龙的形象辩护，这也与五四时期的反迷信的鲁迅大异其趣。鲁迅的救国方案是以传统文化容纳新文化："外之既不后于世界之思潮，内之仍弗失固有之血脉，取今复古，别立新宗，人生意义，致之深邃，则国人之自觉至，个性张，沙聚之邦，由是转为人国。"[1]当然，早期鲁迅在主张民族主义的同时，也没有拒斥世界主义。他也承认西方文明的长处，如科学的昌明等。因此，他才留学日本，"别求新声于异邦"。他对中国文化的缺陷也有所思考，认为缺少"诚"与"爱"，但在总体上还是肯定中国文化的。总之，留学日本前期的鲁迅，基本思想是民族主义的、保守主义的、民粹主义的。

留学日本期间，鲁迅由保守主义而转向激进主义，参加光复会和辛亥革命，其缘由还不十分清楚，学术界也没有这方面的可信的研究结果，但是有一点是明确的，那就是受到民族主义的刺激。他自述看到在日俄战争中日军枪毙中国"间谍"而国人麻木不仁围观的纪录片，觉悟到仅有健康的体魄，仍然免不了被杀头或者当看客的命运，遂决定弃医从文，从事思想启蒙工作，以改造国人的灵魂为己任。辛亥革命时期，民族主义高涨，成为反清革命的主要动力之一。陈天华的《警世钟》就历数西方列强瓜分中国的危险局面，号召人民奋起救国。鲁迅参加光复会，也出自同样的心理。他的文化思想仍然是保守主义的。他在五四以后回忆起辛亥革命时期人们的心态，认为只要推翻了满清政府，就可以峨冠博带、恢复汉官威仪了，其实这也包括当年鲁迅的心态。辛亥革命中，绍兴光复，鲁迅和学生一道上街游行庆祝，就是这种

---

〔1〕《文化偏至论》，《鲁迅全集》第一卷，人民文学出版社 1981 年版，第 56 页。

乐观心情的写照。

（二）五四时期鲁迅的世界主义

辛亥革命的波澜过后，中国社会仍然是一潭死水，封建主义依然如故。鲁迅陷入深深的失望与彷徨之中。五四运动兴起，鲁迅参加了进去，并且意识到中国的弊病不在政府的好坏、技术的高低，而在传统文化的落后、国民性的不良。这样，鲁迅就接受了以科学、民主为内涵的五四现代性，并由民族主义走向了世界主义。这种世界主义是五四知识分子的通识。可以这样说：五四前尼采、达尔文主义在中国导致民族主义，而五四时期的自由主义和克鲁泡特金的无政府主义却导致世界主义。主张西化的自由主义是特殊的世界主义。鲁迅开始斥责中国人的"合群的爱国的自大"，也就是狭隘的民族主义。五四知识分子从世界主义出发，主张废除汉文，使用世界语。鲁迅也表赞同。他反对读中国书："中国古书，叶叶害人。"并提出："汉文终当废去，文存则人当亡，在此时代，已无幸存之道。"[1]鲁迅也一反以前反对"世界人"的立场，主张做世界人。他与那些国粹主义者相反，不是忧虑中国民族特性的消失，而是忧虑中国民族特性阻碍了世界化；不怕中国人被同化为世界人，而是怕中国人从世界人之间"挤出去"。他说："现在许多人有大恐惧，我也有大恐惧。许多人所怕的，是'中国人'这名目要消灭；我所怕的，是中国人要从'世界'中挤出。"[2]五四时期的世界主义以西化和批判中国传统文化为根本特征的，而鲁迅是最激烈的反传统和西化的主张者。鲁迅认为中国历史是摆了几千年的"吃人的筵席"，是"做稳了奴隶"和"要做奴隶而不得"交替的历史；中国文化是吃人的文化，发出了"救救孩子"的呼声；中国必须批判传统文化，学习西方现代文明，改造国民性，才能获得新生。他的小说《狂人日记》、《阿Q正传》、《孔乙己》、《祝福》、《药》等都向中国传统社会和

---

〔1〕《鲁迅全集》第十一卷，人民文学出版社 1981 年版，第 357 页。

〔2〕《鲁迅全集》第一卷，人民文学出版社 1981 年版，第 107 页。

传统文化猛烈开火，解剖国人的灵魂，"哀其不幸，怒其不争"。他认为，中国的前途就是学习西方文明，现代化就是西化。这是一种世界主义的胸怀，超越了民族主义。

但是，即使在五四时期，鲁迅与多数启蒙知识分子的世界主义也是表面化的，深层心理中仍然存在着强固的民族主义情结。因为归根结底，启蒙是为了救国，西化是为了中国的现代化。这就是说，世界主义不过是达到民族主义的手段，而民族主义是最根本的动力和最终的归宿。这就必然导致在特定历史条件下世界主义的退潮和民族主义的复归。我们必须注意，文学形象不仅能展示作者的显意识（如阿Q形象），有时也能够展示作者的潜意识（如"假洋鬼子"的形象）。鲁迅在《阿Q正传》中塑造了一个假洋鬼子的形象，这是一个反面形象。假洋鬼子是这篇小说也是鲁迅作品中唯一出现的直接接受西方文明的人物，因此，这个形象表达了作者潜意识中对西方的某种厌恶，而不仅仅如流行的说法，仅仅是讽刺了"假"的革命派。鲁迅在《一件小事》中也一反批判国民性的思想倾向，歌颂了普通中国人的善良，而且进行了对西化的知识分子的自我批判："榨出来皮袍下面的'小'来。"这也体现了潜在的民粹主义、民族主义的情绪。在与主张西化的陈源以及《现代评论》派的论争中，也透露出鲁迅与西化派的冲突。当时发生了两个美国兵打中国人的事件，围观的中国人只是喊打而没有行动，陈源唾弃这种怯懦的行为，斥之曰"这样的中国人，呸！"鲁迅与此前的批判国民性的立场有所不同，他站在中国民众的立场，对陈源给予愤怒的回击："这样的中国人，呸呸！"（《并非闲话》二）我们必须注意，鲁迅是从什么时候起开始由世界主义转向民族主义，这方面学界也没有可信的研究结果。我认为，三一八惨案可能是个分水岭，鲁迅开始转向民族主义。鲁迅鲜明地支持爱国的学生，"中国要和爱国者的灭亡一起灭亡"。他开始抨击那些"欧化的绅士"，斥责他们是领头的山羊，"脖子上还挂着一个小铃铎，作为知识阶级的徽章"（《一点比喻》）。总之，只有透过世界主义的表层思想看到民族主义的深层意识，才能理解五四以后鲁迅思想的转变。

五四以后，社会革命兴起，鲁迅开始从世界主义向民族主义回归。鲁迅支持国民党领导的国民革命，其中包括反对西方列强的目标；后来更支持共产党领导的反对帝国主义、封建主义和官僚资本主义的革命。在"革命文学"的论争中，鲁迅最后接受了苏联传来的马克思主义，对五四启蒙主义进行了清理，包括对世界主义的清理。在这个时期，鲁迅潜伏着的民族主义思想复苏，而对西方文明的尊崇消退。当然，鲁迅对中国传统文化的批判立场并没有改变，但对国民性看法，对西方文明的看法都改变了。

（三）左翼时期鲁迅民族主义的复归

在五四以后，对国民性的看法已经发生了分化。向左转的知识分子认为在革命中，中国农民已经革命化了，由落后变为先进了，并产生了一种新民粹主义。钱杏邨说："十年来的中国农民是早已不像那时的农村民众的幼稚了。……他们大都有了很严密的组织，而且对于政治也有了相当的认识。第二是中国农民的革命性已经充分的表现了出来……第三是中国农民的智识已经不像阿Q时代的单弱……"[1]对五四时期尊崇的西方世界和西方文化，左倾知识分子视为"资本主义的毒龙"（郭沫若）。"革命文学"论争后的鲁迅接受了马克思主义，放弃了批判国民性的主题，他笔下的落后农民的形象不见了；30年代的鲁迅甚至打算写一部描写红军长征的小说。政治上左转的鲁迅开始写政治性的杂文，把批判的矛头指向帝国主义、西化的知识分子以及西方文化。他痛斥国民党政府的西方"友邦"，痛骂西化知识分子为"西崽"、"丧家的资本家的乏走狗"。鲁迅完全改变了五四时期尊崇西方文明，批判国民性的立场，而转向反西方的立场。他对崇拜西方文化和亲西方的人斥责为"西崽"，说这些人"觉得洋人势力，高于群华人，自己懂洋话，近洋人，所以也高于群华人。但自己又系出黄帝，有古文明，深通华情，胜洋鬼子，所以也胜于势力高于群华人的洋人，因此也更胜于在洋人之

---

[1] 钱杏邨《死去了的阿Q时代》，《现代中国文学作家》，上海亚东书局1932年版。

下的群华人。"鲁迅给这些"西崽"画了一幅漫画像:"徒依华洋之间,往来主奴之思。"[1]他不再认为西方文化与中国传统文化对立,而是认为西方帝国主义与封建主义的传统文化沆瀣一气,"我们的痈疽,便是他们的宝贝"。总之,鲁迅转向了革命民族主义。

鲁迅从世界主义向民族主义的回归,不仅仅是他个人的选择,也是一代知识分子的共同思想历程。五四启蒙知识分子在五四以后的社会革命潮流中,大都扭转了西化的价值取向,回归了民族主义,只有胡适等少数自由主义者坚持了世界主义。这种局面的出现,根源于中国社会现代化进程的特殊性,这就是现代性与现代民族国家之间的矛盾、冲突。现代性作为从传统社会走向现代社会的精神动力,其核心是工具理性(科学精神)和价值理性(人文精神),五四提倡的科学、民主就是现代性的中国提法。现代民族国家作为现代性的政治载体,本来是与现代性一致的,欧洲的历史证明了这一点。但是在中国,现代性没有本土的思想资源,中国传统文化没有现代性发生的土壤,因此只能从西方引进现代性。五四新文化运动就是从西方引进现代性并批判传统文化的运动。在引进现代性的同时,中国还面临着建设现代民族国家的任务,对中国而言,就是要摆脱西方列强强加于中国的半殖民地地位,获得民族独立。这意味着必须反对西方帝国主义,也包括反对西方文化。这样,中国的现代化就面临着两难处境:要实现现代性,就必须肯定现代西方文明,向西方学习;而要建立现代民族国家,就必须反对西方列强,批判西方现代文明。由于民族危机的紧迫性,建立现代民族国家的任务压倒了实现现代性的任务,这就是所谓"救亡压倒启蒙"的更深刻的含义。由于中国民族危机的迫切性,建立现代民族国家的任务压倒了启蒙的任务,于是,中国的现代化进程走向了以反现代性的方式建立现代民族国家的道路。由于现代性意味着西化、世界化,而建立现代民族国家意味着民族主义的主导,对中国知识分子而言,就必须完成从五四的世

---

[1]　鲁迅《"题未定"草》,《鲁迅全集》第六卷,人民文学出版社1981年版,第354,355页。

界主义向民族主义的转变。不仅鲁迅,还有陈独秀、李大钊、郭沫若、茅盾等都从崇尚西方文明转向批判西方文明。他们五四时称颂"今日庄严灿烂之欧洲"(陈独秀),而五四后期就高喊"我们要反抗资本主义的毒龙"(郭沫若)。五四以后的民族主义不同于以往的民族主义,它是侧重于意识形态的革命民族主义。革命民族主义并不认同传统文化,而是以封建主义之名批判之;它在反对帝国主义、西方资产阶级及其文化的名义下反对世界主义;它以被压迫民族和劳动人民文化的名义肯定民族主义。这种革命的民族主义之所以被接受,即由于在中国知识分子的深层心理中埋藏着强固的民族主义情结,鲁迅也是如此。

在鲁迅研究中,存在两种对立的倾向,一种是否认鲁迅在五四时期与五四以后的方向性转变,只承认有一个鲁迅,即启蒙主义的鲁迅;另一种是认为五四和五四以后鲁迅发生了方向性的转变,有两个鲁迅,即一个是西化的、启蒙主义的鲁迅,一个是苏化的、革命的鲁迅。其实,这两种倾向都有片面性。鲁迅一生发生了两次而不是一次方向性转变,因此有三个鲁迅,即留学时期的民族主义、保守主义的鲁迅;五四时期的世界主义、启蒙主义的鲁迅;左联时期的革命民族主义、马克思主义的鲁迅。这三个鲁迅又不是完全分割的,而是有着内在的一致性的、完整的鲁迅的三个不同阶段。三个阶段的内在联系就是民族主义情结,这是鲁迅思想的深层结构,它使鲁迅在变中保持着同一性。留学时期的鲁迅选择了民族主义和保守主义,是出自民族主义情结,面对西方和西方文化的强力压迫,他全力维护中华民族和中华文化的尊严,对西方和西方文化的有所抵牾。五四时期的鲁迅选择了世界主义和启蒙主义,是出自民族主义情结,为了中华民族的生存和发展,他"哀其不幸,怒其不争",批判国民的劣根性,以决绝的态度批判传统文化、推崇西方文化。左联时期的鲁迅选择了革命民族主义(反帝)和马克思主义,也是出自民族主义情结,因为他认为西方文化救不了中国,只有苏联传来的马克思主义才能救中国。这样看鲁迅,就能够比较全面、完整地理解鲁迅一生的思想历程。

附论：现代性与中国
文化思潮

一、中国自由主义之命运

自由主义是西方现代性的主要思潮，但是在中国现代性的进程中，自由主义却始终没有发展成为主流，而且难免最终失败的结局。中国自由主义的失败有两方面的原因，一是客观方面的原因，即社会历史条件的不适宜；二是主观方面的原因，即自身的缺陷。

关于自由主义失败的客观方面的原因，学界论及较多，主要有缺乏广泛深厚的社会基础（中产阶级的弱小），以及救亡压倒了启蒙、国内外思潮的左倾化等等。这些观点都有道理，本文不再重复。这里要说的是，自由主义在中国的失败，最根本的原因是现代性与现代民族国家的错位。中国近代以来，面临着实现现代性和建立现代民族国家的双重任务，即一方面要改革传统社会，进入现代社会；另一方面要争取民族独立。本来，现代性与现代民族国家是切合一致的，在西方，建立现代民族国家是实现现代性的政治基础。但是在中国却不同，现代性与现代民族国家发生了冲突，并导致建立现代民族国家的任务压倒了实现现代性的任务，而且以反现代性的方式建立了现代民族国家。现代性是启蒙理性精神，它包括科学主义和人文主义，它引导社会向现代化前进。现代性发源于西方并且首先在西方获得了胜利，而中国传统文化中并没有现代理性精神的始因。五四从西方引进现代性，即科学和民主，从而开始了中国的启蒙运动，它必然是以反传统的方式进行的。但是，要在中国建立现代民族国家，就必须反对西方列强，而西方正是中国现代性的源泉。这意味着建立现代民族国家必须以民族主义和国家主义为基本的意识形态，必须反对西方的现代性，现代性与现代民族国家发生对立。由于救亡的紧迫性，建立现代民族国家的任务压倒了实现现代性的任务；而且更重要的是不得不采取反现代性的方式来建立现代民族国家。这就是所谓"救亡压倒了启蒙"的更深刻的内涵。五四运动尝试以肯定现代性的方式为建立现代民族国家开路，自由主义曾经唱了主角，全盘西化，反传统成为潮流。但由于国难当头，长期启蒙难以立时奏效，于是，五四以后，社会革命骤起，反帝代替了学习西方，民族主义、国家主义取代了启蒙主义，自由主义被冷落。最后在国共两党的斗争中，自由主义分化、瓦解，分别投向敌对阵营。

至于中国自由主义本身的缺陷，学界较少论及，因此是本节论述的重点。我们首先考察一下中国自由主义的历史，以便从中找出其特性。中国自由主义是在五四时期发生的，在这之前，中国只有政治改良主义，以后又分化为政治保守主义（保皇党）与政治激进主义（革命派），没有形成自由主义思潮。由于反思辛亥革命失败的历史经验，产生了启蒙运动，而这时自由主义才被引进。中国自由主义首先是文化自由主义，《新青年》同人相约二十年不谈政治，致力于输入学理，以收长期启蒙之效。只是由于国难当头，五四运动爆发，启蒙主将纷纷走向政治战场，以胡适为首的一部分文化自由主义者也开始以舆论干预政治，从而成为政治自由主义者。后来，在国共两党的斗争中，政治自由主义者不得不分化到两个阵营中去，政治自由主义失败。而在解放后文化学术界的马克思主义化过程中，文化自由主义也消失。因此，中国自由主义的历史是一部走向失败的历史。

从中国自由主义的历史可以看出，它先天不足，具有一些根本性的弱点，正是这些弱点才导致其失败。这些弱点有：

首先，中国自由主义不是本土文化思潮，而是外来思潮。自由主义者主要是一些留学欧美归来的知识分子，在民众中没有基础，在一般人的心目中只是一群鲁迅笔下的"假洋鬼子"。中国文化传统中没有自由主义的始因，五四自由主义是从西方引进的，它一直没有能够在中国文化中扎下深厚的根基。更重要的是，自由主义的个体本位价值观与中国传统文化的集体本位价值观针锋相对，它是作为传统文化的批判者走向历史舞台的。这就注定自由主义在中国缺乏来自传统的"支援意识"，它可以成为启蒙的先锋，但难以成为主流思潮。这与欧洲自由主义不同，它从古希腊罗马文化中汲取了人文主义思想资源，从传统中获得了"支援意识"，因此成为现代性的主流思潮。对于这个弱点，中国自由主义者已经意识到了，他们一方面反传统，主张西化，同时又力图证明中国自古就有自由主义传统，如胡适就说："在信仰与思想自由方面，东方历史上也有很大胆的批评者与反抗者，从墨翟、杨朱到桓谭、王充，从范缜、傅奕、韩愈到李贽、颜元、李恭，都可以说是为信仰自由奋斗的东方豪杰之士，很可以同他们的许多西方同志齐名比美。"[1]但这种牵强的说法很难让人信服，因为上述"豪杰之士"虽有反抗，但缺乏个人主义信仰，终究算不上自由主义者。与共产主义相比，就很能说明问题。共产主义也是外来思潮，但它经过与中国实际相结合，从传统中找到了"支援意识"，这就是集体主义、民本思想和民族主义，这些传统思想被改造为现代的阶级意识和爱国主义。共产主义与中国传统文化的结合产生了毛泽东思想，它是本土化了的马克思主义。自由主义却始终没有消除与传统文化的对立，没有成为本土文化思潮。因此，共产主义胜利了，自由主义失败了。

中国自由主义的另一个弱点就是其主体——自由主义者几乎都是文化人，而缺乏广泛的社会基础。在西方，自由主义有广泛的社会基础，这就是广大的中产阶级。中国自由主义者的队伍里几乎没有实业家、职业政治家，更没有普通市民和工人农民，差不多清一色是文化人，而其核心是一些学者。最活跃者是以胡适为领袖、以《新月》、《现代评论》杂志为中心的一派人。他们虽然有很高的文化素质，但只

---

[1] 胡适《自由主义是什么》，1948年8月6日《周论》第2卷第4期。

限于学术圈子和文化界，人数不多，对社会底层影响不大。他们没有也不想与民众结合，也就是说他们没有掌握市民社会（况且中国的市民社会也很弱小），基本上不从事政治活动，不进行社会运动，而只是在公共社会活动，企图通过造舆论来影响上层统治者。这就注定其没有前途和走向失败。共产党人也是以一些激进知识分子为领袖的团体，但他们很快与工农民众结合在一起，形成了社会革命运动，具有广泛深厚的社会基础。因此，自由主义者失败了，共产党人胜利了。

中国自由主义者还有一个弱点，就是缺乏思想的坚定性。中国自由主义者虽然服膺个人主义，但内心深处却难免民族主义情结。而且五四启蒙运动引进自由主义并非为了解放个人，而是为了"改造国民性"，从而达到救国（建立现代民族国家）的目的。这样，自由主义只是救国的手段，它必然要服从民族主义。在建立现代民族国家的过程中，自由主义阵营就不断有人分化出去，并且在完成建立现代民族国家任务后，大多数人放弃自由主义立场。自由主义蜕变过程中有三个大的环节：第一个环节是20世纪30年代，在日本帝国主义侵略的威胁面前，一批自由主义代表人物如蒋廷黻、钱端升、吴景超、丁文江就公开主张效法法西斯，实行新式独裁、新式专制，企图依靠蒋介石挽救民族危亡。以后，这几个自由主义人士就被拉入国民党政府，还有傅斯年、王世杰、吴鼎昌等一大批自由主义者加入国民党政府。胡适等人虽然反对新式独裁的主张，但也对蒋介石抱有幻想，并且在抗日战争中到国民政府做官。第二个环节是抗日战争胜利后，在国共两党大决战前夕，自由主义阵营向左右两个方向分化，一部分如胡适派和民、青两党投向国民党，另一部分如绝大多数民主党派投向共产党，自由主义阵营作为一种政治力量土崩瓦解。第三是在解放后的思想改造和反右派斗争等政治运动中，几乎所有自由主义者都清除了自由主义信念，接受了马克思主义。这场改造非常彻底，不仅改变了自由主义者的政治立场，而且改变了他们的文化思想和学术思想，个人主义、民主观念、科学主义等都被清除。必须指出，这种立场和思想的改变，不仅仅是政治压力的结果，很大程度上是自觉自愿的。中国自由主义者为什么不能坚守立场呢？根本上说是民族主义情结使然。既然自由主义只是救国的手段，当它不奏效时，就可以放弃。无论是什么主义，只要能救国，就可以接受。建国后民主党派负责人自称对共产党由畏服到敬服到心服，应该不是虚言。共产党确实建立了一个独立的、走向强大的中国，实现了多少代人的梦想，包括自由主义者的梦想，他们怎么能不信服呢？共产主义救了中国，而自由主义却无能为力，坚持自由主义又有多大意义呢？

自由主义包括经济自由主义、政治自由主义和文化自由主义三种形态，自由主义的弱点和失败也体现在这三种自由主义上。

经济自由主义是指主张资本主义自由经济制度的思潮，它是经济领域里的自由主义，也是自由主义不可缺少的一个方面。中国经济自由主义是最贫乏的，从洋务运动、辛亥革命到五四运动、大革命、共产革命各个阶段，经济自由主义都没有成为重要的思潮。主导中国经济变革的思想一直不是自由主义，而是国家对经济加以控制、对私人资本加以限制的国家主义。

洋务运动主张发展工商业，但主要是由官办或官督商办，而不是发展私人资本。辛亥革命时期的孙中山也没有提出自由主义的经济思想，而是着眼于"弭此贫富战争之祸于未然"，他认为这种民生主义就是"社会主义"。章太炎、朱执信等思想家也反对自由资本主义，唯恐导致"贫富悬隔"、"可致不平之制"。刘师培在1905年展望新中国，也提倡土地财产国有的"社会主义"："中国今后之政体。实行帝民之主义，以土地归国有，而众公享之。无私人垄断之弊，以致产出若美洲所谓钢铁王、煤油王者。……土地国有之说，倡于美人 Henri George，社会主义中之既改良而实行者也。"[1]五四运动中产生了文化自由主义，并没有产生经济自由主义；相反，却产生了无政府主义和各种"社会主义"。国民革命的指导思想是"三民主义"，孙中山的民生主义是"节制资本"的"集产的社会主义"，即以国家资本限制私人资本，以防止私人资本控制国计民生。他说："中国今日单是节制资本，仍恐不

---

〔1〕 无畏《醒后之中国》，1905 年 9 月 29 日《醒狮》第一期。

足以解决民生问题，必要加以制造国家资本，才可解决之。"[1]这就是以后国民党的官僚资本主义的蓝本。共产革命则提出社会主义，后来毛泽东又提出新民主主义作为其过渡阶段，即先限制私人资本而后取消私人资本。

中国的自由主义者对经济自由主义并不关心，甚至不赞成。自由主义的代表胡适考察苏联后，虽然不赞成其专政制度，但对其经济国有制度却有赞许之意。他说："十九世纪以来，个人主义的趋势的流弊渐渐暴白于世了，资本主义之下的痛苦也渐渐明了了。远识的人知道自由竞争的经济制度不能达到真正的'自由、平等、博爱'的目的。向资本家手里要求公道的待遇，等于与虎谋皮。"解决的方法有两条："一是国家利用其权力，实行制裁资本家，保障被压迫的阶级；一是被压迫的阶级团结起来，直接抵抗资本阶级的压迫与掠夺。于是各种社会主义的理论与运动不断的发生。"[2]值得重视的是，五四期间对中国有很大影响的杜威、罗素都不赞成在中国搞自由资本主义。《新青年》于1919年9月号开始连载杜威的讲演。杜威在讲演中提出，中国应当吸取工业化国家劳资对立的教训，采取某种经济政策，以防止将来的社会革命。罗素到中国访问、讲演，他认为中国应当参照俄国的共产主义，由国家控制经济，实行国家社会主义或国家资本主义。[3]可见经济自由主义在中国没有多大市场。中国的自由主义者主张文化自由主义和政治自由主义，但经济自由主义不在其视野之中，并且事实上认同了国民党的民生主义和节制资本的政策。最要命的是中国的资产阶级本身就不敢提出经济自由主义的主张，他们认同了国民党的三民主义，忍受了官僚资本主义的压迫。在20世纪20年代较为成熟的资产阶级社会组织上海总商会，虽然曾经为自己的利益与政府抗争过，但始终不敢反对民生主义和

---

[1] 孙中山《三民主义第二讲》，曹锦清编选《民权与国族——孙中山文选》，远东出版社1994年版，第205页。

[2] 胡适《我们对于西洋近代文明的态度》，转引自胡明《胡适传论》，人民文学出版社1996年版，第662页。

[3] 周策纵《五四运动史》，岳麓书社1999年版，第337—345页。

节制资本的政策，最后情愿在官僚资本主义体制下苟存。至于解放后，经济自由主义就更没有生存的余地了。经济自由主义的阙如，使中国自由主义失去了根基，变成了文化人的一种空洞的议论。

五四时期的启蒙运动是文化思想领域的革命，鉴于辛亥革命作为单纯的政治革命，缺乏思想启蒙的准备，当时的自由主义者并不想过早介入政治斗争。胡适等《新青年》同人相约二十年不谈政治，致力于输入学理，改造国民性，为政治变革做准备。但在1919年5月4日以后，政治问题（民族危机和政治腐败）已经无法回避，于是陈独秀、李大钊等激进派开始参与政治斗争，《新青年》也变成了政治刊物，后来又筹组共产党。胡适代表的自由派也开始关心政治，介入政治。胡适先是发表了《多研究些问题，少谈些主义》一文，要从具体社会问题着眼改造社会。1920年8月1日胡适、蒋梦麟、陶孟和等自由主义者与已经成为马克思主义者的李大钊一起发表了"争自由的宣言"，声称"我们原本是不愿谈实际政治的，但实际的政治却没有一时一刻不能妨碍我们。……我们相信人类自由的历史，没有一国不是人民费去一点一滴的血汗换来的……"[1]此后，中国自由主义者就正式走上政治舞台，中国政治自由主义诞生了。

中国政治自由主义是以胡适为领袖、以一批文化人特别是一些学者为主体的散漫的一群。他们力图在左右两派和国共两党中间保持独立，以自由主义来影响中国政治进程。中国政治自由主义者干预政治的途径主要是影响舆论，因此办刊物就成了他们的几乎是唯一的斗争手段。从《每周评论》到《现代评论》、《努力周报》、《新月》、《独立评论》，中国的自由主义者一直把工夫下在政治评论上。他们抨击时政，宣传自己的政治主张，产生了一定的政治影响。特别是胡适对国民党的"训政"的批判是很深刻的；罗隆基、梁实秋、王造时等人在《新月》上进行的反党权、争自由的斗争也是颇为壮烈的。但从总体上看，自由主义者

---

[1]　胡适等《争自由的宣言》，重刊于1920年8月《东方杂志》第17卷第16号，第133—134页。

尤其是其首领胡适是以较为温和的方式对国民党的独裁政治进行批判的。中国的自由主义者也曾经参与过政治斗争，最著名的是胡适、蔡元培等参加由宋庆龄等左派主持的"民权保障同盟"，反对国民党政府摧残人权的斗争。但胡适等认为争取民权运动"必须建筑在法律的基础之上"，反对进行政治斗争，而只进行法律斗争。他特别反对同盟提出的"无条件的释放一切政治犯"的主张，甚至认为政府有权镇压一切反抗行动，而只是主张"在现行法律之下，政治犯也应该受正当的法律保护"，而蔡元培也暗中同情胡适的立场〔1〕。这充分体现了自由主义对实际政治斗争的规避。由于"民权保障同盟"中自由主义与激进主义的分歧，再加上国民党政府的镇压，这场运动终止。在抗战中成立了以"中国民主政团同盟"为主体的民主政党，这是中国政治自由主义的高潮时期。他们企图形成"第三种势力"，引导中国走"第三条道路"。但中国政治自由主义最终走向失败。一方面，他们的努力收效甚微，国民党并没有把他们当做"诤友"，也没有按照他们的意见走向民主化；另一方面，在抗日战争胜利后，自由主义在国共两党的决战中，没有第三条道路可走，只好向左右两个方向分化，从而自行瓦解。

中国政治自由主义为什么失败了呢？除了社会历史条件不利于其生存、发展外，还有其自身的原因。中国政治自由主义对政治的介入只限于公共社会领域，基本上不涉及政治领域。他们不组建政党（抗战时期才有自由主义的民主政党，但很快就分化、瓦解），胡适标榜"无偏无党"，甘心做政府的"诤友诤臣"。他们也不准备夺取政权，不搞社会运动，拒绝实际的政治斗争，只是造舆论，搞宣传，因此难收实效。这是没有政治家、没有政治实践的自由主义。中国的自由主义者对国民党和蒋介石抱有幻想，他们认为可以通过自己的劝谏，推进一点一滴的改良，促使国民党走上民主化的道路。为此，他们采取了避免对抗、寻求合作的"补天"的态度，甚至企图当蒋介石独裁政权的"诤友"。这

---

〔1〕 关于胡适退出民权保障同盟事，可参阅胡明《胡适传论》，人民文学出版社 1996 年版，第 747—760 页。

样，他们的独立性就必然难以保持，最后自由主义的右翼向国民党靠拢就不可避免。总之，中国的政治自由主义是软弱无力的，这实际上是中国资产阶级的软弱无力。中国资产阶级没有进行政治斗争的要求，没有掌握政权的意志，它只图眼前的生存，与国民党政权妥协。20世纪20年代的上海总商会曾经要求过由它来进行地方自治，后来就被国民党控制，再也没有提出任何政治要求。失去了积极的社会支持，自由主义变成了少数知识分子的行为，它不可能对中国政治发生重大影响，因而它的失败也是必然的。

文化自由主义是中国自由主义的发源地，在这个领域，自由主义较好地发挥了作用。文化自由主义继承了五四传统，致力于思想启蒙，主张通过改造国民性来创造现代社会。它除了进行启蒙宣传外，就是重视教育，因此中国的自由主义者大都是教授等文化人。五四以后，当激进派投向革命（救亡）时，自由主义坚守启蒙阵地，坚持宣传科学、民主思想。它不合潮流，孤军奋战，受到左右两方面的夹击。它始终坚持自己的信念，面对文化保守主义的回潮，自由主义坚持"充分世界化"；在各种各样的极权主义盛行之时，它坚持"健全的个人主义"哲学。当革命派相信启蒙任务已经完成，革命能够改造一切时，它仍然认为没有启蒙就不可能创造现代社会。胡适对学生们说："争你们个人的自由，便是为国家争自由！争你们自己的人格，便是为国家争人格！自由平等的国家不是一群奴才建造得起来的！"[1]在救亡压倒启蒙之时，虽然这种思想不合时宜，但确是有远见的，这已为以后的历史所证明。

中国文化自由主义的缺点在于，它在五四以后，只有少数人坚持思想文化领域的启蒙工作，多数人或者转变立场，或者退入学术领域。很多学者如周作人、顾颉刚、沈从文、陈寅恪等人，都只是学术上的自由主义者，他们对政治不甚关心，对启蒙也失去了五四时期的兴趣，他们只是信奉和要求"学术独立，思想自由"。这是一种独善其身的自由主

---

[1] 胡适《介绍我自己的思想》，转引自胡明《胡适传论》，人民文学出版社1996年版，第383页。

义。这种学术自由主义的兴起，既与五四启蒙主义的退潮有关，也与中国传统知识分子的独善其身思想有关，更重要的是社会的现代性进程中知识分子发生了分化，即职业化、科层化，多数知识分子成为职业学者和文化人，丧失了政治兴趣。这种学术自由主义固然是有价值的，对于学术发展是非常必要的，但它又是消极的自由主义，它没有战斗力，不仅不能影响中国的社会变革，而且也抵挡不住政治思潮的冲击。因此，在解放后的思想改造运动中，学术自由主义也丧失了生存空间。尽管如此，对自由主义的文化启蒙工作应当充分肯定，虽然没有成功，但它为中国的现代性保留了火种。历史将表明，当建立现代民族国家的任务完成后，重建现代性的任务就摆到日程上来，而中国自由主义的历史作用将不仅属于过去。

二、中国保守主义的兴衰

保守主义，在中国的现代语汇中，曾经是一个贬义词，其含义是反动、倒退、落后，反对社会变革和进步。与此相对应，激进主义一直受到肯定，被当作历史进步的动力。自由主义虽然受到批评，但也被给予有限的肯定，如对五四时期自由主义反封建进步意义的肯定；而在20世纪80年代以来，自由主义也翻了案。唯独保守主义一直被批判否定，只是到了20世纪90年代，形势才发生变化，由于激进主义和自由主义失势，保守主义才得以抬头，人们也开始反思历史，对保守主义重新评价。

激进主义、自由主义和保守主义是中国现代史上的三大现代性思潮，它们是中国社会文化转型的产物，也是中国对西方文化冲击的回应。它们的分歧并不是要不要社会变革，要不要现代性，而是怎样变革，怎样实现现代性。激进主义是中国现代思想史的主潮，它以法国大革命和苏俄革命为典范，主张暴力革命，倡导国家主义。孙中山领导的国民革命和毛泽东领导的工农革命都属于激进主义，中国现代史是沿着激进主义轨道前进的。自由主义以欧美民主制度为典范，意识形态上倡导个人主义，文化上主张西化、反传统，政治上主张渐进改良，有序变革。胡适所代表的一部分自由派知识分子是自由主义的社会主体。自由主义自五四以后在思想文化界有较大影响，但作为一种社会力量十分弱小，因为它缺少一个强大的中产阶级的社会基础。保守主义继承了中国文化传统的守成性，同时也汲取了英国、日本近代变革的历史经验。中国保守主义主张以中国传统文化（主要是儒家文化）为现代化的主要思想资源，反对全盘西化，反对激进变革，坚持群体本位的价值观，企图在传统文化框架内实现中国社会的现代化。保守主义实力上不如激进主义，声势上也不如自由主义，但却有强大的传统力量作为"支援意识"，又有广大深厚的社会基础，因而能绵延不绝，顽强地影响着中国社会的发展。

保守主义的历史早于激进主义、自由主义，它是中国思想界对现代性和西方文化冲击的最初回应。鸦片战争后，西方列强用武力打开中国大门，也把西方现代文明强行带到中国，造成了中华民族的生存危机和文化危机。在这种形势下，产生了自强运动，洋务运动是其最早的形式。洋务运动企图在保持中国传统社会结构和文化传统的同时，引进西方先进的科学技术、工业文明，达到富国强兵的目的。洋务运动在当时具有进步性质，但在思想倾向上属于保守主义。洋务运动代表人物之一的张之洞提出的"中学为体，西学为用"，成为保守主义的纲领性口号。洋务运动开启的保守主义传统被戊戌变法运动所继承。康有为、梁启超等改良派师法英、日，主张君主立宪，反对共和革命，思想理论上也从孔孟学说中寻找变法依据。辛亥革命后，康、梁保守主义倾向更为明显，成为孔孟学说的坚定的卫道士。

在中国现代性进程中，保守主义很快被激进主义取代。戊戌变法失败，标志着保守主义在中国历史舞台上丧失了主角地位；辛亥革命、五四运动、大革命和共产革命的依次展开，则标志着激进主义主导了中国现代史。五四新文化运动是激进主义（陈独秀、李大钊、鲁迅为代表）与自由主义（以胡适、周作人等为代表）联合导演的反传统运动，保守主义受到致命打击，从此一蹶不振。只是在五四运动落潮、文化激进主义转向政治激进主义、自由主义失势的历史形势下，保守主义才得以复活，但已不再能成为社会思潮的主流。五四后期，一方面有梁漱溟等倡导儒学，另一方面又有学衡派的崛起。1922 年，《学衡》杂志创刊，提出"昌明国粹，融化新知"的纲领。学衡派代表人物刘伯明、吴宓、梅光迪、柳诒徵、胡先骕等都是曾留学欧美的教授，他们不反对现代化，不拒绝西方文化，但反对五四运动的西化倾向和反传统主义，主张从中国文化传统中寻找现代化的主要思想资源。批判五四激进主义和自由主义是"学衡"派和梁漱溟等儒学复兴派的共同点，梁漱溟说："有人以为五四以来的新文化运动为中国的文艺复兴，其实这新运动只是西洋化在中国兴起，怎能算中国的文艺复兴？"[1]20 世纪 30 年代，在民族危机加重的历史背景下，保守主义有了更大的发展空间。政治保守主义体现了知识分子的国家主义倾向，钱端升、陈之迈、丁文江、蒋廷黻等自由主义者都转向国家主义，主张放弃自由主义，维护国民党政权，以增加民族凝聚力，抵御日本侵略。文化保守主义表现在陶希圣等上海十教授发表的《中国本位的文化建设宣言》，主张以中国传统文化为本位、为主体，建设现代国家，以增强民族自信心。尽管五四以后保守主义思潮高涨，但难以抵御激进主义主潮。中国革命的胜利，标志着保守主义和自由主义都被逐出中国文化思想的舞台。20 世纪 50 年代，唐君毅、张君劢发表《中国文化与世界》联合宣言，被称作《新儒家宣言》，标志着新儒学崛起。以后又有杜维明、成中英、牟宗三、余英时等加盟，新儒学在海外逐渐蔚为大观，对港台及海外华人和国际学术界产生巨大影响。新儒学兴起的历史背景使西方开始进入后现代社会，现代性的弊端充分显露，而港台也面临现代化转型，中国文化向何处去的问题又一次被突出。新儒学企图通过对儒学的现代改造，使之成为中国乃至全世界的现代文化模式，以克服西方现代化的弊病。

20 世纪 80 年代的新启蒙运动，继承了五四运动的激进主义和自由主义传统，而保守主义很难有生存空间。20 世纪 90 年代，激进主义和

---

〔1〕 梁漱溟《东西文化及其哲学》，上海商务印书馆 1929 年版，第 13 页。

自由主义失势，保守主义兴起。90年代保守主义反思中国现代化运动的历史经验，批判激进主义和自由主义，主张回归传统，并以渐进改良方式实现社会转型。

新儒学是20世纪90年代保守主义的先驱。由于有了合适的土壤，海外新儒学传入中国大陆，并且落地生根。在反对激进主义、自由主义方面，新儒学与主流意识形态有了一致性，同时主流意识形态又需要传统文化的支援与补充。因此，新儒学在提倡爱国主义、弘扬传统文化的背景下具有了合法性，并大大伸展了自己的势力。90年代以来季羡林先生多次撰文，认为东方文化这一自成格局的文化价值体系，作为与西方文化并行的人类文明的两大成就之一，将在未来世纪发挥日益重要的甚至是主导的作用。季先生强调东方文化体系的独到性，强调不要用"洋玩意儿"而是用中国式的"土法"来解决自己的文艺理论问题。[1]

20世纪90年代又有新保守主义的崛起，这是由80年代的激进主义、自由主义阵营转化出来的一部分知识分子组成，其代表人物有李泽厚、王元化等。他们从20世纪80年代激进主义、自由主义受挫中吸取教训，进而反思中国现代史上的激进革命传统，主张"告别革命"，走渐进改良之路；并放弃自由主义，主张重建中国传统文化，使其成为中国现代化的思想资源[2]。李泽厚提出建立"以儒为主，儒道互补"的现代乌托邦，以解脱现代人的思想困境[3]。由于其代表人物的巨大影响力，新保守主义虽然没有多大声势，但潜力不可低估，它反映了20世纪90年代中国知识分子的心态。

公开打出保守主义旗号的只有上述两家。此外，还有貌似激进而实质上与保守主义异曲同工的"新左派"。"新左派"以西方后现代主义为理论依据，采取反现代性立场，认为中国已经实现了现代性，并且成

---

〔1〕 季羡林《东方文化复兴与中国文艺理论重建》，《文艺理论研究》1995年第6期。

〔2〕 李泽厚、刘再复《告别革命》，香港：天地图书公司1995年版。

〔3〕 李泽厚《第四提纲》，载《学术月刊》1994年第10期。

为"资本化社会",因此要站在后现代立场批判现代性,走非传统社会主义和非资本主义的第三种道路。他们在反对"后殖民主义"旗号下,主张摒弃西化,回归本土文化[1]。在中国正在艰难地为实现现代性斗争的历史关头,"新左派"对现代性的批判,与保守主义相呼应而殊途同归。而在文学思想上,受到西方"后殖民主义"理论的影响,也有相似的主张。张法、张颐武、王一川认为,中国的现代化是以西方现代性为参照系的,西方他者的规范成为中国定义自身的根据,中国的"他者化"成为中国的现代性的基本特色所在,中国的现代化显示为一种"他者化"的过程。现在应当力图跨出"他者化",放弃西方式的发展梦想,关切民族文化特性和独特的文明的延展和转化。作者把这种趋势概括为从"现代性"到"中华性"的转变,并认为这是进入90年代以来中国文化状况所发生的极其引人注目的转变[2]。

一般地说,保守主义与激进主义、自由主义一样,并不反对现代化,因此它们并没有进步与反动之分,应当给保守主义摘去反动、倒退的帽子。上述三种主要社会思潮都是现代性的意识形态形式,并作为合力推动了中国社会的发展。必须摒弃一元化的思想史观,而承认多元思想体系的合理性与历史作用。保守主义的历史作用在于,它制约着激进主义,并成为自由主义的必要补充。任何思想体系都具有片面性,需要多元思想体系的制约和补充,社会变革才不致走向极端化。激进主义有冲击、瓦解传统社会、文化体系的先锋作用,但也往往具有强烈的破坏性,造成社会震荡。自由主义坚持现代价值观念,具有充分的现代性,但也有忽视传统价值,从而导致现代化进程缺乏来自传统的"支援意识"的弊病,有造成文化失范的危险。保守主义则起到了纠偏、补充和缓冲的作用,它强调与传统的衔接,注重有序变革,有利于减少社会震荡及防止文化失范。余英时认为:"相对于任何文化传统而言,在比

---

〔1〕 汪晖《当代中国的思想状况与现代性问题》,《天涯》1997 年第 5 期。

〔2〕 张法、张颐武、王一川《从"现代性"到"中华性"——新知识型的探寻》,《文艺争鸣》1994 年第 2 期。

较正常的情况下，'保守'和'激进'都在紧张中保持一种动态的平衡。例如在一个要求变革的时代，激进，往往成为主导的价值，但是'保守'则对'激进'发生一种制约作用，警告人不要逞一时之快，而毁掉长期积累下来的一切文化业绩。相反的，在一个要求安定的时代，'保守'常常是思想的主调，而激进则发挥着推动的作用，叫人不能因图一时之安而窒息了文化的创造生机。"[1]此论至为公允。中国的保守主义，发挥着对激进主义的制约作用，如五四后期的保守主义对五四的全盘西化、反传统倾向的抵制；20世纪80年代后期的新儒学，也同样抵消着激进主义的极端性。

但是，这并不意味着对保守主义、激进主义和自由主义一视同仁，无分轩轾。应该把它们置于中国具体国情和特定历史条件下加以考察，确定其历史地位和作用。一般而言，保守主义往往是在激进主义完成历史任务之后，才出来纠偏，从而发挥正面的历史作用，而在此前，负面历史作用更大一些。法国大革命中，首先有激进主义的雅各宾派专政，彻底摧毁了封建贵族统治，同时又产生了政治狂热、杀人过多、社会无序的恶果。后来就有保守主义的吉伦特派的热月政变，恢复了稳定与秩序，使法国大革命成果得以保存。英国资产阶级革命中，首先也是激进主义主导，打败了王党，建立了克伦威尔独裁统治。激进主义的革命也产生了社会对抗的后果，于是就有保守主义的"光荣革命"，以妥协的方式肯定了革命成果，恢复了社会的秩序和稳定。

中国的保守主义有其特殊性，它不是在激进主义完成历史任务后登上历史舞台的，而是在激进主义和自由主义失败、受挫的历史条件下崛起的，因此它对激进主义、自由主义的批判，在实践上往往具有阻滞变革的负面作用。五四运动失败后，才有保守主义的高涨，它对五四运动的批判，实际上消解着五四运动的现代性影响。20世纪90年代的保守主义也是在20世纪80年代新启蒙运动受挫后兴起的，它对启蒙思想的背弃，带来了现代性思想火种熄灭的危险。中国现代化和社会文化转型

---

〔1〕 余英时《钱穆与中国文化》，上海远东出版社1994年版，第123页。

的任务远没有完成，面对着强大的阻力，保守主义往往助长着反现代性，反变革的力量，这一点，必须清醒地认识到。因此，对中国的保守主义不能一概肯定，不能评价太高，必须在适当承认其历史地位的同时，批判其负面作用。李泽厚先生对保守主义一概肯定，对辛亥革命、五四运动和80年代新启蒙运动却否定多于肯定，这是不公允的。以往对激进主义全盘肯定固然有失片面，但时下一些人为保守主义全面翻案也有悖历史。

最后，还该分析一下保守主义产生的社会历史根源。与激进主义、自由主义一样，保守主义也是寻求现代性的思想表现。但是，中国的保守主义却体现了中国人，特别是中国知识分子的现代性焦虑。这种现代性焦虑体现为对现代性既渴求又疑惧的矛盾心态。这种心态源于中国现代性的外源性和外迫性。所谓外迫性，是指中国人接受现代性不是出自自身发展要求（如知识分子对自由平等的渴望），而是出自亡国灭种的压力。所谓外源性，是指现代性不是来自中国文化传统之中（如欧洲文艺复兴是继承古希腊罗马文化传统），而是由西方引入，这种外来的现代性导致反传统。中国知识分子出自救亡图存要求，渴求现代性，甚至不惜采取最激烈的暴力革命方式，于是就有激进主义的持续高涨；同时又惧怕在接受现代性过程中丧失民族特点，被西方文化同化，于是就有保守主义的不断兴起。这导致中国知识分子接受现代性时存在着片面性和动摇性。由于中国知识分子接受现代性出自救亡动机，因此他们既可以主张自由主义，也可以放弃自由主义，如五四主将中除胡适等外，其余大都放弃自由主义而转向保守主义或政治激进主义。由于中国知识分子是在反传统背景下接受现代性，缺少来自传统的"支援意识"，因此一受挫或面临现代性弊端即发生动摇，转向保守立场。由于中国保守主义是中国知识分子现代性焦虑的产物，因此它带有更多的消极性，不能算作一种健全的现代性思潮。中国的保守主义必须在充分接受现代性的前提下，才能成熟起来，成为健全的现代性思潮，从而发挥其正面的历史作用。

三、从民族主义到国家主义

在百余年的中国现代史上，产生了多种社会政治—文化思潮，如自由主义、保守主义、无政府主义等，但主流思想却是民族主义—国家主义。在中国现代化进程中，建立现代民族国家是最迫切的任务，在亡国灭种的威胁下，现代性的其他任务都必须让路。民族主义信仰的核心是本民族的优越性以及缘此而生的忠诚与热爱。民族主义是民众对西方列强宰制中国的反应，是建立现代民族国家的历史要求的产物，因此它必然成为基本的意识形态，主导着中国的现代化进程。罗志田指出："近代百多年间，中国社会始终呈乱象，似乎没有什么思想观念可以一以贯之。……但若仔细剖析各类思潮，仍能看出背后有一条潜流，虽不十分明显，却不绝如缕贯穿其间。这条乱世中的潜流便是民族主义。"[1]中国的各种现代性思潮，都不免打上民族主义的烙印，如文化保守主义就是民族文化本位主义即一种文化上的民族主义，而文化民族主义，是民族主义在文化领域的思想体系。它坚信民族固有文化的优越性，认同文化传统。而无政府主义、自由主义虽然不以民族主义相标榜，但归根到底也是为了救国，因此也难免受到民族主义潮流的影响。民族主义是在对外关系方面的思潮，而它在国内政治方面的主要体现就是国家主义。国家主义是建立"绝对主义国家"（作为现代民族国家的前阶段）需要的产物，或者说是"绝对主义国家"的意识形态，它主张国家具有绝对的价值和权力，可以支配社会的一切，个人必须无条件地为国家作出牺牲。在中国建立现代民族国家的斗争中，必须凝聚整个民族的经济、政治和思想的力量，必须从文化传统中汲取支援意识，如此就只能以国家为本位，而牺牲个体的权利和自由。因此，在中国，民族主义与国家主义是一体化的，是同一思潮的两个方面。民族主义是国家主义存在的理由，国家主义是民族主义的归宿。自民族主义诞

[1] 罗志田《乱世潜流：民族主义与民国政治》，上海古籍出版社2001年版，第1页。

生之日，就伴生了国家主义。中国的国家主义不仅有打着国家主义旗号的国家主义（如青年党），更有没打出国家主义旗号的国家主义，如三民主义（国家资本主义）和苏联式的社会主义（国家社会主义）。民族主义和国家主义主导了中国的现代化进程，中国现代民族国家的建立，就是民族主义和国家主义的胜利。

安东尼·吉登斯在《民族—国家与暴力》一书中认为，欧洲现代民族国家的形成经过两个阶段，"第一阶段为16世纪至18世纪晚期，它牵涉到绝对主义的发展以及资本主义企业的早期传播问题。第二阶段就是民族—国家和工业资本主义发展得以联合的阶段。"[1]他说的绝对主义时期是指欧洲近代史上出现过的专制主义的王权统治，他认为这是现代民族国家的准备阶段。在这段时期，统一的民族国家开始形成，民族意识开始发生，而且主要由于商品经济发展的需要，形成了专制主义的政治体制。对照中国历史，也可以发现在现代民族国家形成之前，有一个"绝对主义"时期。但是，中国的特殊性在于，"绝对主义"时期并不是在现代民族国家之前的一个阶段，而是现代民族国家形成过程的一个阶段，或者是现代民族国家的一个初级形态。在鸦片战争之前，中国虽然已经是一个统一的、中央集权的、以汉族为主体的国家，但不能看作是现代民族国家。民族国家有一个必要条件，就是如吉登斯所说的"民族—国家存在于由他民族—国家所组成的联合体之中"[2]，而中国一直以天朝大国自居，不了解世界，视其他国家为藩属或化外蛮夷，因此它还是一个"王朝国家"。王朝国家被打破是在鸦片战争失败之后，中国被迫承认自己"存在于由他民族—国家所组成的联合体之中"，同时由于资本主义经济的侵入和发展，中国也开始向民族—国家转变。民族主义和国家主义的形成是这种转变的第一步，这相当于吉登斯所说的欧洲"绝对主义"时期。但是，与欧洲不同的是，中国的民族意识

---

〔1〕 安东尼·吉登斯《民族—国家与暴力》，田禾译，生活·读书·新知三联书店1998年版，第158页。

〔2〕 安东尼·吉登斯《民族—国家与暴力》，田禾译，生活·读书·新知三联书店1998年版，第147页。

的产生起初并不是由于商品经济发展的需要，而是由于对西方列强压迫的反抗，或者说是对西方国家扩展资本主义市场需要的反抗。只是后来，中国商品经济有了一定规模的发展以后，才成为民族主义和国家主义的一个推动因素。因此，我们可以明确地划分出两个阶段，一个是五四前民族主义和国家主义的酝酿阶段，一个是五四以后民族主义和国家主义形成、发展阶段。

在鸦片战争至五四运动期间，民族意识发生，国家观念开始形成。鸦片战争中，中国人还以朝廷与蛮夷的战争视之。只是在屡战屡败之后，才逐渐意识到此乃"三千年未有之变局"，中国面对的是强大的西方世界，中国已经不是"天下"，而是处于万国之中的一国，而且是一个积贫积弱的国家。有了世界意识，才能有自我意识，在反抗西方列强的政治的、经济的、文化的冲突中，现代民族意识才得以形成。义和团运动的排外思想，仍然是传统的华夷之辨，不能算作现代民族主义。在辛亥革命前后，革命派开始鼓吹民族主义。但他们未能区分开民族主义与种族主义，往往把民族主义解释为反满，如孙中山的民族主义核心就是排满，他说："因不愿少数满洲人专利，故要民族革命……"（《在东京〈民报〉创刊周年庆祝大会的演说》）。革命家邹容作《革命军》，其中主要提出两项革命任务，一为反专制，一为排满，即"共逐君临我之异种"和"杀尽专制我之君主，以复我天赋之人权"。他们虽然已经有反对列强，争取民族独立的思想，但重心在反满上。但现代民族主义已经诞生。1901 年甲午战败，惊醒了国民的迷梦，特别是知识分子开始觉醒，康有为等发动"公车上书"运动；1903 年由于日俄战争爆发，留日学生发起了"拒俄运动"，1910 年四川爆发了"保路运动"。辛亥革命前，陈天华开始呼吁反对列强，标志着民族主义内涵的确立。陈天华已经意识到列强侵略不同于传统灭国，"从前灭国，不过是那国的帝王换了座位，于民间仍是无损。如今就大大的不相同了，灭国的名词叫做'民族帝国主义'……久而久之，必将其人灭尽，他方可全得一块地方。"（《猛回头》）他还主张学习洋人长处，"用文明排外，不可用野蛮排外"（《警世钟》）。1915 年日本强迫袁世凯政府接受丧权辱国的

《二十一条》，激发了全国性的抗议浪潮，全国各地爆发了大规模的"抵制日货"运动。这场运动与以往不同，它不仅仅是知识分子的运动，而且成为全民族的运动。当时的外国观察者看到了中国民族主义的兴起："中国的青年眼见他们的祖国要被吞并。日本在《二十一条》所表现的态度，毫无疑问地中国唯一的希望便是，采取强烈激进的民族主义政策。"[1]可以看出，中国民族意识已经与义和团的盲目排外有了本质的区别，走向现代民族主义。中国民族意识的觉醒主要是面临亡国灭种的危险，发展民族经济的动机并不突出，这与欧洲民族主义的产生缘由不尽相同。这种情形在五四前更为明显。但值得注意的是，"保路运动"则是出自经济原因；而抵制日货运动也直接促进了中国民族经济的发展，这表明现代民族主义有了更深刻的动力，只是它在中国还很薄弱。

与民族意识产生同时，现代国家观念也开始形成。中国传统观念中国家乃是帝王一人一姓之天下，百姓作为臣民只有尽忠的义务而没有做主的权利。而在戊戌变法特别是在辛亥革命前后，由于西方民主思想的传播，国家的概念发生了根本变化，全民族的国家的意识逐渐深入人心。改良派和革命派提倡"国民意识"，要求"去奴隶而为国民"，视国家为"人人共有之物"。因此，反专制斗争包含着对现代民族国家概念的体认。民族意识与民族国家意识是同一的，传统国家观念没有民族意识的内涵，而现代国家观念则以民族意识为基础。在辛亥革命前，现代国家观念的形成并没有导致国家主义，其时主要思潮是改良主义的开明专制思想和革命派的民主主义思想，还有无政府主义思想。但是，其时民族主义的觉醒已经孕育着国家主义。刘师培在1905年著文展望中华民族的辉煌前景，其中提到要建立一个国家主义的宗教："新中国之宗教者，以国家为至尊无对，以代上帝。一切教义，务归简单；且随人类之知识，经教会若干议员之允可，可得改良。既经群认为教义，则背之者为背叛国家，由众罚之，以代地狱。有功与国家，若发明家、侵略

---

〔1〕 转引自周策纵《五四运动史》，岳麓书社1999年版，第26页。

家、教育家，由众赏之，以代天堂。"〔1〕及至辛亥革命以后，却形成了国家主义的前身——国权主义。

辛亥革命后建立了共和制国家和民主政体，出于对民族危亡的忧虑，为了抵御列强的压迫，就产生了强化国家权力，弱化人民权利的思潮，这就是国权主义。本来改良派和革命派对民权、政权与国权的关系就没有正确的认识，把国权、政权当作民权或把国权、政权凌驾于民权之上。号称"民权党"的国民党人这样认为："共和之国，国即政府，政府即国民，绝无冲突之虞"〔2〕；"民主立宪之国，主权在民，民权与国权一而二，二而一也……"〔3〕对国权、政权和民权的混淆掩盖了以国权和政权取代民权的倾向。而以梁启超为代表的"国权党"则将民权与国权对立起来，片面强调国权，认为"国家为重，而人民为轻。苟人民之利益与国家之利益相冲突时，只能牺牲人民之利益以殉国家，而不能牺牲国家利益以殉人民。"〔4〕他们认为，人权、自由、平等之类学说只对强国之人民适用，生于弱国的中国人民，只有先谋求国家的自由平等，而后才有条件讲个人的自由平等。蔡锷宣称："本党主义，务以国家为前提。亡国之痛，远则如犹太、波兰、印度、埃及，近则如安南、朝鲜，诸君当能知之，抑为我万众同胞所刿心怵目者……天赋人权之只能有效于强国之民，吾侪焉得而享受之。故欲谋人民之自由，须先谋国家之自由；欲谋个人之平等，须先谋国家之平等。国家为拥护人权之保障。故吾党主义，勿徒骛共和之虚名，长国民凌嚣无秩序之风，反令国家衰弱也。苟国家能跻于强盛之林，得与各大国并驾齐驱，虽牺牲一部分之利益，忍受暂时之痛苦，亦所非恤。国权大张，何患人权之不伸。"〔5〕也就是在国权主义影响下，未称帝前的袁世凯才得到较为普遍

---

〔1〕　无畏《醒后之中国》，1905 年 9 月 29 日《醒狮》第 1 期。

〔2〕　海鸥《治内篇》，1912 年 10 月 8 日《民权报》。

〔3〕　空海《中华民国制定宪法之先决问题》，1912 年 2 月 8 日《民立报》。

〔4〕　吴惯因《宪法问题之商榷》，1913 年 4 月《庸言》第 1 卷，第 10 号。

〔5〕　蔡锷《在统一共和党云南支部会上的讲话》，见《蔡锷集》，云南人民出版社 1983
　　　年版，第 231 页。

附论：现代性与中国文化思潮　477

（包括梁启超和他的进步党，甚至还有李大钊）的支持。尽管后来五四新文化运动中国权主义一度被民主主义取代，但它并没有消失，而是潜伏下来，并在五四以后演变成为国家主义。

现代民族主义和国家主义的最终确立是在五四运动之后。本来，民族主义并不一定导致国家主义，它最初曾经是民主主义的动力。在辛亥革命前，民族意识是反对清王朝的封建专制斗争的动力，正因为中国受列强欺负，才必须反对腐朽专制的清王朝，实行民主政治。五四新文化运动是一场反传统和西化的运动，但在表面上的世界主义和民主主义主张后面，深藏着民族主义和国家主义的动机，即五四启蒙先知们认为，只有学习西方，实行民主主义，改造国民性，才能救国。但是民族主义又与国家主义有天然的联系。因为民族主义作为出发点，意味着民主和世界化是手段，救国才是目的；而为了目的，手段是可以改变的。因此，启蒙才数年，由于巴黎和会召开，日本攫取青岛，民族危机加重，爆发了五四爱国运动。五四爱国运动提出了"外争国权（后改为"外抗强权"），内惩国贼"，成为以后"打倒列强"、"反对帝国主义"的先声。而更重要的是，不仅学生走上了斗争的前线，而且商人和工人也开展了罢市、罢工斗争，新、旧知识分子也都表示支持，形成了席卷全国的民族运动，这是前所未有的。从此，五四新文化运动终止，转向政治革命，相继爆发五卅反帝运动以及大革命，世界主义和民主主义被民族主义和国家主义取代。

民族主义是走向国家主义的桥梁和归宿。孙中山在五四后重新解释三民主义，确立了民族主义和国家主义。他先反对五四提倡的世界主义，认为世界主义导致民族主义丧失，国家灭亡："近来讲新文化的学生，也提倡世界主义，认为民族主义不合世界潮流。这个论调，如果发自英国、美国或发自我们的祖宗，那是很适当的；但是发自现在的中国人，那就不适当了……我们便有亡国灭种之忧。"[1]他把旧民族主义的排满内容改为反对帝国主义，即"提倡民族主义，用民族精神来

---

〔1〕　曹锦清选编《民权与国族——孙中山文选》，上海远东出版社1994年版，第32页。

救国"[1]。孙中山以后的国民党基本上继承了反世界主义的民族主义，而且把它当作国家主义的基础。共产党也提倡民族主义，但它是在阶级意识的基础上，把民族解放与国际上的阶级斗争联系起来，民族主义成为反对帝国主义斗争的旗帜。在大革命中，尤其是在抗日战争中，民族主义成为国共两党和全民族的共同信念。甚至在中华人民共和国成立后，在反对以美国为首的西方世界和后来反对以苏联为代表的"现代修正主义"的斗争中，意识形态背后的民族主义都起到了重要的作用。

中国民族主义与国家主义有紧密的联系，或者说对外是民族主义，对内是国家主义。在辛亥革命以后，传统国家（王朝国家）瓦解，中国企图走西方现代民族国家的道路。结果民主政治的实验失败了，历史注定要中国走一段"绝对主义国家"的道路，这就意味着国家主义的兴起和主导。

在五四新文化运动转向政治革命以后，民主主义衰落，国家主义伴随着民族主义兴起。五四时期的重要团体"少年中国学会"解体，其成员分别投向共产主义、无政府主义、国家主义，标志着自由主义开始衰落，而国家主义开始崛起。1923年曾琦发表《中国青年党建党宣言》，其中民族主义是出发点，国家主义是归宿。文中先列举中国"内有残民以逞之军阀，外有伺隙而动之列强"，继而认为救亡图存不能靠启蒙，"有欲输入欧洲文明，以期改造思想者，此虽根本之图，要非救急之策。"[2]这就是说，不能靠民主政治，而只能实行国家主义，即所谓"实行全民政治"[3]。

但是直接打出国家主义的青年党并没有在中国的政治生活中发挥多大作用，起到支配作用的是没有打出国家主义旗号但却实行国家主义的国、共两党。国民党实行的是国家资本主义，共产党实行的是国家社会

［1］ 曹锦清选编《民权与国族——孙中山文选》，上海远东出版社1994年版，第6页。

［2］ 曾琦《中国青年党建党宣言》，引自《中国现代史料选集》第一册，中国人民大学出版社1987年版，第286—287页。

［3］ 曾琦《中国青年党建党宣言》，引自《中国现代史料选集》第一册，中国人民大学出版社1987年版，第287页。

主义。五四以后，孙中山向苏俄学习，吸收了其国家资本主义思想（当时苏俄正实行新经济政策），重新阐释了三民主义。他认为传统的家族主义使中国人只知有家，不知有国，是"一盘散沙"。但他不主张废除家族，解放个人，而主张把传统的家族合成"国族"，变家族主义为国族主义，认为"民族主义就是国族主义"，而"国族主义"实际就是国家主义。他在经济上主张"节制资本"，建立"集产社会主义"，即以国家资本限制民间资本，是为以后国民党官僚资本主义的蓝本。他在政治上主张一党专政，"以党治国"，建立党军。他的"民权主义"并不等于西方的民主主义，因为它抽去了其核心——对自由和个人权利的肯定。孙中山说："我们革命党向来主张以三民主义去革命，而不主张以革命去争自由……"他认为，欧洲人缺少自由，所以要以革命争取自由；中国人自由太多，所以是一盘散沙，受帝国主义欺负所以要打破个人的自由。"因为实行民族主义就是为国家争自由……便要大家牺牲自由。"[1]后来国民党向法西斯主义学习，发展为"一个政党，一个主义，一个领袖"。

中共仿效苏联模式的社会主义，在无产阶级专政的基础上建立社会主义国家。苏联式社会主义对社会生活实行全面的控制，经济上实行国有化和计划经济，政治上是共产党的绝对领导，意识形态上是一元化。这种意识形态反对个人主义、自由主义，树立集体主义，而这个集体就是以阶级为核心的国家。邓小平指出这种社会主义是"权力高度集中的政治体制"，实际上具有国家社会主义色彩。

中国的资产阶级和许多自由主义知识分子在民族危机形势下也转向国家主义，这成为一种历史趋势。国民党政权得到了资产阶级的支持，他们希望在国民党独裁统治下能够获得生存和发展。西安事变时，上海的资产阶级忧虑万分；而和平解决、蒋介石获释后，上海民众提灯庆祝，就表明了这一点。这种情况与欧洲的"绝对主义"时期相近。五

---

〔1〕 曹锦清选编《民权与国族——孙中山文选》，上海远东出版社 1994 年版，第 90—
95 页。

四以后，一些民主主义者转向苏俄的社会主义，这种转变主要源于民族主义情结。例如鲁迅，五四前和五四时期主张世界主义，批判中国传统文化，但出发点仍然是民族主义，"我以我血荐轩辕"的诗句表明了其心志，《阿Q正传》中的"假洋鬼子"形象也露出了端倪。因此在五四以后，鲁迅才由"排众数而任个人"的自由主义转向阶级论。20世纪30年代，出于对日本侵略的忧虑，许多自由主义知识分子开始支持国民党和蒋介石，甚至有效法德意法西斯的主张，这些人中有钱端升、陈之迈、丁文江、蒋廷黻等。他们认为，民主主义不适合中国国情，要凝聚全民族的力量，必须实行"新式独裁"，建立强有力的"集权政府"。说明民族主义与国家主义有某种必然联系。而在建国后，绝大多数知识分子，包括原来站在自由主义立场上的知识分子都拥护苏联式的社会主义，也因为看到民族获得了独立，国家走向强盛，这是促使他们放弃自由主义立场的根本原因。事实上，中国走向现代民族国家的第一步是民族主义和国家主义推动的。

中国民族主义和国家主义完成了自己的历史任务，这个历史任务就是为建立现代民族国家打下经济的、政治的和文化的基础。在政治上，由于民族主义的推动，争取民族解放的斗争获得胜利，建立了独立的国家；内政上则建立了统一的、稳固的政权，这正是中国人民百余年来梦寐以求的。在经济上，由于国家主义政策，建立了国家控制的经济体制，以国家的力量实行了工业化，而这个速度远远高于私人资本的积累，虽然也有效益低的痼疾，但毕竟在短时间内打下了工业化的基础。同时，国家主义的实行，也摧毁了传统社会的基础——家族制度。集体经济和国有经济摧毁了家族经济，政治权力和阶级斗争取代和消灭了家族权力，国家观念代替了家族观念。虽然家族主义的消失并没有导致个人主义，但毕竟为现代社会清理了地基，而这个工作是自由主义所没有也不可能完成的。

对于后发现代化的国家来说，民族主义通常有正负两面效应。一方面，它是建立现代民族国家的推动力量，另一方面，它又可能是抵制现代性（体现为世界性）的传统势力。因为中国现代性是由西方引进的，包括科学精神和人文精神以及市场经济、民主政治和个体价值等都不是中国本土所固有，而且在传统文化中也找不到现代性的思想资源。同时，要建立现代民族国家，就必须树立民族主义，反对西方列强，包括在文化上利用传统文化资源和反对西方现代文化。这就有可能导致民族主义的反现代性。中国现代史印证了这一点，世界现代史也印证了和印证着这一点。奥尔特加·加塞特指出："然而，各式各样的民族主义全都是死胡同。如果我们试着将任何一种民族主义投射到将来，那么我们就会发现，它们是没有出路的。民族主义始终与创造了国家的原则背道而驰。民族主义具有排他性，而国家原则却具有包容性。在巩固统一的过程中，民族主义有其积极价值，它是一贯崇高的标准。可是，对当前的欧洲来说，巩固时期早已经过去，民族主义完全蜕变为一种狂热：崭新的宏伟事业正需要人民去开辟，但民族主义却成了逃避这种必然性的一个借口。民族主义所使用的原始的行动方式以及它所激发的那一类人充分地表明，它在与创造了历史的壮举背道而驰。"[1]

在由"绝对主义"走向现代民族国家的进程中，民族主义往往是国家意识形态，特别是在传统意识形态悄悄发生变革之后，它的地位和作用就更加突出了，"爱国主义、集体主义、社会主义"的提法，已经把民族主义摆在了首位，这是耐人寻味的。在改革开放的历史时期，民族主义也同样有两面性，既有以"落后就要挨打"、"振兴中华"为号召的推动现代化的作用，又有由于抵制西化而可能带来的反对对外开放、反现代性的作用。对后者尤其要警惕，提防民族主义的陷阱，不要因为民族主义而走向反现代性。当前在国内出现了带有民族主义倾向的"后现代思潮"，主要有"后殖民主义"和"新左派"，它们不顾中国现代性尚未实现的实际，搬用西方后现代主义，鼓动民族主义，批判现代性，只会妨碍中国的现代化事业，对此应该有所警惕。

国家主义是一种"绝对主义"，它是建立现代民族国家准备阶段的

---

〔1〕 奥尔特加·加塞特《大众的反叛》，刘训练译，吉林人民出版社 2004 年版，第181 页。

意识形态。国家主义一方面为建立现代民族国家准备了条件，同时在完成自己的历史使命后也成为实现现代性和走向现代民族国家的障碍。中国的"左"的思潮和"文革"，以国家（党、阶级、人民、革命）名义践踏个体价值和权利，是国家主义的极端形态，表明国家主义已经该寿终正寝。奥尔特加·加塞特指出："国家至上主义（statism）悖谬的悲剧性过程不是由此昭然若揭了吗？为了使整个社会可以生活得更好，人们建立了作为一种手段的国家，但是，国家随即盘踞于社会之上，反而使得社会不得不开始为国家而存在。"[1]"这就是威胁文明的最大的危险：国家干预，国家对一切自发的社会力量的越俎代庖——这就等于说取消了历史的自发性，而从长远来看，维持、滋养并推动人类命运的正是这种自发性。"[2]而马克思早就指出，国家取代社会或控制社会是传统社会的标志，而国家与社会的分离是现代化的趋势。这在理论上揭示了国家主义的历史限制。

改革开放不仅在经济领域，而且也应该在政治、文化领域清理国家主义的历史积留，为建立民主社会即真正的现代民族国家打开通路。但在由"绝对主义"向现代民族国家转变的历史进程中，国家主义仍然是一股现实的力量（比如说为了稳定和发展经济），它退出历史舞台还须假以时日。我们当前应该做的工作是，促进这个时刻的尽早来临。当前也必须注意新形式的国家主义的回潮，如"新左派"以批判资本主义的名义反对中国走向现代化和民主化，实际上是企图回到国家主义时代。对此，也必须进行批判。

四、从科学主义到意识形态主义

中国传统文化是伦理本位主义的，它缺少科学主义一极。自洋务运

---

〔1〕 奥尔特加·加塞特《大众的反叛》，刘训练译，吉林人民出版社 2004 年版，第 115 页。

〔2〕 奥尔特加·加塞特《大众的反叛》，刘训练译，吉林人民出版社 2004 年版，第 115 页。

动以来，西学东渐，近现代科学传入，特别是五四新文化运动举起科学、民主的旗帜，建立了科学主义的权威。历史之谜是，五四以后，为什么在科学主义霸权下，科学精神反而失落，特别是建国以来，"左"的思潮泛滥，现代迷信盛行，实事求是精神泯灭，导致像"大跃进"、"文革"那样的悲剧。为了求解这个历史之谜，必须考察中国科学主义的历程。

自洋务运动以来，中国人开始重视西方的科学技术，不再以"奇技淫巧"视之；但至五四运动前很长一段时间里，仍然把科学当作与"道"相对的"器"，与"体"相对的"用"，这表明科学还没有获得与伦理或信仰平等的地位。五四新文化运动高举科学、民主的大旗，冲击传统文化，终于建立了科学的权威。胡适说道："近三十年来，有一个名词在国内几乎做到了至上尊严的地位：无论懂与不懂的人，无论守旧和维新的人，都不敢公然对它表示轻视或戏侮的态度。那个名词就是科学。"[1]科学权威的建立虽然是历史的进步，但却逾越了自己的界限。科学作为工具理性，自有其应用范围，那就是提供认识现象世界的方法和知识。正像康德已经揭示的，科学不能僭越伦理和信仰领域。但是五四时期形成的科学主义却僭越了意识形态和形而上（哲学、信仰）领域，导致了科学主义的霸权。

在中国文化转型期，传统价值和信仰瓦解，需要建立新的价值和信仰。传统文化是伦理本位的体系，它没有工具理性与价值理性的分立，也没有形而上与形下之别。当这种混沌的"天人合一"的文化体系瓦解时，出现了结构性的失衡、紊乱。出于建立现代民族国家即救亡的紧迫要求，启蒙知识分子从西方文化中撷取了科学和民主，作为新文化的主体。科学和民主都属于形下的领域，具有现实性。他们以科学反对迷信，以民主反对专制，目标直接是救亡图存。但是，对于西方文化的形而上之维，新文化却有意无意地予以排斥。宗教被当作迷信，成为科学

〔1〕　胡适《科学与人生观序》，《胡适文集》，北京大学出版社 1998 年版，第三册第152 页。

的对立物。五四后期中国发生了针对基督教的批判运动，新文化运动的代表人物纷纷上阵，他们使用的武器就是科学。对于哲学，启蒙知识分子很少重视，或有引进，也注重其实用方面，而非超验方面，如胡适服膺杜威实验主义，后来李大钊、陈独秀信仰马克思主义，都着眼于其实用功能。由于形而上之维的缺失，就产生了科学主义泛化的倾向。一方面，科学被当作一种价值观，僭越了意识形态领域。另一方面，科学成为一种信仰，僭越了形而上领域。早在五四之前，谭嗣同、康有为就把"以太"当作本体，把仁、爱、不忍人之心等作为其"用"（现象）。薛福成把科学翻译为理学概念"格致"。理学中的"格物致知"并不是科学的认识活动，而是一种道德感知和通达道德理性的方法。以"格致"来表述科学，不知不觉中就使科学超越了界限，复归于理学。严复首倡科学，但他眼中的科学不仅仅是知识体系和求知的方法，而具有了"普遍存在秩序"的意义，从而把科学引向道德、政治和信仰领域。他在介绍《天演论》时，把达尔文的进化论推广到社会领域，演变为社会达尔文主义，自然科学思想在中国演变为一种世界观，"物竞天择"的自然法则成为救亡图存、保国保种的理论依据。科学在被引进中国之初，身份就含混不明，而在五四时期更无限扩张，成为"公理"和变革社会的依据。陈独秀主张"以科学代宗教"，胡适也自称"信仰科学的人"，作为知识体系的科学具有了价值观的品格和形而上的地位，这是不同寻常的。科学填补了文化转型中的形而上领域的空白，为中国人建立了新的信仰，这种状况说明了中国文化实用理性传统力量之强大。

科学成为价值观和信仰，最典型地体现于"科玄论战"中。1923年张君劢在清华大学作了题为"人生观"的讲演。他批评五四以后流行的科学主义即认为科学能够解决一切问题的倾向。他认为，科学不能解决人生观问题，因此中国文化的重建取决于"人生观"——主要指人文科学以及伦理、宗教、玄学（哲学）。他的观点遭到科学主义一派的批判。丁文江提出科学支配人生观，科学方法是万能的。胡适指出：

"因果大法支配着他——人——的一切生活"〔1〕，并且提出"科学的人生观"或"自然的人生观"。在科学派那里，科学已经具有了人生观的性质。已经接受马克思主义的陈独秀也参加了这场论战，他支持"科学的人生观"，但他说的科学是指唯物史观，认为"心的现象"（精神现象）由经济基础决定，因此胡适等人的"心物二元论"必须被物质一元论取代。他指出："我则以为，固然在主观上须建设科学的人生观之信仰，而更须在客观上对于一切超科学的人生观加以科学的解释，毕竟证明科学之权威是万能的，方能使玄学鬼无路可走，无缝可钻。"〔2〕科玄论战的结果是"科学神"战胜了"玄学鬼"，科学主义大获全胜，进一步巩固了自己的霸权。本来，玄学派的论点不能一概抹杀，他们主张回归传统人生观固然有倒退之嫌，但对科学的作用作出限定，指出它不能僭越价值观和哲学，又是合理的。玄学派与科学派的论争有双重意义，一方面是科学派维护现代性的斗争，另一方面是玄学派对科学主义霸权的抵制，结果是现代性胜利了，同时又是科学主义霸权的胜利，而后一种胜利并非幸事。科学派把科学泛化到意识形态和哲学领域，表面上抬高了科学的地位，实际上却导致科学精神的失落。

五四科学主义具有一般科学主义的通病，即排斥人文精神，否定主体性，从而导致机械论的统治。在科玄论战中，科学派的唐钺认为："人与机械的异点，并没有普通所设想的那么大。人类的行为（意志作用也是行为）是由于品性的结构，与机械的作用由于机械的结构同理。"〔3〕抹杀人与机械的本质区别，使科学主义导向反人文精神。而当时的幼稚的马克思主义者也是按照科学主义的机械论来理解唯物史观。瞿秋白认为："一切动机（意志）都不是自由的而是有所联系的；一切历史现象都是必然的。所谓历史的偶然，仅仅因为人类还不能完全探悉

---

〔1〕 胡适《科学与人生观序》，《胡适文集》，北京大学出版社 1998 年版，第三册第152 页。

〔2〕 陈独秀《答适之》，《德赛二先生与社会主义——陈独秀文选》，远东出版社 1994年版，第 242 页。

〔3〕 唐钺《机械与人生》，1924 年 9 月《太平洋》第 4 卷第 8 号。

其中的因果，所以纯粹是主观的说法。"[1]他把这种历史的必然归结为经济的决定作用："社会发展之最后动力在于'社会的实质'——经济；由此而有时代的群众人生观，以至于个性的社会理想；因此经济顺其客观公例而流变，于是群众的人生观渐渐有变革的要求，所以涌出适当的个性。此种'伟人'必定是某一时代或某一阶级的历史工具。"[2]抹杀偶然性和个性，把一切都归于历史规律和经济的决定作用，这起码是对马克思的唯物史观的机械理解。这种理论的实践，可能导致对人，特别是对个人的忽视和压制。建国以后"左"的思潮就是凭借这种机械的"马克思主义"而取消人的主体地位的。

此外，五四科学主义还带有自己特殊的缺陷，这就是没有选准自己的敌人，从而对科学精神的内涵理解有误。西方现代性的主要敌人是宗教迷信，因此西方科学主义主要反对中世纪的宗教迷信，从而为现代性扫清了道路。但是，在以后的历史进程中，科学与宗教达成了协调，宗教退出了世俗领域，专管超验领域；科学让出了超验领域，专管经验领域。五四科学主义也把宗教迷信当作自己的主要敌人，提出了"提倡科学，反对迷信"的口号，但它并没有选准对象。首先，它把宗教等同于迷信，这并不正确。宗教虽然也有迷信的成分，但主要是一种超验的信仰，它有人的形而上追求的根据，不能像迷信那样被科学取代。其次，中国的宗教并没有世俗权力，作为一种超验信仰，并不与科学相冲突，反而具有某种互补性。再次，中国文化具有实用理性性质，宗教并没有主导地位，阻碍现代性的主要不是宗教而是封建意识形态——儒学。科学精神之所以不能在中国生根，主要不是宗教而是伦理主义和实用理性思维。中国传统文化重道德而轻科学，以修身为本，以求真为末。这种观念甚至在五四时期还被保守派坚持。如薛祥绥断言："功利

———————————

[1] 瞿秋白《自由世界与必然世界》，《瞿秋白选集》，人民出版社 1985 年版，第116 页。

[2] 瞿秋白《自由世界与必然世界》，《瞿秋白选集》，人民出版社 1985 年版，第127—128 页。

昌而廉耻丧，科学尊而礼仪亡。"[1]中国人往往从伦理原则出发而不是从客观事实出发，因此才有那么多违背人性、违反常识的事情出现。中国人的实用理性也导致科学思维的薄弱，如概念不清晰，不擅长演绎推理，经验主义和实用主义等，而最要害的是以伦理代替科学，以价值判断代替事实判断。尽管五四时期在"民主"的旗帜下对封建礼教进行了猛烈的批判，但对于科学精神的主要敌人——伦理主义和实用理性思维却没有根本触动。新潮社主将罗家伦曾经尖锐地指出，"昏乱的思想"是中国人思想中的三种毒素之一，必须"变昏乱的思想为逻辑的思想"[2]。陈独秀也主张严守科学方法，"才免得昏天黑地乌烟瘴气的妄想、胡说"[3]。他们虽然意识到中国人的非科学、非逻辑的思想方法必须去除，但很可惜，他们把封建迷信当成了主要敌人，放过了真正危险的敌人——实用理性思维。这样，以迷信为主要敌人的科学就容易被理解成单纯的知识体系，而忽略了科学精神的层面——实事求是的精神，特别是忽略了对伦理主义和实用理性思维的批判，从而导致科学主义向新的伦理主义的蜕变。科学主义的上述缺陷，在它取得了霸权地位后就容易导致科学精神的丧失和向意识形态主义霸权转化。

科学是客观的认识，是知识体系和实事求是的精神、方法；而意识形态是社会主体的意志，是价值观念体系和社会行为规范，二者具有不同的性质和功能，但在中国，二者似乎从来没有得到清楚的区分。传统社会是意识形态吞没科学，而五四时期由于科学意识形态化，意识形态也被当作科学，因此科学主义霸权很容易转化为意识形态霸权。科玄论战之后，各种意识形态都假科学之名以行，从而把意识形态的合理性绝对化。尽管是进步的意识形态，一旦变成绝对化的"科学"，也可能成为反科学的东西。

哲学是对生存意义的反思，宗教是对彼岸世界的追求，它们都属于

---

〔1〕 薛祥绥《讲学救时议》，1919 年 5 月《国故》第 3 期，第 144 页。

〔2〕 罗家伦《答张溥泉来信》，1919 年 12 月《新潮》第 2 卷第 2 号。转引自《自由者寻梦》，上海文艺出版社 1997 年版，第 117 页。

〔3〕 陈独秀《新文化运动是什么》，1920 年 4 月《新青年》第 7 卷第 5 号。

形而上领域，都是对现实的超越。因此，科学、意识形态与哲学、信仰分别属于不同的领域。在传统文化体系中，儒教成为糅合伦理、哲学和宗教的混沌体。五四时期，由于科学被抬高到哲学和信仰的地位，哲学实证化，信仰实用化，科学、哲学和信仰、意识形态之间界限模糊、消失，最后导致意识形态不仅科学化，而且信仰化。在特定的历史条件下，科学的霸权就会转化为意识形态的霸权。

科学主义向意识形态主义的转化的历史契机是在五四之后。一方面，社会革命代替了思想启蒙，需要革命意识形态的权威，从而激发民众的热情、凝聚革命力量。另一方面，苏联阐释的马克思主义——列宁、斯大林主义传入我国，并成为革命的指导思想。五四新文化运动是效法西方的文化革命，而五四以后的革命是效法苏联的社会革命，二者的价值取向并不相同。那么，这种转变是怎样发生的呢？五四启蒙知识分子是如何完成思想转变的呢？除了建立现代民族国家的迫切要求以外，秘密就在于五四时期形成的科学主义的影响。许多五四启蒙知识分子很快就接受了苏联传入的革命理论，除了它适应了中国革命的需要以外，还因为它被当作最高的科学，并且是科学、世界观和信仰的统一体。五四的旗帜是科学和民主，但五四之后投身革命的知识分子已经抛弃了对西方民主的信仰，接受了阶级斗争和无产阶级专政的理论；但对于科学的信仰却没有改变，而正是它引导他们接受了这种科学化、信仰化的革命意识形态。他们坚信这种理论是最高的科学，可以指导中国革命，也可以成为正确的世界观和信仰。在革命战争年代，建立意识形态的权威有某种历史的必然性，中国革命的胜利证明了这一点。但是，历史的现实性往往掩盖着其否定性，意识形态主义的偏执在革命胜利后产生了新的问题：社会的现代发展要求恢复科学精神，使科学精神和意识形态之间达到平衡；但是，由于历史的惯性，科学精神仍然为意识形态思维所压制，并且恶性发展，意识形态主义绝对化，导致科学精神的严重丧失。大跃进、人民公社、文化大革命等政治运动，还有随之而来的造神运动和现代迷信无不是这种意识形态主义的恶果。

还有一点并非不重要，就是传统的非科学的思维方式的顽固影响。

中国传统思维方式是非科学的，就是所谓实用理性思维。一方面，实用理性思维表现为以价值判断代替事实判断，把伦理观念而不是事实当作出发点，因此常常导致对事实的歪曲。另一方面，实用理性思维又表现为经验主义和实用主义。概念的模糊、逻辑演绎的薄弱，只能靠经验来支撑。所谓"君君，臣臣，父父，子子"的论证就是一种经验主义的论证方式，它形式上看是同语反复，循环论证，结论包含在前提之中，因此西方人认为不可理解。而实际上，中国人之所以能够理解和认同，不在于逻辑的力量，而在于它符合了人们的社会经验和伦理信念。实用理性的思维方式排斥科学的思维方式，因此中国古代有较先进的实用技术，但却没有发展成为科学思想和理论体系。这种非科学的思维方式在五四时期并没有受到批判和得到扭转，因为那时对科学精神的理解局限于反迷信一点，没有注重反对实用理性思维和建立科学思维，结果科学精神没有得到巩固，意识形态主义以新的形式卷土重来。

特别是在"左"的思潮下，政治思维取代科学思维，政治判断取代事实判断，实事求是精神丧失殆尽。所谓"政治挂帅"、"人有多大胆，地有多大产"、"算政治账，不算经济账"、"阶级斗争一抓就灵"、"宁要社会主义的草，不要资本主义的苗"、"一句顶一万句"等口号，以及在全国闹饥荒的"大跃进"和全面动乱的文化大革命中还要高喊"形势大好，不是小好"，等等，都是科学思维丧失，意识形态思维猖獗的结果。科学思维的薄弱，也使人们丧失了追求真理、分辨是非的能力。"左"的思潮往往用偷换概念、错误推理等手法来确立其理论的合法性，而人们由于科学思维的丧失而不能洞悉其奸，上当受骗。如刘少奇、邓小平等主张发展生产，"四人帮"就污蔑为"唯生产力论"，是以生产压革命，搞修正主义。重视生产与"唯生产力论"完全不是一个概念，更不能推导出以生产压革命和搞修正主义。但在那个时候却能够说得通，有人（而且是许多人）信，除了观念的问题外，也是科学思维丧失的结果。

改革开放以来，一方面要恢复和发展民主，另一方面要恢复和发展科学精神，现在人们对前一个问题比较重视，对后一方面比较忽视，其实这方面同样薄弱。严重的问题是，对科学的理解往往局限于科学知识，而遗忘了最缺乏的科学精神。要知道，科学精神比科学知识对于中国的现代化更重要，这一点已经为历史所证明。现在对科学技术的重视问题已经基本解决，科教兴国已经成为基本国策。但是，科学精神的确立问题远没有解决。最突出的问题是意识形态主义对科学精神的排斥，虽然吸取了历史的教训，提倡"实事求是"，但"左"的思想往往以僵化的意识形态教条作为出发点，以错误的价值判断代替事实判断，当科学精神与意识形态教条发生矛盾时，意识形态教条就以最高的科学的名义来否定科学精神，违背事实。如大跃进中明明做不到全民大炼钢铁，但在"尊重群众的首创精神"的意识形态教条下，人们就相信这是可能的、正确的。又如，在改革开放中，明明是发展了生产力，但"左"的思想却以"姓社姓资"问题来否定改革开放的成果。在改革中，这种意识形态主义的干扰比比皆是，而我们往往仅仅把它归结为教条主义和思想僵化，而忽略了意识形态主义的反科学精神和实用理性的非科学思维的原因。恢复科学精神和确立科学的思维方式不是一朝一夕的事，需要长期的努力。

科学精神与人文精神是现代性的两翼，必须予以同等重视，二者也必须达到平衡，以防止科学主义或意识形态主义的霸权。在现代性的进程中，为了恢复和确立科学精神，必须做以下几项工作。

传统文化所讲的"道"没有分化，知识和伦理，形而上和形下混在一起。五四时期没有完成诸文化形态的分离，而五四以后又形成了科学、意识形态、哲学、信仰混沌不分的"主义"。这种状况至今没有根本改变。现在，我们仍然使用混沌的"理论工作"概念，它既是科学，又是意识形态，又是哲学。这种混淆为意识形态主义霸权提供了条件。必须把科学与意识形态、哲学、信仰加以区分。这就意味着恢复科学的客观性，同时也消除科学主义的僭越。只有确立了这个前提，才有可能消除在科学名义下的意识形态主义霸权，恢复科学的应有地位，重建科学精神。

必须确立实事求是的科学精神，反思和批判意识形态主义。我们一直在讲实事求是，为什么总是违背事实，根本原因是意识形态主义对科学精神的抹杀，它不尊重科学，不承认科学的独立性，把自己凌驾于科学和事实之上。我们缺少那种只面对事实、只对事实负责、不顾一切追求真理的精神，而有太多的意识形态的信条，并且往往为了遵从这些教条而牺牲科学精神、违背事实。应当确立这样的原则，即科学只对事实负责，不受意识形态左右。必须尊重事实，不能以意识形态的名义违背事实。当科学精神与意识形态观念发生矛盾时，应当服从事实，并修正意识形态观念。只有消除了意识形态主义的霸权，才有可能确立科学精神。

必须建立科学的思想方法，注重概念的明晰、推理的合乎逻辑，出发点的正确性等。我们缺少严谨的科学态度，往往只要表面上说得过去，事实上行得通，就不求甚解了。因此在社会生活中许多根本性的错误的理论、观念就利用偷换概念、错误推理和大前提的独断性等手法取得合法性。比如，长期以来，我们接受了苏联式的二元化的哲学理论。这个理论是物质本体论（辩证唯物主义）与实践本体论（历史唯物主义）的混合体系。表面上看，二者似乎都是"唯物"，没有矛盾，"历史唯物主义是辩证唯物主义在社会历史领域的应用"。但只要用科学思维进行逻辑分析，就会发现，二者所维之"物"并不是一个东西。"辩证唯物主义"所维之"物"是自然界的物质，"历史唯物主义"所维之"物"是社会物质生产。由自然界的物质运动规律不能推导出社会物质生产的规律；由"物质产生意识"不能推导出"物质决定意识"，更不能推导出"意识反映物质"或"社会存在决定社会意识"、"社会意识反映社会存在"。可以看出，这一系列错误推演都是由于缺乏科学思维结果。还可以举出一例。自从引进了辩证法，我们就习惯于把互相矛盾的事物"结合"起来。但由于缺乏科学思维，这种"辩证法"往往成为折中主义和模糊思维的掩饰。比如，在经济改革的初期，面临着传统计划经济与市场经济的冲突，于是就有所谓"计划经济与市场调节相结合"、"计划经济与市场经济相结合"等"辩证"的理论，而这种"结合"在逻辑上和实践上都行不通。要克服经验主义和实用理性思维方式，确立科学的思想方法，必须经过长期的训练。这关乎整个民族的思维水平的提高和思维方式的现代化的问题，不能等闲视之。

最后，倡导科学不能变成科学主义的霸权。科学精神必须与人文精神相平衡、相制约。特别要防止混淆科学的对象世界和人的精神世界，不能以科学的决定论、因果关系来看待人的活动，特别是精神活动，应当给主体性留下空间，否则就会抹杀人的个性和自由。这一方面，历史已经提供了足够的教训，应当牢牢记取。

五、从平民主义到民粹主义

中国现代化进程中一个引人注目的现象就是民粹主义的强大影响。民粹主义本是俄国19世纪的一种政治思潮，它企图避免资本主义道路，并在民间寻找现代化的思想资源，因此反资本主义现代性和大众崇拜就是民粹主义的两个基本特征。中国革命运动就政治路线来说与民粹主义不同，但其思想观念无疑受到民粹主义的强烈影响，它反对资本主义现代性，并实行了工农大众崇拜，从而成为新民粹主义。新民粹主义凝聚了工农大众的力量，完成了建立现代民族国家的任务。但在和平建设时期走向反面，最后导致文化大革命。因此，应该总结这个历史经验，研究中国民粹主义产生的文化渊源、社会条件以及它的历史作用。

民粹主义在五四以后才成为一种强大的社会思潮，但是，民粹主义思想在辛亥革命前后就已经产生，它是中国社会转型时期发生的反现代性思潮，主要表现为平民主义和反资本主义。辛亥革命是效法西方民主政治的革命，一些知识分子对中国资本主义的发展道路持怀疑和批判态度，他们企图寻找另一条现代化道路，即在传统文化和民间社会中寻找反西方现代性的力量。章太炎拒斥资本主义民主政治，认为其"并非政治极轨"（《太炎先生自定年谱》），代议制是"封建制度之变相"，"民权不借代议以伸，而反因之扫地"（《代议然否论》），因此中国不适宜实行代议制民主。同时，章太炎又批判资本主义经济制度，认为会导致少数"富人"压迫多数穷人，"中人"以下破产或"入工场被捶楚"，甚至"转徙为乞丐",因此主张"抑富强，振贫弱"，并提出"限袭产之数"（《代议然否论》），"使富厚不传子孙"（《五无论》）。他还鄙弃知识分子精英意识，认为农民等劳动人民道德水准最高尚，社会地位应最尊贵，而商人、官吏、翻译等道德水准低下，社会地位应居末流。另一位民主革命家朱执信认为，由于现代社会存在"放任竞争"和"绝对承认私有财产权"两大弊端，造成"资本跋扈"和"贫富悬隔"的恶果。他认为中国虽然"不平之形"并不显著，但已经存在"可致不平之制"，因此要进行社会革命。这种反资本主义的平民主义思想带有民粹主义的因素。此外，辛亥革命前后的无政府主义思潮也带有民粹主义的某些特征。总起来说，辛亥革命前后的民粹主义尚未成为强大的社会思潮，因为在那个时代对多数人来说资本主义还是一个模糊的憧憬，而对现代性的反弹也比较微弱。但是，这个时期已经显露出民粹主义的思想苗头，为以后民粹主义正式登上历史舞台埋下了伏线。

五四新文化运动是全面引进现代性的运动，以反现代性为内涵的民粹主义暂时消歇。但是，五四新文化运动提倡的平民主义仍然受到民粹主义的影响，而且成为新民粹主义的重要思想渊源。五四新文化运动引进西方现代文化，而西方现代文化发源于平民文化。欧洲封建社会是贵族社会，贵族文化是主导文化。在近代社会，又产生了城市平民阶层和平民文化，而平民阶层成为资本主义的社会基础，平民文化成为资本主义现代性的基础。在现代化进程中，平民文化吸收了贵族文化，从而克服了平民文化的低俗性和极端功利性。五四新文化运动引进的主要是欧洲近代平民文化，而对贵族文化较少注意，这在政治领域和文学领域尤其突出。在政治文化领域，五四接受的主要是法国的平民主义和卢梭的平等思想，而不是英国的精英主义和孟德斯鸠的自由思想。卢梭具有民粹主义倾向，被认为是民粹主义的鼻祖。五四新文化运动（包括新文学运动）提倡平民主义，把基于平等理念之上的民主作为旗帜，也隐含着民粹主义的基因。五四新文化运动的领导者之一陈独秀早在《法兰西人与近世文明》一文中，就指出法国大革命打破贵族特权地位，使原来"皆附属于特权者之奴隶"获得平等地位。他倡导社会主义，也因为是它可以消除"社会之不平等"[1]。陈独秀对民主的内涵理解为平等，它认为"时代精神的价值（德谟克拉西）"是"（A）政治德谟克拉西（民治主义），（B）经济的德谟克拉西（社会主义），（C）社会的德谟克拉西（平等主义），（D）道德的德谟克拉西（博爱主义），（E）文学的德谟克拉西（白话文）"，而这五条又归结为"反对一切不平等的特权"[2]。可以看出，陈独秀思想的核心是平等理念，而非自由理念。五四打出"科学、民主"两面旗帜，实际上是对现代性的中国阐释。但是这种阐释是有问题的，问题就在于民主不能等同于人文精神（价值理性）。一方面，民主只是人文精神在政治领域的体现，而非人文精神的全部；另一方面，也是更重要的方面，民主只是强调了政治上的平等，是一种平等主义，而忽略了人文精神的另一极，就是自由精神。这种对现代性的简单化的阐释导致了平等主义的霸权和自由精神的失落。平等理念而不是自由理念成为五四知识分子的基本信仰，成为"平民主义乌托邦"。五四文学革命也主要接受了欧洲 19 世纪现实主义思潮，而现实主义具有平民文化的品格。陈独秀倡导文学革命的"三大主义"中就有两条与平民文学有关："曰推倒雕琢的阿谀的贵族文学，建设平易的抒情的国民文学。""曰推倒迂晦的艰涩的山林文学，建设明了的通俗的社会文学。"五四的平民主义带有片面性，因为它没有继承贵族文化，缺乏精英主义的中和，反而要"推倒"贵族文化，这为以后的社会革命留下了后遗症，导致新民粹主义的产生；而对贵族文学不加分析的批判导致革命文学的低俗化。

五四平民主义与民粹主义有本质的不同，前者属于现代性思潮，后者属于反现代性思潮。但是，平民主义又为民粹主义提供了文化土壤和思想资源。五四期间盛行"劳工神圣"的口号。陈独秀在五四时期就提倡"劳力者治人，劳心者治于人"[3]，最后走向信仰无产阶级专政。

---

[1] 《陈独秀文章选编》上册，生活·读书·新知三联书店 1984 年版，第 79—81 页。
[2] 《陈独秀文章选编》上册，生活·读书·新知三联书店 1984 年版，第 493 页。
[3] 《陈独秀文章选编》上册，生活·读书·新知三联书店 1984 年版，第 521 页。

五四时期的李大钊则鲜明地号召向俄国民粹主义学习，到农村去："我们的青年应该到农村去，拿出当年俄罗斯青年在俄罗斯农村宣传运动的精神，来作出开发农村的事，是万不容缓的。……在都市里漂泊的青年朋友们啊！你们要晓得：都市上有许多罪恶，乡村里有许多幸福，都市的生活，黑暗一方面多，乡村的生活，光明一方面多；都市上的生活，几乎是鬼的生活，乡村中的活动，全是人的活动；都市的空气污浊，乡村的空气清洁。你们为何不收拾行装，清还旅债，还归你们的乡土？"[1]五四时期的毛泽东则倡导"民众的大联合"（这是他的一篇著名的文章名），同样具有强烈的平民主义意识。五四时期的无政府主义是一个有较大影响的社会思潮，它同样具有平民主义性质，并带有民粹主义倾向。他们主张："盖革命出于多数平民，斯为根本之革命。"[2]"吾同志近亦实行'到民间去'，将来当收效无量。"[3]

五四以后，一些知识分子看到一战后西方社会的弊端充分暴露，便开始抵制现代性，民粹主义思想抬头。其代表者为梁漱溟，他历数西方资本主义的种种弊端，认为"机械实在是近古世界的恶魔"，因此要拒绝西方物质文明而回归东方精神文明。它声称"欧洲近代民主政治的路"和"资本主义的路"是"第一个不通的路"。它主张并已经实施了"乡村建设"，企图通过知识分子到乡村去教化农民，做到"知识分子与乡间人二者乃浑融没有分别了"，从而在传统文化和民间社会的基础上建设现代中国。

梁漱溟等的民粹主义没有对中国社会进程产生多大影响，而渗透到中国革命理念中的新民粹主义却主导了中国社会的变革。五四以后，由于建立现代民族国家（救亡）的需要，西化的启蒙为苏化的革命所取代，中国选择了以反现代性的方式建立现代民族国家的道路，而民粹主义就成为反现代性的思想资源。孙中山的新三民主义中包含着反资本主

〔1〕《青年与农村》，《李大钊选集》，人民出版社1978年版，第146—149页。

〔2〕《无政府主义在中国》，湖南人民出版社1984年版，第138页。

〔3〕《无政府主义在中国》，湖南人民出版社1984年版，第68页。

义的民粹主义因素，如以"节制资本"来防止私人资本的膨胀，建立"集产社会主义"以及反对建立多党制议会民主等。但国民党在取得政权后建立了官僚资本主义社会，民粹主义因素丧失。而中共则在中国化的马克思主义中渗透了民粹主义，并贯彻到革命实践中去，形成了新民粹主义。虽然中国革命的主导思想是马克思主义，而它与民粹主义有本质的不同，但是在马克思主义的中国接受过程中，不可避免地民粹主义化了。原因主要在于中国的资本主义没有发展起来，而任何反资本主义的革命都必须在传统和民间中寻找"支援意识"，从而受到民粹主义的影响。新民粹主义彻底地反对资本主义，认为中国可以通过取消市场经济、避免资本主义道路而实现现代化。由于中国革命是"新式农民革命"，工农是革命的主体和理论上的领导者，而知识分子被当作需要改造的小资产阶级；工农民众成为在政治上和道德上具有崇高优越性的社会主体，而知识分子则成为具有原罪（剥削阶级出身和自由主义教育）的、经过改造才能依附于工农大众的次等社会成分，因此中国知识分子在革命化的过程中形成了大众崇拜意识和原罪意识。毛泽东认为农民的精神世界最干净，而知识分子的灵魂则比较肮脏，因此要向农民学习，改造思想。在民族民主革命中，广大知识分子投笔从戎，到农民群众中去，向他们学习，接受他们的思想，洗刷自己身上的自由主义，从而把知识分子变成工农大众的一分子。

大众崇拜和民粹主义在建立现代民族国家的历史斗争中有其合理性，它动员了广大的农民群众，也吸引了众多的知识分子，形成了一股强大的集体力量，摧毁了旧的国家和社会。但是，它们毕竟与现代性有不同的价值取向，特别是在建立现代民族国家的任务基本完成以后，就更突出了其负面性，甚至导向反现代性。塔德说："不管他们在个体来源和其他方面有何不同，群氓都具有某些共同特征。这些特征包括非常的偏执、可怕的敏感、荒唐的自大和极度的不负责任，这些都源自于他们是万能的这种幻觉和他们中庸之道的全部丧失，其原因就是因为他们过分自负、过分狂热。对群氓来说，在恐惧和兴奋、'万岁……'与

'打倒……'的呼声之间没有任何中庸之道。"[1]建国后，在基本上完成现代民族国家任务的历史条件下，本应该把工作重心转移到现代性建设上来（包括经济建设和民主化），但不幸的是，反现代性的思想路线仍然有强大的惯性，产生了"左"的思潮，包括坚持奉行新民粹主义。新民粹主义认为城市和工业文明导致革命道德的衰落，而农村和农民则保留着革命道德的纯洁性。于是在经济、政治、文化等领域开展了持续不断的运动，其目的就是避免资本主义和修正主义，而资本主义和修正主义实际上是现代性的代名词。现代性的代表者是现代知识分子，反现代性的社会基础是传统民间社会力量，主要是农民。因此，在"左"的思潮影响下，大众崇拜日益加剧，群众运动成为新的革命形式；知识分子成为被改造对象，特别是在1957年的反右派斗争后，知识分子的地位大大下降，由原来的"小资产阶级知识分子"变成了"资产阶级知识分子"，后来在"文革"中更沦为"臭老九"。文化大革命中，大众崇拜达到顶点，"革命造反派"在全国夺权，在各个领域进行"群众专政"；知识分子、知识青年都要到农村去接受贫下中农的再教育；军宣队、工宣队、贫宣队进驻学校和文化单位，领导文化教育事业；文艺作品要歌颂工农群众的英雄业绩（"三突出"），甚至要接受工农大众的指导（"三结合"创作组）等等。在极端化的新民粹主义冲击下，中国的社会和文化陷于深重的灾难之中。

在改革开放、进行现代化建设的今天，民粹主义并未绝迹。由于现代性必然造成社会的分化，并且面临着全世界共同的社会发展道路问题，于是就有新民粹主义思潮。它们反对"资本化"社会，企图走非资本化的第三条道路；主张以道德理想主义和政治理想主义对抗现代性的污染。"新左派"是这种思潮的政治上的代表，张承志、张炜是文化上的代表。

需要探讨的问题是，为什么中国革命过程中会产生新民粹主义？这

---

[1] 转引自塞奇·莫斯科维奇《群氓的时代》，许列云、薛丹云译，江苏人民出版社2003年版，第210页。

是一个十分复杂的问题，需要在不同的领域作出多方面的解答。

首先，根本原因在于中国革命需要新民粹主义。中国的现代化是在缺乏资本主义基础的社会条件下进行的，它的首要任务只能是建立现代民族国家（救亡）。由于建立现代民族国家意味着反对西方帝国主义，而现代性来源于西方资本主义，因此中国只能选择反（西方）现代性的道路来建设现代民族国家。因此，反资本主义就不仅是一种意识形态问题，而且是一种必然的历史选择。而由于没有强大的资产阶级，完成这个任务只能依靠广大农民。这就要求一种对农民的尊崇意识作为基本的意识形态。毛泽东在中国革命中领导地位的确立，就是因为他代表了农民和建立了尊崇农民的意识形态。从大革命时期的《湖南农民运动考察报告》以及与陈独秀的争论，到延安整风反对自由主义的斗争，都贯穿了这种意识形态。在建立现代民族国家的运动中，新民粹主义发挥了重要作用，并成为主流意识形态。

其次，还可以从中国文化传统中找到新民粹主义的渊源，也就是说，中国现代平民主义和民粹主义与中国社会和文化的平民性有关。中国传统社会是租佃地主经济和官僚等级社会，不同于欧洲的庄园领主经济和贵族等级社会，因此中国社会是平民社会而非贵族社会。中国文化也是平民文化而非贵族文化。中国传统社会的知识分子即儒生基本上是农村平民，经科举入仕，告老还乡后仍然是平民（乡绅），不能像贵族那样世袭。这样循环往复，确定了中国文化精英和中国文化的平民化品格。中国在先秦也曾经存在过贵族社会，秦以后转化为平民社会，因此贵族文化传统薄弱，平民文化传统强盛。中国的平民文化传统主要体现在儒家文化中。儒家在经济上提倡平均主义（不患寡而患不均），在政治上提倡民本主义。孟子继承、发扬孔子的爱民思想，提出"民为重，社稷次之，君为轻"的民本思想，而民本主义在中国传统社会成为治国的基本思想。民本主义和平均主义不是民粹主义，但可以成为民粹主义的文化土壤。正是在平民文化的土壤上，现代民粹主义才有可能滋生、成长。平均主义观念就难以接受自由竞争和贫富分化，从而导致反资本主义现代性；民本主义就可能转化为大众崇拜。

平等理念也是新民粹主义的思想根源。这种平等理念直接得之于卢梭，卢梭在他的《论人类不平等的起源》和《爱弥儿》中表达了这样的思想：自然人是平等的，由于社会进步才出现不平等，也产生了文明的腐败。只有回到乡间、民众中去，依靠"公意"，才能重建道德理想国，卢梭是民粹主义的始作俑者，而卢梭成了中国启蒙的导师。辛亥革命和五四运动的主导理念实际上是平等而不是自由。辛亥革命的主导理念是种族平等（排满）和政治平等（反专制）。五四运动的主导理念是人格平等（反家长制，主张男女平权、个性解放等）。虽然也有自由主张，但不是主导倾向，中国革命始终没有把目标定在个体自由上，而是定在平等上。五四后的阶级革命中，平等理念转化为民族平等（反帝）和社会、经济平等（消灭阶级和私有制）。自由理念与民主理念的价值取向不同，自由理念以个体为标尺，导致精英主义和"自由的民主"，并建立"自由民主"国家；平等理念以大众为标尺，导致民粹主义和"平等的民主"，并建立"人民民主"国家。中国革命走了基于平等理念和"平等的民主"、建立"人民民主"的国家的道路。

中国革命的历史条件也是造成新民粹主义的原因之一。在国际上，一战后西方资本主义发生危机，曾经被五四启蒙者顶礼膜拜的"庄严灿烂之欧洲"的偶像倒塌了，于是由接受资本主义现代性变为反对资本主义现代性，认为中国不能走资本主义道路。在国内，辛亥革命和五四新文化运动即知识分子领导的革命和启蒙运动都没有奏效，而效法苏俄的革命却获得成功，于是知识分子产生了失败主义意识，同时也产生了大众崇拜思想。知识分子失去了自信力，转而认为大众才是革命的、先进的、伟大的，而自己是落后的、渺小的。鲁迅在五四时期相信文学启蒙有改造国民性的伟力，而在大革命兴起后却认为一首诗吓不倒孙传芳，一炮就把孙传芳打跑了。以后他笔下的阿Q和狂人形象不见了，而出现了像《一件小事》中的人力车夫和被"轧出皮袍下面的小来"的"我"的形象。

中国知识分子的自身弱点也是造成新民粹主义的原因之一。中国传统知识分子是不懂科学技术、不事生产的"读书人"，他们只晓得圣贤之言，只会讲礼仪道德，因此在表面上自尊（万般皆下品，唯有读书高），而在内心里存在一种自卑感和负罪感，即觉得自己是吃民众的饭，是寄生者（"尔食尔禄，民脂民膏"）。这种潜意识在革命时代就会转化成为民粹主义思想。现代知识分子虽然已经不再是传统的读书人了，但却继承了传统知识分子的自卑感和负罪感。在革命队伍中，知识分子感觉自己是无用的人，只是依附在大众之皮上的毛，不仅在心灵上不干净（资产阶级思想），体力上孱弱，甚至在知识上也不如工农（"四体不勤，五谷不分"），形成了深厚原罪意识。

中国知识分子历来依附皇权、信仰儒教，缺乏独立意识；辛亥革命推倒皇权，五四打倒儒教，中国知识分子失去了传统的偶像，拔除了安身立命之根，陷入了信仰的空白。他们迫切需要寻找新的偶像。于是，在救国的斗争中，他们找到了马克思主义和工农大众，建立了新的信仰。大众崇拜不仅是革命斗争的现实需要的产物，也是知识分子信仰需要的产物，大众作为新的"卡里斯玛"，成为知识分子的精神支柱。他们需要以大众作为终极价值的来源，需要向大众进行忏悔，以求得心灵的平衡，获得终极关怀。由此就可以理解在革命时期和解放后知识分子为什么那么虔诚地自我批判。

文化大革命搞批资反修，搞"大民主"、"群众专政"，打击知识分子，带来了深刻的历史教训。在"文革"后进行了改革开放，提高了知识分子的地位，其历史意义在于清除了新民粹主义的影响，确定了中国现代性的方向。市场经济的确立和发展，将彻底铲除产生新民粹主义的土壤，传统民间社会将被现代市民社会取代，现代知识分子将获得独立和主体地位，并成为现代化的推动者。

六、从道德理想主义到政治理想主义

（一）现代性与政治理想主义

中国现代性遭遇的意识形态陷阱之一，就是政治理想主义。所谓政治理想主义，是指这样一种思想体系，它追求一种完美的政治制度，对现实的社会抱批判的、革命的态度。政治理想主义的产生，是对现代性的批判和反动。现代性本来是一种世俗文化，它以人的欲望和理性精神战胜了宗教蒙昧，理性取代宗教成为最高价值，这就是所谓脱神入俗的"祛魅"。在宗教的超越理想退出了世俗生活领域以后，讲求实际利益的现实主义价值观念主导了社会生活。从批判的立场上说，这是崇高理想的退色，是人的神性的丧失。加上现代社会各种弊病的丛生，面对这种世俗的现代性，就产生了一种反现代性的社会思潮，这就是政治理想主义或乌托邦主义。欧洲资本主义初期，针对资本主义的弊端，产生了圣西门、傅立叶代表的"空想社会主义"以及巴枯宁的无政府主义等政治理想主义。而法国大革命的实践，最初也走向了政治理想主义。启蒙运动的导师卢梭，在设计现代社会的蓝图时，就意识到现代性带来的祸害——文明导致的人的异化。为了抵制现代文明的弊端，他提出了道德理想主义，并且在这个基础上建设一个理想主义的社会，从而把道德理想主义转化为政治理想主义。他的道德理想是追求"至善"，完全清洗掉文明带来的污染，回归绝对的道德状态，人成为"道德人"，完全服从"公意"，为此要设立一个宗教的代用品——公民宗教。法国大革命实践了卢梭的设计，罗伯斯庇尔制定过信仰宣言，设立过"公民宗教"，世俗社会被高度的理想化了。虽然法国大革命中掀起了一场政治狂热，但随罗伯斯庇尔的被处死以及雅各宾俱乐部统治的崩溃，这种实践还是失败了。但是，政治理想主义传统却保留、延续下来。马克思的共产主义学说也有政治理想主义的品格，它是在资本主义现代性发生的历史时期，继承和发展了批判现代性的政治理想主义传统，它批判资本主义的罪恶（不仅从道义上，而且深挖其经济制度的根源），设计了一个没有压迫、没有剥削，人人全面发展的"自由人的联合体"——共产主义社会。马克思力图把自己的学说建立在科学的基础上，因此建立了历史唯物主义学说，从而区别于其他政治理想主义。以后苏联和中国等的革命，实践了这种政治理想主义。在 20 世纪，资本主义已经进入后工业社会，对这种现代性的批判，就产生了诸如法兰克福学派、新马克思主义等社会批判理论等。这些理论都不同程度上，以不同形式体现了一种超越资本主义的政治理想主义。

政治理想主义在中国现代历史上曾经是一种重要的社会文化思潮，极大地影响了（甚至在相当长的时期主导了）中国社会的发展。中国的政治理想主义与西方有所不同，西方政治理想主义有基督教文化的渊源，基督教的"千年王国"的预言成为空想社会主义以及其他政治理想主义的思想资源；而中国的政治理想主义没有宗教的渊源，它源自中国传统文化的道德理想主义，也直接来自苏联的政治思想体系。从道德理想主义到政治理想主义再到政治现实主义，大体上可以概括中国现代历史的演变。

（二）道德理想主义的瓦解

中国传统文化的基本性质是天人合一、体用不二，也就是说实用的形下层面与超验的形而上层面未分化。中国传统文化以儒家思想为核心，宗教文化薄弱。儒家文化具有实用理性特征，它把天道、天理转化为人道、伦理，既作为一套世俗的意识形态体系，又包含着宗教、哲学、美学等形而上意义。儒学的形而上意义不是经由对形下的分离、批判而达到的外在超越（如西方文化那样），而是经由对形下的融合、肯定而达到的"内在超越"。这样，儒学就成为"道不离伦常日用"的与宗教、哲学不同的伦理形而上学。它认为可以在现实社会实现理想追求，即实现"内圣外王"的理想。这种天人合一、体用不二、圣王一体的文化具有双重的整合功能，它在规范人们的现实行为的同时，又在现实世界给人们找到了终极价值。这种体用不二的文化把道德提升为终极价值，因此具有道德理想主义的性质。

道德本来是一种现实价值规范，它的功能是调节人际关系，规范人的行为。道德固然是社会存在所必需，同时也是自由的限制，它对人具有压抑性。道德在历史进程中不断发展，而人的价值的发展是推动道德进步的动力。因此，道德不是最高价值，只是一种现实价值。道德理想主义就是把道德作为终极价值，否认道德的缺陷——对人的压抑以及对自由的限制。它把人和社会都道德化，认为人和社会都应该并且可以完全符合道德规范，而不承认道德的宽容，更不承认可以超越道德。道德理想主义对道德提倡和道德允许不加区分，也就是混淆李泽厚所说的宗教性道德和社会性道德，把道德变成无法实践的至高的标准，造成虚假的"道德人"和严酷的"道德社会"。特别是中国现代"左"的思潮，抹杀个体价值，推行"破私立公"的革命道德，使道德成为新的宗教性的道德。从人自身的角度看，道德理想主义把人道德化，认为道德是人的本质，不承认人的自然性、非理性。他认为如果人背离了道德，就是禽兽，就丧失了做人的资格和权利。它认为人完全可以道德化，成为完美的圣人，即所谓"人皆可以为舜尧"。这表面上提高了人的品位，实际上抹杀了人的自然性、感性以及非理性，从而导致"以理杀人"。从社会角度上看，道德理想主义认为社会也可以道德化，道德法则统治着社会生活。这首先导致一种人治——圣人之治，而排除了民主与法治的精神。同时，道德理想主义也导致一种乌托邦，即认为可以在人间建立天堂。中国传统文化虚构了一个圣人政治的典范——尧舜禹时代，构造了一种大同理想。后世虽然至多是"小康"，但仍然存在着圣人降临的大同理想。这种社会乌托邦是建立在道德理想主义基础上的，因此有别于欧洲的乌托邦主义，后者虽然也有道德理想主义的成分，但主要是一种经济的、政治的理想主义。

现代性从西方引进，导致天人合一的传统文化的解体，也导致道德理想主义的解体，首先是造成了形而上层面的空白，这使道德理想主义有可能转化为政治理想主义。鸦片战争以来，中国由被动到自觉地接受西方文化，传统文化在西方文化冲击下迅速瓦解。直至五四新文化运动批判儒学，倡导西学，传统文化的权威性失落，丧失合法性，全面崩溃。由于传统文化的体用不二性质，它的崩溃是在"体"和"用"两个层面上发生的。五四新文化运动对西方文化存在一个重大的误解，即认为西方文化只有理性精神即古希腊传统，而忽略了宗教文化即希伯来传统，因此引进的西方文化，只限于科学、民主等实用层面，而缺失了超越层面，包括哲学、审美和宗教。

　　五四时期发生的东西文化论战中，钱智修撰文《功利主义与学术》，对五四新文化运动片面吸收工具理性，抛弃"高深之学"的功利主义予以批判，结果引起陈独秀的反驳。但陈独秀只是断言西方与中国诸圣贤皆有功利主义，没有只字提及西方的宗教生活，也没有提及其他超功利的精神生活。五四运动确立了工具理性和政治理念的权威，而西方文化的哲学、宗教、审美等形而上的层面则被忽略了。造成这种局面既有文化传播在形而上层面比在形下层面更困难的原因，也由于实用理性传统对形而上文化的顽强抵制。佛教作为外来宗教在接受过程中被同化了，特别是禅宗一派更是如此。基督教在中国的传教活动从明、清时算起已有数百年，但远没有获得在其他国家那样的成功。宗教信仰对中国人来说仍然是淡薄的。而且也很少达到形而上的高度。而且，五四时期还把宗教等同于迷信加以排斥。1922 年世界基督教学生同盟准备在清华大学召开第十一届大会，引起了学生界和知识界的强烈反对，北京和上海以及全国各地都成立了非宗教大同盟，对宗教进行了猛烈的批判。新文化代表人物如蔡元培、陈独秀、胡适、丁文江、吴稚晖、陶孟和等都发表了批判宗教的言论。只有周作人、钱玄同等北大五教授以信仰自由为由表示反对排斥宗教，尽管这并不意味着承认宗教的社会价值，但这种微弱的声音被反宗教的巨大浪潮所淹没。蔡元培在 1922 年 4 月 9 日的非宗教大会上讲演，说："现今各种宗教，都是拘泥着陈腐主义，用诡诞的仪式、夸张的宣传，引起无知识人盲从的信仰，求维持传教人的生活。这完全是外力侵入个人的精神界，可算是侵犯人权的。我所尤反对的，是那些教会的学校同青年会，用种种暗示，来诱惑未成年的学生，去信仰他们的基督教。"[1] 西方哲学在五四前后也有译介，但由于它远离社会现实，不如科学、民主那样直接发挥救国新民的功利作用，因而被冷落；而且被接受的主要是杜威、罗素等英美经验主义传统的哲学，以及马克思的实践性的历史唯物主义哲学，具有形而上意义

---

〔1〕 张士钦《国内近十年之宗教》，京华书局 1927 年版，第 200 页。

的现代欧陆的理性主义哲学则较少受注意。因此，对西方哲学的引进远没有为现代中国确立一种有权威的哲学形而上学。五四以前，王国维的美学思想，强调审美的超越性，但是并没有受到重视，得到响应的是梁启超的政治功利主义的美学观。五四新文学运动对西方文化思潮的引进不遗余力，文学革命成为新文化运动的先导。但是，文学革命只着眼于文艺改造国民性的社会功利作用，忽视了文艺的形而上的审美意义，尤其是忽视和排斥了西方现代主义文艺思潮，致使五四新文学缺乏现代文学所具有的超验内涵，以后又向政治功利主义蜕变。总之，五四新文化运动只是在形下层面上的文化革命，它没有为现代中国人确立新的终极价值。

西方的工具理性（科学）和政治理念（民主）摧毁了传统文化的宗法礼教，其形而上层面也同归于尽，中国传统哲学、宗教、文艺几乎都被扫荡。这意味着文化转型造成了结构性缺陷——超越领域的缺失，中国人丧失了终极价值和超越的能力。五四期间，科学主义确立了统治地位，科学俨然成为一种宗教，形而上的问题被排斥。蔡元培意识到这个问题，于是主张"以美育代宗教"，似乎把注意力投向形而上领域，企图找到宗教的代用品，但实际上仍着眼于宗教、审美文化的道德教化功能，并未触及为中国人树立终极价值问题。直到1923年的"科玄论战"，才开始了对科学主义霸权的挑战。张君劢等人认为科学不能取代人生观问题，企图"提倡宋学"以解决中国人的信仰问题。从学术角度讲，玄学派对科学派提出的问题是合理的，科学确实不能取代哲学、宗教等"玄学"。但是，这场论战又以"科学神"战胜"玄学鬼"而告终，胡适等认为，科学可以成为世界观。这说明科学主义余威之盛，也说明信仰问题被现实问题的迫切性掩盖了。还有一个原因，就是张君劢没有为中国人找到一个合适的信仰，他提倡的宋学早已失去了存在的根据，因而不可能与科学争夺地盘。

失去了宗教、哲学以及审美等超越性文化，科学、民主就僭越为终极价值。这种价值错位必然导致政治理想主义。

(三）走向政治理想主义

从洋务运动到五四新文化运动，是中国第一次文化转型期，它旨在引进西方近现代文化，取代中国传统文化。其结果是天人合一、体用不二的文化瓦解了，道德理想主义沦落了，建立了理性的权威。五四引进的科学、民主，虽然建立了权威，甚至僭越了宗教、哲学、艺术等超越性文化，但毕竟只限于"用"的层面，缺少"体"的层面，因而难以获得终极价值的支持，难以在中国人的精神世界扎下根子。科学、民主只是救国新民的手段，只是一种权宜之计，它缺乏信仰的根基，因而不会稳固持久。一旦这种手段不能立时见效，就会被放弃而转向其他手段。五四以后，由于救亡的紧迫性，而启蒙不能收到速效，于是启蒙主义消歇，社会革命骤起。启蒙领袖除胡适等人外，其余如陈独秀、李大钊、鲁迅等皆由信仰西方自由民主转向信仰东方化的马克思主义——列宁主义；孙中山等国民党人也由以欧美为师，走西方民主革命道路转向"以俄为师"，走东方社会革命道路。旨在建立现代民族国家的中国革命与源于西方的现代性发生冲突，它需要一种反（西方）现代性的意识形态，而从苏联引进的政治理想主义就适应了这种需要。

五四以后，政治革命不能掩盖文化上的形而上层面缺失，中国文化层面上面临一个如何为人们寻找出终极价值的问题。由于超越层面文化的缺失，政治成为至高无上的信仰，人们的超越性追求转向革命，形成政治理想主义传统。政治理想主义在政治制度的设计上，就是基于孙中山所说的"社会病理学"，而不是"社会生理学"。它专注于现实社会的缺陷，而不是它的合理性，寻求一种没有道德缺陷和制度缺陷的社会。因此，从辛亥革命开始，就有章太炎、朱执信等抨击资本主义制度造成"变相专制"、"可致不平之制"。而这种政治思想也导致国民党排斥了自由资本主义，建立了官僚资本主义社会。当然，国民党的"三民主义"只是一种单一的社会学构想，缺乏形而上的意味，不能给中国人带来终极价值的想象，缺少政治理想主义的品格，因此不能构建一个文化上的"卡里斯马"（Charisma），缺少道德感召力。

中国后来选择了苏联式的社会主义，也是一种政治理想主义的选择。它要建设一个没有压迫、没有剥削的共产主义社会，这是一个最理想的社会。这不能只看作一种政治运作的结果，而有其历史的合理性。马克思（列宁）主义和共产主义革命能够获得知识分子精英和广大民众的信仰、支持，除了它能解决救国这个迫切的现实问题外，还由于它提出了消灭世界上的剥削制度，建立共产主义的人类社会理想，使人们的超越追求得到代偿性的满足。这种人间大同的社会理想，实际上建构了新的天人合一，体用不二文化体系。任何革命大约多少总带有这种准宗教性质。李大钊在十月革命后著文道：布尔什维主义与基督教有相似处，它"在今日的俄国有一种宗教的权威，成为一种群众运动。岂但今日的俄国，二十世纪的世界，恐怕也不免为着重宗教的权威所支配，为这种群众运动所风靡。"[1]政治文化之中总是包含着一定政治理想主义成分，否则就无法吸引群众，因此，革命理想主义有其合理性，它在革命时期使千百万革命者有了崇高的信仰，发扬了英勇牺牲的精神，发挥了动员民众的政治功用，最终战胜了三民主义和自由主义，建立了现代民族国家。但是，政治文化必须奠基于政治现实主义之上，政治理想主义必须有政治现实主义的制约，否则就会导致政治乌托邦。中国革命的胜利，不仅仅是政治理想主义的胜利，也是政治现实主义的胜利。缺乏政治现实主义，任何革命都不能成功。在革命战争中，共产党只是把共产主义作为最高纲领，即未来的理想和目标，并没有准备立刻实行；它提出了新民主主义的最低纲领。于是，在革命理想主义的照耀下，在新民主主义的旗帜下，才取得了革命的胜利。而同样要引以为戒的是，一旦丢弃政治现实主义，政治理想主义就会成为一种灾难，中国革命过程中长期存在，不断复活的"左"的思潮，实际上就是这样发生的。

中国的政治理想主义不仅有从苏联传入马克思主义的来源，也有中国传统道德理想主义的渊源。在中国革命文化中，道德被政治化，同时

---

[1] 李大钊《Bolshvism 的胜利》，转引自《文学运动史料选》，上海教育出版社 1979 年版，第 91 页。

政治也被道德化，道德成为一种阶级属性，而无产阶级则具有最高的道德品格。因此，共产主义者不仅是一种阶级身份，而且是一种道德楷模（先锋队）；理想社会不仅是一种政治制度，也是一种道德理想，而实现的途径就是无产阶级化。这样，道德和政治就一体化了，道德理想主义的思想资源就被政治理想主义所吸收。

革命胜利以后，在和平建设时期，更需要政治现实主义，需要现实领域与超越领域的分离。政治理想主义毕竟只是形而上文化的代用品，不具有超越的品格，它一旦失去了现实精神的制约，缺少政治狂热的制约力量和解毒剂，就变成了意识形态乌托邦，强化了意识形态偏执，导致政治狂热。由于革命理想主义的惯性，特别是在"左"的思潮统治下，一切都意识形态化了，革命理想主义演变成政治乌托邦主义。宗教被消灭，哲学意识形态化，艺术成为宣传工具，这意味着一种高度的政治异化，人丧失了超越现实的品格和批判现实的能力。中国革命空前激烈、残酷，政治运动的持久不断，都有这种政治狂热和意识形态偏执的原因。

建国以后，政治理想主义的膨胀就悄悄地发生了。过早地结束"新民主主义"，建立苏联模式的社会主义，一直到建立"一大二公"的人民公社，发动"大跃进"，掀起"跑步进入共产主义"的政治狂热，不仅是个别领导人的错误，还有几十年形成的政治理想主义的社会文化基础。体现在文学艺术上，就是高扬革命理想主义，把"革命现实主义"改变为"革命现实主义与革命浪漫主义相结合"，直至搞出来树立"高大全"英雄形象的"革命样板戏"。史无前例的文化大革命的发生，社会文化原因就有政治理想主义的成分。为了避免革命理想主义的丧失，防止资本主义的"和平演变"，才走上了这种狂暴的发动群众造反的道路。在"文革"中，受压抑的形而上冲动被误导，导致政治狂热的膨胀。红卫兵的极端革命理想主义（政治理想主义和道德理想主义的混合）被引向变相的宗教狂热：斗私批修、灵魂深处爆发革命、造神运动、个人崇拜、自我摧残、迫害异端、派性武斗乃至后来的上山下乡接受贫下中农再教育，在这种政治狂热和意识形态偏执后面，潜藏着一代青年的超越现实，实现自我的理想追求，由于超越性文化的缺失，未能得到合理的泄导而扭曲变态，造成了这场人间悲剧。如果有健全的形而上信仰和追求，同时以政治现实主义制约政治理想主义，就可以避免这场悲剧的发生。

（四）走向政治现实主义

"文革"以后，进入改革开放的时代。这实质上是在基本完成建立现代民族国家的历史任务后，转向现代性建设。这意味着政治理想主义主导的时代已经过去，政治理想主义虽然没有退出历史舞台，但其历史使命已经基本上完成，而让位于政治现实主义。中共提出了"社会主义初级阶段"的理论，有效地把现实与理想区隔开来。同时，在宣传上，作出了"发扬爱国主义、集体主义、社会主义思想"的新提法，取代了过去的"发扬共产主义精神"的提法。这表明，政治理想主义虽然仍然没有放弃，但重心已经转向政治现实主义。但是，由于改革中出现了新的社会问题，特别是经济领域的改革与政治领域的改革没有同步，产生了经济基础与上层建筑之间的不相适应，从而造成一系列严重的社会矛盾，例如腐败滋长、道德滑坡、贫富分化、社会不公等。在这种情况下，应该采取政治现实主义的立场，通过深化改革，特别是政治体制的改革来解决社会矛盾，这是唯一现实可行的途径。但是，在中国社会文化的现代转型中，由于理想主义的失落，信仰的缺失引起了反弹，在当前出现了"新左派"代表的政治理想主义的回潮。他们以政治理想主义来批判中国现实，设计中国未来的走向。它不是看到改革开放开辟了不可逆转的现代性发展道路，不是把改革中出现的社会问题看作改革不彻底造成的，而是把改革看作一团漆黑，把产生的社会问题看作改革的恶果。政治理想主义必然虚构一个乌托邦，新左派的乌托邦就是计划经济时代和传统社会主义。新左派攻击中国走上了资本主义道路，企图把中国拉回计划经济时代和传统社会主义道路。他们批判"资本主义"的同时，美化传统社会主义和计划经济，充分体现了一种"社会病理学"的政治理想主义。

避免政治理想主义的膨胀，除了提倡政治现实主义之外，还必须为现代中国人寻找形而上的寄托，开辟超越性的途径，从而建立终极信仰，并且在精神领域开展对现实的批判。只有这样，才能有效地防止政治理想主义僭越终极价值，混淆思想批判和政治实践。现代的哲学、艺术和宗教都具有形而上的品格，可以抑制政治理想主义膨胀。因此，应该加强这些领域的文化建设。

如果说，在20世纪上半叶，中国对现代性的批判主要受到马克思主义影响的话，那么在今天，反现代性思潮主要受到西方后现代主义思潮的影响，包括法兰克福学派、新马克思主义的社会批判理论，后殖民主义理论等。西方知识分子秉承政治理想主义，对资本主义的现实进行理论的批判（而不是政治的实践），这是尽了知识分子的天职。但是在中国，有与西方不同的社会历史条件，那就是中国的现代性还刚刚起步，远没有完成。因此，当前的政治任务不是批判现代性（哲学的、审美的批判另当别论），而是反对封建主义，争取现代性。而且，政治实践领域与文化批判领域不同，更要警惕政治理想主义的负面作用。新左派不仅不顾时空差别，移用西方的现代性批判理论于中国，而且混同了政治实践与文化批判，复活了一种政治乌托邦。因此，这种错位的政治理想主义，对中国的现代发展是有害的。

七、贵族精神与现代性批判

在现代社会，由于现代性的极度发展，其负面因素突显，于是，现代性批判就成为现代哲学的主题。现代性是一种平民精神，而贵族精神成为现代性批判的思想资源。

（一）现代性是一种平民精神

现代性是推动传统社会向现代社会转化的精神力量。现代性发源于西方。西方传统社会是贵族领主社会，经过市民阶级（第三等级）发动的社会革命，转化为现代社会。因此，现代社会是平民为主体的社会，现代文化是以平民为主体的平民文化。正如奥尔特加·加塞特所描述的："大众突然出现在世人面前，并且在社会上占据着优越的地位，而在过去——如果它存在的话——它却从来未被人注意过，它仅仅是社会舞台的背景，一点儿也不起眼。然而，如今它越过舞台的脚灯，摇身一变成了主角。在社会的舞台上，再也看不到严格意义上的主人公，取而代之的是合唱队。"[1]

（世俗的）现代性是一种平民精神。平民的辛劳、贫困、实际的生活方式产生了平民精神，平民精神具有世俗性、功利性和平凡性。周作人认为平民精神是一种"求生意志"的体现，要求有限的、平凡的存在而缺少超越的精神。正是这种平民精神生发出现代性，成为现代社会的催化力量。现代性有感性层面、理性层面和超越性层面，而感性和理性现代性构成了世俗现代性，世俗现代性集中地体现了平民精神。

现代性的感性层面是人的感性欲望的解放，它是现代性的比较深层的动力，体现为一种消费性的大众文化。中世纪的宗教禁欲主义禁锢感性欲望、压抑人的天性。在文艺复兴后，感性、自然得到肯定，并成为社会发展的推动力量。对这一点的认同，形成了多种理论体系。马克思、恩格斯认为，恶即人的私欲是历史发展的原动力，它在传统社会受到抑制，在资本主义关系下得到刺激而膨胀起来，从而以生产力冲破生产关系的形式而得到解放。简言之，现代性源于人（主要是新崛起的资产阶级）的物质需求，马克思、恩格斯正是在这个基础上建立了历史唯物主义理论。韦伯认为资本主义的产生受到新教伦理的推动，而新教伦理肯定了世俗的价值观，它认为作为上帝的选民，必须具备勤俭和积累财富的美德。这是新兴市民的价值观。松巴特认为，资本主义起源于以奢侈生活原则为基础的高度世俗化的性文化，它直接促进了商品生产，导致资本主义经济形态的出现。这种世俗文化是现代平民的文化。舍勒认为现代性是一种"怨恨"心态："在资本主义精神的形成中进步

---

[1] 奥尔特加·加塞特《大众的反叛》，刘训练译，吉林人民出版社2004年版，第5页。

向前的，并不是实干精神，不是资本主义中的英雄成分，不是'具有王者气度的商人'和组织者，而是心中充满怨恨的小市民——他们渴求最安稳的生活，渴求能够预测他们充满惊惧的生活，他们构成了松巴特恰到好处地描绘的新市民德行和价值体系。"[1]这与他认为现代性是"本能造反逻各斯"相一致。恩格斯、韦伯和松巴特都把资本主义的起源的动力定位于普通人的感性欲望，只不过前两者谈的是物质欲望，后者谈的是性欲望，这正应了一句老话"食色性也"。而舍勒也强调现代性是一种感性心态，所谓怨恨仍然源于人的欲望，在社会竞争中劣势人群欲望不能满足，就会产生怨恨心态。精神分析学说认为，人类有两种原始冲动即性欲和攻击性，松巴特强调了前者，舍勒强调了后者。总之，现代性不过是老百姓的被解放了的感性欲望，即舍勒所说的"系统的冲动造反"。

欧洲现代性发源于文艺复兴运动，而它最先是以感性、自然反抗宗教禁欲主义；以后资本主义的基本的动力仍然是物质消费和感官享乐欲望。现代性的感性层面体现为消费性的大众文化，突出地表现了平民阶级的精神特征。这种平民性的大众文化在发达的现代社会，获得解放和畸形的发展。现代大众文化崇尚时尚，满足于消遣娱乐，通俗普及，借助市场的力量渗透到日常生活的每一个角落。奥尔特加·加塞特这样批判大众和大众文化："因此，我们可以这样来解释与定义大众所暴露的荒谬的心智状态：他们唯一关心的就是自己生活的安逸与舒适，但对于其原因却一无所知，也没有这个兴趣。因为他们无法透过文明所带来的成果，洞悉其背后隐藏的发明创造与社会结构之奇迹，而这些奇迹需要努力和深谋远虑来维持。"[2]

人的欲望的解放必然体现到理性层面上来，被理性所肯定，现代性也就体现为一种理性精神。理性现代性是现代性的更高层面，因此，当

---

〔1〕 舍勒《资本主义的未来》，刘小枫编，罗悌伦等译，香港：牛津大学出版社1995年版，第15页。

〔2〕 奥尔特加·加塞特《大众的反叛》，刘训练译，吉林人民出版社2004年版，第53页。

我们说现代性时，一般可以表述为理性精神。中世纪神学在禁锢人的感性欲望的同时，也以盲目的信仰否定人类理性，因而在文艺复兴的感性解放之后，启蒙运动又进一步以理性取代了神性的权威，这就是完整的世俗化的"祛魅"过程。理性包括科学精神（工具理性）和人文精神（价值理性），科学精神促进了生产力的发展；人文精神（以个体价值为核心）促进了民主制度的建立，推动着西方走向现代社会。康德确立了以理性为根据的主体性，即人为自然立法和道德的绝对命令。黑格尔以理念作为历史的本质，而理念不过是人的自我意识的觉醒，是一种自由精神。在社会学领域，卢梭提出了平等主义的民主理念（孟德斯鸠以及柏克、约翰·密尔等提出了自由的理念和精英主义，则具有贵族精神）。理性精神体现为现代理性文化，科学和意识形态是它的两个方面。无论是科学精神还是人文精神，都是平民化的思想体系，都体现了一种平民精神：工具理性关注人对自然的利用，体现了讲求实际的功利意识。价值理性关注人的社会存在，形成了平等意识和民主理念，这是平民大众的价值观。

（二）贵族精神是现代性批判的思想资源

世俗现代性的确立推动了社会的发展，同时也导致异化。感性欲望的解放伴随着感性异化，人成为欲望的奴隶，被大众文化所支配，成为消费动物。同时，理性的权威取代了上帝的权威，在推动社会现代化的同时也造成了理性异化：科学主义导致技术对人的统治和人与自然的冲突、生存环境的恶化；平等理念和民主制度导致庸众的统治，把人组织化、平均化。现代性的压迫必然引起反抗，这就需要开展现代性批判。现代性批判不是来自现代外部，而是来自现代性内部，即现代性的超越层面。现代性的超越层面是一种反思、超越的精神力量，它源于贵族精神。贵族精神相对于平民精神而言，它产生于贵族高贵、世袭的社会地位和生活方式。贵族享受世卿世禄，衣食无忧，淡泊功利，形成了超越的精神追求；加之世袭积累，形成了高雅的精英文化传统。周作人认为贵族精神体现了一种"求胜意志"，具有出世的倾向，要求无限的超越。这里把贵族精神确定为自由的超越精神。孟德斯鸠认为，专制主义的精神是恐惧，君主制（贵族政体）的精神是荣誉，共和制的精神是美德。这里把贵族精神确定为高贵的荣誉感。奥尔特加·加塞特指出："因此，在我们的心目中，贵族就等同于一种不懈努力的生活，这种生活的目的就是不断地超越自我，并把它视为一种责任和义务。以此观之，贵族的生活或者说高贵的生活，就与平庸的生活或懈怠的生活形成了鲜明的对比……"[1]

总之，贵族精神可以归结为超越性、自由性、高贵性。贵族精神蔑视世俗功利主义和非个性的大众意识，肯定精神的自由和人格的高贵。

贵族精神的始祖可以上溯到苏格拉底和柏拉图，前者反对城邦民主政治，提倡贵族精英政治，主张个体的良知高于人民的意志，并因此被"民主的暴政"杀害；后者把精神（理念）作为世界的本原，并且让哲学家成为理想国的国王，让贵族成为领导阶级。贵族精神在现代性确立以后，并没有随贵族阶级而消亡，而是转化为现代性的超越层次，成为反思、批判现代性的精神力量。在启蒙运动中，一方面有平民精神的代表卢梭的平等主义理念和民粹主义，也有贵族精神的代表孟德斯鸠的自由主义理念，以及柏克、大小约翰·密尔父子主张的精英主义。自由主义的理念制约了平等主义理念的偏颇，防止抹杀个体价值；精英主义制约了民粹主义的缺失，防止"多数人的暴政"。法国现代社会科学的奠基人之一、自由主义的早期代表人物托克维尔出身贵族，对贵族社会赞赏有加，同时又肯定民主制度。他认为贵族制度产生了自由思想，而民主制度产生了平等意识，二者都有合理性。他承认自己对自由的评价高于对民主的评价，因为大众的平等追求超越了对自由的追求，必然带来危险，如个性的抹平、相互隔绝、醉心于物质利益、人变得渺小无力等。

平民精神与贵族精神是现代意识的两个方面，它们各有长短，互

---

[1] 奥尔特加·加塞特《大众的反叛》，刘训练译，吉林人民出版社 2004 年版，第59—60 页。

相制约，互相补充。周作人在五四后期总结了五四运动片面张扬平民精神、反对贵族精神的教训，提出二者兼收并蓄的思想："贵族的与平民的精神，都是人的表现，不能指定谁是谁非，正如规律的普遍的古典精神与自由的特殊的传奇精神，虽似相反而实并存，没有消灭的时候。"[1]贵族精神对现代性的批判在感性和理性两个层面上展开：针对感性现代性的弊端，就有对大众文化的批判；针对理性现代性压迫，就有对科学主义和资本主义意识形态的批判。

在资本主义世俗现代性和大众文化极度发展的同时，也形成了反思、超越的现代性和精英文化。大众文化源于平民精神，满足了大众的消遣娱乐需求，是一种比较低俗的消费性的文化。精英文化继承了贵族精神，注重思想深度和审美价值，满足人的精神追求，是比较高雅、深刻的文化形态。精英文化对于大众文化有所抵制，有所提升，有所补充，成为现代文化的精华。精英文化也有世俗的层次，即所谓高雅文化，它本来源于贵族阶级，但后来被暴发的资产阶级接受、吸收，成为世俗文化的高雅层次。精英文化的最高体现是对于现代性的反思、超越层面，包括批判哲学、精英艺术以及宗教的超越层面。艺术、宗教、哲学被黑格尔确定为绝对精神自我复归的三个阶段和三种形态，它们都具有超越性。艺术虽然包括属于大众文化的大众艺术，但还包括属于精英文化的精英艺术，后者是世俗现代性的批判力量。文艺复兴是感性现代性发生的时期，平民主义盛行，属于贵族文化的17世纪新古典主义艺术就开始以理性精神和形式规范对感性现代性有所抵制、批判、超越。在现代性刚刚确立的19世纪初期，平民化的工具理性和城市工业文明崛起，浪漫主义艺术就继承了贵族精神，以人的自由、自然天性的名义展开了对工具理性以及城市工业文明的批判；在现代性确立、发展的20世纪初期，平民化的现代生活桎梏了人的自由，现代主义艺术就继承了贵族精神，反思、批判虚假的统治意识形态，以自由选择的名义抗争异化的存在。无论是新古典主义还是浪漫主义、现代主义，都继承了

---

[1] 周作人《贵族的与平民的》，《自己的园地》，岳麓出版社1987年版，第15页。

贵族精神，具有精英文化的特质和批判的品格。

现代哲学一开始就对现代性进行了反思、批判，而尼采是最早以贵族精神批判平民化的现代性的哲学家。尼采有波兰贵族的血统，他以自己的出身为荣，并且致力于弘扬贵族精神、批判平民化的现代性。尼采不仅赞赏贵族政体和等级制度，而且他的基本思想也发源于贵族精神，因此，勃兰兑斯称尼采思想为"贵族激进主义"，而尼采也表示认同这种命名。他给勃兰兑斯回信说："您的'贵族激进主义'一词用得太好了。请允许我说，在我看到的有关我本人的各种术语中，它可以算是最聪明的一个。"[1]尼采深感现代性带来的是平民的统治，贵族精神失落，"庸众"的价值观占了支配地位，这有基督教，特别是新教伦理的渊源，而平民主义的启蒙思想家卢梭负有更大的罪责。他认为现代精神已经"颓废"，"奴隶的道德"、"畜群的理想"使人"柔化"、"道德化"、"平庸化"。因此，尼采对现代道德、大众文化以及庸众人格展开了猛烈的攻击。也许这一段话可以集中地表达他的批判："这个时代有着相反的本能：它急需舒适；其次，它希望观众和演员喧闹，那震耳欲聋的叫喊与集市的嗜好很合拍；其三，它要每个人都以最下贱的奴仆性向天下最大的谎言——所谓人的平等——顶礼膜拜，并且只把整齐划一、平起平坐的美德奉若神明。"[2]为了医治现代性和现代文化带来的病象，尼采提倡"强力意志"，要"重估一切价值"，建立"主人的道德"，做"超人"。可以说，贵族精神成了尼采进行现代性和大众文化批判的思想武器。

尼采以后，海德格尔、萨特、法兰克福学派等现代哲学家继承、发扬了贵族精神，开展了对现代性和大众文化的批判。针对科学主义的霸权，现代哲学开展了对于技术异化的批判，反思启蒙运动以来树立的"知识就是力量"的主体性信条，企图建立人与自然的平等的、主体间

---

〔1〕 勃兰兑斯《尼采》，安延明译，工人出版社 1985 年版，第 133 页。

〔2〕 尼采《权力意志——重估一切价值的尝试》，张念东等译，中央编译出版社 2000 年版，第 56 页。

性的关系。针对现代价值观，现代哲学展开了对社会意识形态的批判，以寻求真正的生存意义。针对世俗现代性带来的异化，海德格尔进行了对现代性和现实存在的批判。他认为存在是超越的，而此在的在，即实存是在的沉沦，是非本真的共在——凡神，使自我受制于"人们"。这种此在的沉沦表现为闲言、好奇、两可等。他批判主体性哲学，指出现代性导致人与世界的关系变成了主体与图像的关系，世界图像化，产生了技术的统治以及"弃神"等现象，因此现代社会是"贫困的时代"、形成"大地的荒芜"，"现在一切无条件的物化"，人处于"无家可归"的状态。他揭露现代性带来的"诸神的逃遁、地球的毁灭、人类的大众化，平庸之辈的优越地位"[1]。他否定现代性的核心理性，"唯当我们已经体会到，千百年来被人们颂扬不绝的理性乃是思想的最冥顽的敌人，这时候思想才能启程。"[2]萨特以个体存在的自由选择对抗现实，并且认为社会集团导致人的异化。其他存在主义哲学家如加缪、梅洛—庞蒂等也继承了贵族精神，批判现代性和大众文化。以法兰克福学派为代表的西方马克思主义，进一步继承和发扬了贵族精神，开展了对现代性和大众文化的批判。特别是阿多诺建立了否定的辩证法，批判资本主义意识形态以及附属于它的大众文化。

（三）中国文化的平民主义性质与现代性的片面性

中国先秦是贵族领主社会，历史短暂；秦以后是官僚地主社会，历史长远。因此，中国贵族文化传统薄弱、平民文化传统深厚。地主不是世袭的贵族而是平民，官僚由平民知识分子（士）选拔（汉魏六朝是察举，隋以后是科举）而来，因此官僚地主社会是平民社会，形成了平民文化，这是前现代性的平民文化。中国传统平民文化的基础是农民文化，在这个基础上形成了士大夫文化，士大夫文化是平民文化的高雅形式。中国虽然也存在着贵族文化，如道家文化以及《楚辞》、六朝文

〔1〕 海德格尔《形而上学导论》，熊伟等译，商务印书馆，第45页。
〔2〕 海德格尔《林中路》（修订本），孙周兴译，上海译文出版社2004年版，第280页。

学（六朝存在着世族门阀，是准贵族社会）和《红楼梦》（清朝是满族贵族与汉族地主的联合政权，曹雪芹出身于贵族），但由于贵族社会湮灭，贵族文化传统衰落，没有成为主流文化。以平民知识分子（士）为主体的儒家文化就是平民文化，它具有功利性、世俗性和平凡性等平民文化的特征。

中国文化具有天人合一、体用不二的性质，也就是说实用的形下层面与超验的形而上层面未充分分化，这就形成了"实用理性"的特征。这种实用理性的文化充分地体现了平民的价值观。中国传统文化以儒家思想为核心，儒家把天道、天理转化为人道、伦理，既作为一套世俗的意识形态体系，又包含着宗教、哲学、美学等形而上意义。这样，儒学就成为"道不离伦常日用"的、与宗教、哲学不同的"儒教"。中国的宗教文化传统薄弱，受到王权和礼教的限制，缺乏超越世俗的能力；哲学成为伦理学，受到伦理价值的限制，缺少对现实的批判精神。儒学的形而上意义不是经由对形下的分离、批判而达到的外在的超越（如西方文化那样），而是在形下的现实社会实现"内圣外王"而达到"内在的超越"。这种圣王一体的文化具有双重的整合功能，它在规范人们的现实行为的同时，又在现实世界给人们找到了终极价值。中国文化的平民性带来了自身的缺陷，这就是缺乏超越性、批判性，使中国人禁锢在伦理规范之中而难以达到精神的自由境界。

中国文化的平民性还体现在它的低俗性的一面。由于贵族传统薄弱，平民传统深厚，中国文化是"一个文化"即平民文化，大、小传统不相分隔。欧洲是"两个文化"，即贵族文化与平民文化分立，而文化的大、小传统分野明显，如宫廷艺术（悲剧、芭蕾舞、古典音乐等）、礼节绝不会让平民染指；而贵族也绝不会接受平民艺术（民间喜剧等）和习俗。中国文化虽然有雅俗之分，但并无质的区分，雅文化与俗文化都是平民文化中的不同层次，而不是贵族文化与平民文化的区别。中国文化大、小传统不隔，上层士大夫与平民百姓的习俗和观念、趣味相通，如《诗经》多为民间歌谣，但成为文化经典；乐府、词曲、戏剧、小说等多起自民间，而终成为文人雅士的艺术，典型的例子是京剧，京剧不但民间喜好，也成为宫廷艺术。"一个文化"意味着高雅文化未获得独立、发展，这在一定程度上造成了中国文化的低俗性。在以后的社会革命中，中国文化的平民性不仅没有得到贵族精神的提升、制约，反而更加极端发展，这一方面由于中国文化的平民化传统的深刻的影响，另一方面也是由中国现代性的片面性造成的。

五四新文化运动是引进和建立现代性的运动。由于平民文化传统的影响，中国现代性在建立之初就产生了片面性。这种片面性首先体现在对贵族精神的抵制和极度的平民主义。五四启蒙思想家提出了平民文化的口号，把贵族文化作为打倒的对象。白话文取代了文言文，确立了现代平民文化的基础。在政治领域，提出了科学、民主的口号，卢梭的平民主义成为主导的思想，而孟德斯鸠的贵族主义被忽视。在文艺领域，陈独秀提出了"推倒雕琢的阿谀的贵族文学，建设平易的抒情的国民文学"，茅盾也提出"扫除贵族文学的面目，放出平民文学的精神"。本来世俗现代性是平民精神，现代文化的主体是平民文化，但五四新文化运动排除了贵族精神和精英文化，造成了现代性和现代文化的片面性。五四以后，开展了以工农为主体的人民革命，并建立了以工农联盟为基础的人民政权，建立了一个社会主义的平民社会。同时，五四平民文化又进一步演化为大众文化、工农兵文化，包括大众文艺和工农兵文艺。在极左思潮泛滥的年代，特别是"文革"中，精英文化、精英文艺被当作封建主义和资本主义的毒草批判。同时，理论上也以普及与提高的关系问题取代了精英文化、精英文艺与大众文化、大众文艺的关系问题。于是，本来是分流的大众文化、大众文艺和精英文化、精英文艺两种形态，变成了大众文化和大众文艺的两个发展阶段，精英文化和精英文艺被取消。特别是"文革"对所谓"封、资、修"文化、文艺的批判和所谓"工农兵"文化、文艺的独尊，彻底地清除了贵族精神，导致文化和文艺的极度平民化和低俗化。20世纪中国文化和文艺走向极端平民化的历史，留下了深刻的教训，值得我们记取。

片面的现代性还体现在自由理念的缺失。五四引进的民主理念是以卢梭的平等思想为基础的。卢梭建立了一个平民主义的价值观，以

"人民主权"和"公意"排除了个体的自由。五四引进的现代性被归结为科学、民主，其核心是平等理念，而西方现代性的另一个思想资源，即由孟德斯鸠提出的自由理念则被忽视或曲解（如孙中山提出争国家的自由而不要争个人的自由），没有与平等理念一起成为五四精神的主体。五四时期除了平等思想之外，也提出了自由的要求，个性解放就是自由理念的表现，但由于五四平民主义的影响，平等思想压倒了自由思想。无政府主义和各种各样的社会主义都以平等理念为根本，它们成为五四社会思潮的主流，而自由主义并没有占主导地位。申叔主张："为人类全体幸福，当以平等之权尤重。独立权者，所以维持平等权者。唯过用其自由之权，则与他人之自由生冲突，与人类平等之旨相背驰，故欲维持人类平等权，宁限制个人之自由权。"[1]而五四以后的社会革命时期，由于工农最迫切的要求是经济上的平等，平等思想成为革命意识形态的核心，导致平等主义铲除了自由主义。郭沫若坚决主张："我们要求从经济的压迫之下解放，我们要求人类的生存权，我们要求分配的均等，所以我们对个人主义的自由主义要根本铲除……"[2]自由理念是对个体价值的肯定，它发源于贵族精神，而平等理念基于对集体价值的肯定，它发源于平民精神。自由理念是对平等理念的一种制约，避免对个性的抹杀和对自由的侵犯。中国的现代化进程由于失去了自由理念的制约，平等理念片面发展，导致政治平民主义，这为中国接受苏联的政治理念和以后走上了苏联模式的"国家社会主义"道路预设了思想条件，甚至也为"文革"中的反自由主义和绝对平等主义埋下了伏线。

片面的现代性也体现为反思、超越的现代性的缺失。五四运动引进现代性，主要引进了世俗现代性，而没有同时注重引进反思、超越的现代性（哲学、宗教、艺术对现代性的批判）。五四新文化运动对西方文化存在一个重大的误解，即认为西方文化只有理性精神（科学和民

---

〔1〕 申叔《无政府主义之平等观》，《无政府主义在中国》，湖南人民出版社1984年版，第110页。

〔2〕 郭沫若《革命与文学》，《文学运动史料选》，上海教育出版社1979年版，第445页。

主），而忽略了西方文化的超越、批判精神，因此引进的西方文化，只限于科学、民主等实用层面，而缺少对现代性的反思、超越层面。五四时期发生的东西文化论战中，钱智修撰文《功利主义与学术》，对五四新文化运动片面吸收工具理性，抛弃"高深之学"的功利主义予以批判，结果引起陈独秀的反驳。但陈独秀只是断言西方与中国诸圣贤皆有功利主义，没有只字提及西方的宗教生活，也没有提及哲学、艺术等其他超功利的精神生活。五四运动确立了工具理性和政治理念的权威，而西方文化的哲学、宗教、审美等形而上的层面则被忽略了。造成这种局面既有文化传播在形而上层面比在形下层面更困难的原因，也是由于实用理性传统对形而上文化的顽强抵制。中国的现代化运动一直是排斥宗教的，五四新文化运动就把宗教等同于迷信加以排斥。1922 年世界基督教学生同盟准备在清华大学召开第十一届大会，引起了学生界和知识界的强烈反对，北京和上海以及全国各地都成立了非宗教大同盟，对宗教进行了猛烈的批判。新文化代表人物如蔡元培、陈独秀、胡适、丁文江、吴稚晖、陶孟和等都发表了批判宗教的言论。只有周作人、钱玄同等北大五教授以信仰自由为由表示反对排斥宗教，尽管这并不意味着承认宗教的社会价值，但这种微弱的声音被反宗教的巨大浪潮所淹没。蔡元培在 1922 年 4 月 9 日的非宗教大会上讲演，说："现今各种宗教，都是拘泥着陈腐主义，用诡诞的仪式，夸张的宣传，引起无知识人盲从的信仰，求维持传教人的生活。这完全是外力侵入个人的精神界，可算是侵犯人权的。我所尤反对的，是那些教会的学校同青年会，用种种暗示，来诱惑未成年的学生，去信仰他们的基督教。"[1]

西方哲学在五四前后也有译介，但由于它远离社会现实，不如科学、民主那样直接发挥救国新民的功利作用，因而被冷落，而且被接受的主要是杜威、罗素等英美经验主义传统的哲学，以及马克思的实践性的历史唯物主义哲学，具有形而上意义的现代欧陆的理性主义哲学则较少受注意。因此，对西方哲学的引进远没有为现代中国确立一种有权威

---

[1]　张士钦《国内近十年之宗教》，京华书局1927版，第200页。

的哲学形而上学。直到 1923 年的"科玄论战",才开始了对科学主义霸权的挑战。张君劢等人认为科学不能取代人生观问题,企图"提倡宋学"以解决中国人的信仰问题。从学术角度讲,玄学派对科学派提出的问题是合理的,科学确实不能取代哲学、宗教等"玄学"。但是,这场论战又以"科学神"战胜"玄学鬼"而告终,这说明科学主义余威之盛,也说明信仰问题被现实问题的迫切性掩盖了。还有一个原因,就是张君劢没有为中国人找到一个合适的批判武器,他提倡的宋学早已失去了存在的根据,因而不能战胜科学主义。五四以后,从苏联引进了马克思主义哲学,这种苏联版本的马克思主义哲学仍然是一种应用理论,而缺少形而上的批判品格。

五四新文学运动对西方文艺思潮的引进不遗余力,文学革命成为新文化运动的先导。但是,文学革命只着眼于文艺改造国民性的社会功利作用,忽视了文艺的形而上的审美意义,而且还忽视和排斥了西方现代主义文艺思潮,致使五四新文学缺乏现代文学所具有的超验内涵。这就是说,五四新文学运动仅仅停留在肯定现代性和启蒙的层面上,而没有达到反思、批判现代性的高度。五四以后,中国文学接受了苏联的"社会主义现实主义",又向政治功利主义蜕变,而且进一步导向大众化。总之,五四新文化运动以及以后的社会革命运动是平民主义的,缺少贵族精神的思想资源;只是在形下层面上的革命,它没有为现代中国人确立新的终极价值和批判意识。

西方的工具理性(科学)和政治理念(民主)被引进,它摧毁了中国传统文化,而反思、超越层面的现代性却没有引进、确立。这意味着文化转型造成了结构性缺陷——超越领域的缺失,中国人丧失了终极价值,缺乏对现代性的批判意识。五四期间,科学主义确立了统治地位,科学成为一种宗教,形而上的问题被排斥。蔡元培意识到这个问题,于是主张"以美育代宗教",似乎把注意力投向形而上领域,企图找到宗教的代用品,但实际上仍着眼于宗教、审美文化的道德教化功能,并未触及为中国人树立终极价值和批判意识问题。五四以后的大半个世纪,中国文化的形而上的缺失一直未获真正解决,虽然其间有一段新的天人合一，体用不二文化即传统社会主义文化，但它只不过是以政治中心主义取代了伦理中心主义，而没有真正解决这个问题。这种文化结构的片面性深刻地影响了中国社会的进程，使中国文化极端平民化、功利化，缺乏反思、超越和自我调整的能力，社会发展为此付出了沉重的代价。

中国当代现代性的重建也具有片面性。改革开放以来，市场经济形成，现代性首先在经济领域确立，它表现为人的感性欲望的解放。这造成了世俗现代性主要是感性现代性的片面发展。同时，由于政治、文化改革的滞后，没有注重建设理性现代性（科学精神和人文精神），更没有建立现代性的反思、超越层面（现代的艺术、宗教、哲学）。这就导致文化生态的失衡、人文精神的缺失。艺术、哲学还没有突破传统的框架，不能反思、批判世俗现代性；宗教也没有充分发挥应有的作用。这种状况的深层原因是贵族精神的缺乏和平民精神的膨胀。因此，继承贵族精神，克服平民精神的缺陷，并建立自由精神和反思、超越的现代性极为必要。

由于感性现代性的片面发展，现代性批判主要应当集中在感性现代性的批判，特别是对消费性的大众文化的批判；同时，由于理性现代性没有确立，还要进行争取全面现代性特别是建立自由精神的斗争，这是中国现代性批判的特殊性。为此，应当重视贵族精神的思想资源的开发，批判片面的平民精神和大众文化。在市场经济的基础上，大众文化蓬勃兴起，迅速发展，以不可阻挡之势占据了社会生活的各个领域，取得了绝对的优势。大众文化的消费性与市场经济相配合，满足了人们的感性需求，也使人们的精神世界沦落。与此相反，精英文化衰落，反思、超越的现代性薄弱，包括哲学批判性的丧失和艺术超越性的缺失。典型的事例是以张艺谋为代表的第五代导演由艺术片转向商业片的制作，从《红高粱》、《大红灯笼高高挂》到《英雄》、《十面埋伏》，简直是天壤之别，由此可以看出市场的力量有多么强大，也可以看出大众文化对精英文化的挤压。同时，所谓"小资文化"即伪精英文化流行，而真正的精英文化缺席。于是，消费主义成为新的意识形态，大众文化畸形膨胀。出现了这种现象：物质的富裕掩盖了精神的贫乏，感官的享乐取代了思想的追求，低俗的时尚排挤了高雅的趣味。这种文化生态的失衡，导致自由精神的丧失。青年一代不知道除了大众文化之外还有精英文化，不知道除了消费之外还有更高的价值，不知道人生意义是什么，人沦落为消费动物。这是很可怕的事情，不能不引起严重的警觉。

西方世界世俗现代性和大众文化的膨胀，引起了精英文化的抵制，于是有现代哲学和现代艺术的反思、批判，从而恢复了文化生态的平衡。当代中国也面临着这个问题。在上个世纪90年代初期，市场经济刚刚起步，大众文化方兴未艾，曾经引发过一场关于"人文精神失落"的讨论。那场讨论并不成熟，不仅因为其时大众文化的积极因素尚未充分发挥、消极方面尚未充分显露，应当给予更多的扶持而不是批判；更重要的是进行这场批判的武器不是反思、超越的现代性，不是自由的贵族精神，而是前现代性（传统理性）和功利主义的平民精神。现在，情况发生了根本性的变化，市场经济已经确立和高速发展，大众文化的消极面已经充分显露，亟须进行理论和实践的批判。但是，在当代中国，对大众文化的消极方面尚未引起充分的注意，理论界甚至出现了无条件地肯定大众文化的动向，这不能不引起我们的警惕。首先必须在理论上破除片面肯定大众文化的根深蒂固的传统观念，认清大众文化的两重性，批判大众文化的消极面，同时承认精英文化的合理性，既要容纳大众文化，也要承认"小众文化"。进行大众文化批判，必须挖掘和引进贵族精神，建设精英文化。所谓贵族精神，从根本上说，就是肯定人的高贵性、神性、自由性，抵制鄙俗性、世俗性、消费性；就是超越平庸的现实生活，追求高尚的精神生活。所谓精英文化，就是以人文知识分子为主体、以贵族精神为核心的文化体系，它不同于以平民精神为核心的大众文化。精英文化以其高雅性、超越性和批判性成为大众文化的制约力量，同时也成为人类的精神食粮，使人类保持自由的追求，避免沦为消费动物。精英文化除了一般高雅文化之外，更包括现代哲学和精英艺术。哲学以其批判性反思现代性和大众文化，精英艺术以其超越性反抗现代性和大众文化。这就是说，建设精英文化，与进行大众文化批判是相辅相成的工作；现代性批判（主要是感性现代性）与争取全面现代性（主要是理性现代性）的斗争是并行不悖的。建设精英文化包括建设现代的道德意识和伦理规范；建立现代艺术，引导人的精神超越感性层次，避免精神的沉沦；建立现代哲学，开展对世俗现代性的批判，引导人们获得自觉意识，避免思想的麻痹。同时，也要注重发挥宗教的超越功能，克服现代性的世俗性，获得精神的升华。

后 记

1996 年底我发表了《论 20 世纪中国文学的近代性》一文，引发了一场关于中国文学现代性问题的讨论。十年多来，文学现代性已经成为文学研究的前沿理论，在这个理论的指导下，中国文学研究出现了全新的格局，其中最重要的进展，就是对中国现代文学思潮的研究产生了一些有价值的成果。在这个研究领域，我自己也有了新的进展，这种进展集中体现在本书中。概括地说，本书提出和论证了这样一些观点：

第一，深入地探讨现代性的内涵以及现代性与现代民族国家的关系。与时下学界对现代性笼而统之的定义不同，我把现代性划分为三个层面，即感性现代性、理性现代性和反思现代性。在这个基础上，分析了中国现代性的外发性、后发性，以及由此产生的一系列特性，特别是中国现代性与现代民族国家之间的矛盾和冲突，从而揭示了中国现代史的深层逻辑。

第二，深入地探讨了现代性与文学的关系。我把文学划分为通俗文学、严肃文学和纯文学三种形态。现代文学是现代性的产物，感性现代性决定了通俗文学的发生和发展；理性现代性决定了严肃文学的发生和发展；反思现代性决定了纯文学的发生和发展。文学现代性表现在三种文学形态的分化，也体现在文学（特别是纯文学）对现代性的反思、批判。这样，从中国现代性的特点就可以解释中国现代文学的特点。

第三，深入地探讨了现代性与文学思潮的关系。我提出，文学思潮是文学对现代性的反应，从而摒弃了苏联文学理论把文学思潮作为创作方法的应用的观点，还原了文学思潮的历史性，也揭示了文学思潮的本质，如新古典主义是对现代民族国家的肯定性回应；启蒙主义是对现代性的肯定性回应；浪漫主义是对现代性的第一次反叛；现实主义是对现代性的第二次反叛；现代主义是对现代性的全面彻底的反叛。其中我以为特别重要的是，提出了启蒙主义不仅是一种社会思潮，而且是一种独立的文学思潮的观点，从而为重新解释五四文学思潮和新时期文学思潮提供了新的理论工具。还有一个重要的进展，就是对革命古典主义的发现。我在20世纪80年代提出过苏联式的"社会主义现实主义"是新古典主义的观点，而现在进一步从建立现代民族国家的角度界定新古典主义，并且考察了新古典主义的变体革命古典主义。欧洲17世纪新古典主义文学思潮在法国大革命中演变为革命古典主义。这个传统被苏联"社会主义现实主义"继承，并且传播到中国，演变为中国的革命古典主义和"两结合"。革命古典主义旨在完成以革命手段建立现代民族国家的使命。

第四，运用文学现代性理论，对中国文学思潮进行了新的叙述。以往受苏联文学理论的影响，把五四文学思潮定位于现实主义和浪漫主义，五四以后的"革命现实主义"定位于现实主义的发展，而新时期文学思潮又被定义为现实主义的恢复。在现代性的视野下，我把五四文学思潮定位于启蒙主义，把五四以后的革命现实主义定位于革命古典主义，而把新时期文学思潮定位于启蒙主义的恢复。同时，在五四以后和后新时期也存在着反现代性的文学思潮，如浪漫主义、现实主义和现代主义。其中对启蒙主义和革命古典主义的定性最为重要，也最富于挑战性。

第五，从中国现代性与现代民族国家冲突的理论出发，论述了五四启蒙主义文学思潮为革命古典主义文学思潮取代，以及新时期启蒙主义文学思潮取代革命古典主义文学思潮的根本原因，从而对中国现代文学思潮的历史进行了深度的阐释。

第六，根据中国现代性的未完成性理论，论证了中国文学现代性、中国现代文学的未完成性，从而修正和发展了我以前提出的20世纪中国文学的近代性或前现代性的观点。同时，根据中国现代性的外发性和后发性，也论证了中国现代文学思潮的后发性和继发性，以及随之产生的一系列特征。其中特别论述了由于反思现代性的缺失导致中国反现代文学思潮发展的受阻，例如现代主义文学思潮的非典型性；也论述了由于感性现代性的缺失而导致的通俗文学的合法性的不足。

文学史不是作家作品按年代的排列，文学史的基本单位是文学思潮，文学史是由文学思潮的发生、发展、变迁构成的。因此，要重写文学史，首先要重写文学思潮史。从现代性角度对中国现代文学思潮的研究，开辟了重写文学史的途径。我注意到，许多同仁正在为此而努力。可以断言，一个新的中国现代文学史叙述正在出现。

本书为国家社会科学基金项目，原名为"现代性与20世纪中国文学思潮"。更为现名，是由于这样一些原因：首先是为了避免重名，因为我已经与俞兆平共同主编了同名的论文集（广西师范大学出版社2004年版）。那么为什么不用"现代性与现代中国文学思潮"的名称呢？因为我认为，文学思潮是现代性的产物，现代性发生前不存在文学思潮，因此，文学思潮概念本身就已经表明了其现代特征；而且题目中已经有了"现代性"，更不会理解为古代文学思潮了，如果用"现代性与现代中国文学思潮"做书名，反而显得画蛇添足了。

本书第三章第一节、第五章第二节、第八章第一节是在我指导下分别由林朝霞博士、徐晋莉博士和管雪莲博士执笔。

杨春时

2007 年 10 月 8 日

图书在版编目（CIP）数据

现代性与中国文学思潮/杨春时著.—北京：生活·读书·
新知三联书店，2009.6
ISBN 978-7-108-03091-7

Ⅰ.现… Ⅱ.杨… Ⅲ.现代文学-文学思想史-研究-
中国 Ⅳ.I209.6

中国版本图书馆 CIP 数据核字（2008）第 159627 号

责任编辑　徐国强
装帧设计　罗　洪
出版发行　**生活·讀書·新知** 三联书店
　　　　　（北京市东城区美术馆东街 22 号）
邮　　编　100010
经　　销　新华书店
印　　刷　北京隆昌伟业印刷有限公司
版　　次　2009 年 6 月北京第 1 版
　　　　　2009 年 6 月北京第 1 次印刷
开　　本　635 毫米 ×965 毫米 1/16　印张 33.75
字　　数　484 千字
印　　数　0,001-4,000 册
定　　价　53.00 元